파격

지은이 임금자

가톨릭 수녀. 영원한도움의성모수녀회 소속.
타이완 푸런대학교(輔仁大學校) 철학박사(중국철학 전공)
전 수원가톨릭대학교 교수
미국 가톨릭대학교(The Catholic University of America) 연구교수
뉴욕 주립대학교(The State University of New York) 연구교수

저서

《중국이여, 중국이여》(소설)
《道, 인간 안의 무한자》(영문판)
《천주실의》(공동 번역)
〈道家의 생명관〉 외 논문 다수

파격

처음 펴낸 날 | 2011년 9월 5일
네 번째 펴낸 날 | 2012년 9월 15일

지은이 | 임금자
펴낸이 | 김태진
펴낸곳 | 다섯수레
등록번호 | 제3-213호
등록일자 | 1988년 10월 13일
주소 | 경기도 파주시 문발동 파주출판도시
       500-12(우 413-832)
전화 | (02) 3142-6611(서울 사무소)
팩스 | (02) 3142-6615
홈페이지 | www.daseossure.co.kr
인쇄 | (주)상지사 P&B

ⓒ 임금자, 2011

ISBN 978-89-7478-353-2 03810

이 도서의 국립중앙도서관 출판시도서목록(CIP)은
e-CIP홈페이지(http://www.nl.go.kr/ecip)와
국가자료공동목록시스템(http://www.nl.go.kr/kolisnet)에서 이용하실 수 있습니다.
(CIP제어번호: CIP2011003492)

파격 破格

임금자 지음

다섯수레

책을 펴내며

    역사의 흐름은 마치 거대한 강물처럼 때로는 평탄하게 때로는 거센 소용돌이를 지며 흘러난다. 소용돌이치는 물결, 그것은 변화가 일어나고 있는 현장이다. 역사의 현장에서 소용돌이를 일으키는 이들은 기존의 사회체제와 정치체제, 그리고 가치관을 거부한다. 따라서 그들의 사고와 행동은 기존의 가치관에 비추어 볼 때 파격적일 수밖에 없다. 기존의 질서에 파격적인 소용돌이를 일으킨 사람들은, 변화를 거부하는 세력의 거친 저항에 의해 희생을 치르게 된다. 피를 부르는 희생에 의해 역사는 변화한다.

    한국사에서 중요한 변화는 민주주의의 실현이라고 생각한다. 민주주의가 실현됨으로써 조선 왕조의 오랜 사회규범으로 지켜오던 양반과 상민 사이의 신분 차별이 사라지고, 모든 사람이 평등한 대접을 받게 되었다. 그런데 민주주의가 실현되기 오래전부터 이미 이 땅에는 신분 차별의 문제점을 인식하고 신분제도의 철폐를 생각하고 실현하려는 움직임이 있었다.

    이 소설의 시대적 배경은 순조 34년(1834년)부터 헌종 13년(1847년)에 걸쳐져 있다. 당시 조선 조정에서는 안동 김씨와 풍양 조씨, 두 세도가 사이의 권력 다툼이 치열했다. 권력이 차츰 안동 김씨로부터 풍양 조씨에게로 넘어가기 시작했고, 풍양 조씨는 세력을 공고히 하기 위해 천주교를 탄압해 많은 희생자를 냈다.

한편 조선이 대국으로 섬기는 청국 조정에서는 영국을 비롯한 서양 제국이 대량으로 들여와 파는 아편 때문에 골치를 썩고 있었고, 결국 청국과 영국 사이의 갈등은 전쟁으로 치달았다. 그리고 서양 세력의 실체를 파악하지 못하고 있던 청국은 겨우 몇 척에 불과한 영국 함대 앞에 패전하고 난징 조약을 맺음으로써 공식적으로 서양 세력의 중국 상륙을 허용하는 결과를 낳았다.

그러나 아편 전쟁의 패배라는 굴욕을 당했지만, 중국의 남방에서는 그것을 계기로 새로운 변화의 바람이 불기 시작했다. 중국의 앞날을 위해서는 정치 제도의 변화, 즉 서구식 민주주의를 받아들여야 한다는 의식이 싹트기 시작한 것이다. 한편 조선 조정에서는 급변하는 주변 정세를 의식하지 못했고, 변화를 보고 듣는 것조차 거부했다.

이 이야기는 조선과 청국을 드나들면서 세상의 변화를 누구보다 빨리 파악하고, 조선이 변화해야 함을 인식한 역관과 상인, 그리고 그들 주변 사람들의 모습을 그리고 있다. 그들이 갈구한 당시의 변화란 바로 뿌리 깊은 신분제도의 종식이며, 그러기 위해 그들은 서양의 문물을 받아들여야 한다고 믿었다. 그런데 천주교 신자들은 이미 그들 공동체 안에서 신분제도를 철폐하고 '평등'을 실현하고 있었다. 한편 권력층에서는 인간의 평등이 반상(班常)의 분별을 원칙으로 하여 나라의 질서와 기강을 유지하는 조선의 건국이념인 유학(儒學)과 배치되는 점을 주목했다. 백성들 사이에 평등 의식이 퍼지면 유학의 근간이 흔들리게 되고 조선의 존립 자체가 위태로울 수 있다는 점을 감지한 권력층에서는 대대적으로 천주교 박해를 일으켜 많은 신자를 죽였다.

이 글은 신분제도의 철폐만이 조선 백성들이 사람답게 살 수 있는 길이라 믿고, 그 신념을 실현하려고 노력한 사람들의 이야기이다. 그런 의미에서 제목인 '파격(破格)'의 '격(格)'은 당시의 신분제도를 의미한다고 하겠다. 세상의 변화를 파악하고 변화를 수용하려는 사람들과 현실에 안주하고 변화를 막으려는 세력 사이에서 드러나는 마찰, 그리고 인간관계에서 빚어지는 사랑과 갈등이 이야기의 줄거리를 이룬다.

이 글을 쓰는 동안 나는 역사적 사실과 허구의 세계에서 달리는 내 상상력 사이의 갈등으로 고민하지 않을 수 없었다. 상상력에 의해 탄생된 인물들이지만, 작품 속의 인물들은 생명이 있고 각자의 운명대로 길을 간다. 그런데 그들의 사고와 행동이 역사적 사실이라는 벽에 부딪히며 제약을 받을 때가 종종 있었다. 고민의 결론은 역사에 충실하자는 것이었다.

고려대학교 한국사학과 명예교수인 조광 교수는 바쁜 중에도 원고를 철저히게 읽고 문제짐을 시적해 주어 그게 도움이 되었다. 깊이 감사한다.

한림제약의 김재윤 회장과 원미자 여사는 4년여의 길고 지루한 작업 과정 동인 격려와 물심앙면의 노움을 아끼시 않았다. 깊이 감사한다.

마지막으로 글을 쓸 수 있도록 4년여의 시간을 허락해 준 영원한도움의성모수도회와 어려운 여건 속에서도 흔쾌히 출판을 맡아 준 도서출판 다섯수레에 감사한다.

이 책을 읽는 독자들이 모든 사람이 오직 사람이라는 이유 하나로 고귀한 대접을 받는 더 좋은 세상을 위해 자신을 희생한 사람들의 인간애를 느낄 수 있기를 진심으로 바란다.

2011년 8월

임금자

추천사

조광(고려대 한국사학과 명예교수)

나는 최근 역사와 역사문학, 종교문학의 관계에 대해 생각해 볼 기회를 가졌다. 임금자의《파격》을 읽을 수 있었던 행운이 가져다준 기회였다.

이 작품은 역사문학, 나아가 종교문학 장르에 속한다. 역사가 과거의 사실을 기반으로 삼아 현재를 해석하는 작업이라면, 역사문학은 과거의 사실을 기반으로 하되 문학적 상상력을 적용해 오늘의 삶에 새로운 생명력을 불어넣는 작업이다. 그리고 종교문학은 인간의 근본 문제를 궁구하면서 구원을 갈망하는 종교적 심성을 북돋는 작업이다. 나름대로의 이러한 정의가 문학 쪽에서는 얼마나 통할지 알지 못하겠으나, 역사학도의 시각에서《파격》이라는 역사문학을 이야기할 수 있을 것이다.

임금자는《파격》에서 19세기 1830년대와 1840년대에 일어난 한국 교회의 역사적 사건을 뼈대로 하고 문학적 진실로 살을 채워 넣었다. 그래서 이 소설에 등장하는 여러 사람들은 모두 건강한 숨을 쉬면서, 오늘까지도 해결되지 않은 인간의 본성과 한국 그리스도교회의 현재에 대해 깊은 성찰을 시도하고 있다.

이 작품은 몰락 양반 출신의 장사꾼 정시윤과 그가 그리던 여인이었으며 기생 출신 첩실에서 세상으로 뛰쳐나온 초선의 이야기를 큰 줄기로 하고 있다. 그리고 베이징의 중앙 정계에서 밀려나 봉황성 성장으로 있으면서 만주족의 미래를 걱정하는 다이전과 중인 출신 역관으로 서양 말을 배운 김재연의 사려 깊은 눈길이 그려져 있다. 조선 천주교회를 위한 순교자요, 성인으로까지 추대된 유진길과 김대건도 이 작품의 무대 위에서 열심히 살아가고 있다. 여기에는 도망 노비 출신인 돌쇠(박선식)의 욕정과 김여상이라고도 불리던 김순성의 배교 이야기도 들어 있다. 다이전과 같은 지배층이 변화의 바람에 마주 섰던 인물이라면, 정시윤이나 김재연, 초선이나 돌쇠는 사회적 평등이라는 시대의 공기를 호흡하던 인물들이다. 작가는 이들을 비롯해 60여 명의 인물들로 작품의 씨줄과 날줄을 짰다. 또한 19세기 중엽 조선과 중국을 비롯한 아시아에 서세동침이 진행되던 당시의 국제 정세를 담았고, 조선 그리스도인들의 비람과 고뇌를 힘께 서술했다.

역사문학《파격》은 그 안에 '있었던 일'과 더불어 '있을 수 있는 일'을 담고 있다. 나라의 앞날을 걱정하던 군구가 뛰어난 능력인 김재연에게 서양 말을 배우라고 권하며, 정시윤이 중국 상하이를 근거로 거상으로 성장하고, 초선이 국경을 몰래 넘어 동명관의 주인으로 성장하면서 다이전의 보호를 받는다. 19세기 중엽의 혼란했던 상황 속에서 작가는 문학적 상상력을 폭넓게 펼치고 있다. 실제로 국금(國禁)이 엄연히 존재하고 함부로 국경을 넘으면 목을 베어 높은 곳에 매달아 사람들에게 경계를 삼는 효수경중(梟首警衆)에 처하던 당시 사회에서도 김대건과 최양업은 마카오까지 가서 공부하지 않았던가! 결국 김대건과 최양업은 조선 왕실의 입장에서 '탈법자'요, '범법자'였다. 마찬가지로 나라를 지키고자 하는 군주의 염려와 자본 축적에 열을 올리던 상인의 치열함은 '탈법'과 '범법'의 결과인 죽음을 무릅쓴 신앙인의 결단에 못지않았으리라.

물론 역사문학의 상상력은 역사적 배경이 되는 시대 조류를 정확히 파악하고, 그 위에서 전개되어야 한다. 역사문학에서 문학적 상상력은 과거 역사적 사건이나 추세와 너무 동떨어질 수는 없다는 말이다. 역사적 흐름에 대한 올바른 파악이야말로 역사문학이 가지고 있는 문학적 사실성의 근거이다. 역사학이 '과거의 사실'에 근거하고 있듯이 역사문학은 문학적 사실성이 존중되어야 한다. 그리하여 역사적 사건이 뼈대가 되어야지, 상상 자체가 줄기를 무시하고 침범한다면 역사문학은 허물어지고 만다. 《파격》의 작가인 임금자는 이 점을 감안하면서 절제된 상상력으로 작품을 이끈다.

한편, 종교문학은 인간의 본원적 심성을 밝혀내고, 그침 없이 회의하면서도 구원을 갈망할 수밖에 없는 인간 존재의 의미를 일깨워야 한다. 또한 현실 사회에서 종교의 역할이 무엇인지를 항상 염두에 두어야 할 것이다. 이 때문에 작가는 아편과 그리스도교가 같은 배를 타고 중국에 상륙하게 된 현실에 대해 다이전의 입을 통해 신랄하게 비평하고 있다. 다이전은 전통 깊은 동양의 문화적 자부심과 몰락해 가던 19세기 동양사회를 동시에 상징한다. 아편전쟁(중영전쟁)은 서구 자본주의가 중국을 식민지화하는 출발점이다. 이 전쟁을 마무리하는 난징 조약의 끝머리에 프랑스 군함을 타고 김대건이 참관한 일은 역사적 진실이다. 그러나 전쟁의 참혹함과 서양의 무자비함을 목도한 김대건의 웅숭깊은 속마음은 아무도 모른다. 이를 밝혀내고 해석하는 일은 오직 역사문학의 힘을 빌려야 한다. 임금자는 바로 이 작업을 《파격》에서 수행하고 있다.

한국 천주교회는 200년이 넘는 역사를 가지고 있다. 이 시간은 신화와 전설을 만들어 낼 수 있는 충분한 시간이다. 곧 신앙의 자발적 수용과 교회에 대한 탄압, 순교라는 역사적 사실을 문학으로 충분히 형상화할 수 있는 시간이라는 말이다. 적지 않은 문인이 여러 작품에서 한국 천주교회사에 주목했고, 순교를 다루었다. 이들의 노고를 허투루 시비하거나 결코 낮추 평가해서는 안 된다. 그러나 개중에는 순교자를 서술하면서 그가 태어날 때부터 순교 성인이었던 듯이 거룩함 일변도로 묘사하기도 했다. 또한 그르칠 수 없는 교회에 대한 희망을 가지고 호교(護敎)와 변신의 입장에서 글을 쓴 이도 있었다. 이러한 글들은 역사문학으로도 종교문학으로도 치명적 약점을 가질 수밖에 없다. 그러나 《파격》의 작가 임금자는 식상한 호교론을 거부하고, 동양사회에서 그리스도교가 나아갈 방향을 모색하고 있다. 어쩌면 그는 종교적 구원과 사회적 구원의 결합을 추구하고 있는지 모르겠다. 또한 이를 통해 인간 구원의 문제에 대한 그침 없는 의문을 던지며, 독자가 이를 풀어 나가도록 이끄는지도 모르겠다. 이 구원에 대한 문제는 신학과 철학, 역사학이 추구하고 있는 공통의 관심사이다. 작가는 동양철학을 전공한 수녀이다. 이 경험과 특성이 《파격》에 살아 있다. 작가는 작품 속에서 매우 건강한 인간상을 그려 내면서 인간이 추구해야 할 가치에 대해 묻고 있다. 이것이 내가 이 작품을 거침 없이 읽어 나갈 수 있었던 이유일 것이다.

차례

1장

먼동이 틀 때 길을 떠나다

1

가을걷이가 끝난 논은 마른 바닥이 훤히 드러나 보였다. 김장 배추와 무를 거둬들인 밭도 검은 흙이 드러났다. 늦가을이지만 올해는 춥지 않아 아직 땅이 얼지 않았다. 밭에는 거둬들이다 남은 지스러기 배추들이 군데군데 널려 있고, 가난한 아낙이 지스러기를 거두고 있다. 허름한 무명 적삼밖에 걸치지 못한 아낙의 등허리를 늦가을 햇살이 따뜻이 감싸고 있다.

"아직 김장을 담그지 못한 모양이지."

정시윤이 지나는 말처럼 물었다.

"삼봉 어미야. 몇 년 전 남편을 여의고 홀로 살아가느라 힘들 걸세."

김재연이 아낙에게서 눈을 떼지 못하며 대답했다.

"밭에 주울 것이 많이 남아 있는 모양일세. 한 짐은 거둘 것 같으니 김장 걱정은 덜겠군."

"아버지가 마음을 쓰신 거지. 가난한 이들이 거둬 가라고 늘 저렇게 남겨 놓으신다네."

낮은 토담 앞에서 둘은 잠시 걸음을 멈추고 넓게 펼쳐진 논과 밭을 바라보았다.

사립문은 늘 열려 있다. 지붕 위에서는 칠성 아범이 낡은 이엉을 거둬 내고 새 이엉을 얹고 있다. 언젠가 아버지께 기와지붕을 얹자고 말했다가, 없이 사는 시골 사람들한테 있는 행세하려고 내려온 줄 아느냐고 혼이 났었다. 김재연은 칠성 아범에게 인사를 건넸다.

"잘 있었습니까?"

칠성 아범은 지붕 위에서 반색을 했다.

"지금 오시는 길입니까? 아버님께서는 아이들을 가르치고 계십니다."

김재연은 고개를 끄덕였다. 사랑채에서 아이들 글 읽는 소리가 낭랑하게 들려왔다. 둘은 툇마루에 걸터앉았다. 잠시 후 글 읽는 소리가 멈추더니 아이들이 하나둘 나오기 시작했다. 열 명은 됨직했다.

아이들이 다 나오자 김재연의 아버지, 김학수 옹이 방에서 나왔다. 그는 아들을 보자 알았다는 듯 고개만 끄덕여 보이고는 아이들의 인사를 받았다. 아이들이 사립문 밖으로 나가자 그제야 아들을 반겼다.

"잘 지냈느냐? 시윤이도 같이 왔구나. 어서 들어가자."

그들은 안채로 들어갔다. 부인이 세상을 뜬 지 오래되었지만 김학수 옹은 재혼을 하지 않았다. 김재연이 재혼을 입에 올리면 아버지는 늘 고개를 저었다.

"역관 한다고 평생을 나돌아 다니는 영감 뒤만 바라보다가 세상 떠났는데, 무슨 염치로 딴 여인을 들이겠느냐."

다행히 칠성 어멈이 사람이 체체해서 안살림을 잘 꾸리고, 아버지의 행색도 추레하지 않게 보살피고 있었다.

"글공부하는 아이들이 여럿입니다."

"그래. 더러는 영리해서 빨리 글을 깨치고 더러는 늦는구나. 몇 명은 역관이든 의원이든 잡과를 치를 수 있을 것 같다."

김학수 옹은 오랜 역관 생활을 끝내고 이곳 여주로 내려와 농사를 짓는 한편으로 마을 아이들에게 글을 가르쳐 왔다. 그는 역관으로 번 재산으로 모두 땅을 사 가난한 사람들에게 농사를 짓게 했다. 그러고는 부지런하고 성실한 사람에게는 땅을 넘겨주기도 했다. 그는 하나뿐인 아들 김재연에게 재산을 물려주지 않겠다고 말해 왔다. 그리고 가난한 아이들에게 글을 가르쳐 역관이나 의원이 될 수 있는 기회를 열어 주려고 애를 썼다. 비록 잡과를 볼 신분이 안 되거나 능력이 없는 아이들이라도 글을 깨우쳐 주어 자기 앞가림이라도 할 수 있도록 힘을 쏟았다.

"서책은 구해 왔느냐?"

"《노걸대(老乞大)》와 《박통사(朴通事)》 다섯 권씩 가지고 왔습니다."

김재연은 책 보따리를 아버지 앞에 내밀었다.

"아이들이 좋아하겠구나. 동지가 머지않았는데 언제 떠나느냐?"

"보름 뒤에 떠납니다. 준비할 게 많아 미리 왔습니다."

"어멈이 섭섭하겠구나."

"별말 없습니다."

"역관 집안에서 자랐으니 어련하겠느냐. 그래도 마음 한구석은 허전할 테니 잘 보듬어 주어라."

"요즘 어멈도 아버님을 따라 한다고 집에 여자아이들을 모아 글을 가르치고 있습니다."

"그거 반가운 소리구나. 그 아이의 글재주는 뛰어나지. 아깝게 썩나 했는데 아이들을 가르치면 배운 게 허사가 되진 않겠구나. 시윤이 너는 아직도 혼자냐?"

정시윤은 고개를 숙였다.

"재연이 내외 의좋게 사는 게 부럽지도 않으냐?"

정시윤은 씩 웃어 보였다.

"그 인물에 재산에 뭐가 모자라서? 그래, 사연이나 들어 보자."

정시윤은 말을 못 하고 머뭇거렸다. 김재연과 함께 오면 언제나 치러야 하는 곤욕이다.

"부모님 생각도 해야지. 너 고자는 아니지?"

그들은 웃음보를 터뜨렸다.

칠성 어멈이 저녁상을 차려 왔다.

"찬이 변변치 않아 죄송합니다."

한 상 가득 차렸는데도 늘 하는 인사치레다.

"변변치 않다니, 어제 돼지를 잡았다. 이 편육이랑 순대랑 별미란다."

김재연은 칠성 어멈의 음식 솜씨가 좋아 다행이라 생각했다. 그렇지 않으면 홀로 계신 아버지를 억지로라도 한양으로 모시든가 아내를 내려보내야 했다.

"이번에도 같이 가느냐?"

"아닙니다. 저는 동래로 갑니다."

정시윤이 대답했다.

"왜(倭)와 거래를 하느냐?"

"네. 그리고 그곳에서 바닷길로 광저우(廣州)로 가 볼 생각입니다."

"배를 띄울 생각이로구나."

"네. 광저우에 서양 배들이 들어와 있습니다. 배도 살펴보고 거래할 곳도 좀 알아봐야겠습니다."

"남방에서 직거래를 할 셈이냐?"

"그래야 할 것 같습니다. 베이징(北京)에서는 청국 상인들이 담합해 놓산을 부리면 손해 볼 때가 많아 홍삼을 남방으로 가져갈 생각입니다."

"그러려면 배를 띄워야 하는데, 바닷길은 조정에서 금하니 밀무역은 하셨다는 것이냐?"

"아닙니다. 광저우로 가서 사정을 알아본 뒤 베이징으로 갑니다. 베이징에서 모아 둔 인삼을 배편으로 광저우로 가지고 갈 생각입니다."

"힘들겠구나. 남방에 아는 장사꾼이라도 있느냐?"

"없습니다. 베이징에서 몇몇 진상(晉商, 산시 지역 상인의 별칭)을 만나 남방 사정을 조금 알아보긴 했지만 일단 가서 길을 터야지요."

"오래 묵을 생각이냐?"

"몇 달은 걸리겠지요."

"그럼 거처가 있어야 한다. 전에 베이징에 갔을 때 천궈룽(陳國榮)이라는 남방의 큰 장사꾼의 후손을 알게 되었지. 그의 조부는 광저우에서 양인(洋人)들을 상대로 양행(洋行, 외국과의 무역을 전문으로 하는 서양식 상점)

을 열었는데, 수개국어를 구사하고 장사 수완도 뛰어나 광저우에서 일약 거상이 되었단다. 장사만 잘할 뿐 아니라 학문을 숭상하여 자식들에게 학문을 닦도록 독려했지. 손자인 천궈룽은 과거에 급제해 십여 년간 베이징에서 《사고전서(四庫全書)》를 편찬하는 일을 하고 있었지. 베이징에 갔을 때 우연히 그를 알게 되었는데, 우리는 곧 의기투합해 자주 만났고 헤어진 후에도 글을 주고받았다. 나중에 천궈룽은 벼슬을 버리고 광저우로 내려가 장사를 거들었지. 그런데 무슨 까닭인지 몇 년 전에 상하이로 거처를 옮겼다는구나. 자세한 사연은 알 수 없지만 분명 앞으로 상하이가 크게 번성할 것을 예상하고 미리 자리를 잡으려는 게 아닌가 싶다. 학문이 깊긴 해도 타고난 장사꾼의 기질은 어쩔 수 없는 모양이야. 광저우로 바로 가는 것은 아무래도 힘들지 않을까 싶구나. 광저우에는 서양 배들이 드나드니 그만큼 해안 경계가 심할 테니까. 상하이는 아직 한촌(閑村)이니 인적이 없는 곳을 찾아 배를 대기가 수월할 것 같구나. 내가 천궈룽에게 서찰을 써 주마.”

“그렇게만 해 주시면 크게 도움이 되겠습니다.”

김학수 옹은 고개를 끄덕였다. 그리고 정시윤의 얼굴을 찬찬히 쳐다보더니 그의 운명을 일러 주었다.

“이제 네가 만금을 손에 쥘 때가 된 모양이다. 돈은 버는 것도 중요하지만 보관하고 쓰는 게 더 중요하지. 재물을 어떻게 쓸 생각이냐?”

정시윤은 고개를 숙이며 생각에 잠겼다. 김학수 옹의 깊은 뜻을 알기에 선뜻 대답하지 못했다. 김학수 옹이 다시 물었다.

“조선에 다 들여올 생각이냐?”

정시윤은 잠시 주저하다가 대답했다.

“제가 어찌 만금을 손에 쥐겠습니까. 하지만 재물이 많이 생긴다면 청국에 보관했다가 나중에 배를 장만해 서양과 무역을 해 볼 생각입니다.

서양 배가 청국에 들어오는데 우리가 서양에 못 갈 이유는 없습니다."

김학수 옹은 눈을 감고 골똘히 생각하더니 무겁게 입을 떼었다.

"네 운명이라면 그렇게 되겠지. 너희 서양 말은 배우고 있느냐?"

김재연이 대답했다.

"네. 영국 말을 틈틈이 배우고 있는데 발음이 문제입니다. 서양 사람들에게 배워야 하는데 아직 글자만 떠듬거리고 있습니다. 이번에 베이징에 가면 몇 달 묵으면서 서양 사람에게 배워 볼 생각입니다."

"그런데 조정에서 그리 오래 있도록 허락하겠느냐?"

"이미 허락받았습니다. 며칠 전 이번 사행의 정사(正使)인 판중추부사 이익회 대감과 부사(副使)인 이조판서 박재문 대감이 대전에 들었을 때 주상 전하께서 사역원(司譯院, 외국어의 번역과 통역에 관한 일을 맡아보던 관아)에 밀지를 내리셨습니다. 사행 일정에 제약받지 말고 청국과 서양의 정세를 사세하게 알아오라고 하명하셨습니다. 제가 그 하명을 받잡게 되었습니다."

"그렇나. 대대로 역관을 지낸 가문으로서 사행을 수행할 때마다 단순한 통역이 아니라 조선에 필요한 정보를 수집해 오는 것이 이 가문의 전통이 되어 내려왔다.

"안심해도 되겠구나. 주상 전하의 용태는 어떠시냐?"

김재연은 한숨을 내쉬며 대답했다.

"망극한 일이 일어날 것 같습니다."

김학수 옹은 눈을 감았다. 선왕 정조(正祖)가 세상을 떠난 뒤, 세자인 순조(純祖)는 겨우 열한 살에 등극했다. 그래서 선왕과 대립하던 노론 벽파의 배후인 대왕대비 정순왕후가 수렴청정을 하게 되었다. 정순왕후는 정권을 잡자 삼정승을 비롯한 대신을 노론 벽파로 채워 조정을 완전히 벽파의 세상으로 만들었다. 개혁 정치의 주인공들을 갈아 치워 정조의 꿈은 물거품이 되었다. 순조 5년에 정순왕후가 세상을 뜨자 순조의 장인인 김조순을 비롯한 안동 김씨의 세도정치가 시작되었다. 그리고 얼마 뒤 순조의 병이 회복될 수 없을 정도로 깊어졌다. 그런데 순조를 대신해 대리청정하던 효명세자는 젊은 나이에 세상을 떠나 버렸으니 효명세자의 여덟 살밖에 되지 않은 아들이 보위를 이어야 할 판이었다. 정권을 쟁탈하려는 암투가 벌어질 것은 뻔한 일이다.

"세상 돌아가는 이치를 알 듯하면서도 모르겠구나. 세월을 허투루 보냈어. 이번엔 누가 수임(首任, 수석 역관)으로 가느냐?"

"유진길입니다."

"성실하지."

저녁상을 물리고 김학수 옹은 담뱃대에 불을 붙였다.

"식후 한 모금은 참 맛나지. 한 대 피지 그러느냐."

"담배 연기를 보면 아편이 생각나서요."

"그리도 심하더냐?"

"점점 심해집니다."

"조선도 안전하진 못할 테지."

"그럴지도 모릅니다."

"조정에서는 문고리를 더 잡아당기겠구나. 자세한 소식을 알아 오너라. 그리고 조정에서 쓸데없는 편견을 가지지 않도록 잘 말씀드려야 한다. 그만 자고 싶구나."

김재연은 잠자리를 펴 드리고 정시윤과 밖으로 나왔다. 밖은 어둠이 내려 깜깜했다. 낮에는 햇빛이 유난히 눈부시더니 밤에는 별들이 쏟아질 듯 찬란하다. 사랑채로 가던 그들은 약속이나 한 듯 마당에서 걸음을 멈추고 하늘을 올려다보았다. 정시윤이 감탄하며 말했다.

"밤하늘이 저토록 맑을 수가 있을까? 별은 어찌 저리도 많고."

"어둠이 맑은가?"

김재연은 한숨을 쉬었다.

"자네 걱정이 많구먼."

"왜 없겠나. 조정 대신들이 정사, 부사로 간다지만 일은 역관들이 다 해야 하는걸. 떠먹여 주는 소식이나 제대로 소화할지 걱정이네."

"잘 소화할 수 있기를 바라지만, 아니 되면 자네가 혼자 먹고 와야지. 늘 그러지 않았는가?"

"지금껏 자네가 옆에 있어 괜찮았지만 이번에는 그렇지가 않으니……."

"유진길은 어떤가. 천주교를 믿는다면서?"

"그래서 더 걱정이네. 위험한데 말이야. 베이징에 가는 것도 천주교가 목적이지. 주교를 만나 신부를 보내 달라고 통사정을 할 모양인데. 그 일에 신경 쓰느라 마음이 분주해 내가 더 신경을 써야 한다네."

"그러나 맡은 책임이 있지 않은가?"

"책임이야 다하겠지. 하지만 우리 일이 어디 그뿐이어야지."

"자네 어깨가 무겁겠군. 나도 상하이에 가면 그곳 소식을 귀담아 오겠네. 아편 문제는 아무래도 남방이 더 심각할 테니까."

"고맙네. 그런데 자네가 물건을 가지러 다시 베이징으로 오면 그때 상하이로 같이 가는 건 어떨까? 베이징에서 일찍 일을 끝내고 상하이로 내려가 영국 말을 배우면 좋을 것 같은데."

"그럼 그렇게 하세."

그들은 걸음을 옮겨 사랑채로 들어갔다. 자리에 누웠지만 쉽게 잠을 이룰 수 없었다.

"내가 자네를 만나러 이곳에 온 뒤 벌써 십 년이 흘렀네."

"그동안 변화가 많았지."

"이를 말인가. 운명이 통째로 바뀐걸."

"후회하지 않는가? 양반 노릇 팽개치고 손가락질 받는 장사꾼으로 사는 것 말일세."

"내가 잡상(雜商)인가 손가락질을 받게."

"마음은 여전히 양반이지. 그나저나 자네 재산이 얼만가?"

"자네 것과 합해도 아직 조선 땅 반도 살 수 없네."

"욕심은……."

정시윤이 김재연을 처음 만난 건 문과에 두 번째 낙방하던 날이었다. 방(榜)이 붙기를 기다리면서 초조해하는 것은 아직 미련이 남아서일까? 이번이 마지막이라고 다짐하면서 지루하게 기다렸다. 금년은 기대가 없지 않았다. 자신이 생각해도 잘 쓴 답안지였다. 그러나 올해도 낙방을 확인하고 돌아설 것이 확실하다. 그리고 잠시 후 확인했다. 정시윤이라는 이름은 찾아볼 수 없었다. 누구를 원망할 것인가. 실력만으로 안 되는 일인걸. 답안지 끝에 어느 가문, 누구의 자손이라는 것을 번듯하게 적지 못하고 달랑 이름 석 자만 쓸 수밖에 없었다. 그는 괴나리봇짐을 둘러메고 발길을 돌렸다.

'아버지는 그래도 혹시나 하고 기다릴 것이다. 되지 않을 것을 알면서도 아들이 벼슬길로 나가기를 간절히 염원하고 있는 아버지의 꿈은 또 무너진 것이다.'

고향으로 향하는 발길이 무거웠다.

"언제까지 이 짓을 해야 한담."

남이 듣지도 않는 말을 혼자서 중얼거렸다. 서책도 읽을 만큼 읽었고, 문장도 남에게 뒤지지 않는다고 자부했다. 그러나 과거는 단지 글을 잘하는 것만으로 되지 않는다. 과거도 파벌이 좌지우지한다는 것을 알 만한 사람은 다 안다. 알면서도 혹시나 하며 과거에 응시한다. 하긴 과거를 준비하지 않으면 선비로서 딱히 할 일도 없지 않은가. 남의 눈치 보며 땅 파고 밭 매는 일 외에는 할 일이 없다. 글 읽는 선비라는 양반 신세가 답답하기만 하다.

동대문을 지나 양평으로 가는 길로 접어든 지 한참 되었다. 때가 되었는지 시장기가 몰려왔다. 아침도 변변히 먹지 못하고 길을 걸었으니 시장할 수밖에. 가평으로 가는 갈림길 부근에 주막이 하나 있다. 정시윤은 발걸음을 부지런히 했다.

점심때라 주막은 사람들로 제법 북적였다. 안면이 있는 주모가 반갑게 맞이하며 방으로 들어가라고 손짓했다. 그는 잠시 망설이다가 기침을 한번 하고 안으로 들어갔다. 아랫목에 앉아 있던 젊은이가 눈길을 주었다. 차림새로 보아 양반은 아니고 중인으로 보였다. 자리에서 일어나며 정시윤에게 앉으라고 권했다. 낡아도 양반의 갓을 쓰고 두루마기를 입었으니 양반 대접을 하는 것이다. 정시윤은 사양하며 윗목에 앉았다.

주모가 국밥과 김치를 차려들고 들어왔다. 뜨거운 국물이 속으로 들어가자 가슴속 응어리가 풀리는 것 같았다. 순식간에 국밥을 비우고 수저를 놓았다.

두 사내가 나란히 싸리문을 나섰다. 해는 아직 중천에 있다. 장호원과 여주가 갈라지는 길까지는 아직 한참 걸어야 한다.

"동행이 있어 심심치 않게 되었습니다."

김재연이 먼저 말을 걸었다.

"초면이 아닌 것 같습니다. 저는 여주로 가는 김재연입니다."

정시윤도 고개를 숙이며 인사를 했다.

"장호원에 사는 정시윤이라고 하오."

초면이 아니라고 하는데 어디서 봤는지 생각나지 않아 물었더니 과거장에서 보았다고 한다. 자신은 역관인데 우연히 과거장에 들렀다가 정시윤을 보았다는 것이다. 다들 안절부절못하고 있는데 정시윤만 당락에 관심 없는 사람처럼 뒷짐 지고 서 있어 눈에 들어왔단다. 오랜 세월 공부해서 기껏 바라보는 것이 오직 하나, 과거라니 선비들이 딱하다는 말도 했다. 그러면서 혼잣말처럼 이야기했다.

"다른 길도 많이 있는데 말입니다."

다른 길? 선비에게 과거 말고, 무슨 다른 길이 있단 말인가. 다른 길이 있다면 자신도 그 길을 가고 싶다고 정시윤은 생각했다. 되지도 않을 과거만 바라보면서 보낸 세월이 얼마던가? 인생을 그렇게 흘려보내는 것이 잘하는 짓은 아니다. 그래서 그 길이 무엇이냐고 물었다. 그러자 김재연은 거침없이 말했다.

"청국을 드나들며 장사해 볼 생각 없으십니까?"

양반에게 장사를 하라니 자신을 우습게 여긴 것이 아닌지 자존심이 상했다. 그러나 김재연은 정시윤의 안색에 개의치 않고 청국을 드나들며 장사를 하다 보면 더 넓은 세상을 보고 배울 수 있다며 요즘 청국과 서양 사이에 일어나는 갈등과 서양 문물에 대한 듣도 보도 못한 이야기를 들려주었다. 새로운 세상에 대한 호기심이 불처럼 일어났다. 답답하기만 한 조선을 벗어나 넓은 세상으로 나가고 싶은 마음이 굴뚝 같았지만 정시윤은 아무런 내색도 하지 않았다.

"양반 체면에 어찌 장사꾼을 하라 하느냐 생각하겠지만, 잡상이 아니라 청국을 오가는 장사를 해 보시라는 말입니다. 이문도 많이 남고 청국의 문물도 제대로 접할 수가 있지요. 우리 역관들도 장사를 한 지 오래랍니다. 저희만 따라다니시면 됩니다."

김재연은 태연스럽게 말했다. 역관들이 청국에서 장사를 한다는 말은 들었지만 장사꾼이라니? 아무리 몰락했어도 양반 체면은 지켜야 할 것이 아닌가. 집안사람들이 들으면 벼락 칠 일이다. 생각조차 해 보지 않은 일이다. 그러나 청국이라는 말이 귓가에서 맴돈다. 가슴속에서 뜨거운 불길이 일었다. 김재연은 말을 이었다.

"국경 부근에 자리를 잡고 청국을 드나들 수 있는 방법이 있지요. 원하신다면 길을 터 드리지요."

정시윤은 두근거리는 가슴을 진정시키며 애써 불쾌한 듯 물었다.

"왜 내게 그런 말을 하시오? 낙방 서생이라도 체면은 지켜야 할 게 아니오?"

"체면이 밥 먹여 줍니까? 과장(科場)에 구름처럼 모여든 선비들을 보지 않았습니까? 겨우 삼십여 명 붙고 나머지는 괴나리봇짐 메고 낙향하는 모습을요. 낙향해서는 뭘 하겠습니까? 또 삼 년을 들어앉아 닳고 닳은 책장이나 넘기고 있을 테지요. 그러는 동안 처자가 남의 집 허드렛일하고 얻어 온 양식으로 겨우 연명이나 하고. 그런 선비가 조선 천지에 얼마나 많습니까? 그들이 바라보는 문은 하나요, 그리 가는 길도 하나뿐이니 생각하면 참으로 한심한 일입니다. 세상에 나와 한평생 살다 가는데 그리 살다 간다면 억울하지 않습니까? 눈만 돌리면 다른 길이 있는데, 조선은 길이 하나라고만 가르칩니다. 망할 짓을 하고 있지요."

김재연은 조선 양반 전체를 책망하고 있다. 제 밥그릇 하나 챙기지 못하는 주제에 책만 들여다보다가 과거에 급제라도 하면 백성들 피죽 그릇을 빼앗아 제 배만 챙기는 양반의 실상이 눈에 보이는 듯했다.

"성리학에서 가르치는 인간은 박제된 인간입니다. 내장을 다 파내고 틀만 남아 있으니 피도 눈물도 없는 인간이지요. 그러니 평생을 고달프게 일하고도 배를 곯는 백성의 고통은 나 몰라라 제 배만 채우기 급급하지요. 그러나 장사는 다릅니다. 힘들여 일한 만큼 보람을 얻는 것이지요."

정시윤은 아무 대꾸도 하지 않았다. 헤어질 때 김재연은 청국 이야기를 다시 한 번 꺼내며 생각이 있으면 들르라고 했다. 여주의 아버지 집을 상세히 일러 주고는 말했다.

"어머니가 병환 중이라 달포가량 여주에 머물다가 한양으로 돌아가야 합니다. 생각은 깊이 해야 하지만 생각하는 시간은 짧을수록 좋지요."

그들은 갈림길에서 헤어졌다.

정시윤의 아버지는 낙방해 들어오는 아들에게 다시 과거 준비를 하라고만 했다. 어머니는 부엌에서 나오며 애써 눈물을 감추었다. 저녁상을 받았지만 밥이 넘어가지 않았다. 언제나처럼 쌀알이 씹히지 않는 보리밥이었다. 그나마도 연명할 수 있는 것은 아버지가 잠방이가 다 닳도록 여름내 땀 흘리며 논밭에서 일하고, 어머니가 잘 보이지도 않는 눈으로 바늘에 손가락을 찔려 가며 삯바느질을 해 온 덕분이다. 쌀 한 톨 구하기 위해 자신이 한 일은 아무것도 없다. 과거를 준비한답시고 방에서 책과 씨름한 것 외에 한 일이라고는 없다. 목이 메어 밥이 넘어 가지 않아 숟가락으로 국물을 떠 넣고 목구멍으로 밀어 넣었다. 마음 같아서는 숟가락을 놓고 싶었지만 아버지가 아직 드시고 있어 그럴 수도 없었다. 아버지가 밥그릇을 비우기를 기다려 상을 물렸다.

아버지는 느닷없이 혼잣말을 꺼냈다. 건넛마을 황 진사 댁에서 매파를 보냈다는 것이다. 황 진사라면 인근에서는 첫째가는 부자인데 그 여식이 스물이 넘도록 혼사를 치르지 못했다. 어릴 때 병을 앓아 다리가 성하지 못하고 얼굴은 마마 자국으로 얽었다는 소문이 퍼져 있었다. 아마 논마지기나 붙여서 보내려는 모양이다.

방으로 돌아온 정시윤은 가슴을 쳤다.

아무리 땀을 흘리고 다리품을 팔아도 나아지지 않는 가난, 종이가 뚫어지도록 책을 읽고 머리가 빠지도록 공부해도 붙을 수 없는 과거시험! 이것도 저것도 못 하게 길을 막아 버리는 양반 체면, 도대체 할 수 있는 것이 없다. 어쩌란 말이냐?

그는 방바닥에 벌렁 누워 어두운 천장을 바라보았다.

혼사? 몸이 성하지 못한 딸을 논마지기를 주고 시집보내려는 황 진사나 논마지기나 받고 며느리를 맞으려는 아버지나 모두 한심하다. 아무리 가난해도 그렇지, 어떻게 그런 혼사를 치르려고 하시는가? 그럴 수는 없다. 몸도 성하지 못한 처자를 안사람으로 들여놓고 가난한 살림에 고생시키면서 또다시 과거 준비한답시고 방구석에 처박혀 있을 수는 없다.

방 한구석에 쌓여 있는 때 묻은 서책들이 마치 정체를 드러내지 않고 웅크리고 있는 괴물처럼 다가왔다. 몸서리가 났다. 다시 저 책들을 펼칠 용기가 없다. 아니 그럴 마음이 없다. 이 공간에서 벗어나야만 숨을 쉴 수 있을 것 같았다.

낮에 만난 김재연의 얼굴이 떠올랐다. 우연이라고 하기엔 너무도 절실했던 변화에 대한 욕구, 그에 대한 하늘의 응답이었는지도 모른다. 운명에 순종할 것인가 아니면 운명의 변화를 따를 것인가? 정시윤은 자신이 선택의 기로에 서 있음을 직감했다. 뭔가 일어나고 있다. 더 버틸 수 없는 궁지에 몰렸다.《주역(周易)》에서 말하지 않았나. "궁하면 변하고, 변하면 통한다(窮卽變, 變卽通)."라고. 그렇다. 궁지에 몰린 지금, 변화의 조짐이 나타났다. 변화는 스스로 하는 것이다. 자신을 궁지로 몰아넣는 현실에 몸부림칠 수도 없고, 그냥 체념하고 안주할 수도 없다. 양반 체면에 조금이라도 벗어나는 행동은 절대로 해선 안 된다는 가훈은 이제 의미가 없다.

'더는 이렇게 살지 않으리라. 변화를 선택할 것이다. 내 운명은 내가 선택할 것이다.'

이튿날 김재연의 집을 찾아 길을 떠났다.

"무슨 생각하는가?"

"자는 줄 알았는데."

"자네가 생각에 빠졌는데 잠이 오겠는가. 이제는 숨소리만 들어도 서로 속내를 알지 않는가."

그렇다. 십여 년 동안 그들은 그렇게 의지하며 살아왔다.

"우리 처음 만났을 때 말이야. 몰락한 양반에게 그래도 처음에는 예우를 하더니 나중엔 막 대하더군."

"그게 서운했나?"

"아니네. 그래서 자넬 믿고 따른 게 아닌가. 반상의 구별 없이 같은 연배끼리 벗이 되어 서로 하게하는 말을 쓰면 얼마나 좋겠는가."

"그런 세상을 어서 만들어야지. 거저 오는 것만 받아서야 되겠나. 노력해야지."

술상을 마주하고 서너 잔 술잔이 오가면 둘이 버릇처럼 하던 이야기다. 세상의 변화, 조선의 변화, 둘이 늘 의기투합하는 주제다.

"이제야 말하네만 처음 만난 양반더러 어찌 그리도 대담하게 장사꾼이 되라고 말할 수 있었나?"

김재연은 빙긋 웃었다.

"내가 전에 아버님에게 관상을 배웠다고 했지. 역관은 사람을 볼 줄 알아야 하니까. 자네 얼굴을 보니 돈이 더덕더덕 붙어 있었어. 돈이 자넬 따라다니더군. 자기를 잡아 써 달라고 말이야. 게다가 선비 같지 않게 떡 벌어진 어깨에 힘깨나 쓰게 생겼고. 대과까지 치르러 왔으니 분명 글줄이나 익혔을 테고. 바로 내가 찾던 사람이었지. 그러니 어찌 놓치겠나."

"아무튼 그 주막에서 자네를 만난 건 참으로 묘한 일이야. 거기서 자네의 덫에 걸려들었잖은가."

"무슨 서운한 말인가. 그게 바로 인연이란 걸세. 그리고 그 인연이 자네 운명을 가도록 길을 보여 주었을 뿐이야. 나한테도 재물이 따르지만 그보다 나는 돈이 가는 길이 보이는 사람이지. 그래서 자네를 내세웠더니 돈이 자네를 향해 가더군. 사람이 재물을 따라가면 추하지만, 재물이 사람을 따라오면 그땐 재물을 받아야지. 재물도 제 가는 길이 있으니 제대로 가도록 길을 터 줘야지."

그렇다. 재물을 벌려고 마음을 먹은 뒤부터 순조롭게 재물이 모였다. 고생도 많이 하고 김재연이 옆에서 도왔지만 마치 재물이 자신을 기다렸다는 듯 손에 잡혀 온 것을 정시윤은 인정하지 않을 수 없었다.

"이번 남방행에서도 큰일이 기다리고 있는 느낌이 드네."

"그럴 테지. 아버지 서찰을 받아 가면 큰 도움이 될 것 같네. 천귀룽, 상하이의 큰 인물이라는 말을 들은 적이 있어. 웬만해선 자네에게 소개하지 않으실 걸세. 아버지께서 그토록 오래 교분을 쌓고 계신 것은 그만한 이유가 있을 걸세."

"알겠네. 돈이 거기서 나를 기다린다면 가야지. 하지만 나는 돈이 가는 길은 보이지 않아. 자넨 그 길이 보인다니 어디로 보내야 할시 잘 살피세. 내 손에 들어왔다고 움켜쥐고 있을 수만은 없지 않겠나. 고인 물은 썩는 법이니 흘리기는 곳이 어딘지 그 길을 잘 봐 두세."

그들은 반듯이 누워 천장을 응시했다. 그리고 각자 가야 할 길을 그리며 잠을 청했다. 고달픈 일정이 기다리고 있다.

2

도성을 출발한 뒤 홍제원(洪濟院, 공무 여행자에게 편의를 제공하기 위해 설치된 원으로, 오늘날의 서대문구 홍제동에 있었다.)에서 하룻밤을 묵고 길을 떠난 지 열엿새 되는 날 사행 일행은 의주에 도착했다. 보통 의주에서는 열흘 이상 머물며 수행 인원과 따라가는 상인들, 사람과 물건을 싣고 갈 말 등을 점검한다. 그리고 베이징으로 가져가는 봉물(封物)을 다시 챙겨 궤를 봉하고, 상인들이 가지고 가는 물품을 철저히 조사한다. 그러는 한편으로 앞으로의 길고 험한 여정을 위해 미리 쉬어 둔다. 그러나 이번 사행은 여유 있게 쉴 수 없다. 이레 동안 머물며 모든 준비를 마치고 여드레째 되는 날 다시 길을 떠나야 한다.

김재연은 수석 역관인 유진길을 도와 수행원들과 물품 목록을 다시 확인했다. 일하는 사이사이 희정당(熙政堂, 창덕궁에 있는 전각으로 조선 후기 편전으로 사용되었다.)에서 임금을 뵈었던 일이 눈앞에 떠올랐다. 김재연뿐만 아니라 정사와 부사를 비롯해 희정당에서 임금께 인사를 드린 사람들은 누구나 그 모습을 떨치지 못했다.

순조는 잘 다녀오라는 인사를 간신히 하고 안으로 들어갔다. 비록 먼 발치였지만 순조는 병으로 기력이 쇠진해 잠시 앉아 있기도 힘든 기색이 역력했다. 순조가 내린 담비 가죽으로 만든 귀싸개를 받아 나오는 정사와 부사의 얼굴에는 수심이 가득했다. 북방의 매운 겨울바람을 막으라고 임금께서 내린 선물을 받은 얼굴은 황공함보다는 슬픔과 걱정으로 어두웠다. 눈가에 어리는 눈물을 감추지 못하던 정사 이익회 대감과 부사 박재문 대감은 길을 떠난 뒤에도 내내 어두운 표정을 감추지 못했다. 처음으로 먼 길을 떠나면서도 험난한 여정을 묻거나 청국의 풍광을 묻지도 않았다. 어쩌면 순조의 용안을 마지막으로 뵈었을지 모른다는 생각을 하는지도 모른다. 두 대감은 앞으로 몰아칠 험난한 정국에서 어떻게 처신해야 할지 결정해야 할 것이다. 그러나 일개 역관에 불과한 김재연은 그럴 필요가 없다. 자신이 해야 할 일을 냉정하게 챙겨야 한다. 혹시라도 사행 도중에 순조가 승하하는 망극한 일을 당할지도 모른다. 그러면 고부사(告訃使, 왕의 죽음을 중국에 알리기 위해 보내던 사신)가 뒤이어 베이징으로 들이닥칠 것이다. 그전에 처리해야 할 일들을 다 끝내는 것이 좋을 것이다.

정시윤에게도 상황이 심각하다는 것을 귀띔해 주면서, 가능한 한 상하이에 오래 머물지 말고 빨리 베이징으로 오라고 일러두었다. 왜관으로 떠나는 정시윤의 뒷모습을 보면서 김재연은 가슴이 시려 오는 것을 느꼈다. 그를 만난 뒤로 사행을 떠날 때는 늘 함께였다. 이렇게 혼자서 떠나는 일이 처음이라 허전했다. 그의 자리가 이토록 큰지 새삼 느꼈다. 문득 정시윤도 자신과 같은 심정일까 궁금했다. 무뚝뚝한 듯 늘 입을 다물고 있지만 십여 년을 함께했기에 그의 속이 얼마나 다정한지는 익히 알고 있다. 그런데 알 수 없는 것이 하나 있다. 서른을 넘긴 나이에도 왜 가정을 이루지 않는지 모르겠다. 남자인 자신이 보아도 남자답고 반듯하게 인물이 뛰어난데 말이다. 도대체 이유를 알 수 없다. 갑자기 아버지가 정시윤에게 "너, 고자 아니냐?"라고 묻던 말이 떠올랐다. 고자가 아닌 건 분명하다. 목소리도 그렇고 수염도 나지 않나. 김재연은 혼자 피식 웃었다.

"뭘 보고 웃나?"

유진길이 물었다.

"일하시는 줄 알았는데 어느새 제 얼굴을 훔쳐보셨습니까?"

"한양을 떠나면서부터 말이 없더군. 이별이 그리 힘든가. 죽을 낸 어써려고?"

"제 속을 어찌 그리도 꿰뚫고 계십니까?"

"눈치만 보며 살다 보니 그리 되었지."

둘은 마주 보고 웃었다. 유진길은 김재연보다 나이가 한참 위였다. 그래서 김재연은 유진길을 형님으로 깍듯이 대우했다.

"아무튼 부럽네. 무슨 말이든 마음 놓고 할 수 있는 지기(知己)가 있다는 것이. 마주 보면 믿음이 가고, 헤어지면 그립고. 얼마나 좋은가, 주님의 은총이지."

주님, 은총, 천주교 신자들만 쓰는 말이다. 김재연은 주위를 살핀 뒤 유진길을 쳐다보았다.

"형님, 말조심하십시오. 누가 들을까 무섭습니다."

"자네밖에 누가 더 있는가?"

"저인들 어찌 믿을 수 있습니까?"

"자네조차 믿지 못하면 세상을 어찌 살겠나."

유진길은 김재연을 힐끗 쳐다본 뒤 물품 세목을 다시 꼼꼼히 들여다보았다. 잠시 후 다시 입을 열었다.

"한양을 떠난 지 벌써 스무날하고 사흘이 지났군. 내일이면 의주를 떠나 다시 길을 가겠지. 별 탈 없이 여기까지 왔으니 다행이야. 우리는 말을 타고 다리 아픈 줄 모르고 가겠지만 수많은 사람이 걸어서 가야 하네. 그것도 엄동설한에. 다 같은 사람인데 누구는 말을 타고 누구는 걷고, 참으로 공평하지 못한 세상이야."

"그게 어디 어제 오늘 일입니까? 여태 그렇게 살아온 것을요."

"그래서 자넨 앞으로도 사람들이 그렇게 체념하고 살아가길 바라나?"

"바라는 것이 아니라 할 수 없다는 것이지요."

"왜?"

갑자기 말문이 막혔다. 유진길이 묻는 "왜?"는 마치 처음 말을 배우던 아들 녀석이 보고 듣는 것마다 "왜냐?"고 묻던 것처럼 대답하기 힘든 물음이다. 왜 그런가? 세상만사가 왜 그런가? 이유를 설명하려면 말이 길어진다. 또한 긴 설명을 한다고 문제를 푸는 것이 아니라 또 다른 물음을 부른다.

대답을 기다리던 유진길이 입을 열었다.

"할 수 없는 것이 아니라 할 수 없다고 믿으려는 거지. 그래야 세상 살기가 편할 테니까. 그러나 그런 체념 때문에 얼마나 많은 사람이 고통에서 헤어나지 못하는지 생각해 본 적이 있는가?"

김재연은 대답하지 않았다. 유진길은 김재연을 쳐다본 뒤 다시 말을 이었다.

"자넨 신중하니까 말을 삼가고 있지. 대답해 보게. 세상을 꼭 그렇게만 살아야 하나?"

"형님이 택한 길은 어떻습니까? 그곳에서는 가난한 백성이 먹고살 길이 보입니까?"

다른 천주교 신자들처럼 천주교가 제시하는 이상을 맹목적으로 확신하기엔 유진길은 세상 돌아가는 이치를 너무나 잘 알고 있다는 것을 김재연은 안다.

유진길의 목소리는 낮지만 힘이 배어 있다.

"보이네. 적어도 지금 세상보다는 훨씬 살기 좋은 세상이 올 걸세. 요즘 선비들이 가난한 백성을 구제할 방도를 가지고 논쟁하고 있다는 말을 들었네. 어떤 이는 농사를 중요하게 생각하고 어떤 이는 상업을 중요하게 생각한다고 하지만, 내가 보기에 그건 근본적인 해결이 될 수는 없네. 정치가 변해야 문제를 해결할 수 있지. 정치가 모든 인간의 평등을 인정하면 백성은 그들의 역량을 마음껏 펼치고 잘살 수 있는 길을 스스로 개척할 거네. 백성의 힘을 억누르지 말고 펼칠 수 있도록 정치와 제도를 개혁하면 가난은 극복할 수 있지."

"그러나 과연 그 평등이 실현되느냐 그것이 문제이지요. 천주교가 그것을 할 수 있을까요?"

"할 수 있지. 위정자는 목숨을 걸지 않지만 우리 신자들은 목숨을 걸었네. 많은 피를 흘리겠지만 끝내는 우리가 이길 걸세."

"유구한 역사에서 단 한 번도 모든 인간이 평등하게 대접받은 적이 있었다는 말을 듣지 못했습니다."

"불가능해 보이겠지. 그러나 그런 때가 반드시 온다고 확신할 수 있는 건 나의 신앙 때문이네. 천주가 사람을 만드실 때 차별을 두지 않았지. 당신을 닮은 사람을 빚어 당신의 숨결을 불어넣고 고귀한 존재로 만드셨다네. 누구는 귀하고 누구는 천하다는 계급제도는 힘센 자가 권력을 가지면서부터 생겨난 것이고, 천주님 뜻에는 위배되지. 그걸 바로잡고 모든 사람이 평등하다는 천주의 뜻을 실현한 사회를 보여 주는 것이 천주교일세. 천주교에서는 신분에 따른 차별이 없네. 원래 차별이 없던 것을 사람들이 잘못 이끌었으니 바로잡으면 되는 것 아닌가. 원래대로 되돌리는 것일뿐이라네."

"사람은 이론을 사는 것이 아니라 현실을 삽니다. 온 천하가 전쟁으로 살육을 일삼던 전국시대에 맹자는 인정(仁政)을 펼 것을 주장했습니다. 그리고 현실적으로 실현 불가능한 인정이 가능하다는 것을 입증하기 위해 인간의 심성은 본래 선하다는 성선설(性善說)과 사단설(四端說)을 내놓지 않았습니까. 본래 선한 것이었으니 되찾으면 된다는 것이었지요. 형님 말씀과 상통하지요. 하지만 전쟁은 더욱 격렬해졌고, 결국 진시황이 전쟁을 끝냈습니다. 그리고 포악한 정치를 폈지요. 본래 있던 것을 잃어버린 뒤 되찾는다는 것이 현실적으로 불가능한 일이라는 것을 보여 준 사례이지요."

"진시황의 폭정은 오래가지 못했고, 아들 대에 망하지 않았는가. 그 뒤 잠시 혼란은 있었지만 한대(漢代)에 이르러 세상은 훨씬 좋아졌지. 세상은 그렇게 조금씩 좋아지고 있어. 그리고 어느 때에 이르면 엄청난 변혁이 일어날 걸세. 그때가 가까이 오고 있는 조짐이 보이지."

김재연은 고개를 돌려 유진길의 얼굴을 쳐다보았다. 꽉 다문 입에서 그의 의지를 읽을 수 있었다. 내로라하는 역관 집안에서 태어나 일찍이 역과(譯科)에 급제하고 성실한 인품과 탁월한 한어(漢語) 실력을 인정받아, 젊은 나이에 역관으로는 가장 높은 정삼품 당상역관(當上譯官, 사행 중에 일어나는 모든 일에 대한 실질적인 총책임자)에까지 이르렀다. 그런 그가 목숨을 걸고 천주교를 믿는다는 것이 이해되지 않는다. 더욱이 그는 누구에게 감화를 받은 것이 아니라 스스로 발을 들여놓은 것이라고 했다. 김재연은 오랜 세월 그를 형님처럼 존경하고 따랐지만 그의 선택에 동의할 수 없었다. 그래서 처음엔 말려도 봤지만 그의 신념은 확고했다.

"그래서 천주교를 믿습니까? 평등 사회를 이루기 위해서?"

유진길의 입가에 미소가 스쳤다.

"자네와 천주교 이야기를 할 때면 늘 이 나라의 불평등한 문제점만 이야기했지. 그러니 자네가 그런 의문을 갖는 것도 당연하네. 그것이 중요한 이유 가운데 하나지만, 다른 중요한 이유가 있다네. 그러나 설명하기도 힘들고 설명한들 이해할 수도 없을 걸세."

유진길은 말을 끊었다. 잠시 후 다시 말을 이었다.

"오랜 세월 유학(儒學)을 공부했지만 마음에 스며드는 공허를 채울 수가 없었네. 유학으로는 내 안의 영과 혼의 세계를 설명할 수 없었어. 그리고 우연히《천주실의(天主實義)》를 접하게 되었고, 거기서 천주님의 존재를 알게 되었지. 인간과 세상의 시작을 말하는 천주교의 도리를 읽으면서 나는 무릎을 쳤네. 영혼과 감정과 이성을 지닌 내가 누구를 닮았는지, 내 영은 천주님을 알았을 때 희열했지. 유학에서는 인간의 종말을 말하기를 거부하네. 천주교에서는 사람이 죽으면 그 영혼을 허공에 떠돌게 하지 않고 천주께서 거두어 주신다고 가르치고 있어. 내 존재의 시작과 끝을 명확히 알게 되었으니 내가 얼마나 기뻤겠는가."

시간이 지날수록 유학의 문제점과 한계가 정치와 사회 현상을 통해 드러나기 시작했다. 유학의 한계를 느끼고 있는 선비는 한둘이 아니다. 그리고 천주교의 도리를 통해 무엇인가를 찾는 선비들이 꽤 있다는 것도 공공연하게 알려졌다. 조정의 권력을 둘러싸고 문벌과 당파 간의 투쟁이 극심해졌다. 그럴 즈음 당대의 석학 이익의 제자들 중에 시대적 변혁의 필요성을 절감하던 몇몇 남인 학자들이 청나라를 통해 서양 문물을 접하고 관심을 갖기 시작했다. 그들은 서양의 과학과 함께 천주학 관련 서적을 구해 보았는데, 그중 선비들의 관심을 끈 것이 예수회의 마테오 리치 신부가 쓴《천주실의》였다.

《천주실의》는 천주학의 입장에서 유교, 불교, 도교 사상을 비판하면서 천주교의 교리와 신학을 소개한 책이다. 마테오 리치는 비록 중국 사상에 대한 이해와 지식에는 한계를 드러냈지만, 천주가 만물을 창조하고 다스린다는 것과 천주교의 윤리에 대해서는 논리정연하게 이론을 전개했다. 비록 드러내 놓고 말할 수는 없었지만 선비들 사이에는 은연중에 천주학에 대한 호기심과 학문적 관심으로 말들이 오갔다. 그러던 것이 남인 계열 선비인 정약용의 맏형 정약현의 처남 이벽과 이승훈, 정약전, 정약종, 정약용 삼형제와 이익의 종손으로 이승훈의 숙부이며 형조판서를 지낸 이가환과 당대의 학자로 이름 높던 권일신 등 남인 시파 계열의 선비들이 천주교 서적을 연구하고 신앙 활동을 시작했다. 그들의 신앙 모임은 발각되었지만 그들을 아끼던 정조와 영의정 채제공이 크게 문제 삼지 않고 덮어 주었다. 그러나 그들을 옹호하고 천주교에 대해 온건한 태도를 취한 채제공과 정조가 연이어 세상을 떠나고, 나이 어린 순조가 등극하자 노론을 등에 업고 있는 정순왕후가 수렴청정을 하면서 천주교에 대한 탄압이 심해졌다.

신유년(1801년), 정순왕후는 천주교도를 잡아들일 것을 명했다. 이가환과 이승훈, 정약종을 비롯해 많은 신자가 잡혀 더러는 배교를 했지만 고문을 못 이겨 죽거나 신앙을 지키며 순교했다. 남인 시파에 의해 수용되기 시작한 천주교는 노론 벽파와의 정쟁에 휩싸여 초기부터 모진 박해를 받고, 회복 가능성이 없을 정도로 큰 타격을 받았다.

그렇게 조선에서 천주교는 양반인 남인 선비들에 의해 시작되었지만,

초기에 일어난 박해로 대부분의 신자 선비들이 죽거나 배교하고 귀양을 갔다. 그런데 초기 조선 천주교 모임에는 선비들뿐 아니라 중인 역관들과 의원들도 있었다. 특히 당시 역관들은 성직자가 없던 천주교에서 주도적인 역할을 했다. 역관 김범우는 자신의 명례방(明禮坊, 지금의 명동) 집에서 이벽, 이승훈, 정약용 형제 같은 선비들과 함께 신앙 모임을 가졌다. 그러다 들켜 귀양을 가게 되었고 배소(配所, 귀양지)에서 숨을 거두었다. 그 뒤에도 역관들 중에 최창현, 윤유일, 최인길 같은 순교자를 낳으며 성직자가 없던 조선 천주교를 실질적으로 이끈 지도적인 인물을 끊임없이 배출했다. 그들은 베이징을 드나들며 성직자를 입국시킬 길을 모색하고, 조선 천주교의 현안들을 베이징 주교와 의논하며 멀리는 로마의 바티칸과도 접촉했다. 뛰어난 학식을 지니고, 청국을 오가며 세상을 보는 안목도 갖추었지만 신분의 한계 때문에 양반들에게 사람대접을 제대로 받지 못하던 역관들은 조선 사회의 모순을 누구보다 예리하게 느끼고 있었다. 조선이 변화되기를 갈구하면서 새로운 사조를 받아들이는 데 적극적이던 역관들 사이에는 천주교를 믿거나 동조하는 분위기가 이어지고 있었다. 답답하게 막힌 조선, 어딘가에서 탈출구를 찾으려는 노력들이 꿈틀대고 있었다. 그러나 천주교에서 탈출구를 찾는 것은 목숨을 거는 일이었다.

김재연은 천주교에서 탈출구를 찾을 수 있다는 확신도 없고, 확신이 생긴다 해도 목숨을 걸지는 않을 거라 생각했다. 유진길은 자신이 이해할 수 없는 그 무엇을 보고 있는 것 같았다.

"내일은 구련성(九連城), 모레는 총수산(總秀山)에서 자고 다음 날 책문으로 들어가겠군. 빨리 온 셈이지."

"그렇습니다."

그동안 길 떠날 채비를 서둘렀다. 봉물을 운반하는 짐꾼들도 서둘러 도착했다.

"내 몫의 홍삼을 자네가 처리해 줄 수 있겠나?"

"그러지요. 하지만 베이징까지는 가지고 가십시오. 베이징에서야 제값을 받을 수 있으니까요."

"그럼세, 고맙네."

자신이 받은 홍삼에다 유진길과 다른 두 명의 역관, 정사와 부사, 서장관의 것은 물론 관아의 몫에서도 상당량을 맡았다. 엄청난 액수다. 값을 미리 치르려면 막대한 은자(銀子)를 준비해야 한다. 정시윤이 그만한 자금을 마련해야 할 텐데, 걱정도 되었지만 이내 안심했다. 정시윤의 재력을 믿기 때문이다.

김재연 옆에 정시윤이 있고, 정시윤이 탁월한 장사꾼이라는 것은 알 만한 사람은 다 아는 사실이다. 김재연은 정시윤과 자신이 한패로 엮인 장사꾼으로 보인다고 해도 개의치 않았다. 모두 홍삼을 들고 국경을 넘지만 운이 좋으면 좋은 값을 받고 그렇지 못하면 의주의 만상이나 청국 상인들의 농간에 속아 헐값으로 넘기고 속을 끓이며 돌아온다. 그러나 정시윤에게 맡기면 제값을 받을 수 있다. 장사만 밝히는 역관이라고 소문나도 할 수 없다. 허울뿐인 체면보다 실리를 챙기는 것이 중요하다. 사행을 담당하는 예조(禮曹)와 사역원에서도 김재연과 정시윤의 관계를 알고 있다. 의주의 만상과 몇몇 역관의 입을 통해 벌써 예조에 말이 들어간 것이다. 그러나 예조와 사역원에서는 이미 역관들 사이에 전설처럼 내려오는 우봉 김씨 가문과 김재연의 아버지 김학수 옹의 과거 공적을 인정하고, 김재연의 사람됨을 알고 있기에 문제 삼지 않았다. 김재연이 베이징에서 정시윤을 통해 좋은 값으로 팔 수 있는 길을 터 줄 뿐 중간에서 한 푼도 따로 챙기지 않는다는 것을 알고 있는 것이다.

조선 전기부터 사행 역원을 뽑으면 인삼을 열 근씩 지급했다. 팔아서 여행 경비와 장사 자금으로 쓰도록 했다. 말하자면 사무역을 허용한 것이다. 그러다가 인조 때부터 열 근이던 것을 팔십 근으로 올려 주었는데, 그 인삼을 열 근씩 하나로 포장하여 여덟 포를 만들어 가져갔기 때문에 팔포(八包)라고 하였다. 팔포는 가삼(家蔘) 재배가 늘어나고 홍삼 생산이 늘면서 다시 홍삼을 가져가기도 하고 상황에 따라 내용이 변했다. 역관들은 사무역뿐 아니라 조정이나 각 군문, 아문이 필요로 하는 물품을 수입하기 위해 자금을 지급받아 베이징에서 수입해 오는 관아무역(官衙貿易)까지 대행하면서 막대한 부를 축적할 수 있었다.

그러나 그것도 한때, 상인들의 힘이 막강해지면서 역관이 부를 축적할 수 있는 황금시대도 기울 수밖에 없었다. 본래 역관들은 한양의 경상들과 결합되어 조선의 홍삼 무역을 주도했다. 그러나 의주의 만상이 조정에 탄원해 홍삼 무역권을 따 냈고, 그즈음 개성의 송상도 등장했다. 반면 역관들은 상인들로부터 세를 받아 사행 경비로 썼다. 그러다 보니 역관들의 씨주머니가 형편없이 줄어들고 관아로 늘어가는 수입도 자연히 줄어들었다. 이에 조정에서는 다시 역관들에게 홍삼 무역을 재개하도록 허락했지만, 역관은 장사 수완 면에서 상사꾼의 경쟁 상대가 될 수 없었다. 정규 무역 외에도 상인들이 주도하는 밀무역이 날이 갈수록 심각해졌다. 조정에서는 무역량을 늘리며 역관과 상인 사이의 홍삼 무역권의 내용을 여러 차례 조정했지만 상인들(특히 만상)의 홍삼 무역의 독점과 밀무역을 막을 수 없었다. 그래서 조정에서는 차라리 밀무역을 양성화하려 포삼 액수를 계속 늘렸다. 그러다 보니 상인들의 수입이 늘고, 수입이 큰 만큼 주도권을 둘러싸고 한양의 역관과 경상, 개성의 송상과 의주의 만상 사이에 경쟁도 치열해졌다.

유진길이 나가고 얼마 되지 않아 만상의 홍낙연 행수가 찾아왔다. 그는 연신 허리를 굽실거리며 김재연의 눈치를 살폈다.

"대행수께서 직접 오시려고 했지만 갑자기 어지럼증이 도져 거동을 못해 제가 대신 왔습니다. 죄송합니다."

평계를 대기 위해 늙은 능구렁이 홍 행수를 보낸 모양이다.

"대행수께 전하시오. 우봉 김씨 가문이 어떻게 일해 왔는지 제대로 알기나 하고 그런 짓을 했느냐고. 그래, 예조에서 어떤 대답을 받았소?"

"그런 것이 아니라 말이 잘못 들어가는 바람에 그만⋯⋯."

"평계 델 생각 마시오. 상대방의 잘못을 고하려면 떳떳해야 하는 것 아니오? 밀고가 사실과 다르다면 무고를 한 것이니 떳떳하지 못한 것 아니오?"

"그게 아닙니다. 잘못 알고 있어서⋯⋯ 죽을죄를 지었습니다."

"대행수가 그리 빌라고 했소? 빌려면 본인이 직접 와야 할 것 아니오?"

"대행수께서는 모르는 일입니다. 아랫것들이 일을 저질러서 그만⋯⋯."

"누추한 변명은 마시오. 어릿이 밥을 먹으려고 밥상에 둘러앉았는데 그중 힘센 자가 밥솥째 독식해 버리면 나머지는 다 굶어 죽을 수밖에 없지 않소. 돈밖에 모르는 장사꾼이라도 상도는 있는 법이오."

홍 행수는 절절매는 시늉을 하더니 슬그머니 물었다.

"대행수께 꼭 그리 전하겠습니다. 그런데 이번 사행에 정 행수는 오지 않았습니까? 볼 수가 없어서요."

"만상은 남의 밥상까지 넘보는 버릇이 있어요. 대행수에게 분명히 전하시오. 정시윤의 밥상을 넘보지 말라고. 그 밥상에 숟가락 내밀었다가는 목숨을 부지하기 힘들다고. 넘볼 게 따로 있지."

"네. 명심하고 전하겠습니다."

"그리고 한 가지. 이번 사행 일정이 촉박한 것은 만상에서도 알 것이오. 그러니 책문(柵門)이나 봉황성(鳳凰城)에서 장사꾼들이 쓸데없이 일을 만들어 사행 일정에 누가 되지 않도록 만상에서 단속을 해 주시오. 그쪽은 만상이 주도권을 쥐고 있으니 만상만 협조하면 사행이 늦어지지 않을 것이오. 물론 나도 사행단보다 미리 그쪽으로 가서 일을 살필 것이오."

"알겠습니다."

홍 행수를 야단쳐 보냈다. 그 정도면 알아들었을 것이다. 만상의 홍삼 무역의 횡포를 막는 것은 쉬운 일이 아니다. 조정에서도 매년 골치를 앓으며 방법을 강구하지만 교활한 만상의 수를 당해 낼 도리가 없었다. 홍삼의 밀무역은 매년 늘어만 갔다. 그런데 몇 년 전부터 경상에 속해 있다고 알려진 정시윤이 홍삼 무역에 슬그머니 발을 들여놓고 난 뒤 홍삼 무역의 형세가 바뀌기 시작했다. 만상으로 들어가야 할 홍삼의 상당량이 어디론가 사라졌다. 만상은 그것이 정시윤 때문이라는 것과 정시윤 뒤에는 역관 김재연이 있음을 알아냈다. 그러나 만상이라도 김재연을 쉽게 볼 수 없었다. 김재연이 조정에 큰 공을 세운 역관 김지남과 김경문을 선조로 둔 우봉 김씨 가문인 데다 한어와 만주어에는 따를 자가 없을 정도로 뛰어나 예조와 사역원의 신임이 누터웠다.

해가 갈수록 정시윤의 홍삼 무역의 규모가 커지고, 만상에 들어오는 홍삼량은 줄어들었다. 그래서 예조에 술을 대 김재연과 정시윤을 견제해 보려고 했지만 결과는 기대했던 것과 정반대로 나타났다. 예조와 사역원에서의 김재연의 위치는 확고했다. 뇌물로도 통하지 않아 김재연이 의주에 오는 것을 기회로 손을 잡아 볼 생각으로 눈치 빠른 홍 행수를 보내 의중을 떠보려 한 것인데, 제대로 말도 못 붙여 보고 야단만 들었다.

김재연은 서장관 황협이 다시 한 번 확인하라고 준 봉물 목록을 살펴본 뒤 보자기에 싸서 서장관에게 돌려보냈다. 이제 길을 떠나는 일만 남았다. 내일 아침 의주를 떠나 압록강을 넘고 구련성에서 하룻밤을 묵어야한다. 구련성에는 객사가 따로 없어 야영을 해야 한다. 일행의 야영 준비는 의주 관아에서 하지만 그래도 철저히 점검해야 한다.

갑오년(1834년) 동지사 사행의 부사인 박재문 대감은 차를 마시며 김재연을 기다리고 있었다. 다른 때 같으면 의주를 떠나기 전에 의주부윤이 베푸는 환송연이 늦게까지 벌어졌겠지만 때가 때이니 간단히 저녁을 먹으며 한잔 하는 것으로 끝내고 침소로 돌아온 것이다.

"늦어서 죄송합니다."

"일이 많았던 모양이군. 앉게."

김재연은 부사와 마주 보는 자리에 앉았다.

"준비는 차질 없겠지?"

"네."

"자네가 하는 일인데 어련하겠나."

"서장관이나 수임이 철저해서 모든 게 차질 없이 준비되었습니다."

자신을 부를 것이 아니라 수석 역관인 유진길을 불러야 한다는 의중을 은근히 내비쳤다.

"자네를 부른 게 부담스러운 모양이군."

역시 이조판서 박재문은 눈치가 빨랐다. 김재연은 부사가 내미는 찻잔을 두 손으로 공손히 받아 마셨다.

"정무를 논하려는 게 아니라 사담을 하려고 불렀네. 내일 압록강을 건넌다고 생각하니 감회가 깊어서."

김재연은 박재문의 말을 알아들었지만 자신을 자주 부르는 건 부담스럽다는 뜻을 전하고 싶었다.

"수석 역관은 베이징을 여러 번 다녀와 모든 일을 빈틈없이 잘 준비하고 있습니다. 그쪽 상황에 밝은 건 말할 필요도 없고요."

"걱정 말게. 귀찮게 않을 테니."

"송구합니다. 역관이라도 위아래가 있습니다."

"깐깐하다고 소문이 났더니 역시나군. 그런데 여러 번 수임에 추천되었으나 번번이 사양했다고 들었는데 사실인가?"

왜 그랬느냐 답을 하라는 눈치다. 역관의 꿈인 수석 역관을 사양한다는 것은 보통 일은 아니다. 김재연은 아무 말도 하지 않았다. 박재문도 굳이 대답을 요구하지 않고 말머리를 돌렸다.

"자네 한어 실력은 조선 제일이라고 들었네. 중국 사람들과 말하는 걸 보면 누가 중국인이고 누가 조선인인지 구별이 안 된다고 하더구먼."

"괜한 소문입니다. 중국에서 태어나 어릴 때부터 말을 익혀야 그들과 똑같이 합니다."

"자넨 어릴 때부터 집안에서 한어를 익히지 않았나?"

"그렇지만 조선 사람에게 배워 조선식 한어입니다. 아버지도 한어에 능숙하지만 조선식 한어를 하시고, 아무래도 발음이 차이가 납니다."

박재문은 고개를 끄덕였다.

"자네에 대한 이야기는 예소에서 늘어 대충 알고 있네. 특별한 임무가 주어져서 자유롭게 일하라고 굳이 수임 자리를 강권하지 않는다고 들었네. 하지만 베이징에 관한 정보는 자네가 가장 정통하니 어쩌다 시간이 나면 중요한 곳을 안내해 주게나. 정사께서도 자네 말을 하시더군. 소문을 들으신 모양이네."

"알아서 모시겠습니다."

"그런데 오늘 만상에서 누가 다녀갔다는 이야기를 들었네."

역시 박재문은 그것이 궁금했던 모양이다.

"네. 홍낙연이라는 행수가 다녀갔습니다."

"대행수가 오질 않았군. 그래 무슨 트집을 잡던가?"

"잘못했다고 빌고 갔습니다."

"자넬 떠보려고 온 건 아닌가?"

"그런 것 같습니다."

"자기 주머니에 돈 들어가는 것만 챙기는 장사꾼들이니 조정 사정이 어찌 되었든 상관없겠지. 그래, 어떻게 대했나?"

"모질게 대했습니다."

"조심하게. 무슨 짓을 할지 모르니."

"정시윤은 만상의 장터는 손대지 않습니다. 의주와 책문을 지나 베이징에 이르는 여정에 큰 장이 여러 번 서고, 거기서 만상은 막대한 수입을 올립니다. 그러나 정시윤은 오직 베이징에서만 장사를 합니다. 자신이 개척한 판로가 있고, 그곳을 통해서 물건을 팔고 삽니다."

"하지만 만상의 손에 들어가는 홍삼의 양이 전과 같지는 않겠지."

"그렇습니다. 그러나 조선의 삼이 모두 만상의 것은 아닙니다. 정시윤은 전라도와 경상도뿐 아니라 개성에도 삼밭을 가지고 있습니다. 개성의 증포소(蒸包所, 인삼을 쪄 홍삼을 만들던 곳)에도 자금을 지원해 기술을 개발하도록 돕고 있습니다. 자기 주머니만 챙기는 사람이 아닙니다."

"나도 들어 알고 있네. 그래도 사행에 따르는 다량의 삼이 그자의 손에 들어가지 않나?"

"그렇긴 하나 큰 뭉치만이지요. 소소한 것은 모두 만상의 손으로 들어갑니다. 그것도 엄청난 양입니다."

"그러나 만상은 불만이 적지 않을 걸세."

"할 수 없습니다. 정시윤은 관아에서 나온 삼은 팔아만 줄 뿐 이문을 남기지 않습니다. 만상이 관여했을 때와 비교하면 아실 것입니다."

"호조에서도 그리 말하더군. 그런데 정시윤이라는 자가 양반 출신이라고 하던데 사실인가?"

"신상에 대해서는 일절 말하지 않습니다."

"자네와는 막역한 사이라고 하던데?"

"그렇습니다. 서로 진실함을 믿고 소중하게 여깁니다."

"진실하다고? 만나 보고 싶군. 이번 사행에는 동행하지 않았다 들었네."

"벌써 청국에 가 있습니다. 좀 더 좋은 값에 삼을 팔려고 이곳저곳 알아보고 있을 것입니다."

박재문은 의주 만상에 대해 호감을 가진 것 같지는 않다. 만상의 전 대행수 임상옥은 순조의 외숙으로 막강한 권력을 행사하던 박종명과 연결되어 있었다. 말하자면 부패 관리로 행패를 부리던 박종명에게 막대한 재물을 바치고, 그 뒷심으로 임상옥과 만상은 홍삼 무역권을 손에 쥐고 막대한 부를 축적했다. 결국 박종명은 탄핵을 받아 권좌에서 물러났다. 그러나 임상옥은 여전히 능통한 한어를 재산으로 조정의 외교에 도움을 주기도 하고, 재산을 풀어 어려운 백성을 구제하는 일도 서슴지 않았다. 그 공로로 상인이지만 벼슬을 얻어 신분 상승을 꾀할 수 있었다. 금년에도 의주에 큰 홍수가 있었는데, 임상옥은 재물을 풀어 난민을 구제해 칭송을 받았다. 박재문은 박종명을 의식하지 않을 수 없었다. 의식적으로 만상과 기리를 두려는 것이다.

박재문은 김재연에게 충고를 한마디 건넸다.

"자넨 정치를 알 만큼 아는 사람이니까 하는 말이네만, 정권은 한결같지 않다는 걸 늘 염두에 두게."

순조가 언제 승하할지 모른다는 암시다. 상인들의 농간은 어제 오늘의 일이 아니고, 재물에 약한 벼슬아치들은 언제 그들의 손에 넘어가 변심할지 모른다. 조정의 창고를 채우는 일보다 자기 집 창고를 채우는 일에 눈을 돌리게 되면 자신에게도 불똥이 튀지 않을 보장이 없다.

"자네는 정쟁에 휘말려선 안 될 사람이라는 걸 명심하게. 누가 정권을 잡는다 해도 살아남아야 하네. 그 자리도 반드시 지켜야 하고. 물론 예조나 사역원에서도 잘 알고 있고 나도 힘을 쓰겠지만, 사람이 바뀌면 그도 쉽지 않다네."

부사의 숙소를 나와 김재연은 깊은 밤이 내려앉은 마당을 가로질러 숙소로 향했다. 북방의 겨울바람이 매섭게 볼을 때렸다. 정치, 권력! 양반들의 관심은 오로지 그것뿐인가. 백성을 하늘로 알고 섬겨야 한다는 건 말뿐이다. 백성은 늘 배를 곯지만 곯은 배를 채워 줄 방도를 마련할 생각은 없고, 그저 누가 정권을 잡을 것인지만 관심거리다.

'신물 난다. 정말 신물이 난다.'

김재연은 고개를 절레절레 저었다.

의주를 떠날 채비를 끝내고 삼사(정사, 부사, 서장관)와 역관들이 일정을 다시 한 번 점검하는데 갑자기 문이 열리며 의주부윤이 하얗게 질린 얼굴로 들어왔다. 의주부윤이 허겁지겁 말을 꺼냈다.

"대감, 망극한 일입니다."

"무슨 일이오?"

정사 이익회 대감은 무슨 일이 일어났는지 짐작했다. 그의 얼굴도 굳어졌다.

"평양성으로부터 파발을 받았습니다. 전하께서 승하하셨습니다."

모두 바닥에 무릎을 꿇고 머리를 조아리며 통곡했다.

"전하, 전하! 어찌 이리도 허망하게 가시옵니까."

"전하를 지키지 못한 죄인을 죽여 주시옵소서."

삼사는 가슴을 치며 통곡했다. 임금이 승하하는데 대궐 안에서 지키지 못한 일이 한스러웠다. 그러나 언제까지 울고 있을 수는 없다. 곧 자리에 앉은 그들은 일정을 다시 조율해야 했다. 사태를 정리하는 것이 급선무다. 의주부윤은 빈소를 차리고 상복을 준비할 테니 닷새간 더 머물 것을 권했다. 이익회 대감은 그의 의견을 받아들였다.

삼사는 의주부윤이 급히 준비한 상복으로 갈아입고 닷새간 빈소를 지켰다. 닷새 뒤 빈소를 걷고 다시 떠날 준비를 했다. 사행은 대여섯 달에 걸친 긴 여정이라 도중에 별별 일이 다 벌어진다. 하지만 이번만큼 망극한 일이 일어난 것은 처음이라 역관들은 모두 긴장했다. 예정에 없던 일로 의주에서 닷새를 더 보냈으니 길을 재촉해야만 했다. 그런데 의복을 어떻게 입어야 할지 의논이 일었다. 망극한 일을 당했으니 상복을 벗기가 어렵다는 것이다. 수석 역관 유진길이 삼사를 간곡히 설득했다.

"동지사는 황제에게 새해 인사를 하는 것이 중요한 임무입니다. 만일 일정에 차질이 생기면 청국에서 무슨 트집을 잡을지 모릅니다. 조정에서 머지않아 고부사를 보낼 것이니 우리는 예정대로 일정을 계속해야 할 줄로 판단됩니다."

삼사는 그의 의견에 이의를 달지 않았다. 그래서 내키지는 않지만 상복을 벗기로 했다.

착잡한 심정으로 출발을 서둘렀다. 정국이 언제 또 회오리바람을 일으킬지 모른다. 임금의 승하는 그만큼 정치적으로 큰 변화를 불러오는 일이다. 순조의 대를 이을 효명세자가 일찍 세상을 떠난 것이 불행이다. 뒤를 이을 아들은 겨우 여덟 살이다. 수렴청정이 불가피한데 누가 할 것인가. 할머니인 순조의 비 순원왕후(純元王后)는 안동 김씨 가문이고, 어머니인 효명세자의 빈 신정왕후(神貞王后)는 풍양 조씨 가문이다. 권력을 사이에 둔 두 집안 간의 알력이 만만치 않다. 일단 순원왕후가 수렴청정을 하게 되면 안동 김씨가 세력을 잡을 것이다. 그러면 풍양 조씨가 가만있겠는가. 할머니는 어머니보다 한 걸음 멀다.

의주를 떠날 준비를 마쳤다. 아침부터 의주 관아는 사행단을 떠나보낼 준비로 부산하게 움직였다. 의주부윤은 이미 압록강을 향해 길을 떠났다. 압록강은 물살이 세서 배로 많은 짐과 말을 실어 나르는 일이 쉽지 않다.

그래서 강을 건널 때는 얼음이 녹은 봄이나 여름보다 겨울이 좋은데, 동지사는 겨울에 떠나기 때문에 도강은 다른 사행 때보다 수월하다. 강은 이미 꽁꽁 얼어붙었고, 그 위에 눈이 하얗게 쌓여 어디가 강이고 어디가 땅인지 알 수 없었다.

압록강을 건너기 전에 짐 검사를 해야 하기 때문에 아침 일찍부터 의주 부윤과 서장관이 강변에 천막을 쳤다. 사행단의 노복과 짐꾼, 장사꾼들의 짐을 뒤지느라 온통 눈으로 덮인 땅바닥에 이불 보따리며 옷 보따리들이 나뒹굴었다. 추운 겨울이라 두툼한 이불까지 챙겨 가느라 짐이 더 많았다. 책문을 들어서서 요동(遼東)을 지나는 동안에는 이불이 없으면 여각(旅閣)이나 민박에서 받아 주지 않을 때가 많아 이불을 반드시 챙겨야 한다. 역관들은 행장(行裝)만 뒤지기 때문에 검사가 간단했다. 의주관아에서 나온 관원은 유진길과 김재연을 보자 알은체를 하며 짐을 뒤지는 시늉만 하고는 얼른 보내 주었다.

어수선한 짐 검사가 끝나고 일행은 옷을 갈아입느라 분주했다. 강을 건너기 전에 옷을 갈아입어야 한다. 삼사는 평복(平服)으로 갈아입고 나머지는 각자의 지위에 따라 정해진 옷을 입는데, 조선 옷도 아니고 청국 옷도 아닌 특이한 모양이라 마두(馬頭, 역의 말을 맡아 관리하던 사람)나 하인들은 서로 쳐다보며 낄낄대고 웃었다. 역관과 군관들은 머리에 전립(戰笠)을 쓰고 각기 모양이 다른 새털을 달았다. 그런 모양새로 베이징까지 한 달여를 여행하다 보면 베이징에 입성할 때는 때에 찌들고 낡을 대로 낡아 행색이 말이 아니었다. 특이한 옷매무새며 초라한 행색은 베이징 사람들의 웃음거리요 구경거리였다.

강을 건너고 난 뒤 사행단은 구련성을 향해 길을 재촉했다. 길은 좁았지만 앞서 간 의주의 군졸들이 길가에 무성한 갈대와 나뭇가지들을 쳐 놓아 그리 힘들지 않게 길을 갈 수 있었다. 길을 재촉했지만 구련성에 도착한 것은 저녁이 다 되어서였다.

구련성은 명나라 때 성을 쌓고 군사를 주둔시켜 마을이 형성되었기 때문에 당시 사행단은 이곳에서 민박을 할 수가 있었다. 땅이 기름져 농사 짓기가 좋아 여유 있게 살던 곳이다. 그러나 청 왕조가 들어서면서부터는 압록강을 건너 구련성부터 국경인 책문에 이르는 지역에 민가를 철수시키고 두 나라 사이의 완충 지역으로 만들었다. 그 뒤 구련성은 인적을 찾아볼 수 없는 땅으로 변했다. 그래서 의주를 떠나 압록강을 건넌 사행단은 첫 밤을 구련성 숲에서 노숙을 할 수밖에 없었다.

여기저기서 밥 짓는 연기가 솟아올랐다. 의주에서 보낸 군졸들이 사행단보다 먼저 도착해 천막을 쳐 놓고 사행단이 도착하기를 기다리고 있었다. 정사의 숙소는 기둥을 세우고 가죽으로 둥글게 몽골식 천막을 널찍하게 쳐 놓았다. 부사와 서장관의 천막은 조금 작게 쳤지만 정사의 천막처럼 땅을 파 숯불을 피우고 그 위에 널판을 깔았기 때문에 온돌 역할을 해 한기를 어느 정도 막을 수 있었다. 그러나 역관들은 불기라고는 없는 작은 천막에 네다섯 명씩 들어가 밤을 지새야 한다. 그나마 역관들은 바람을 막을 가리개라도 있지만 군졸이나 노복들은 한데서 화톳불만으로 밤을 새워야 한다. 여기저기서 땔감을 마련하느라 도끼로 나무를 찍는 소리가 숲 속에 울려 퍼졌다.

김재연은 유진길과 함께 같은 천막에 들었다. 따라온 노복들이 이불 짐을 들여놓았다.

"고향 생각 많이들 나겠군."

한방을 쓰는 역관 홍만호가 한마디 했다.

"처음 길 떠난 사람들은 더하겠지요."

"동상이라도 걸리면 큰일인데 불이라도 넉넉히 지필 준비는 했나 모르겠군."

유진길이 걱정했다.

"어련히 했겠습니까. 그리고 서북 사람들은 추위를 잘 견디지요."

사람 좋은 홍만호가 유진길의 걱정을 덜어 주려고 너스레를 떨었다.

"내일 새벽에 책문으로 먼저 떠나겠습니다."

김재연이 유진길을 보며 말했다.

"혼자서 고생해야겠군."

"괜찮습니다. 책문에서 편히 쉴 텐데요."

"그렇긴 하네만, 준비할 건 다 챙겼는가?"

"네. 요즘 들어 은을 선호하는 것 같아 은자와 홍삼을 넉넉히 준비했습니다. 청국에도 은이 딸리는 모양입니다."

"청국에서 은이 딸리다니 그 많은 은자를 전부 아편 들여오는 데 쓴단 말인가? 한심하군."

잠시 침묵이 흐르고 각자 생각에 잠겼다.

"저녁 준비 다 되었습니다."

노복이 천막 밖에서 큰 소리로 알린다.

군졸들이 화톳불 둘레에 나무토막들을 하나씩 깔고 앉아 때를 기다리고 있었다. 정사와 부사가 나와 자리에 앉자 작은 상을 차려 대령했다. 닭 잡는 소리가 요란하더니 뜨끈하고 얼큰한 닭 국물이 속으로 들어가 언 속을 확 풀어 주었다. 모두 시장하던 차라 국에 밥을 말아 게 눈 감추듯 먹어 치웠다.

저녁을 끝내고 삼사는 각자의 천막으로 들어갔다. 김재연은 서장관의 천막으로 들어갔다.

"내일 새벽에 책문으로 떠나겠습니다."

김재연이 보고하자 서장관 황협은 고개를 끄덕였다.

"내일 안으로 책문에 도착할 수 있겠지?"

"해 지기 전에 도착할 수 있습니다."

"잘 달리는 말을 타고 가게나. 도중에 비적(匪賊) 떼를 만나면 큰일이야."

"그런 걱정은 없습니다."

"우리는 내일 총수산에서 묵고, 모레 책문으로 들어가겠군. 자네가 이른 대로 문 앞에서 장사꾼들을 멀리 떼어 놓겠네."

"상인들을 멀리 떼어 놓고 군졸들을 풀어 막으셔야 합니다. 그리고 삼사분들과 사행단이 먼저 들어갈 수 있게 미리 준비해 주십시오. 그래야만 일이 순조롭게 진행됩니다."

"알겠네. 지난해 동지사로 갔던 서장관에게서 들었네. 책문 앞에서 못 들어가 무척 고생했다고 말일세."

책문은 조선과 청국의 국경이다. 책문의 문을 들어서면 청국에 발을 들여놓는 것이다. 따라서 국경을 넘는 검문이 만만치 않다. 그런데 상인들이 문제다. 조선에서 물건을 가지고 청국으로 들어가려는 상인들은 구름 떼처럼 몰려 있다가 사행단을 맞기 위해 청국 문지기가 대문을 열면 정사고 부사고 다 제치고 앞다투어 몰려 들어간다. 점잖게 기다리던 사행단은 이리저리 밀리다가 문지기가 문을 닫아 버리면 들어가지도 못하고 문밖에서 다시 문을 열어 주기를 기다려야 한다. 일국의 사신 일행이지만 제대로 대접받을 수가 없다. 그뿐 아니라 책문이 속해 있는 봉황성의 성장이 공연한 일로 거드름을 피우고 트집을 잡으면 정사의 체면이 말이 아니게 된다. 사신이라고 해도 청국은 황제의 나라요 조선은 왕의 나라다. 그래서 왕의 나라 사신이 황제의 나라 성장으로부터 제대로 대접받게 하려면 미리 손을 써 놓아야 한다. 김재연은 그 일 때문에 미리 길을 떠나야 했다. 정시윤이 함께 오면 그가 알아서 일을 처리했다. 정시윤이 나타나면 책문의 군졸들이나 성장 모두 사신보다 더 반겼다. 손에 들어오는 것이

톡톡하기 때문이다. 그러나 김재연도 그들과 안면이 만만치 않고, 정시윤과의 관계가 잘 알려져 있으니 그리 어렵지 않게 일이 풀릴 것이다.

서장관의 천막을 나서자 화톳불을 둘러싸고 몸을 웅크리고 누워 잠을 청하거나 쭈그리고 앉아 타오르는 불빛을 말없이 쳐다보고 있는 군졸들의 모습이 눈에 들어왔다. 몸을 녹이고 호랑이의 습격도 막기 위해 밤새도록 불을 지핀다.

김재연은 천막으로 들어가기 전에 소피를 보려고 불빛이 비치지 않는 풀숲으로 들어갔다. 소피를 보고 몸을 돌리니 어둠 속에 사람들이 모여 있는 것이 보였다. 의아해하며 그쪽으로 걸어갔다. 마른풀 밟는 소리가 밤의 적막을 깨뜨렸다. 웅크리고 있던 사람들은 인기척에 놀란 듯 이쪽을 쳐다보았다.

"누군가? 이 밤중에."

김재연은 소리가 퍼져 나가지 않도록 조심스럽게 물었다.

"아, 자네로군."

유진길이었다.

"형님! 밤중에 에서 뭘 하십니까?"

김재연은 따지는 듯한 말투로 물었다.

"이 사람들은 내 노복과 마부일세. 일러둘 말이 있어서 불렀어."

유진길이 어물어물 말꼬리를 흐렸다. 김재연은 셋이 천주교 신자이고, 사람들 눈을 피해 기도를 하고 있었다는 것을 직감했다.

"그만 가 보게나."

유진길이 말하자 둘은 김재연을 힐끗 쳐다보고는 화톳불 가로 걸어갔다. 김재연은 유진길과 함께 풀숲을 걸어 나왔다.

"어쩌려고 그러십니까? 호랑이가 달려들지도 모르는데 무섭지도 않습니까?"

김재연은 걱정스러워 잔소리를 하지 않을 수가 없었다.

"죽기밖에 더하겠나?"

"죽는 게 두렵지 않습니까?"

유진길은 대답하지 않았다.

김재연은 천막 안으로 들어가 옷을 입은 채 이불을 휘감고 자리에 누웠다. 바닥에서 올라오는 냉기가 뼛속까지 스며들었다. 이맘때면 천막 안에 누워 있는 사람이나 밖에서 불을 쪼이는 사람이나 생각하는 건 다 똑같다. 고향집의 따뜻한 아랫목과 식구들 생각이다.

아내는 당차고 현명한 여인이다. 우봉 김씨 가문과 더불어 뛰어난 역관들을 배출한 해주 오씨 가문에서 태어나 어린 시절부터 아버지와 오라비들이 역관으로 살아가는 모습을 보며 자랐다. 그래서 한 번 사행을 떠나면 대여섯 달은 집을 비우는 남편을 잘 이해하고, 집안일은 물론 세 아들을 장래 역관으로 교육하는 일도 도맡아 했다. 김재연은 아내에게 늘 고마운 마음을 품고 살아왔다. 어쩌다 자신의 마음을 표현하면 얼굴을 붉히던 아내의 모습이 그립다. 이토록 따뜻하고 정겨운 가정을 정시윤은 왜 외면하는지 알 수 없다.

'또 시윤이 생각이로군.'

슬그머니 웃음이 나왔다.

뼈를 에는 추위라 해도 어지간히 고단했던지 깜빡 잠이 들었다. 그런데 천지를 진동하는 함성에 잠을 설쳤다. 번개처럼 달려드는 호랑이들의 기습을 막기 위해 천아성(天鵝聲, 군사를 모으기 위해 부는 나팔 소리)을 불면 밖에서 야영을 하는 수많은 장졸과 노복들이 일시에 함성을 지른다. 그 소리를 몇 차례 듣고 나면 날이 샌다.

어둠이 가시지 않은 새벽 김재연은 짐을 챙겨들고 천막을 나섰다. 유진길도 따라 나왔다. 화톳불이 아직 곳곳에서 타고 있고 사람들이 몸을 쪼 그리고 불 가까이 발을 내민 채 잠들어 있었다. 유진길과 김재연은 불길이 잦아드는 화톳불을 찾아다니며 나무토막을 불 속에 던져 넣었다. 아직 날이 새려면 한참을 기다려야 하고 날이 샌다 해도 겨울 새벽은 추위가 유별나다.

"단단히 준비하게. 말을 달리면 찬바람이 살을 가를 텐데."

유진길이 걱정을 했다. 김재연은 아내가 만들어 준 솜 넣은 남바위를 이마부터 뒷목 아래까지 내려 쓰고, 그 위에 목도리를 둘러 눈만 내놓고 얼굴을 모두 가렸다. 그리고 말 위에 올라 장갑을 끼고 말고삐를 잡았다.

숲을 벗어날 때까지는 말을 천천히 몰다가 길에 나서자 말 등에 채찍을 가했다. 한참을 달리니 늑장을 부리던 겨울 해가 솟을 때가 되었는지 푸른 대기에 붉은빛이 스며들기 시작했다. 금석산(金石山)까지 달려가 그곳에서 잠시 말을 쉬게 한 뒤 조반 겸 중참을 먹고 다시 달리면 해가 있을 때 책문에 도착할 것이다. 숨을 들이쉬니 먼동이 트는 새벽 기운이 몸속으로 들어왔다. 사람도 말도 길을 달렸다.

겨울 해가 서쪽으로 많이 기울었다. 멀리 목책 울타리가 보인다. 책문에 도착한 것이다. 책문은 조선과 청국의 국경선으로 봉황성에 속해 있으며 목책으로 울타리를 세웠다 해서 조선에서는 책문(柵門), 청국에서는 변경에 있는 문이라 하여 변문(邊門), 봉황성 인근에 사는 사람들은 가자문(架子門)이라고 부른다. 책문만 넘어서면 청국에 발을 들여놓은 것이므로 사행단은 청국의 보호와 지원을 받는 한편 모든 일을 청국의 예법대로 따라야 한다.

김재연은 책문 정문 앞에서 말을 내렸다. 국경을 가르는 담이라고는 하지만 그럴싸한 대문도 아니고 나무로 가로세로 얽어 세우고 빗장을 질렀을 뿐 엉성하기 짝이 없다. 만리장성처럼 웅장한 돌담이나 성곽이 없다. 조선에게도 오랑캐라고 손가락질을 받으며 요동 벌판을 떠돌던 만주족이 한족(漢族)이 쌓아 놓은 만리장성의 대문을 열어젖히고 중원을 정벌하였다. 그리고 오랑캐들의 땅과 중원을 모두 통일한 대제국을 세웠다. 그런데 그까짓 작은 민족인 조선을 방어하기 위해 토성을 쌓을 필요가 없다고 생각했던지 목책을 얼기설기 엮어 놓고 국경이라 했다. 문을 열어 놓아도 쳐들어오지 못할 조선이 아닌가. 그런데 그들을 오랑캐라고 사람 취급도 않던 조선의 양반들은 사랑방에 앉아 침을 튀기며 업신여기는 말만 늘어놓느라 열을 냈다. 몽골족도 만주족도 차지할 수 있는 중원을 왜 조선은 차지할 생각을 못 하는가. 중원을 넘보던 고구려의 기상이 꺾인 지 오래되었고, 유학으로 세련되어진 조선은 야성적인 기상을 잃어버렸다. 그러다가 쳐들어온 만주족을 막아 내지 못해 임금이 무릎을 꿇고 신하의 예를 행한 지 얼마이던가. 세월이 흘러 청국을 세우고 천하를 호령하는 만주족은 아직도 조선의 양반들에게는 오랑캐일 뿐이다. 그 앞에 무릎을 꿇고 허리를 굽실거리면서도 속으로는 오랑캐, 쌍놈이라고 업신여기는 조선. 언제나 현실을 직시할 것인가. 매년 몇 차례 조공을 바치러 청국을 드나드는 사행을 얼마나 많은 조선 양반들이 다녀왔는가. 그러면서도 여전히 청국은 오랑캐 나라라고 업신여긴다.

책문의 문지기가 김재연을 알아보고는 얼른 문을 열며 반색을 한다.

"혼자 오셨습니까?"

"그렇다네."

"정 공은 오시지 않았습니까?"

이곳 장졸들이 기다리는 사람은 자기가 아니라 정시윤이라는 것을 눈치 채고는 김재연은 고개만 끄덕였다. 저쪽에 아문(衙門)이 보였다.

"성장께서는 이미 퇴청하셨는가?"

"네. 퇴청하신 지 한참 되었습니다."

성장은 직무를 수행하러 이곳 아문에 오지만 머무는 곳은 책문이 아니라 봉황성이다. 성장이 새로 부임했다고 하는데 그동안 사행을 가지 않았기 때문에 본 적도 없고 이야기도 별로 듣지 못했다. 과묵한 편이고 이전 성장처럼 뇌물을 밝히지 않는다는 이야기를 들은 정도이다. 그리고 그는 황실의 인척인데 무슨 일 때문인지 이곳 변방으로 쫓겨났다는 소문도 있었다. 김재연은 해가 지기 전에 성으로 들어가려고 말을 재촉했다.

3

봉황성 성장 다이전(戴震)은 조선의 역관 김재연이 뵙기를 청한다고 전하자 그에게 묵을 방을 마련해 주고 저녁을 함께 먹도록 준비하라고 일렀다. 김재연은 뜻밖의 초대에 당황했다. 예전의 이곳 성장들은 오만한 태도로 조선의 사신도 업신여기기 일쑤였고 제대로 대접하지 않았다. 그런데 일개 역관에게 방을 내주고 저녁을 초대한다는 것은 상상도 못 할 일이다.

김재연은 하인이 안내하는 대로 방으로 들어갔다. 방은 제법 크고 책상과 의자, 침상이 조촐하게 마련되어 있고 온기가 감돌았다. 짐을 풀고 있자 하인이 따뜻한 물을 준비해 놓았다고 하여 오랜만에 몸을 씻었다. 새옷으로 갈아입고 하인이 안내하는 대로 따라갔다.

붉은 보가 깔린 식탁에 두 사람의 저녁이 준비되어 있었다. 순간 김재연은 긴장했다. 성장과 자기 둘만의 식사라면 무슨 의도가 있는 것이 아닌가 하는 생각이 들었다. 하인이 나갔지만 그는 의자에 앉지 않고 선 채로 성장을 기다렸다. 주인은 손님을 오래 기다리게 하지 않았다. 잠시 후마루에서 발자국 소리가 나더니 문밖에서 헛기침 소리가 났다. 그리고 문이 열렸다. 김재연은 두 손을 모은 채 집주인을 맞이했다. 큰 키에 건장한체구, 김재연은 한눈에도 그가 전형적인 북방인, 만주족의 모습이라는 것을 알 수 있었다.

"앉게."

김재연은 그가 권하는 대로 자리에 앉으며 인사를 했다.

"저는 조선의 역관 김재연입니다."

"다이전일세."

"장군의 명성은 익히 들어 알고 있습니다. 먼발치에서 뵐 수만 있어도 영광인데 이렇게 가까이서 뵙다니. 또한 신세까지 지게 되니 몸 둘 바를 모르겠습니다."

"편한 마음으로 지내게."

그의 목소리는 낮았지만 힘이 배어 있다.

"고맙습니다."

김재연은 머리를 숙여 감사를 표한 뒤 그의 얼굴을 정면으로 바라보았다. 약간 위로 치켜진 눈매와 힘 있는 콧부리, 꽉 다문 입매, 부드러운 용모는 아닌데 이상하게도 자상함이 느껴졌다. 잠깐이었지만 그도 김재연을 뚫어지게 보다가 입을 열었다.

"임금께서 승하하셨다는 소식을 들었네. 여간 애석한 일이 아니로군. 갑자기 당한 일이라 모두 상심이 크겠구먼."

"그렇습니다."

"하지만 이번 사행에 차질이 생기지 않도록 주의해야 할 것이야. 너무 상심한 표현도 삼가야 하고. 청국의 황제께 원단례를 하는 것은 기쁜 것이니 얼굴빛을 조심하도록 하게. 시끄러워 좋을 건 없지 않은가."

"알고 있습니다."

다이전은 화제를 바꾸었다.

"자네의 명성은 이미 들어 알고 있네. 말을 배우는 데 천재라고. 한어는 조선 제일이라고 하던데 역시 그렇군. 흠잡을 데 없어."

"과찬이십니다."

김재연은 긴장했다. 다이전은 이미 자신에 대해 정보를 수집했다.

"우리말도 할 줄 아는가?"

그는 만주족 말이라고 하지 않았다.

"네. 큰 불편은 없습니다."

"그럼 우리말로 이야기하세. 또 어디 말을 할 줄 아는가?"

"왜어를 좀 합니다."

"서양 말은 하는가?"

"영국 말을 조금 이해합니다만 말하는 것은 어렵습니다."

"더 배우면 되겠군."

무엇 때문에 이런 질문을 하는 것일까 하고 김재연은 다이전의 속을 짚어 보려고 했지만 도통 감이 잡히지 않았다. 돼지고기를 뚝배기에 삶은 것과 작은 접시 몇 개가 들어왔다.

"들게. 어제 사냥을 나갔다 멧돼지를 잡았다네. 구수할 걸세."

다이전은 숟가락으로 돼지고기 덩어리를 떠서 김재연의 접시에 놓아 주고 잔에 고량주를 따라 마시기를 권했다. 김재연은 술잔을 비웠다. 가슴에 불이 붙는 것 같았다. 북방 사람들은 추위를 이기기 위해 겨울이면 독한 술을 마신다.

"마실 만한가?"

"속에서 불이 붙는 것 같습니다."

다이전은 빙그레 웃었다.

"술을 잘 못하는 모양이군."

그는 김재연에게 술을 더 권하지 않고 자작으로 거푸 두 잔을 비운 뒤 잔을 치웠다. 그들은 별로 말을 하지 않고 음식을 먹었다. 식사가 끝나자 다이전은 입을 닦으며 물었다.

"친구가 있다고 하던데. 이번엔 혼자인가?"

김재연은 놀랐지만 표현하지 않았다.

"네. 그 친구는 다른 일이 있어 같이 오지 못했습니다."

"정시윤이라고 하던가?"

"네."

"놀라지 않는군."

"청국에 자주 다니니 알 만한 사람들은 다 알고 있습니다."

"별 정보가 아니라는 뜻인가?"

김재연은 웃으며 다이전을 쳐다보았다.

"자네 마음에 드는군. 서재로 가서 차나 마실까? 피곤하면 쉬고."

"영광입니다."

그들은 식당을 나와 걸었다. 집 안이 썰렁하고 사람의 그림자가 없다. 김재연의 속을 꿰뚫어본 듯 그가 설명했다.

"오래 있을 예정이 아니라 식솔은 베이징에 두고 왔네."

그들은 서재로 들어가 둥근 탁자를 마주하고 앉았다. 다이전은 김재연에게 차를 따라 주며 권했다.

"향이 괜찮을 걸세."

차는 깊은 향을 내며 기름진 속을 씻어 주었다.

"서로 알 만큼 알고 살필 만큼 살폈으니 이젠 터놓고 이야기하세. 난 모처럼 말 상대를 만나 반갑다네."

다이전은 빙그레 웃으며 김재연의 마음을 풀어 주었다. 그의 웃음에 날카로운 인상이 감춰진 것일까. 김재연은 참으로 마음에 드는 사내라고 감탄을 했다. 그러나 긴장을 풀 수는 없다. 그가 왜 자신에게 이토록 친절한지 분명 이유가 있을 것이다.

"제가 오늘 큰 행운을 잡은 것 같습니다."

"그럴지도 모르지."

다이전은 차를 한 모금 마신 뒤 잔을 내려놓았다.

"난 내일 모레면 지천명(知天命)일세."

"저는 내일 모레, 그리고 한참 더 지나야 불혹(不惑)입니다."

"좋은 나이로군."

그는 김재연의 등 뒤 벽에 시선을 주었다.

"내가 그 나이 때는 베이징에서 정치를 익힌 뒤 변방으로 나가 공을 세우며 입신양명의 꿈을 펼쳤네. 그리고 베이징으로 돌아와 권력의 중심에 서서 세상 돌아가는 것을 살폈지. 권력을 유지하기 위해서는 때로 거짓을 진실처럼 말해야 하고, 속내를 감춰야 하고, 적을 유심히 살펴 비수를 어디에 겨눌까 계산해야 한다네. 그러나 언젠가부터 베이징의 화려한 생활이 참을 수 없이 지루하게 느껴지고 권력 놀이에도 진저리가 나기 시작했네. 그리고 나는 누구인가, 나라는 인간은 도대체 무엇인가, 의문이 들었지. 그동안의 생활이 나를 못 견디게 압박하더군. 그래서 이곳으로 보내 달라고 했네."

김재연은 다이전이라는 만주족 장군의 속내를 꿰뚫고 싶었다.

"왜 하필 이런 외진 곳을 택하셨습니까?"

"외진 곳이라 택했지. 좀 적막하게 지내고 싶었네. 아무도 나를 쳐다보지 않기를 바랐고. 말하자면 혼자서 생각을 좀 해 보고 싶었다는 말일세."

김재연은 무슨 생각을 하고 있느냐고 묻고 싶었지만 다이전이 이야기를 계속하기를 묵묵히 기다렸다. 다이전은 차를 서너 잔 연거푸 따라 마시더니 김재연을 뚫어져라 쳐다보며 물었다.

"자넨 한족(韓族)이지?"

김재연은 그의 물음이 조금은 황당하게 느껴졌지만 담담히 대답했다.

"네."

"난 여진족일세. 지금은 만주족이라고 하지만. 그러나 베이징의 만주족은 이제 만주족이 아닐세. 한족(漢族)만 있는 것 같네. 중국에서 만주족이 사라지고 있다는 걸 자넨 느낄 수 없겠지. 말채찍을 휘두르며 요동 벌판을 달리던 만주족의 거센 기상은 사라져 가고, 한족의 문화로 세련되어진 우리 민족을 볼 수 있었네. 말하자면 만주족은 거센 기상과 무력으로 중원을 정복했고, 한족은 문화를 무기로 만주족의 정신과 마음을 정복했네. 우리는 보이는 것을 차지했고, 그들은 보이지 않는 것을 정복했어. 누가 승자일까? 그들이 이겼어. 내가 식솔을 데리고 오지 않은 이유를 알겠나? 내 처나 자식들은 한족의 문화에 푹 빠져 그것을 즐기고 있지. 우아한 한족의 생활 방식에 젖어 있어. 자신의 몸에 흐르는 피는 한족과 같다고 생각하면서 말이지. 그러나 나는 내 몸의 피가 외치는 소리를 듣고 있네. 적막한 밤이면 고요 속에서 '나는 만주족이다.'라고 외치고 있어."

김재연은 그의 진심이 가슴을 치고 들어오는 충격을 누르며 이야기에 집중했다.

"산다는 건 경쟁이지. 살아남기 위해서는 상대를 정확하게 판단해야 한다네. 정확한 판단을 위해서는 상대에 대한 정보, 아니 기밀을 많이 알고 있어야 하는 것 아닌가? 내가 조선에 대해 아는 것이나 자네가 청국에 대해 아는 것처럼 말일세. 아니지. 자네가 청국의 기밀을 알고 있는 것이 내가 조선의 기밀을 알고 있는 것보다 더 많을 걸세. 그렇지 않은가?"

김재연은 가슴에 서늘한 바람이 스치는 것을 느꼈다. 도대체 이 사람은 무엇을 노리고 있나? 김재연은 그가 마치 자신의 알몸을 보고 있는 것 같았다. 그의 막힘없는 말솜씨에 휘둘려 이리저리 헤매던 마음을 바싹 조이고 긴장했다. 이제 자신을 부른 그의 의도가 드러날 것이다.

"상대에 대한 정보, 그건 나의 생존을 위한 가장 강한 무기일세. 조선이 아둔하다는 것은 그것이 부족하다는 것일세. 다시 말해 다른 나라의 기밀을 얼마나 정확하게 알고 있고, 그것을 얼마나 정확하게 판단하고 기민하게 대응할 수 있는가 하는 문제 말일세. 하긴 우리 청국도 마찬가지. 그건 망할 징조야. 병서에도 자신을 알고 남을 알면 전쟁에서 승리한다고 쓰여 있지 않나. 청국과 조선은 자신도 모르고 상대도 모르고 있는 것 같다네. 권력을 잡은 자들은 백성만 통치하면 영원히 그 권력을 잡고 버틸 거라 믿고 있다네. 역사의 흐름에 전혀 눈을 못 뜨고 있어. 우리 만주족이 청나라를 세운 뒤 이백 년이 흘렀어. 이제 내리막길로 들어섰다는 것을 그들이 알고 있는지 모르겠군. 자넨 알고 있겠지?"

김재연은 대답하지 않았다. 그리고 긴장한 눈빛을 감추지 않고 다이전을 응시했다.

"자네 내 속을 알고 있군. 이제 본론을 이야기하겠네. 내가 자네를 대우하고 소중하게 생각하는 것은 자네가 청국의 기밀을 알아내려고 여러 차례 베이징을 다녀왔고 지금도 가는 중이기 때문이네. 조선에서는 자네 같은 사람을 쓸 줄은 아는데, 자네의 의견이 얼마나 반영될지 그건 의문이군. 아무튼 내겐 자네 같은 사람이 필요하네. 서양의 기밀을 빼내 오지 않겠나?"

이것이구나. 그가 필요한 것은 서양에 대한 정보였다.

"서양 말을 하는 사람은 그쪽에 많을 텐데, 어찌 저에게 그런 말씀을 하십니까? 제가 서양 말에 익숙하지 않다는 건 이미 말씀드렸습니다."

"말은 배우면 되지. 내가 내 나라 사람을 믿지 못한다면 우습게 들리겠지만 그렇다네. 자네에 대한 정보는 이미 파악하고 있네. 허심탄회하게 이야기해 보세. 자넨 말을 배우는 데 천재라고 하더군. 그리고 서양에 대한 관심이 아주 크고. 베이징에 자주 가는 것도 서양에 대한 정보를 알아내려는 속셈 아닌가. 그래서 돈 버는 데 비상한 재주를 가진 친구를 배를 태워 상하이로 보냈고."

김재연은 가슴이 철렁했다. 이미 자신의 속을 꿰뚫고 있음이 분명하다. 그렇다면 그의 말대로 터놓고 담판하는 것이 상수다.

"놀랐겠지. 내가 관심을 가지고 사귀고 싶은 자에 대해 그 정도는 알고 있어야 하지 않겠나. 미안하지만 자네에게 사람을 붙여 놓았었네. 자네의 숨은 면모를 알아보기 위해서는 그럴 수밖에 없었다네. 만일 자네가 단지 말 배우는 재주만 있고 서양에 대한 관심이 없었다면 난 자네가 베이징을 가든 말든 거들떠보지 않았을 걸세. 그런데 자네가 위험을 무릅쓰고 서양에 대한 관심을 보이는 것을 알았을 때 쾌재를 불렀지. 내가 자넬 정확하게 본 것이니까."

"저 같은 일개 역관의 뒷조사까지 하신 건 의외입니다."

김재연은 일단 언짢은 속을 표현했다.

"국경을 지키는 장수라면 국경 너머 나라의 사정을 살피는 건 당연하지. 또한 국경을 넘나드는 자들도 파악해야 하는 것 아닌가. 사행단의 명단을 받고 일일이 점검하는 것은 나의 의무지. 그중 자네가 흥미롭더군. 그래서 우선 소문을 들어본 뒤, 내가 필요로 하는 인재가 아닐까 하고 사람을 붙였네. 그리고 내 판단은 정확했네."

"저는 조선의 녹(祿)을 먹고 있는 역관입니다. 어찌 장군의 말씀을 따를 수 있다고 생각하십니까?"

"내 명령을 따르라는 것이 아니네. 함께 일해 보자고 손을 내미는 것이지. 자네가 싫다면 잡지 않아도 그만이네."

"무슨 명분입니까?"

"명분이라……. 자네도 조선 사람이군. 명분을 먼저 따지니. 나는 명분 따위는 관심 없네. 필요하다고 생각하면 역적질이라도 할 수 있으니까."

"그렇다면 장군님이 필요한 것은 무엇입니까?"

"아편을 몰아내는 것이야."

김재연은 가슴에 쿵 하고 떨어지는 말의 무게를 느꼈다. 그리고 그의 제안을 자신이 거절하지 못할 것이라고 직감했다.

"아편이 상상도 못 할 속도로 빠르게 퍼지고 있는 걸 자네도 알겠지. 아편쟁이가 어떤 몰골인지도 잘 알 것이고. 죽일 놈들, 서양 놈들을 모조리 죽이고 싶어. 인면수심이라더니 사람을 어떻게 그렇게 병들게 하고 재물을 도둑질해 갈 수 있는지. 사람의 혼을 빼고 서서히 죽이는 아편 앞에 한족이고 만주족이고, 청이고 조선이고 무슨 구분이 있겠나. 사람이라면 당연히 대항해야지."

"몰아낼 수 있다고 생각하십니까?"

"진인사대천명(盡人事待天命)이라 하지 않았는가. 이 일의 성패는 내 손을 넘는 일이라는 것쯤은 알고 있네. 다만 내 할 도리를 하고 싶을 뿐이네."

"제가 뭘 해 드릴 수 있습니까?"

"내게 뭘 해 주다니. 자넨 내 부하가 아닐세. 자네 일로 알고 하라는 것이야."

"좋습니다. 정보를 수집해 보겠습니다. 그러나 제 여건이 쉬운 건 아닙니다."

"내가 돕지. 자네가 베이징에서 캐야 하는 청조에 관한 정보를 내가 주겠네."

"역적질을 하시겠다는 말씀이군요."

"괜찮네."

"조선은 청국을 칠 수 없다, 그 말씀이군요."

"안 그런가? 중원을 거저 준대도 조선은 받지 않을 것쯤은 알고 있네."

받지 않는 게 아니라 받지 못할 것이라는 말이다. 듣기에 따라서는 자존심을 건드리는 가슴 아픈 말이다. 하지만 사실이다.

"내 말이 심했나 보군. 조선의 현실을 말했을 뿐이네. 그만한 일로 감정이 상할 자넨 아니지. 그리고 난 이미 자네에게 중요한 정보를 주었네. 알고 있겠지?"

김재연은 대꾸하지 않았다. 그러나 속으로 고개를 끄덕였다. 그는 청조가 망해도 만주족이 다시 만주 땅을 찾아 나라를 세우지는 않을 것이라는 암시를 주었다. 만주족이 말과 글자를 상실해 간다는 것, 그것은 곧 만주족이 지상에서 사라질 것이라는 의미라고 그는 강조했다. 그들의 조상이 살던 고향을 찾고자 하는 의지가 사라졌다. 청조가 망하면 만주족이 다시 만주 땅을 찾을 것인가의 문제는, 조선에 중요한 문제이다. 조선에서는 청이 망하면 만주족은 청의 발생지인 영고탑(寧古塔)으로 돌아갈 것이라고 오래전부터 걱정하고 있었다. 영고탑은 목단강(牧丹江) 부근 북방의 조선 국경과 멀지 않은 곳이다. 과거 오랜 역사를 거치는 동안 만주족과 조선은 영토 문제로 끊임없이 마찰을 빚고 전쟁을 치러야 했다. 두 민족은 국경선을 두고 팽팽한 긴장을 풀지 않았던 것이다. 청조는 망해도 영고탑으로 돌아가지는 않을 것이라는 정보를 준 것이다.

다이전은 화제를 바꿨다.

"자네 친구를 상하이로 보냈더군."

"그가 간 것입니다."

"상하이보다는 광저우에 서양 배가 더 많이 들어와 있지. 아편도 심각하게 퍼져 있고. 광저우에 한번 가 보는 게 어떻겠나? 그곳에서는 아오먼(澳門, 마카오)도 쉽게 갈 수 있네. 모두 양인들의 본거지일세. 인삼도 그곳에서 더 비싸게 팔 수 있을 테니 자네 친구한테도 그곳으로 가 보라고 하지 그러나."

"그 친구가 알아서 할 겁니다."

다이전이 미안한 듯 말했다.

"내가 실수를 했군. 노파심 때문에 아는 체를 했네."

"멀리서 전해 듣는 이야기와 현지에서 직접 보는 상황은 다를 때가 있습니다. 필요한 일이 있으면 말씀드리겠습니다."

"알겠네. 그런데 이것도 노파심 때문인지 모르겠네만 사행 가는 데 길에서 보내는 시간이 많을 필요가 없지 않은가?"

"그렇긴 하지만 베이징으로 가는 도중에 동팔참(東八站, 구련성과 심양 사이에 설치된 여덟 군데의 숙소)을 거쳐야 하는데 말썽이 적지 않고, 특히 심양(瀋陽)을 통과하는 절차가 복잡합니다. 공연한 시비를 걸어오기 때문에 제가 가면서 해결해야 합니다. 그리고 심양 성장의 표문(表文)을 받아야만 산해관(山海關)을 통과할 수 있습니다. 그런 일들을 해야 하기 때문에 일행과 떨어질 수 없습니다."

"자네에게 선물을 하나 하고 싶네. 내가 심양 성장에게 보내는 서찰을 써 줄 테니 자넨 먼저 길을 떠나 성장에게 전달하게. 내 부탁이면 사행단을 그리 험하게 대하진 않을 걸세."

그러면 길에서 허비하는 시간을 줄일 수 있다. 말로 부지런히 달리면 며칠 안에 들어갈 거리인데 사행을 따라가면 베이징까지 거의 한 달 가까이 걸릴 것이다. 그러나 그는 다시 생각했다.

"서찰은 고맙게 받겠습니다. 하지만 일행과 함께 가겠습니다."

"고지식하군."

김재연은 빙긋 웃었다.

"내일 사행이 들어오면 그때부터는 청국의 일꾼들을 많이 써야 합니다. 그 일도 수월치가 않습니다. 아시겠지만 말썽이 많습니다."

"내가 알아서 당부해 놓겠네. 이제껏 나 혼자 떠들었군. 자넨 내 얘길 듣기만 하고 자네 말은 하나도 하지 않았네."

"다 알고 계시지 않습니까?"

"자네 이야기를 듣고 싶네."

김재연은 잠시 생각에 잠겼다. 이윽고 다이전에게 담담하게 자신의 이야기를 했다.

"그럼 두 가지를 자랑하겠습니다. 저의 가문이 대대로 역관 일을 하고 있다는 것은 아시지요?"

다이전은 고개를 끄덕였다.

"지금으로부터 백이십 년 전의 일입니다. 우봉 김씨 가문의 선조 중에 김지남이라는 분과 김경문이라는 부자가 있었습니다. 강희 황제 시절, 황제께서 조선에 사신을 파견하셨는데, 그때 두 사람은 역관으로 일했지요. 두 사람은 청국과 조선의 국경을 확정 짓는 중요한 일을 했습니다. 조정에서도 사신을 접대하기 위해 접반사(接伴使, 외국 사신을 접대하는 임시직 관원)와 여러 대신이 나갔지만, 한어를 할 줄 아는 사람은 역관들이었지요. 두 사람은 조선을 대표하는 역관으로 나가 한 뼘의 땅이라도 더 넓히기 위해 온 힘을 기울여 청국 사신을 설득했고, 결국 백두산과 천지가 조선 땅이라는 확인을 받아냈습니다. 그리고 백두산정계비를 세우도록 결정했고, 백두산을 조선 땅으로 하여 확실하게 국경을 그린 청국의 지도까지 받아냈습니다. 김지남 할아버지는 칠남 삼녀를 두었는데, 그 후손들이 크게 번성했고 가문에서는 대대로 조선의 큰 역관들을 배출했습니다. 그 중 한 분이 제 아버지입니다. 아버지는 역관의 길로 들어서는 제게 당부했지요. '하나도 조선, 둘도 조선이다.' 그것을 늘 염두에 두라 하였고, 저는 이제껏 그 말을 잊은 적이 없습니다."

다이전은 묵묵히 듣고 있었다.

"이번에는 제 가족을 말씀드리겠습니다. 제게는 현명하고 건강한 아내와 세 아들이 있습니다. 아내는 해주 오씨로, 친정 또한 대대로 역관을 배출한 집안입니다. 역관의 일을 잘 이해하는 아내는 늘 집을 비우는 남편에게 불평 한마디 없이 가정을 지키고 세 아들을 잘 키워 냈습니다. 맏아들은 금년에 열여섯인데 곧 역과를 치를 것입니다."

"자네 뒤를 이어 역관이 되겠군."

"그렇습니다."

"자네도 아들에게 하나도 조선이요, 둘도 조선이라고 가르치겠군."

"그렇습니다."

"그러니까 자네 가슴속에는 오직 조선이 있는데, 그 조선은 자네의 자랑스러운 선조와 가족이 살고 있는 곳이란 말이지. 조선을 위한 일이 아니면 결코 움직이지 않겠군."

"그렇습니다."

다이전은 의자에 몸을 깊숙이 기댄 채 묵묵히 생각에 잠겼다. 이윽고 몸을 일으키며 말했다.

"여기서 겨울을 나고 봄에는 베이징으로 갈 생각이네. 날 찾아오기는 어렵지 않을 걸세."

김재연은 고개를 숙여 보였다. 그리고 헤어져 각자 침소로 갔다. 김재연은 잠을 청하려 했지만 쉽게 잠이 들지 못했다. 몸은 피곤한데 정신은 말똥말똥했다. 다이전과 태연하게 이야기를 나누었지만 그와의 만남은 충격이 아닐 수 없었다. 조선에 있을 때 그에 대해 알아보았지만 별다른 이야기를 들을 수 없었다. 조용하고 근엄하다는 게 고작이었다. 그에 대해 좀 더 상세히 알아보았어야 했다. 어차피 서양에 대해 알아보려고 마음먹었고, 서양에 대한 정보라면 조선보다는 청국에서 더 필요한 것이 분명하니 정보를 다이전에게 준다고 나쁠 것은 없다. 전쟁이 일어나도 청국이 감당해야 할 것이다. 앞으로 그가 큰 도움이 될 것이다.

"이런 인연도 있구나."

김재연은 어둠을 응시하면서 혼자 중얼거렸다. 다이전, 그는 청 조정에서나 왕실에서 쉽게 만날 수 있는 인물이 아니다. 청국의 역사를 꿰뚫어 말하는 그의 앞에서 소름이 끼쳤다. 청국의 운명을 냉정하게 내다보는 그런 사람이 과연 청국 조정에 몇이나 될까. 그런 이야기를 누구와 나눌 수 있을까. 오죽 답답했으면 이국의 젊은이에게 털어놓았겠는가.

내일은 바쁜 하루가 될 것이다. 김재연은 잠을 청하려 이리저리 뒤척였지만 잠이 오지 않자 옷을 주워 입고 밖으로 나갔다. 칠흑 같은 북방의 어둠이 주위를 에워싸고 있다. 하늘에 별들이 쏟아질 듯 내려앉아 반짝였다. 동짓달 중순이라 그런지 찬란한 별들 가운데 달이 유난히 파랗게 보였다. 매서운 바람이 몰아쳤다. 옷깃을 여미며 발길을 돌렸다.

"자네도 잠이 오지 않나?"

어둠 속에서 다이전의 목소리가 들렸다. 나무 뒤에서 다이전이 모습을 나타내며 천천히 김재연 앞으로 다가왔다.

"장군께서도 잠을 청하지 않으셨습니까?"

"이곳에 온 뒤로 밤이면 잠을 청하기가 쉽지 않네. 무잇인가 어둠 속에서 나를 부르고 있는 것 같은 착각이 들 때가 자주 있지."

다이전은 김재연 옆에 서서 하늘을 올려다보았다.

"어둠을 보는 눈과 적막을 듣는 귀가 있다네. 자네 혹 그런 체험한 적 있나? 무언가 어둠 속에서 자네를 향해 다가오고, 적막 속에서 자네를 향해 말하는 소리를 들은 적이 있는가?"

김재연은 그의 말을 음미했다. 알 수 있을 듯했다.

"무슨 말씀인지는 알 것 같지만 아직 느껴 본 적은 없습니다."

"자네도 어쩔 수 없이 그것을 보고 들을 수밖에 없을 것이네. 자네도 앞서 가는 사내니까."

그의 마지막 말이 가슴에 꽂히는 것 같았다. 왠지 가슴이 아프고 답답했다.

"나를 의심하지 말게. 나를 이리저리 돌려 보겠지만, 지금 이러고 있는 내가 참 나일세."

그들은 말없이 어둠을 바라보며 찬바람을 그대로 맞고 서 있었다.

늦은 아침, 역관이 말을 타고 달려와 사행단이 책문 가까이에 오고 있다고 전했다. 그리고 한나절이 지나 다시 역관이 와서 사행단이 책문에 이르렀다고 전했다. 다이전이 나와 사행단을 맞을 채비를 했다. 김재연은 먼저 얼기설기 나무로 엮은 문을 열고 책문 밖으로 나갔다. 그가 문밖으로 나서자 유진길이 빠른 걸음으로 다가왔다.

"수고했네. 일은 어찌 되었나?"

"잘되었습니다. 다이전 성장이 안에서 기다리고 계십니다."

서장관에게 일렀던 대로 삼사가 앞에 서고 나머지 일행이 삼사 뒤에 서서 기다리고 있었다. 상인들의 접근을 막기 위해 군졸들이 창으로 막고 있다. 김재연은 정사가 탄 수레 앞으로 다가가 절을 했다.

"먼 길에 고생 많으셨습니다."

이익회 대감은 고개를 끄덕였다.

"그래, 일은 잘되었는가?"

"그렇습니다. 다이전 성장이 수세청에 나와 기다리고 계십니다."

"벌써?"

이익회 대감은 안도의 표정을 지었다.

이윽고 대문이 활짝 열렸다. 삼사가 차례로 안으로 들어가고 역관과 나머지 일행이 뒤따라 들어갔다. 장사꾼들은 뒤에 남아 있다가 사행단의 예절이 끝난 뒤에 들이기로 했다. 김재연은 다른 역관들과 함께 들어갔다. 이제부터는 서장관 황협과 수석 역관 유진길이 모든 일을 주도할 것이다.

다이전은 관복을 차려입고 앉아 다른 관리들과 함께 정중하게 조선 사신들을 접대했다. 예절이 끝난 뒤 다이전은 이익회 대감에게 따로 차를 대접하면서 조선의 국상에 대해 인사를 했다. 다이전을 만나고 나온 이익회 대감은 김재연을 불러 칭찬했다.

"자네가 큰일을 했구먼. 사신들 중에 책문을 이렇게 쉽게 들어서고, 정중하게 대접받은 것은 나 하나뿐일 걸세."

김재연은 고개를 숙여 보이고 난 뒤 말했다.

"성장이 대감과 사신들에 대해 이미 많은 것을 알고 있습니다. 대감께서 조선 제일의 명필가라는 것도 알고 있습니다. 그러니 저녁 연회에 준비를 해 주시는 것이 어떨까 합니다."

"저런, 내가 조선 제일이라는 건 과장이지. 아무튼 써 놓은 것이 있으니 준비하겠네."

이익회 대감의 얼굴에는 흡족한 미소가 감돌았다.

"이건 제 짐작인데, 저녁 연회는 지극히 소박한 저녁상만 있을 것 같습니다. 성장이 무척 근엄한 청백리인 것 같습니다."

이익회 대감은 고개를 끄덕였다.

저녁을 먹은 뒤 김재연은 방으로 들어가 짐을 챙겼다.

김재연은 다음 성장에게 미리 다이전의 서찰을 전하기 위해 일행보다 조금 앞서 가면서 먼 지평선을 바라보았다. 떠나기 전 순조의 창백했던 모습이 자꾸만 눈앞을 가렸다. 순조의 밀지를 받아 비밀리에 영국 말도 배울 수 있었다.

'전하, 편히 쉬십시오.'

그는 먼 하늘을 우러러 순조에게 인사를 했다.

2장

베이징의 잠꼬대

1

아침 안개가 아직 걷히지 않았다. 상하이의 아침이 희미하게 모습을 드러내고 있다. 배는 순풍을 만나 힘들지 않게 바닷길을 떠났다.

정시윤은 뱃머리에 선 채 생각에 잠겼다. 그동안의 일들이 주마등처럼 지나간다. 왜관에서 밀무역선을 타고 황해로 나와 다시 청국의 밀무역선으로 옮겨 탔다. 배는 광저우로 가는 길에 상하이에서 북쪽으로 십여 리쯤 떨어진 외진 곳에 배를 대고 정시윤을 내려 주었다. 주위에 사람도 집도 보이지 않았다. 칠흑 같은 어둠이 바닷가에 내려 있었다.

선장은 정시윤에게 상하이 성으로 들어가는 길을 일러 주었다.

"남쪽으로 십여 리만 가면 상하이 성을 둘러싼 수로가 나온다오. 다리를 건너 성안으로 들어가면 되오."

정시윤은 나침반을 들고 남쪽으로 방향을 잡았다. 얼마쯤 가지 멀리 어촌의 불빛이 나타났다. 계속 길을 재촉해 상하이 성에 도착했다. 여각에 들어 하룻밤을 묵고 이튿날 혼자 상하이를 돌아보았다. 산가지 제법 늘어서 있지만 거리에 사람들이 크게 붐비지 않는 작은 규모의 어촌에 불과했다. 광저우의 거상이 왜 이런 한적한 곳에 자리를 잡으려고 하는지 도무지 이해되지 않았다. 정시윤은 의문을 풀기 위해 며칠 동안 계속 돌아다녔다. 수로로 둘러싸인 상하이 성을 나오면 판판한 들판이 드넓게 펼쳐있고, 황푸 강(黃浦江)이 동서로 가로질러 흐른다. 정시윤은 황푸 강의 서쪽에서 시작하여 동쪽으로 걸었다.

강을 따라 한참을 내려가던 정시윤은 자리에 멈춰 섰다. 거대한 강이 눈앞에 펼쳐졌다. 양쯔 강(揚子江)이다. 말로만 듣던 강이 바로 눈앞에서 위용을 자랑하고 있다. 황푸 강은 양쯔 강과 만나 하나가 되었다. 정시윤은 잠시 강을 바라보다가 강의 흐름을 따라 남동쪽으로 다시 걷기 시작했다. 시짱(西藏, 티베트)에서 출발해 동서남북으로 무려 열두 성을 가로질러 드넓은 곡창지대를 이루며 중국인의 젖줄 역할을 하는 양쯔 강은 상하이에서 긴 여정을 끝낸다. 양쯔 강은 황해와 만나는 곳에서 충밍 섬(崇明島)을 비롯해 세 개의 섬을 만들었다. 정시윤은 묵묵히 양쯔 강과 황해가 만나는 장대한 풍경을 바라보았다.

'바로 이거야.'

그동안의 의문이 순식간에 풀렸다. 해답은 그곳에 있다.

이튿날 정시윤은 천궈룽을 찾아갔다. 김학수 옹과 비슷한 연배로, 마르고 키도 별로 크지 않았다. 남방에 와서 보니 사람들의 체구가 북방 사람들보다 작은 것 같았다. 천궈룽은 노인이지만 정시윤을 바라보는 눈매는 총기로 반짝였다. 그런 면은 김학수 옹과 비슷했다. 정시윤이 전한 김학수 옹의 서찰을 읽은 뒤 천궈룽은 감개무량한 듯 잠시 말을 잊었다. 한참을 침묵하던 천궈룽이 입을 떼었다.

"김 대인은 건강하신가?"

"네. 정정하십니다."

"하지만 이젠 김 대인이 이곳에 올 수도 없고 내가 조선에 갈 수도 없지. 참으로 보고 싶구먼."

벗을 그리워하는 정이 얼마나 깊은지 정시윤은 피부로 느낄 수 있었다.

"몇 년 전에 부인이 세상을 떠났다니 쓸쓸하시겠군. 김 대인이 자네를 자식같이 여긴다고?"

"그렇습니다."

"김 대인의 아들도 역관이라고 하던데."

"네. 사행단과 함께 곧 베이징에 도착할 것입니다."

"그런가? 김 대인 말로는 사행의 수행원들이 경비에 쓰려고 홍삼을 가져온다던데 김 대인의 아들도 홍삼을 가져오는가?"

"그렇습니다."

"자넨 장사를 하는 모양인데 광저우로 가지 않고 어찌 이런 한촌에 먼저 왔는가? 김 대인의 뜻인가?"

"대인께서 광저우를 떠나 상하이로 오신 것은 그만한 이유가 있을 것이라고 어르신이 말씀하셨습니다. 그래서 광저우로 가기 전에 먼저 들렀습니다."

"이곳에 얼마나 있었나?"

"사흘 있었습니다."

"어떻던가?"

"작은 한촌으로, 얼핏 보기에는 장사꾼이 머물 곳은 아닌 듯합니다. 그러나 황푸 강을 따라 걷다가 양쯔 강을 보았고, 양쯔 강이 황해와 만나는 것을 보았습니다. 배가 황해로 들어와 양쯔 강을 따라가면 청국의 내륙 깊숙이 들어갈 수 있을 것입니다. 지금 서양 장사꾼들은 광서우 하나만으로는 만족하지 않을 것입니다. 물론 다른 항구를 몇 군데 열 수도 있겠지만 양쯔 강과 황푸 강을 끼고 있는 이곳 상하이만은 못할 것입니다. 더 많은 아편을 팔기 위해서는 중국 내륙 깊숙이 들어가려고 할 테니까요. 상하이만 한 지리적 조건을 갖춘 곳은 없을 것입니다. 양인들이 그걸 모를 리 없겠지요."

천귀룽은 눈을 감고 잠시 생각에 잠겼다. 이윽고 정시윤을 똑바로 쳐다보았다. 그 눈빛은 조금 전 벗을 그리워하던 감상적인 것이 아니었다. 예리한 장사꾼의 눈빛이다.

"홍삼은 얼마나 가져왔나?"

"김재연이 관리하고 있어 정확히는 알 수 없지만, 대략 오천 근 정도 되지 않을까 싶습니다."

"김 대인의 아들 말인가?"

"네."

"베이징에서는 값을 얼마나 받는가?"

"잘 받을 때는 근당 은화 칠백 냥을 받고, 좋지 않을 때는 삼백 냥까지 내려 받습니다."

천귀룽은 잠시 계산을 하더니 바로 말했다.

"삼이 아편 해독에 탁월한 효능이 있다고 소문이 났지. 그래서 없어서 못 판다네. 내가 맡을 테니 모두 이리로 가져오게. 근당 천 냥을 주면 되겠는가? 운반하는 비용은 우리가 부담하지."

"아닙니다. 근당 칠백 냥만 주시면 됩니다."

"경우가 밝군. 이번엔 그냥 받게. 돈이 필요할 테니."

"고맙습니다."

"값을 어떻게 치를까? 삼이 한 사람의 것이 아니라 여러 사람 몫일 테니 값을 다 따로 치러 줘야 하지 않겠나?"

"맞습니다."

"귀찮겠지만 은자로 가져가야겠군. 상당히 무거울 텐데. 그러면 이렇게 하세. 내가 배를 내줄 테니 수하 두어 명을 데리고 가서 은자를 싣고 가게. 오천 근이라고 하지만 더 될 수도 있지. 육천 근 값을 가져가고, 내 수하 편에 인삼을 보내게."

"돈은 삼을 받은 뒤에 주셔도 됩니다. 베이징에 그만한 자금은 가지고 있습니다."

"그러면 자네가 다시 와야 하지 않는가? 그럴 필요 없네."

정시윤은 잠시 머뭇거리다가 말을 꺼냈다.

"실은 다시 와야 할 것 같습니다. 김재연도 남방에 오려고 할 것입니다. 말을 배우려고요."

"어느 나라 말?"

"영국 말입니다."

천귀룽은 고개를 끄덕였다.

"아버지와 기질이 같은 모양이군. 김 대인도 학문에 열심이었지. 용모는 어떤가?"

"닮았습니다."

"어서 보고 싶군. 영국 말을 배우려면 이곳보다는 광저우로 가는 게 나을 것이야. 자네는 광저우의 장사판도 돌아보아야 할 테니까. 광저우 집에 두 사람의 방을 마련해 놓겠네. 선생도 구해 놓으라고 할 테니 안심하고 내려가게. 이번에 광저우를 둘러볼 텐가?"

"아닙니다. 사행단이 베이징에 도착하면 할 일이 많습니다. 광저우는 김재연과 함께 가겠습니다."

"그렇게 하게."

정시윤은 상하이에 이틀 더 머문 뒤 배를 띄웠다. 자그마한 영국 배를 사서 수리했다고 하는데 속도가 조선 배와는 비교되지 않을 만큼 빠르다. 이대로 간다면 열흘 뒤면 톈진(天津)에 도착할 것이다. 톈진에서 베이징은 가까운 거리니 그날로 베이징으로 들어갈 수 있을 것이다.

뱃머리에 선 채 정시윤은 움직이지 않았다. 바람이 차가웠지만 북방과는 달라 겨울이라도 매운 추위는 없어 견딜 만했다. 정시윤은 온몸이 팽팽하게 팽창하는 것을 느꼈다. 상하이에서 새롭게 시작할 수 있을 것 같았다. 앞날을 계산하지는 말자. 그때그때 닥치는 현실을 직시하고 잘 판단해 가며 모든 일을 결정해야 할 것이다. 일단 천귀룽이라는 거상이 의외로 사람이 좋은 것 같아 다행이다. 정말 통이 크다. 얼마나 부자일까? 그는 광저우를 빨리 가 보고 싶어졌다. 김재연을 빨리 만나야 한다. 상하이에서 있었던 일을 친구와 나누고 싶다. 지금 어디쯤 와 있을까? 베이징에 도착했을까? 마음이 조급해졌다.

2

동지사 일행은 예정대로 산해관에 도착해 다시 짐을 정리한 뒤 곧바로 베이징을 향해 떠났다. 국상을 당한 슬픔에 산해관 구경도 하지 않았다. 김재연이 성마다 다이전의 서찰을 전했는데, 그것이 효과가 있어 긴 여정을 별 탈 없이 지나올 수 있었다.

베이징에는 빠르지도 늦지도 않은 섣달그믐을 며칠 앞둔 정해진 날짜에 들어가야 한다. 동지사 일행이 베이징에서 머무는 동안의 경비를 청국에서 부담해야 하기 때문에 사행단은 청국에 부담을 적게 주기 위해 정해진 날에 들어가고 정해진 날에 떠난다.

베이징에 가까이 이르자 길거리가 번화하고 오가는 사람들도 많았다. 길을 가던 청국인들은 긴 여정에 지친 사행단의 남루하고 별난 차림을 쳐다보며 킬킬거리고 웃었다. 예전 같으면 처음 보는 베이징 주변과 사람들을 구경하느라 사행단도 소란하게 웃으며 이야기를 나눌 텐데 이번에는 국상을 당한지라 가급적 조용히 주변을 둘러보며 호기심을 참았다.

멀리 동악묘(東岳廟)가 보이기 시작하자 유진길은 긴장했다. 동악묘에서부터 사행의 예절이 시작되기 때문에 이제부터는 자신이 모든 일에 앞장서야 한다. 사행단 안에서 일어나는 일은 삼사가 알아서 하지만 청국과 연관된 일이 생기면 삼사는 한어를 모르기 때문에 수석 역관인 자신이 나서야 한다. 조그만 실수가 있어도 조선에 영향을 끼칠 수 있기 때문에 말 한마디, 행동 하나라도 신경을 쓰지 않을 수 없다. 사절단은 동악묘부터는 옷을 갈아입고 황제가 있는 베이징으로 들어갈 준비를 한다. 벌써 청나라 쪽의 영송관(迎送官)과 통역관인 아역(衙譯)이 예부(禮部)의 회동관(會同館)에 조선 사행단의 도착을 알렸을 것이다.

사행 행렬이 동악묘에 도착했다. 동악묘에는 이미 정장을 한 청국의 역관들이 문 앞에 나와서 사행단을 기다리고 있었다. 그들은 조선 사행단이 머무는 옥하관(玉河館)에 속한 역관들이다.

동악묘는 조선 사행단이 베이징의 조양문(朝陽門)을 들어가기 직전에 반드시 들러야 하는 곳이다. 도교에서는 사원을 묘(廟)라고 불렀는데 동악묘는 동악대제(東岳大帝)를 섬기는 사원으로, 원나라 때 도교의 중요한 일파인 정일파(正一派)에서 세운 화북 지역 최대의 도교 사원이다. 중국에서는 오행설에 따라 중국 전역의 동서남북과 중앙에 있는 다섯 산을 오악(五嶽)이라 하여 영산(靈山)으로 섬겼는데, 그중 동쪽의 영산이 타이산 산(泰山)이고, 타이산 산의 신을 모시는 도교의 사원이 동악묘이다. 중국에서는 오악 중에서도 타이산 산을 제일의 영산으로 여겼다. 이는 동쪽은 해가 뜨는 곳이고 오행에서도 생명이 시작되는 기운을 품고 있는 근원의 방향이기 때문이다. 타이산 산은 영산 중에서도 인간에게 복을 가져다주는 길상(吉祥)의 상징이고, 가장 영험한 산이라 여겼다. 그래서 역대 창업을 이룬 제왕과 그 외의 많은 제왕이 타이산 산에 가서 제사를 지냈는데 이를 봉선(封禪)이라고 한다. 봉선을 많이 거행할수록 타이산 산의 신인 농악대제의 권위는 높아졌다. 농악대제는 마치 세상의 제왕처럼 황금색의 곤룡포를 입고 왼쪽에 문신, 오른쪽에 무신, 그 밑에 신하 격인 많은 신을 거느리고 있다. 신들은 인간의 길흉화복을 관장하고, 인간사의 어려운 일들을 풀어 주는 역할을 담당하고 있다. 그 모든 신을 동악묘에 모시고 있기 때문에 동악묘에 들어서면 마치 신들에게 둘러싸여 있는 것 같은 느낌이 들었다.

동악묘는 가운데 정원(正院)이 있고, 동원(東院)과 서원(西院)이 정원 양옆에 자리하고 있다. 조선 사행단의 삼사는 서원으로 들어가 관복으로 갈아입어야 했다. 동악묘를 떠나 청조의 궁궐인 자금성(紫禁城)으로 들어가기 때문에 삼사는 조선을 대표하는 사신으로 사행 예절을 갖추어야 했다. 그러나 삼사를 제외한 역관이나 수행원들은 동악묘에서 옷을 갈아입지 않았다.

유진길은 삼사가 잠시 쉬며 옷을 갈아입는 동안 혼자서 신전을 돌아보았다. 동악대제의 초상이 봉안되어 있는 정전을 중심으로 좌우로 이어진 전각에는 인간의 다양한 소망에 부응하고 심판하도록 정밀하게 분업화된 신들이 자리를 잡고 있다.

"형님, 뭘 그리 보십니까? 어째 귀신들이 득실거리는 것 같습니다."

조신철이 옆에 와서 조용히 말했다. 조신철은 젊은 시절부터 사행에 노복으로 따라다녔는데 유진길의 눈에 들어 정하상을 소개받았고, 천주교 교리를 배운 뒤 베이징에서 가롤로라는 이름으로 세례를 받았다. 이번 사행에도 유진길의 노복으로 따라왔다. 비록 주인과 노복의 관계지만 천주교 신자들은 신분을 떠나 다른 사람이 없을 때는 서로 호형호제하기 때문에 조신철도 유진길을 형님이라 부른 것이다.

"우리 눈에는 모두 쓸데없는 귀신 놀음으로 보이지. 저 신상들을 보고 있으니 고통 받는 백성의 하소연이 들리는 것 같네. 헤어날 수 없는 고통 속에서 의지할 곳 없는 가엾은 백성이 저 신상들 앞에서 하소연하며 고통을 덜어 줄 것을 빌었겠지."

"미신입니다. 우리 신앙에 위배되는 행위가 아닙니까?"

"도교가 일어난 것은 생명에 대한 애착과 불가분의 관계가 있다네. 도교에서는 생명이 위협받던 때, 우리 교회가 가르치는 것처럼 현세를 포기하고 내세에 있을 영원한 생명에 희망을 걸라고 권유하지는 않았지. 오히려 인간의 소망인 생명의 보호와 연장에 관심을 가지고 그 방법을 추구했다네."

도교는 한나라 말기 내우외환이 끊이지 않던 난세에 일어났다. 부패한 정치와 계속되는 천재(天災)로 생활이 어려워진 백성은 기아와 병으로 죽어갔다. 탐관오리에게 수탈당하며 병이 위중해도 약 한 번 쓸 수 없던 가난한 백성 앞에 태평도(太平道)와 오두미도(五斗米道)라는 신앙 단체가 나타나 가난한 병자들을 치료해 주었다. 병을 치료하는 방법은 부적과 주술이었는데, 병자는 치료받기 위해 반드시 참회와 선행을 해야 했다. 그들의 명성이 퍼지자 많은 백성이 몰려들어 큰 조직이 되었고, 그 조직의 힘으로 탐관오리의 수탈을 막아낼 수 있었다. 세력이 막강해지자 태평도와 오두미도는 힘을 합쳐 세상을 바꾸기로 결심하고 거사를 일으켰는데, 그것이 바로 황건(黃巾)의 난이었다.

황건의 난은 조조에 의해 제압되었는데 그때 끝까지 저항한 태평도 신자들은 거의 몰살당했다. 오두미도의 남은 신자들은 지하로 들어가 여러 종파를 규합해 종교 단체를 만들었는데, 그것이 도교의 기원이 되었다. 잡다한 민간 신앙이 중심이 되어 일어난 도교는 초기에는 교리나 신들의 체계도 세울 수 없었다. 그러다 위진남북조 시대에 불교가 인도로부터 들어와 중국에서 성행하자 외래 종교의 성행에 불만을 가신 선비들이 민족 종교인 도교에 합세하게 되었다. 선비들은 수많은 신의 계보를 만들어 서열을 정하고 잡다한 민간 신앙의 이론에 음양오행설과 도가와 유가, 불교의 사상을 도입해 나름대로 교리의 체계를 세웠다.

우리나라에는 고구려에 도교가 먼저 들어왔고 고려 때 번성했지만 유학을 국시(國是)로 삼은 조선 왕조에 와서는 도교의 제사인 재초(齋醮)를 거행하던 소격전(昭格殿)의 존폐가 정치 문제로 쟁점화되었다. 그 뒤 많은 일을 겪으면서 왕조 중기까지 내려왔지만 임진왜란 이후 소격전은 조선 땅에서 완전히 사라졌다. 그러나 민간에는 도교의 영향이 사라지지 않고 있다. 옥황상제, 용궁과 용왕 이야기, 마을의 신으로 모시는 성황당, 별을 섬기는 칠성각 외에도 숱한 도교의 신들이 사람들 사이에 회자되고 있다.

"가난하고 의지할 데 없는 백성은 어딘가 마음 붙일 데가 필요하지. 그래서 수많은 신이 탄생했고, 그 신들이 백성을 위로하고 있는 격이네."

"그렇지만 실제로 귀신들이 어디 사람을 도와줍니까? 천주님이 모든 일을 주관하시는데 눈 어두운 백성이 그걸 깨치지 못할 뿐이지요. 천주님을 믿는 것이 얼마나 좋습니까? 천주님을 몰랐다면 제가 어찌 감히 형님이라 부를 수 있겠습니까? 주인 나리라고 불러야지요. 이렇게 신분이 달라도 호형호제할 수 있으니 세상 사는 일이 즐겁지요. 또 죽으면 천당에 가서 영생을 얻을 수 있으니 얼마나 복된 일입니까?"

조신철의 말이 맞다. 천주교를 믿지 않았다면 그는 역관의 하인에 불과했을 것이다. 그러나 그는 지금 비록 하인의 신분이지만 천주교에서 중요한 역할을 담당하고 있다. 조신철은 세례를 받고 나서 조선 각지를 다니며 천주교를 전파하고, 베이징을 오가며 천주교의 발전을 위해 중요한 일을 하고 있다. 그의 능력을 유감없이 발휘하고 있는 것이다. 천주교는 비록 종교적 차원에서나마 그에게 신분의 굴레를 벗겨 주었다. 그리고 그는 천주교의 가르침을 통해 자기 존재의 중요성을 인식하고 삶의 진정한 의미를 깨달았다. 생명을 내놓는다 해도 아까울 것이 없었다.

인기척이 났다. 유진길은 반사적으로 긴장했다.

"여기 계신 줄도 모르고 찾았습니다."

김재연이 다가왔다. 조신철은 유진길에게 허리를 굽혀 인사한 뒤에 슬그머니 자리를 떴다.

"준비는 다 되어 가는가?"

유진길이 물었다.

"그런 것 같습니다. 여기서 뭘 하고 계십니까?"

김재연은 동악대제와 신상들 가운데 서 있는 유진길이 잘 이해되지 않았다.

"천주교에서는 저런 신들을 믿는 행위를 미신이라고 하지 않습니까?"

"오죽하면 사람들이 이런 데 와서 빌까 생각하고 있었네."

"살기가 어려워 그럴 테지요. 도교는 본래 어려운 백성들에 의해 시작된 것이 아닙니까?"

"그렇지. 그런데 황제를 비롯해 고관대작들도 호의호식하면서 무엇이 아쉬웠는지 저 신들 앞에서 빌었다네. 그러면서도 도교가 좀 더 고상한 종교로 발전하도록 도와주지 않았네. 천주교와는 그 점이 다르지."

"황제나 고관대작들은 권력을 유지하느라 그랬는지 공부를 하지 않았지요. 무식한 자들이 많았던 모양입니다. 그러나 유식한 선비들은 이런 곳에서 신들에게 비는 것을 귀신 놀음이라고 내쳤지요."

"그래서 도교가 이 지경 아닌가. 천주교는 사람들을 올바른 진리로 이끌기 위해 서양 신부님들이 연구하고 노력해서 이런 귀신 놀음과는 차이가 나지. 천주교는 무식한 백성이나 유식한 선비나 같은 것을 믿는다네. 진리를 이끌어 냈으니 서양 신부님들의 노력이 빛을 발했다고 할 수 있지 않은가?"

"진리라…… 천주교에만 있는 것이 아니잖습니까? 불교의 교리도 만만치 않습니다. 참된 인간의 모습을 깨닫는 것이 진리가 아닙니까? 자신의 참된 모습을 찾아가는 것, 그것이 진리를 향해 가는 것이라 생각합니다."

"자네 입장에서는 그렇게 생각되겠지."

"천주교는 서양에서 들어왔지요. 양인들을 보면 위정자들은 무력으로 정복하고, 상인들은 돈으로 정복하고, 선교사들은 정신으로 정복하고, 어느 면으로든 남을 정복하지 않고는 견딜 수 없는 기질을 가진 것 같습니다. 선교사들도 양인인지라 생명을 걸고 이 먼 곳까지 찾아온 것이 아닐까 하는 생각이 듭니다. 그러니 그들이 진리라고 하는 것을 어떻게 받아들일 수 있는지 이해가 가지 않습니다."

"선교사를 어찌 위정자나 상인들과 똑같이 취급하는가? 그건 생명을 걸고 주님을 전파하는 이들에 대한 모욕이야. 그들이 언제 무력을 사용하던가, 아니면 금전으로 사람을 유혹하던가?"

"정신의 정복이 제일 무서운 것 아닙니까?"

유진길은 김재연을 똑바로 쳐다보면서 차갑게 말했다.

"자네, 나를 어리석다고 보는 모양이군."

"제가 어찌 형님을 어리석다고 생각하겠습니까? 다만 걱정이 되어 하는 말입니다. 이제 베이징에 들어가면 형님은 천주교 일로 분주해지겠지요. 그런 형님이 사람들 눈에 띄지 않는다고 어찌 장담하겠습니까?"

"진리를 위해 위험을 감내할 각오가 되어 있네."

"형님이 말씀하시는 진리가 반드시 옳은 것이라고 사람들은 생각하지 않습니다. 저처럼 말입니다. 오히려 위험하다고 생각합니다."

"자네가 상관할 일이 아닐세. 그만 가세."

유진길은 앞서서 서원 쪽으로 향했다.

이제 사행단은 베이징 성안으로 들어가야 한다. 평복을 벗고 관복으로 갈아입은 정사와 부사, 서장관은 말끔했다. 그러나 역관, 자제군관, 마두, 하인 들의 옷은 때에 절고 낡아 허름하기 짝이 없다. 유진길은 말끔하게 옷을 차려입었다. 삼사를 대신해 청의 관리들을 상대해야 하기 때문에 허술한 모습을 보이고 싶지 않았다.

삼사는 그동안 행렬을 인도하던 전배(前輩)와 타고 오던 교자(轎子), 해를 가리던 일산(日傘)을 치워 버리고 말에 올라탄 뒤 행렬의 앞에 섰다. 천자가 살고 있는 궁궐을 향해 가는데 감히 제후국 사신이 교자를 타고 거드럭거리면 안 된다는 예법 때문이다. 유진길은 삼사의 뒤로 오른쪽에는 군졸과 군복 차림을 한 자제군관, 왼쪽에는 역관과 하인들로 나누어 줄을 세우도록 지시했다. 원래 사행 행렬은 왼쪽에는 문반, 오른쪽에는 무반으로 열을 지어 양쪽으로 입성하지만 사행 인원으로는 그렇게 나눌 수가 없어 자제군관, 역관, 마두, 하인 등 수백 명의 수행원들 모두가 양쪽으로 열을 지었다. 그리고 조양문(朝陽門)을 향해 출발했다.

조양문은 동악묘를 출발한 조선 사신 일행이 베이징 성으로 들어가는 문이다. 베이징 성 주변은 사방 사십 리로 바둑판처럼 되어 있고 동서남북과 그 사이사이에 성으로 들어가는 여덟 개의 대문이 있는데, 조양문은 동쪽에 있는 대문이다.

사행단은 오후 늦게 조양문 밖 해자(垓字)에 이르렀다. 해자 주위에 난간을 세우고 다리를 놓아 조양문과 연결하고 있다. 조양문은 청기와를 이은 삼층 누각으로 높은 성벽이 대문을 둘러싸고 있다. 성벽 앞으로는 인공으로 만든 깊은 수로인 해자가 성벽을 둘러싸고 있어 아무도 대문을 통과하지 않고 담을 넘을 수 없다. 처음으로 베이징 성을 구경하는 이들은 조양문과 성 둘레의 웅장한 모습에 놀라고 흥분해서 서로 쳐다보며 떠들기 시작했다.

"되놈들 정말 대단하네. 우리 궁궐 담은 웬만하면 넘을 수 있는데, 이건 월담은커녕 기어오르기 전에 물에 빠져 죽겠네."

"자고로 되놈들은 의심이 많아 그런 걸세."

유진길은 빨리 지나가라고 군졸들에게 주의를 주었다. 해자 위에 놓인 다리를 지나야 조양문을 통과할 수 있는데 길에는 인파가 몰려 사행단을 구경하고 있다. 군졸들이 인파를 양옆으로 몰아 겨우 길을 내주었다. 사람들이 워낙 많아 서로 부딪치는 사이에 도둑을 맞을 위험이 크다. 삼사와 역관들이 먼저 다리를 지나 조양문 안으로 들어가고, 뒤를 이어 하인들과 마두들이 누가 짐에 손을 대지는 않나 살피며 재빨리 들어갔다.

조양문 안으로 들어간 일행은 청국 아역의 안내를 받으며 옥하관에 도착했다. 관소(館所, 객사)인 옥하관 관문에 이르자 책임자인 제독과 아역들, 행정을 맡은 하급 관리, 심부름을 하는 관부의 종들이 문 앞에 줄을 지어 사신을 맞아들였다. 명(明)나라 때는 조선에서 온 사신들을 예부 근처에 있는 여관에서 묵게 했으나 청조가 들어서면서 남옥하교가 있는 서쪽에 관(館)을 지어 거처하게 했다. 그래서 그 관을 옥하관(玉河館) 또는 남관(南館)이라고 했는데, 건륭 황제가 임진년(1772년)에 '회동관(會同館)'이라는 이름을 내리고 관문에 '회동사역관(會同四譯館)'이라고 편액하였다.

옥하관은 네 채의 집으로 이루어져 있는데 첫 집은 마루[廳]로 세 사신이 아문의 여러 관원과 공적인 일로 만날 때 사용하는 곳이었으나 나중에는 사신들이 가져온 세폐(歲幣)나 방물(方物) 등을 저장하는 곳으로 쓰였다.

유진길은 마부와 짐꾼들에게 가져온 조공품들을 내려놓게 하고 역관 홍만호에게 물품을 정리하도록 지시한 뒤 다음 집으로 정사 이익회 대감을 안내했다. 두 번째 집은 정사가 거처할 곳이다. 유진길은 이익회 대감과 함께 집 안을 둘러보고 노복들이 머물 곳을 정해 주었다. 셋째 집은 부사가, 넷째 집은 서장관이 거처할 곳이다. 집마다 방이 여럿이어서 역관들과 노복들이 나누어 머물게 했다. 유진길은 정사와 긴밀히 의논할 일도 있고 사행 일정에 대해서도 계속 알려야 하기 때문에 김재연과 함께 정사가 머무는 집에 들기로 했다. 그리고 홍만호는 서장관 숙소에 방을 내주었다. 홍만호는 서장관과 함께 황궁으로 보낼 예물과 황제가 내리는 하사품들을 관리하고, 선물을 보내야 할 곳을 알아내 물건을 챙겨야 한다.

저녁을 먹은 뒤 삼사와 역관들은 일정을 의논했다. 내일은 원단(元旦) 의례를 미리 연습해 둬야 한다. 모레 정월 초하루 원단에는 태화전으로 가 황제를 만난다. 그것으로 공식 예절은 대충 끝난다. 그다음은 대략 한 달, 경우에 따라서는 두 달가량 머물며 가지고 온 조공품을 궁으로 들여보낸다. 그동안 사행원들은 옥하관에서 각자 가져온 물건들을 팔고, 조선으로 가져갈 물건들을 사들이면서 사이사이 베이징을 구경할 것이다. 삼사는 되도록 외출을 삼가고 주로 옥하관에서 시간을 보내는데, 무료함을 달래기 위해 가끔 예부에서 곡예나 마술을 하는 놀이꾼들을 들여보내 공연을 보여 주거나 주연(酒宴)을 베풀어 준다. 그러나 국상을 당한 처지에 유희를 즐기는 것은 있을 수 없는 일이니 이번에는 유희를 일절 금해야 한다.

유진길이 이익회 대감에게 조심스럽게 건의했다.

"내일 예행연습을 하기 전에 예부상서를 만나 조선의 국상 소식을 넣어 주십시오. 저도 그쪽 대통관(大通官)에게 전하겠습니다. 그러면 예부에서 알아서 일정을 조정할 것입니다. 그러나 황제께서 베푸는 하마연(下馬宴, 사신 일행이 도착한 것을 환영하여 베푸는 연회)과 상마연(上馬宴, 사신 일행이 일정을 마치고 떠나기 전에 베푸는 연회)은 어찌해야 할지……. 일단 저쪽에서 하겠다고 하면 참석하셔야 할 듯합니다. 그러지 않으면 결례를 범했다고 문제를 삼을 수도 있습니다."

이익회 대감은 한숨을 쉬었다.

"어쩌겠는가. 하라는 대로 해야지."

"저를 비롯해 수행원들은 각자 해야 할 일들이 있으니 어쩔 수 없이 문밖출입을 해야 할 것 같습니다. 근신해야 마땅하지만 가져온 물건들을 팔아야 하고, 또 필요한 것들을 구입해야 합니다."

"알아서들 하게. 그러나 국상에 누가 되는 행동을 하지 않도록 각별히 단속해 주게."

"그리하겠습니다."

모두 일찍 잠자리에 들었다. 긴 여정의 끝, 목적지에 도착했다는 안도감 때문에 피로가 몰려들어 깊은 잠에 빠져들었다.

이튿날 일찍 일어나 따끈한 죽을 먹은 뒤 삼사와 역관을 비롯한 공식적인 직책을 가진 수행원들은 관복을 차려입고 예부로 갔다. 베이징의 겨울 새벽, 바람이 불고 살을 에는 추위가 품속을 파고들었다. 한 나라를 대표하는 사신이지만 천조(天朝)를 내세우는 청국의 눈으로는 청국의 은덕으로 살아가는 일개 오랑캐 나라의 신하들일 뿐이니 예조의 관리가 나올 때까지 추위 속에서 기다려야 했다. 다행히 오래 기다리지 않아 예부의 좌시랑이 교자를 타고 도착했다. 유진길은 청국의 역관과 함께 삼사와 수행원들을 예절 연습을 하는 정당(正堂)으로 안내했다.

예부좌시랑과 관리들이 예복을 갖추고 나와 섰다. 삼사는 차례로 탁자 앞에 나와 황제와 황태후, 황후에게 예물을 바쳤다. 그러고는 한 번 절할 때마다 머리를 바닥에 세 번씩 두드리기를 세 번 반복하는 삼배구고두례(三拜九叩頭禮)를 행했다. 예절 연습은 간단히 끝났다. 좌시랑과 관리들이 안으로 들어가려 몸을 돌리자 유진길은 얼른 좌시랑 옆으로 다가갔다.

"드릴 말씀이 있습니다."

정사 이익회에게 눈짓을 했다. 이익회 대감이 알아채고 얼른 좌시랑 앞으로 다가와서 고개를 숙여 예를 표했다.

"바쁘신 걸음을 막아 죄송합니다. 급히 드릴 말씀이 있습니다."

"무슨 일입니까?"

"내일이면 새해를 맞이하는데 이런 말씀을 드려야 할지 망설였습니다만 꼭 말씀드려야 할 것 같아 무례를 했습니다."

"말씀해 보십시오."

"아국(我國)의 왕께서 승하하셨습니다."

좌시랑은 놀란 눈으로 이익회 대감을 쳐다보았다.

"저런 망극한 일이 있나. 언제입니까?"

"저희 일행이 이미 길을 떠난 뒤에 소식을 들었습니다. 지난달 열사흘입니다."

생각을 정리하는 듯 잠시 침묵하던 좌시랑이 입을 열었다.

"잘 알겠습니다. 그러나 원단이라 잔치가 연일 계속되니 당분간은 황상(皇上)께 전갈을 넣을 수가 없습니다."

"그렇겠지요. 곧 아국의 고부사 일행이 도착할 것입니다."

좌시랑은 고개를 끄덕였다.

"적당한 때에 황상께 전하겠습니다."

"그리해 주십시오. 저희는 모든 예절에 소홀함이 없도록 하겠습니다. 그러나 국상 중이라는 것을 대인께서 이해해 주셨으면 합니다."

"알겠습니다."

좌시랑은 안으로 들어갔다. 유진길도 통역을 마치고 이익회 대감과 함께 일찍 숙소로 돌아갔다.

을미년(1835년) 새해가 시작되었다. 동지사 일행은 새벽에 일어나 관복을 갖추어 입고 길을 나섰다. 등불을 앞에 들리고 말을 천천히 몰았지만 아직 캄캄한 어둠이라 주위의 건물들이 제대로 보이지 않았다.

서화문(西和門)에 도착하자 이미 초롱불들이 불꽃 행렬을 이루었다. 조참(朝參) 행사에 참여하기 위해 많은 관원과 사신 일행이 모여들었다. 서화문을 들어선 뒤로는 모두 말에서 내려 걸어서 태화전으로 향했다. 천안문을 지나 궁궐의 정문인 단문(端門)으로 들어갔다. 뜰 좌우에는 수십 칸의 행랑채가 자리 잡고 있고 처마마다 등불이 달려 있다.

유진길은 재빨리 행랑채 한 칸을 빌려 삼사가 들어와 앉을 수 있게 자리를 마련했다. 잠시 후 행랑채 북쪽의 오문(午門) 쪽에서 종소리가 크게 울리고, 시종들이 쌍쌍이 양각등(羊角燈)을 들고 나와 어로(御路) 양쪽에 줄지어 놓았다. 종소리가 빨라지자 청의 통관(通官)이 들어와 사행 일행을 밖으로 안내해 줄을 지어 앉게 했다. 유진길은 얼른 통관에게 돗자리를 깔 수 있도록 허락을 받았다. 통관은 마지못해 허락하면서 돗자리가 눈에 띄지 않도록 조심하라고 주의를 주었다. 황제가 행차할 때는 땅바닥에 앉아야 하기 때문이다. 잠시 후 오문 안에서 통관이 나와 손짓을 했다. 도광제(道光帝, 청나라의 8대 황제 선종)가 나오는 모양이다. 삼사는 돗자리 위에 자리를 잡고 그 뒤로 역관과 수행원들이 줄을 지었다. 모두 무릎을 꿇고 허리를 굽힌 뒤 황제가 지나는 것을 보려고 얼굴을 들었다. 행랑채에 달렸던 등불이 꺼지고 대신 양각등들이 달렸다. 이윽고 말을 탄 호위병들이 지나가고 이어 홍사등롱(紅紗燈籠)을 앞세운 화려한 교자가 나왔다. 유진길은 삼사 뒤에서 작은 소리로 말했다.

"황제께서 지나가십니다."

그렇게 황제는 추운 날씨에 바닥에 꿇어앉은 각국의 사행단과 관원들 앞을 지나갔다. 그것이 새해 인사인 것이다. 통관이 일행에게 일어나라고 하자 모두 일어나 다시 행랑채로 들어가 따끈한 차를 마셨다. 그러나 그것도 잠시, 황제가 나온다는 전갈이 있자 모두 밖으로 나와 자리 위에 무릎을 꿇고 앉았다. 이윽고 황제가 예를 마치고 다시 나와 오문 안으로 들어갔다. 그 뒤에도 황실에서 내린 따끈한 차를 얻어 마셨다. 황제에게 새해 인사를 하는 사행의 표면적인 목적은 이것으로 끝이 났다. 그러나 수행원들에게는 사행의 다른 목적이 남아 있다.

수행원들의 중요한 목적은 청국과 무역을 하는 것이다. 청의 예부에서는 사행단이 베이징에 머무는 동안 무역을 할 수 있는 장소로 숙소인 회동관을 정해 주고 관리를 파견해 청과 조선 어느 한쪽에만 이익이 쏠리는 것은 아닌지 살핀다. 또한 병기(兵器)의 원료, 즉 화약의 원료인 염초(焰硝)나 활의 재료가 되는 우각(牛角)이 거래되는지를 엄격하게 감시했다. 이맘때면 회동관은 청국과 조선의 장사꾼들 사이에 흥정이 벌어져 시끌벅적해지기 시작한다.

동지사의 중요한 임무인 원단 예절을 끝낸 뒤 유진길은 조선 입국을 기다리는 브뤼기에르(Barthelemy Bruguiere) 주교가 보낸 밀사 왕 요셉을 만났다. 브뤼기에르 주교가 조선으로 들어가려고 기다리는 내력은 이렇다.

오랜 세월 성직자 없이 신앙생활을 해 온 조선의 신자들은 계속 베이징을 드나들면서 주교에게 신부를 보내 줄 것을 청했다. 하지만 청국에서도 천주교 금지령이 내린 지 오래여서 신부를 보내 줄 형편이 아니었다. 사정을 안 조선 신자들이 직접 로마 교황청에 신부를 보내 달라는 서찰을 보냈고, 조선 천주교에 관심을 갖고 있던 교황 그레고리오 16세는 요청을 받아들여 신부를 파견하기로 결정했다. 그런데 교황은 단순히 신부를 보낼 것이 아니라 조선 천주교를 대목구(代牧區)로 승격시켜 주교를 파견할 것을 결정했다. 그것은 선교사의 활동 없이 자신들의 노력으로 천주교를 받아들여 이미 순교자를 배출한 조선 천주교의 능력을 높이 평가해 내린 결정이지만, 조선 천주교에 대한 베이징 교구의 간섭을 배제하기 위한 것이기도 하다. 교황의 그러한 결정은 해외 선교지에서 활동하는 수도회들과 교황청 간의 갈등을 풀고자 하는 교황의 의지가 드러난 결과였다. 당시 해외 선교를 하는 수도회들은 대부분 자국의 보호와 도움을 받으며 자국의 정치권력과 밀착되어 있었다. 그래서 해외에 파견된 수도회들은 자국의 이익을 먼저 생각하는 경향이 강해, 선교지에서 국가 간의 정치 문제에 휘말리는 일이 자주 있었다. 교황은 그런 문제를 없애기 위해 조치를 취하기 시작한 것이다.

교황은 조선 천주교를 파리 외방전교회에 맡기고 브뤼기에르 신부를 조선 최초의 주교로 임명했다. 브뤼기에르 주교는 일하고 있던 시암(Siam, 오늘날의 타이)에서 조선을 향해 길을 떠나 중국으로 들어왔다. 뒤늦게 이 사실을 알게 된 베이징의 피레스(Pereira Pires) 주교는 그동안 조선 천주교를 돌봐 준 베이징 교구와 의논 없이 조선 교구의 독립을 결정한 교황청의 처사를 못마땅하게 생각했다. 당시 베이징 교구는 포르투갈의 라자리스트 수도회 관할이었고, 조선 천주교를 베이징 교구 소속으로 생각하던 라자리스트 수도회 소속의 포르투갈인 피레스 주교는 교황이 자기 교구의 한쪽을 허락도 없이 떼어 주었다고 생각했다. 가만있을 수 없다고 생각한 피레스 주교는 당시 이탈리아 나폴리에서 공부하고 있던 중국인 유방제(劉方濟, 세례명 파치피코) 신부를 조선으로 급파했다. 브뤼기에르 주교의 조선 입국을 돕는 것이 명목이었다. 유방제 신부는 브뤼기에르 주교에 앞서 정하상의 안내를 받으며 의주 변문을 통과하고 한양에 들어와 정하상의 집에 기거하고 있었다. 조선 천주교의 지도자인 정하상과 신자들은 그의 지시에 따라 움직였다. 문제는 거기에서 발생했다.

브뤼기에르 주교는 여러 차례 붙잡힐 뻔하고 죽을 고비를 넘기며 중국을 여행한 뒤 조선과 가까운 요동으로 가기 위해 산시 성(山西省)에 도착했다. 브뤼기에르 주교는 사행단을 따라오는 조선 신자들에게 자신의 존재를 알리고, 조선에 입국할 수 있도록 길을 안내하라는 서찰을 보냈다. 하지만 서찰을 받은 조선 천주교의 입장은 미묘했다. 유방제 신부는 서양 성직자가 조선에 들어오면 그나마 명맥을 유지하고 있는 조선 천주교가 엄청난 박해를 당할 것이라고 강력하게 주장했다. 우선 조선 사람과 비슷하게 생긴 자신이 선교를 하고, 조선인을 신부로 양성하는 것이 가장 바람직하다는 것이다. 그의 말은 박해를 두려워하던 신자들에게 상당히 설득력이 있었다. 그래서 신자들은 브뤼기에르 주교의 영입을 꺼리며 미루고 있었다. 유진길이 사행길에 오를 때도 유방제 신부는 몇 번이고 브뤼기에르 주교의 입국을 막아야 한다고 강조했다.

그런데 유진길은 브뤼기에르 주교가 보낸 왕 요셉을 만나 그동안 주교가 조선에 입국하기 위해 얼마나 고생을 했는지 사연을 듣게 되었다. 그는 가슴을 치며 속으로 눈물을 흘렸다. 목숨을 걸고 조선의 신자들을 위해 그 먼 길을 온 주교를 자신들이 위험하다는 이유로 맞이하지 않는 것은 사람의 도리가 아니라는 생각이 들었다. 왕 요셉은 강한 어조로 유진길을 압박했다.

"교황이 직접 임명한 주교를 받아들이지 않는 것이 어떤 의미인지 알기나 하오? 기절벌(棄絕罰, 파문)을 당할 일이오. 교황의 명을 어기는 자를 어찌 천주교 신자라 하겠소. 만일 주교님을 맞이하지 않는다면 교황께서는 조선 천주교를 인정하지 않고 내칠 것이오."

유진길은 결심을 굳혔다.

"반드시 주교님을 맞아들이겠소. 다음번 동지사 일행이 책문에 도착할 때까지 주교님을 책문으로 모시고 오시오. 우리 신자들이 마중을 나갈 것이오."

그렇게 유진길은 브뤼기에르 주교를 맞이하겠다고 약속했다. 유방제 신부의 말을 거역한 것이다. 왕 요셉과 헤어져 발길을 돌리는 유진길의 마음은 착잡했다. 앞으로 벌어질 일들을 어찌 풀어야 할지 난감했다.

3

류리창(琉璃廠) 거리에 들어서자 김재연은 천천히 걸음을 옮기며 이곳저곳 거리에 늘어서 있는 상점들을 기웃기웃 들여다보았다. 베이징에 입성한 후 원단 예절이 끝날 때까지 긴장을 늦출 수 없었다. 이제 중요한 일을 끝내고 후징슈(扈景秀)와 정시윤을 만나러 모처럼 나가는 길이다. 온갖 물건들로 가득한 거리의 상점에서 아내에게 줄 비취반지와 아들들에게 줄 좋은 먹과 붓을 사서 보따리에 챙겼다. 베이징에 올 때마다 분주하게 돌아다니다 보면 식구들에게 줄 선물을 챙기지 못하기 일쑤였다. 이번에는 사행 일정이 끝난 뒤 남방으로 내려갈 참이어서 한동안 집으로 돌아갈 수 없을 것 같았다. 그래서 미안한 마음에 선물을 챙긴 것이다.

김재연은 숭문당(崇文堂) 앞에서 걸음을 멈추었다. 숭문당은 오래된 서점으로, 그곳의 주인이 바로 후징슈이다. 그는 총명할 뿐 아니라 문인과 조정의 관리들과도 두루 교제하고 지내는 발이 넓은 사람이다.

김재연이 서점 안으로 들어서자 점원이 반색하며 맞았다. 점원은 구석에 놓인 책상 앞에서 일을 보던 주인에게 뛰어가 그가 온 것을 알렸다. 후징슈는 김재연을 보자 안경을 벗어 놓고 얼른 일어나 빠른 걸음으로 다가왔다. 둘은 손을 맞잡고 반갑게 인사했다. 후징슈는 김재연을 손님방으로 안내했다.

"온 건 알고 있었네. 급한 일은 끝났는가?"

"대충. 이제 여유가 생겨 나와 봤네. 새로 나온 서책들이 있는가?"

김재연이 묻는 서책이 서양에 관한 것임을 후징슈는 잘 알고 있었다.

"요즘은 서양에 관한 책이 별로 들어오지를 않네. 남방이 좀 어수선하다네."

청국에서 소개되고 있는 서양에 관한 서적은 주로 남방, 그것도 광저우를 중심으로 출판되고 있었다. 그러나 조선의 사신 일행은 남방까지 갈 수 없어 베이징에서 구하는 수밖에 없었다.

"남방이 어수선한가?"

"그렇다네. 오랜 세월 광저우에서 무역을 독점하다시피 한 영국의 동인도회사가 지난해에 문을 닫았지."

조선에서 그런 소식을 접하지 못했기 때문에 김재연은 놀라지 않을 수 없었다. 동인도회사는 영국 정부의 대청무역을 도맡아 하던 창구였다.

"그러면 영국이 이제 중국과 무역을 하지 않는다는 말인가?"

"그럴 리가 있겠나. 영국의 자유 상인들이 들어와서 더 큰 무역을 하겠다는 것이지. 우리 중국은 서양에 대해 아무것도 모르고 있네. 그동안 서양은 산업혁명을 거쳐 엄청나게 빠른 속도로 변했는데 우린 전혀 몰랐어. 동인도회사는 영국 정부와 긴밀한 유대를 가지고 무역을 했기 때문에 청조와 마찰이 생기면 나름대로 긍지를 가지고 대화로 문제를 풀었지만, 자유 상인들이 중국 무역을 차지하면 마찰이 생겨도 중재가 되지 않을 것이네. 영국의 패기만만한 젊은 상인들은 위험을 겁내지 않지. 그에 비해 우리 청조는 너무 늙고 무기력하다네. 아무런 대책도 없으니 앞으로 어찌될지 걱정이군."

'이건 엄청난 변화다. 그걸 모르고 있었다니.'

김재연은 속으로 탄식했다. 조선에 들어앉아 있으면 이웃에 불이 나도 모른다. 동인도회사가 문을 닫은 것은 오랫동안 중국이 유지해 온 천조 무역이 타격을 받는 중대한 사건이 될 것이다. 자고로 중국은 천하의 중심으로 유일하게 천자가 다스리는 나라이고, 그 밖에 다른 나라들은 모두 천자 앞에 무릎을 꿇고 읍소해야 하는 제후국일 뿐이라고 여겨 조선처럼 작은 나라들은 해마다 중국에 조공을 바쳤다. 그러면 천자는 제후국에 하사품을 내렸다. 무역에서도 마찬가지로 천자가 베푸는 은덕의 범위 안에서 장사를 해야 한다. 따라서 상대국들은 제약을 받을 수밖에 없었다. 이를테면 광저우 한곳만이라도 무역을 할 수 있도록 문을 열어 주는 것을 큰 은덕으로 알아야 한다는 것이다.

그러나 서양 제국들이 죽음의 위협까지 무릅쓰며 몇 달이나 걸리는 먼 뱃길을 거쳐 중국에 오는 것은 오직 하나, 장사를 하기 위해서이다. 서양 제국은 중국과의 관계를 조공을 바치는 제후국이 아니라 국가와 국가 간의 대등한 관계로 생각한다. 특히 영국은 서양 제국 중에서도 중국 무역을 거의 독점하다시피 해 왔다. 따라서 청조와의 마찰도 다른 나라보다 심각했다. 그나마 그동안은 동인도회사가 중간에서 마찰을 중재해 왔고, 형식적으로라도 천조 무역을 부정하지는 않았다. 그러나 동인도회사가 해체되고 더욱 강력한 장사꾼들이 자유롭게 중국 무역을 하게 되면 청조와의 마찰을 중재할 길이 없을 것이다. 서양 배들이 거침없이 중국 연안에 들어와서 무역을 요구한다면 어찌 될 것인가? 청조는 거부할 것이다. 그러면 어떤 일이 일어날 것인가?

김재연은 책을 몇 권 챙겨 들고 숭문당을 나와 정시윤의 상점으로 향했다. 정시윤은 정양문(正陽門) 밖의 번화한 상가에 인삼을 주로 파는 '여삼(麗蔘)'이라는 상점을 내고, 상점 뒤에 집도 마련해 놓았다.

　정시윤은 김재연의 주선으로 베이징에 상점을 내게 되었다. 정시윤이 상점을 열기로 마음먹은 것은 베이징에서 삼을 제값 받고 파는 것이 쉽지 않기 때문이다. 베이징 상인들이 담합을 하면 그것을 뚫는 게 보통 일이 아니었다. 그래서 상점을 내 직접 삼을 팔기로 마음은 먹었지만 조선 사람이 베이징에 상점을 내는 것은 불가능했다. 결국 중국인을 내세우는 수밖에 없었다. 그래서 김재연이 오랜 친분이 있던 후징슈에게 의논했고, 그는 선뜻 도와주겠다고 나섰다. 후징슈의 명의로 상점을 내고, 정시윤이 자금을 대고 상점 운영을 맡기로 했다. 말하자면 동업으로, 정시윤은 상점세와 명의를 빌린 값으로 매년 후징슈에게 넉넉하게 이익금을 챙겨 주었다. 후징슈는 상인 가문 출신이라 장사에 밝았다. 후징슈는 상점에서 일할 점원으로 털모자를 판매하는 상점에서 점원으로 오래 일한 나이 지긋한 장즈춘(張志純)을 데려왔다. 그는 나이가 정시윤보다 십여 년 위로, 장사에도 밝고 글도 제법 알았다. 매년 조선 사행이 오면 장즈춘이 회동관으로 나와 물건 흥정하는 데 앞장섰다. 같이 일한 지 얼마 지나지 않아 정시윤은 그가 정직하고 성실하다는 것을 알았다. 그래서 제법 큰 집을 마련해 장즈춘이 살게 하고, 방 두 개는 늘 비워 놓도록 했다. 베이징에서 자리를 잡은 지 벌써 두 해가 넘었다.

　김재연이 상점으로 들어서자 안에서 물건 포장을 풀던 정시윤이 급히 다가왔다.

　"이제 중요한 일정은 끝났겠군."

　"그렇다네."

　둘은 상을 마주하고 자리에 앉았다.

"자넨 상하이에서 바로 올라왔으니 아직 모르겠군. 동짓달 중순에 전하께서 승하하셨다네. 그리고 헌종이 등극하셨네. 겨우 여덟 살 나이에."

"그게 정말인가? 예상은 했지만 그리 빨리 가시다니……."

그들은 잠시 말을 잊었다. 앞날이 걱정되어 착잡했다. 겨우 여덟 살에 용상에 올랐으니 무엇을 알겠는가. 순원왕후가 수렴청정을 한다 해도 권력 투쟁은 노골화될 것이다. 살얼음판 같은 정쟁 속에 서로 얼마나 눈치를 보며 살아야 할지. 그런 가운데 백성은 또 얼마나 배를 곯아야 할지. 그 모든 것이 예삿일 같지 않다.

"사행 일정은 예정대로 진행되었는가?"

김재연은 고개를 끄덕였다.

장즈춘의 아내가 따끈한 차를 내왔다.

"남방에 갔던 일은 어찌 되었나?"

정시윤이 그동안 상하이에서 있었던 일을 자세하게 말했다. 묵묵히 듣고 있던 김재연은 정시윤의 이야기가 끝나자 입을 떼었다.

"중요한 사람을 만났군. 시험은 무사히 통과했고?"

"무슨 말인가?"

"천궈룽, 그 어른이 자네를 시험한 게 아닌가. 자네가 그분을 찾아가기 전에 상하이를 둘러보고 그 어른이 상하이에서 자리를 잡은 까닭을 알아낸 것 말일세. 장사꾼에겐 가장 중요한 일 아닌가. 입지 조건을 정확하게 파악해 자리를 잡는 것 말일세. 자네가 상하이에 도착해서 바로 그분을 찾아가지 않은 것은 정말 잘한 일일세. 아무튼 잘되었네. 그런데 자네 그쪽 사정에 대해 뭐 들은 것 없는가? 오늘 숭문당에 갔다가 중요한 소식을 들었네. 동인도회사가 문을 닫았다고 하더군."

"그래? 금시초문이군. 천궈룽 어른과 많은 이야기를 나눌 틈이 없었네. 광저우에 내려갈 수도 없었고. 어차피 곧 다시 내려갈 테지만 시간이 너무 촉박했어. 그건 그렇고, 자네는 별일 없었는가?"

김재연은 봉황성에서 다이전을 만난 이야기를 차근차근 들려주었다. 정시윤은 걱정스러운 기색을 감추지 않으며 물었다.

"그럼 그리할 생각인가? 다이전에게 서양에 대한 정보를 제공할 생각인가 말이야."

"그리할 것이네. 중국의 일만 봐도 서양과의 마찰은 눈앞에 닥친 것 아닌가. 그런 정보를 조선에 가지고 간들 누가 제대로 들어주겠는가? 남의 집 불 보듯 할 텐데."

정시윤은 김재연의 말을 듣고 잠시 생각을 정리했다.

"전에 말한 대로 자네 이번에 좀 무리가 되더라도 나와 함께 상하이로 내려가는 것이 좋을 것 같은데 어떤가? 동인도회사가 문을 닫은 것은 심상치 않은 사건임이 분명하네. 다이전과의 약속을 지키려면 베이징에서 들은 것 가지고는 안 되네. 광저우로 내려가야만 서양에 관한 중요한 정보를 얻을 수 있을 것일세. 지금 광저우는 우리가 상상도 할 수 없는 엄청난 일들이 벌어지고 있는 것 같네. 그래서 나도 급히 상하이로 내려갔다가 광저우로 갈 생각이야. 그리고 천궈룽 어른이 자네를 몹시 보고 싶어 하신다네. 자네가 아버님을 닮았다고 하니까 꼭 데리고 오라고 하셨어."

"나도 귀국을 미루고 광저우로 가 볼 생각이네. 이번에는 선왕께서 내리신 밀지가 있으니 편한 마음으로 갈 수 있지만 앞으로는 어찌 될지 모르겠군. 남방에를 가야 서양 사정을 소상히 알 수 있을 텐데 길이 막혀 있으니 어찌 될지……."

"너무 걱정 말게. 방법이 있겠지."

"누가 권세를 확실하게 잡을 것인가, 좀 두고 보아야겠네. 그리고 남방행을 허락받아야지."

"내가 이번 사행에 동행하지 않은 건 잘한 일이야. 사행 일정에 구애받지 않고 말이야. 밀선을 타고 왔으니 남방에 남아 있어도 아는 사람이 없지 않겠나."

"그래도 베이징에서는 조심하게. 조선 사람 눈에 띄지 말아야 하네."

정시윤은 고개를 끄덕였다.

"난 홍삼을 거둬 가지고 바로 상하이로 내려가겠네. 오래 베이징에 머물 순 없어. 배가 기다리고 있네."

"알겠네. 그럼 나는 운하를 따라 가겠네."

"혼자서 긴 여로가 되겠군."

"할 수 없지. 그건 그렇고, 홍삼을 얼마나 가지고 있는 건가? 오천 근을 채워야지. 사행에서 오는 것으로는 한 사천 근 정도 될 것 같은데."

"나머지는 내가 채우겠네."

"자네 같은 엄청난 부자 친구를 옆에 두고 있으니 내가 무슨 짓인들 못하겠나."

그들은 마주 보면서 큰 소리로 웃었다.

4

베이징의 겨울 하늘이 오랜만에 새파랗게 갰다. 매운바람이 시커먼 먼지를 날리기도 하지만 파란 하늘을 볼 수 있어 기분이 좋다. 먼지는 멀고 먼 고비 사막에서 이곳까지 날아온다. 김재연은 그 긴 여정을 머릿속에 그려 보며 중국이라는 땅덩어리가 얼마나 큰지 가늠해 보았다. 그 넓은 땅의 중심이 베이징이다.

베이징을 비롯한 중국 북방의 자연조건은 사람이 살기에 그리 좋지 않다. 사계절이 분명하긴 하지만 건조하고 바람이 심할 뿐 아니라 여름은 무덥고 겨울은 심하게 춥다. 물이 부족하고 땅도 척박해 농사짓기에 마땅치 않다. 또한 이민족의 침입을 막기 위해 긴장의 끈을 놓을 수가 없다. 그래서 진시황이 만리장성을 쌓은 것이다. 북방 사람들은 자연에 의존하고만 살 수 없었기 때문에 척박한 자연조건을 극복하려고 끊임없이 안팎으로 강하게 단련해 왔다. 그래서 유학이 북방에서 시작되어 꽃을 피웠는가 하면, 정권을 잡고 유지하기 위한 투쟁 역시 북방에서 피를 뿜었다. 베이징, 이 웅대한 성의 아름다움은 자연적 아름다움이 아니다. 베이징 성의 안과 밖을 둘러보아도 자연경관이 뛰어난 곳을 찾아볼 수 없다. 그러나 베이징 성안의 웅장하고 아름다운 궁궐과 정원, 귀족들의 가옥부터 서민들이 사는 골목까지 번화하기가 이를 데 없다. 그건 모두 사람들이 노력한 결과이다.

김재연은 멀리 징 산(景山)을 바라보았다. 베이징의 궁궐과 성안을 굽어볼 수 있는 아름답기 그지없는 징 산도 자연 그대로의 산이 아니다. 인공으로 흙을 쌓아 올려 봉우리를 만들고, 바위를 옮겨 와 구릉을 장식하고, 나무를 옮겨 심었다. 사람의 땀과 희생으로 만든 산으로, 사람의 손길이 가지 않은 것이 없다. 마음의 눈으로 보면 백성의 힘든 노역의 흔적이 보이는 곳이 베이징이다. 베이징은 기쁨과 슬픔, 환호와 탄식의 역사가 흘러간 자국만을 간직한 채 말이 없지만, 자신이 품고 있는 역사의 아픈 자국을 사람들이 알아 주기를 바라는지도 모른다.

베이징 성은 내성과 외성으로 나뉘어 있다. 자금성을 중심으로 정양문 안을 내성이라 하고, 정양문 밖을 외성이라 한다. 내성의 주인은 기인(旗人), 즉 만주족의 귀족들이었다. 그런데 만주족이 삶을 유지하기 위해서는 자신들이 정복한 한족을 데려다 써야 했다. 그렇게 다시 내성으로 들어간 한족의 수가 지금은 만주족을 능가한다. 한족은 주인 자리를 빼앗기고도 태연하게 살아간다. 정양문 밖을 나서면 별별 물건을 다 파는 상가와 음식점, 여관, 홍등가가 있는가 하면 사찰도 자리 잡고 있어 번화하고 떠들썩하기가 그지없다. 한족이고 만주족이고 사는 데야 무슨 구별이 있느냐는 듯 태연하게 하루하루가 지나간다. 그런데 한족은 정말 그렇게 마음도 태연할까 궁금하다. 그들은 몽골족을 사막으로 내몰았듯이 만주족을 내몰 날을 기다릴지도 모른다.

김재연은 숭문당에 잠시 들러 후징슈와 이른 점심을 먹고 북쪽을 향해 말을 천천히 몰았다. 리옌핑(李硏平)을 방문하기 위해서다. 리옌핑은 후징슈가 소개해 알게 되었는데, 열심히 학문을 닦고 세상 보는 눈이 예리한 선비이다. 과거를 보고 벼슬길로 나가긴 했지만 오래 하지는 않았다. 관직을 그만둔 뒤 멀리 만리장성이 보이는 한적한 시골에 머물며 책을 옆에서 떼지 않았다. 후징슈는 숭문당에 자주 오던 그와 가깝게 지내던 차에 조선에서 온 김재연을 소개해 지금은 셋이 막역한 사이가 되었다. 김재연은 베이징에 오면 귀국하기 전에 꼭 그를 찾아갔다.

해가 넘어가려고 서산마루를 기웃거릴 때 김재연은 리옌핑의 집에 도착했다. 리옌핑은 문밖을 서성거리다 김재연이 말에서 내리자 반가움을 감추지 못하며 빠른 걸음으로 다가왔다.

"이제야 오는가? 한낮부터 기다렸다네."

리옌핑은 조금은 원망하는 말투로 김재연을 맞았다. 그들은 저녁을 먹은 뒤 리옌핑의 서재로 건너가 차를 마시며 이야기를 나누었다.

"일은 다 보았는가?"

리옌핑이 물었다.

"무사히 마쳤네."

"다행이군. 국상을 당했다고 들었네."

"망극한 일이 일어났다네. 길을 떠난 뒤에 들었네. 어린 임금이 등극하셨지."

"조용하겠는가?"

"글쎄. 그러면 좋겠지만 권력을 잡을 기회인데 조용할 수가 있겠는가."

리옌핑은 고개를 끄덕였다.

"자네 일에는 지장이 없겠지?"

"나야 말단 역관인데 무슨 상관이 있겠나."

"꼭 그렇지만은 않을 걸세. 여차하면 중국으로 오게. 언제든지 환영이니까."

오란다고 올 사람이 아님을 알면서도 그런 말을 하는 걸 알기에 둘은 마주 보며 웃었다. 그래도 김재연은 만일 자신이 중국에 온다면 그가 누구보다 반갑게 맞이할 것을 안다.

"이번에 베이징에 와서 느낀 건 이곳은 늘 변함이 없다는 것이네. 언제나 한결같아. 웅장하고 화려한 궁궐과 여전히 분주한 사람들, 상가는 늘 사람들로 북적대고. 장사꾼들 외치는 소리, 흥정하는 소리, 만족한 듯 웃는 소리. 베이징은 이렇게 영원히 지속될 것 같은 느낌이 드는 곳이지."

리옌핑은 알 듯 말 듯한 미소를 보냈다. 전에 리옌핑은 벼슬살이가 체질에 맞지 않아 학문에 몰두하기 위해 벼슬을 그만두고 낙향했다고 했다. 그 말을 들으면서 김재연은 리옌핑이 한족의 재기(再起)를 바라고 있는 것이 아닌가 하는 생각을 했었다.

"자네가 그렇게 느꼈다면 그런 것이겠지. 그런데 정말 변화를 느끼지 못했는가?"

"얼핏 보기엔 그렇다네. 하지만 자세히 보면 조금은 보이지. 궁궐이나 귀족의 집에서 서양에서 온 귀물(貴物)들을 전보다 많이 볼 수 있었지."

"역시 자네로군."

리옌핑은 큰 소리로 웃었다. 그리고 담담하게 말했다.

"역사가 흘러가고 있는 모습이지. 건국 때의 건실하고 검소한 모습이 사라졌네. 향락을 좇으며 가난한 백성으로부터 긁어모은 혈세를 서양의 기물(奇物)을 사들이는 데 써 버리고 있다네."

"그렇다면 다음은 타락하고 몰락하는 과정이겠군."

"피할 도리가 없지. 자연의 이치에서 인간사가 벗어날 도리가 있겠나."

"그렇다면 지금 청조는 가을인가, 아니면 이미 겨울로 들어선 것인가?"

"늦가을이겠지."

"어째서?"

"겨울로 들어서려면 한바탕 소동이 벌어질 텐데 아직은 아니네."

"소동이라면 전쟁 말인가?"

"기 싸움이지. 쳐들어오려는 겨울의 냉기와 그나마 남아 있는 약간의 온기를 지키려는 늦가을의 안간힘 사이의 싸움이지. 결국 냉기가 이기고 겨울이 온 땅을 덮쳐 버리는 것이 자연의 이치 아닌가? 쳐들어오려는 기세와 막으려는 기세, 그 싸움은 이미 승패가 정해져 있는 것 아닌가?"

"그러면 다음은 한족이 일어나겠군."

"꼭 그렇다고 볼 수는 없네."

"한족 말고 누가 있겠나. 몽골족도 만주족도 끝났는데 누가 세를 잡겠나. 한족 말고는 없지 않은가?"

"난 한족일세. 하지만 한족은 아무것도 준비되어 있지 않네. 권력을 잡을 만한 힘이 없지."

리옌핑의 얼굴에 어두운 그림자가 드리웠다.

"베이징에 오기 전에 봉황성에 잠시 머물렀네. 그때 봉황성의 다이전 장군을 잠깐 만났다네."

"다이전을 만났다고?"

리옌핑의 눈이 반짝였다.

"다이전 장군이라면 만주족 명장으로, 특출한 인물이라고 들었네. 그런데 어떻게 그런 사람을 만났나?"

"봉황성을 지날 때 조선 사행단을 각별히 친절하게 대해 주었네."

"그 사람이라면 그럴 테지. 그런데 자네에게 관심을 보이던가?"

"내가 역관이니까 사행에 앞서 미리 봉황성에 도착해서 장군에게 보고를 했네."

"자네를 눈여겨본 게로군."

리엔펑의 짐작도 허술하지가 않았다. 김재연은 별일 아니라는 듯 무심히 말했다.

"국경을 지키는 일이 때로는 무료하게 느껴질 때도 있지 않겠는가. 황량한 북방의 겨울을 벗 삼는 것 외에 특별한 일도, 특별한 사람도 없을 때 낯선 이방인이 찾아오니 무료함을 덜 수 있었겠지."

"국경을 맞대고 있는 두 나라의 장수와 역관, 그것도 한쪽은 국경을 수없이 넘나들며 두 나라의 정세를 잘 아는 역관이 만났으니 대화가 흥미로웠겠군."

"아니라면 거짓이고, 아무튼 쉽게 잊힐 인물은 아닐세. 그런데 장군은 청조의 몰락을 예감하고 있는 것 같았네."

"당연한 것 아닌가. 그 정도의 인물이라면 느끼겠지. 그런 인물이 왜 변방으로 나갔는지 모를 일이야. 왕실에 속한 세력 있는 집안인데 말일세."

"조용한 곳에서 생각을 정리하고 싶었던 모양일세. 자신의 조상이 살던 곳에서."

"만주족의 옛 영토에서 만주족의 미래를 생각한다! 역시 다이전이로군. 그래, 뭐라던가? 몰락하는 청조의 재건을 꿈꾸던가?"

"재건이라기보다는 막고 싶은 심정 같아 보였네."

"언덕 아래로 굴러떨어지는 수레를 언덕 위로 다시 끌어올릴 수 있는 장사는 천하에 아무도 없다네. 수레를 붙잡고 언덕 위로 끌어올리려 몸부림치지만 헛수고야. 동족이 힘을 보탠다면 그나마 희망이 있겠지만 몰락하는 역사는 그렇지 않다네. 오히려 그 장수를 모함하려 할 걸세. 바른 소리를 하는 자는 거추장스러울 테니까. 망하는 역사를 붙잡고 지키려는 장수의 비참한 말로가 보이는군. 결국 다이전은 수레보다 먼저 낭떠러지로 굴러떨어질 수도 있겠지. 동족들이 밀어낼 테니까. 망하는 역사는 늘 그렇지. 과거에 한족도 다를 것이 없었네."

다이전은 리옌핑의 말대로 될지도 모른다. 그런데 왠지 그에게 마음이 쏠린다. 그래서 김재연은 리옌핑의 예언 같은 말에 가슴이 아렸다.

"그런데 말일세. 원나라가 망하자 몽골족은 다시 사막으로 돌아갔지 않았나. 그렇다면 만주족도 그럴 거라 보는가?"

"만주족이 망하면 어디로 갈 것인가, 그것이 궁금하겠지. 자네는 조선 사람이니 또다시 국경을 마주하고 만주족을 경계해야 할 것인지 궁금하겠지. 하지만 만주족은 몽골족처럼 떼를 지어 다시 만주로 이동하지는 않을 걸세. 이미 한족화되었다고 할까. 한족을 먹어치웠다고 생각했지만 세월이 지나고 보니까 오히려 한족에게 잡아먹혔다는 것을 알 만한 사람들은 알고 있네. 치파오[旗袍, 청조에 형성된 전통 옷] 하나만 남긴 채 만주족은 사라질 걸세. 아마 다이전은 그걸 알기에 다시 만주로 돌아가고 싶겠지만 만주족이 그의 말을 들을 리가 없어."

청조가 망해도 만주족이 다시 그들의 땅에 나라를 세울 희망이 없다는 말은 다이전의 의견과 같다. 그러나 만주족의 청조가 중국에 남길 것이 치파오 하나뿐이라는 말은 수긍이 가지 않았다.

"만주족이 중원에 남긴 것이 치파오 하나뿐인가? 문화적으로 우월한 한족인 자네는 그렇게 생각할지 모르지만 반드시 그것뿐일까? 조선은 한족을 높이 여기는 마음이 강하고 아직도 청조를 오랑캐로 생각하는 경향이 있지만 내가 볼 때 만주족이 명 말의 부패한 정치를 대신해 중국을 통치한 것은 다행인 것 같네. 청조 초기의 강희(康熙), 옹정(雍正), 건륭(乾隆)

황제의 정치를 어떻게 평가하겠는가. 중국 역사에서 그만한 전성시대도 드물지 않은가. 또한 그들은 이민족에 대해 무척 관대한 정책을 폈지."

"나라를 빼앗기지 않은 조선으로서는 그리 생각할 수 있겠지."

"조선이 아니라 내가 그리 생각하는 것일세. 명이 나라를 빼앗긴 것은 한족의 부패 때문이 아닌가? 부패로 인해 정권을 유지할 수 없는 나약한 모습이 드러났으니 힘이 왕성하던 만주족으로서는 그냥 있을 수 없었겠지. 당연한 것 아닌가? 한족만이 중국을 지배하라는 법은 없으니까. 자넨 한족이 만주족한테 당한 것만을 말하지만 만주족이 한족에게 당한 역사가 얼마나 긴가. 언제 한족이 만주족을 사람 취급한 적이 있었는가? 그러나 만주족은 다른 민족에 대해 관대한 편이었지. 그건 힘이 있고 자신감이 있기 때문이지. 나는 만주족이 정치에 탁월한 재능이 있는 민족이라고 보는데 안 그런가?"

"그건 나도 인정하네. 정치적 역량이 만주족은 몽골과는 달라. 탁월한 점이 있다는 것은 인정하지 않을 수 없네."

"문화를 보아도 성리학을 정리하고, 방대한 《사고전서》를 편찬해 낸 것도 만주족의 힘이었네. 물론 그 모든 것이 한족의 문화이고 대부분 한족 선비가 이룩한 업적이지. 하지만 자기 문화보다 우수한 다른 문화를 관대하게 포용할 줄 알고 그것을 발전시킬 수 있는 아량도 쉽지는 않네. 중국의 발전을 위해 다른 문화를 수용하는 데 과감했고, 성리학에서 탈피한 실용적인 학풍을 조성한 것도 청조였네. 한족 문화만을 우러르던 조선에서도 이제는 청조의 새로운 학풍을 배우려는 열망이 일어나고 있다네."

리엔핑은 큰 소리로 웃었다.

"오랜만에 말다운 말을 듣는군. 자넨 여전해. 만주족에 대한 평가는 새겨 두겠네. 하지만 요즘 만주족은 전과 다르다는 것도 알겠지. 본래 만주족은 한족 문화를 선망해 왔지. 조선처럼 말일세. 결국 우월한 한족 문화에 젖어 있다 보니 이젠 자기들의 문화를 잃어버린 모습을 보이고 있네."

"안타깝지만 자네 말대로 몰락의 길로 접어든 모습이지. 만주족이 이젠 힘을 잃은 것 같네. 자신의 모습을 잃어버리면 남도 나를 없는 것으로 무시해 버리지. 자신만만하던 만주족에 대한 연민이 가슴을 저리게 한다면 같은 오랑캐로서의 동정심이라고 자넨 웃겠지."

리옌핑은 잠시 뜸을 들이다가 화제를 돌렸다.

"자네, 베이징에는 변화가 없다고 했지? 그런데 남방은 다르다네. 이미 변화가 시작되었어."

"알고 있네. 문제는 그 변화의 바람이 언제 베이징으로 북상할 것인가 하는 거지. 그때가 언제일 것 같은가?"

"아직 멀었네. 망하는 데도 시간이 필요하다네. 그리고 우리 한족은 조급하게 서두르지 않고 기다릴 줄 알지. 오십 년 아니 백 년이 될지도 모르지만, 기다리지 않고 일을 서두르면 피해가 커질 수 있네. 가능한 한 피해를 줄여야 할 것 아닌가."

서두르지 않고 답답할 만큼 느리게 움직이는 것이 중국인이다. 매사를 신중하게 처리하는 모습이다.

"그건 그렇고, 오래 머물다 가게나."

"이번엔 일정이 촉박하네. 그래도 자네를 만나지 않고 간 걸 알면 자네가 다시는 날 안 볼까 겁나서 이렇게 달려왔다네."

"당연하지. 언제 갈 건가?"

"오늘은 이곳에서 묵고 내일 떠나야 하네. 돌아갈 준비를 마쳐야 해서 오래 머물 수가 없다네."

"다음 사행이 언제일지 모르겠군. 자네를 언제 또 만날 수 있을지…… 오래 기다리게 하지는 말게."

"실은 이번 사행이 끝나도 나는 당분간 돌아가지 않네. 남방으로 가서 서양 말을 배울 생각이네."

뜻밖이라는 듯 리엔핑은 눈을 크게 떴다.

"얼마나 머물 생각인가?"

"지금 생각으로는 반년 정도 있을 생각이네. 반년 만에 영국 말을 대충이라도 알아들을 수 있을지 모르겠지만."

"영국 말이라면 지금도 잘하지 않나. 자네 재주라면 반년 뒤면 펄펄 날겠군. 참 부럽네."

"무슨……."

이미 김재연의 언재(言才)는 안면 있는 중국 관료들에게는 잘 알려져 있다. 지금껏 그만큼 정확하게 한어를 구사하는 조선 역관은 없었다. 리엔핑은 잠시 찻잔을 만지작거리다가 입을 열었다.

"실은 오늘 성안으로 갈 예정이었네만 자네가 온다 해서 가지 않고 있었네. 한림원의 홍려사경(鴻臚寺卿) 황줴쯔(黃爵滋) 댁에서 오라는 전갈이 있었지. 린쩌쉬(林則徐) 후광(湖廣) 총독(오늘날의 후베이 성과 후난 성을 합친 지방 장관)께서 베이징에 오셨다는군."

"그럼 가 봐야 할 것 아닌가?"

"자네가 먼 길을 왔는데 어찌 집을 비우겠나. 지금 나하고 길을 떠나세. 얼마나 좋은 기회인가. 총독은 앞으로 큰일을 하실 분일세. 이참에 서로 인사를 나누는 것이 좋아. 내일 갈 생각이었는데 자네가 내일 떠난다고 하니 시간이 없군. 아직 어두워지지 않았으니 어서 서두르세."

"무슨 일 때문에 모이는지 알고나 가야 할 것 아닌가?"

"우리에게 시급한 건 아편 문제일세. 그 일을 의논하려고 모인다네."

리엔핑은 먼저 몸을 일으키며 김재연을 재촉했다. 김재연은 얼떨결에 리엔핑을 따라 일어섰다.

밖은 막 어둠이 내리기 시작했다. 그들은 말에 올라타자 채찍을 가했다. 베이징 성안으로 들어가려면 한참을 달려야 한다.

린쩌쉬에 관한 이야기라면 리옌핑에게 들어 알고 있었다. 그는 황줴쯔와 궁쯔전(龔自珍), 웨이위안(魏源) 등과 경세지학을 논하고 나랏일을 걱정하며 서로 의기투합하는 인물이다. 한족인 그들은 말하자면 중국의 변화를 주창하는 진보적인 인재로 알려져 있다. 특히 황줴쯔와 린쩌쉬는 한족이지만 이미 청 왕조에서 높은 관직에 올라 출세가도를 달리고 있다. 그래서 때로는 만주족 관리들에게 너무 앞서 간다며 질시를 받기도 했다. 린쩌쉬는 학문도 출중하지만 관리로서의 명성이 높다. 민원에 대한 바른 판단과 치수 사업 등 지방관으로서 그의 공적은 베이징까지 소문이 올라올 정도였다.

밤이 꽤 깊은 뒤에야 황줴쯔의 집에 도착했다. 하인의 안내를 받으며 서재로 향했다. 서재에는 불빛과 함께 말소리가 흘러나왔다. 한림원에서 중책을 두루 맡았었고 황제에게 아편을 엄금해야 한다는 상소를 계속 올리고 있는 황줴쯔는 이들 모임에서 중심 역할을 하고 있다.

서재에는 네 사람이 있었는데, 그중 나이가 지긋해 보이는 사람이 린쩌쉬임을 김재연은 직감으로 알 수 있었다. 황줴쯔가 김재연과 리옌핑을 좌중에게 먼저 인사시키고, 이어 김재연에게 앉아 있는 사람들을 한 명씩 소개했다.

"김 공이 올 줄은 몰랐소. 아무튼 반갑구려."

김재연과 황줴쯔는 이미 구면이었다.

"역관이라고 하였소?"

린쩌쉬가 김재연을 쳐다보며 물었다.

"그렇습니다."

김재연이 대답했다. 그러자 황줴쯔가 거들었다.

"김 공은 조선 제일의 역관입니다. 한림원에서 조선 역관을 여럿 대해 보았지만 김 공만큼 우리말을 잘하는 사람을 보지 못했습니다. 중국인과 다름없지요."

"과찬이십니다."

김재연은 난처한 표정으로 황줴쯔의 칭찬을 사양했다. 그러자 이번에는 리옌핑이 나섰다.

"김 공의 우리말 솜씨는 탁월합니다. 그뿐 아니라 영국 말도 잘하는 편입니다. 이번에 남방으로 내려가서 제대로 배우겠다고 합니다."

김재연을 바라보던 린쩌쉬의 눈빛이 달라졌다.

"남방이라면 어디로 갈 생각이오?"

"상하이와 광저우 쪽으로 가 보려 생각 중입니다."

"아무래도 광저우에 서양인이 많으니까 그리로 가는 것이 좋을 것 같기는 하지만, 그쪽에 아는 분이 있소?"

"없습니다."

린쩌쉬는 잠시 무언가를 생각하는 눈치였다. 다른 사람들은 둘의 이야기에 끼어들지 않았다. 이윽고 린쩌쉬가 침묵을 깨고 물었다.

"무슨 목적으로 서양 말을 배울 생각인지 물어도 되겠소?"

"말 배우는 재미가 제겐 별난 것입니다. 한어와 만주어, 왜어, 몽골어, 그리고 서양 말을 서로 비교하면서 왜 사람들은 말을 서로 다르게 할까, 그리고 무엇이 다른가, 그런 걸 생각합니다. 말이 다른 건 생각이 다르다는 의미를 내포하고 있지요."

린쩌쉬는 '허!' 하고 탄식을 내뱉었다.

"아니 그런 재주를 혼자서 재미로 즐기다니, 재주를 너무 낭비하는 것 아니오?"

리옌핑이 나섰다.

"이보게, 자네 너무 속내를 숨길 필요 없네."

"말 배우는 일을 즐기는 것은 사실일세."

그러자 리옌핑이 좌중에게 김재연에 대해 다시 설명했다.

"김 공은 오늘날의 청국 사정을 예리하게 판단하고 있습니다. 그리고 서양에 대한 정보도 많이 알고 있습니다."

김재연은 듣기가 민망했다.

"그렇지 않습니다. 오다가다 소문을 주워들었을 뿐입니다."

린쩌쉬가 고개를 끄덕였다.

"소문이 중요한 것이지. 김 공, 남방으로 내려간다고 했는데 언제라도 좋으니 나를 한번 찾아줄 수 없겠소? 나도 곧 후베이(湖北)로 내려갈 것이오. 언제라도 좋소."

"영광입니다. 꼭 찾아뵙겠습니다."

황줴쯔가 나섰다.

"김 공, 꼭 찾아뵙도록 하시오. 총독께서는 앞으로 중요한 임무를 수행하셔야 합니다. 김 공의 도움이 필요할 때가 올 것이오. 자, 그럼 이제 본론으로 들어갑시다."

그들 대화의 본론이란 아편 금지 방책이었다. 황줴쯔는 그간 몇 차례 황제에게 아편을 금지해야 한다는 상소문을 올렸다. 황제는 아편 문제가 심각하다고는 생각했지만 뾰족한 방안을 찾지 못하고 있었다. 황줴쯔는 봄에 다시 상소를 올리면서 방책을 제시하기 위해 오늘 모임을 주선한 것이다. 그래서 특별히 뜻이 통하는 린쩌쉬에게 참석해 주기를 부탁했다. 린쩌쉬는 먼 길을 마다않고 달려왔다. 사안이 그만큼 심각함을 누구보다 절실히 느끼고 있었다.

중국에서 아편은 앵속(罌粟, 양귀비)이라 하여 오래전부터 치료용으로 조금씩 사용하고 있었다. 명나라 때는 치료용으로 소량씩 수입이 되기도 했고, 청 초기에는 타이완(臺灣)으로부터 학질을 치료하는 진통제로 들여

오기도 했다. 장사꾼들은 앵속을 마치 만병통치약이라도 되는 듯 선전했는데, 실제로 앵속은 진통에는 신기할 정도로 효과가 있었기 때문에 널리 퍼지기 시작했다. 그러나 앵속은 진통 효과가 있긴 하지만 그 해로움이 극심하다는 사실이 알려지면서 옹정 7년(1729년)에 금지령이 내려졌다. 그 때문에 앵속은 밀무역으로 중국에 들어오게 된 것이다.

그런데 앵속은 서양, 특히 영국으로부터 수입되기 시작하면서 그 이름을 오피움(Opium)과 비슷한 중국 발음을 따서 야펜(鴉片)으로 불리기 시작했다. 영국의 동인도회사가 중국과의 무역 적자를 타개하기 위해 인도 벵골에서 생산한 아편을 중국으로 밀수출하기 시작한 것이 엄청난 흑자를 가져오자 이후로 아편은 대중국 무역의 가장 중요한 상품으로 등장하게 되었다.

서양 제국이 무역으로 중국에 진출한 것은 상당히 오래전 일이지만 활발한 무역 관계가 이루어진 것은 청조 중엽부터다. 당시 서양에서 중국 무역에 참여한 나라는 영국, 프랑스, 네덜란드, 포르투갈 등 유럽 제국과 신흥 국가인 미국이었다. 그중 특히 영국은 다른 국가와 비교가 되지 않을 정도로 중국 무역의 주도권을 잡았다. 17세기 말, 청조는 정치적으로 안정을 이루고 대외 무역에도 관심을 나타냈다. 그러나 청조는 대외 무역에 대해 어디까지나 오랑캐들이 천자의 나라에 조공을 바친다는 천조 무역의 관념에서 벗어나지 못했다. 또한 대외 무역의 필요성을 인정하지만 무역이 가능한 장소를 오직 광둥 성의 광저우 한곳으로 제약했다. 그러나 광저우를 개방했다고는 하지만 광저우에서 서양의 상인들은 마음대로 거리를 다닐 수도 없었고, 중국인을 만나는 일도 제약을 받았다. 중국 측의 여러 제약이 있었지만 중국에서 생산되는 차와 비단은 서양 상인들에게는 이익을 내는 상품 가치가 높았기 때문에 무역량은 갈수록 늘어났다.

광저우에서 일어나는 무역은 청조에게는 상당히 유리했다. 당시 무역의 결제 수단은 은이었고, 중국은 차와 비단의 수출을 통해 상당히 많은 은화를 벌어들일 수 있었다. 반면 중국 무역의 주도권을 쥐고 있는 영국은 막대한 차와 비단을 수입하느라 은화가 유출되었고, 자신들이 중국에 팔려고 가져온 모직물이나 다른 상품들을 제대로 팔 수가 없었다. 광저우는 지역적으로 아열대 기후이기 때문에 별로 춥지 않아 영국의 모직물이 인기가 없었던 것이다. 이에 당시 영국의 무역을 주관하고 있던 동인도회사에서는 무역 적자를 타개하기 위해 새로운 상품으로 인도에서 재배한 아편을 중국에 들여왔다. 특히 기후로 인해 말라리아가 극성인 광둥 지역에서는 아편이 특효약으로 널리 알려져 있던 터라 장사가 잘되었다. 더구나 아편은 중독성이 강한 것이라 아편에 맛을 들인 사람은 계속 아편을 찾게 되어 중국에서의 아편 수요량은 단시일 내에 급증했다.

영국은 아편 무역량이 증대하면서 시장으로서 광저우 한곳에만 만족할 수가 없었다. 더구나 광저우는 중국의 최남단이기 때문에 북방과의 거리가 너무 멀어 시장으로서 한계가 있었다. 이에 영국은 광둥 무역 체제를 해체하고, 무역을 개방하라고 중국 측에 요구했다. 그러나 중국으로서는 백성들 사이에 아편이 널리 퍼져 중독 문제가 심각하고, 아편을 수입하느라 막대한 은화가 유출되어 재정상 큰 문제라는 것을 인식하지 않을 수 없었다. 백여 년 동안 청 조정에서는 아편 흡연 금지령을 내렸지만 아편이 퍼지는 것을 막을 수는 없었다.

"아편 흡연을 금지한다는 명령을 내리고 단속할수록 아편은 더욱 널리 퍼지고 있는 것이 오늘의 현실이오. 게다가 금지하니까 값이 계속 올라 은화의 유출이 날이 갈수록 많아지고 있소. 특단의 조치가 필요한데 황상께서도 고민만 할 뿐 뾰족한 수가 없는 것 같습니다."

황줴쯔가 탄식을 했다. 그러자 린쩌쉬가 단호한 어조로 말했다.

"사람을 병들게 하고 나라를 망국의 길로 내모는 아편을 금지하기 위해서라면 그 어떤 수단이라도 써야 하오."

"흡연자들을 벌주고, 간사한 아편 장사치들을 잡아들여 엄하게 다스려 보았지만 아무 소용이 없으니 통탄할 일입니다. 이러다간 중국 천지가 아편 연기로 가득 찰 날이 오고 말 것 같습니다. 아편은 중독성이 무섭지요. 그러니 약재로도 써선 안 됩니다. 아편쟁이들은 인성(人性)을 상실해 마치 혼이 없는 껍데기만 쓰고 있는 것 같습니다."

"누가 아니랍니까. 문제는 양이(洋夷)들이 이 문제에 깊숙이 관여하고 있다는 것이오. 양이들과의 문제이기 때문에 아편을 근절한다는 것이 복잡하고 어렵소. 그러나 언제까지 이렇게 방치할 수는 없소. 힘으로 막는 길밖에 없소."

린쩌쉬는 힘이라는 말에 힘을 실었다.

"법은 이미 힘을 잃었으니 어떤 것이 있습니까?"

"법이 기능을 못 하면, 무력만이 남았을 뿐이오."

린쩌쉬의 입에서 처음으로 무력이라는 말이 나왔다. 김재연은 순간 린쩌쉬의 속내를 읽을 수 있었다. 바로 무력을 사용하는 방법만 남았음을 황줴쯔에게 일러 주고 있는 것이 아닌가. 황줴쯔도 그 말뜻을 알아들었지만 이내 동의할 수 없었다. 황제가 쉽게 움직이지 않을 것이기 때문이다. 그러나 황줴쯔도 결국은 무력을 사용해 아편을 금지하는 방법 외에 다른 길이 없음을 인지하고 있었다. 다만 시기가 이르다는 것이다. 황줴쯔는 갑자기 김재연에게 물었다.

"김 공은 어찌 생각하오? 아편을 금지한 지 백여 년이 지났는데도 아직까지 극성을 부리는데, 이 현실을 타개할 길이 무엇이라 생각하오?"

"그런 걸 어찌 제가 알 수 있겠습니까."

김재연은 대답을 꺼렸다.

"김 공은 누구보다 중국과 양이들 사정을 잘 알고 있지 않소. 중국인도 아니고 양이도 아닌 입장에서 이야기해 주시오."

김재연은 잠시 생각을 정리했다. 굳이 말을 피하는 것도 도리가 아닌 것 같았다.

"조선에서 온 나그네가 어찌 대국의 문제를 제대로 볼 수 있겠습니까. 하지만 대인들의 말씀을 들으면서도 명확히 알 수 없는 것이 있습니다. 아편 흡연이 나날이 증가한다고 하셨는데 매년 얼마만큼 증가한다는 것인지요? 그리고 은화는 매년 얼마나 유출되고 있는지, 구체적인 상황을 알 수가 없습니다. 또한 아편이 어디를 거쳐 들어오는지 모르겠습니다. 광저우를 통해 들어온다고 하지만, 제가 들은 바로는 여러 포구에서 아편이 밀매된다고 합니다. 북방에서도 이미 톈진에까지 아편이 밀매된다고 들었는데 사실인지요?"

김재연은 아편이 인체에 해롭고, 중독성이 강하고, 은화 유출이 심해 청조의 재정에 피해가 된다는 당연한 말만 되풀이하지 말고, 구체적이고 정확한 상황을 파악해야 할 것이 아니냐는 의도를 말한 것이다. 황줴쯔는 고개를 끄덕였다.

"김 공이 우리에게 일침을 놓았구려. 그러고 보니 황상께 한 번도 그렇게 구체적인 상황을 보고하지 못했소. 다음번에는 참고하리다."

"그들은 철저하게 숫자를 계산하고, 숫자에 나온 결과대로 행동하기 때문에 실패가 별로 없다고 들었습니다."

김재연의 말에 모두 침묵했다. 매사를 철저하게 계산하는 것, 특히 숫자를 정확하게 파악하는 일은 중국인들에게는 익숙한 것이 아니다. 황줴쯔가 김재연의 말에 수긍했다.

"좋은 지적이오. 그들에게도 배울 점은 배워야지요."

그러자 린쩌쉬가 물었다.

"양이들의 사정에 밝은 것 같은데, 그들이 무력 도발을 할 수 있을 것 같소?"

김재연은 대답하지 않았다. 생각대로 말하기 어려운 형편이었다.

"대답하기 어려운 모양인데, 그렇다면 할 수 없다는 대답은 아닌 모양이오."

김재연이 입을 떼었다.

"이쪽에서 치면 맞받아치지 않겠습니까? 맞으면 그냥 있지는 않을 것입니다."

"그들이 맞받아친다면, 어찌 될 것 같소?"

"양인들도 이쪽에서 가만있지 않을 것이라는 계산을 하고 있을 것이고, 그렇다면 준비도 하고 있을 것입니다."

린쩌쉬는 빙긋 웃었다.

"준비…… 배를 띄워 수만 리 길을 와야 하는데 얼마나 많은 군력을 싣고 올 것인지 예측하기 어렵진 않을 것 같은데. 그리고 전쟁이 장기화되면 그들은 무기와 식량을 실어 오는 데도 엄청난 시간이 걸릴 것이오. 그에 비해 우리는 수십만 대군을 준비할 수 있소."

린쩌쉬의 말에 김재연은 의견을 달지 않았다. 린쩌쉬는 말을 이었다.

"양이들은 배를 잘 타는 것이 장점이긴 하지만 내륙으로 들어오려면 강물이 얕아 큰 배가 움직일 수 없소. 게다가 무기를 어떻게 공급받을 수 있는지 그것도 문제란 말이오. 배에서 내려온들 그들은 육지에서 잘 싸울 수가 없소. 왜냐하면 그들의 허리와 다리는 우리와 달라서 잘 구부릴 수 없다고 하오. 그래서 한번 넘어지면 빨리 일어나지 못하기 때문에 우리 백성들이 달려들어도 도망도 못 가고 제대로 싸우지도 못할 테니 말이오. 양이는 물에서는 강하지만 육지에서는 약하다는 점을 이용하면 승부는 불을 보듯 명확하지 않겠소."

좌중은 이구동성으로 린쩌쉬의 말에 동의했다. 김재연은 놀랄 수밖에 없었다. 그래도 중국에서는 서양 사정에 밝다고 하는 최고의 선비들인데 저런 생각을 하고 있다니. 그는 속으로 혀를 찼지만, 겉으로는 그저 담담하게 이야기를 듣는 시늉을 했다.

중국인들이 서양 사람은 허리와 다리를 굽힐 수 없다고 여기게 된 것은 영국 상인 매카트니(George Macartney)가 청 조정에 사신으로 들어와 통상 개방을 요구할 때 일어난 사건 때문이다. 천조 무역이라는 관념에 사로잡혀 있는 청조는 매카트니에게 신하의 예로 무릎을 꿇고 절을 하라고 요구했다. 그러나 매카트니는 허리와 무릎을 굽힐 수 없다고 했다. 그가 돌아간 뒤에 청조의 신하들은 양이들은 허리와 다리가 뻣뻣해서 굽힐 수 없다고 결론내렸다. 중국의 최고 인재들이 그 말을 믿다니. 매카트니가 허리와 다리를 굽히지 않은 것은 대영제국의 자존심 때문이었다. 자존심을 지키기 위해 허리를 굽히지 않은 것을 그들은 몰랐던 것이다. 청조의 오만함 때문이다. 영국 오랑캐가 조공을 바치러 왔다고 여길 수밖에 없는 중국의 몽매함에 김재연은 어이가 없었다.

"김 공은 작은 나라에서 왔기 때문에 양이들에 대한 두려움이 크다는 것을 이해하오. 하지만 우리 중국은 대국이오. 그깟 양이들을 두려워하지 않소. 우리가 양이를 막을 테니 조선은 양이들 걱정은 하지 않아도 될 것이오."

리엔핑이 선심 쓰듯 말했다.

"잘 알겠습니다."

김재연은 그들의 토론을 듣기만 했다. 아무리 토론해 보았자 이야기는 빙빙 돌아 제자리일 뿐이다. 사람을 병들게 하는 아편을 남의 나라에 파는 짓은 죄악이다, 마땅히 해선 안 될 것이다, 그런 당위적인 말들, 얼마나 무의미한 되풀이인가. 서양인들은 해선 안 될 짓을 하고 있다. 몰라서 그런 짓을 하는 것이 아니다. 중요한 것은 도덕적으로는 해선 안 될 짓을 이익을 위해서는 거침없이 행하는 서양 세력의 상륙을 얼마나 심각한 상황으로 인식하고 대처할 것인지에 대한 구체적인 방안을 모색하는 일이다. 하지만 그들은 무의미한 도덕적 비난에만 열을 올리고 있다.

김재연은 황췌쯔의 집에서 밤을 보내고 이튿날 아침 일찍 옥하관으로 향했다. 황췌쯔는 대문 밖까지 배웅을 나오며 부탁했다.

"어젯밤 김 공의 말을 유심히 들었소. 남방에 머무는 동안 꼭 린쩌쉬 총독을 방문해 주시오. 그리고 돌아가는 길에 베이징을 거치면 내게도 한 번 들러 주시오."

"잘 알겠습니다."

옥하관으로 말을 몰면서 김재연은 어젯밤 일을 되새겨 보았다. 린쩌쉬라는 인물을 만난 것은 잘한 일이다. 그는 충직한 선비로서의 면모는 모자랄 데가 없지만 여우같이 민첩한 재주는 보이지 않았다. 어젯밤 모인 선비들은 모두 비슷했다. 의기는 충천하지만 지금의 사태가 의기만으로 풀 수 없는 난제라는 것을 그들은 인식하지 못하고 있다. 김재연은 착잡한 심정을 떨쳐 버리려 말 엉덩이에 힘차게 채찍을 가했다.

5

조선 동지사 사행단은 베이징에서의 일정을 마치고 귀국길에 올랐다. 비록 귀국 일정을 당기긴 했지만 청국 조정에서 국상을 당한 일을 고려하여 일을 빨리 마무리하도록 배려해 주었고, 장사도 거래를 일찍 끝내도록 지시했다. 그리고 청국 조정에서는 삼사로부터 하인들에 이르기까지 사행단원들에게 일일이 선물을 내렸다. 바치는 것보다 받아 가는 것이 더 풍요로워 수행원들은 내놓고 표현은 못 하지만 희색을 감추지 않았다. 베이징을 떠난 사행단은 이제 중원을 떠나 요동으로 나가는 산해관 안으로 들어왔다. 산해관은 베이징에서 요동의 심양에 이르는 여정에서 중간쯤 되는 거리에 있다.

산해관의 저녁 해가 저물었다. 김재연은 저녁을 먹고 숙소를 나와 거리를 걸었다. 먼 북쪽, 만리장성이 용의 뿔처럼 솟아 있는 지아오 산(角山)이 짙어지는 어둠 속으로 자태를 숨기고 있다. 산해관은 조선 사신들이 베이징으로 들어오는 관문이며 귀국할 때는 베이징을 벗어나 요동으로 들어가는 관문이다. 말하자면 산해관은 중원과 오랑캐 땅의 경계이다. 그 경계선이란 북서쪽 사막 간쑤 성(甘肅省)의 자위관(嘉峪關)으로부터 동남쪽 끝 발해(渤海)로 빠지는 이곳 산해관에 이르기까지 험준한 산 위에 쌓은 만리장성이다.

만리장성은 동서를 가로질러 중국을 남북으로 나누고 있다. 산해관은 만리장성의 동쪽 끝이다. 이곳 발해에 이르러 만리장성이 끝나기 때문이다. 만리장성은 진(秦)나라의 시황(始皇) 때 시작해 명나라에 이르기까지 오랜 세월을 두고 쌓은 것이다. 오백 년이 넘는 오랜 혼란과 전쟁이 끊이지 않았던 춘추 전국(春秋戰國) 시대를 마감하고 천하를 통일했던 진시황이 왜 그토록 힘들게 험준한 산 위에 만리장성을 쌓으려 했던가. 대대로 중국의 황제들은 북방 오랑캐들을 두려워했다. 천하의 영웅이라는 진시황도 예외는 아니었다. 북방의 여러 민족들은 혹한과 자연의 악조건들과 투쟁하며 살아왔다. 독특한 전통과 생활양식을 지키며 한족에게 동화하지 않는 강인한 정신력을 키워 왔다. 그들은 좀 더 나은 환경을 찾아 기회만 있으면 중원을 정복하려 했다. 그것을 막으려 만리장성을 쌓았지만 몽골족도 만주족도 뚫고 들어왔다. 한족은 말을 몰아 달려드는 북방 민족들을 당해 낼 수 없었다.

산해관은 명나라를 세운 태조 주위안장(朱元璋)이 쉬다(徐達) 장군을 시켜 건축한 것이다. 쉬다 장군은 바다와 맞닿은 이곳에 대규모의 방어 시설을 지어 만리장성을 마무리했다. 그리고 북쪽의 연산산맥의 줄기인 지아오 산의 '산(山)'과 발해의 '해(海)' 자를 따서 '산해관(山海關)'이라고 이름 붙였다. 산해관은 비록 북방에서 오는 사람들이 베이징으로 들어가기 위해 통과해야 하는 관문이지만, 그냥 대문이 아니라 둘레가 십여 리에 이르는 하나의 거대한 성곽이다. 그리고 적을 방어하는 기능을 높이기 위해 성문도 이중으로 만들었다. 하지만 태조의 염려와는 달리 적은 산해관 북방만이 아니라 문안에도 있었다. 결국 명나라는 적과 내통한 자들이 만주족에게 관문을 열어 줌으로써 그들이 그토록 멸시하던 오랑캐에게 정복당하고 만 것이다.

한족이 그토록 두려워하던 북방 오랑캐 가운데 우리도 있었을 것이라고 김재연은 생각했다. 먼 옛날 고구려가 이 부근까지 쳐들어왔을 것이다. 그러나 신라가 통일한 뒤로는 감히 중원을 넘보지 못했다. 조선은 대륙 끄트머리에 자리 잡고, 그 좁은 땅덩어리를 지키기 위해 사력을 다하며 살아왔다. 그래서 한족을 주인처럼 모시고 그들을 본보기로 삼으며 살아왔다. 그러니 어디 중원을 넘보고 산해관 관문을 열어젖힐 꿈이나 꾸었을까.

날은 이미 저물었고 둥근 달이 어두운 하늘을 비추고 있다. 김재연은 이리저리 사념에 잠겨 걷다가 숙소로 돌아왔다. 그는 고향의 아내와 아들들에게 보낼 선물 꾸러미를 들고 방을 나왔다. 내일이면 사행단은 산해관을 떠날 것이다. 그는 이곳까지만 일행과 함께하고 내일은 베이징으로 돌아가 남방으로 향할 예정이다. 그래서 고향에 보낼 선물을 유진길에게 부탁했다. 유진길은 방에 없었다. 방문을 열고 선물 꾸러미를 들여놓은 뒤 방을 나왔다.

침실로 돌아가려던 김재연은 바다가 보이는 노용두(老龍頭)를 향해 걸음을 옮겼다. 보통 산해관 안으로 들어선 사신 일행은 영해성(寧海城)의 노용두에 올라 발해를 구경하는 것을 즐겼다. 만리장성을 한 마리 용에 비유해 그 동쪽 끝을 용의 머리라고 하여 노용두라고 이름 붙인 것이다. 노용두에 서면 드넓은 중국의 동해를 한눈에 볼 수 있다. 바다 저쪽은 조선의 황해다. 김재연은 바쁘게 처리할 일이 있어 해가 있을 때는 노용두에 가 볼 수 없었다. 그냥 떠나기가 섭섭해 밤인데도 그곳으로 향했다.

바다가 시원하게 트인 노용두의 누각으로 발을 옮기던 김재연은 순간 발을 멈추었다. 누군가 누각에서 밤바다를 바라보고 있었다. 유진길이었다. 인기척을 느꼈을 텐데도 그는 움직이지 않았다. 김재연이 돌아갈까 망설일 때 유진길이 불렀다.

"이리 오게."

김재연은 그의 옆으로 갔다.

"제가 온 줄 어찌 아셨습니까? 뒤도 돌아보지 않고."

"이 밤중에 이곳에 올 사람이 나 말고 자네밖에 또 누가 있겠나."

그들은 말없이 밤바다를 바라보았다. 보름이 가까운지 둥근달이 밤바다를 비추었다. 김재연은 유진길의 심기가 불편하다는 느낌을 받았다.

"형님 방에 갔더니 안 계셔서 집사람과 아이들에게 보낼 보따리를 놓아두었습니다."

"참 부럽군. 자네 부부는 언제나 그렇게 정겨우니 말일세."

김재연은 유진길의 속내를 이해할 수 있었다. 그래서 말머리를 돌렸다.

"베이징에서 만날 분들은 다 만나셨습니까?"

유진길이 베이징에 자주 오는 것은 천주교 때문이다.

"이번 베이징행은 내겐 참 어려웠다네. 어려운 결정을 내려야 했어."

"무슨 일이 있었습니까?"

유진길은 대답하지 않고 파도 소리에만 귀를 기울이더니 한참 만에 말했다.

"복잡하군."

"교회 일입니까?"

유진길은 대답하지 않았다.

"교회도 복잡한 일이 있습니까?"

"그건 그렇고, 자네 일은 잘 끝났는가?"

유진길은 말머리를 돌렸다. 김재연은 잠시 뜸을 들이다가 말을 꺼냈다.

"베이징에서 한림원 선비들과 후난 성 총독인 린쩌쉬가 참석한 모임에 갔었습니다. 전쟁이 표면으로 떠오르고 있더군요. 청국이 영국을 칠 준비를 하고 있습니다. 린쩌쉬라는 인물이 지휘를 할 것 같습니다. 한림원의 황줴쯔는 황제의 신임이 두터운데, 황줴쯔가 린쩌쉬를 황제에게 추천할 것입니다. 린쩌쉬는 말로 안 되는 자는 힘으로 막아야 한다고 말했는데 맞는 말일지도 모릅니다. 하지만 청국과 서양에 대한 그의 상황 판단이 문제라고 봅니다."

갑자기 김재연은 린쩌쉬가 과연 서양인들이 다리와 허리를 굽힐 수 없다고 믿으며 그런 말을 했을까 하는 의문이 들었다. 자신으로서는 도저히 납득이 가지 않는 말인데, 혹시 린쩌쉬가 무슨 의도를 가지고 한 말은 아닐까 생각했다. 그렇다면 린쩌쉬는 아편을 몰아내는 길은 오직 전쟁뿐이라고 확신하고, 상황을 전쟁으로 몰고 가려는 의도가 확실하다. 전쟁을 일으키기 위해서는 일단 황제와 조정의 대신들에게 청국의 승리를 확신시킬 필요가 있을 것이다.

"형님, 책문에 도착해 다이전 성장을 만나게 되면 지금 제가 한 말을 전해 주십시오."

유진길은 김재연을 힐끗 쳐다보았다.

"다이전을 그렇게 믿는가?"

"그렇습니다. 베이징에서 만난 인물들 가운데 그만한 인재를 만나지 못했습니다."

"그런가……. 인재가 변방에서 썩고 있군."

"비운의 장수가 될 것 같아 마음이 아픕니다. 시대를 제대로 만났으면 조정에서 크게 썼을 텐데, 망해 가는 나라라 인물을 감당하지 못하고 변방으로 돌리고 있습니다. 형님이나 다이전이나 시대를 잘못 만났어요."

유진길은 말머리를 돌렸다.

"청국이 서양에 대해 제대로 상황 파악을 못 하고 있나?"

"그렇게 보입니다."

"청국과 서양 사이에 전쟁이 일어나면 어찌 될 것 같은가?"

"겉으로 드러난 상황만을 가지고 판단한다면 먼 바다를 건너온 서양 군대가 본토에서 막대한 물량을 보급받을 수 있는 청국 군대를 대항할 수 없을 것입니다. 그러나 베이징의 관료들을 보면 겉으로 드러난 상황만으로는 승패를 쉽게 판단할 수 없지요. 문제는 그들의 정신입니다. 안일한 꿈을 꾸고 있는 청국의 지휘관들이 거센 파도를 헤치며 죽음을 각오하고 바다를 건너온 서양인의 정신과 의지를 이겨낼 수 있을까요? 모든 상황을 정확한 정보도 없이 대충 보고 들은 것으로 판단하는 청국 지휘관이 철저한 정보를 수집해서 냉정하게 판단하는 서양의 지휘관을 이겨낼 수 있을지를 살펴보아야 합니다."

"자네 판단은 청국이 질 수도 있다는 것인데, 만일 진다면 그건 청조의 숨통을 조이는 결과를 가져올 것이 아닌가?"

"그럴지도 모르지요. 그러나 천주교는 자유를 얻게 될 것입니다. 서양이 이기면 천주교의 선교 자유를 요구할 테니까요."

서양 세력과 서양에서 들어온 천주교가 한통속이라는 소문이 벌써부터 돌고 있다. 유진길도 그 소문을 들어 알고 있었다.

"서양이 청국을 이긴다면 그다음 조선은 어찌 될 것 같은가?"

"문제는 조선이나 청국이나 모두 잠들어 있다는 것입니다. 잠든 적을 치는 건 어려운 일이 아니지요."

그렇게 잠든 사이 역사의 물결은 거세게 흐르고 있다. 잠든 채 적을 만난다면 어찌 막을 것인가.

"막을 수 없다면 흐르도록 길을 터 주어야 할 것 아닌가?"

"그렇게만 해 주면 천주교도 박해를 받지 않겠지요. 하지만 한양이나 베이징에선 그런 결정을 내리지 않을 것입니다."

그들은 바다가 시원하게 트인 노용두의 누각에 서서 끊임없이 밀려와 부서지는 파도 소리에 귀를 기울였다. 김재연의 마음은 착잡했다. 밀려오고 부서지며 계속되는 그 움직임이 바다에 변화를 일으킨다. 밀려오는 파도를 막으려 둑을 쌓지만 파도가 거세면 둑을 넘는다. 북방 민족을 막으려고 만리장성을 쌓았는데, 지금은 서양이 파도를 넘어 들어오고 있다. 중국은 또다시 이민족에게 무릎을 꿇을 것인가. 막으려는 자와 뚫고 들어오려는 자의 싸움은 늘 있어 왔고, 대개는 공격하는 자가 승리했다. 그리고 그 결과에 따라 변화가 이루어졌다.

김재연의 눈은 멀리 조선을 향했다. 언제나 막으려 안간힘을 다하는 조선이 가엾기만 하다. 변화를 허용하지 않으려 철저하게 방어하지만 변화는 물처럼 조선 땅에 스며들고 있다.

3장

태풍이 오는 소리

1

나이 어린 헌종을 대리하여 수렴청정을 시작한 대왕대비 순원왕후는 아버지 김조순이 이미 세상을 떠났기 때문에 오라비인 김유근과 정사를 의논했다. 겉으로는 순조의 장인인 김조순부터 시작된 안동 김씨의 세도가 여전히 지속되는 것처럼 보이지만 실상은 그리 단순하지 않았다.

헌종을 둘러싼 세력들은 미묘한 줄다리기를 하고 있었다. 헌종이 즉위하고 순원왕후가 수렴청정을 시작할 때 조정의 요직인 삼정승은 영의정에는 대왕대비의 외척인 심상규, 좌의정에는 헌종의 어머니 신정왕후(神貞王后)의 아버지인 조만영의 외척 홍석주, 우의정에는 박종훈이 자리를 지키고 있었다. 영의정 심상규는 비록 순원왕후의 외척이지만 정치 노선은 안동 김씨와 일치하지 않았다. 그런가 하면 순조의 아들 효명세자의 장인이 되면서부터 세력을 키워 오던 풍양 조씨 조만영은 동생 조인영과 함께 안동 김씨와의 세력 다툼을 은밀하게 준비하고 있었다.

조씨 형제는 정치적 능력 면에서 안동 김씨가 대적하기에 만만치가 않았다. 더욱이 정월에 조인영이 이조판서가 되면서 풍양 조씨가 세력을 넓힐 수 있는 절호의 기회가 찾아왔다. 조인영은 자기 쪽의 인물들을 넓게 등용했다. 그리고 칠월에는 조만영이 어영대장이 되어 왕궁의 일에 직접 관여할 수 있게 되었다. 이런 조씨 형제의 세력 확장을 막기에 순원왕후나 그 오라비 김유근은 역부족이었다. 정조와 대립각을 세우며 세력을 다투던 정순왕후에 비해 순원왕후는 정치적 야심이나 능력이 미치지 못했다. 김유근도 그림과 글씨에 심취하고 일가견이 있지만 정치적 수완은 조씨 형제를 따르지 못했다. 비록 세력의 중심에 있지만 안동 김씨 남매는 정치판을 제대로 읽어 내지 못했다.

늦가을의 싸늘한 바람이 거리에 뒹구는 낙엽을 쓸어 갔다. 이제 찬 서리가 내리고 모진 추위가 닥칠 것이다.

유진길은 천주교의 앞날이 걱정되었다. 지금은 안동 김씨가 세력을 잡고 있어 그나마 천주교 박해가 없다. 안동 김씨는 천주교에 대해 비교적 관대한 노론 시파에 속한다. 아무리 정치와 무관한 신앙의 길을 간다고 해도 유진길은 천주교의 앞날을 위해서는 안동 김씨가 계속 세력을 잡아야 한다고 판단했다. 당분간은 별일이 없겠지만 안동 김씨가 세력 다툼에서 밀리게 되면 풍양 조씨는 천주교를 안동 김씨와 한패로 몰아 칼날을 내려칠 것이 분명하다.

유진길은 천근만근 무거운 짐을 등에 지고 김유근을 찾았다. 김유근은 당대 최고의 권력가였지만 보잘것없는 중인 역관인 유진길을 홀대하지 않았다. 학문은 물론 예술적 안목이 탁월한 유진길은 베이징을 다녀올 때면 그림과 글을 가지고 와 김유근과 이야기를 나누곤 했다.

유진길은 마음이 편치 않았다. 김유근은 격랑이 일고 있는 조정의 세력 다툼에서 승리할 수 있는 명장은 아닌 것 같았다.

"어디 편찮으십니까?"

김유근은 한숨을 쉬었다.

"요즘 들어 부쩍 조정 일이 버겁군. 모든 걸 훌훌 털어 버리고 산천경개나 유람하면 얼마나 편하겠나. 대왕대비 마마를 생각하면 그럴 수도 없고. 마음이 편치 않으니 몸인들 성하겠는가?"

유진길은 조정에서 무슨 일이 있었구나 짐작하며 위로의 말을 건넸다.

"어려운 고비만 넘기면 좋아지지 않겠습니까?"

"그나저나 자네 벼슬길에 나서 보지 않겠나?"

유진길은 뜻밖의 말에 어리둥절했다.

"저는 역관입니다. 벼슬에 나갈 수가 없지 않습니까?"

김유근은 고개를 저었다.

"중인이라고 벼슬에 나가지 말라는 법이 있는가. 전에는 그랬지만 세월이 변했다는 건 자네도 잘 알고 있지 않은가. 역관 중에 벼슬한 사람이 어디 한두 명인가. 자네만 한 식견과 인품이면 충분하지. 음으로 양으로 조정에 공을 세웠다는 것은 알 사람은 알고 있으니 내가 추천하려고 하네. 지방의 수령으로 나갈 생각을 해 보게나."

"고맙습니다. 하지만 한양을 떠날 수가 없습니다."

"그럼 한양 안에서 자리를 찾아봄세."

"아닙니다. 어떤 벼슬도 제게는 당치 않습니다. 저는 역관이라는 신분에 불만을 가진 적도 없고, 오히려 자랑스럽게 생각합니다. 벼슬에 나가라는 말씀은 거두어 주십시오."

"왜 그러는가? 남들은 못 해서 야단인데."

"제게는 할 일이 따로 있습니다."

"천주교 말인가?"

김유근은 거침없이 물었다. 유진길은 잠시 머뭇거리다가 대답했다.

"그렇습니다."

"그 때문에 내가 자네를 벼슬길로 내보내려고 하는 것이네. 살길을 찾아야지. 천주교에 대한 박해가 일어날 조짐이 보이네."

유진길은 가슴이 철렁했다. 박해가 뜸해 천주교는 잠시 숨을 돌리고 전교(傳敎)를 할 수 있었다. 유방제 신부도 들어와 있고, 머지않아 서양인 주교와 신부도 들어올 것이다. 그런데 박해가 시작되면 일이 엄청나게 커질 것이다. 조정의 중심에 있는 김유근이 이런 말을 하는 것은 분명 예사롭지 않은 일이다. 벼슬길에 나서라고 김유근이 말하는 것은 천주교에서 손을 떼라는 뜻이다.

"자네가 희생되는 걸 원치 않네. 그러나 막을 힘도 없다네. 지금까지는 잘 버텨 왔지만 앞으로는 장담을 못 해. 조인영은 만만치 않은 인물이야. 그가 칼을 벼리고 있네. 칼을 빼는 날이면 세차게 내려칠 것이고, 그러면 자넨 살아남지 못해. 내가 살려 줄 수가 없다는 말일세."

"죽음은 각오하고 있습니다."

"죽는 것이 두렵지 않은가? 살길을 찾아야지."

"죽는 것은 고통스럽지만, 그 고통은 참을 수 있습니다."

"뭘 믿고?"

"죽음은 새로운 삶의 시작입니다. 천주교도는 그것을 믿습니다. 죽음 뒤의 세상이 있다는 것을 믿기에 두렵지 않습니다."

"자네들이 말하는 천당 말인가?"

"그렇습니다."

"어찌 확신할 수 있는가? 본 적도 없지 않은가?"

"믿음으로 압니다. 확신할 수 있습니다."

"참으로 모를 일이군."

김유근은 한참 생각에 잠겨 있다가 무겁게 입을 열었다.

"추사(김정희)를 찾아가 보게. 조인영과 각별한 사이지만 그와는 달라."

김정희의 본관은 경주다. 그의 집안은 영조의 딸 화순옹주의 시댁이며 정조와 벽을 쌓았던 정순왕후의 친척이다. 노론 벽파에 속하는 가문으로 시파인 안동 김씨와는 반목하는 사이지만 김유근과 김정희는 당파를 넘어 그림과 글로 깊이 사귀고 있었다.

김유근은 새로 글을 쓰거나 그림을 그리면 유진길에게 보여 주었는데, 유진길은 그의 그림에서 김정희의 영향을 짙게 느꼈다.

"머잖아 한번 찾아뵙겠습니다."

"꼭 그리하게. 조인영이 추사를 크게 쓸 것일세."

김유근의 집을 나온 유진길의 발걸음은 무거웠다. 곧 박해가 시작될 것이다. 김유근은 그 사실을 알리며 지방으로 피하라는 것이다. 지방이라도 관원이 되면 박해를 피할 수 있을 것이라는 생각이다. 하지만 김유근은 너무 단순했다. 당대 최고 학자요, 높은 벼슬에 있던 이가환이나 권일신 형제, 정약용 형제와 이승훈, 이벽 같은 숱한 선비들을 단순히 천주교와 연루되었다는 것만으로 잡아들여 죽이고 귀양을 보냈던 벽파이다. 시파 는 천주교에 비교적 관대하다고는 하지만 김유근을 제외하면 그들도 사 태가 불리하면 언제든지 등을 돌릴 수 있다.

어찌할 것인가. 오래도록 숨어 있어야 할 텐데, 그것도 쉬운 일이 아니 고 뾰족한 방법이 보이지 않는다. 조정에서 천주교도를 잡아들이라는 명 령만 떨어지면 포졸들은 눈에 불을 켜고 집집을 뒤질 것이다. 신자를 잡 으면 재산을 빼앗아 자신들 주머니를 채울 수 있기 때문에 신자들을 가엾 이 여기고 봐주는 일은 생각할 수도 없다. 그런데 외국 성직자까지 조선 에 들어와 있다는 것을 들키기라도 하면 불덩어리가 떨어지는 것을 피할 수 없다. 하루바삐 유방제 신부와 정하상에게 이 소식을 전하고, 앞으로 들어올 서양 성직자들을 피신시킬 방법을 마련해야 한다.

어둠이 내리자 유진길은 정하상의 집으로 향했다. 마음이 무거웠다. 지 난번 사행에서 돌아온 뒤로 유방제 신부를 만나는 일이 편치가 않았다.

사행에서 돌아와 유진길은 베이징에서 왕 요셉에게 들었던 브뤼기에르 주교의 어려운 사정과 그를 모시겠다고 약속한 일을 유방제 신부에게 전 했다. 자초지종을 들은 유방제 신부는 펄펄 뛰며 화를 냈지만 어쩔 수 없 다는 것을 그도 알고 있었다. 교황의 명령은 베이징 주교의 명령에 앞서 는 것이다. 주교가 오고 서양 신부들이 들어오면 유방제 신부는 청국으로 돌아갈 수밖에 없을 것이다. 그런 일들을 생각하면 속이 편치 않아 그동 안 유방제 신부가 머물고 있는 정하상의 집에 걸음을 하지 않았다. 그런 데 오늘은 무슨 일인지 정하상으로부터 집으로 오라는 연통이 왔다.

유진길이 안으로 들어가자 침통한 표정으로 기다리던 정하상이 브뤼기 에르 주교의 갑작스러운 죽음을 알렸다. 유진길은 믿기지 않았다. 그토록 조선 입국을 갈망하며 온갖 고초를 겪은 브뤼기에르 주교가 조선 입국을 눈앞에 두고 세상을 떠났다는 비보를 받아들이기 어려웠다. 정하상이 말을 이었다.

"모방(Pierre Philibert Maubant) 신부님께서 열하성으로 가서 장례를 치른 뒤 조선 입국을 위해 책문에서 기다리겠다는 연락이 왔습니다. 그래서 우리 다섯 명이 책문으로 떠나기로 했습니다."

브뤼기에르 주교의 사망 소식을 들은 뒤 정하상은 모방 신부를 맞이하기 위해 조신철을 비롯한 일행을 이끌고 길을 떠나 동짓달 중순에 의주에 도착했다. 이어 국경으로 가서 압록강을 넘어 책문에서 모방 신부를 기다렸다.

정하상은 신유년 박해 때 끝까지 자신의 믿음을 지키다 처형된 정약용의 형 정약종의 아들이다. 어린 나이에 아버지를 잃은 정하상은 마재의 정약용 집에서 자랐다. 당시 정약용도 천주교에 연루되어 강진에 유배되었을 때라 정하상은 눈칫밥을 먹을 수밖에 없었다. 나이 스물에 정약용의 집을 나와 한양에서 신자들의 집을 전전하다 역관 유진길을 만났다. 그리고 유진길의 마부가 되어 청국을 드나들며 천주교의 재건을 꾀하였다. 말하자면 정하상은 조선 천주교의 지도자이다.

이삼일 기다리면 모방 신부가 책문에 도착할 것이다. 기다리는 동안 정하상은 책문에서 조선 상인 정시윤이 주인이라는 여각 동명관(東明館)을 찾아 나섰다. 번화가에 있는 동명관은 쉽게 찾을 수 있었다. 그는 위치를 확인한 뒤 밖에서 둘러보고 발길을 돌렸다. 정시윤은 지금 한양에 있기 때문에 정하상은 안으로 들어가지 않았다. 정하상은 역관 김재연의 집에서 정시윤을 우연히 만나 인사를 나누었고, 그가 큰 상인이며 책문에서 동명관을 운영한다는 것을 알게 되었다. 앞으로 선교사들이 계속 들어올 것에 대비해 책문에 믿을 만한 조선 교우를 한 명 심어 두어야 한다. 사람을 보내려면 먼저 먹고살 일터를 마련해야 하는데, 정시윤이 동명관에서 일할 수 있도록 허락하면 생활 걱정은 하지 않아도 될 것이다.

드디어 모방 신부가 봉황성으로 들어왔다는 소식이 왔다. 밤이 되자 정하상은 모방 신부가 숨어 있는 곳으로 가서 그를 조선 신자들의 숙소로 데리고 왔다. 신자들은 모방 신부와 인사를 나누었지만 서양인을 처음 보는 터라 잔뜩 겁을 먹었다. 동양인과 닮은 데도 있고 몸집도 그리 크지 않지만 서양인이라 쉽게 남의 눈에 뜨일 것이 분명하다. 조신철이 모방 신부를 자세히 쳐다보다가 말했다.

"걱정 마십시오. 신부님께서 무사히 조선에 들어갈 수 있는 방법이 있습니다."

무슨 방법인지 몰라도 일행은 일단 조신철의 말을 믿어 보기로 했다. 그런데 문제는 서로 말이 통하지 않는다는 것이다. 모방 신부는 중국 말을 떠듬떠듬 했는데 그것이 의사소통의 전부였다. 그 외에는 서로 손짓, 발짓으로 대충 뜻을 전했다. 유방제 신부는 조선말은 못 하지만 한자를 써서 의사소통이 가능했다. 그런데 모방 신부는 한자를 알고 있기는 하지만 의사소통이 가능한 정도는 아니어서 답답하기 짝이 없었다. 그러나 모방 신부는 유방제 신부와 달랐다. 그는 보는 것마다 무엇이냐고 손과 눈으로 묻고, 조선말로 대답해 주면 수첩에다 서양 글자로 적었다. 그러더니 하루 만에 밥상이 들어오니까 밥, 국, 김치, 숟가락, 젓가락 하고 말을 했다.

정하상은 속으로 고개를 끄덕였다. 서양 선교사들의 저런 모습이 천주교를 이런 먼 동양에까지 전파하는 힘이라는 것을 느꼈다. 저렇게 배우기 시작하면 조선말을 깨치는 것은 시간문제라는 생각에 정하상은 가슴이 벅찼다. 조선 선교의 희망이 보였다.

정하상 일행은 입국 준비를 서둘렀다. 모방 신부는 입고 온 청국 옷 위에 누비 두루마기를 입었다. 얼굴에는 누리끼리한 물감을 칠하고 머리는 상투를 튼 다음 방한용 남바위를 이마 아래까지 눌러썼다. 조신철은 모방 신부에게 앞으로 어떻게 행동해야 할지 몸짓으로 가르쳤다. 허리와 머리를 푹 숙이고 다리는 절름거리며 끙끙 앓는 소리를 내며 환자 시늉을 해 보였다. 그리고 모방 신부에게 해 보라고 손짓으로 말했다. 모방 신부는 조신철의 행동을 그대로 따라 했다. 경황이 없는 형편이었지만 모두 한바탕 웃지 않을 수 없었다.

정하상 일행은 책문의 국경을 어렵지 않게 넘었다. 청국을 떠나는 터라 금지하는 물건이 없기 때문에 검문을 쉽게 넘길 수 있었다. 더욱이 정하상과 조신철은 문지기들과 안면이 있어 선물을 쥐어 주니 단번에 보내 주었다. 그러나 의주관문을 통과하는 일은 그렇게 수월하지 않을 것이다.

책문을 지나 사람이 보이지 않자 모방 신부는 걸음을 멈춘 뒤 회중시계를 꺼냈다. 옷 안으로 회중시계를 집어넣더니 수첩에 책문을 떠난 날짜와 시간을 적었다.

일행은 걸음을 재촉했다. 숨 돌릴 틈 없이 종일 걷고, 점심도 벌판에서 쭈그리고 앉아 주먹밥으로 때웠다. 다행히 모방 신부는 무엇이든 주는 대로 잘 먹고 탈도 나지 않았다. 정하상은 그것이 무척 고맙고 안심이 되었다. 앞으로 조선으로 들어가면 먹을 것이 더욱 험할 것이다. 꽁보리밥에 시래기 된장국, 김치 외에 다른 음식을 구하기 힘들 것이다.

그날 저녁 일행은 길가의 허름한 집에서 잔 뒤, 이튿날 새벽 길을 떠나 걸음을 재촉했다. 오늘 밤 안으로 압록강까지 가야 한다. 북방의 살을 에는 추위가 몸속으로 파고들었다. 솜옷을 두껍게 입었지만 북방의 추위를 막기에는 역부족이었다. 책문에서 압록강에 이르는 백여 리, 국경과 국경 사이는 인가가 없는 황무지이기 때문에 추위가 더욱 심하게 느껴졌다.

일행은 금석산에 이르러 잠시 걸음을 멈추었다. 이른 점심을 먹기 위해 모닥불을 피우고 둘러앉아 주먹밥을 펼쳤다. 모닥불에 손을 녹인 뒤 주먹밥을 먹기 시작했다. 정하상은 모방 신부를 쳐다보았다. 어제저녁에 싼 주먹밥은 이미 굳어 있었지만 모방 신부는 말없이 잘 먹었다. 정하상은 짐에서 뚝배기를 꺼내 눈을 꾹꾹 담아 왔다. 불 위에 얹어 따뜻한 물을 만든 뒤 모방 신부에게 건넸다. 모방 신부는 고맙다는 눈인사를 보낸 뒤 천천히 물을 마셨다.

금석산에서 의주까지는 육십여 리 길이다. 정하상과 조신철은 앞장서 걸으며 지팡이로 마른풀과 잡목을 후려쳐 숲에 길을 냈다. 전에 여러 번 다닌 길이기 때문에 익숙하게 지나갈 수 있었다. 가끔 큰 소리를 질러 산짐승을 쫓았다. 조신철은 모방 신부에게 어홍 하며 짐승 흉내를 내 자신들이 왜 소리를 지르는지 알려 주었다. 모방 신부는 고개를 끄덕였다. 겨울 해는 일찍 저문다. 날이 어둡기 전에 숲을 빠져나가 저녁에는 의주관문을 지나야 한다. 걸음을 재촉한 덕에 해가 있을 때 구련성을 지났다. 이제 이십여 리만 가면 압록강에 도착할 것이다.

어둑어둑해질 무렵 얼음이 언 압록강을 건넜다. 모방 신부는 다시 회중시계를 꺼내 본 뒤 수첩에 시간을 적었다. 의주관문 근처에 이르렀을 때는 날이 저물어 캄캄했다. 멀리 관문이 보이자 조신철은 모방 신부에게 환자 시늉을 하라고 몸짓을 했다. 모방 신부는 알아듣고 머리와 허리를 구부리고 걷기 시작했다. 몇 번씩 쓰러져 끙끙대며 앓는 소리까지 냈다. 의주성 안으로만 들어가면 완전히 조선 땅으로 들어가는 것이어서 한양에 갈 때까지 다른 검문이 없어 안심할 수 있다. 그러나 성안으로 들어갈 때는 나갈 때 받았던 신상조사서는 물론 청국에서 사 가지고 오는 물건명세서까지 조사받아야 할 것이 만만치 않았다. 나가는 것보다 들어오는 검문이 훨씬 까다로웠다.

정하상과 일행은 들어갈 방법을 의논했지만 묘안이 없었다. 결국 문을 통과하지 않고 다른 길을 찾아보는 수밖에 없었다. 그러다 조신철이 성벽 아래 수챗구멍을 발견했다. 사람이 기어서 지날 만한 크기는 되어 보였다. 조신철이 먼저 구멍으로 기어들어 가서 손짓을 했다. 모방 신부가 구멍으로 들어가려는 순간 갑자기 개 짖는 소리가 들렸다. 순간 일행은 바닥에 납작 엎드렸다. 이젠 죽었구나 가슴을 졸이는데 파수꾼 소리가 들렸다.

"시끄럽다. 이놈아!"

개를 부르는 소리가 들리더니 이내 조용해졌다. 모두 가슴을 쓸어내렸다. 모방 신부가 빠져나가고 정하상도 뒤이어 나갔다. 이제 위험한 고비는 넘겼다.

정하상 일행은 약속된 장소로 이동해 가는 도중에 마중 나온 교우들을 만나 그들이 미리 마련한 집으로 들어갔다. 밥과 김치뿐이지만 오랜만에 더운밥을 먹을 수 있었다. 모방 신부도 말없이 한 그릇을 비웠다. 잠시 눈을 붙인 뒤 떠날 준비를 했다. 모방 신부는 상주 차림을 하고 머리에는 방립을 쓰고 포선(布扇)으로 얼굴을 가렸다.

밤길을 쉬지 않고 걸었다. 삼사십 리는 걸었을 것이다. 저쪽에서 두 사람이 말을 데리고 걸어오는 것이 보였다. 마중 나온 교우들이었다. 모방 신부를 말에 태우고 길을 계속 갔다. 이젠 안심해도 된다. 한양까지는 검문이 없으니 길을 재촉하기만 하면 된다.

조신철이 정하상에게 작은 소리로 말했다.

"모방 신부님은 유방제 신부님과 다른 것 같네. 그토록 험한 길을 왔는데도 내색하지 않고 의연하게 길을 가시니. 그래서 한편으로 무서운 생각이 드네. 서양 사람 말이야. 어찌 저리 독할 수 있을까? 아무튼 한양에 가면 유방제 신부님과 사이가 쉽지 않을 것 같아 걱정이네."

"모든 걸 주님께 맡기세. 두 분 다 주님을 위해 헌신하는 분들이 아닌

가. 불미스러운 일이 생기기야 하겠나."

그렇게 대답하는 정하상의 마음도 편치 않았다. 조신철뿐만 아니라 일행 모두 속으로 그 일을 걱정하고 있을 것이다. 어둠 속에 앞장서 말을 타고 가는 모방 신부의 뒷모습을 보면서 정하상은 기도했다.

'주님, 모든 걸 맡기오니 부디 편안하게 인도해 주소서.'

일행은 한양까지 무사히 올 수 있었다. 조선에 첫 번째 서양인 성직자가 들어온 것이다.

2

김재연은 오후 늦게 수표교 부근에 있는 유진길의 집을 찾아갔다. 병이 났다며 이틀이나 사역원에 나오지 않아 걱정이 되었다. 유진길은 집에 없고, 그의 부인이 딸과 함께 툇마루에 앉아 있었다. 유진길을 기다리는 모양이다. 부인은 천주교를 믿는 유진길을 말리다 못해 큰아들과 딸을 데리고 집을 나가 딴살림을 차렸다. 유진길은 작은아들만 데리고 홀아비 아닌 홀아비 생활을 하고 있었다. 작은아들 대철은 열 살 안팎인데 유난히 아버지를 따랐다. 그래서 어머니를 따라가지 않고 아버지와 함께 살며 천주교를 믿었다.

"형수님 오셨습니까?"

김재연이 인사를 하며 마당으로 들어섰다.

"형님은 안 계십니까?"

"보면 모르십니까? 저도 이렇게 기다리고 있습니다."

부인은 웬만큼 억센 여자가 아니다. 유진길과 맞서 지는 법이 없다는 것을 김재연은 눈치로 알고 있었다.

"어디 가셨는지 모르십니까?"

"사역원에도 나가지 않은 모양이네요. 대철이 말로는 어디 먼 곳에 간 모양입니다."

"그럼 안에 들어가 기다리시지요."

"그 방구석에는 들어가기도 싫어요. 천주학쟁이 냄새가 싫습니다. 그건 그렇고 아주버님, 그렇게 애아버지와 친하면서도 어떻게 천주학쟁이가 되도록 내버려 두셨습니까? 말리셨어야지요."

"말렸지요."

김재연은 낮은 소리로 대답했다.

"하긴 그 양반이 남의 말을 듣겠어요. 마누라고 자식이고 내팽개친 사람이. 잡히면 저만 죽나 온 식구 목이 달아날 텐데 무슨 배짱으로 저러는지 모르겠어요."

부인은 주먹으로 가슴을 쳤다. 김재연은 부인의 심정을 이해할 수 있었다. 천주교 신자라는 것이 발각되면 모진 고문을 당한 뒤 참수될 것이나. 그러니 남편을 그냥 보고 있을 수만은 없을 것이다.

"그런데 어찌 오셨습니까?"

"쌀이 떨어졌어요. 남들은 역관이라고 하면 양반도 부럽지 않은 부자라고 알지만 우리는 입에 풀칠하기도 어려우니 무슨 팔자인지 모르겠어요."

김재연은 허리춤에서 은전 몇 닢을 꺼내 부인에게 건넸다.

"언제 오실지 모르니 우선 이거라도 가지고 가세요. 형님 만나면 말씀드리겠습니다."

은전을 받아들자 부인은 자리에서 일어났다.

"번번이 이게 무슨 짓인지……. 우리 영감도 청국을 다니는 역관이건만 아주버님과 어찌 이리도 다른지 모르겠습니다."

모녀가 마당을 걸어가다가 멈추었다. 마당 구석 장독대 뒤에 움츠리고 있던 막내아들이 눈에 들어오자 부인이 소리를 질렀다.

"이놈아, 이 어미 따라가자. 아버지와 같이 있다가는 너도 죽는다."

대철은 뒤꼍으로 달아났다.

"저놈 좀 보게. 제 아비를 닮아 황소고집이라니까. 어린 게 뭘 알겠어. 다 아비 잘못이지."

모녀가 떠나자 김재연은 뒤꼍으로 갔다. 굴뚝 옆에 쭈그리고 앉아 있는 대철을 보자 가슴이 메었다. 자신의 아들들은 윤기 도는 얼굴에 말끔한 옷을 입고 역관이 될 준비를 하고 있는데, 대철은 추레한 것이 제대로 먹지 못해 꺼칠하기 그지없다.

"이리 오렴."

대철이 얼굴을 들었다. 눈물이 때와 범벅이 되어 얼굴에 무늬를 그려 놓았다.

"아버지 어디 가셨는지 아니?"

"양근에 가셨습니다."

"거긴 왜?"

"지난해 역병이 돌 때 살아남은 사람들이 있는데 굶어 죽게 되었다고 연락이 와서 쌀을 지고 가셨습니다."

지난해 전국에 역병이 돌아 수많은 사람이 죽어 나갔고 살아남은 사람들도 후유증이 만만치 않았다. 게다가 흉년에 먹을 것조차 없어 초근목피로 연명하는 사람들이 많았다. 유진길과 천주교 신자들은 안타까운 소식을 들을 때마다 먹을 것을 싸들고 가서 도와주었다.

지난해 가을, 역병이 수그러들 즈음 김재연은 유진길을 찾아 충청도에 갔었다. 그의 눈에 들어온 참상은 이루 말할 수 없었다. 유진길은 환자들을 돌보고 있었다. 가까이 정하상도 보였다. 정성스럽게 환자의 입에 미음을 떠 넣어 주던 유진길의 모습에 눈시울이 뜨거워졌다.

"역병이 수그러들고 있으니 그나마 다행이군요. 곧 날이 추워지면 가라 앉겠지요."

"추워지면 풀도 나물도 캘 수 없으니 뭘 먹고 살지 막막하네. 땔감을 구하지 못하면 얼어 죽게 생겼고. 역병에 죽고, 굶어 죽고, 얼어 죽고, 도무지 어떻게 살아야 할지 이들의 앞날은 막막할 뿐이야."

"기도하시지요."

김재연은 아차 했다. 무심결에 튀어나온 말이지만 평소 품고 있던 말이기도 했다. 전능하다는 천주가 왜 처참하게 죽어 가는 가여운 조선 백성을 도와주지 못하느냐는 원망과 불신이 마음 밑바닥에 깔려 있었다.

유진길은 김재연의 눈을 한참 응시했다.

"무슨 뜻인지 알겠네. 하지만 천주님은 인간에게 주실 것을 다 주셨으니 나머지는 우리가 해야 할 뿐 천주님을 탓할 일이 아닐세. 권세를 가진 자가 백성을 돌보지 않은 탓도 있고. 또한 인간으로서 받을 것을 다 받았지만 주신 것을 제대로 쓰지 못한 백성의 게으름과 어리석음 탓도 있지."

김재연은 깜짝 놀랐다.

"형님, 그건 백성들이 게으른 탓이 아니지요. 조선 사회가 백성이 능력을 발휘하는 것을 허락하지 않는데, 그들이 무슨 수로 능력을 쓸 수 있습니까?"

"그래서 운명 탓만 하고 살 수밖에 없단 말인가? 죽을 각오로 싸우면 안 될 일이 어디 있는가?"

"그럼 역성혁명이라도 일으켜야 한단 말입니까?"

"하지 말란 법도 없지."

평소 조용하기만 하던 유진길이 저런 생각을 품고 있었다니, 김재연은 혼란스러웠다.

"천주님은 사람을 내실 때 살아갈 수 있도록 자연적 조건을 마련해 주셨네. 그런데 사람들이 그것을 제대로 쓰지 않아 세상이 이렇게 되었지. 힘 있는 자들은 제 배만 채우고, 약한 자들은 할 수 없다는 체념 속에 힘을 내던져 버렸지."

"자고로 백성들의 혁명은 성공한 적이 없습니다."

"자네가 그렇게 생각할 뿐이야. 세상은 아직 끝나지 않았어. 자네도 세상이 바뀌어야 한다고 생각하지 않나? 할 수 있어. 문제는 백성일세. 그들의 체념을 희망으로 바꾸는 일이 앞서야 되네. 자신들이 존귀한 사람이고 천주께서 능력을 주셨다는 것을 깨달아야지. 천주교는 바로 그것을 가르치고 있어. 성경에서는 사람이 얼마나 존귀한가를 말하고 있네. 천주께서 당신의 형상으로 사람을 만들고 당신의 숨을 불어넣어 주셨네. 누구를 막론하고 다 똑같다는 것이야. 이게 무엇을 의미하는가? 인간 사이에는 차별을 두지 말아야 한다는 말일세. 모두가 평등해. 백성들이 자신이 천주님을 닮고 천주님의 숨결이 몸과 마음 안에 감도는 존귀한 존재라는 것을 깨달을 때, 그들은 이렇게 천대받으며 사는 것이 불공평하다는 것을 알게 될 것이야. 그러면 스스로 지혜와 힘을 발휘해 불공평한 이 세상을 바른 세상으로 변화시킬 걸세. 천주교는 조선이 바뀔 수 있도록 근본적으로 힘쓰고 있네. 인간은 타고나면서부터 신분에 차별이 있고, 자신이 천대받으며 사는 것이 운명인 것처럼 가르치고 있는 유학의 오류를 바로잡을 것일세. 폭력을 쓰는 것도 아니고, 권력을 잡으려고 거사를 일으키는 것도 아니고, 천대받는 백성이 사실은 존귀한 존재라는 것을 깨닫도록 가르침을 주는 것뿐이네. 백성이 깨달으면 그들이 나설 걸세. 이래도 자네는 천주교의 전파가 조선을 위한 길이라는 것을 인정하지 못하겠나?"

김재연은 대답할 수 없었다. 유진길은 기다리지 않고 말을 이었다.

"우리끼리만 이 일을 하는 것은 아니고 세계의 교회들이 우리를 돕고 있네. 벌써 법국(法國, 프랑스) 신부님이 들어오셨는데 오시자마자 부지런히 우리말을 익히는데 어찌나 빨리 느는지 놀랄 지경이네. 몸을 돌보지 않고 신자들을 가르치며 조선 천주교회를 이끄신다네. 머지않아 신부님이 한 분 더 들어오시고 계속 성직자가 들어올 것이네. 죽음도 마다 않고 오직 주님의 뜻을 조선에 전하려는 열정으로 오신다네."

서양 신부가 들어오다니 김재연은 믿을 수가 없었다.

"아무튼 놀랍습니다."

유진길은 빙긋 웃었다.

"세상에 못 할 일이 어디 있겠나. 내가 역관이 될 수 있었던 것은 무척 다행한 일이네. 하지만 그 받은 것을 써야 할 책임도 있지. 청국을 드나들면서 넓은 세상을 볼 수 있었고 서양의 문물을 일찌감치 접할 수 있었네. 그래서 우리 역관들은 비좁은 조선 땅 안에서 시야가 막혀 버린 사람들과는 다르지. 넓고 멀리 보면서 지금이 아닌 미래의 세상을 꿈꿀 수 있네. 김범우 어른께서는 바뀌어야 할 세상을 위해 천주교를 받아들였고 귀양지에서 세상을 떠나셨지. 그분은 역관이었기에 세상을 앞서 갈 수가 있었고 세상을 위해 목숨을 걸었네. 그 이후로 우리 역관들에게는 그 어른의 정신이 이어지고 있지 않은가?"

김재연은 자신과 유진길이 비교되었다. 외국어도 유진길보다 잘하고 재산도 비교가 될 수 없을 만큼 많이 가지고 있다. 하지만 병들고 굶주린 백성을 위해 무엇을 했던가. 김재연은 우선 재산을 좀 풀어야겠다고 생각했다.

"조정에서는 구휼미를 좀 풀었습니까?"

"그렇지만 어림도 없네."

"가난 구제는 나라도 못 한다는 말이 있지 않습니까?"

"그건 가진 자가 내놓지 않으려는 변명이지. 조정의 창고는 열었지만 양반들 창고는 열리지 않았네. 가진 자는 결코 남과 나누지를 않지."

"그래서 형님 쌀독을 비웠군요."

"그래도 나는 조정의 녹을 먹고 있으니 굶지는 않네. 있는 것 조금 나눌 뿐이야. 결국 없는 사람들끼리 돕고 살아야 한다네."

지난해 충청도에서 본 유진길의 모습이 뇌리를 스쳤다. 역관이지만 유진길은 자신처럼 장사로 재산을 모으지 않았다. 김재연은 그런 유진길을 존경하지만 한편으로 딱하게 여겼다. 유진길의 부인이 집을 나가긴 했지만 어렵게 사는 것 같아 동정이 갔다.

김재연은 대철에게 물었다.

"점심은 먹었니?"

대철은 고개를 저었다.

"나하고 점심 먹으러 가자."

대철은 그제야 굴뚝 옆에서 일어나 김재연을 따라나섰다.

"아버지 출타하셨을 때는 누가 밥을 짓니?"

"제가요."

"밥을 지을 줄 아느냐?"

"네."

참 딱했다. 그래도 유진길은 말할 것이다. 우리 쌀독에는 아직 쌀이 남아 있다고, 어린것이 밥 좀 짓는다고 큰일 나겠느냐고 되물을 것이다. 신통한 것은 대철이다. 그런 아버지 곁을 지키며 어른처럼 살림을 하고 있지 않은가. 보통 아이는 아니다. 유진길은 대철이 자라 신부가 될 거라며 김재연에게 자랑처럼 말했었다.

국밥 한 그릇을 비운 뒤 대철은 조용히 앉아 있다. 김재연은 소머리를 삶아 누른 편육 접시를 밀어 주며 말했다.

"이것도 마저 먹어라."

대철은 눈을 내리깔고 기어드는 소리로 물었다.

"배부른데 싸 가지고 가면 안 될까요?"

아이가 아버지 생각에 먹지 않고 있다. 김재연은 주모를 불렀다.

"편육 두어 근하고 김치와 장아찌도 넉넉히 싸 주시오."

"밑반찬은 파는 것이 아닌데요."

"값은 부르는 대로 쳐 드릴 테니 싸 주시구려."

주모는 알겠다는 듯 안으로 들어갔다.

늦은 점심을 끝내고 음식 보따리를 들고 다시 유진길의 집으로 향했다. 대철은 기분이 좋은지 자꾸 김재연의 손에 들려 있는 음식 보따리를 보면서 미소 지었다.

'오늘 저녁 아버지가 돌아오신다. 먼 길 오시느라 고단하실 텐데 맛있는 고기반찬으로 저녁을 차려 드릴 수 있다.'

대철은 아버지를 생각하며 노래를 흥얼거렸다.

"무슨 소리냐? 못 듣던 소린데?"

대철은 놀란 얼굴로 노래를 뚝 그쳤다. 순간 김재연은 그것이 천주교 신자들이 부르는 노래라는 것을 알 수 있었다. 계속 부르라고 할까 하다가 그만두었다. 아이가 밖에서 무심결에라도 그런 노래를 부르는 것은 위험하다. 아이도 그것을 알아챈 것이다. 가여웠다. 측은한 마음에 가슴이 쓰렸다. 왜 이 고생을 하는가? 가족도 흩어지고 이 어린것에게 이런 고생을 시키다니.

김재연은 유진길의 집으로 가서 쌀독에 쌀을 채워 주고 집으로 향했다. 대철의 모습이 자꾸만 눈앞을 가렸다. 유진길은 조선을 변화시킬 희망이 있다고 믿으면서 저런 고초를 감내하고 있지만, 과연 그 희망이 실현될 수 있을까? 그의 생전에는 이루어지지 않을 것 같다.

조정의 분위기가 심상치 않다.

3

이조판서 조인영은 일찌감치 퇴청했다. 저녁상을 물리고 난 뒤 사랑채에서 역관 김재연이 오기를 기다렸다. 남의 눈에 띄지 않도록 날이 어두운 뒤에 오라고 일렀다. 양반도 아닌 일개 중인 역관을 기다리고 있는 조인영은 조금은 초조한 심정이었다.

풍양 조씨는 조선 중기 이래 대대로 명문가였다. 그러던 차에 순조 19년 조만영의 딸이 효명세자의 빈(嬪)으로 책봉되어 왕실의 외척이 되었다. 안동 김씨의 지나친 정치 간여를 질시하던 효명세자는 안동 김씨의 세력을 누르기 위해 장인인 조만영의 세력 확장을 도왔다. 그러나 효명세자가 젊은 나이로 세상을 떠나고, 순조도 승하한 뒤 효명세자의 아들 헌종이 왕위에 오르자 조만영은 풍은부원군(豊恩府院君)에 책봉되었다. 이어 어영대장과 훈련대장을 역임하면서 아들 조병구, 동생 조인영, 조카 조병현과 함께 본격적으로 풍양 조씨 가문의 세력 확장에 나섰다. 특히 조인영은 매우 명민한 데다 정치적 수완도 탁월했다.

조인영은 이조판서 자리에 앉자 조정의 요소요소에 자기 파를 심었다. 조정의 요직이 안동 김씨에서 풍양 조씨로 넘어가기 시작했지만 조인영은 아직 멀었다고 여겼다. 그는 조선이 주자학에서 제시하는 질서정연한 나라가 되기 위해서는 우선 조정이 주자학의 우수함을 인식하고 있는 인물들로 채워져야 한다고 믿었다.

그런데 요즘 선비들 사이에 서양 문물과 청국에서 새로운 학문으로 유행하는 북학에 대한 관심이 퍼지고 있다. 그 역시 북학에 관심이 많고 그것의 유용한 점도 인정하지만 그런 경향이 정치 세력으로 대두되는 것은 방치할 수 없다고 생각했다. 북학을 논하는 선비 대부분은 서양 문물과 천주교에 대해 호감을 갖는 경향이 있고, 안동 김씨도 그러했다. 안동 김씨는 매년 자제들을 사신 행렬에 끼워 청국으로 보내 문물을 익히도록 했다. 그 젊은이들이 조정에 출사할 날이 머지않다. 그러나 풍양 조씨 세력권 내에서는 청국과 서양 문물에 익숙한 인물이 그리 많지 않다. 적을 치려면 적을 알아야 한다. 청국과 서양 문물에 대해 밝히 알고 있어야 안동 김씨와 대적할 수 있다. 또한 지난번 청국을 다녀온 사행단이 올린 보고에는 서양 세력이 청국과 마찰을 일으킬 조짐이 보인다고 했다. 그런 상황도 상세히 알고 있어야 한다. 청국과 서양에 관한 소식은 몇 차례 청국을 다녀온 권돈인으로부터 들었지만 그의 정보는 미흡한 점이 많았다. 부족한 것에 대해 물으면 권돈인은 늘 겉도는 대답만 했다. 그의 시야는 사행단의 내부에만 제한되어 넓게 보지를 못했다. 그래서 김정희와 자주 의논을 했다. 조인영은 인사권을 가진 이조판서로서 김정희를 성균관 대사성에 앉히고, 뒤이어 병조참판이라는 요직에 앉혔다.

김정희는 이십 대 초반 젊은 나이에 동지사로 떠나는 아버지 김노경의 자제군관으로 청나라에 가서 고증학과 금석학을 배웠다. 조인영은 김정희가 귀국하자 그와 함께 비문을 보러 팔도를 돌아다니기도 했다. 젊은 시절, 의기투합해 북한산을 오르던 추억이 떠오르자 조인영은 가슴이 벅찼다. 김정희는 무학대사의 비나 고려 태조의 비라고 알려진 북한산비의 비문을 금석학을 바탕으로 연구하여 진흥왕순수비(眞興王巡狩碑)라고 밝혀냈다. 조인영은 그때의 희열을 잊을 수가 없다.

그 시절에는 누구를 치고, 누구를 모함이라도 해서 조정에서 밀어내고, 누구를 조정에 추천해서 자신의 세력 아래 두는 일 따위는 생각하지 않았다. 조인영은 자신이 얼마나 모질고 잔인하게 변했는지 알 수 있었다. 하지만 변할 수밖에 없었던 이유가 있다. 어린 나이에 왕위에 오른 헌종이 바른 길로 갈 수 있도록 주위를 정리하는 것이 무엇보다 필요했다. 왕이 올바른 정치를 펼 수 있어야 백성이 편안하게 살 수 있지 않은가. 젊은 시절의 패기와 순수한 마음을 그리워하면서도 그는 나라를 위해 자신은 정치라는 흙탕물에서 놀아야 한다는 것을 받아들이고 있었다.

조인영이 김정희를 요직에 서슴없이 앉힌 것은 젊은 시절부터 이어온 교분 탓도 있지만, 다른 이유가 있다. 그의 학문과 청국에 대한 정보가 필요했기 때문이다. 김정희는 청국 선비들과 교분을 쌓고 있어 정보를 많이 가지고 있었다. 그런데 김정희는 자신도 청국과 서양의 정세에 대해 역관을 통해 듣고 있으니 역관을 만나 보라며 유진길을 추천했다. 그러나 조인영이 유진길이 이미 안동 김씨, 특히 눈엣가시와 같은 김유근과 내왕하고 있어 싫다고 하자 김재연이라는 역관을 만나 보라고 했다. 그러면서 자신도 그와의 교유를 소중히 여기고 있다고 덧붙였다. 김정희가 그렇게 강력하게 사람을 추천하는 일은 드물었다.

"성리학을 논해도 어느 선비에 못지않습니다. 그러나 그는 말에 탁월한 재능이 있습니다. 한어와 만주어는 물론 왜어도 유창하고 영국 말까지 한다고 합니다. 말에 있어서는 조선에서 제일가는 천재입니다. 또한 김재연이 가지고 있는 청국과 서양에 대한 지식은 그 누구와 비교할 수 없을 만큼 풍부하고, 청국 선비들과의 교유도 상당히 폭이 넓습니다. 청국에서 가끔 서책을 구해다 주는데 다른 역관들과는 고르는 눈부터 다르지요."

"재주가 그리 비상하다면 성격도 남다를 것 같은데 그자를 어찌 대해야 할지 일러 주게."

"예리한 사람입니다. 진심으로 대하십시오. 그리고 존중해 주십시오. 그의 마음을 얻는다면 대감께서 원하시는 청국과 서양에 관한 모든 정보를 얻을 수 있을 것입니다."

김정희는 조인영이 필요로 하는 사람을 확실하게 추천했다. 한 사람을 얻는 것으로 많은 것을 손에 쥘 수 있다면 그보다 더 좋을 수는 없다. 그러나 그런 사람을 얻는 것은 그만큼 어려움이 따른다. 조인영은 타오르는 촛불을 응시했다.

'쉽지 않을 것이야.'

밖에서 인기척이 났다.

"대감마님, 손님 오셨습니다."

"모시어라."

조심스럽게 방문이 열리고 삼십 대로 보이는 중키의 사내가 들어섰다.

"주안상 들이거라."

하인이 물러가자 문 앞에 서 있는 그에게 말을 건넸다.

"이리 가까이 앉게."

김재연은 공손히 절을 하고 조인영 앞에 놓인 방석에 앉았다. 조인영은 잠깐이지만 그의 얼굴을 살폈다. 어디를 보아도 김정희의 말처럼 까다롭거나 기인다운 면모를 찾을 수 없다. 수시로 먼 길을 오가는 사람치고 몸집도 크지 않지만 단단해 보이기는 했다. 이마가 넓은 데 비해 하관이 좁게 흐르는 조금 긴 얼굴형이다. 긴 눈매 속에 맑은 눈은 흔들림이 없고, 곧고 반듯한 콧날 아래 얄팍한 입술이 굳게 닫혀 있다. 조인영은 기품 있는 선비의 기운을 풍기는 김재연의 풍모가 마음에 들었다.

"김재연이라고 했던가?"

"네."

"우봉 집안인가?"

"그렇습니다."

"자네 집안에 대해서는 나도 들어 알고 있지. 역관으로 나라에 큰 공헌을 했더군."

김재연은 아무런 반응을 보이지 않았다. 주안상이 들어왔다. 조인영이 술병을 들고 물었다.

"술을 즐기는가?"

"아닙니다."

"전혀 못 하는가?"

"아닙니다. 평소 즐기지는 않지만 부득이한 경우에는 마십니다."

"그럼 권하지 말아야겠군."

조인영이 술병을 상에 내려놓았다. 그러자 김재연이 잔을 들었다.

"부득이한 경우인가?"

"한잔 주십시오."

조인영은 다시 술병을 들고 김재연의 잔에 술을 따랐다.

"옷을 보니 집에 들르지 않은 모양이군."

"그렇습니다. 어디 좀 다녀오는 길입니다."

"어딜 다녀왔는지 물어도 되겠는가?"

천하의 조인영이 일개 역관에게 지나치게 예의를 차리고 있다. 그러나 김재연은 신경 쓰지 않고 담담하게 말했다.

"충청도에 다녀오는 길입니다. 지난해 역병이 돌아 많은 백성이 죽어 나갔다고 들었는데 그때 저는 청국에 있었기에 아무 도움도 줄 수 없었습니다. 돌아와서 들으니 살아남은 사람도 먹을 것이 없어 굶어 죽는다고 하여 양곡을 보내고 오는 길입니다."

순간 조인영의 눈매가 매섭게 치켜졌다.

'이자가 내게 무슨 말을 하는 건가?'

조인영은 이내 눈빛을 풀었다.

"대대로 역관을 지낸 집안이니 재물을 많이 쌓아 두었겠군."

"쌓아 두지는 않았습니다. 잠시 보관하고 있을 뿐입니다."

"무슨 뜻인가?"

"필요할 때 쓴다는 뜻입니다. 제 아버지는 지금도 초가에 사십니다."

"자네 부친도 역관이었잖은가? 대단한 역관이었다고 들었는데."

"그렇습니다. 하지만 역관을 그만두시고는 낙향하여 시골에 살고 계십니다. 제가 지붕에 기와를 올려 드린다고 했지만 시골 사람들 모두 초가에 사는데 어찌 혼자 기와집에 살겠냐며 당치 않은 말이라고 호통을 치셨습니다. 재산을 모두 풀어 논밭을 마련하여 가난한 농사꾼들에게 나눠 주셨습니다."

'당차군. 겉보기에는 말끔한 선비 같은데 속에는 비수를 품었어.'

그런 태도가 오히려 마음에 들었다.

"훌륭한 부친을 두었군. 하지만 자네가 물려받을 재산이 줄어든 것 아닌가?"

"아버지께서는 저를 역관으로 키워 주셨습니다. 그 은혜를 어찌 재물에 비하겠습니까? 제가 아버지에게 재산을 물려받지 않은 것처럼 저도 제 자식에게 재산을 물려주지 않을 생각입니다."

"처음 들어 보는 말이군."

"부모가 스스로 살 수 있는 능력만 키워 주면 알아서 살아가는 것이 백성입니다."

'도대체 이자가 무슨 말을 하고 있나?'

조인영의 가슴에서 찬바람이 일었다. 백성의 능력을 키워 준다? 노자(老子)가 뭐라고 했던가. 자고로 백성이 영리해지면 나라가 소란해진다고 했다. 백성이란 등 따시고 배부르면 그만인 줄 알아야 세상이 편하다. 그러나 조인영은 속내를 드러내지 않았다. 김재연에게 맞서지 말아야 한다는 생각에 말머리를 돌렸다.

"그래 이번에는 청국에서 어디, 어디를 다녀왔는가?"

"북경과 남방에 다녀왔습니다."

"남방에 다녀왔으면 시간이 꽤 걸렸겠구먼. 그리 오래 청국에 머물다니 놀랍군."

그 말에는 그래도 되냐는 못마땅한 심기가 포함되어 있었다. 김재연은 그의 속내를 알아챈 뒤 자신의 거취를 분명히 해 둘 필요가 있다고 판단했다. 조인영은 권력의 핵심에 있는 인물이다. 그가 마음만 먹으면 못 할 일이 없다.

"선왕께서 승하하시기 전에 사역원에 밀지를 내리셨습니다. 청국에 역관을 보내 서양 말을 배워 오라고 하명하셨습니다. 제가 선발되어 다녀온 것입니다."

"양이와 문제가 생길 수도 있다고 생각하신 모양이군. 하지만 그건 짐작에 지나지 않을 수도 있지 않은가?"

"그들의 기질을 보면 그렇지도 않습니다."

"예조에서 들은 말인데 청국과 양이가 전쟁을 할지도 모른다고 하더군. 자네 의견이었나?"

"제 사견이 아니라 청국의 요직에 있는 관료에게 들은 말입니다."

"청국이 양이를 몰아낼 생각인 모양이군. 오죽하면 참을성 많은 이들이 그리 생각했겠는가. 양이가 청국에서 사라질 날도 머지않았군."

조인영의 입가에 흐뭇한 미소가 스쳤다.

"반드시 그렇다고 장담할 수는 없습니다."

순간 조인영의 입가에 미소가 사라졌다.

"그러면 청국이 질 수도 있다는 말인가?"

"그 무엇도 장담할 수 없습니다."

조인영은 어이없다는 표정으로 김재연의 말을 무시했다. 그러나 다음 순간 김재연을 뚫어져라 쳐다보며 물었다.

"남방에서 무엇을 보았는가? 본 대로 말해 보게."

"모든 것이 풍족했습니다. 사람들 사는 모습에 기름기가 돌았습니다."

"양이 때문에 중국이 잘살게 되었단 말인가? 물질이 너무 풍요로우면 백성의 욕심을 자극하게 되고, 그러면 백성이 간교하고 난폭해질 수 있어. 그리고 조정은 부패하기 마련이지."

말을 끝낸 순간 조인영의 표정이 굳어졌다. 말을 뱉고 나니 마음에 걸리는 것이 있었다.

"부패한 모습이 보였는가?"

"남의 나라 사정을 그리 깊이 볼 수는 없었습니다."

김재연은 판단을 내리지 않았지만 조인영은 그 말뜻을 알아들었다.

"부패할 때도 되었지. 그러면 다음은 한인(漢人)들이 새로운 역사를 시작하겠군."

김재연은 조인영의 속내가 보였다. 그는 만주족이 빨리 망하고 한족이 다시 나라를 열기를 바라는 것이다. 성리학의 신봉자다운 생각이다.

"양이와 전쟁을 한다 해도 청국이 패하지는 않아. 부패한 정권이라고는 해도 먼 바닷길을 온 배 몇 척에 당할 청국이 아니지."

예나 지금이나 조선에게 중국은 대국이다. 그러니 그 속이 썩어 문드러져 살짝만 건드려도 부서질 것을 어찌 예상할 수 있겠는가. 김재연은 조인영의 판단에 아무런 반응을 보이지 않았다. 조인영도 그런 김재연을 아무렇지 않은 표정으로 바라보며 술을 권했다. 그러나 속으로는 김재연을 낚아야겠다고 결심했다.

'예사롭지 않아. 내 앞에서 저렇게 태연할 수 있다니. 저자를 내 편으로 만들지 않으면 큰 화근이 될 수도 있어.'

조인영은 넌지시 김재연의 속을 떠보았다.

"남의 나라 걱정할 때가 아니라 조선이 걱정이네. 백성을 배불리 먹이려면 탐관오리를 물리치고 청백리를 찾아야 하는데 인물을 구하기가 힘들군. 추사가 자네 됨됨이를 칭찬하던데 벼슬해 볼 생각 없는가? 생각 있으면 지방관이라도 자리를 마련해 주겠네."

자신을 부른 이유가 이게 아닐 텐데, 김재연은 속으로 웃었다.

"벼슬은 벼슬할 사람이 해야 마땅하지요. 저는 제 분수를 넘는 욕심은 부리지 않습니다."

"왜 욕심이라고 하는가? 임상옥도 일개 상인이었지만 지방 수령이 되어 백성을 잘 다스렸지 않나?"

"저는 상인도 못 됩니다. 상인은 계산이 빠릅니다. 저는 계산을 할 줄도 모르고, 가진 것이라고는 말재주 하나뿐입니다. 제 말재주를 쓸 수 있는 날까지 쓴다면 그것으로 만족합니다."

얼굴에 미소까지 띠며 자신의 제안을 거절하는 김재연 앞에 조인영은 왠지 초라해지는 느낌이 들었다. 벼슬이라면 체면도 버리고 달려드는 양반 선비들과는 달랐다.

"자네 뜻이 그렇다면 내가 욕심을 버려야겠군. 선왕께서 자네를 총애하신 이유를 알겠네."

"총애라니 당치 않습니다. 어찌 지존하신 주상 전하께서 하찮은 역관을 총애하셨다고 하십니까. 그 말씀은 듣지 않은 것으로 하겠습니다."

"알겠네. 하지만 선왕께서 사역원에 밀지를 내리실 때 자네를 지목하셨다고 하던데?"

"그렇지 않습니다. 사역원에서 제 말재주를 너무 과하게 보고 있어 그런 소문이 떠돈 것입니다."

조인영은 고개를 끄덕였다.

"실은 나도 청국과 서양의 일들이 걱정되지 않는 것은 아니네. 전하께서 직접 세상일을 보시려면 세월이 좀 지나야 하니 그동안 조정 신하들이 나랏일을 의논해야 될 형편이라는 것을 모르지는 않겠지. 내게 가끔 세상 돌아가는 이야기를 들려주지 않겠나?"

이것이 속셈이다. 김재연은 그의 속내를 읽으며 잠시 대답을 미루었다.

"특별히 하명하실 일이 있는지 여쭈어도 되겠습니까?"

"특별한 것은 없고 지난번 이재(권돈인) 영감께서 청국을 다녀오시면서 몹시 언짢은 말씀을 하시더군. 사행에 잡배들이 끼어들어 청국에서 망신을 당했다고. 게다가 천주학쟁이까지 끼어들었다고 하더군."

순간 김재연은 긴장했다. 그가 사행과 천주교를 연계한다는 것은 심상치 않은 조짐이다.

"저는 사행에 따라나서지만 일행과 함께 있는 시간이 적습니다. 늘 일행보다 앞서 청국 관리들과 일을 처리해야 하기 때문에 일행 사이에 무슨 일이 일어나는지 살필 겨를이 없습니다."

조인영은 자신의 속내를 들킨 것 같아 당황했다.

"본래 사행이 청국과의 장사와도 이어지는 것이니 잡배들이 끼어드는 것을 아주 막을 수야 없겠지. 하지만 앞으로는 국경을 넘기 전에 엄하게 단속하라고 의주에 통문을 보냈으니 그 일은 별로 걱정할 게 없을 것이야. 그러나 청국을 통해서 들어오는 서양 문물에 선비들이 지나치게 현혹하는 것은 위험한데 갈수록 심해지니 걱정이네. 근래에는 천주학쟁이들이 떠드는 말이 어리석은 백성들 사이에 널리 퍼지고 있다고 들었는데, 그들의 망동(妄動)을 막지 않으면 나라의 기강이 흔들릴 수밖에 없어. 엄하게 다스려야 하는데 그들을 비호하는 세력이 뒤에서 부추기고 있어 문제지. 그들의 입을 막으려면 청국이나 서양 학문의 경향에 대해 내가 소상히 알 필요가 있네. 그래서 자네를 부른 것이고."

조인영은 잠시 말을 끊고 김재연을 똑바로 쳐다보았다. 영리한 자이니 자신의 의중을 읽었을 것이고, 그러면 표정에 반응이 나타날 것이다. 그러나 김재연은 담담한 표정으로 입을 다물고 있었다. 괘씸했지만 조인영은 말을 이었다.

"내 집에 가끔 들러 양이와 청국 사정을 소상히 전해 줄 수 없겠는가? 내가 알아야 대처를 할 테니까."

그제야 김재연이 입을 떼었다.

"깊으신 뜻은 헤아리겠습니다. 하오나 대감 댁에 드나드는 것은 삼가야 한다고 사료됩니다."

조인영은 화가 났지만 아무렇지 않은 듯 물었다.

"내 집에 드나든다고 안동 김씨 눈 밖에 날까 걱정돼 그러는가?"

"안동 김문 중에 아는 분이 없습니다. 제 일은 때로는 위험하고 때로는 조심스럽기도 하여 늘 조심해야 합니다. 그리고 제가 청국에서 보고 들은 소식은 모두 사역원에 보고합니다. 추호도 숨기거나 마음에 남기는 것이 없습니다. 있는 그대로 전하지요. 하오니 사역원을 통하면 제가 보고 들은 것 외에 다른 역관들의 것까지 종합해서 전해 들으실 수 있습니다."

"소식이야 그렇다지만 그 소식들에 대한 판단은 자네가 일가견이 있을 텐데?"

"그렇지 않습니다. 어찌 일개 역관으로 나라와 나라 사이의 일에 판단을 내릴 수 있겠습니까. 저는 제가 할 수 있는 일의 한계를 넘은 적이 없습니다."

조인영은 자신이 오라면 김재연이 감지덕지하고 올 것이라 생각했다. 이렇게 거절당할 줄은 예상하지 못했다.

"내 집에 오지 못할 이유가 무언가? 추사에게는 들른다면서?"

"그 댁에도 조정에 나가시기 전에는 가끔 들렀지만 앞으로는 조심할 것입니다. 만일 제가 대감 댁에 들른다는 것이 알려지면 저는 일을 제대로 할 수 없게 됩니다."

"어째서?"

"여기 오기 전에 들었습니다. 대감께서 유진길을 추천받으셨으나 유진길이 김유근 대감 댁에 드나들기 때문에 거절하셨다고 들었습니다. 제가 만일 이곳에 자주 들른다면 조정 대신들 또한 저를 그렇게 볼 것이며, 그렇게 되면 제가 가져온 소식에 대해 무슨 의도가 있다고 의심할 것입니다. 그것은 나라를 위해 이로운 일이 아닐 것입니다. 특히 앞으로 몇 년간은 청국에서 일어나는 일을 더욱 면밀히 살펴 정확하게 조정에 알려야 합니다. 그리고 조정에서는 단단히 대처를 하셔야 할 것입니다."

조인영은 결국 자신도 김재연을 김유근과 유진길 같은 관계로 끌어들이려는 것이 아니냐는 물음에 아니라고 대답할 수가 없었다.

"청국의 사태가 그리 심각하다면 그 문제에 대해서는 자네의 판단이 필요할 때가 있을 것이야. 자넨 누구보다 청국 사정에 밝으니까."

"이미 말씀드렸습니다만 저는 판단을 하지 않습니다. 지금껏 청국을 다녀오면 모든 상황을 사역원에 보고했고, 예조에서 선왕께 말씀을 올렸습니다. 판단은 조정 대신들께서 의논해서 하시는 것이 옳을 듯합니다."

단 한마디도 책잡힐 말은 하지 않는다.

'이놈을 잡아야겠군.'

조인영은 김재연의 속을 꿰뚫었다.

"청국과 양이의 상황을 정확히 살피려면 자네가 청국, 그것도 남방에 다녀와야겠군."

김재연도 조인영의 속을 읽었다. 이쯤에서 타협해야 한다.

"그렇습니다."

"그런데 조정에서는 북경에 사행을 간 자가 함부로 남방을 가도록 허락하지 않지. 선왕께서는 이미 승하하셨고."

조인영은 김재연의 눈을 잡고 놓지 않았다.

'이놈, 그래도 내게 청을 하지 않을 것이냐.'

김재연은 필요한 것을 얻을 수 있다는 확신이 섰다.

"대감께 청합니다. 남방을 다녀올 수 있도록 선처를 바랍니다."

"허락되지 않는 일이지만 내가 눈감아 줄 수 있지."

"저는 모든 상황을 면밀히 살펴 사역원에 보고하겠습니다. 대감께서는 사역원의 보고를 들으시고 미흡한 점이 있으면 저를 불러 주십시오. 그러면 제가 본 것을 소상히 말씀드리겠습니다."

김재연은 조인영이 내민 손을 덥석 잡지 않고 타협안을 내놓고 떠났다. 조인영은 괘씸했지만 그의 영리함이 마음에 들었다.

'역시 인재로군. 추사가 사람 하나는 제대로 보았어.'

이튿날 조인영은 김정희를 불러 다짐을 해 두었다.

"그자가 내 손을 뿌리치더군. 하지만 잡아야 하네. 반드시 우리 사람으로 만들어야 해. 자네가 그 일을 맡게."

김정희는 고개를 저었다.

"대감 손을 잡지 않는데 어찌 제 손을 잡겠습니까?"

"자네는 이미 그와 손을 잡고 있지 않은가?"

"그가 놓아 버렸습니다. 제가 벼슬길에 들어서자 제 집을 찾지 않습니다."

"나한테도 그렇게 말하더군. 자네가 벼슬길에 나서 이젠 찾아가지 않을 것이라고. 하지만 무슨 수를 써서라도 우리 쪽으로 끌어들이게."

잠시 침묵한 뒤 김정희가 말했다.

"대감께 김재연을 추천하는 것이 아니었습니다. 제가 김재연을 제대로 알지 못했습니다. 김재연은 이쪽 사람도 저쪽 사람도 되지 않을 것입니다. 그대로 두십시오. 그래야 조선이 청국과 서양에 대한 정확한 기밀을 얻을 수 있습니다."

4

유진길은 김재연으로부터 조인영을 만난 일을 들었다. 박해가 다시 시작될 수도 있고, 국경에서 조사가 심해질 것이라고 전해 주었다. 유진길도 이미 몇몇 신자가 잡혔다는 소식을 들었다. 신자들에게 각별히 주의할 것을 알렸다. 특히 모방 신부의 거취는 비밀로 해야 한다는 것을 당부했다. 요즘 돌아가는 분위기로는 이미 조정에서 서양 신부가 들어와 활동하고 있다는 것을 눈치 채고 있는 것 같았다. 그래도 드러내고 박해하지 못하는 것은 순원왕후와 김유근 대감이 버티고 있기 때문이다. 그러나 김유근의 병세가 심상치 않고, 풍양 조씨의 세력이 날로 거세지고 있다. 그러니 언제 큰 박해가 닥칠지 하루하루가 살얼음판을 걷듯 조심스러웠다. 그런 판에 유방제 신부와 모방 신부의 사이가 결국 결판이 나고 말았다.

모방 신부는 조선 선교의 대리 책임자의 직권으로 유방제 신부에게 성무(聖務) 집행을 정지시키면서 출국을 명했다. 안으로는 성직자들 사이에 문제가 있고 밖으로는 언제 박해가 닥칠지 모르는 어려운 상황이기만 그래도 조선 천주교의 앞날에는 희망의 빛이 보인다. 유진길은 그 일만 생각하면 힘이 솟았다. 조선에서 성직자가 나올 가능성이 현실로 다가온 것이다.

모방 신부는 조선에 입국하고 얼마 되지 않아 파리 외방전교회의 정책에 따라 본토 성직자를 양성하는 일을 착수했다. 그래서 유방제 신부가 미리 봐 두었던 도마라는 세례명을 가진 최양업, 방지거 사베리오라는 세례명을 가진 최방제, 후에 모방 신부가 안드레아라는 세례명을 준 김대건을 선발하여 직접 라틴어를 가르치며 성직자가 되기 위한 준비를 시키고 있었다. 최양업과 김대건은 열여섯, 최방제는 열일곱이었다. 유진길은 틈만 나면 세 소년에게 한문과 한어를 가르쳤다. 이제 세 소년은 마카오로 떠나, 그곳에서 파리 외방전교회 신부들로부터 사제 수업을 본격적으로 시작할 것이다.

조선에서 이런 일이 일어나다니! 유진길은 가슴이 뛰었다.

드디어 세 소년의 출발이 눈앞으로 다가왔다. 중국에서 조선 입국을 기다리던 샤스탕(Jacob Honoré Chastan) 신부가 조선의 동지사가 국경에 도착하는 때에 맞추어 책문에 와서 기다리기로 했다. 동지사의 일정에 맞추어 중국으로 귀국하는 유방제 신부와 세 소년이 함께 출발하기로 했다.

오늘 유진길은 떠나는 일행과 함께 저녁을 먹기 위해 정하상의 집을 방문했다. 김재연이 걱정하며 전하던 말이 생생하게 떠올랐다. 아무래도 조만영과 조인영 형제가 천주교 박해를 시작할 것 같다며 이번에는 크게 일을 벌일 것이니 조심하라고 했다. 그 조짐은 이미 나타나고 있다. 신자들이 잡혀가기 시작했다. 아직은 크게 일이 벌어지지 않았지만 서양인 성직자가 들어 있는 것이 발각되면 철퇴를 가할 것이다. 조정의 몇몇 대신은 눈치를 채고 있지만 확실한 증거를 잡기 위해 유심히 살피고 있다는 말을 전해 주었다.

엎친 데 덮친 격으로 그동안 뒤를 봐주던 김유근 대감이 풍을 맞아 거동이 어렵게 되었다. 빨리 손을 써 생명은 건졌지만 거동을 못 하니 조정 일을 볼 수가 없다. 그래도 그가 살아 있기 때문에 풍양 조씨는 일을 크게 벌이지 않고 있다. 하지만 그의 상태로 보아 그리 오래 살지 못할 것이다. 그러면 그 뒤는 어찌 될 것인가. 이번에 유방제 신부와 세 소년과 동행하는 정하상과 조신철을 비롯한 교우들은 책문에서 샤스탕 신부를 만나 조선으로 함께 들어올 것이다. 그리고 머지않아 앵베르(Laurent Marie Joseph Imbert, 한국명 범세형) 주교도 들어올 것이다. 만약 세 성직자의 입국 사실이 발각되면 온 조정이 발칵 뒤집힐 것이다. 어떻게 기밀을 유지할지 걱정이 앞을 가렸다.

'모든 걸 천주께 맡기자.'

유진길은 가슴에서 일어나고 있는 분심(分心)을 떨쳐 버리려 생각을 세 소년에게로 돌렸다. 세 소년이 사제 수업을 마치고 신품성사를 받고 돌아오면 천대받고 가난에 시달리며 아무 희망도 없이 살아가는 조선의 밑바닥 백성들에게 희망을 전할 것이다. 그리고 그들에게 무기력을 떨치고 일어날 수 있는 힘을 심어 줄 것이다. 천주교가 서양에서 들어왔다 한들 그것이 무슨 문제란 말인가. 저 세 소년은 천주학과 함께 서양 학문을 제대로 배워 조선말로 조선 사람들에게 전해 줄 것이다.

'주님, 부디 저들을 돌보아 주시옵소서.'

저녁이 끝나자 모방 신부는 정하상에게 여비를 건네며 미안한 얼굴로 말했다.

"이것밖에 못 마련했네. 겨우 책문까지 갈 수 있을지 모르겠군."

정하상은 공손히 받으며 걱정 말라고 했다.

"어떻게든 책문까지는 갈 수 있습니다."

유진길이 나섰다.

"동지사 일행을 뒤따라가니까 어려울 때는 김재연에게 부탁하게. 내가 말해 놓았으니 여러모로 도움이 될 것이네."

모방 신부는 안심이 된 듯 표정이 밝아졌다.

"일단 책문에만 도착하면 뒷일은 샤스탕 신부가 알아서 할 것이네."

모방 신부는 유진길에게 물었다.

"요즘 조정의 분위기는 어떤가?"

모두 얼굴이 굳어지며 유진길을 쳐다보았다. 실낱같은 희망이라도 보고 싶은 표정들이다. 유진길은 잠시 망설이다 입을 열었다.

"김유근 대감의 병세가 심상치 않습니다. 회복 기미가 안 보입니다."

"기도해야겠군. 만일 김 대감이 잘못되면 어찌 되겠는가?"

"대왕대비가 계시기는 하지만 반대 세력에 대항하기는 쉽지 않을 것입니다."

"다른 안동 김씨는 없는가? 김 대감의 뒤를 이어 권력을 잡을 수도 있지 않겠나?"

"그것이 어렵습니다. 아직까지는 두드러진 인물이 보이지 않습니다. 게다가 조인영 대감이 인사권을 쥐고 있으면서 세력을 넓혀 놓아 안동 김씨가 발을 뻗칠 자리가 없습니다."

"조만영과 조인영 형제가 무섭다지?"

"앞으로 조정을 장악할 것입니다. 특히 조인영은 학식과 지략이 뛰어나고 주변에 인물도 많습니다."

"조정을 장악하면 천주교를 박해할 것이 확실한가?"

유진길은 방 안의 두려운 공기가 몸속으로 스며드는 것 같아 좀체 입이 떨어지지 않았다. 하지만 정확하게 알려야 했다.

"그렇습니다. 아시겠지만 이미 신자들이 하나둘 잡혀가고 있습니다. 아직은 김유근 대감이 누워서라도 버티고 있지만 그분이 잘못되면 곧바로 큰 박해가 일어날 것입니다. 며칠 전에 조인영 대감을 만난 역관에게 들었는데 천주교에 관해 꼬치꼬치 묻더랍니다. 의주관문과 압록강에서 검문도 엄격해질 것이라고 합니다."

조신철이 나섰다.

"그래서 압록강을 몰래 건널 방법을 찾아 놓았습니다."

모방 신부는 고개를 끄덕였다.

"샤스탕 신부님을 안전하게 한양까지 모셔야 하니 각별히 조심하게."

"걱정하지 마십시오."

조신철이 자신 있게 대답했지만 유진길은 걱정이 되었다.

"샤스탕 신부님과 앵버르 주교님의 입국을 잠시 뒤로 미루면 어떻겠습니까? 사태가 심상치 않게 돌아가는 게 걱정입니다."

모방 신부의 태도는 단호했다.

"이미 길을 떠났네. 박해는 각오한 것이고. 가만히 앉아서 좋은 세월을 기다리는 것은 선교사가 취할 태도가 아니네. 베드로와 바오로 사도를 비롯해 수많은 로마의 사도들이 천주님을 위해 피를 흘렸고, 천주교는 그 피를 거름으로 세워졌다는 것을 잊지 말게. 선교사는 사도들의 정신을 이어 가는 것이 의무야."

유진길은 더는 말릴 수가 없었다. 김재연은 서양 신부가 하나도 아니고 셋이나 들어와 선교한다는 것을 조정이 알면 나라가 발칵 뒤집힐 테니 신중하라고 신신당부했었다. 이미 모방 신부가 길을 터놓았으니 서양 성직자의 입국을 막을 수는 없을 것이다.

"태풍이 가까이 오는 소리가 들리는군. 준비를 하게."

모방 신부의 말에 모두 숙연해졌다. 준비하라는 것은 순교할 각오를 하라는 뜻임을 모르는 사람은 없었다.

"먼 길을 가야 하니 일찍 돌아들 가서 쉬게."

모두 내키지 않는 듯 마지못해 일어났다.

"신부님, 저희들 다녀올 때까지 부디 몸조심하셔야 합니다."

모방 신부는 고개를 끄덕였다.

사립문 앞에서 유진길은 정하상과 작별했다.

"몸조심해 다녀오게. 내일은 사역원에 나가야 해서 배웅은 못 하네."

"형님도 조심하십시오. 그리고 여차하면 양근으로 모방 신부님을 모시고 가십시오."

"별일이야 있겠는가. 유방제 신부님을 잘 모시게. 더 마음 상하시는 일이 없도록 각별히 조심하게."

"알겠습니다."

유진길은 정하상의 손을 꼭 잡았다 놓았다. 정하상은 사립문 앞에 서서 어둠 속으로 유진길의 모습이 사라질 때까지 지켜보았다. 유진길은 정하상의 눈길을 등 뒤로 느끼며 발길을 재촉했다. 오늘 밤도 어린 대철이 혼자서 아버지를 기다리고 있을 것이다. 그러나 모방 신부의 말이 자꾸만 귓가에 맴돌아 몇 번이고 걸음을 멈출 수밖에 없었다.

"태풍이 가까이 오는 소리가 들리는군."

태풍이 오면 모든 것을 쓸어 가리라. 그동안의 수고가 물거품이 될지 모른다. 아니다. 그렇지 않다. 아무리 거센 태풍이라도 살아남는 자는 있을 것이다. 그들이 천주님의 뜻을 이 땅에 꽃피우는 일을 이어 갈 것이다. 태풍은 머물지 않고 지나갈 뿐이다.

5

눈이 오려는지 하늘이 회색빛으로 뿌옇다. 병신년(1836년)이 저물고 있다. 세밑이라 시골 장터는 북적댄다. 한 해를 마감하려면 장사꾼은 물론이고 가난한 살림을 꾸리는 백성들도 바빠진다. 제사를 준비하고 아이들 설빔이라도 마련하자면 돈푼이라도 쥐어야 하는데 내다 팔 것이 마땅치 않아 아낙네들은 공연히 짜증을 내며 집 안을 이리저리 뒤진다. 그런 마누라나 며느리 앞에서 고개 들지 못하고 눈을 피하면서 장정들이나 할아버지들도 내다 팔 것을 찾느라 분주히 움직인다.

아낙네들은 봄과 여름 산으로 다니며 뜯어 말린 고사리, 취나물, 참나물, 가을에 썰어 말린 무말랭이, 고춧잎, 시래기를 소쿠리에 담아 내놓고, 할아버지들은 틈틈이 엮어 놓은 짚신, 바구니를 내놓고 누군가 좋은 값으로 사 가기를 기다린다. 이렇게 장터는 시끌벅적하다.

정시윤은 양주에 있는 아버지 산소에 들렀다가 마재로 가는 길에 있는 장터에 들러 요기도 하고 장 구경을 할 참이다. 주막집 울타리에 말을 매어 두고 마당으로 들어갔다. 장날이라 손님이 제법 많았다. 국밥 한 그릇을 비우고 장 구경을 나섰다.

오랜만에 한가로운 마음으로 이곳저곳 기웃거렸다. 할머니가 떡판을 놓고 손님을 부르는데 어른들은 보이지도 않고 대여섯 살쯤 되어 보이는 사내아이가 떡판에서 눈을 떼지 못하고 있다. 누런 코가 입술에 흘러내리는가 싶더니 훌쩍 들이마신다.

"먹고 싶으냐?"

정시윤이 걸음을 멈추고 아이에게 물었다. 아이는 대답은 않고 눈만 멀뚱거린다. 그는 떡을 사서 아이에게 건넸다. 아이는 얼른 받아 입으로 가져갔다. 맛있게 먹는 모습을 보고 있는데 아이들이 떡판 둘레로 모여들었다. 떡을 얻어먹고 있는 아이를 부러운 눈으로 쳐다보며 침을 삼켰다.

"할머니, 이 아이들에게 떡을 나누어 주세요. 셈은 제가 하겠습니다."

"세상에 이런 보살님이 있나……. 녀석들 오늘 운이 좋구나."

할머니가 아이들에게 떡을 나누어 주자 모두 냉큼 받아먹었다.

이 아이들의 모습은 정시윤의 어린 시절의 모습이었다. 양반이라고는 해도 가세가 기울어 늘 주린 배를 감싸야 했다 어머니가 떡 광주리를 이고 장사를 나갈 때면 너무나 먹고 싶어 방에서 나가지도 않았다. 보면 먹고 싶어지고, 그런 아들을 보며 떡 한 쪽 줄 수 없는 어머니의 마음이 신경 쓰였기 때문이다. 삼십 년이 지난 지금은 기억 저편의 이야기일 뿐이다.

'얘들아, 눈 크게 뜨고 세상을 보아라. 그래서 너희 운명에서 굶주림이라는 말을 떠나보내야 한다.'

정시윤은 말린 나물 몇 가지를 사 들고 주막으로 돌아와 말에 올랐다. 장호원의 집으로 돌아왔을 때는 이미 날이 저물었다. 마구간에 말을 넣어 두고 안채로 들어갔다. 어머니는 아들이 들어오기를 기다리고 있었다.

"진지 드셨습니까?"

"아직 안 먹었다."

어머니는 아들과 겸상을 하고 싶어 늦도록 기다리고 있었다. 정시윤은 그런 어머니를 홀로 남겨 두고 다시 길을 떠나야 하는 것이 가슴 아팠다. 어머니는 아들에게 반찬을 챙겨 먹이느라 제대로 들지 못했다.

"떠날 준비는 다 되었느냐?"

"네."

어머니는 한숨을 쉬었다.

"이번에 떠나면 언제 돌아오느냐?"

정시윤은 머뭇거리다 힘겹게 입을 열었다.

"대여섯 달은 걸릴 것 같습니다."

"그새 내가 죽으면 장례도 못 치르겠구나."

"어머니는 이십 년은 더 사십니다. 그런 말씀 마세요. 약방에 어머니 보약 부탁해 놓았습니다. 진지도 거르지 마시고요. 그래야 제가 마음 편히 다녀오지요."

"집안에 며느리, 손자라도 있으면 그 재미로 오래 살고 싶겠지만 장가 못 보낸 늙은 아들 기다리는 일밖에 아무 재미도 없는 늙은이가 보약은 먹어 뭘 하겠니? 기다리는 일도 지쳤다. 어미 생각한다면 어서 혼인을 해라. 더 늦으면 자식도 못 본다. 알겠느냐?"

길 떠나기 전이면 늘 들어야 하는 말이다. 정시윤은 어머니 앞에 머리를 숙이고 아무 말도 하지 못했다.

"객지로 떠돌아다니다 집이라고 들어오면 그래도 안사람이랑 자식 새끼가 맞아 주어야지. 그래야 사는 재미도 있고 힘도 나지. 언제 죽을지 모르는 늙은 어미만 집을 지키고 있으니……. 아무튼 이번에 다녀오면 꼭 혼례를 치르자. 내가 매파에게 참한 처녀를 찾아보라고 하겠다. 네가 비록 장사꾼이라고 해도 양반이 아니냐. 게다가 재산도 넉넉하고. 나이가 많아 그렇지 혼인 못 할 일이 없지 않느냐. 그러니 이번에 청국 다녀오는 길에 비단이랑 노리개랑 혼사에 쓸 물건 좀 챙겨 오너라. 알겠니?"

어머니는 아들을 다그쳤다.

"네."

정시윤은 마지못해 대답했다.

정시윤은 의주까지 며칠을 쉬지 않고 말을 달렸다. 동지사 일행은 걸어가는 속도이니 빨리 달리면 책문에서 일행을 만날 수 있을 것이다. 지난 시월 말에 김재연이 역관으로 가는 동지사 사행에 따라가야 했지만 아버지 삼년상을 치러야 해서 물건만 실어 보냈다. 그렇다고 아버지 임종도 못한 불효를 면할 수는 없지만 그래도 삼 년 동안 제사에는 빠지지 않았다. 앞으로는 제사에 참석하는 것도 쉽지 않을 것이다. 삼년상을 마쳤으니 장사에 전념해야 한다.

의주에서 하룻밤을 묵고 아침 일찍 떠나 압록강에 도착했다. 꽁꽁 언 강 위에 눈이 하얗게 덮여 벌판처럼 보였다. 그 눈벌판에 동지사 일행이 지나간 흔적이 보였다. 강을 건넌 뒤 말 머리를 강 쪽으로 돌렸다. 압록강, 그리고 그 너머에 의주가 있다. 국경을 넘으려면 책문까지 가야 하지만 압록강을 넘으면 언제나 고국을 떠났다는 감회가 서렸다. 잠시 말 위에 앉은 채 정시윤은 멀리 의주를 바라보았다. 그 너머 먼 곳에 계신 어머니와 한을 품은 채 떠나온 고향을 머리에 그렸다. 조선 사람으로 태어난 것이 운명이라면 받아들여야 한다. 그러나 그 조선이 자신의 삶을 옭아매는 것은 견딜 수 없다. 결국 운명의 동아줄은 자신이 풀어야 한다. 양반이라는 허울을 벗어 던지고 장사꾼이라는 천대받는 신분으로 내려앉으니 오히려 사는 것이 넉넉해졌다. 몸은 떠나도 마음속에서 떠나지 않는 조선, 그 조선을 가슴에 품은 채 일 년의 태반을 이국땅으로 떠돌아다니는 생활이 이젠 익숙해졌다.

"어찌 저리도 답답해 보일까."

정시윤은 한숨을 쉬며 중얼거렸다. 비좁은 땅, 그 안의 세력가들은 자신들의 이익을 챙기기 위해 철저하게 울타리를 쳐 놓았다. 가문, 당파, 그것 외에 그들이 생각하는 것이 무엇인가. 백성이나 나라는 안중에도 없다. 변하지 않을 것이다. 그들 스스로는 결코 변하지 않을 것이다. 두렵다. 천하제일의 대국이라는 중국이 어찌 되어 가고 있는지 듣고 있지만 그들에게는 먼 나라 이야기일 뿐이다. 그는 말 머리를 돌리고 말 엉덩이에 채찍을 가했다. 오늘 안으로 책문에 들어서야 한다.

숲길로 들어서자 동지사 일행이 지나간 자리가 선명하게 나타났다. 부지런히 말을 달리면 책문에 이르기 전에 동지사 일행을 만날 것이다. 구련성을 지나자 앞에 동지사 일행이 눈에 들어왔다. 일행을 만나자 정시윤은 곧바로 김재연을 찾았지만 그는 벌써 책문으로 떠났다고 했다.

정시윤이 동명관에 도착해 짐을 풀고 있을 때 우칭후(吳晴湖)가 서재 밖에서 찾았다.

"주인님, 손님 오셨습니다."

문을 열고 나온 정시윤은 깜짝 놀랐다.

"어서 들어오십시오."

정하상은 주위를 살핀 뒤 조심스럽게 서재로 들어왔다. 정시윤이 정하상을 처음 만난 것은 김재연의 집이었다. 일이 있어서 김재연의 집에 잠시 들렀다가 김재연과 이야기를 나누고 있던 정하상을 만나 인사를 했다. 긴 이야기를 나눌 틈도 없이 그는 자리를 떴지만 다른 사람과 다른 데가 있어 보였다. 정하상이 떠난 뒤에 김재연이 그가 다산 정약용의 조카로 조선 천주교의 지도자라고 알려 주었다.

"여기서 노형을 만나다니…… 무슨 일로 예까지 오셨습니까?"

그가 천주교 일로 왔을 거라 짐작하면서도 정시윤은 그의 방문 이유가 궁금했다. 정하상은 거두절미하고 곧바로 온 목적을 말했다.

"사람을 하나 이리로 보내려고 하는데 마땅한 거처가 없어요. 그러던 차에 노형이 이곳 주인이라는 말을 듣고서 찾아왔소. 이곳에서 일을 할 수 있도록 해 줄 수 있겠소?"

정시윤은 당황스러웠다. 분명 천주교 신자일 텐데 난처했다.

"부탁하오. 우리로서는 무척 중요한 일입니다. 당분간 이곳에서 지내며 중국 말을 익히고, 마땅한 거처를 찾으면 옮기도록 하겠소. 당분간만 거둬 줄 수 없겠소?"

"어떤 사람입니까?"

"젊은 여자입니다. 허드렛일이라도 잘 해낼 겁니다."

"여자요? 아니 여자가 이곳에서 살겠다는 것입니까?"

"교회를 위해서는 못 할 것이 없지요. 글도 많이 읽었고 반듯한 사람입니다. 한문도 많이 알고 총명하니 중국 말도 쉽게 익힐 것입니다."

정시윤은 잠시 생각한 뒤 돕기로 결심했다. 조선 땅이 아니니 천주교 신자라는 것이 발각되어도 그리 위험하지는 않을 것이다.

"좋습니다. 내가 여기 있을 때 찾아오라고 하십시오. 그 일 때문에 일부러 오셨습니까?"

정하상은 머뭇거리다 결심이 선 듯 말을 꺼냈다.

"실은 나 혼자 온 것이 아니오."

"동행이 있다는 말씀입니까? 천주교와 관계된 사람이겠군요."

정하상은 고개를 끄덕였다.

"또 무슨 일을 하려고 그러십니까? 살얼음판 같은 시국에."

"노형을 믿고 이야기하겠소."

"날 어찌 믿는단 말입니까? 누구도 믿지 마십시오."

"믿을 수 있는 사람이면 믿을 줄도 알아야지요."

정시윤이 주의를 주었지만 정하상은 상관없다는 듯 그가 책문에 온 까닭을 이야기하기 시작했다. 그는 마카오로 사제 수업을 하러 떠나는 소년들과 중국으로 귀국하는 유방제 신부에 대해 이야기해 주었다. 그리고 자신은 프랑스 신부를 데리고 조선으로 귀국할 것이라고 말했다.

"법국 신부님께서 작년에 조선에 들어오셨소. 유 신부님은 그분이 들어오기 전에 잠시 있었지만 이젠 법국 신부님들이 우리 조선 천주교를 이끌어 갈 것이고 곧 주교님도 들어오실 예정이오."

정시윤이 놀라 물었다.

"책문은 그렇다 치고 의주관문을 어떻게 통과했단 말입니까? 서양 사람은 우리와 생긴 게 다른데."

"책문은 병자로 꾸며 쉽게 통과할 수 있었소. 몇 푼 쥐어 주면 통과가 어렵지 않습니다. 하지만 의주관문을 그렇게 통과할 수는 없지요. 그래서 밤중에 몰래 수챗구멍을 기어서 넘었지요."

정시윤은 머리가 혼란스러웠다. 지금 조정에서는 천주교가 퍼지는 것을 막기 위해 온갖 수단을 가리지 않고 있다. 만일 서양 신부가 들어와 활동하고 있는 것을 조정에서 안다면 또다시 피바람이 불 것이다. 정하상도 그것을 모를 리 없는데 어떻게 이런 일을 주선하고, 이렇게 태연히 말하는지 이해가 가지 않았다.

"놀라는 것도 무리가 아니지요. 우리를 기다리는 것은 죽음이니까요."

"그걸 알면서 어찌 그런 무모한 일을 하십니까?"

"글쎄요. 어떻게 살아야 무모하지 않는지요? 우리가 하는 일이 무모해 보이겠지만 실은 그렇지 않아요. 신앙은 그런 것입니다. 목숨을 내놓고라도 구해야 하는 것이지요."

"기다릴 수는 없습니까? 좋은 세상이 오면 그때 마음 놓고 믿으면 되지 않습니까? 군이 피를 흘려야 할 이유가 없지 않습니까?"

"누구나 한 번은 죽습니다. 죽으면 천당에서 지복(至福)을 누릴 텐데 죽는 것이 뭐 그리 두렵겠소?"

"그러면 천당에 가기 위해 일부러 죽으려고 한단 말입니까?"

"그건 아니지요. 좋은 세상을 만들어야지요. 지금 조선의 백성들은 사는 게 죽는 것만 못합니다. 그런데 내 한 목숨 아껴 세상을 변화시키는 데 게을리한다면 신자의 도리가 아니지요. 좋은 세상이 그냥 온다고 생각합니까? 오늘날 서양에서는 천주교를 자유롭게 믿지만 그런 날이 그냥 온 것이 아닙니다. 수많은 사람이 피 흘린 결과지요. 우리 신앙은 그런 것입니다. 우리가 믿는 예수님의 모습을 보셨지요?"

"베이징에서 보았습니다. 남당과 북당을 구경했습니다."

"예수님은 병든 사람들을 고쳐 주시고, 죄인들에게 사랑을 베푸시고, 사람대접 못 받던 이들을 사람대접해 주셨습니다. 그리고 십자가에서 피흘리며 죽으셨습니다. 그분의 행적이나 죽음은 세상의 눈으로 보면 어리석기 짝이 없지요. 우리는 그런 분을 믿습니다. 신앙의 가치는 세상의 눈으로는 볼 수 없는 것이지요."

'정말 미쳤구나.'

정시윤은 속으로 혀를 찼다.

"세상에 살면서 세상을 보는 눈으로 볼 수 없다면, 그런 건 볼 필요가 없겠습니다."

정시윤은 잘라 말하고는 정하상 앞에 놓인 찻잔에 따끈한 차를 따랐다.

"들어 보세요. 향이 좋습니다."

정하상은 찻잔을 들어 한 모금 마시더니 느닷없이 물었다.

"재물이 목적이었소?"

정시윤은 물끄러미 정하상을 바라보았다. 스스로 수없이 했던 질문이지만 다른 이에게 듣고 나니 얼른 대답이 나오지 않았다.

"내가 양반 옷을 벗어 버리고 역관의 마부가 되어 청국을 드나들 때 한

두 번 노형을 먼발치에서 보았지요. 노형은 역관의 수하 장사꾼으로 청국을 드나들었지요. 나중에야 노형이 양반이고, 그것도 나와 같은 압해 정씨라는 말을 듣고 마음으로 가깝게 느꼈습니다. 아무리 가난에 찌들린데도 쉽게 내릴 수 없는 결단이었을 텐데, 나는 신앙을 위해 역관의 마부가 되었지만 노형은 단지 재물 때문에 양반의 옷을 벗고 천대받는 장사꾼이 되었을까 의문이 들더군요."

"글쎄요. 재물이 필요하긴 했습니다. 재물은 쓸데가 많은 것이지요."

"숨기는구려. 마음에 큰 뜻을 품었다는 것을 숨길 수 있을 만큼 영악하지는 않은 모양입니다. 노형은 단순한 장사꾼이 아니라고 얼굴에 쓰여 있어요."

정시윤은 피식 웃어 보였다.

"무슨 말씀인지 못 알아듣겠군요. 나는 천주교를 모르고 관심도 없습니다. 하지만 만리타국으로 떠나는 소년들은 고생이 많겠습니다. 조선 사람으로는 처음으로 서양 학문을 배우겠군요. 뭔가 도움이 되었으면 싶습니다. 그 소년들과 신부에게 따뜻한 밥 한 끼 대접하고 싶습니다."

"고맙소. 그런데 법국 신부님도 한 분 계시오."

"괜찮습니다. 저녁에 모두 모시고 오십시오."

정하상이 떠난 뒤 정시윤은 동명관을 책임지고 관리하는 우칭후를 불렀다.

"라오(老, 중국에서 친밀한 관계의 남자를 부를 때 흔히 쓴다.) 우, 솜옷 네 벌과 가죽신 네 켤레를 바로 구할 수 있겠나?"

매사를 신중하게 처리하는 우칭후는 잠시 생각하다 고개를 끄덕였다.

"지금 바로 구해 오게."

저녁에 정하상은 세 소년만 데리고 왔다.

정시윤은 아직 어린 티를 벗지 못한 세 소년에게 자리를 권했다.

"먼 길을 떠난다기에 따뜻한 음식을 준비했으니 든든히 드시오."

그들은 수저를 들지 못하고 머뭇거렸다. 정시윤이 먼저 국을 뜨자 그들도 수저를 들고 먹기 시작했다. 정시윤은 밥을 먹는 세 소년의 모습을 유심히 살펴보았다. 모두 침착했다. 특히 나이가 한 살 위라는 최방제는 수려한 외모에 몸가짐도 반듯했다.

정시윤은 조선 역사상 최초로 서양 학문을 공부하러 가는 그들이 과연 성공할 수 있을지 가늠해 보면서 한편으로 측은한 마음이 들었다. 자신들의 생각보다는 부모나 주위의 권고에 따라 길을 나섰을 것이다. 그것이 아니라면 그들도 신앙 하나만을 위해 고난의 길을 걸을 결심을 했을 것이다. 그런 결심을 하기에는 너무 어리다. 그들이 공부를 마치고 신부가 되어 귀국하면 과연 얼마나 살 수 있을 것인가? 몇 달, 아니면 몇 년? 잡히면 처형당할 것은 정한 이치다. 그 짧은 시간을 위해 저 고생을 감당하겠다는 것이 장사꾼의 계산으로는 전혀 이해되지 않는다. 그러나 그들은 조선 사람으로는 처음으로 서양 학문을 배우는 선구자가 될 것이다. 정시윤은 그것이 더없이 소중하게 생각되었다. 어려움이 따르더라도 꼭 성공해서 돌아오기를 간절히 빌었다.

세 소년이 맛있게 먹는 모습에 정시윤은 마음이 흡족했다. 다과를 내오도록 하고 정하상에게 물었다.

"필요한 것이 있으면 말씀하십시오. 이곳에서 준비할 것이 있으면 도와드리지요."

"고생은 각오하고 떠났지만 날씨가 너무 추워 걱정입니다."

"요동벌판을 지날 때 눈바람을 맞으면 무척 힘듭니다. 여벌로 가지고 가라고 솜옷과 가죽신을 장만해 놓았습니다."

"어느새 그런 것까지 마음을 쓰셨습니까?"

"장사꾼은 눈치 하나로 이재를 쌓지요."

"그러나 우리한테는 받을 것은 없을 텐데요."

정시윤은 빙그레 웃으며 말했다.

"장사꾼이 생각하는 이재는 재물만은 아니지요. 물론 재물만 밝히는 장사치도 있긴 합니다만."

정하상은 고개를 끄덕였다.

"계산할 수 없는 큰 것을 받겠지요. 신부가 되기 위해 타국으로 간다고 하지만 내게는 천주교보다는 조선을 위해 앞으로 큰일을 할 거라는 기대가 더 큽니다. 처음으로 서양 학문을 익히고, 그것을 조선으로 들여온다는 것은 중요한 일입니다. 그 중요함은 재물로 계산할 수 없는 것이지요."

정시윤은 세 소년을 번갈아보며 눈으로 깊은 인사를 전했다.

정하상 일행이 동명관을 나설 때 정시윤은 길까지 배웅하며 은자 뭉치를 전했다.

"가는 길에 쓰십시오."

"고맙소."

소년들의 뒷모습을 한참 동안 지켜보다가 정시윤은 밤길을 걸었다.

이곳은 국경이다. 나라와 나라가 서로 마주 보며 경계를 서고 있는 곳이다. 조선 사람들은 주로 사행이나 장사를 위해 청국의 국경을 넘는다. 그런데 사절단이나 상인들이 아니라 새로운 문물을 접하기 위해 소년들이 국경을 넘었다. 목숨을 걸고 나선 그들이 앞으로 조선에 일으킬 파문은 엄청날 것이다. 그들로 인해 변화의 바람이 일어날 것은 분명하다.

'태풍의 눈이 되겠지.'

변화해야만 살 수 있는 조선, 그런 조선에 천주교의 유입이 얼마나 중요한지 정시윤은 분명히 인식했다. 철저한 신분제도로 사람을 옭아매고 신분에 따라 사람의 가치를 판단하는 낡은 사고가 사라져야 조선이 변할 수 있다. 천주교의 중요성은 바로 그것이다. 조선 사람들에게 밑바닥에서부터 변화의 바람을 일으킬 수 있는 것이다. 정시윤은 천주교의 역사를 대충 들어 알고 있었다.

유대인 예수를 믿는 제자들이 당시 최대 강국인 로마로 가서 온갖 박해를 극복하고, 결국은 로마를 천주교의 땅으로 만들어 교황청을 세운 것은 밑바닥에서 일어나는 변화의 힘이 얼마나 중요한 것인가를 잘 보여 준다. 천주교가 천주 앞에 모든 사람이 평등하다는 것을 가르치고 실천하고 있음을 정시윤은 인식했다. 비록 자신은 신앙을 가질 생각이 없더라도 뒤에서 그들을 도와야겠다고 결심했다.

국경에 부는 바람이 언젠가는 조선으로 들어가 태풍으로 변할 것이다. 그러면 또다시 피바람이 일 것이다. 정시윤은 바람을 맞으며 밤길을 계속 걸었다.

4장

이별

1

바람이 대나무 잎을 스친다. 귀뚜라미 울음소리가 서글프게 들린다. 댓돌 아래 웅크리고 있는 저놈들과 마음이 하나가 되었기 때문일까?

김성희는 아랫목에 앉아 귀뚜라미 울음소리에 귀를 기울였다.

'저놈들이 내 마음을 아나? 나와 네놈들 기운이 어딘가 통하는 모양이구나.'

김성희는 쓴웃음을 지었다. 저놈들은 대낮에 기를 펴고 돌아다니질 못하니 밤이면 남이 보지 않는 데서 기를 쓰고 자기를 알리는 모양이다.

양반가에 태어나 청운의 꿈을 안고 과거도 보고, 벼슬살이도 해 보았다. 그러나 벼슬이라는 것이 세도가 있는 집안이 뒤를 받쳐 주지 않으니 한직(閑職)으로만 떠돌아다녔다. 제풀에 지쳐 일찌감치 벼슬에서 물러나 한가롭게 글만 읽으며 보낸 세월이 어느덧 세 해가 지났다. 세력가에게 붙어서라도 다시 벼슬을 살라고 은근히 눈총을 주던 아내의 모습이 떠올랐다. 못난 서방 만나 호강 한 번 못 한 것을 한스러워하던 아내였다.

"못난 놈."

그는 벌떡 일어났다. 방 안을 서성거리다 문을 열고 마루로 나왔다. 낮에는 아직 더위가 남아 있지만 밤기운은 시원해졌다. 마루에서 바라보는 달이 유난히 크고 밝다. 한 달 뒤면 추석이다.

뜰을 거닐던 발걸음이 초당을 향했다. 김성희는 멀찍이 서서 등잔불이 비치는 초선의 방문을 바라보았다. 등잔불에 어른거리며 다소곳이 앉아 있는 초선의 그림자가 창호지에 비쳤다. 초선에 대한 뜨거운 감정이 솟구쳤다.

'평생에 잘한 것이라고는 초선을 후실로 들어앉힌 것뿐이지.'

문 앞으로 다가가 기침 소리를 냈다. 방 안에서 놀란 그림자가 무엇인가를 밀어 놓고는 문을 열었다.

옆으로 비켜선 초선은 말없이 고개만 숙였다. 김성희는 댓돌 위에 신을 벗어 놓고 방 안으로 들어가 아랫목에 앉았다. 초선은 그와 떨어진 자리에 한쪽 무릎을 괴고 앉았다.

"서책을 읽고 있었소?"

"네."

"무슨 책이오? 어디 좀 봅시다."

김성희가 손을 내밀자 초선은 당황하며 말했다.

"나리께서 읽으실 책이 아닙니다."

의외였다. 초선은 평소에 자신이 읽은 책을 보여 주며 담소하기를 좋아하지 않았던가.

"내가 못 읽을 책이란 말이오? 그런 책이 있소?"

"아녀자가 읽는 것이라……."

"책을 읽느라 달이 밝은지도 모르겠구려. 함께 달구경이나 합시다."

김성희는 자리에서 일어났다. 그들은 느린 걸음으로 뒷마당에 있는 정자로 가 나란히 앉았다. 지금은 낙향한 아버지가 정자를 지은 뒤부터 여름이면 늘 이곳에 나와 바람을 쐰다. 오늘은 달이 더욱 가까이 있는 듯하다. 사방이 온통 달빛으로 푸르고, 나뭇잎은 달빛이 좋은 듯 살랑살랑 춤을 춘다.

"제가 처음 나리를 만난 날이 기억납니다."

지난 이야기를 즐겨 하지 않는 초선인데 달빛이 그녀의 입을 열게 했다.

"벌써 다섯 해가 다 되어 가는구려. 조금 전 방문에 비치는 당신 그림자를 보면서 생각했소. 당신을 데려와 함께 산 게 내 평생 유일하게 잘한 일이라고."

"별 말씀을……."

초선은 말을 잇지 못했다.

"그런데 말이오. 그날 내가 몹시 취해 우리가 처음 만난 날이 잘 기억이 나지 않소."

"그날 밤 나리께서는 손님 네 분과 함께 오셨지요. 분위기가 무르익고 난 뒤 제가 감히 여쭈었지요. 저희 비취정에 오시기 전에 무슨 생각을 하셨냐고요."

"아, 언뜻 기억이 나는구려."

"어느 분은 한심한 조정을 생각하셨다 하고, 어느 분은 집안의 우환을 걱정했다 하셨고……. 그런데 나리께서는 달빛이 고와 그걸 보았다고 하셨지요. 저도 나리들이 오시기 전에 마당에서 같은 생각을 했었지요."

"그게 인연이 되었던 모양이오. 그토록 달을 좋아하던 당신인데 내가 너무 고생시킨 것 같아 미안하구려."

초선은 담담하게 말을 이었다.

"그런데 그날 나리는 속내는 드러내지 않으셨습니다."

"그랬던가?"

"저는 나리의 속마음을 알고 싶었지요. 그래서 '하늘에 걸린 저 달은 하나인데 만물이 고루 빛을 받네. 대갓집 기와를 비추고 비취정 기와를 비추는 달이 다르던가? 달빛 아래 사람들은 대갓집 사람과 비취정 사람이 다르다고 하네.' 라고 시를 지어 당돌한 말씀을 드렸지요."

김성희는 잠시 그 말의 속뜻을 생각했다.

"손님들은 이구동성으로 사람은 신분이 다르다며, 무슨 소리를 하느냐고 저를 꾸짖었지요. 그런데 나리께서 시를 지어 답하셨지요."

"내가 뭐라고 했소?"

"나리께서는 '다르다고 하면 다르고, 같다고 하면 같은 것이 마음일 뿐. 그대도 한마음 나도 한마음, 마음은 다른 것이 없으니 내 한마음 그대 한마음 만나는 날 다른 것이 사라지네.' 라고 하셨지요."

"그랬던가……."

김성희는 웃음으로 말끝을 흐렸다.

"그때 손님들이 나리를 놀렸지요. 저도 얼굴을 붉혔고요. 아무튼 그날로 저는 마음을 정했습니다. 그리고 나리께 머리를 얹어 달라고 감히 부탁드렸지요."

"그 뒤 후실로 들어와 갖은 고생을 했고……."

"나리께서는 제가 이 집에 들어오자 열아홉 어린 나이였지만 제게 해라를 하지 않고, 마님께 하시듯 저를 대해 주셨지요. 마님께서 보는 앞이나 하인들이 보는 앞에서나 항상 같으셨지요. 그것이 제겐 기쁨이고 큰 힘이었습니다."

"그야 당연하지 않소. 내 안사람인데 어찌 해라를 하겠소."

"하인들조차 눈 아래로 보는 기녀 출신인 걸요."

김성희는 초선의 손을 잡았다.

"기녀가 되고 싶어 되었겠소. 양반가에 태어났지만 가문이 몰락해 기녀가 된 걸 내 어찌 모르겠소."

"열세 살에 참 당돌했지요. 남의 집 종살이하는 것보다 차라리 기녀가 되겠다고 어머니를 졸라 결국 기방에 갔습니다. 양반집에서 못 보던 꼴을 보고…… 힘들었지만 후회는 없습니다. 세상을 많이 배웠지요. 지금도 머리가 희끗희끗한 늙은 기녀들이 새파란 양반집 자제들한테 해라를 듣는 걸 생각하면 가슴이 끓어오릅니다."

"당신이 양반 출신이라 그럴 거요. 다른 기녀들이야 습관이 되어 별로 힘들어하지 않을 텐데."

"체념해서겠지요. 체념하지 않고서는 살 수 없는 세상이니까요."

"당신은 체념하지 않은 것 같은데, 그렇지 않소?"

김성희는 넌지시 초선의 마음을 떠보았다.

"체념하지 않아 기방을 나와 나리 댁에 온 것이지요. 그러나 제가 어리석었습니다."

김성희는 한 대 얻어맞은 듯했다. 그는 초선의 얼굴을 똑바로 쳐다보았다. 그러나 초선은 그의 시선을 무시하는 듯 얼굴에 작은 흔들림도 없었다. 김성희는 왠지 기가 질리는 것 같아 일부러 큰소리를 쳤다.

"어허, 나를 따른 것을 후회하는 모양이구려."

초선은 달에서 눈을 떼고 김성희에게 고개를 돌렸다.

"아닙니다. 제가 너무 당돌한 말씀을 드렸습니다."

"당신은 본래 속을 거침없이 드러내는 사람이잖소."

"그래선 안 되는 줄 알지만, 타고난 기질이 그런 모양입니다. 하지만 나리를 따른 것이 어리석었다고 생각하지는 않습니다. 다만 나리를 따르면 세상이 변할 거라 생각한 게 어리석은 것이었지요. 기방이나 이곳이 다를 것이 없어요. 같은 세상이니까요."

"같은 세상이라…… 겉보기에는 그렇소. 그러나 문제는 당신 마음이오. 내 마음이 다르다는 것을 안다면 그런 생각은 하지 않았을 거요. 내 마음 밖에서 다른 세상을 찾지 말았으면 하오."

"처음엔 마음 하나로 된다고 생각했지요. 그러나 막상 살다 보니 마음으로 안 되는 것이 있어요. 바깥의 변화 없이 마음이 행복할 수 없다는 걸 깨달았지요."

"세상 떠난 사람이 당신에게 모질게 대하는 걸 볼 때마다 가슴이 아팠소. 투기가 심한 사람이었지. 하지만 안사람들 일을 내가 일일이 참견할 수도 없고……. 참으로 미안했소. 하지만 지금은 편하지 않소?"

"돌아가신 마님 생전에는 원망도 많이 했었지요. 하지만 지금은 이해합니다. 정을 빼앗긴 건 세상 전부를 빼앗긴 것과 같은 것이 여인의 삶이지요. 제가 죄를 많이 지었어요. 어떻게 갚아야 할지……. 여인으로 살고 싶지 않습니다."

"무슨 그런 말을 하오. 운명을 바꿀 수는 없소."

"여자다, 남자다, 하는 것으로 인간을 차별하지 않는 세상에서 살고 싶습니다. 양반이다, 종이다, 하는 신분으로 차별하지 않는 세상에서 살고 싶습니다."

"그런 세상은 없소."

"정말 없을까요?"

"없다는 것을 모른단 말이오?"

김성희는 목소리를 높였다. 초선은 입을 다물었다.

"밤기운이 차구려. 안으로 들어갑시다."

김성희가 앞장서고, 초선이 뒤따랐다.

방 안에서는 등잔 심지가 혼자 타고 있었다. 초선은 심지를 높였다.

"오늘 밤은 여기서 쉬리다."

김성희가 아랫목에 앉자 초선은 당황한 듯 멈칫거렸다.

"나리를 모실 수 없습니다."

그녀의 목소리는 단호했다. 당황한 것은 오히려 김성희였다. 그러나 금방 안색을 바꾸고 초선을 쳐다보았다. 분위기가 심상치 않다. 그는 그 이유를 알아야만 했다.

"또 몸이 불편하오? 몸이 불편하다는 말을 들은 게 벌써 일 년이 넘었소. 그런데 의원도 마다하고…… 당신 안색도 그리 나쁘지는 않소. 다른 연유가 있을 텐데 말을 해 보시오."

그는 초선을 다그쳤다. 오늘은 초선의 마음을 꼭 알아내야 한다. 분명 그냥 넘길 일이 아니다. 초선은 방바닥을 내려다보다가 결심이 선 듯 김성희의 눈을 바라보았다.

"임종하실 때의 마님의 눈빛이 제 가슴에서 사라지질 않습니다. 원한과

분기가 서린 그 눈길이 나리를 대할 때마다 제 마음을 노려봅니다. 그런데 제가 어찌 나리를 모실 수 있겠습니까?"

김성희는 한숨을 쉬었다.

'모진 사람! 죽은 뒤에도 여전히 초선을 짓누르고 있다니……'

여인이 한을 품으면 오뉴월에도 서리가 내린다는 말이 실감났다.

"그 사람 세상 떠난 게 벌써 해를 넘지 않았소. 그런데 아직도 그때 일을 잊지 못하다니……"

"평생 잊지 못할 것입니다. 제 죄가 너무 큽니다."

"죄라니? 무슨 당치 않은 소리! 소실을 거느리는 건 반가의 법도에 어긋나지 않는 일, 그 사람이 투기가 심했을 뿐이오."

"투기가 없는 여인이 어디 있겠어요. 마님을 탓하지 마십시오. 저라도 마찬가지였을 겁니다. 그리고 이젠 소실이라는 소리도 듣기 싫습니다. 나리께서 재혼을 하시게 되면 저는 또 다른 누군가를 마님으로 모셔야겠지요. 어쩌면 이번에는 저보다 어린 마님을 모셔야 될 테지요."

"그래서 내가 재혼하지 않고 있잖소. 앞으로도 그럴 테니 안심하시오."

"반가에서 그것이 가능합니까? 집안 어른들이 재촉하실 텐데 재혼을 안 하신다니요? 집안이 편안하기 위해서는 서두르셔야 합니다."

"내 참……"

김성희는 말을 잇지 못했다. 벌써부터 낙향한 부모님과 주변의 친척들로부터 재혼 말이 오가고 있었다.

"마님의 모습을 가슴에 담고 있는 한 저는 나리를 모시지 못합니다. 마님을 모르는 새 부인을 맞으세요. 나리는 아직 젊으시니 젊고 아름다운 부인을 맞이하실 수 있습니다."

김성희는 어이없다는 듯 초선을 쳐다보았다.

"그런 말을 하다니 당신 마음에는 내가 없는 것 같구려. 여인이 소박맞는 법은 있지만, 내가 여인에게 소박맞는 꼴이라니."

김성희는 자리를 박차고 일어나 방을 나왔다. 초선은 붙잡지 않았다.

'저렇게 독한 데가 있다니.'

김성희는 혀를 찼다. 마당을 서성이던 김성희는 방으로 들어가 옷을 챙겨 입고 밖으로 나왔다. 마구간에서 말을 끌고 나와 대문 빗장을 열었다. 돌쇠가 대문 여는 소리를 듣고 뛰어나왔다.

"이 밤에 어딜 가시려고요?"

"남촌에 다녀올 테니 문 걸고 자거라."

"오늘 밤 돌아오지 않으십니까?"

김성희는 고개만 끄덕여 보인 뒤 말에 올라탔다.

밤이 깊지 않아 순라군도 보이지 않았다. 김성희는 말에 채찍을 가하며 힘껏 달렸다. 밤바람을 맞으니 속이 조금 풀리는 듯했다.

알 수 없는 것이 여자의 마음이다. 대화하는 것을 즐기던 초선이 말수가 줄고 김성희를 피한 게 꽤 오래되었다. 세상 떠난 마님 때문이라고 말하지만 딱히 그 이유만은 아니라는 느낌이 들었다. 속을 내보이지 않으니 알 수 없지만 재혼 문제가 마음에 걸린다. 마음 같아서는 초선을 위해 재혼하지 말아야 하는데 집안 어른들이 허락할 리가 없다. 세상 떠난 사람에게 모질게 당한 초선이 새 마님을 반길 리 없다. 하지만 그만한 일로 초선이 저렇게 강경해진 것은 아닐 텐데, 김성희는 속이 답답했다.

임형주는 집에 있었다. 사랑채에서 불을 밝힌 채 독서에 몰두하고 있었다. 선비들이 으레 그렇지만 임형주는 유난히 책을 좋아한다. 벼슬을 살지는 않지만 집안이 여유가 있어 서적을 만 권이나 모았다. 그래서 김성희도 가끔 책을 빌려 보고 있다. 책도 책이지만 어렸을 때부터 아버지 밑에서 동문수학했기에 뜻이 잘 통하는 가장 가까운 벗이다. 김성희의 아버지는 어릴 때부터 총명하기로 소문난 이웃의 임형주를 아들과 함께 글을 가르쳤다.

"야심한 시각에 어인 일인가?"

임형주는 김성희를 반겼다.

"미안하네. 늦은 줄은 알지만 발길이 이리로 이끌렸네."

"잘 왔네. 나도 자네와 이야기를 나누고 싶던 차네."

전을 곁들인 술상이 들어오자 임형주가 김성희에게 잔을 건넸다.

"마음이 어지간히 스산했던 모양이네. 밤중에 달려온 걸 보니."

김성희는 쓴 미소를 지었다. 그런 김성희의 심중을 읽은 듯 임형주는 다시 술잔을 권했다.

"안사람의 빈자리가 크다고들 하던데 어떤가? 초선이 있기는 하나 자리가 다르니……."

임형주는 재혼을 염두에 두며 은근히 말을 건넸다. 김성희는 한숨을 쉰 뒤 임형주에게 잔을 건넸다.

"자네는 별채에 책을 가득 채웠지만 나는 여인을 두었지. 여인으로 마음을 채웠던가 보네. 부끄럽네."

"그건 탓할 일이 아니지. 초선은 그만한 여인이 아니던가. 장안을 호령하던 기녀가 벼슬도 한직에 불과한 선비를 따라나섰으니 기개가 보통이 아니지."

"그렇긴 하지. 그 기개가 때로는 너무 높다네."

"무슨 일 있었는가?"

김성희는 잠시 머뭇거리다가 입을 열었다.

"집안일을 입 밖에 내기가 부끄럽네."

"내게 부끄러울 일이 뭐가 있겠나. 털어봐 보게."

"요즘 초선의 태도가 이상하다네. 이해할 수 없는 말도 하고……. 오늘도 말일세. 갑자기 여자와 남자의 구별이 없고 양반과 상놈의 구별도 없는 세상에서 살고 싶다고 하더군. 내가 그런 세상은 없다고 하니까 정말 없는 것이냐고 오히려 따지듯 묻지를 않겠나. 내 참, 어이가 없어서……."

임형주는 의미심장한 눈빛으로 말했다.

"그런 말을 하다니 역시 남다른 데가 있군. 초선이 그런 말을 하는 건 세상이 변하고 있기 때문이네. 이 나라가 아무리 울타리를 치고 우물 안 개구리처럼 살아도 변화하는 세상의 물결은 막을 수가 없네."

"세상이 변한다……. 그러나 조정은 여전하지 않은가? 실은 그동안 안동 김씨의 횡포에 대해 주상께 상소를 올리자고 벽호(김종하)와 의논했었네. 그런데 갑자기 그의 마음이 변했네."

"뭐라고 하던가?"

"일도 성사시키지 못하고 화만 자초할 거라고 하더군. 도승지 영감에게 주상 전하의 의도를 물어본 모양일세. 처음부터 조정 인사들에게 의논할 생각이었으면 말도 꺼내지 않았을 걸세."

"그러면?"

"목숨 걸고 바른 말을 올릴 생각이었네."

"주상 전하의 보령이 얼만지 아는가? 그 말을 듣는 자가 누구겠는가? 목숨을 그렇게 값없이 버릴 생각하지 말게. 요즘 자넨 뭔가에 쫓기듯 초조해하고 있네. 무엇 때문인가?"

김성희는 갑작스러운 질문에 허를 찔린 것 같았다. 그리고 임형주에게 자신이 어떤 모습으로 비쳤는지를 확인하지 않을 수 없었다.

"부끄럽군. 자네가 나를 바로 보았네. 곧 불혹인데 해 놓은 일이 없지 않은가? 과거도 보고 벼슬이랍시고 조정의 녹도 먹어 보았지만 모두 부질없는 짓이었지. 자네처럼 벼슬을 집어치우고 학문에만 전념하려고 했지만 그것도 쉽지 않고……. 백성이 편안하게 사는 세상을 만들기 위해 학문을 하고 벼슬을 살았네만 한 일이 없어. 조정이 변해야 하는데 변하지를 않고 있으니 무슨 일을 하겠는가?"

"아직도 벼슬에 미련이 있는가?"

"미련이라기보다 벼슬 외에 다른 길이 없지 않은가. 호랑이를 잡으려면 호랑이 굴로 들어가는 길밖에. 조정을 변화시키려면 조정에 나가는 길 외에 다른 길이 없지 않은가?"

"벼슬을 버릴 때와 많이 달라졌군. 그건 자네가 벼슬을 버린 뒤 세월을 무료하게 보냈기 때문일세. 미안하이. 이런 말을 하는 건…… 문제는 자네가 아직도 유학의 틀에서 벗어나지 못하고 있다는 걸세. 유학에서 제시하는 이상적인 선비가 되고 싶은 마음을 품고 있다는 것이지. 덕성을 기른 뒤에 백성을 편안히 다스린다는 수기치인(修己治人)의 꿈을 아직도 실현하고 싶은가? 그것이 안 되는 일이라는 것은 이미 밝혀진 지 오래일세. 누가 조정에 변화를 일으킬 것인가? 벼슬아치? 선비? 아니, 백성이네. 백성이 조정을 변화시킬 수 있네. 그러기 위해서는 먼저 백성이 변해야 한다네. 뜻있는 선비들이 새로운 사상과 문물을 접하고, 그것을 백성에게 보여 주어야지. 그것이 지금 선비들이 해야 할 일일세. 목숨을 걸려면 그런 일에 목숨을 걸게나."

임형주의 한 마디, 한 마디가 따갑게 내리쳤다. 김성희는 그 매를 맞으며 친구의 의지를 느꼈다. 그렇다. 임형주는 그런 매를 칠 만하다. 벼슬을 버리고 얼마 남지 않은 재산을 오로지 새로운 서책을 구하는 데 쓰고 있다. 그가 얼마나 많은 책을 소유하고 있는지, 얼마나 열심히 책을 읽고 사색을 하고 글로 적어 내고 있는지 잘 알고 있는 김성희는 그렇게 할 수 있는 임형주의 의지가 부러웠다.

김성희가 입을 다물고 있자 임형주는 다시 말을 이었다.

"거부한다고 해도 변화는 일어나기 마련이네. 생각해 보게. 우주의 기운을 어찌 권력으로 막을 수 있겠나. 서양이라는 곳이 있는 줄도 모르고 살았는데 이젠 서양의 문물이 쏟아져 들어오려고 문을 두드리고 있네. 그리고 변화를 읽은 사람들은 목숨을 걸고 변화를 받아들이고 있지. 이 땅에 천주교를 누가 들여왔나? 다산을 비롯한 당대의 내로라하는 선비들이었지 않은가. 천주교는 우물 안에서 답답해하던 선비들에게 새로운 세상을 열어 보였네. 그래서 목숨을 걸고 펼치려고 했지. 새로운 세상을 위해서 말일세."

"그것이 안 되는 일이란 건 이미 알고 있지 않은가. 신유년만 해도 얼마나 많은 사람이 죽었는가?"

"아니, 선비들은 지금 몸을 사리고 있지만 백성들이 천주교를 전파하고 있네. 천주교가 백성들 사이에 퍼지는 속도는 실로 엄청나다네. 백성들이 뭘 원하는지 분명하지 않은가? 신분 차별을 없애자는 것일세. 목숨을 걸만한 일이지."

"자네 천주교에 동조하는가? 그것이 어떤 결과를 가져오는지 알잖나. 말조심하게나."

김성희는 소리를 낮추며 임형주에게 주의를 주었다.

"나한테는 그런 용기가 없지. 하지만 그들이 원하는 세상, 사람이라면 누구나 평등하게 대접받는 세상을 나도 원한다네. 그래서 나도 나름대로 힘쓰고 있다네."

"평등한 세상…… 초선이 한 말 그대로군."

"초선이 그런 생각을 어찌 혼자서 했겠나. 세상이 변하는 걸 예민하게 감지하고 한 말일세. 헛말이 아니라네. 이미 백성들 사이에는 세상을 뒤엎고 싶은 마음이 치솟고 있다네. 보게, 그동안 얼마나 많은 민란이 끊이지 않았는가. 백성의 적은 단순히 조정의 척신(戚臣)이나 세도가가 아니라 지금의 세상이야. 세상을 뒤집어엎으려는 것일세. 결국 그들이 원하는 세상이 올 때까지 일어나 싸울 걸세."

그렇다. 김성희도 임형주의 말에 동의했다. 도처에서 민란이 끊이지를 않고 있다. 백성들이 그만큼 살기가 힘든 것이고, 그들은 조정이 이 혼란을 해결할 능력이 없다는 것을 잘 알고 있다.

'새로운 세상, 과연 그런 세상이 올까? 온다면 정말 백성들이 잘살 수 있을까?'

김성희는 왠지 새로운 세상에 대해 기대가 되지 않았다.

"이보게, 내가 자네라면 이참에 청국에 한번 다녀오겠네."

"청국?"

"자넨 지금 홀가분한 몸이 아닌가. 사는 것도 넉넉하고. 게다가 한어도 조금 알지 않는가. 어제 청국을 다녀온 역관을 만났네. 책을 몇 권 가져왔지. 그런데 그 역관이 청국에 곧 큰 변이 일어날 거라고 하더군."

"큰 변이라……."

김성희는 짐작 가는 것이 있기는 했다. 임형주만큼 정확하고 자세한 정보는 아니지만 나름대로 청국의 사정을 듣고 있었다. 수많은 양인이 일지는 것이 골칫거리라는 이야기를 들었다.

"양인들과의 문제인가?"

"그렇다네. 나는 처자식이 있어 위험한 곳에 뛰어들 수는 없지만 가 보고 싶다네."

"위험하다니?"

"청국에 간다고 베이징만 다녀오는 것이 아닐세. 남방으로 내려가야지. 지금 남방에는 수많은 양군(洋軍)이 포진하고 있다네. 머지않아 전쟁이 일어날 것 같다네. 그들이 쏘는 대포가 어떻게 생겼는지, 그 화력이 얼마나 대단한 것인지 내 눈으로 보고 싶네. 그리고 양인들을 만나 그들의 풍속을 알고 여러 가지 기구를 만져 보고 싶다네. 그러려면 포화 속을 돌아다녀야 할 테니 나로서는 어렵지. 그러나 자네라면 할 수 있지 않은가? 양인의 힘을 눈으로 확인하는 것은 대단히 중요한 일이네. 우리도 언젠가는 그들과 마주쳐야 할 테니까."

김성희는 가타부타 말하지 않았다. 생각해 볼 일임에는 틀림없다. 양인 이야기가 나온 것은 이미 어제오늘의 일이 아니다. 천주교가 들어오기 전부터 서양에 대한 소식은 이따금 전해지고 있었다. 그러던 것이 천주교가 들어온 뒤부터 양인의 가르침이 조선 땅에 퍼지고 많은 백성이 그것을 따르고 있다는 것이 드러났다. 조정에서는 무조건 천주교를 믿는 자들을 잡아들여 처형하는 것이 능사가 되었다. 그러나 그렇게 단순한 문제가 아니다. 서양에 대한 문제는 조정의 생각대로 결론나지 않을 것이다. 그렇다면 서양의 사상과 문물에 대해 우리도 알아야 할 텐데, 조정은 당치도 않은 문제라며 수수방관하고 있다. 임형주는 서양 문물에 대한 책과 여러 가지 기구를 사 모았다.

"어떤가? 내가 잘 아는 역관이 있는데 동지에 청국으로 떠난다고 하더군. 자네가 같이 갈 생각이 있으면 만날 수 있게 주선해 보겠네. 청국의 지리를 모르는 것이 없고, 서양 소식도 소상히 아는 사람이라 크게 도움될걸세. 성격이 좀 별나지만 가까이 지내면 믿을 수 있는 벗이 될걸세."

"생각해 봄세. 그나저나 오늘은 이 방 신세 좀 져야겠네."

"그러게나."

임형주는 술상을 물리고 자리를 떴다.

김성희는 책으로 둘러싸인 방 안을 둘러보니 왠지 오랜만에 책을 대하는 듯한 기분이 들었다. 책을 가까이하는 방 주인의 기운이 자신의 몸을 감싸는 것 같았다. 자리를 펴고 등잔불을 껐다.

뿌연 달빛이 창호지로 스며들었다. 자리에 누워 머릿속에 얽혀 있는 복잡한 생각들을 하나씩 정리하기 시작했다. 벼슬을 그만두고 집 안에 칩거한 것이 어리석은 생각이 아니었을까 하는 회의가 들기 시작한 것이 언제부터였나? 벼슬을 그만둔 뒤 일 년 정도는 한가한 생활을 즐기며 편안히 지냈다. 그러나 시간이 흐를수록 아내의 눈총이 따가워졌다.

임형주의 말이 귓가에 맴돌았다.

'벼슬을 버린 뒤 무료한 세월을 보냈기 때문일세.'

그의 말이 맞다. 관직을 떠나 무엇을 해야 할지 앞이 보이지 않았다. 자신의 꿈은 오로지 관직에 있었는데 그 꿈을 버린 뒤 다른 꿈을 가질 수 없었다. 여전히 자신의 꿈이 관직에 있다는 것을 부정할 수 없었다. 조정에서 다시 불러 주기를 기다렸지만 어리석은 생각일 뿐이었다.

'차라리 이참에 청국이나 다녀올까?'

그도 쉬운 일은 아니다. 초선의 모습이 눈앞에 어른거린다.

"초선."

그녀의 이름을 불러보았다. 품 안에 넣었다고 생각했는데 요즘에는 엔지 떠나 버릴 것 같은 느낌이 든다. 그녀가 자신을 떠나는 것은 있을 수 없는 일이다. 그러나 불길한 느낌이 머리에서 떠나지를 않는다.

김성희는 옆으로 돌아누우며 잠을 청했다.

2

바느질하던 손이 자주 멈칫거린다. 바늘이 자꾸 손끝을 찔렀다. 정신을 차리고 꿰매던 자리를 다시 찾아 손을 놀렸다. 떠나기 전에 옷을 몇 벌 준비해야 한다. 그동안 집에서 입던 옷들은 두고 갈 참이다. 기방에서 이 집으로 올 때도 그랬다. 지금은 이곳을 떠나며 다시 옷을 준비하고 있다. 기녀의 화려했던 옷이 여염집 아낙의 수수한 옷으로, 이제는 시골 여인의 투박한 옷으로 바뀌고 있다.

'내 운명이 이렇게 바뀌고 있구나.'

초선은 잠시 손을 놓고 자신의 모습을 돌아보았다. 양반가에 태어나 어려서부터 아버지에게 글을 배웠고 서책도 많이 읽었다. 그러다 가세가 기울고 설상가상 아버지가 병이 들어 빚으로 살아갔다. 아버지가 세상을 떠나자 집안이 풍비박산이 났다. 어린 나이에 어머니와 함께 종으로 끌려갈 신세가 되었는데 자태가 고왔던 탓에 비취정 주인의 눈에 들어 기녀가 되었다. 어린 마음에도 어차피 기녀가 된 바에야 최고가 되자고 결심했다. 열심히 가무를 익히며 시문을 지었고 열여섯부터는 장안의 양반들과 대감들의 속을 태우는 기녀로 이름을 날렸다. 그것도 잠시 열아홉에 김성희를 만나자 그에게 빠져 따라나섰다. 하지만 얼마나 어리석은 결정이었던가. 안방마님의 구박이 보통이 아니었다. 때로는 가슴에 화살이 꽂히고, 때로는 칼날이 살을 도려내는 아픈 세월이었지만 참아야 했다.

'나리께서 날 위로하고 잡아 주셨지.'

애틋한 감정이 가슴을 메웠다. 안방마님의 학대가 심할수록 김성희의 애정은 따뜻하고 깊어졌다. 그렇게 참고 살아온 것이 다섯 해가 되어 간다. 안방마님이 세상을 떠난 뒤로는 사는 것이 편해졌지만 이제는 떠나야 한다.

'돌쇠가 내 운명을 바꿔 놓았어.'

돌쇠는 초선이 안방마님으로부터 학대를 받을 때마다 위로의 눈길로 감싸주었다. 그리고 틈이 나면 도와주고 위로의 말을 건넸다. 안방마님이 세상을 떠난 뒤 어느 날 돌쇠는 조심스럽게 천주교 이야기를 꺼냈다. 처음 듣던 날 초선은 펄쩍 놀라며 누가 들으면 큰일 난다고 주의를 주었다. 천주학쟁이는 잡히면 죽는다. 그러나 돌쇠는 틈만 나면 천주교에 대해 이야기했다. 천주교를 이야기할 때의 돌쇠는 무식한 하인이 아니었다. 초선은 그것이 신기했다. 논리가 정연한 이야기와 죽음을 각오한 그의 태도에 감동하지 않을 수 없었다. 그리고 서책을 구해다 주었다. 얼마 뒤 돌쇠의 주선으로 신자들의 모임에 참석해 그곳에서 천주교의 지도자인 정하상을 만나게 되었다. 가슴 뛰던 첫 만남을 잊을 수 없다.

열댓 명의 남녀가 한방에 모여 기도문을 읽고 있었다. 초선이 멈칫거리자 돌쇠는 여자들이 앉아 있는 쪽으로 그녀를 안내했다. 남녀가 한방에 모여 있으니 나라에서 미풍양속을 어지럽힌다 하여 잡아들이는 것이다. 기도문을 읽는 동안 초선은 한쪽 구석에서 방 안을 살펴보았다. 정하상은 벽에 걸린 십자가를 향하고 앉아 기도 모임을 주도하고 있었기 때문에 초선이 들어오는 것을 보지 못했다.

기도가 끝나자 모두 손을 들어 이마와 가슴에 십자가를 그었다. 정하상이 뒤로 돌아앉았다. 그녀를 보자 미소로 인사를 보냈다.

"오늘 자매님이 새로 오셨습니다. 인사 나누십시오."

남녀 할 것 없이 그녀에게 반갑게 인사했다. 처음이지만 왠지 따뜻한 느낌이 들었다. 신자들이 돌아가고 난 뒤 정하상이 말했다.

"처음이라 놀라셨을 겁니다. 우리 모임에서는 남자다 여자다, 양반이다 상놈이다 하는 구별 없이 모두 한 형제요 자매로 대합니다. 모두 천주님의 아들, 딸이지요. 천주님 앞에 무슨 차별이 있겠습니까?"

남녀와 신분의 차별이 없는 모임, 이곳에서는 모두 형제와 자매였다. 그것이 천주교의 세상이다. 남과 여, 양반과 상놈을 철저하게 가리는 이 나라에서 그것이 현실에서 이루어지고 있다. 얼마나 놀랍고 가슴 벅찬 일인가? 결심을 굳히고 교리를 배우기 시작했다. 얼마 뒤 세례를 받고 싶다고 정하상에게 말했다.

"교리 준비는 다 되었지만 한 가지가 남았습니다. 댁에서 나오셔야 합니다."

"나오다니요?"

"천주교 신자는 일부일처의 혼인 생활만이 허락됩니다. 그 댁 부인이 세상을 떠났다고 하지만 주인께서 자매님을 정실로 맞이하지는 않을 겁니다. 새로 정실을 맞으면 자매님은 어찌 되겠습니까?"

"그 집에서 지내면서 남남처럼 살면 안 되겠습니까?"

"한 집에서 남남처럼 살 수야 없지요. 갈 곳이 마땅치 않아 그럽니까?"

"네."

"험한 일도 괜찮다면 내가 알아보겠습니다."

"그러면 떠나겠습니다."

정하상은 결심이 선 초선의 얼굴을 똑바로 쳐다보았다.

"자매님을 처음 봤을 때부터 천주님을 위해 중요한 일을 할 분이라는 느낌이 들었습니다. 무례한 요구 같지만 천주교의 법도를 따르고 새롭게 시작하십시오. 목숨을 걸고 하셔야 합니다."

어떻게 그런 어려운 결정을 쉽게 내렸는지 모른다. 정하상의 물음에 잠깐의 머뭇거림도 없이 대답이 튀어나왔다. 마음 깊은 곳에서 떠나고 싶은 간절함이 꿈틀대고 있다가 기회가 생기자 튀어나온 것이다. 떠나고 싶었다. 사람대접을 받고 싶었다.

마지막으로 솜을 넣은 두루마기에 고름을 달았다. 추운 곳으로 가야 할지 모르니 따뜻한 옷을 넉넉히 준비하라고 정하상이 일러 주었다. 곧 겨울이 닥칠 테니 우선 필요한 대로 솜 넣은 저고리와 속바지, 솜버선을 마련했다. 어디로 가게 될지 아직은 모른다. 정하상이 준비가 되는 대로 돌쇠에게 연통을 넣겠다고 했으니 기다려야 한다.

생각할수록 엄청난 일을 저지르고 있는 것 같다. 이 집에 들어올 때는 살아서는 떠나지 않을 각오였다. 기방을 나올 때 어머니는 눈물을 흘리며 비록 후실로 들어가지만 양반집 가풍을 따라 끝까지 참고 살라고 당부했다. 그러나 이제 떠나야 한다. 어머니가 마음에 걸린다. 오십이 넘은 나이에 남의 집 종살이를 해야 하는 어머니의 마음을 아프게 하는 것이 무엇보다 괴롭다.

　며칠 전 어머니를 찾아갔다. 어머니가 종의 신분이니 주인집 안으로는 들어가지도 못하고 문밖 담장 아래서 만났다. 어렵게 떠난다는 말을 꺼내자 어머니는 눈물을 글썽였다.

　"어지간히 고생이 되는 모양이구나. 그래도 참고 살아야지. 쫓아내더라도 그 집에 붙어살아야 한다. 여자는 일부종사해야 남에게 손가락질 받지 않는 법이야."

　"쫓겨나는 게 아니라 제가 나오는 거예요."

　"왜? 새 마님이 들어오신다니?"

　"아직은요."

　"그런데 왜?"

　"지금은 말씀드릴 수 없어요. 멀리 갈지도 모르고……. 당분간 찾아뵙지 못할 것 같아요."

　"무슨 소린지 통 알아들을 수가 없구나."

　어머니는 한숨을 쉬면서 한탄했다.

　"넌 어렸을 때부터 당찬 데가 있었어. 내가 감당할 수 없을 때가 많았지. 사내로 태어났으면 한몫했을 거라고 아버님께서 한스러워하셨지."

　잡은 손을 놓지 못하던 어머니의 젖은 눈길이 가슴을 아프게 했다.

　'어머니를 위해 떠나는 거예요. 어머니께서 종살이하지 않는 세상을 만들려고 떠나는 거예요.'

　초선은 눈물을 삼키며 돌아섰다.

　'뒤집어엎어야 한다. 누군가는 이 세상을 뒤집어엎어야 한다. 누가 해주기를 기다리지 말고 스스로 해야 한다. 천주교가 그 일을 추진하고 있는 것을 안 이상 머뭇거리지 말고 나서야 한다. 잡히면 죽겠지만 세상을 변혁시킬 일을 하면서 목숨을 아까워해서야 되겠는가. 어차피 살아 보았

자 사람대접 못 받는 것을.'

초선은 마음을 다잡으며 묵주를 들었다.

'성모님, 당신은 여인이지만 천주님의 세상 구원의 길을 열어 놓으셨습니다. 성모님을 따르게 해 주십시오.'

초선은 성모송을 정성스럽게 외며 묵주 알을 넘겼다.

준비를 끝내고 기다린 나날이 무척 길게 느껴졌다. 어느 덧 해도 조금씩 짧아지고 밤이 일찍 찾아들었다. 초선은 등잔불을 밝혔다. 오늘도 김성희는 찾아오지 않을 모양이다. 초선이 김성희를 모실 수 없다고 분명하게 말한 그날 이후 그는 초선을 찾지 않았다. 초선은 마음이 편했지만 한편으로는 착잡하기도 했다. 김성희는 그런 사람이었다. 어느 모로 보나 흠잡을 데 없는 맑은 선비였다.

열아홉 젊은 혈기로 맺은 인연이 모진 고통을 가져왔다. 세상을 떠난 김성희의 정실 최씨는 성질이 거칠기가 보통이 아니었다. 남편이 초선의 방에서 지낸 다음 날이면 마당이든 부엌이든 장소를 가리지 않고 그녀에게 욕을 퍼부었다. 꼬리가 아홉이나 달린 여우가 휘젓고 다니니 남편이 사람 구실 못하고 집 안에만 처박혀 지낸다며 남편 들으라고 대놓고 욕을 했다. 초선은 김성희를 대하기가 민망했다. 그가 벼슬길에 나가지 않는 것이 초선 탓이 아니건만 최씨는 모든 허물을 그녀에게 뒤집어씌웠다.

초선은 등잔 심지를 돋우며 옛일을 떠올렸다. 한마디로 김성희가 좋았다. 처음 만난 뒤부터 종일 그에 대한 생각뿐이었다. 그렇게 빠졌기에 그에게 데려가 달라고 부탁했다.

'그런데 지금은 어찌 그를 떠나려고 하는가? 변심한 것일까?'

그녀는 자신에게 물었다.

아니, 새로운 세상을 알게 된 것이다. 자신에 대해 알게 된 것이다. 김성희에 대한 정이 식은 것도 사실이다. 남녀 간의 정이란 한때의 감정에 지나지 않는다는 것을 뼈저리게 느꼈다. 또한 정만으로는 살 수 없는 현실이 자신 앞에 놓인 것을 깨달았다. 세상, 현실, 초선은 자신의 마음에서 김성희의 자리를 밀어낸 문제들에 새로운 관심을 갖게 되었다. 또한 그렇게 자신의 눈을 뜨게 한 것이 천주교라는 것을 잘 알고 있었다.

여자의 세상은 방 안, 집 안, 나아가 이웃에서 일어나는 일을 보는 것이 전부였다. 다른 것에 관심을 가지려 해도 아는 것이 없어 관심을 가질 수 없고, 관심을 가져서도 안 되었다. 세상일이란 원래 남자들이 하는 법이다. 여자란 오로지 남편과 자식, 집안일만을 생각해야 한다는 것이 오랜 가르침이었고 여자가 지켜야 할 삶의 규범이었다. 하지만 천주교의 가르침은 달랐다. 여자도 남자와 똑같이 천주님이 만들었고, 세상일에도 남자와 차별을 두지 않는다. 여자도 천주님을 위해, 세상을 위해 얼마든지 큰 일을 할 수 있다. 천주님은 얼마나 좋은 분인가. 한 맺힌 여인의 가슴을 시원하게 열어 새로운 세상을 펼쳐 보이셨다.

'그렇게 살리라, 그렇게 살리라.'

초선은 다짐하며 두 손을 꼭 쥐었다. 천한 신분 때문에, 여자이기 때문에 가슴에 한이 맺히는 사람이 없는 세상을 만드는 데 작은 힘이라도 보탤 것이다. 그보다 더 보람 있는 일이 어디 있겠는가. 목숨을 걸 각오는 되었다.

발자국 소리가 들렸다. 초선은 생각을 멈추고 귀를 기울였다. 문 앞에서 발자국 소리가 멈추었다.

"마님, 돌쇠입니다."

초선은 급히 일어나 문을 열었다.

"들어오세요."

돌쇠는 주위를 돌아본 뒤 방으로 들어섰다.

"정 바오로 님으로부터 연통이 있었나요?"

"예. 오늘 낮에 사람이 다녀갔습니다. 나리께서 외출하실 때를 기다렸다가 이제야 왔습니다. 계실 곳을 마련했다고 합니다."

"언제 오라고 하십니까?"

"닷새 후에 오라고 하십니다. 나리께 말씀드려야 할 텐데……."

"그래야지요. 어차피 한 번은 치러야 할 일이니까요. 준비는 이미 해 놓았어요."

돌쇠는 머리를 끄덕였다.

"가 보겠습니다."

돌쇠는 가볍게 머리를 숙여 보이고 문으로 걸어갔다.

"저…… 안드레아 님."

초선은 돌쇠의 세례명을 불렀다.

"언제 세례를 받는지 바오로 님께서 말씀이 없었나요?"

"직접 말씀하실 겁니다."

돌쇠는 급히 문을 열고 나갔다.

초선은 닷새 후면 떠난다. 어떤 일이 기다리고 있을지 모른다. 그러나 이미 일은 시작되었다. 무슨 일이 닥쳐도 해낼 것이다.

하루, 이틀, 사흘, 시간이 흘러간다. 가을을 재촉하는 비가 내린다. 이제는 김성희에게 떠난다는 말을 해야 한다. 초선은 초조해지는 마음을 다잡았다. 그동안 이 집에서 지낸 세월이 생각하지 않으려 해도 자꾸만 떠오르고, 그럴수록 김성희의 극진한 사랑이 마음에 걸렸다.

김성희의 방문에서 불빛이 흘러나오고 있었다. 초선은 잠시 숨을 고르고 방문 앞에서 기침을 했다.

"나리, 초선입니다."

"들어오시오."

김성희는 책을 읽고 있었던 모양이다.

"웬일이오?"

"말씀드릴 게 있습니다."

"무슨 일이오?"

초선은 차마 입이 떨어지지 않았다. 그런 초선을 김성희는 의아한 눈빛으로 바라보았다. 무거운 침묵이 흘렀다.

"무슨 일 있소?"

초선은 세운 무릎 위에 두 손을 모으고 마음을 가라앉혔다.

"나리, 차마 드려서는 안 될 말씀을 드리게 되었습니다. 나리 곁을 떠나기로 했습니다."

김성희의 눈빛이 흔들렸다. 그는 아무 말도 하지 않고 초선을 바라보기만 했다. 그녀의 말을 선뜻 알아듣지 못했다.

"제가 이 댁에 들어온 것은 나리를 모시기 위해서였습니다. 그런데 모실 수가 없게 되어 떠나기로 결심했습니다."

김성희의 눈빛이 서서히 침착함을 되찾았다.

"한마디 의논도 없이 그런 엄청난 일을 결정했단 말이오?"

"나리께 의논드리고 결정할 일이 아니었습니다."

"이게 있을 수 있는 일이오?"

초선은 방바닥만 내려다보았다. 사태가 심각함을 인식한 김성희는 목소리를 높였다.

"무슨 해괴한 말을 하는지 도대체 모르겠소. 반가에서는 있을 수 없는 일이오."

"반가에서는 있을 수 없는 일이지요. 하지만 저는 반가의 법도를 지킬 의무가 없는 사람입니다."

"당신은 내 아내요. 어찌 그런 말을 입에 담을 수 있단 말이오."

"저는 나리와 부부라고 생각한 적이 없습니다."

김성희는 어이가 없었다.

"그러면 우리가 부부가 아니었단 말이오?"

"저는 다만 나리를 모시는 종에 불과했습니다."

"왜 스스로를 낮추려 하오? 나는 당신이 이 집에 들어오는 날부터 우리는 부부라고 생각했소. 그 생각은 지금도 변함없소."

"나리와 저는 부부가 아닙니다. 나리는 마님과 부부셨지요."

김성희는 할 말을 잃고 어처구니없다는 듯 초선을 쳐다보았다.

"한 남자와 한 여자만이 부부가 되는 것입니다."

"그렇다고 칩시다. 지금은 나와 당신뿐이오. 그래도 부부가 아니란 말이오?"

"그 말씀은 저를 정실로 맞겠다는 말씀입니까? 저를 이 집안의 안주인으로 인정하신다는 뜻인가요? 사람들에게 그리 말씀하실 수 있습니까?"

초선은 자신이 생각해도 당돌한 말을 입에 올렸다. 그건 오랫동안 가슴에 맺혔던 한이 불쑥 튀어나온 것인지 모른다. 마음 깊은 곳에서는 김성희가 그래 주기를 바라고 있었는지 모른다. 말을 뱉고 나니 초선은 그것을 바라고 있던 자신에게 연민을 느꼈다. 김성희도 그런 초선의 마음을 읽고는 멍하니 벽을 바라보았다. 자신도 원하는 일이지만 법도라는 것이 앞을 가로막고 있지 않은가.

"내 진심을 알잖소. 내가 왜 재혼을 하지 않는지……."

"나리 마음 하나만으로 살 수 없다는 것을 깨달았습니다. 어서 재혼하십시오. 재혼하셔서 집안을 화목하게 다스리고, 자식도 보셔야지요."

"두 여인을 맞았어도 자식이 없는데 무슨 자식을 보라는 거요? 당신이 떠나든 말든 재혼은 생각지 않을 것이오. 내 마음에는 당신 외에 그 어떤 여인도 들어올 자리가 없소."

초선의 마음이 흔들렸다. 그것이 김성희의 진심이다. 초선은 그런 김성희에게 고통을 주는 자신이 원망스러웠다.

'내가 정말 모질구나.'

그것은 순간의 흔들림이었다. 초선은 이내 마음을 다잡았다.

"사람의 마음은 변하는 법입니다. 세월이 흐르면 나리의 마음에서 제 그림자도 사라질 것입니다."

"당신의 마음이 변한 건 이미 알고 있소. 당신이 변했다고 내 마음도 변할 거라 추측하지는 마시오."

초선은 김성희의 말을 들으면서 초라한 자신을 보았다. 쉽게 마음을 주고, 쉽게 거두어 버리는 가벼운 여자! 참을 수 없는 모멸감을 느꼈다. 그녀는 입을 다물어 버렸다.

무거운 침묵이 흐른 뒤 김성희가 먼저 입을 열었다.

"왜 마음이 변했는지 사연이나 들어 봅시다. 세상 떠난 사람 탓만 하지 말고 당신의 진심을 말해 보시오. 누가 당신 마음에서 나를 밀어냈는지 알고 싶구려."

'천주님입니다.'

초선은 진실을 입 밖에 내서는 안 된다는 것을 알고 있었다. 그 말의 결과는 듣는 사람이 누구냐에 따라 목숨이 걸린 문제이다. 초선이 대답하지 않자 김성희의 얼굴에는 언짢은 기색이 완연했다.

"비밀이라도 있는 모양이구려. 근래에 외출이 잦다고 하더니 나갈 준비를 했나 보오. 어디로 누구를 만나러 다닌 거요?"

초선은 입을 다문 채 고개를 숙였다. 김성희는 쓴 웃음을 지었다.

"나와 당신의 관계가 이런 것이었구려. 나 혼자서 꿈을 꾸고 있었소. 깨고 나니 이렇게 비참한 것을……. 기방에라도 다시 나갈 생각이오?"

그제야 초선은 얼굴을 들고 대답했다.

"아닙니다. 이 나이에 어떻게 다시 기방에 가겠습니까. 더구나 나리 얼굴에 어떻게 먹칠을 하겠습니까?"

"내 곁을 떠나는 것이 내 얼굴에 먹칠을 한다는 것을 모르지는 않을 텐데 무슨 생색이오? 어디요? 누구요? 나는 대답을 들을 자격이 있소."

김성희의 말이 날카로워졌다. 초선은 거짓말이라도 해야 할 입장이었지만 말이 나오지 않았다. 이럴 때 친정이라도 있다면 얼마나 좋겠는가.

"당신은 총명한 사람이오. 준비 없이 나갈 사람이 아니지. 친정에는 갈 형편이 아니고, 누구와 만나고 있었소? 당신이 좋아한다면 책망하진 않겠소. 내가 못나서 그런 거니."

초선은 속에서 뜨거운 것이 울컥 올라왔다.

"나리, 저를 모르십니까? 어찌 그런 말씀을 하십니까? 기녀였으니 어디 다른 서방이라도 꿰차서 나가려 한다고 생각하시는군요."

"그게 아니면 왜 내게 말을 못 하는 거요?"

"제가 아픈 마음을 안고 떠날 결심을 한 것은 나리의 그런 모습 때문입니다. 여자가 제 발로 집을 떠나는 것은 다른 서방이 생겼기 때문이라고 생각하는……. 저는 그런 나리의 모습을 볼 때마다 한숨이 나왔습니다. 때로는 세상에 대해 놀라운 비판을 하지만, 나리는 그 세상과 다를 것이 없는 분입니다. 제가 이 집에 들어온 뒤에야 그것을 알았습니다."

"이 집에 오기 전과 후의 내가 다른 사람이라는 말이오? 나는 위선자가 아니오."

"물론 나리를 그렇게 생각하지는 않습니다. 다만 나리를 보는 저의 눈이 문제였지요. 저는 세상에 한이 맺힌 사람입니다. 그런데 나리가 세상을 비판하셨고, 저는 그런 나리가 마음으로라도 저의 한을 풀어 주실 수 있는 분이라고 생각했습니다. 세월이 흐르면서 나리가 저의 한과는 무관한 분이라는 사실을 알았지요. 나리는 이 세상의 문제가 무엇인지, 어떤 변화가 필요한지 생각하는 데 한계가 있습니다. 나리는 다만 유학이 가르치는 원칙대로 행하지 않는 위정자들만을 비판하셨을 뿐입니다."

"나는 유학의 가르침이 옳다고 생각하는 사람이오. 변화가 필요한 건 사실이지만, 그 변화는 사람의 행위일 뿐 유학의 가르침은 아니오."

"나리는 그런 분이지요. 유학의 가르침을 철저히 따르는 올곧은 선비이십니다. 그래서 저는 좌절했습니다. 나리는 제 꿈을 이루어 줄 분이 아니라는, 아니 마음으로라도 제 아픔을 나눌 수 있는 분이 아니라는 것을 알았을 때 저는 이 댁에서 사는 의미를 잃었습니다."

김성희는 초선의 말을 전혀 이해할 수 없었다.

"나는 남녀가 마음이 맞아 함께 사는 건 오직 정 때문이라고 생각했소. 그리고 이제껏 당신을 정으로 대했소. 그런데 당신은 내게 다른 걸 원했던 모양이구려. 내가 줄 수 없는 그 무엇을 말이오."

"나리가 주실 수 없는 것이 아닙니다. 단지 제가 원하는 것의 소중함을 인정하지 않을 뿐이지요."

"그러면 당신이 원하는 것을 줄 수 있는 사람을 찾았단 말이오? 그래서 그에게 가기로 결정한 것이오?"

"사람이 아닙니다. 아니, 사람이지만 한 사람이 아닙니다."

"도대체 못 알아듣겠구려. 알아들을 수 있게 말해 보시오. 당신이 떠남으로써 내가 받을 수모를 생각해 봤소? 나를 조금이라도 생각한다면 어디로 가는지, 누굴 따라 가는지 알려 주오."

초선이 떠나면 김성희가 이런저런 말을 들을 것은 분명하다. 그에게 못할 짓을 하고 있지만 자기가 천주교를 믿기 위해 떠난다는 말을 하는 것이 좋을지, 끝내 그가 모르는 것이 좋을지 초선은 판단이 서지 않았다. 그가 안다고 해도 관아에 고발할 사람은 아니다. 하지만 위험한 처지인 자신 때문에 걱정할 것을 생각하면 차라리 그가 모르는 것이 좋을 것 같았다. 떠나면서 그에게 걱정을 안기고 싶지는 않다.

"무슨 말 못 할 사연이라도 있는 모양인데, 그동안의 정리(情理)를 생각하여 숨기지 말고 말해 주시오. 반드시 알아야겠소."

초선은 더는 숨길 수 없다고 생각했다. 비록 그에게 또 다른 걱정을 끼친다고 해도 말을 하는 것이 도리일 것 같았다.

"실은 제가 천주교를 믿습니다. 천주교에서는 남의 집 소실로 있는 것이 허락되지 않습니다. 한 지아비에 한 지어미만이 부부로 인정됩니다. 그리고 제가 천주교 신자라는 것이 발각되면 나리까지 위험해지십니다."

"천주교? 당신이……."

김성희는 놀란 입을 다물지 못했다.

"어떻게 집 안에만 있던 당신이 천주교를 알게 된 거요?"

"천주교와 제가 인연이 있기 때문이겠지요."

"나라에서 금하는 것을 믿어야겠소? 나라에서 왜 금하는지는 알고 있을 것 아니오. 조상을 무시하고, 남녀가 한방에 모여 무엇을 하는지는 모르지만 아무튼 미풍양속을 해치는 짓을 하는 것이 천주교요."

"어찌 그리 어리석은 말씀을 하십니까? 천주교가 조상을 무시하는 것이 아니라 유학에서 가르치는 것과 다른 방식으로 조상을 섬길 뿐입니다. 조상을 무시하는 사람들이 어찌 조상 중의 조상인 천주님을 위해 목숨을 아끼지 않을 수 있겠습니까. 그리고 남녀가 한방에 모여 미풍양속을 해치는 짓을 한다는 말씀은 당치도 않습니다. 양반네들은 남녀가 만나기만 하면 음탕한 짓만 생각하기 때문에 남녀칠세부동석을 가르치고 야단을 떨지요. 자기들이 그 정도밖에 되지 않기 때문에 그리 생각할 뿐입니다. 천주교에서는 남녀가 한방에 모여 천주님의 오묘한 도리에 대해 이야기를 나눕니다. 그것을 가지고 음탕한 짓을 하고 미풍양속을 해친다 하여 잡아들이고 죽이는 자들의 죄가 오히려 큽니다. 천주교가 그런 것이라면 그렇게 많은 사람, 그것도 착하고 뜻이 있는 사람들이 목숨을 버렸겠습니까?

지금도 위험을 무릅쓰고 천주교를 믿는 사람들이 얼마나 많은지 아십니까? 조정에서는 모르고 있지만 수많은 백성에게 천주교가 퍼져 나가고 있습니다. 왜 그런지 나리께서도 생각해 보셔야 할 줄 압니다."

초선은 일사천리로 말을 이어 나갔다. 자신도 놀라웠다. 김성희의 입에서 천주교를 폄하하는 말이 떨어지는 순간 속에서 뜨거운 것이 치밀었고, 자신도 모르는 사이 말이 쏟아져 나왔다. 초선의 말을 듣는 김성희의 눈에서 침착함이 되살아났다.

"역시 당신다운 결단을 내렸구려."

김성희는 이미 떠나기로 결심한 초선의 마음을 돌이킬 수 없다고 생각했다. 중요한 것은 자신의 마음을 다스리는 것뿐이었다. 초선은 자신이 그토록 사랑한 사람, 그러나 이제는 떠나야 하는 사람을 바라보면서 마음 깊은 곳에서는 아직도 자신이 그를 사랑하고 있음을 느꼈다. 그렇다고 떠나기로 한 마음이 흔들리는 것은 아니었다.

"언제 떠나기로 했소?"

"내일 새벽, 집안사람들이 일어나기 전에 떠나겠습니다."

"그렇게 급하게 떠나려오?"

초선은 고개를 끄덕였다.

"이미 떠날 준비를 마쳤구려. 내가 말린다고 떠나지 않을 당신도 아니고…… 떠나시오. 집안사람들에게는 당신에게 누가 되지 않게 말하겠소."

"나리, 저를 욕하십시오."

"목숨을 걸고 떠나는 당신에게 어찌 욕을 하겠소. 어디로 가는지 묻지는 않겠소. 다만 늘 몸조심하구려."

초선은 가슴이 저리는 아픔을 억눌렀다.

"절 받으십시오."

초선은 두 손을 이마에 대고 천천히 무릎을 굽히며 깊은 절을 했다. 그리고 방바닥에 얼굴을 대고 일어나지 못했다. 참았던 울음이 터졌다. 흐느끼는 초선의 어깨를 바라보던 김성희가 가라앉은 소리로 말했다.

"눈물을 거두시오. 앞으로 어떤 길을 가야 할지 잘 알지 않소."

김성희는 일어나 벽장문을 열었다. 그리고 보자기에 싼 돈 뭉치를 꺼내 초선 앞으로 밀었다.

"가지고 가시오."

"아닙니다. 필요한 것은 이미 준비했습니다."

"미리 알았더라면 더 준비했을 텐데. 내 성의니 물리치지 마시오."

초선은 돈 뭉치를 받아 가슴에 안고 일어났다.

"나리 은혜 평생 가슴에 안고 살겠습니다. 행복하시기를 빌겠습니다."

"한 가지 알고 싶구려. 내게 온 것이 정녕 후회뿐이오?"

초선은 자리에 선 채 고개를 숙였다.

"기방이 그리울 때가 있었습니다. 그곳에서는 세상살이가 고달플 때는 거문고에 시름을 실려 보내고, 속이 답답할 때는 목청 높여 노래하고 춤을 추면서 마음에 맺힌 한을 날려 버릴 수가 있었습니다. 하지만 이곳에서는 손도 발도 묶이고, 마음은 날개를 접혀 자유롭게 날 수가 없었지요."

"조선의 여인들은 다 그렇게 사는 것 아니오?"

"그럴 테지요. 하지만 기방 생활을 한 저는 다릅니다. 천한 신분이라 예법에 매여 살지 않아도 되었지요. 세상을 자유롭게 사는 것이 천한 것이라면 저는 그렇게 살겠어요."

잠시 뜸을 들이다가 김성희를 쳐다보며 또렷하게 말했다.

"정이란 것이 사람과 사람을 잡아매지만 세월이 가면 느슨해져 풀어지더군요."

초선은 방문 앞에서 잠시 멈칫거리다 문을 열고 나갔다. 김성희는 고개를 떨어뜨린 채 나가는 초선을 쳐다보지 않았다.

마루를 내려서서 초선은 밤하늘을 쳐다보았다. 별 하나 보이지 않는 어둠이 앞을 가로막았다.

'천주님, 이렇게 당신을 찾아 떠납니다. 당신을 따르는 사람들을 보면서 당신을 찾아가렵니다.'

초선은 천천히 어둠 속으로 발을 내밀었다.

3

김성희는 밤새 자리에 들지 않았다. 불도 끈 채 탁상 앞에 앉아 새벽이 오기를 기다렸다. 초선이 사지(死地)로 떠나는 것을 알면서 편히 누울 수가 없었다.

'내 잘못인가?'

그는 밤새 끊임없이 자신에게 질문을 던졌다. 초선이 천주교를 믿고 집을 떠나게 된 것이 자신 때문이라는 것을 부정할 수 없었다.

"그 말씀은 저를 정실로 맞겠다는 말씀입니까? 저를 이 집안의 안주인으로 인정하신다는 뜻인가요? 사람들에게 그리 말씀하실 수 있습니까?"

그렇게 해 주고 싶었다. 그러면 초선이 집을 나가지 않을 수도 있을 것이다. 하지만 반가의 법도를 지켜야 한다. 부모님께서 초선을 며느리로 받아들이지 않을 것이 분명하다. 초선을 정실로 맞을 수 없는 또 다른 이유는 세상을 떠난 아내에 대한 의리 때문이기도 하다. 비록 정 없이 살기는 했지만 초선을 소실로 들여 아내가 받아야 했던 고통을 지아비로서 잊을 수가 없다. 초선을 정실로 맞이한다면 구천에 있는 아내의 혼이 통곡할 것이다. 아내에게 못할 짓을 다시 하고 싶지 않았다.

초선의 말이 맞다. 그것이 자신의 한계이다. 초선에 대한 정이 그리도 깊건만 그녀를 위해 해 줄 것이 없었다. 모든 것을 버리고 초선을 정실로 맞아 어디 산골에라도 가서 살면 되었을 것을 그리하지도 못했다. 초선의 말대로 세상 사는 것이 정이 전부가 아니라는 것을 부인할 수 없다. 자신에게 초선이 세상의 전부가 될 수 없듯, 초선에게도 자신이 세상의 전부는 아니었다. 김성희는 그것을 인정하지 않을 수 없었다. 그래서 떠나는 그녀를 막지 못했다. 초선은 평범한 여인들과는 다르다.

'자기 갈 길을 가라고 해야지. 그런데 왜 하필 천주교라는 말인가.'

왜 죽음이 기다리고 있는 길, 조선 사회가 받아들이지 않는 길을 가겠다고 하는 것인지 납득되지 않았다. 초선의 말로는 그녀가 원했던 남녀의 평등, 신분의 평등이 천주교에서 실현되고 있다고 했다. 과연 그러한 평등이 이루어지고 있는지, 또한 그런 평등이 필요한 것인지 알 수 없었다.

유학에서는 남녀와 신분의 차별을 분명히 했다. 대자연의 모습이 다르듯이 인간 세상도 서로 다른 신분이 상극하지 않고 서로 조화를 이루며 질서 있게 사는 것이 아름다운 것이다. 지배층과 피지배층 사이의 갈등이 문제지만, 그것은 어디까지나 지배층의 횡포와 부패 때문이다. 따라서 지배층의 혁신이 필요하다. 그것이 현실을 보는 김성희의 눈이다. 백성들의 삶이 얼마나 고달픈지, 종들의 삶이 얼마나 서러운지 모르는 바는 아니다. 그러나 안다는 것과 자기 몸으로 느끼는 것은 다르다. 그것이 김성희의 한계였다. 아무리 초선을 감싸고 대접해 준다 해도 그녀는 소실이다. 그녀의 아픔을 김성희가 이해는 해도 느낄 수는 없다.

'신분의 차별.'

김성희는 깊은 한숨을 쉬었다. 각자 자기 자리에서 서로 아끼고 위하면서 신분제도의 질서를 지킨다면 살기 좋은 세상을 이루는 데 부족함이 없다고 믿어 왔다. 위정자들이 변해야 세상이 변한다는 것이 자신의 신념이지만 실현할 희망이 없다. 초선이 떠나는 것도 그 때문일 것이다. 아니, 그보다는 더 근본적인 변화를 원하기 때문이다. 신분제도를 깨고 평등한 세상을 이루려는 희망을 안고 떠나는 것이다. 그렇다면 결국 천주학쟁이들도 반란을 일으킬 수밖에 없다. 조정을 뒤집어엎지 않고는 이룰 수 없는 세상을 꿈꾸고 있지 않은가?

새벽이 오는 모양이다. 창호지가 푸른 기운을 띠기 시작했다.

김성희는 얼굴을 한 번 문지르고는 자리에서 천천히 일어났다. 밤새 앉아 있어 다리가 뻑뻑했다. 천천히 방문을 열고 밖으로 나갔다. 초선이 새벽에 떠날 것이다. 그녀의 뒷모습을 가슴에 담고 싶었다. 평생토록 사랑할 여인이다. 그러면서도 떠나보내야 하다니 김성희는 기가 막혔다. 죽음이든 형벌이든 결말을 뻔히 알면서 떠나는 그녀를 잡지 못하는 자신이 한스러웠다.

초선의 방에 불이 켜져 있다. 아직 떠날 채비를 하는 모양이다. 김성희는 초선의 방에서 멀찌감치 떨어진 행랑채 기둥에 몸을 숨기고, 그녀가 나오기를 기다렸다. 새벽 기운이 싸늘하다. 초선의 방에 불이 꺼지고 큰 보따리를 감싸 안은 초선이 나왔다. 그녀는 몇 걸음 옮겨 놓더니 뒤돌아서서 방을 바라보았다. 그리고 천천히 마당을 가로질러 대문을 향해 걸어갔다. 김성희는 그녀의 움직임을 따라 시선을 옮겼다.

초선이 대문 앞에 다다랐을 때 희뿌연 새벽안개 속에서 누군가 나타났다. 그리고 초선의 보따리를 받아 등에 졌다. 김성희는 놀라 숨을 들이쉬었다. 돌쇠였다. 돌쇠가 초선의 짐을 등에 진 뒤 조심스럽게 대문을 열고 나갔다.

'이럴 수가……'

김성희는 뒤통수를 얻어맞은 느낌이었다. 방으로 돌아온 그는 무엇이 어떻게 돌아가는지 가늠이 되지 않았다. 초선과 돌쇠, 둘이 그런 사이란 말인가? 그러나 그는 이내 머리를 저었다. 초선은 천주교를 믿는 사람들을 찾아간다고 했다. 그런데 돌쇠가 그녀를 데리고 갔다. 그러면 돌쇠도 천주교를 믿는다는 말인가? 종잡을 수 없는 생각들이 오갔다. 돌쇠에게는 배신감이 들었다. 어렸을 적부터 남달리 친근하게 대해 왔다. 종이라고는 하지만 피붙이처럼 가까이 여긴 것을 저도 모를 리 없다. 그런데 어떻게 초선이 떠나려는 것을 알면서도 알리지 않았단 말인가.

김성희는 점심상을 물린 뒤 돌쇠를 불렀다.

"앉아라."

김성희는 아무 내색하지 않고 말했다. 돌쇠는 무릎을 꿇고 앉으며 고개를 들지 않았다.

"아침에 찾았더니 안 보이던데 어디를 다녀온 모양이구나."

"네."

"급하게 찾을 수도 있으니 밖에 나갈 때는 어딜 가는지 꼭 내게 알리고 나가거라."

"알겠습니다."

그러면서도 돌쇠는 어디를 다녀왔는지 말하지 않는다. 평소 돌쇠의 태도와 달랐다.

"네가 알아 두어야 할 일이 있다. 별당 아씨가 떠났다."

돌쇠는 눈빛이 흔들렸지만 놀라는 눈치는 아니었다. 돌쇠의 표정을 살피며 김성희는 초선이 집을 떠난 일과 돌쇠가 연관이 있음을 확신했다.

"아주 집을 떠났다. 너는 아씨와 유난히 가까이 지냈기에 먼저 알려 주는 것이다. 마음이 아프겠구나."

"네."

침착한 돌쇠의 태도가 마음에 걸렸다.

"그런데 말이다. 아씨가 천주교를 따르고 있었다는구나. 그래서 집을 나갔어."

김성희는 기어이 그 말을 입 밖에 내었다. 돌쇠도 천주교와 관련이 있는지 확인해야 했다. 내 집 사람이 그런 위험한 일에 관련 있는 것도 그냥 넘길 일이 아니지만, 초선과 돌쇠가 천주교로 연관되어 있는지 확인하고 싶었다. 돌쇠는 입을 다문 채 표정 하나 변하지 않았다.

"너는 평소에 아씨 일을 많이 돌보아 주지 않았느냐. 그런데 아씨가 천주교와 연관이 있다는 것을 몰랐느냐?"

돌쇠는 고개를 숙인 채 입을 열지 않았다.

"왜 말이 없느냐? 어서 대답하여라."

"알고 있었습니다."

"그런데 왜 내게 말하지 않았느냐?"

"모르시는 것이 좋을 듯해서 그리했습니다. 천주교를 믿는 것이 위험한 일이라는 것을 소인도 알고 있습니다."

"위험한 일이니 내게 알렸어야지. 그래, 아씨가 어떻게 천주교를 믿게 되었느냐?"

돌쇠는 다시 입을 다물었다. 돌쇠는 심성이 단단한 데가 있다. 김성희는 그가 쉽게 입을 열지 않으리라는 것을 알았다. '너도 천주교를 믿느냐?'는 말이 목구멍까지 올라왔지만 참고 묻지 않았다.

"그만 가 보아라."

문을 열고 나가는 돌쇠의 뒷모습을 보면서 김성희는 왠지 돌쇠가 그전의 그가 아니라는 느낌이 들었다. 변했다. 돌쇠에게 무슨 일이 있는 것이 분명하다. 불안한 예감이 들었다.

어찌 되었든 초선이 집을 나간 사실을 집안사람들에게 알려야 했다. 그녀가 도망간 것으로 알면 좋을 것이 없다. 그래서 김성희는 집안사람들에게 초선을 친정으로 아주 보냈다고 했다.

집안에서 일어나고 있는 일들이 예상치 못한 것이기에 김성희는 더욱 불안했다. 자신이 집주인 같지 않고, 누군가 조용했던 집안을 마구 뒤흔

들어 놓는 것 같았다. 내 집 사람들이기에 눈앞에서는 언제나 하라는 대로 움직이지만 그들이 무슨 생각을 하고 있는지는 알 수 없다. 그들 몸의 주인이기는 하지만 그들 마음의 주인은 결코 될 수 없다. 누가 그들의 마음을 움직인다는 말인가?

김성희는 사람을 다스린다는 일을 다시 생각해 보았다. 이제껏 배운 유학의 가르침은 먼저 수신을 해야 다른 이를 다스릴 수 있다는 것이다. 수신이 먼저이니, 그렇다면 집안사람을 다스리지 못한 자신은 수신을 제대로 하지 못한 것인가? 김성희는 자책했다.

'무엇을 잘못했단 말인가? 닦아야 할 그 무엇을 닦지 못한 것인가?'

그토록 자신의 마음을 설레게 하고 행복하게 했던 초선이 자신에게 이런 고통과 수치를 안겨 주다니, 김성희는 믿을 수 없었다. 자신이 아닌 다른 것에서 행복을 찾겠다고 그녀가 집을 나갔다는 사실이 믿기지 않았다. 그녀는 왜 자신에게서 행복을 찾지 못했는지 이해가 되지 않았다. 그토록 자신을 사랑했던 그녀가 아닌가? 소실이라지만 자신은 온통 그녀에게만 사랑을 쏟지 않았던가. 그런데도 그녀는 만족하지 못했다. 가문과 외모, 학문과 덕, 무엇이 빠졌단 말인가? 되돌아보고 되돌아보아도 자신이 무엇이 부족해 한 여자를 거느릴 수 없는지 알 수 없었다.

이튿날 새벽 김성희는 문을 여는 순간, 문틈에 낀 서찰을 보았다. 등잔불을 밝혔다. 또박또박 언문으로 쓴 글이 눈에 들어왔다.

'나리 죄송합니다. 이놈 돌쇠, 나리의 은덕을 가슴 깊이 품고 나리 곁을 떠납니다. 제가 아씨께 천주교를 전했습니다. 나리께는 못할 짓을 했지만 아씨께서 천주님을 안 것을 무척 기뻐하시니 소인을 용서해 주십시오. 아씨를 걱정하는 나리의 마음을 잘 아옵니다. 제가 평생 아씨를 돌봐 드리겠습니다. 부디 안녕히 계십시오.'

그는 주먹을 꽉 움켜잡고 부르르 떨었다.

'이런 몹쓸 놈을 보았나. 네놈이 어찌 나를 이토록 참담하게 만든단 말이냐. 이놈을 잡아들여야지.'

김성희는 일어나려다 주저앉고 말았다. 관아에 알려 잡아들일 수는 있다. 그러면 초선은 어찌 될 것인가. 천주학쟁이라는 것이 발각되면 둘 다 목숨을 부지할 수 없을 것이다. 어처구니가 없었다. 그토록 총명한 초선이 일개 하인의 말을 듣고 집을 나가다니 생각할수록 기가 막혔다.

'그놈이 어디가 나보다 좋단 말인가.'

질투의 불길이 치솟았다.

돌쇠는 비록 천한 신분이지만 용모도 괜찮고 젊다. 또 총명하여 언문은 물론 한학도 제법 깨쳤다. 그는 고개를 저었다. 초선이 그런 여인은 아니다. 문제는 천주교에 있다. 도대체 천주교의 무엇이 생사를 걸 만큼 중요하단 말인가? 초선의 말로는 천주교에서는 남녀와 신분의 차별이 없고, 인간이 평등하다고 가르친다고 했다. 그래서 천한 신분의 사람들이 위로를 받는 모양이다. 하지만 그것이 다가 아니다. 지금은 일반 백성들 사이에 널리 퍼지는 모양이지만, 한때는 당대의 학자였던 이가환이나 정약용도 빠져들지 않았던가.

생각할수록 머리가 복잡해졌다. 임형주의 제안이 떠올랐다. 세상을 둘러보고 청국의 문물도 구경하다 보면 생각도 정리되고, 잊을 것은 잊을 수 있을 것이다.

'그래, 청국을 다녀오자.'

김성희는 마음을 굳혔다.

5장

국경에 홀로 남은 여자

1

스산한 바람이 창호지를 두드릴 때마다 박선식은 문으로 고개를 돌렸다. 그는 조바심이 났다. 자정이 넘었다. 벌써 도착했어야 할 사람이 오지 않고 있다.

"왜 이렇게 늦는담."

이곳에 오기 며칠 전, 초선이 숨어 살고 있는 곳에 잠시 들렀었다. 집을 나온 초선은 모방 신부로부터 베로니카라는 세례명으로 세례를 받고, 양근에서 혼자 사는 교우 할머니와 살고 있었다.

박선식은 초선을 찾아가 자기와 함께 책문으로 떠나야 한다고 알려 주었다. 초선은 펄쩍 뛰며 반대했다. 주인집에서 도망친 종놈과 소실이 함께 조선을 떠났다는 소문을 들을까 겁이 났던 모양이다. 그녀는 혼자 가겠다고 우기며 정하상을 만나게 해 달라고 했다. 정하상에게 직접 듣지 않으면 갈 수 없다는 것이다. 그녀의 태도가 너무 강경해 결국 정하상에게 초선을 찾아가 달라고 부탁했다. 그러나 잠깐만 들러야 한다고 신신당부했다. 주교가 숨을 곳을 알아보려면 시간이 없으니 얼굴만 보고 바로 오라고 말했다. 그러나 정하상은 예정된 시간을 훨씬 넘겼는데도 오지 않고 있다.

"뭐가 그리 할 말이 많담."

박선식은 가슴속에 묘한 감정이 치솟았다.

초선이 정하상을 믿고 따르는 것은 분명하다. 자신을 멀리하는 것도 분명하다. 박선식은 못마땅한 감정을 주체하기가 힘들었다. 당연히 초선은 모든 것을 자신에게 의논하고, 의지해야 하는 것이 아닌가. 그녀는 자신과 보통 사이가 아니다. 자신이 이끄는 대로 운명을 걸고 따르지 않았던가. 그걸 생각하면 가슴이 벅차올랐다. 그러나 집을 떠난 뒤로 그녀의 태도가 달라졌다. 그녀는 자신이 전해 주는 소식은 반겼지만, 자신을 반기지는 않았다. 그런 그녀의 태도를 용납할 수 없다. 그녀와 자신은 어디까지나 한 배를 탄 사람이다. 그녀에게 위엄을 보이려 해도 도무지 먹혀들지 않았다.

"난 박선식이라 개명했소. 이젠 돌쇠가 아니오. 종놈이 아니니 돌쇠라 생각하지 말라는 말이오. 그리고 자매님도 초선이라는 이름을 바꾸는 것이 좋을 것 같소. 초선이라는 이름은 기방 냄새가 난단 말이오."

초선은 피식 웃으며 말했다.

"이름을 바꾸면 사람도 바뀌나요? 난 초선이라는 이름을 그대로 지닐 겁니다."

초선의 태도는 오만하기까지 했다. 예전의 상냥하던 그녀가 아니었다.

'책문에 혼자 가겠다고?'

자신이 함께 간다고 하면 응당 안심하고 기뻐해야 할 텐데 어이가 없었다. 그런 태도에도 불구하고 그녀에 대한 그리움은 주체할 수가 없다.

'안 될 건 없지.'

과거에는 소실과 종의 관계였지만 지금은 아니다. 홀로 사는 남녀일 뿐이다. 이젠 서로 내놓을 과거도 없고, 신분의 벽도 사라졌다. 가슴속에 품고 그리워하지 못할 이유가 없다. 언젠가 기회가 되면 교회에서 부부의 연을 맺을 것이다. 반드시 그렇게 할 것이다.

초선을 그리워한 세월이 참으로 길다. 그녀가 김성희를 따라 집 대문을 들어서는 순간 그의 가슴은 뛰었다. 감히 넘보지 못할 처지였지만 늘 그녀 곁을 서성였고, 그녀는 그런 그를 친절하게 대해 주었다. 그래서 천주교를 전할 수 있었다. 위험한 것을 알면서도 자기를 따라 천주교에 입교한 것은 자신을 좋아하기 때문이라고 박선식은 믿었다. 아니, 믿고 싶었다.

도대체 정하상은 왜 이리 늦는지 박선식은 속이 바짝 탔다. 혹시 붙잡힌 것은 아니겠지. 정하상은 그리 쉽게 자신을 노출할 사람이 아니다. 그는 용케 잡히지 않고 오랜 세월 조선 천주교를 잘 이끌어 왔다. 그 먼 청국도 여러 번 드나들며 신부를 영입해 온 그이다.

초선이 정하상을 잡고 놓아 주지 않는 것은 아닌지 박선식은 은근히 올라오는 질투를 눌렀다. 조선의 교우 가운데 정하상을 존경하지 않는 사람은 없다. 초선도 당연히 그럴 것이다. 그러나 문제는 정하상이 초선에게 유별나다는 점이다. 박선식의 눈에는 그렇게 보였다. 아무리 신부가 될 준비를 한다고 해도 그도 사내다. 초선에게 마음이 동하지 말라는 법은 없다.

박선식은 고개를 저었다.

'도대체 무슨 생각을 하고 있는 거지.'

불경한 생각으로 빠져드는 자신을 깨우며 묵주를 돌렸다. 정하상이 무사히 오기를 간절히 기도했다.

밖에서 발자국 소리가 들렸다. 박선식은 반사적으로 몸을 일으켜 뛰어나갔다.

"왜 이리 늦으셨습니까?"

박선식의 입에서는 자신도 모르는 사이 큰 소리가 튀어나왔다.

"들어가세."

정하상은 먼저 방으로 들어갔다.

"몹시 불안했던 모양이군."

"불안할 수밖에요. 베로니카 자매는 만나셨습니까?"

"이야기를 나누느라 늦었다네. 단단히 결심을 하고 있더군. 교회를 위해 큰일을 할 사람이야."

박선식의 얼굴에 묘한 미소가 지나갔다.

"큰일이라니요? 여자입니다."

"여자면 어떤가? 주님이 쓰시는 데 남녀 구별이 있는 줄 아는가? 성경에서 여인들이 주님을 크게 도운 일이 얼마나 많은가. 우리 조선 교회에서도 강완숙 골롬바 자매를 비롯해 얼마나 많은 여교우가 교회를 위해 목숨을 걸고 중요한 일을 했는지 자네도 잘 알고 있지 않은가."

"하지만 베로니카 자매는 다릅니다. 신앙도 아직 견고하지 못하고, 교회 일에 대해 아는 것도 없습니다. 누군가 옆에서 돌봐 주고 가르쳐야 합니다."

"주님이 돌봐 주시고 키워 주시네. 자네가 걱정하는 것은 알겠지만 지나치면 오히려 베로니카 자매에게 짐이 될 수 있네. 이미 집을 나올 때 홀로 서기로 결심한 사람이야."

박선식은 정하상과 초선 사이에 무슨 말이 오갔을지 짐작할 수 있었다. 그는 불쾌한 내색을 감추지 않았다.

"저는 베로니카 자매와 한 집에 살았습니다. 누구보다 잘 알지요. 제가 옆에 있어야 합니다. 그러나 함께 가는 것이 사람들 눈에 띄면 좋지 않을 수도 있으니 이번에는 따로 가겠습니다."

"자넨 이곳에서도 할 일이 많지 않은가? 자네 역할이 얼마나 중요한지 알 텐데 청국에는 왜 가려고 하는가? 베로니카 자매 혼자서도 청국에서 잘 해낼 것이네."

"넓은 세상에서 배우고 싶습니다. 앞으로 교회를 위해서 일하려면 저도 배울 기회를 가져야지요."

박선식의 태도는 단호했다.

"청국에 가면 세상을 조금은 더 배우겠지. 하지만 신앙이 깊어지는 것은 아닐세. 가장 중요한 것은 신앙이네. 마음속에서 주님을 만나야 한다는 것일세. 내가 베로니카 자매를 믿는 것은 바로 그 점 때문이네. 자매님은 열심히 기도하고, 주님을 마음으로 만나고 있네."

"그럼 저는 신앙이 부족하다는 말씀입니까?"

"누가 그렇다고 했나? 다만 자네가 베로니카 자매를 믿는 것 같지 않아 한 말일세. 내 말 명심하게. 자네가 베로니카 자매를 이끈 것이 아니라 천주님이 이끄신 것을."

박선식은 입을 다물었다. 정하상은 박선식의 표정을 보며 그가 자신의 말에 공감하지 않음을 느꼈다.

"그건 그렇고, 내일 주교님을 만나러 떠나세. 빨리 다른 곳으로 모셔야 하네. 준비한 집은 안전한 곳인가?"

"걱정 마십시오. 깊은 산골입니다. 그런데 한양은 어떻습니까?"

"곧 박해가 시작될 것 같은 조짐이 보이네."

"그러면 무슨 조치를 취해야 하는 것 아닙니까?"

"무엇을 할 수 있겠나. 박해가 끝날 때까지 잘 숨어 있을 수밖에."

"언제까지 숨어 살아야 합니까? 이제 좀 더 적극적인 방법을 강구해야 하지 않겠습니까?"

"방법이 보이지 않는군. 조정이 변화되기를 기다리며 기도하는 방법밖에는 다른 길이 없는데, 조정은 변할 기미가 보이지 않네."

"조정이 변하지 않으면 변하도록 해야지요."

"무슨 수로?"

"주교님과 의논해 보십시오. 무슨 수가 있지 않겠습니까? 지금 청국에는 서양 함대가 들어와 있다고 들었습니다."

"그래서? 그 서양 함대를 끌어들여 조선을 치도록 주교님께 부탁하라는 말인가?"

정하상은 초선에게 들은 말이 있어 단도직입적으로 물었다. 초선은 박선식이 주교에게 부탁해서 프랑스 함대를 끌어들여 조선을 치게 할 수 있다는 말을 했다고 했다. 그리고 그 심부름을 자신이 할 거라는 말도 했다는 것이다.

"그렇습니다."

"자네 지금 무슨 말을 하는가? 그것이 가당하다고 생각하는가?"

"안 될 게 무엇입니까?"

"신앙의 자유를 위해 조국을 대포 앞에 내놓으라는 말인가? 양인들이 청국에서 얼마나 잔인한 행동을 하는지 자네도 들어 알고 있지 않은가? 만일 서양 함대를 끌어들인다면 이 땅은 포화 속에 내던져지고 수많은 사람이 피를 흘리게 되는데 그렇게 해야 한다는 말인가?"

"아니면 우리가 또 피를 흘리게 됩니다."

"자네 분명히 알아 두게. 우리는 신앙인이네. 우리 교회는 주님과 사도들과 수많은 초대 교회 신도들의 피로 이루어졌네. 그것이 신앙인의 자세가 어떠해야 하는지 말해 주고 있네. 신앙인은 자신은 피를 흘리지만 다른 사람의 피를 요구할 수는 없다네."

"왜 그래야 합니까? 법국 함대를 불러들여 대포를 쏘지는 말고 그저 위협만 하라고 하면 되지 않습니까? 그리고 조정과 협상을 하면 되지요."

"조정의 자존심을 꺾고 협상한다는 것이 가능하기나 한 일인가? 그리고 법국 함대가 우리 마음대로 움직여 주는 것도 아닐세."

"주교님이 서찰을 보내 부탁하시면 될 것 아닙니까?"

"주교님이 원하시지도 않겠지만 설령 서찰을 보낸다 해도 법국 함대가 주교님의 뜻대로 움직여 주지는 않을 걸세. 그들은 정치적인 계산에 의해 움직이네. 그들의 관심은 오직 대국인 청국일 뿐이야. 조선은 안중에도 없다네."

박선식은 한숨을 쉬었다. 모든 일이 뜻대로 되지를 않는다. 그는 보잘 것없는 자신의 존재를 인식하며, 자신의 울타리를 뛰어넘어 달리고 싶은 충동을 억제하기 힘들었다.

"또 한바탕 피바람이 불겠군요. 그걸 알면서도 막을 수 없는 교회가 세계 교회입니까? 세계의 모든 신도가 한 형제라면 우리의 고통을 그들이 보고만 있지 않을 텐데, 왜 우리는 울타리를 치고 한 걸음도 나가지를 못하는 겁니까? 이렇게 앉아서 당하기만 하는 것이 진정 주님의 뜻입니까?"

정하상은 눈을 감았다. 박선식은 자리를 박차고 일어났다.

"먼저 주무십시오. 저는 찬바람 좀 쏘이고 오겠습니다."

댓돌 위에 가지런히 놓인 짚신을 신고 마당으로 나서자 찬바람이 불어왔다. 박선식은 바람을 맞으며 깊은 숨을 들이쉬었다. 찬바람이 벌겋게 달아오른 가슴과 얼굴을 식혀 주었다.

'종놈 신세 면해 보았자 별거 없군.'

초선이 집을 나간 다음 날 그도 도망쳐 나왔다. 그리고 사람을 시켜 김성희가 일을 어떻게 처리했는지를 알아냈다. 초선은 친정으로 내보내고 돌쇠는 종의 신분을 풀어 주었다고 알렸다는 것이다.

박선식이 처음 천주교를 알게 되었을 때 그의 마음을 사로잡았던 것은, 천주가 모든 사람을 똑같이 만드셨기에 모든 사람은 평등하다는 가르침이었다. 평생 종으로 살아야 하는 암담한 운명을 바꿀 길이 없었는데 천주교가 그 길을 열어 주었다. 그래서 목숨 걸고 천주교를 따랐다. 그리고 정하상은 그의 인도자였다. 인간의 평등과 서양 여러 나라에 대해 가르쳐 주었다. 그런데 최근에는 계속 신앙이 우선이라는 말을 강조하고 있다. 초선은 자기를 따라 뒤늦게 천주교에 입교했는데 그녀에게 신앙이 깊다는 말을 하는 건 무슨 의도인지 박선식은 알 수가 없었다.

'초선이 나보다 더 잘났다는 말인가? 그래서 나더러 넘보지 말라는 말인가?'

박선식은 입맛이 썼다. 초선이 여느 여자들과 다르다는 것은 인정한다. 그래도 아녀자일 뿐이다. 정하상은 초선을 과대평가하고 있다.

찬바람에 몸과 마음이 싸늘하게 식었다. 박선식은 요즘 들어 자신이 조

급해한다는 것을 느꼈다. 왠지 초선을 잃을 것 같은 느낌이 들어 더욱 초
조해졌다. 그러다 보니 매사를 서두르고 판단을 그르치기 일쑤였다.

'이래선 안 되지. 청국에 반드시 가야 한다.'

그는 다시 한 번 마음을 다졌다. 청국에 가서 양인들과 사귀고 말도 배
워야 한다. 그래서 새로운 인생을 열어야 한다. 이젠 단지 종의 신분에서
자유로워졌다는 것만으로 만족할 수 없다. 숨어만 다닌다면 종의 신세와
다를 게 없지 않은가. 넓은 세상에서 보람차게 살자. 결심을 굳히니 마음
이 안정되고 힘이 솟았다.

정하상과 박선식은 동이 트기 전에 길을 떠났다. 오늘 안으로 주교님을
다른 곳으로 모셔야 한다. 당분간 신자들과의 접촉도 삼가면서 조심해야
한다. 서양인 성직자가 국내에서 활동하고 있는 것을 조정에서 알면 불벼
락을 내릴 것이다. 정하상은 이미 여러 번 죽을 고비를 넘겼지만 이번은
무사히 넘어갈 것 같지 않은 느낌이 들었다. 목숨을 주님께 맡기고 살아
가지만 문득문득 가슴을 치는 불안을 어쩔 수가 없었다. 불안을 떨쳐 버
리려는 듯 그는 걸음을 빨리했다.

해가 중천에 솟기 전에 앵베르 주교가 숨어 있는 범골에 도착했다. 범
골 외진 곳의 신자 부부가 주교를 돌보고 있었다.

앵베르 주교는 이미 봇짐을 챙겨 놓고 그들을 기다리고 있었다. 정하상
과 박선식은 절을 하고 주교와 마주 앉았다. 해를 받지 못한 탓에 수염을
기른 앵베르 주교의 하얀 얼굴이 더욱 창백해 보였다. 정하상은 가슴이
아팠다. 모방 신부가 처음으로 입국하고, 뒤이어 샤스탕 신부와 앵베르
주교가 안전하게 들어옴으로써 조선 천주교회는 세 명의 성직자를 모실
수 있게 되었다. 그러나 정하상은 그들의 고생하는 모습을 보면 공연한
일을 한 것이 아닌가 하는 인간적인 회의가 들기도 했다.

"고생이 많으시지요?"

"호강하러 왔나? 괜찮다."

"주교님……."

정하상은 말을 잇지 못했다. 밖에서 발자국 소리가 나고 집주인 조 마테오가 밥상을 들여왔다. 꽁보리밥에 된장국과 김치뿐인 밥상을 보며 정하상은 다시 한 번 가슴이 저렸다. 앵베르 주교는 축복 기도를 한 뒤 수저를 들었다.

"어서들 먹자. 요기를 하고 길을 떠나야지."

앵베르 주교는 수저를 제법 익숙하게 사용했다. 밥상을 물리고 나자 앵베르 주교는 베로 만든 상복을 걸쳐 입었다. 손끝까지 가릴 수 있어 길을 나설 때면 늘 상복을 입었다. 방갓으로 얼굴을 가리고 방문을 열고 나갔다. 박선식은 앵베르 주교의 봇짐을 등에 지고 뒤를 따랐다.

사람의 눈을 피해 산길로 접어들었다. 산중은 일찍 해가 저물었다. 어둠이 내려앉을 무렵 다행히 목적지에 도차했다. 그야말로 꼭막 산중이다. 집이라고는 몇 채 눈에 띄지 않는 깊은 산골 마을로, 모두 교우들의 집이다.

"주교님, 안으로 들어가십시오. 곧 군불을 지피겠습니다."

박선식은 봇짐을 툇마루에 벗어 놓고 얼른 부엌으로 들어갔다.

"좀 쉬십시오. 저는 교우들에게 알리고 오겠습니다."

정하상이 나간 뒤 앵베르 주교는 봇짐을 들고 방으로 들어갔다. 등잔을 찾지 못해 서성일 때 박선식이 안으로 들어와 등잔을 찾고 부싯돌을 비벼서 불을 붙였다. 방 안이 밝아졌다.

"안드레아가 이 집을 준비했다고 했지?"

"네. 집이 누추해 죄송합니다."

"아니다. 고맙다."

"하온데 주교님, 오늘 저녁은 낮에 싸 가지고 온 주먹밥으로 때워야 할 것 같습니다. 부엌에 준비된 것이 없어서······."

"걱정할 것 없다."

"더운물을 끓여 오겠습니다."

앵베르 주교는 고개를 끄덕였다. 박선식은 얼른 부엌으로 들어가 솥에 물을 부었다. 잠시 뒤 솥에서 김이 올랐다. 정하상이 돌아오자 박선식은 더운물 세 대접이 놓인 상을 들고 방으로 들어왔다. 봇짐을 풀어 주먹밥을 꺼내 더운물 옆에 놓았다.

"교우들에게는 저녁을 끝내고 모이라고 했습니다. 주교님이 오시는 걸 몰라 아무것도 준비하지 못했습니다."

정하상이 말을 꺼냈다.

"무엇이든 요기만 하면 된다."

"그런데 말입니다. 교우들 말이 며칠 전에 지방 교리가 포졸을 데리고 다녀갔다고 합니다. 사람이 살지 않던 산골에 사람들이 살게 되니 조사를 나온 모양입니다. 다행히 신자라는 것은 눈치 채지 못한 모양입니다."

"이곳도 안전하지 못하다는 말입니까?"

박선식이 의아해하며 물었다.

"아무래도 그렇지 싶네. 그래도 당분간은 괜찮을 것 같네."

"다시 옮길 곳을 찾아봐야겠군요."

박선식은 쉽지 않은 일이라는 듯 작은 소리로 말했다.

"걱정 마라. 주님께서 준비해 주신다."

앵베르 주교가 박선식을 보며 미소 지었다.

박선식의 마음은 어느새 분주해졌다.

'주님께서 준비하신다! 실제로 집을 구하는 것은 내가 아닌가.'

"목숨보다 소중한 것이 주님을 전하는 것이다. 그러니 잠시 이곳에 머물고 다시 한양 가까운 곳으로 옮기도록 하자."

"하지만 주교님, 잠시 상황을 보고 결정하시는 것이 어떻겠습니까?"

정하상이 말렸다. 박선식도 동의했다.

"그렇게 하십시오, 주교님. 제가 내일 한양에 가서 상황을 알아보겠습니다. 그리고 괜찮을 것 같으면 한양 가까운 곳에 계실 곳을 찾아 놓겠습니다."

앵베르 주교는 잠시 생각하다가 고개를 끄덕였다.

"조심하여라. 그리고 가능하면 모방 신부와 샤스탕 신부도 만나 보아라. 안전한지 궁금하구나."

"그렇게 하겠습니다. 수원 부근 시골에 교우들이 있으니 그쪽으로 집을 알아보겠습니다. 그런데 언제까지 피해 다녀야 합니까? 법국에 도움을 청하면 어떻겠습니까?"

그러자 정하상이 눈짓을 했다. 박선식은 모르는 체하며 말을 계속했다.

"법국 함대가 청국에 있다고 하니 서찰을 써 주시면 제가 전하겠습니다. 우리 조정은 그냥 두면 변하지 않습니다. 강제로라도 변하도록 하려면 우리가 나서야 합니다."

"자네 무슨 말을 하는가?"

정하상이 참다못해 박선식을 나무랐다. 앵베르 주교가 박선식을 타일렀다.

"그런 생각을 해서는 안 된다. 주님께서는 십자가에서 죽으면서도 무력을 쓰지 않으셨다. 우리는 그런 주님을 따르는 사람들이다. 설령 내가 서찰을 보낸다 한들 함대가 움직인다는 보장은 없다. 우리 성직자 세 명이 모두 죽는다면 모를까……. 그들을 믿을 수는 없다. 그러니 그런 생각은 하지 마라."

박선식은 절망스러웠다. 그리고 다른 길을 찾아야겠다고 생각했다.

"알겠습니다. 죄 없는 신자들이 또다시 피를 흘리게 될까 걱정이 되어 말씀드린 것입니다."

"네 마음 안다. 하지만 주님께서 하시는 일이니 기다려 보자."

"내일 떠나면 당분간 뵙지 못할 것 같습니다. 모든 소식은 저 대신 오 베드로가 전해 드릴 것입니다. 저는 전에 말씀드린 대로 청국에 다녀오겠습니다. 더 미룰 수가 없습니다. 내일 한양에 가 신부님들을 뵙고 여러 소식을 모아 오 베드로 편에 보내고, 저는 그 길로 책문을 통과할 방법을 알아보겠습니다."

"청국에 가면 베이징 주교님에게 이곳 소식을 자세히 전하여라."

"그렇게 하겠습니다. 베이징 주교님께 보내는 서찰을 써 주십시오. 그래야 제 말을 믿으실 것입니다."

"그렇게 하마. 내일 아침, 떠나기 전에 주겠다."

정하상은 그들의 대화를 들으면서 박선식의 발을 붙들어 둘 수 없다는 것을 깨달았다. 그는 박선식의 눈을 응시하며 말했다.

"책문도 책문이지만 의주관문을 통과할 수가 있겠는가? 동지사 일행과 함께하지 않으면 어려울 텐데."

"어렵지만 길은 있습니다. 전에 다니시던 길도 있지 않습니까?"

박선식은 단도직입적으로 물었다. 정하상이 여러 번 국경을 넘었으니 길을 잘 알고 있지 않느냐, 알려 달라는 암시였다. 정하상은 눈을 감고 생각에 잠겼다. 이윽고 입을 떼었다.

"유진길 회장님을 만나 보게. 역관으로 청국에 여러 번 다녀왔고, 국경을 통과하는 방도도 잘 알고 있으니. 아니, 그보다 자네가 사행에 따라가는 것이 좋겠군. 베로니카 자매는 다른 길을 찾아보겠네. 어차피 사행에는 여자가 함께 가기 힘들 테니. 그리 알고 준비하게."

"알겠습니다."

"잘 다녀오게. 무사하기를 기도하겠네."

"고맙습니다."

박선식은 입을 꽉 다물었다.

2

초겨울로 접어들면서 살을 에는 매운바람이 불기 시작했다. 황량한 벌판을 쓸고 가는 바람을 맞으며 초선은 발걸음을 재촉했다. 머지않아 동지사 일행이 의주를 출발한다는 소식을 들었다. 동지사 일행 중에 교우가 함께 따라오는데, 그중 한 명이 돌쇠, 아니 박선식이라는 소식도 들었다. 초선을 책문에 보내기로 한 것은 정하상의 생각이었다. 서양의 선교사들이 중국을 거쳐 조선으로 들어오려면 책문을 거쳐야 하기 때문에 그곳에 믿을 만한 신자를 살게 해 입국을 도우려는 목석이었다. 초선이 비록 여자이지만 글도 배웠고 매인 데가 없으니 적임자라 여겨 그녀를 책문에 보내기로 결정한 것이다.

초선은 애초 동지사 편에 따라가기로 되어 있었는데 어느 날 갑자기 정하상으로부터 연통이 왔다. 동지사 편에 여자가 끼어 가는 것은 불가능하니 다른 편으로 떠나도록 하라는 것이었다. 베이징으로 떠나는 사행단의 감시를 엄하게 하라는 우의정 이지연의 명이 떨어졌다는 것이다. 잡상인들이 끼어들지 못하게 하고, 베이징에서 팔고 사 오는 물건들을 철저하게 검사하고, 나가고 들어올 때 반드시 이름을 확인해야 한다는 것이다. 다시 말해 국경을 넘었으면 다시 국경을 넘어 돌아오는지 확인한다는 것이다. 잡상인들의 난행을 막겠다는 것이 이유였지만 청국으로부터 선교사와 교회 물품이 들어오지 못하도록 막으려는 의도도 있었다.

초선은 한양의 상단에 끼어 의주로 왔다. 그리고 여자는 압록강을 건너는 것이 금지되어 있다고 하여 의주에서 남장으로 변복한 뒤 교우의 도움으로 책문까지 무사히 올 수 있었다. 책문에 온 지 한 달이 다 되어 간다. 이제는 떠듬떠듬 한어로 간단한 이야기도 할 수 있다. 한문을 아니까 말을 배우는 것은 생각보다 어렵지 않았다. 그러나 일정하게 할 일이 없었다. 동지사 일행 중에 이곳에서 동명관이라는 큰 여각을 하는 정시윤이라는 상인이 와야만 거처가 확실해지고 일거리도 생길 것이다.

머지않아 조선에서 동지사 일행이 도착하면 이곳도 시끌시끌 활기가 돌 것이다. 조선의 유명한 상단들이 오면 상거래가 이루어질 것이다. 그 모습을 상상하면서 초선은 가라앉으려는 마음에 활기의 불꽃을 지펴 보았다. 국경을 넘을 때 단단히 결심했지만 이국의 사람들과 통하지 않는 말을 하면서 지내는 것은 쉬운 일이 아니었다. 찬바람과 함께 가슴을 서늘하게 하는 외로움이 찾아들 때는 견디기 힘들었다. 그럴 때 찾아갈 수 있는 조선 교우가 있어 다행이었다. 초선은 조선인 교우 집에 머물고 싶었지만 책문에 조선인 교우는 백호선과 다른 한 집밖에 없는데 가난해서 지낼 방이 없었다. 그래서 백호선이 중국인 교우 집에 방을 구해 주었다. 그것이 말을 익히는 데 도움이 되었다.

백호선 내외는 마침 집에 있었다. 백호선은 초선이 앉자마자 이야기를 시작했다.

"조금 전에 조선에서 온 신자가 다녀갔습니다."

"별고 없답니까?"

초선도 다급하게 물었다.

"좋지 않은 소식입니다. 조정에서 교회를 크게 박해하기 시작했다고 합니다. 신자들은 모두 숨었고, 법국에서 오신 주교님과 신부님들도 모두 숨었다고 합니다."

"안전할까요?"

"천주님께 맡길 수밖에 없지요."

중국처럼 땅이 넓지도 않은 조선에서 숨는 것은 그리 쉬운 일이 아니다. 조정에서 찾으려고 마음만 먹으면 전국을 샅샅이 뒤져 찾아낼 것이다.

"주교님과 신부님들이 활동하는 걸 조정에서 아는지 모르겠군요."

"알려진 것 같습니다."

초선은 가슴이 덜컹 내려앉았다. 정하상이 책문으로 급히 떠나라고 한 것이 그 이유 때문인가? 그렇다면 그때 이미 서양 성직자들이 조선에 잠입한 것이 조정에 알려졌다는 것이다. 정하상은 이번에도 무사할 수 있을까? 그는 교우들에게 너무 많이 알려져 있다. 교우라고 다 믿을 수 있는 것은 아니다. 밀고자가 없으라는 법이 없다. 그런 것도 모르고 급히 떠나온 것은 아닐까 초선은 초조해졌다.

"무사하실지 모르겠습니다. 조선에서는 서양 성직자들이 들어와 있다는 것을 알면 그냥 두지 않습니다."

"죽이겠지요. 하지만 그분들이 조선으로 들어갈 때는 이미 죽음을 각오하셨습니다."

백호선은 예상하고 있었던 일인 양 담담하게 말했다. 초선은 성직자와 교우들의 죽음을 이야기하면서 어떻게 저토록 담담할 수 있는지 이해되지 않았다.

"그런데 조선에서 왔다는 교우가 누구입니까?"

"박선식 안드레아라고 했습니다. 자매님을 알고 있던데요."

"돌쇠, 아니 박 안드레아가 왔다는 말입니까?"

백호선은 놀라는 초선을 의아하게 바라보았다.

"잘 아는 사이입니까?"

"네."

"그렇군요. 조만간에 베로니카 자매님을 찾아가겠다고 했습니다."

초선은 아무 말도 하지 않았다. 머리가 복잡해졌다. 돌쇠가 이곳에 있겠다면 자신은 이곳을 떠나야 한다. 그와 함께 있을 수 없다. 처음 김성희의 집을 나와 정하상이 정해 준 교우 할머니의 집에서 한동안 마음 편히 지낼 수 있었다. 하지만 자신이 떠난 다음 날에 돌쇠가 집을 나왔다는 소식을 듣고 무척 당황했다. 김성희가 오해할 수 있기 때문이다. 고마운 것은 김성희였다. 돌쇠의 말에 의하면 그는 초선과 돌쇠를 자기가 내보냈다고 집 안사람들에게 말해 두고 돌쇠를 종의 신분에서 풀어 주었다고 했다. 그런데 마음에 걸리는 것은 돌쇠의 태도였다. 그는 김성희에 대해 고마워하지 않았다. 그만큼 일해 주었으니 당연히 그만한 대가를 받을 만하다는 것이다. 그리고 초선을 대하는 태도도 전과 달랐다. 이제 종이 아니고, 이름도 박선식으로 바꾸었으니 돌쇠라고 부르지 말라고 했다. 은연중에 초선에 대한 마음을 비치기도 했다. 그럴 때마다 초선은 불안하고 불쾌했다.

초선은 곧바로 집으로 돌아가지 않고 벌판으로 나갔다. 만주 벌판에 홀로 서서 지평선을 바라보며 지는 해에게 하루를 이야기하는 것이 버릇이 되었다. 사람들을 만나 열심히 중국 말을 하지만 그들과는 늘 간단하게 일상적인 대화만 주고받을 뿐 서로 마음을 내보이지는 않는다.

초선은 조선 땅을 떠날 때 깊은 회한을 땅에 묻고 떠나리라 마음먹었다. 그리고 새로운 삶을 힘차게 시작하리라 다짐했다. 어려움이 따르겠지만 주님이 힘을 주실 것을 믿었다. 믿음의 세계, 그 세계에서 살 수 있다는 것은 얼마나 감사한 일인가.

주님의 소리가 멀리서 바람에 실려 오는 것 같았다. 위로의 소리, 희망의 소리가 다가온다. 눈물이 솟았다. 일생을 의탁해도 후회가 없는 그분, 보이지 않는 그분의 소리가 다가오고 있다. 초선은 전신을 감싸는 바람을 맞으며 팔을 벌렸다. 죽음을 동반하는 신앙, 그러나 후회는 없다. 죽음을 넘어서는 약속, 부활의 약속이 밝은 빛을 보여 준다.

'부활하신 주님, 당신을 뵙고 싶습니다.'

부활을 위해서는 수난과 죽음이 전제된다. 초선은 그 고통 앞에서 과연 의연할 수 있을지 생각해 보았다. 부활의 확신이 있기에 의연할 수 있을 것이다. 많은 신자가 이미 그렇게 고통을 감내하며 신앙을 지키고 있지 않은가. 나도 그 뒤를 따르리라. 죽음의 고통을 통과하지 않고는 다다를 수 없는 길이라면 피하지 않으리라 초선은 다짐했다.

집으로 돌아오자 집주인이 객실에서 손님이 기다린다고 했다. 집이 제법 커 객실이 따로 있었다. 객실에는 박선식이 앉아 있었다. 그는 청국 옷을 입고 있었다.

"왔다는 소식을 듣고 오는 길입니다."

초선은 조금 서먹하게 인사말을 건넸다.

"고생 많았지요?"

"고생이랄 것은 없지요. 어찌 보면 편하게 지내고 있습니다."

"그럴 리가."

박선식은 초선의 말이 믿기지 않는 듯 코웃음을 쳤다.

"편히 지내러 온 것이 아니지요. 그래서 돌아가려고 해요."

"돌아가다니, 그게 무슨 말입니까?"

"조선에서 박해가 시작되었다는 소식을 들었어요. 아무래도 주교님과 신부님들, 정 회장님이 무사하기 힘들 것 같습니다. 가서 뵈어야지요."

"그러다 죽습니다."

"그걸 모르고 천주교에 입교한 것은 아닙니다."

"날 책망하는 겁니까?"

박선식은 날이 선 눈빛으로 초선을 쏘아보았다.

"주교님과 두 분 신부님을 숨겨 드려야지요. 그리고 정 회장님 일이 많을 텐데 도와드려야지요?"

"정하상 바오로 님이 걱정이 되어 그러는 거군요."

"그럼 걱정되지 않나요?"

"정하상은 죽을까 걱정되고, 나는 죽어도 좋다는 말입니까?"

"그분을 위해서라면 죽을 수 있어요. 그분이 조선 천주교를 위해서 얼마나 많은 일을 하고 얼마나 중요한 분인가는 잘 알지 않습니까?"

박선식은 코웃음을 쳤다.

"난 죽을 수 없어요. 하고 싶은 일이 있으니까. 그건 그렇고, 내가 왜 사행단과 오지 않고 먼저 들어왔는지 궁금하지 않습니까?"

초선도 그것이 궁금했다. 동지사 일행은 이틀 뒤에 도착한다고 들었다.

"이번 사행에 누가 따라오는지 아시오? 김성희가 끼어 있었소."

초선은 놀라 박선식을 바라보았다. 그의 입에서 전 주인의 이름이 나오리라고는 상상도 못 했다.

"벼슬살이도 못 하고 이리저리 밀리더니, 답답하니까 청국 바람이라도 쏘일 양으로 동지사 일행에 한 다리 낀 모양입니다."

초선은 분노가 치밀었다.

"함부로 말하지 말아요. 그런 말을 들을 분이 아닙니다."

"아직도 정이 남아 있습니까? 그리 모진 천대를 받고도 아직까지 정이 남아 있느냔 말입니다."

"그분은 나를 천대하지 않았어요."

"그러면 정실 자리를 꿰차지 그러셨습니까?"

초선은 그만 입이 벌어졌다. 저 사람이 어찌 저리도 변했단 말인가. 예전의 돌쇠는 저렇지 않았다. 늘 침착하고, 주인의 말을 누구보다 잘 따랐다. 그것이 모두 위선이었단 말인가. 초선은 마음이 착잡해졌다.

"들키지 않도록 앞으로 더욱 조심해야 합니다. 돌아다니지 말고 집 안에 있어요. 나는 내일 베이징으로 떠납니다."

초선은 박선식과 말을 섞고 싶지 않아 잠자코 듣기만 했다.

"무슨 일로 가느냐고 묻지도 않는군요. 사행단보다 먼저 베이징에 가서 장사를 할 겁니다. 돈을 벌어 이리로 와 큰 집을 장만할 테니 그때까지만 참으세요."

"조선 사람이 무슨 수로 이곳에서 집을 사겠다는 겁니까?"

"청국 친구에게 돈을 주면 알아서 해 준다고 했어요."

'내가 자기 손 안에 있는 줄 아는가.'

초선은 어이가 없어 자리에서 일어섰다.

박선식은 아침 일찍 책문을 떠나 베이징으로 향했다.

김성희가 동지사 일행과 함께 이곳에 온다는 말은 충격이었다. 초선은 안절부절 마음을 잡을 수 없었다. 그의 곁을 떠날 때 다시 보지 않을 사람이라 생각하며 가슴에 쌓인 한을 쏟아 놓았다. 그런데 자신도 모르게 동지사 일행이 책문에 도착하기만 기다리고 있었다. 먼발치에서라도 그를 보고 싶었다. 김성희가 오랜 세월 자신에게 깊은 정을 준 것을 부정할 수는 없다. 그 정이 아직도 가슴 깊은 곳에 남아 있는 것이리라.

동지사 일행이 책문 밖에 도착했다는 이야기가 퍼졌다. 초선도 사람들을 따라 일행을 맞이하는 곳으로 갔다. 동지사 일행은 이미 책문을 통과해 마당에 정렬하고 있었다. 초선은 인파를 헤치고 앞으로 나갔지만 동지사 일행의 수가 많은 데다 옷도 조선에서 보던 것과 달라 김성희를 알아볼 수 없었다.

잠시 뒤 사람들이 웅성거렸다. 봉황성 성장이 온다는 소리에 시선이 한쪽으로 쏠렸다. 초선도 그쪽으로 얼굴을 돌렸다. 화려하게 치장한 교자가 앞으로 다가왔다. 성장이 탄 교자인가 싶어 초선은 다른 사람들과 교자 안을 들여다보았다. 그런데 사람이 보이지 않았다.

"저기 장군이 오신다."

인파 속에서 누군가 소리쳤다. 교자를 앞에 보내고 관복을 말쑥하게 차려입은 사람이 말을 타고 천천히 오고 있었다. 한눈에도 우람한 체격에 위엄이 풍기는 인물이었다.

"우리가 보고 싶어 하는 것을 아시기 때문에 교자를 버리고 말을 타셨나 보네."

"암, 그렇고말고. 역시 우리 장군님이시지."

사람들의 마음을 아는지 다이전 장군은 미소를 지어 보였다. 그의 눈이 초선에게 멎었다. 순간이었지만 초선은 그의 눈빛에 가슴이 서늘해졌다.

다이전이 단상에 오르자 사행단이 그 앞을 지나며 인사를 했다. 사행단은 말에서 내려 걸어가며 성장에게 예를 올려야 했지만 다이전은 사행단이 말에서 내리지 않아도 된다고 미리 허락해 주었다. 그래서 삼사와 역관들, 말을 탄 관원들은 그대로 다이전 앞을 지나가며 예를 올렸다.

초선은 인파를 뚫고 앞으로 나가긴 했지만 김성희를 찾을 수가 없었다. 행사가 끝나고 사람들이 흩어지기 시작했다. 초선은 발길을 돌리다가 한곳에 눈이 멎었다. 김성희, 분명 그였다. 그녀의 가슴이 뛰기 시작했다. 그에게 뛰어가고 싶었지만 곧 마음을 접었다. 그런데 왜 저 모양인가. 그녀는 변해 버린 그의 모습에 어이가 없었다. 먼발치에서 봐도 그는 생전 입지 않던 이상한 옷을 입고 보기에 딱할 정도로 초라했다. 그녀는 가슴이 아팠다. 자신이 집에 있었더라면 저런 모습으로 내보내지는 않았을 텐데, 집 떠난 일이 후회스럽기도 했다.

사행단이 다이전의 뒤를 따라 관사로 들어간 뒤 초선도 발걸음을 돌렸다. 천천히 길을 걸으며 그녀는 마음을 다잡았다.

'이렇게 후회하려고 떠난 것이 아니다. 미련을 갖지 말자. 내가 만나야할 사람은 정시윤이라는 장사꾼이다. 오늘은 그가 바쁠 테니 내일 찾아가서 만나자.'

초선은 걸음을 재촉해 집으로 돌아갔다.

3

정시윤은 동명관에 있었다. 초선은 하인의 안내를 받으며 객실로 들어 갔다. 그녀는 자신이 상상하던 장사꾼이 아닌 맑은 선비 같은 사내의 모습에 적잖이 놀랐다.

'삼십은 넘은 듯한데, 아직 사십은 안 되었겠지.'

그의 나이를 가늠해 보았다.

"앉으시오."

초선은 의자에 앉았다.

"책문에는 언제 왔소?"

"한 달가량 되었습니다."

"어디서 지내고 있소?"

"중국인 집에 머물고 있습니다."

"중국 말은 좀 통하겠군."

정시윤은 혼잣말처럼 중얼거렸다.

"이곳에서 일할 생각이 있소?"

"네. 일할 자리만 주신다면 그리하겠습니다."

"좋소. 일은 그리 고되지 않을 것이오. 방을 마련해 줄 테니 이곳에 머무는 것이 어떻겠소?"

"고맙습니다."

"오늘이라도 당장 짐을 옮길 수 있도록 준비해 놓겠소. 그런데 그 옷부터 갈아입으시오."

초선은 당황스러웠다. 있는 옷이라고는 입고 있는 것이 전부이다. 남장을 하고 책문으로 들어온 이후 백호선 안사람의 옷을 한 벌 빌려 입고 지냈다.

"이곳은 중국 땅이고 중국인을 상대로 장사를 하는 곳이오. 오늘부터는 조선 사람의 티를 내지 마시오. 중국 말도 빨리 배우도록 하시오. 설혹 조선 사람이 들어와도 조선말을 하지 마시오. 그래야 댁이 안전할 것이오. 그리고 남의 눈에 띄는 행동은 삼가시오. 이 집에 댁을 들여놓은 나를 생각해 달라는 말이오."

초선은 자신이 천주교 신자라는 것을 정시윤이 염두에 두고 하는 말이라는 것을 눈치 챘다.

"조심하겠습니다."

정시윤은 하인을 불러 안살림을 책임지고 있는 우란메이(吳蘭美)를 불러오라고 일렀다. 잠시 뒤 초로의 부인이 들어왔다.

"인사하시오. 앞으로 우 타이타이(太太, 부인)가 해야 할 일을 일러 줄 것이오. 우 타이타이는 남편과 함께 이 집에서 일하고 있소."

초선은 우 부인에게 인사를 했다.

"김초선이라고 합니다. 많이 가르쳐 주세요."

우 부인도 초선의 모습을 조심스럽게 살펴보며 인사를 받았다.

"함께 지내게 돼서 반갑습니다. 김 타이타이라고 부를까요?"

우 부인이 조심스럽게 묻자 정시윤이 대답했다.

"그렇게 하세요. 그리고 라오 우와 함께 가서 이분의 짐을 가져오도록 하세요."

초선이 나섰다.

"저 혼자 가져와도 됩니다. 짐이랄 것도 없어요."

정시윤은 단호하게 말했다.

"그냥 따르도록 하시오."

그리고 우 부인을 향해 말했다.

"급한 대로 옷을 마련해야겠소. 다른 것은 천천히 준비해도 되지만 옷은 당장 갈아입히고 머리 모양과 신발도 모두 오늘 안으로 바꿔 주시오."

"네."

얼떨결에 우 씨 부부와 함께 살던 집으로 와서 보따리를 챙겨들고 나왔다. 짐이라고 해 봐야 조선에서 준비해 온 속옷가지뿐이다. 초선은 우 부인과 시장에 가서 중국 여자들이 흔히 입는 수수한 청색 저고리와 바지를 골랐다. 우 부인이 감청색 치파오를 하나 더 고르고 속옷과 머리 장신구까지 샀다. 신발을 고르기가 까다로웠는데 변방의 만주족 여인들 가운데 전족을 하지 않은 경우가 많아 생각한 것보다는 쉽게 구할 수 있었다.

초선은 동명관으로 돌아와 자신이 쓸 방으로 들어갔다. 초선의 방은 우 씨 부부의 옆방으로 객실과는 마당을 사이에 두고 있었다. 방은 제법 컸고 창문으로 넓은 후원이 보였다. 한쪽 벽으로 침상이 붙어 있고 방 가운데 탁자와 의자가 있었다. 침상 반대편 벽에는 작은 서랍이 달린 탁자가 있고 그 위에 제법 큰 거울이 놓여 있다. 초선은 의자에 앉아 잠시 숨을 고르며 정신을 가다듬었다.

우 부인이 치장을 도와주러 왔다. 초선은 바지와 저고리를 입으려 했지만 우 부인이 치파오를 입으라고 했다.

"주인님이 계실 동안은 이 옷을 입어요. 보세요, 나도 입고 있지요. 바지는 막일할 때 입도록 해요. 뒤돌아 있을 테니 속옷부터 갈아입어요."

초선은 입던 옷을 천천히 벗은 뒤 중국 속옷을 입고 치파오를 몸에 걸친 뒤 단추를 끼우기 시작했다.

"돌아서도 되겠소?"

초선은 급히 단추를 끼우며 대답했다.

"네."

우 부인이 단추를 마저 끼워 주고 옷매무새를 만져 주었다. 그러고는 뒤로 물러나 초선을 위아래로 살펴보았다.

"정말 곱군요. 얼굴만 고운 게 아니라 몸매도 어찌 이렇게 고운지. 조선 옷은 치마가 풍성해서 몸매를 가려 버리지만 치파오를 입으면 몸매를 알 수 있지요. 중국 여자들보다 더 잘 어울리네요."

우 부인이 초선을 거울 앞으로 데리고 갔다.

"머리를 풀어요."

초선은 그 말이 귀를 때리는 것처럼 아프게 들렸다. 그녀는 눈을 감았다.

"어서요."

비녀를 뽑자 긴 머리채가 등 뒤로 떨어졌다. 우 부인이 머리채를 묶었던 끈을 풀고 머리카락을 만지며 감탄했다.

"머릿결이 어쩜 이리 탐스러울까."

우 부인은 머리카락을 중국 여인의 머리처럼 감아 올렸다.

"내가 하는 거 잘 보았다가 내일부터 혼자 해요. 토우잔(頭簪)은 머리카락 사이를 잘 질러야 풀어지지 않아요."

그녀는 나비 모양의 비녀를 초선의 머리 양쪽에다 꽂았다. 초선은 눈을 뜨고 자신의 변한 모습을 보았다.

"조선에는 잘생긴 사람들이 많은가 봐요. 우리 주인님도 참 잘생기셨지요. 게다가 인품도 좋으시고. 김 타이타이도 이리 고우니 조선 사람은 모두 잘생긴 것 같아요."

그녀는 토우잔을 뽑고 머리를 풀었다.

"혼자 해 봐요."

초선은 머리를 틀어 올리고 토우잔을 꽂았다.

"됐어요. 금방 배우는군요. 이젠 집 안팎을 돌아보러 갑시다. 내일부터 일을 시작해야 하니 집 안을 알아 두어야지요."

초선은 우 부인을 따라나섰다.

"오른쪽은 손님들 방이고, 맞은편 끝은 주인님이 쓰시는 방이에요."

말이 떨어지기 무섭게 방문이 열리더니 정시윤이 나왔다. 초선은 기절할 듯 놀라 우 부인의 뒤로 숨었다. 정시윤은 초선을 잠깐 쳐다보더니 대문을 향해 걸어갔다.

"너무 부끄러워하지 마세요. 주인님은 그런 데 마음 쓰지 않아요. 그리고 김 타이타이가 옷을 바꿔 입었다고 이상하게 여길 사람은 이곳에 한 명도 없어요. 빨리 익숙해져야지요."

"곧 익숙해지겠지요."

"그래야지요. 저녁 먹으러 갑시다. 주인님은 오늘 저녁에 다이전 장군님의 초대를 받아서 나가셨지요."

"다이전 장군이라니요?"

"이곳 봉황성의 성장이에요. 오늘 저녁에 조선에서 온 사행단을 초대하셨답니다."

초선은 낮에 본 장군을 기억했다.

"우리 장군님은 정말 훌륭한 분이에요. 그분 덕에 요즘 편히 지내고 있지요."

"그럼 전에는 그렇지 않았나요?"

"몹쓸 성장도 많이 다녀갔지요."

저녁 식탁에는 우 씨 부부와 초선뿐이었다. 식탁의 윗자리를 가리키며 우 부인이 말했다.

"이 자리는 주인님 자리예요."

"다른 사람들은요? 일하는 사람들이 몇 명 보이던데요."

"다른 곳에서 먹어요."

"그럼 저도 내일부터는 그곳에서 먹겠습니다."

우 씨가 정색을 하며 말렸다.

"안 됩니다. 주인님이 여기서 같이 들라고 했어요. 어려워 말아요. 주인님은 일 년에 두 번 다녀가십니다. 베이징으로 가실 때 한 번, 오실 때 한

번. 그 외에는 우리 내외뿐입니다."

초선은 거절하기 힘들다고 생각했다. 하긴 정시윤을 그렇게 어려워할 필요는 없을 것이다. 같은 조선 사람인 데다가 사람이 반듯해 자신을 함부로 대하지 않을 것이다.

저녁을 먹고 방으로 돌아온 초선은 불을 밝히지도 않고 의자에 앉아 숨을 가다듬었다. 어쩌면 하루 동안 이토록 많은 일이 일어날 수 있단 말인가. 정시윤 때문이다. 애초 정시윤을 만나러 올 때는 그의 승낙을 얻을 목적뿐이었다. 그러나 그는 이미 자신을 이 집에 받아들이기로 결정하고 있었다. 정하상에게 먼저 전해 들었겠지만 이것저것 묻지도 않고, 바로 짐을 옮겨오게 하고 중국옷으로 갈아입히는 기민성이 놀라웠다. 그녀는 보따리에서 십자고상을 꺼내 거울 앞에 놓았다.

"주님, 오늘 하루는 어떻게 지나갔는지 모를 정도로 정신이 없습니다. 많은 변화가 있었습니다. 하지만 변한 건 외모뿐이겠지요. 제 마음은 늘 주님으로 가득 차 있습니다. 이 변화를 주님이 이끄시는 것이라 믿고 따를 수 있게 힘을 주십시오."

초선은 간절히 기도했다. 짙은 어둠과 정적이 그녀를 감쌌다. 마음속에서 힘이 솟구치는 것을 느꼈다. 무엇을 두려워하는가. 두려워할 것이 없다. 길을 나설 때 이미 이런 변화는 각오했다. 변화 없이 어찌 이 길을 가겠는가. 그리고 이미 여기까지 왔다. 되돌아갈 수 없다. 앞으로 또 어떤 일이 닥칠지 모르지만 계속 가야만 한다는 것을 그녀는 알고 있다.

어둠이 깊었지만 잠자리에 들기는 이른 것 같아 우 부인이 준 목도리를 하고 후원으로 나갔다. 북방의 겨울 날씨치고는 그다지 춥지 않고 바람도 심하지 않다. 정원의 나무들은 앙상하고, 말라 버린 풀포기 위에 눈이 하얗게 쌓여 있다. 보드득보드득 눈 밟는 소리를 내며 걷다가 소나무에 등을 기대고 섰다. 밤하늘의 달이 겨울 정원을 비추고, 별들도 반짝인다. 모든 것이 깊고, 차고, 고요하다.

'이것이 북방의 밤이구나.'

초선은 책문에 온 지 한 달 만에야 밤하늘을 보며 감탄했다. 어제까지 지내던 중국인 교우의 집은 길가에 있었는데 집주인이 해만 지면 밖에 나가지 못하게 해 북방의 밤을 느낄 수가 없었다.

갑자기 침묵을 깨며 눈 밟는 소리가 났다. 하염없이 달을 바라보던 초선은 놀라 소나무에서 등을 뗐다. 키가 커다란 남자가 눈을 밟으며 초선에게 다가오고 있었다. 정시윤이었다. 그는 몇 발자국 떨어진 곳에서 걸음을 멈추었다.

"방에 불이 없어 잠들었나 했소. 낯설어 잠이 오지 않나 보오."

그의 음성은 낮과는 달리 다정하게 들렸다.

"초저녁잠이 없습니다."

"나하고 같군요."

정시윤은 밤하늘을 바라보며 말했다.

"아직 보름이 되지 않았는데 달이 꽤 밝군."

초선도 그의 시선을 따라 달을 쳐다보았다.

"연회가 일찍 끝났나 봅니다."

"그렇소. 다이전 장군은 늘 그렇소. 잘 차려내 놓지만 술자리를 오래 끌지는 않소. 우리가 해야 할 일이 많은 것을 알고 일찍 자리를 뜨지요."

"이곳 사람들이 그분을 무척 따르는 것 같았습니다."

"그럴 테지요."

정시윤은 발길을 옮기며 말했다.

"저쪽에 정자가 있어요."

정자는 그리 크지 않지만 운치가 있었다.

"잠깐 앉으시오."

초선은 잠시 머뭇거리다가 그와 떨어진 자리에 앉았다.

"오늘 결례를 했다면 용서하시오. 늘 바쁘게 짐을 챙겨 길을 떠나야 하니 닥친 일은 미루지 않고 그 자리에서 바로 처리하는 것이 습관이 되어 버렸소."

"조금 놀라기는 했지만 어차피 해야 할 일인데, 정신없이 치르고 나니 오히려 마음이 가볍습니다."

"다행이오. 그런데 낮에는 왜 숨었소? 속이 트인 줄 알았는데 어쩔 수 없는 조선 여인인가 보오."

초선은 그의 말이 민망했지만 이제는 그의 말을 되받을 수 있을 만큼 안정되었다.

"옷을 바꿔 입었다고 속이 바뀌는 것은 아니지 않습니까? 하지만 앞으로는 속도 바꾸도록 힘쓰겠습니다."

정시윤은 아무런 반응을 보이지 않았다. 초선은 그대로 앉아 있는 것이 불편해 일어나려 하자 정시윤이 물었다.

"만나고 싶소? 전 예문관 검열 김성희 말입니다."

초선은 자지러질 듯 놀랐다. 어떻게 알았을까. 상상도 못 한 일이다.

"어제 사행단을 보러 나온 당신을 보았소. 부인이 그곳에 간 건 김성희를 보려고 한 것이 아니오?"

초선은 마음을 가라앉혔다. 그는 이미 자신에 대해 많은 걸 알고 있다.

"원하면 만나게 해 주리다."

"아닙니다."

초선은 단호하게 말했다.

"알겠소. 그냥 먼발치에서 그림자만이라도 보려고 했던 모양이구려. 그분과 함께 오면서 보았는데 인품이 고아하더군요. 쉽게 헤어질 수 있는 분은 아닌 것 같던데……."

"그런 건 아닙니다."

"미안하오. 정하상으로부터 사람을 보낼 테니 받아 달라는 부탁을 받았는데 젊은 부인이라고 하여 당신에 대해 알아보았소. 어떤 여인이기에 낯선 땅에 혼자 와서 살 생각을 할까 궁금했소. 그러나 단순한 호기심은 아니었소. 내가 책임져야 할 사람이니 어떤 사람인지 알아야 만일의 사태에 대처할 게 아니오. 부인에 대해 아는 것은 일신에 관한 몇 가지와 천주교를 믿는다는 것뿐이오."

초선은 그의 말을 들으며 마음이 착잡해졌다.

"꼭 그런 걸 알아보고서야 사람을 쓰십니까?"

"웬만큼은 알아보지요. 이곳은 국경이 아닙니까. 더욱이 부인은 천주교 신자이니 나로서는 여간 조심스럽지가 않아요. 앞으로도 조심해야 하고. 내가 알아야 할 일이 있으면 반드시 알려 주면 좋겠소. 그래야 부인을 보호할 수 있소."

"짐이 되고 싶지는 않습니다. 이곳 생활에 익숙해지고, 작은 집이라도 마련하면 바로 떠나겠습니다."

"집이라…… 정하상에게 들은 말이 있소. 집은 내가 마련해 주리다. 하지만 여길 떠날 생각은 접어 두시오. 부인이 여기 있어야 내가 돈을 줄 수 있지 않겠소."

"혹시……."

"아니요. 난 천주교 신도가 아니오. 앞으로도 그럴 생각은 없소. 그러나 도와줄 수 있는 일이 있으면 도울 것이오."

초선은 세상에 참 별난 사람도 있구나 생각했다. 정시윤은 자리에서 일어났다.

"잠깐만, 여쭐 것이 있습니다. 정 회장님 일이 궁금합니다. 그리고 주교님과 두 분 신부님이 어찌 되셨는지. 마음이 불안합니다. 제가 떠나올 때 여러 교우가 잡혀 들어갔습니다."

"내가 떠날 때까지는 무사하셨소. 하지만 앞으로는 쉽지 않을 것이오."

"그럼 잡힐 수도 있다는 말씀입니까?"

"조정에서는 이미 서양 신부들이 들어와 있다는 것을 알고 있소. 신자들을 잡아들이면 그들 입에서 말이 나올 것이오. 그렇지 않더라도 신자들이 계속 잡혀 들어가면 신부들이 자기 발로 먼저 나올 수도 있고."

"그러면 정 회장님은 숨을 수 있겠습니까?"

"너무 많이 알려져 숨기도 힘들 것 같소."

초선은 속이 탔다. 이러고 있을 때가 아니라는 생각이 들었다. 그들이 그런 위험에 처해 있는데 자기 혼자 살아남는다는 것은 배신과 같다는 생각이 들었다.

"아무래도 떠나야겠습니다. 조선으로 돌아가야겠어요."

정시윤이 웃었다. 초선은 어이없고 불쾌했다.

"같이 잡혀 죽으러 들어갑니까? 너도나도 다 죽으면 조선에서 천주교는 끝나겠군요."

초선은 다리에 힘이 빠졌다.

"그분들을 의지하고 따르는 것은 알겠소. 그런데 부인은 천주를 믿으시오, 아니면 사람을 믿으시오?"

초선은 갑자기 할 말이 없었다. 자신의 신앙이 무엇이냐고 묻는 그에게 대답할 말이 없었다. 마음을 가라앉힌 뒤 차분히 말했다.

"천주님을 믿지요. 하지만 천주님께 인도해 준 그분들과 운명을 같이하는 것이 도리라고 생각합니다."

"그렇지 않소. 조선 천주교가 그분들이 죽는다 해서 끝난다면 더 믿을 필요가 없지 않겠소. 하지만 남은 사람들이 있어 교회가 지속된다면 그 일을 위해서라도 부인은 살아남아야 하지 않소. 정하상도 그것을 원하기 때문에 부인을 이리로 피신시킨 게 아니겠소?"

초선은 주저앉았다. 그들이 잘못된다면 조선 천주교를 누가 이끌어 갈 것인가.

"벌써 두 해가 지났나 봅니다. 바로 이맘때였지요. 정하상이 중국인 신부와 함께 세 명의 소년을 데리고 국경을 넘어 이곳까지 왔소. 우연히 그들을 만날 수 있었는데, 세 소년의 맑으면서도 침착한 모습이 마음에서 지워지지 않는구려. 부인도 아마 그 일은 들어 알고 있을 것이오. 세 소년은 신부가 되기 위해 멀고 먼 아오먼까지 갔소. 조선 역사에서 처음으로 서양 학문을 제대로 배우기 위해 떠나는 소년들을 보면서 이제 조선에도 변화가 시작될 거라는 기대에 감격했던 기억이 아직도 생생하오. 이제 몇 년 후면 그들이 다시 이 길로 돌아올 것이오. 신부가 되어서 말이오. 조선에서 신부가 나오다니 감격스럽지 않소?"

초선은 세 소년을 보지는 못했지만 마카오로 떠난 일은 들어 알고 있었다. 그들은 조선 천주교의 희망이다. 정시윤이 그들을 만났다는 것은 놀라운 일이었다. 이 사람은 천주교와 깊은 인연이 있는 것 같은데 믿을 생각은 없다고 한다. 그러면서 왜 이토록 관심을 가지고 도우려고 하는가. 도무지 알 수 없는 사람이다.

"궁금하군요. 믿지도 않으면서 왜 천주교를 도우려고 하십니까? 위험할 텐데요."

"조선을 위해서요. 나는 조선이 천주교를 통해서 변화하기를 바라고 있소. 천주교의 신부들이나 신자들은 대부분 선하지요. 자기 뱃속을 채우려고 사람을 병들게 하는 아편을 팔아먹고 온갖 악행을 거침없이 행하는 서양의 장사꾼들과는 다르지요. 그런 장사꾼들에 의해 조선의 대문이 열리게 해서는 안 되오. 나는 조선이 천주교를 인정하고 스스로 문을 열어 제대로 된 서양 세력과 당당하게 관계를 맺을 수 있기를 염원하고 있소. 조선은 변해야 합니다. 스스로 문을 열지 않으면 대포가 문을 열게 할 것이오. 스스로 여는가, 대포가 여는가. 그 결과는 엄청나게 다를 것이오."

초선은 나라를 위해 천주교를 돕는다는 그의 말이 새롭게 들렸다. 그는 베이징을 수없이 드나들면서 청국과 서양 사정에 대해 소상하게 알고 있을 것이다. 그런 그가 천주교를 돕는다는 것은 의미심장한 일이 아닐 수 없다.

"들어갑시다. 발 얼겠소. 다음부터는 그런 신발 신고 눈 속에 나오지 마시오."

이튿날 우 부인이 털신을 사 왔다. 그리고 정시윤은 베이징으로 떠나면서 동지사 일행보다는 빨리 돌아오겠다고 했다. 조선의 상황이 심상치 않기 때문에 서둘러 들어가야 한다고 했다.

초선은 베이징으로 떠나는 김성희를 만날 생각을 접었다. 앵베르 주교를 비롯해 많은 신자가 생명을 잃을지도 모른다. 그런데 자신은 이곳에 편안하게 피해 있으면서 이미 인연을 끊은 사람을 그리워한다는 것은 있을 수 없는 일이다. 초선은 마음을 단단히 먹고 부지런히 우 부인을 따라다니며 일을 배웠다. 그리고 하루 걸러 찾아오는 중국인 선생에게 열심히 중국 말을 배웠다. 정시윤이 떠나기 전에 미리 손써 놓은 것이다. 초선은 바쁜 중에도 자상하게 마음을 써 주는 그가 고마웠다. 나라를 위한 일이라고는 하지만 아무 잇속 없이 남을 도와주는 그가 이상하다고 생각했다. 참 별난 사람이다. 세상에 그런 별난 사람도 있을까 신기했다. 그러나 그와 같은 별난 사람이 있기에 세상이 변할 수 있는 것이다.

4

기해년(1839년) 정월이 가고 이월로 접어들 때 정시윤은 예고도 없이 돌아왔다. 하루라도 빨리 조선으로 돌아가야 할 만큼 한양에서 돌아가는 사태가 심상치 않았기 때문이다. 조선으로 가지고 갈 물건들은 일행에게 맡기고 혼자 먼저 온 것이다.

다 저녁 때 정시윤이 대문 안으로 들어서자 우 부인은 분주하게 움직였다. 초선도 우 부인을 도와 저녁상을 준비했다. 김치가 맛이 들어 다행이었다. 고춧가루를 풀어 얼큰하게 두부찌개를 끓이고, 돼지고기를 고추장과 마늘을 듬뿍 넣고 버무려 석쇠에 굽고, 흰 쌀밥을 고슬고슬하게 지어 상에 올렸다. 밥상을 받은 정시윤이 한마디 했다.

"앞으로는 이런 것 준비하느라 애쓰지 마시오. 난 이미 중국 음식에 길들었으니 음식 걱정은 하지 말아요."

그러나 밥술을 뜨면서부터 젓가락이 김치를 떠나지 않았다. 김치 한 보시기와 두부찌개와 돼지고기를 담은 그릇을 말끔히 비우고 나서야 수저를 놓았다.

"잘 먹었소. 참 입맛이라는 게 묘해요. 평소에는 중국 음식이 입에 맞는 것 같은데 막상 우리 음식을 보면 그게 아니니."

그는 슬며시 웃음을 지었다.

"앞으로는 김 타이타이가 찬을 준비할 테니 다른 말씀 마세요."

우 부인이 거들었다.

"그래, 일은 좀 익숙해졌소?"

우 부인이 기다렸다는 듯이 말을 받았다.

"암요. 이제는 집안일을 모르는 것이 없어요. 얼마나 총명하고 부지런한지 모릅니다. 이젠 중국 말도 다 알아듣고 제법 한답니다."

정시윤은 일어서면서 초선에게 말했다.

"나 좀 잠깐 봅시다."

우 부인이 초선의 팔을 잡아 일으켰다.

"얼른 가 봐요. 그릇은 내가 치울 테니."

초선은 정시윤을 따라 서재로 갔다.

"잠깐 앉아요."

초선에게 자리를 권한 뒤 벽장문을 열고 보따리를 내왔다.

"베이징에서 옷을 몇 벌 샀소."

그는 보따리를 초선 앞에 밀어 놓았다.

"옷은 이곳에서도 살 수 있는데 먼 길 다녀오시면서 이리 마음을 써 주시면 오히려 부담스럽습니다."

"이곳 일이 때로는 말끔한 옷을 입어야 할 때가 있소. 그래서 준비한 것이니 부담 가질 필요 없어요. 그 안에 서책이 몇 권 있소. 천주학에 관한 것이오. 한가할 때 이곳에 와서 책을 가져다 보시오."

"이 신세를 어찌 다 갚아야 할지 모르겠습니다."

"난 장사꾼이오. 이렇게 할 때는 다 그만한 이유가 있지 않겠소. 그나저나 말을 탈 줄 아시오?"

"전에 기방에 있을 때 가끔 말을 타고 외출을 했지만 달려 보지는 못했습니다."

"이곳에서는 말을 탈 줄 알아야 하오. 때로 봉황성 안에 가야 할 때가 있소. 삼십여 리 길이니 말을 타야 할 것이오. 내일 점심 먹고 마구간으로 오시오. 바람이 차니 채비를 단단히 하고. 그 안에 털모자가 있소."

"알겠습니다."

"그럼 가 보시오."

이튿날 점심을 끝내고 초선은 바지와 저고리를 입고 목도리를 두른 뒤 정시윤이 사다 준 털모자를 들고 마구간으로 나갔다. 정시윤은 말을 손질하고 있었다. 그는 털로 된 외투를 건네주었다.

"그리 입고는 얼어 죽소."

초선은 그가 주는 외투를 받아 입고 털모자를 쓴 뒤 턱 아래에 끈을 잡아매었다.

"자, 이놈을 다뤄 보시오."

그는 짙은 밤색 털이 매끄러운 말의 고삐를 넘겨주었다. 그리고 말 머리를 쓰다듬으면서 말했다.

"네 새 주인이다. 잘 모셔라."

초선은 고삐를 잡고서 말 머리와 콧잔등을 쓰다듬었다. 처음에는 고개를 젓더니 이내 코를 벌름거리며 머리를 초선의 가슴에 대고 비볐다.

"이제 올라타시오."

초선은 가볍게 말 등에 올라탔다. 그들은 말을 천천히 몰면서 마을을 빠져나왔다.

"이제 달려 봅시다. 다리로 배를 차요. 그리고 채찍으로 엉덩이를 힘껏 쳐요."

정시윤이 시키는 대로 하자 말이 속도를 냈다. 한참 벌판을 달렸다. 가슴이 시원했다. 초선은 어디로 가는지 묻지 않았다. 꽤나 오래 달렸는지 멀리 마을이 보였다. 정시윤은 속도를 줄였다. 초선도 그를 따라 말을 천천히 몰았다.

"어디로 가는지 궁금하지 않소?"

"어디로 간들 제가 알겠습니까? 그냥 따라야지요."

"봉황성으로 가고 있소. 이 길을 잘 기억해 두시오. 가끔 갈 일이 생길 테니."

천천히 말을 몰고 가는데 멀리서 말을 탄 사람들이 몰려오는 것이 보였다. 가까워지자 군졸들이라는 것을 알 수 있었다. 봉황성 성장 다이전이 군졸들을 대동하고 달려오고 있었다. 서로 마주 대하게 되자 모두 말을 멈추었다.

"이게 누군가? 베이징에 있는 줄 알았는데 언제 돌아왔는가?"

"한양에 일이 있어 빨리 돌아왔습니다. 인사를 드리러 가는 참입니다."

"나는 변문에 일이 있어 가는 중인데 어떻게 하나? 아무래도 길에서 인사를 나누어야겠군. 돈은 많이 벌었는가?"

"장사는 늘 하던 대로입니다."

정시윤은 뒤에 있는 초선을 향해 돌아섰다.

"인사하시오. 다이전 장군이십니다."

"김초선이라고 합니다."

다이전은 초선을 쏘아보았다. 무례하다 싶을 정도로 쳐다보는 눈길에도 초선은 애써 태연한 척했다.

"동명관에서 일하는가?"

"네."

다이전은 정시윤에게 몸을 돌리며 물었다.

"남방에는 다녀왔는가?"

"여유가 없어 못 다녀왔습니다."

"수상하다고 하던데, 소문이라도 들었겠지?"

"그렇습니다. 바다에 서양 배가 늘었다고 합니다. 김재연이 오면 상세하게 말씀드릴 것입니다."

"언제 온다던가?"

"삼월 중순에는 도착할 것입니다."

"알았네. 그럼 돌아갈 텐가?"

"성안을 한 번 돌아보고 나오려고 합니다. 이 사람이 초행이라 제가 함께 가 보려고 합니다."

"그래?"

다이전은 정시윤과 초선을 번갈아 보았다.

"그럼 가 보게."

정시윤과 초선은 다시 말을 몰아 성안을 돌아보았다. 시장을 둘러보고 난 뒤 봉황성 성장의 관사 주변을 돌았다. 돌아보는 곳마다 정시윤은 초선에게 자세하게 설명해 주었다. 초선은 그런 그를 보면서 그가 김성희와 비슷한 데가 있다고 느꼈다. 평소에는 말이 없고 근엄한 듯하지만 필요할 때는 자상하게 배려하는 모습이 비슷했다. 바로 조선 선비의 모습이었다. 조선에서부터 중국의 남방까지 장사를 다니는 것은 일 년의 대부분을 길에서 보낸다는 것인데, 거친 데라고는 없고 늘 단정해 보이는 것이 신기할 정도였다. 분명 보통 장사꾼은 아니라는 생각이 들었다.

"가끔 책문에서 살 수 없는 물건들을 여기 와서 구입해야 하오. 길은 기억할 수 있겠소?"

"네."

"길눈이 밝은 모양이오. 날이 어둡기 전에 그만 돌아갑시다."

그들은 말 머리를 돌렸다. 저녁 해가 조금은 길어진 것 같다. 저 멀리 지평선 위에 해가 걸려 있다. 말을 달리며 초선은 오랜 세월 가슴에 맺혀 있던 응어리들이 풀리는 시원함을 느꼈다.

이틀 뒤 박선식이 동명관으로 초선을 찾아왔다. 초선은 그를 객실로 데리고 들어갔다.

"언제 돌아왔어요?"

"어제 돌아왔소. 그런데 베로니카 님은 언제 여기로 왔습니까?"

"한참 되었어요. 베로니카라고 부르지 마세요. 이곳 사람들은 내가 천주교 신자라는 것을 모르고 있어요."

"그럼 뭐라고 부를까요? 아씨라고 부를까요?"

그의 비꼬는 말을 무시하며 초선이 담담하게 물었다.

"언제 돌아갈 겁니까?"

"어디를요?"

"조선으로 가야지요. 지금 주교님과 신부님들이 위험하다고 합니다. 벌써 교우들이 많이 잡혔다고 해요."

"지금 나더러 혼자 조선으로 가서 잡혀 죽으라는 거요?"

"그럼 어쩌려고요?"

"베이징에서 한밑천 잡았습니다. 떠나기 전에 이곳에 집을 알아보라고 부탁해 놓았는데 마침 마땅한 집이 나왔소. 며칠 안에 집을 비워 준다고 했으니 이젠 베로니카, 아니 부인도 짐을 챙겨 그곳으로 옮길 준비를 하시오."

초선은 기가 막혀 말이 나오지 않았다. 불쾌하기 짝이 없었다.

"나더러 그리로 가라고요? 거기서 누구와 산답니까?"

"나하고."

박선식은 거침없이 대답했다. 초선은 좋게 말해서는 그를 돌려보낼 수 없음을 직감했다.

"농담 그만해요. 진담이라면 정신 차리고요. 나를 몰라서 그런 소리를 함부로 하는 겁니까?"

"왜 이럽니까? 나를 따라 집을 나올 때는 이미 그렇게 살기로 마음먹은 것 아닙니까? 이제 와서 마음이 변하다니 정하상 때문이오?"

어이가 없었다. 정말 그렇게 생각하는 것인지, 억지를 쓰는 것인지 알 수 없지만 그의 마음을 돌려야 한다.

"몇 번을 말해야 알아듣겠어요. 난 천주님을 따라 집을 나왔을 뿐이에요. 천주님을 알게 해 준 건 고맙게 생각하지만 그것뿐이라는 것을 알아야 해요."

"체면이오? 이곳은 조선이 아니니 남의 눈을 두려워할 필요가 없어요."

"왜 이렇게 못 알아듣는지 모르겠군요. 그만 일어나요. 그리고 다시는 찾아오지 말아요."

초선은 더 말할 힘이 없었다. 자리에서 일어나 마당으로 나갔다. 박선식은 마당까지 따라와 초선을 설득하려 했다. 초선은 화를 내며 우 씨를 불렀다.

"이 사람 내보내고 다시는 집 안에 들이지 마세요."

초선은 단호하게 말한 뒤 돌아섰다. 박선식은 그녀의 뒷모습을 노려보며 내일 다시 오겠다고 소리를 질렀다.

초선은 뛰는 가슴을 진정시키느라 애를 썼다. 박선식이 그렇게 변할 줄은 정말 몰랐다. 알았다면 집을 나올 때 그의 도움을 받지 않았을 것이다. 그가 단념하지 않고 계속 찾아올 것이 걱정되었다. 그러면 정시윤을 볼 면목이 없어진다. 이틀 뒤에 조선으로 떠난다고 했는데, 그사이 제발 그가 다시 찾아오지 않기를 간절히 바랐다.

그러나 이튿날 박선식이 다시 찾아왔다. 이번에는 짐을 들고 와 묵을 방을 달라고 했다. 우 씨가 방이 없다고 하자 실랑이가 벌어졌고, 참다못해 우 씨가 일꾼들을 불러 박선식을 대문 밖으로 끌고 나갔다. 다음 날 또 박선식이 찾아왔다. 초선은 무슨 결단을 내려야 할 것 같은데 길이 보이지 않아 속만 끓였다.

정시윤은 떠나야 할 날이지만 떠나지 않았다. 날이 어둑어둑해지자 정시윤은 우 씨를 불러 초선에게 옷가지를 챙겨 마구간으로 나오라고 일렀다. 초선은 그가 모든 걸 알고 어디로 피신시키려 한다는 것을 눈치 챘다. 보따리를 챙긴 뒤 옷을 갈아입고 털모자를 들고 나왔다.

그들은 밤길을 달렸다. 초선은 어디로 가는지 묻지 않았다. 며칠 전 와본 봉황성 가는 길이었다. 그런데 뜻밖에 정시윤은 봉황성 성장의 관사 앞에서 말을 멈추었다. 문지기와 무슨 말을 나누었고 문지기는 안으로 들어갔다. 그리고 이내 나와서 들어오라고 했다. 둘은 객실로 들어가 다이전을 기다렸다.

"밤중에 무슨 일인가?"

다이전은 두 사람을 번갈아 보며 자리에 앉았다.

"죄송합니다. 무례를 용서해 주십시오."

"밤중에 달려온 걸 보니 급한 일인가 본데 말해 보게."

"부탁이 있습니다."

다이전은 보따리를 무릎 위에 올려놓은 채 고개를 숙이고 있는 초선을 쳐다보았다.

"이 여자 일인가?"

"그렇습니다. 하루 이틀만 장군께서 보호해 주십시오."

다이전은 다시 두 사람을 번갈아 보았다.

"무슨 일인가? 알아야 도와주지 않겠나."

"조선 사내가 이 사람을 찾아와 계속 귀찮게 구는데, 여간해서는 물러날 것 같지 않아 도움을 청하게 되었습니다."

"예까지 찾아와 도움을 청하는 걸 보니 어지간한 놈은 아닌가 보군. 행실을 바로 하지 그랬는가?"

초선은 낯이 뜨거워 고개를 들 수가 없었다. 이런 수모를 당하러 여기까지 따라왔나 싶었다.

"그런 게 아닙니다. 말씀드리기 거북한 사정이 있습니다."

"전 남편인가? 자네와 가까이하는 줄 알고 행패를 부리는 건가?"

"아닙니다."

정시윤을 더 난처하게 할 수 없었다. 초선이 직접 이야기했다.

"전에 제 집에 있던 하인입니다."

다이전이 초선을 유심히 쳐다본 뒤 마음을 정한 듯 정시윤에게 물었다.

"이곳에 잠시 머무는 건 어렵지 않지만, 그자는 어떻게 할 것인가?"

"내일 장군을 찾아올 것입니다."

"여기 있다는 것을 말할 셈인가?"

"그렇습니다."

"그 뒤는?"

"이곳은 장군님의 관할이니 찾아오면 알아서 처리해 주십시오."

다이전은 고개를 끄덕였다. 그리고 하인을 불렀다.

"방을 준비해 주게."

초선에게 따라가라고 눈짓을 했다. 초선은 인사를 하고 정시윤을 쳐다보았다.

"가서 쉬도록 해요. 뒷일은 내가 알아서 처리할 테니 안심해요."

초선은 하인을 따라 방을 나갔다.

"여자 일로 내게 부탁을 하다니 뜻밖이군. 마음에 둔 여자인가?"

정시윤은 얼굴을 붉혔다.

"그런 것이 아니라 제 집에 있는 사람이라 돌보는 것뿐입니다."

"미인인데 어쩌다 예까지 흘러왔나? 조선 남자들은 여자에게 관심이 없나 보군."

다이전은 무엇을 캐내려는 듯 정시윤을 유심히 보았다. 정시윤은 그의 호기심 어린 눈초리를 의식하며 대답했다.

"간단히 말씀드리기 힘든 사연이 있습니다. 제가 돌보고 지켜야 할 사람입니다. 부탁을 받았지요."

다이전이 초선에게 호기심을 보이는 것을 느낀 정시윤은 초선이 자신과 무관하지 않다는 것을 분명히 알렸다. 그가 뛰어난 명장이지만 도덕군자인지는 알 수 없다. 또한 오늘 초선이 아름답다는 것을 새삼 느꼈다. 왠지 불안했다.

"그 이야기는 그만하고, 왔으니 한잔하겠는가?"

"아닙니다. 돌아가야 합니다."

"그럼 차나 한잔하고 가게."

정시윤은 다이전이 권하는 차를 마셨다.

"혹시 법국 신부가 국경을 넘어 조선으로 들어갔다는 말을 들었는가?"

느닷없는 질문에 정시윤은 긴장했다.

"벌써 오래전 일이군. 이곳은 내가 손금 보듯 훤히 보고 있으니 누가 들락거리는지 모를 수가 없다네. 잡아 버릴까 하다가 모르는 척하고 그냥 보냈지."

"왜 그리하셨습니까?"

"나도 잘 모르겠군. 그자는 아편을 가져오지는 않았지. 아편을 소지했으면 잡아 버렸을 테지만. 천주인가 예수인가 하는 보이지 않는 꿈을 조선에 전하려고 법국을 떠나 바다를 건너고, 중국의 남쪽에서 북쪽까지 말을 타고 걸으면서 이곳까지 온 거지. 그 정성이 애처로워 그냥 놔두었네. 어차피 조선 국경에서 잡힐 테니까. 그런데 용케도 조선으로 들어간 모양이더군. 잡혔으면 소식이 올 텐데 이제껏 아무 소리 듣지 못했으니. 한양에서도 별 소식이 없지?"

정시윤은 모르는 일인 양 대답했다.

"그런 말은 들은 적이 없습니다."

"아직 잡히지 않은 모양이군. 자네나 김재연이 모를 리 없을 텐데. 아무튼 그자가 양인들이 조선에 들어가는 길을 열었네. 이제 길을 텄으니 계속 들어가려고 하겠지. 자네 생각은 어떤가? 그자들을 이곳에서 아주 잡아 버릴까?"

정시윤은 위험한 줄 뻔히 알면서도 애타게 기다리던 신부를 조선에 모시게 되었다며 기뻐하던 정하상의 얼굴이 떠올랐다.

"그냥 보내십시오. 그들의 목적지는 만주가 아니라 조선이니까요."

"무슨 일이 벌어질지 모르지는 않을 텐데? 여기서 잡히면 죽지는 않을 것이야."

"압니다. 하지만 그들은 죽음을 선택했습니다. 또한 조선의 신자들은 서양 신부가 들어온 것이 발각되면 자신들이 죽을 것을 알면서도 서양 신부를 모셨지요."

"죽음도 두렵지 않다. 참으로 놀랍군. 그런 자들을 전쟁에 내보내면 승리는 문제없을 텐데."

"그럴 것입니다. 그들은 조선의 오랜 병폐를 무기가 아니라 자신의 생명을 걸고 고치려 하고 있습니다."

"자네도 천주학쟁이인가?"

"아닙니다. 저는 그럴 용기가 없지요."

"천주학을 잘 아는 것 같아 하는 말이네."

"주워들었을 뿐입니다."

"늘 그날이 그날 같은데, 세월과 함께 변화의 바람은 어김없이 찾아오는군. 조선도 이젠 변할 때가 온 모양일세. 그 길을 천주교가 앞장서 여는 것인가? 세상에 그런 사람들이 있다는 것은 참으로 놀라운 일이지. 아무튼 큰 변화는 반드시 피를 부르지. 변화의 바람이 불어온다 싶으면 변화하지 않으려는 세력은 긴장하기 마련일세. 자신이 누리던 것을 빼앗길 수 없으니 무슨 수를 써서라도 변화를 막으려 하지. 바람이 슬슬 국경을 넘어가는데 조선으로 들어가면 태풍으로 변할 기세야."

바람이 분다. 태풍으로 변하는 날 조선에는 피바람이 일어날 것이다. 유진길과 정하상 같은 죄 없는 사람들이 극악무도한 죄인으로 몰려 참수를 당할 것이다. 차라리 다이전에게 여기서 서양 신부들을 잡아들이라고 할까? 하지만 다이전이 이곳 국경을 손바닥 보듯 환히 꿰고 있더라도 그들은 반드시 다른 길을 열 것이다. 조선 신자들은 포기를 모른다. 사람이

하는 일이 아니라는 것을 인정하지 않을 수 없었다. 막을 길이 있다면 막고 싶다. 하지만 그럴 수가 없다. 도대체 참혹한 태풍을 몰고 오는 장본인이 누구란 말인가? 서양 신부도 유진길도 정하상도 신자들도 한결같이 천주라는 보이지 않는 자에 의해 움직인다. 천주라, 참으로 놀랍고 알 수 없는 존재다. 도대체 그가 누구이기에 이렇게 선량한 사람들이 목숨을 내놓는단 말인가. 국경의 깊은 밤, 바람을 몰고 조선으로 들어가는 천주의 그림자가 천지를 뒤덮고 있는 것 같다.

긴 침묵이 흘렀다. 더 늦기 전에 책문으로 돌아가야 한다. 정시윤이 자리에서 일어났다.

"내가 저 여자를 원한다면 어떻게 하겠는가?"

정시윤은 뜻밖의 말에 한 대 얻어맞은 느낌이었다.

"두 번 다시 장군을 만나지 않을 것입니다."

"그래?"

다이전은 정시윤의 시선을 똑바로 받았다. 그러다 갑자기 크게 웃었다.

"알겠네. 저 여자에 대한 자네 마음이 어떤 건지 궁금해서 한 말일세."

다이전이 자리에서 일어나 정시윤의 어깨를 치며 말했다.

"안심하게. 나는 여자를 탐할 만큼 욕망이 동하지도 않고, 어리석지도 않네."

밤길을 달리는 정시윤의 마음은 편치가 않았다. 다이전의 말이 자꾸만 떠올랐다. 그의 말이 떠오를 때마다 불안이 엄습했다. 다이전이 농담으로만 던진 말이 아닐 것이다. 오랫동안 가족과 떨어져 있던 그가 아름다운 초선을 보자 마음이 동한 것일 수도 있다. 초선이 아름답다고 생각했지만 잠시 스치는 느낌일 뿐이었다. 그런데 다이전이 초선에게 관심을 나타내자 그녀가 더없이 아름답게 느껴졌다. 정시윤은 혼란스러운 마음을 잠재우기 위해 더 빨리 말을 몰았다.

아침이 되자 다이전은 하인을 불러 초선을 데리고 오라고 시켰다. 이곳에 온 뒤 다이전이 여자를 집 안에 들인 적도 없을 뿐더러, 재워 주고 밥까지 같이 먹겠다고 부르니 하인은 의아했다. 다이전은 하인의 시선을 피하며 벽에 걸려 있는 칼을 뽑아 유심히 칼날을 살펴본 뒤 식당으로 갔다. 잠시 뒤 초선이 문밖에서 기척을 했다.

"들어오게."

다이전이 앉으라고 권하자 초선은 사양했다.

"저는 하인들과 함께 먹겠습니다."

"내 집에 온 손님과 밥 한 끼 하려는 것인데 그것도 못 하겠는가?"

초선은 머뭇거리다 다이전의 맞은편에 앉았다.

"잠은 잘 잤는가?"

다이전이 흰죽을 뜨면서 물었다.

"네."

"못 잤을 것 같은데?"

"잘 잤습니다."

"그자에게 시달린 것이 한두 번이 아닌 모양이군."

"처음은 아닙니다."

"궁금해서 그러니 내게 신세지는 만큼만 사연을 들려줄 수 없겠는가?"

"장군께 말씀드리기에는 저의 사연이 부끄럽습니다."

"조선에서 사행단이 들어오던 날 길에 서 있지 않았는가?"

초선은 대답하지 않고 죽만 떠먹었다. 그날 길에서 다이전과 눈이 마주친 것이 떠올랐다.

"아는 사람이라도 있었나 보군."

"조선 사람들이 온다기에 그냥 구경 나갔습니다."

"그런가? 누군가를 찾던 눈치던데. 아무튼 그자는 어찌된 사연인가? 알아야 조치를 취할 것 아닌가? 정시윤이 오죽하면 예까지 자네를 데리고 왔겠는가. 아주 찾아오지 못하도록 해 줄 테니 말해 보게."

초선은 사연을 털어놓기 정말 싫었다. 그러나 박선식은 언제라도 다시 찾아올 것이다. 어쩌면 다이전에게 도움을 청하는 것이 박선식의 마음을 돌려놓을 유일한 방책이라고 판단한 정시윤의 생각이 맞을 것이다.

"저는 어느 양반 댁의 소실이었습니다. 그 사람은 그 댁의 하인이었고 제 일을 여러 가지로 돌봐 주었지요. 그러다 소실로 사는 것이 힘들어 집을 떠나기로 결심했고, 그 사람이 제가 집을 나오는 것을 도와주었습니다. 그런데 그 사람이 그만 오해를 했지요."

"자네가 집을 나온 것이 자기를 좋아해서 그런 줄 알았던 모양이군."

초선은 부정하지 않았다.

"그자가 미칠 만하겠군. 그자 이름이 무엇인가? 지금은 뭘 하고 있고?"

"박선식이라고 합니다. 장사를 한다고 들었습니다."

다이전이 부관을 불러 박선식이라는 조선의 장사꾼에 대해 급히 알아 오라고 명령했다.

"집을 도망쳐 나와서 국경에서 이렇게 고달프게 사는 모양이군. 소실로 사는 것이 집을 나올 만큼 힘들었는가?"

초선은 고개만 숙이고 있었다. 다이전은 초선을 애처롭게 쳐다보았다.

"왜 소실로 들어갔는가? 소실로 사는 것이 쉽지 않다는 걸 모르지는 않았을 텐데."

"이만큼 말씀드렸으면 된 것 아닙니까?"

초선이 정색을 하자 다이전은 껄껄 웃었다.

"성질 한번 대단하군. 좋아, 분명 그자가 오늘 찾아오겠지. 이따 내가 부르면 곱게 단장하고 나오게."

한나절이 지났을 때 박선식이 찾아왔다. 다이전은 대문 앞에서 소란을 피우는 박선식을 잡아들이라고 한 뒤 초선을 불렀다. 초선이 마당으로 나가자 다이전이 의자에 앉아 있고, 박선식은 등 뒤로 손이 묶인 채 꿇어앉아 있었다. 다이전이 물었다.

"이 여자가 맞는가?"

초선을 한참 노려보던 박선식이 대답했다.

"맞소."

"그런데 왜 내놓으라는 것이냐?"

"내 여자입니다."

"네놈의 여자? 이 여자는 아니라고 했다."

"거짓말입니다."

"이자의 말이 맞는가?"

박선식은 눈에 독기를 품은 채 초선을 올려다보았다. 잠시 침묵하던 초선은 다이전을 향해 단호하게 대답했다.

"아닙니다. 단지 아는 사람일 뿐입니다."

"들었느냐? 이 여자는 내 뜻에 따라 내 집에 들어온 내 여자다. 내 여자를 빼앗으려 하는 자는 나에게 도전하는 자이다. 그런 자를 내가 가만 두겠느냐? 한 칼에 네 놈의 머리를 잘라 버리겠다."

다이전이 자신의 칼을 가져오라고 명령했다. 군졸이 칼을 가져오자 박선식은 겁에 질려 어쩔 줄 모르는 기색이 완연했다. 다이전이 칼집에서 칼을 뽑아 들자 초선이 다이전의 앞을 막아서며 애원했다.

"제발 죽이지는 말아 주세요."

그러나 다이전은 칼을 내려놓지 않았다.

"당신을 괴롭히는 자가 아니오? 저런 자는 죽여 버려야 후환이 없소."

"안 됩니다. 그래도 전에 저를 많이 도와주었으니 살려 보내 주세요. 다시는 찾아오지 않을 것입니다."

다이전은 칼을 내려놓았다.

"이자를 죽도록 쳐라. 그리고 국경 밖으로 쫓아내고 다시는 국경을 넘지 못하도록 하라. 장사한답시고 협잡질을 일삼았으니 그 죄만으로도 죽어 마땅하다. 그러나 초선이 애원하니 네가 협잡질해서 번 돈만 몰수하고 목숨은 살려 주겠다."

초선이 다시 애원했다.

"매를 거둬 주세요. 그리고 재물을 가지고 가도록 선처해 주십시오."

다이전이 초선의 어깨를 감싸며 다정하게 바라보았다. 초선은 움찔했지만 이내 태연한 체했다.

"당신은 참 너그러운 사람이오. 당신이 원한다면 내 그리하리다."

그리고 군졸에게 다시 명령했다.

"이자를 끌고 가서 짐을 챙기게 하여 해 지기 전에 변문 밖으로 내쫓도록 하라."

군졸이 박선식을 일으켜 세워 끌고 갔다. 박선식이 초선을 향해 앙칼지게 쏘아붙였다.

"첩살이 못 견디겠다고 도망쳐 나오더니 다시 첩살이냐? 그것도 되놈의 첩이냔 말이다. 얼마나 잘사나 두고 보자. 그 가슴에 반드시 못을 박을 것이다. 땅을 치면서 후회할 테니 그리 알아."

박선식은 악을 썼다. 초선은 그 자리에 선 채 박선식이 쫓겨나는 모습을 바라보았다. 박선식이 문밖으로 사라지자 다이전은 칼을 들어 쳐다보며 웃었다.

"이 칼이 화가 났겠군. 이런 일에 자기를 꺼내 드느냐고 말일세."

그리고는 칼집에 꽂아 넣었다.

"죄송합니다."

초선은 머리를 숙여 인사한 뒤 안으로 들어갔다. 방으로 들어가 침상에 주저앉았다. 울음이 터질 것 같았지만 참았다. 두 번 다시 못할 짓이지만 하지 않을 수 없었던 일이다. 박선식을 속이며 그리 쫓아 버린 것이 가슴 아팠다. 박선식의 가슴이 얼마나 아플지 알고도 남는다. 그러나 어쩌겠는가. 왜 그리 바보처럼 구는지 원망스럽기도 했다. 정이란 그렇게 끊기가 힘든 것이리라. 자신도 집을 뛰쳐나오고도 김성희를 보려고 길을 헤매지 않았던가. 그녀는 무릎을 꿇고 기도했다. 묵주 알을 계속 돌리며 아픈 가슴을 성모에게 하소연했다.

저녁이 되자 다이전이 식당으로 초선을 불렀다.

"앉게. 아무리 가슴이 쓰려도 먹어야 버티지."

그들은 말없이 밥그릇을 비웠다. 식사가 끝나자 초선이 물었다.

"지금쯤 박선식이 국경을 넘었겠지요?"

"왜? 날이 저물어 가는데 떠나려고 그러는가?"

"네."

"그리도 떠나고 싶은가?"

"있을 필요가 없습니다."

"필요하니 왔다가 필요 없으면 떠난다. 마음대로군. 다이전이 이리도 무력한가?"

"더 신세 지고 싶지 않습니다."

"그자가 국경을 넘었다는 소식이 올 때까지 기다려 보게."

다이전이 먼저 자리를 떴다.

어느새 밤이 깊어지고 있었다. 다이전은 망루에 올랐다. 밤하늘에 별들이 반짝였다. 그는 저 멀리 서쪽 하늘을 하염없이 바라보았다. 그곳에 가족이 있다. 아내와는 정이 끊어진 지 오래지만 자식들은 보고 싶었다. 그러나 그런 자신을 이내 비웃었다. 아들이 둘이지만 아버지가 보고 싶다고 한 번을 찾아오지 않았다. 형식적인 편지만 일 년에 한 번 보내왔다. 딸들도 마찬가지다. 아내가 아이들에게 아버지에 대해 좋게 말했을 리 만무하다. 그래도 그렇지 어찌 이리도 무정할 수 있는가.

"김재연, 정시윤, 초선."

나지막이 불러본다. 어찌 이리도 정겨운 이름들일까? 피붙이가 모르는 체하니 그들이 정겹게 느껴지는 것일까? 이젠 외로움에 익숙해졌다고 생각했는데 오늘 밤은 왜 이리도 외로울까? 왜 이렇게 가슴이 쓰릴까?

다이전은 망루의 난간을 잡은 채 한숨을 내쉬었다. 조정은 자신을 버렸고, 가족도 자신을 잊었지만 늘 사람들 앞에서 당당했다. 자신에게조차 약한 모습을 허락하지 않았다. 그렇게 살아야만 무너지지 않을 테니까. 그래서 자신이 강한 줄 알았는데, 초선이라는 조선 여자 앞에서 왜 이리 약해지는 것일까? 얼마나 보았다고 이리도 마음이 동하는 것일까? 처음 본 순간부터 그녀가 마음을 파고들었다. 처음이다. 오십이 다 된 나이지만 여자가 가슴에 들어온 것은 처음이었다. 그녀를 놔주고 싶지 않다. 하지만 그녀를 취한다면 두 번 다시 보지 않겠다던 정시윤의 말이 뇌리에서 떠나지 않는다. 정시윤은 그렇다 치자. 정시윤과 멀어지면 김재연도 자신을 멀리할 것이다.

'그건 안 되지.'

김재연은 정시윤이나 초선이라는 여자와 바꿀 수 없다. 생각이 김재연에게 미치자 마음이 가라앉았다. 머지않은 시일 안에 올 텐데 그가 더욱 보고 싶어졌다.

김재연은 얼핏 보기에는 평범하고 조용한 사내다. 그러나 다이전은 그가 평범함 속에 비범함을 숨기고 있음을 한눈에 알아보았다. 말을 배우는 재주만 비상한 것이 아니다. 세상을 보고 판단하는 그의 눈은 정확하고 매섭다. 정시윤이 돈을 잘 번다고 하지만 사실 김재연이 버는 것임을 알고 있다. 김재연의 판단에 따라 정시윤이 움직이는 것이다. 그와 이야기를 나눌수록 그의 깊은 속내를 만날 수 있고, 그의 마음속에서 세상과 사람에 대한 깊은 애정이 향기를 품어 내고 있음을 느낄 수 있었다. 그래서 그가 좋았다. 나라와 민족과 가족에 대한 한만 맺혀 있는 자신과는 달랐다. 그러나 한 가지 같은 것이 있다. 그것 때문에 그를 이토록 보고 싶어 하는지도 모른다. 그는 자신과 마찬가지로 마음 깊이 외로움을 숨기고 있다. 그는 전혀 의식하고 있지 않지만 그에게서 풍기는 외로움을 느낄 수 있었다. 그는 부인과 자식을 무척 아끼고 사랑하고 있으며 자신이 역관이라는 사실을 자랑스럽게 생각하고 있다. 그래서인지 그의 입에서는 세상과 자신에 대한 불만의 말이 나오지 않는다. 그런데 때때로 그에게서 슬며시 풍겨 나는 외로움의 근원은 무엇일까? 어쩌면 그의 비범함을 나눌 수 있는 상대가 없기 때문에 느끼는 외로움일지도 모른다. 하늘이 특별히 낸 사람만이 가지는 그런 외로움 말이다. 다이전은 아직도 김재연의 깊은 속내를 제대로 알지 못한다고 생각했다.

자신보다 십여 년은 아래인데도 세상을 많이 보았고, 본 것을 깊이 새기고 있는 그를 빨리 보고 싶다. 그를 만나면 초선에게 느낀 감정은 바람결에 날려 보낼 수 있는 가벼운 것이리라.

다이전이 망루를 내려가려고 몸을 돌렸을 때 멀리서 말발굽 소리가 들렸다. 정시윤이었다. 그가 밤중에 말을 달려온 것이다.

"이 밤중에 웬일인가?"

다이전은 그다지 반갑지 않았다.

"밤중에 소란을 피워 죄송합니다. 초선을 데려가려고 왔습니다. 저녁에 박선식이 책문 밖으로 나가는 것을 확인했습니다."

"뭐가 그리 급한가? 내가 그 여자를 잡아먹기라도 한다던가? 내일 아침 군졸을 시켜 보낼 참이었네."

"제가 데려왔으니 제가 데려가야지요. 제 일이 급하게 되었습니다. 이

일 때문에 한양으로 들어가는 게 늦어졌습니다. 내일 아침 일찍 떠나려고 합니다. 떠나기 전에 초선에게 일러둘 일이 많습니다."

"그 여자는 조선으로 데리고 가지 않을 모양이군."

"앞으로 동명관 일을 맡기려고 합니다."

"젊은 여자가 객지에서 혼자 해낼 수 있을까?"

"할 수 있을 것입니다. 앞으로 장군님께서 여러 가지로 도와주십시오."

다이전은 정시윤을 물끄러미 바라보다가 물었다.

"호랑이에게 토끼를 맡기는 건 아닌가?"

정시윤은 다이전을 똑바로 쳐다보며 대답했다.

"장군은 호랑이가 아니십니다. 초선도 토끼는 아니지요."

"그래? 그럼 여우인가?"

"그도 아닐 것입니다."

다이전은 하인을 불러 초선을 데려오라고 했다. 초선이 보따리를 챙겨 들고 들어왔다.

"돌아갈 줄 미리 알았던 모양이군."

초선이 다이전에게 허리를 굽혀 인사했다.

"은혜는 잊지 않겠습니다."

"가끔 들르면 차라도 한 잔 주게나."

정시윤과 초선은 인사를 하고 문을 나갔다.

5

정시윤이 떠나고 며칠 뒤, 귀국길에 오른 조선 동지사 일행이 책문에 도착했다. 책문은 다시 떠들썩했다. 책문을 지나면 그리던 조선 땅에 들어간다는 기대에 들떠 동지사 일행은 오랜 여행길에 쌓였던 피로도 잊고 물건을 사고 짐을 꾸리기에 바빴다.

동명관은 동지사를 따라갔던 상인들로 북적였다. 초선은 손님들 시중을 드느라 온종일 분주하게 보내고 밤이 늦어서야 방으로 들어갔다. 그녀는 침상에 앉아 벽에 등을 기댔다. 김성희도 왔겠지 하는 생각이 잠시 스쳤지만 이내 떨쳐 버렸다. 정시윤은 한양으로 떠나면서 초선에게 앞으로 동명관을 주인처럼 돌보라고 당부했다. 우 씨가 이젠 늙어 일이 벅차다고 다른 사람을 구해 달라고 했지만 믿을 만한 사람을 구하기도 힘들다는 것이었다. 초선이 글을 잘 알고 능력도 있으니 동명관을 맡아서 운영해 보라는 것이었다. 초선에게는 행운이라고 할 수밖에 없는 제의였다. 전에 기방에서 많은 사람을 겪어 보았기 때문에 손님을 다루는 일이 그다지 힘들게 느껴지지 않았다. 다만 중국 말이 서툴기 때문에 당분간은 우 씨와 함께 일을 하기로 했다.

정시윤은 떠나는 날 아침 초선에게 당부했다.

"조선에서 어떤 소식이 오더라도 결코 흔들려서는 아니 되오, 최악의 일이 벌어지더라도 이곳을 떠나지 마시오. 이곳을 조선 천주교가 재기할 수 있는 발판으로 삼으라는 말이오."

고마운 말이다. 하지만 그 말을 생각할 때면 불안이 엄습했다. 정시윤처럼 많은 걸 알고 있는 사람이 그런 말을 하는 것을 보면 천주교에 위험한 일이 닥치고 있는 것이 분명하다. 불안은 늘 두려움으로 변한다.

밖에서 발자국 소리가 나더니 우 씨의 목소리가 들렸다.

"손님이 찾아왔어요."

초선은 얼른 묵주를 감추고 자리에서 일어났다.

"이 밤중에 누가 왔어요?"

"주인님의 친구분인데 잠깐 나와 봐요."

초선은 우 씨를 따라 객실로 갔다. 객실에는 낯선 조선 남자가 앉아 있었다. 차림새로 보아 동지사 일행이 틀림없었다. 그는 초선이 들어오자 인사를 하며 밤늦게 온 것을 사과했다.

"결례인 줄 알지만 시간이 없어 이리 늦게 찾아왔습니다. 김재연이라고 합니다."

그러자 우 씨가 나섰다.

"주인님의 가장 친한 친구분이십니다."

우 씨는 친하다는 말을 강조했다. 초선은 고개를 숙여 인사했다.

"금년에는 처음이십니다. 바쁘셨던 모양이지요?"

"그렇소. 라오 우도 잘 지냈지요?"

"암요. 그럼 두 분 이야기 나누십시오."

그리고 우 씨는 나갔다.

"만나고 싶었습니다. 일정이 촉박해 이렇게 결례를 했습니다."

초선은 그가 무척 예의가 바르다고 느꼈다.

"괜찮습니다. 늦은 밤에도 손님들이 옵니다."

김재연은 동명관에 오기 전에 다이전을 만났고, 그에게서 초선에 대한 이야기를 들었다. 다이전에게 들은 대로 그녀는 무척 아름답고 예의범절이 분명했다. 그리고 그녀는 정시윤이 베이징 상점에서 고르던 바로 그 옷을 입고 있었다.

"다이전 장군으로부터 부인의 이야기를 들었습니다. 객지에서 험한 일을 당해 놀라셨지요?"

초선은 당황한 표정을 감추지 못했다.

"아시는군요. 부끄럽습니다."

"부인 탓이 아니지만 염려가 됩니다. 박선식이라고 했던가요? 그 사람이 부인에게 천주교를 알려 주었습니까?"

"네."

"집을 나오실 때도 그 사람과 함께였습니까?"

"그렇습니다. 제가 살 곳을 구해 주었지요. 물론 정 회장님께서 도와주신 것이지만."

"정하상 말입니까?"

"네."

"박선식이 천주교 일을 하고 있다면 정하상이나 서양 신부님들이 거주하는 곳을 알겠군요."

김재연의 목소리가 가라앉아 있었다. 초선은 가슴이 덜컥했다.

"무슨 일을 저지르지는 않겠지요? 천주교 신자인걸요."

"박선식에게 이번 일은 큰 충격이었을 것입니다. 천주교 신자라고는 하지만 부인에게 한 행동을 보면 무슨 일이든 저지를 수 있을 것 같군요."

"설마 밀고를 하지는 않겠지요?"

"모르지요. 하지만 각오를 하셔야 할 것 같습니다."

초선은 정신이 아찔했다.

"저 때문에 그분들에게 무슨 일이 생긴다면 저는 살 수가 없습니다. 저도 조선에 들어가야 합니다."

"부인 때문이 아닙니다. 그분들은 어차피 잡히게 되어 있지요. 이미 조정에 알려졌어요. 지금 조정에서는 언제 체포령을 내릴지 가늠하고 있을 것입니다. 조선은 땅이 좁으니 숨는다 해도 발각되는 것은 시간문제지요. 박선식이 밀고한다면 시기가 조금 당겨질 뿐이겠지요."

"정 회장님은 숨을 수도 있습니다. 양인이 아니니까요."

"정하상은 이미 널리 알려져 있습니다. 피할 수 없지요. 어쩌면 서양 신부들보다 먼저 잡힐 수도 있습니다."

"안 됩니다. 그분이 잡히면 조선 천주교는 누가 돌봅니까. 국경을 넘어서라도 피하셔야 합니다. 조선에 가시면 이리로 피신하도록 그분을 설득해 주세요."

김재연이 초선을 물끄러미 바라보았다. 그 모습이 너무나 태연해 초선은 마음을 가라앉히며 호흡을 가다듬었다. 김재연이 타이르듯 말했다.

"그분들이 잡혀 죽는다면 천주교는 타격을 입겠지요. 하지만 조선에서 천주교는 사라지지 않고 오히려 더 퍼질 수 있습니다. 그게 천주교가 아닌가요? 사람이 하는 일이 아닌 것 같습니다. 조선에 천주교를 들여오고 신앙 활동을 시작했던 초창기의 선비들은 대부분 잡혀 죽거나 배교를 했습니다. 그때 조선에서 천주교는 끝난 것 같았지만 지금은 더 많이 퍼져 있고 더욱 활발하게 선교를 하고 있지 않습니까?"

김재연의 말을 들으면서 정시윤의 말이 떠올랐다. 남은 신자들이 조선에서 천주교를 다시 전파할 것이고, 나이 어린 세 소년이 사제 수업을 하고 있으니 그들을 도와야 한다는 말이 가슴속에서 살아났다. 그녀는 침착하게 물었다.

"아무리 조정에서 손을 뻗친다 해도 신자들을 모두 잡아들이지는 못하겠지요?"

"그렇겠지요. 부인도 여기 있으니 잡아갈 수 없을 것이고, 많은 신자가 숨을 수 있을 것입니다. 그리고 서양 신부들이 다시 조선을 찾을 테지요. 그들이 목숨 걸고 선교를 시작할 때는 박해를 각오했을 것이고, 동료가 죽으면 그 죽음의 터를 다시 찾아들어올 것입니다. 끝장을 볼 때까지 포기하지 않는 것이 서양의 선교사들입니다."

초선은 서양 신부들보다 사제 수업을 하기 위해 중국으로 떠난 세 소년의 일이 궁금했다. 그들이 신부가 되면 반드시 이 길을 거쳐 조선으로 들어갈 것이다. 김재연은 중국을 드나드는 사람이니 풍문으로라도 그들의 소식을 들을 수 있지 않나 싶어 물었다.

"들으셨는지 모르겠지만, 몇 년 전 조선의 세 소년이 사제 수업을 받기 위해 중국으로 떠났습니다. 혹시 들은 소식은 없으신지요?"

"그들의 일이 궁금해서 알아보았지요. 아오먼에서 공부하던 중에 최씨 성을 가진 그중 나이 많은 소년이 지난해 병을 얻어 죽었다고 들었습니다. 나머지 두 소년은 잘 지내고 있는 것 같습니다."

"저런…… 신부님이 되면 이 길을 지나 조선으로 가겠지요?"

"그럴 테지요. 그래서 정하상이 부인을 이곳에 보낸 것 아니겠습니까. 그리고 서양 신부들도 이 길을 거쳐 조선으로 들어갈 것입니다. 그러니 부인께서는 이 자리를 반드시 지켜야 합니다."

김재연은 자리에서 일어났다. 초선도 따라 일어나며 당부했다.

"조선으로 가시면 정 회장님에게 박선식의 일을 급히 고해 주세요."

"그리해야겠지요. 어쩌면 정시윤이 벌써 알렸을 것입니다."

문으로 걸어가던 김재연이 걸음을 멈추었다.

"김성희, 그분은 베이징에 남았습니다. 선비들과 교류하며 좀 더 공부를 하겠다고 했습니다."

초선은 애써 담담하게 말했다.

"그분은 이제 저와는 아무 관련이 없습니다."

김재연은 가여운 마음이 들었다.

"사람의 인연이 어디 바람 스쳐 가듯 그리 흔적도 없이 사라질 수 있겠습니까. 그분은 부인을 잊지 못하고 있더군요. 언젠가 그 인연이 좋게 다시 만날 수 있었으면 합니다."

초선은 그를 대문 밖까지 배웅하고 나서 뒤뜰로 나갔다. 눈이 녹아 마른풀이 발에 밟혔다. 눈이 없으니 정시윤이 사 준 가죽신을 신지 않아도 발이 시리지 않았다. 그녀는 정자에 앉아 발을 내려다보았다. 육신 중에서 제일 고달픈 것이 발이다. 온종일 무거운 몸을 싣고 이리저리 움직여야 하는 발은 좀체 쉴 틈이 없다. 그 발이 시리지 않도록 가죽신을 사 준

정시윤과 자신을 찾아와 용기를 주는 김재연이 고마웠다. 천주교 신자도 아닌데 천주교를 염려하고 도와주고 있다는 것이 참으로 놀랍다. 도대체 어떤 사람들인데 그리도 마음이 너그럽고 따스할까? 그녀는 객지에서의 외로움을 잠시 잊었다. 그러나 이내 두려운 생각이 뒤따랐다.

정시윤과 김재연의 말로 미루어 보아 이미 조선에서는 박해가 시작되고 있다. 주교님과 신부님들은 어찌 되실까? 조정에서 알고 있다면 결국 잡히고 참수당할 것이다. 그렇다면 정하상은? 그도 결국은 죽음을 면치 못할 것이다. 조선의 천주교 신자라면 정하상을 모르는 사람이 없다. 자신의 몸을 돌보지 않고 청국을 다니며 성직자들을 모셔 오고, 교회의 모든 궂은 일, 위험한 일을 도맡아 처리하다 보니 신자들은 누구나 그를 알게 되었다. 어쩌면 그는 다른 신자들을 피신시키기 위해 자신이 먼저 잡힐지도 모른다. 만약 그가 잡혀 죽게 된다면, 조선에서 그를 볼 수 없게 된다면…….

초선은 눈앞이 캄캄해졌다. 얼마나 그를 믿고 의지하며 살았던가? 감히 김성희와 그 집을 떠나올 수 있었던 것도 그에 대한 믿음 때문이었고, 국경을 넘어 멀고 먼 이국땅에서 지내게 된 것도 그의 뜻을 따르기 위해서였다. 그만큼 그는 피붙이 이상으로 자상했고, 깊은 신뢰로 자신의 신앙을 이끌어 주었다. 그의 말을 따르는 것이 곧 천주님의 뜻을 따르는 길이라고 생각했다. 그가 세상에 없다면 자신은 어찌 살아야 할지 막막했다. 초선은 깊은 숨을 몰아쉬었다. 앞으로 닥쳐올 일들을 감당할 방도를 찾아야 한다. 정시윤과 김재연은 정하상이 자신을 살리기 위해 이렇게 멀리 보냈다고 했다. 그리고 자신이 살아야 하는 이유는 조선의 천주교를 위해서라는 것을 확인시켜 주었다. 그녀는 두 손을 모아 기도를 시작했다. 그녀는 말을 잊었다. 어찌 기도를 해야 할지, 무엇을 청해야 할지, 아무 생각도 나지 않았다. 시간이 멈춘 듯 그녀는 침묵에 잠겼다. 그리고 가슴 밑바닥에서 서서히 강한 힘이 솟아오르는 것을 느꼈다. 정하상의 뜻이 천주님의 뜻이었다. 여기로 이끈 것은 천주님의 배려였다.

'할 수 있다.'

조선 천주교 지도자들이 모두 참수당한다 해도 남은 신자들 가운데 지도자가 나올 것이다. 그러면 자신은 나름의 몫을 다해 일할 것이다. 그녀는 국경에 홀로 남은 자신이 혼자가 아니라는 것을 깨달았다.

'천주가 함께하신다.'

초선은 오늘에야 비로소 깨닫게 되었다.

6장

기해년 핏빛 하늘

1

걸음이 빨라질수록 숨소리가 거칠어졌다. 가슴에 타오르는 불길을 안고 가는 발길은 어둔 밤조차 방해하지 못했다. 박선식은 정하상과 만나할 이야기를 생각하며 걸음을 옮겼다.

'오늘은 담판을 짓자.'

그는 입술을 꽉 깨물었다. 치욕스러운 그날의 일을 기필코 그냥 넘기지 않으리라 다짐했다.

봉황성 성장 다이전과 초선 앞에서 수모를 당한 뒤, 날은 이미 어두웠는데도 군졸들이 책문 밖까지 따라와 자신을 쫓아 버렸다. 분한 마음을 가눌 수 없어 미친 듯 말을 몰았다. 한참 뒤 말이 지쳐 더 달릴 수가 없어 쉬어야 했다. 숲 속은 어두웠지만 물가를 찾아 말에게 물을 먹이고, 나뭇가지를 모아 불을 지폈다. 불을 쬐면서 박선식은 있는 힘을 다해 소리를 질렀다. 미칠 것 같아 가슴을 치고, 분이 풀리지 않아 땅바닥에 뒹굴었다. 국경까지 넘어가서 초선을 놓치다니, 기가 막힐 노릇이었나. 미쳤지, 어떻게 되놈의 첩으로 들어간단 말인가? 아니다. 초선이 그렇게 쉽게 신앙까지 버리고 변절할 여자는 아니다. 그렇다면 단지 자신을 쫓아 버리기위해 꾸민 짓일까? 생각이 거기에 미치자 속이 부글거렸다. 그토록 자신이 싫었단 말인가? 참을 수 없는 모욕이다. 절망이 엄습했다. 절망 뒤에 원망이 뒤따랐고 복수를 결심했다.

박선식은 종노릇하면서 숨을 죽이고 천주교를 믿었다. 초선 때문이었다. 천주는 기도하면 들어준다고 했다. 낮에는 먼발치에서 초선을 훔쳐보고, 밤이면 촛불 앞에서 초선과 함께 살 수 있도록 도와 달라 기도했다. 그런데 놀라운 일이 일어났다. 초선에게 천주교 교리를 들은 대로 이야기해주었더니 그녀가 솔깃했던 것이다. 얼마 뒤 천주교를 믿게 되었고, 함께 도망까지 쳤다. 그래서 천주가 자신의 기도를 들어주었다고 확신했고, 위험을 무릅쓰고 더욱 열심히 천주교 일을 도왔다. 그런데 그 모든 것이 혼자서 꾼 꿈에 불과했다. 자신을 좋아하지 않았을 뿐만 아니라 옆에서 쫓아 버리려고 계교(計巧)까지 꾸미지 않았는가.

'내 이것을 그냥 두지 않을 것이다. 복수하리라. 그 가슴에 칼을 꽂으리라. 피를 흘리며 고통을 당하게 하리라. 나를 배신한 결과가 어떤 것인지 똑똑히 보여 주리라.'

박선식은 주교와 신부는 물론 정하상까지 죽여 버리리라 다짐했다. 특히 정하상은 반드시 죽일 것이다. 초선이 제 서방보다 더 좋아하고 따르는 자가 정하상이 아닌가. 정하상이 처참하게 죽으면 그때서야 후회할 것이다. 그래도 마음 한편에 미련이 남았다. 오늘은 기필코 정하상과 담판하리라. 정하상이 자신의 말을 들어준다면 다시 한 번 기다려 보리라. 박선식은 몇 번씩 주먹을 쥐고 결심을 굳히며 걸음을 재촉했다.

정하상은 집에 있었다. 밤늦도록 기도를 하고 있었다. 박선식은 방으로 들어서자 허리를 굽혀 인사하고 정하상과 마주 앉았다. 정하상은 반가운 얼굴로 박선식을 맞았다.

"얼마나 고생이 많았는가?"

"천주님이 돌봐 주셔서 무사히 돌아왔습니다."

"언제 돌아왔는가?"

"이틀 전에 왔습니다. 급한 일을 마무리하느라 이제야 찾아뵈었습니다. 얼핏 들으니 박해가 시작되었다고 하던데요?"

정하상은 고개를 끄덕였다.

"여기는 무사합니까?"

"아직은 별일 없네. 하지만 머지않은 것 같네. 천주께서 부르실 날을 정하시겠지."

'천주가 아니야. 당신의 명줄을 자르는 날은 내가 결정하겠어.'

속으로 이를 악물면서도 박선식은 걱정되는 얼굴로 물었다.

"어디로든 피하셔야지요. 피할 곳은 정하셨습니까?"

"피하기는 어디로 피하겠는가? 내가 피하면 더 많은 신자가 피해를 당하리라는 것은 자네도 잘 알지 않나."

"그래도 바오로 님께서 잡혀가시면 천주교는 누가 돌봅니까? 어떻게든 살아남으셔야지요."

정하상은 잔잔한 미소로 박선식의 눈을 바라보며 말했다.

"자넨 뭘 잘못 알고 있구먼. 조선 천주교는 천주께서 돌보고 계신다네. 내가 아니야. 내가 있고 없고가 무슨 상관인가. 그건 그렇고, 책문에서 베로니카 자매는 만나 보았는가?"

박선식은 순간 긴장했다. 그는 매우 침통한 표정으로 말을 시작했다.

"들으면 놀라실 일입니다. 베로니카 자매는 너무도 변했어요."

"변하다니 어떻게?"

"천주교를 버렸어요. 그곳 봉황성 성장의 첩으로 들어갔습니다."

"설마 그럴 리가 있는가? 뭔가 잘못 알았겠지."

"제 눈으로 똑똑히 보았습니다. 봉황성까지 찾아간 저를 문전 박대했습니다. 그 여자가 본래 기생 출신인 데다 남의 첩이 아니었습니까. 그 버릇이 다시 나온 것 같습니다."

정하상은 박선식의 말을 들으며 깊은 한숨을 내쉬었다. 이틀 전에 정시윤이 다녀갔다. 책문에서 있었던 박선식의 행동을 일러 주며 주의하라고 당부했다. 박선식보다 먼저 도착해 그 사실을 알려 주려고 밤낮 없이 달려 왔다고 했다.

박선식은 너무나 변해 있었다. 눈에 살기를 품고 있었다. 정하상은 전신에 소름이 돋았다. 처음 정시윤의 말을 들었을 때는 분노가 치밀었다. 하지만 시간이 흐를수록 분노는 슬픔으로 변했다. 박선식이 초선을 좋아

한다는 것은 이미 눈치 채고 있었다. 하지만 신앙을 가진 자가 어떻게 그런 욕심을 낼 수 있겠는가. 그런데 박선식은 그 욕심에 자신을 던지고 있지 않은가. 가여웠다. 얼마나 초선을 원하면 저리도 변했겠는가.

"문제는 그 여자가 먼 타국에 혼자 있다는 것입니다. 혼자 있으니 외롭기도 하고 남자가 그리웠겠지요. 봉황성 성장이라는 자가 권력을 쥐고 있고 인물도 좋으니까 그의 유혹에 넘어간 것입니다. 주변에서 말리는 사람도 없고 걸리는 일도 없으니 멋대로 행동하게 된 것이지요. 하지만 신앙을 아주 잊지는 않았을지 모르니 불러들이십시오. 바오로 님께서 말씀하시면 들을 것입니다. 더 늦기 전에 한양으로 불러들여 우리 형제자매들과 함께 살게 해야 합니다."

정하상은 눈을 감은 채 아무 반응도 보이지 않았다. 박선식은 속이 타들어 갔다. 마지막 기회다. 만일 초선이 정하상의 말을 듣고 조선으로 돌아온다면 화해할 수 있다. 그런데 정하상은 아무 말도 하지 않고 있다. 그는 참을 수 없어 다시 재촉했다.

"말씀해 보십시오. 물론 충격이 크실 테지만 베로니카를 위해서 결단을 내리셔야 합니다."

박선식의 재촉을 듣고서야 정하상은 눈을 떴다.

"믿기지가 않는군. 베로니카 자매의 굳은 신심을 의심해 본 적이 없으니 자네 말만 듣고 결정을 내릴 수가 없네."

박선식은 화가 치밀었다.

"제 말을 못 믿으시겠다는 말씀입니까? 제 눈으로 똑똑히 보았다고 하지 않습니까?"

"글쎄 좀 기다려 보세. 내 곧 사람을 책문으로 보내 어찌 된 일인지 알아보겠네. 정말 베로니카 자매가 봉황성으로 갔다면 무슨 사연인지 내 알아보고 결정하겠네."

박선식은 순간 정하상이 뭔가 눈치 챈 것이 아닌가 의심이 들었다. 무슨 말을 어떻게 들은 걸까? 누가 다녀간 것이 아닐까? 그럴 리 없다. 초선을 만나고 그 길로 한양까지 달려오지 않았는가? 그러나 이상했다. 응당 자신의 말을 듣고 놀라며 초선의 행동에 대해 화를 내야 할 것 같은데 정하상은 놀라기는커녕 너무 태연했다. 박선식은 모든 것이 끝났다는 것을 직감했다. 정하상을 설득할 수 없다. 그렇다면 끝장을 보자. 그는 속으로 이를 악물었다.

"그렇게 하십시오. 저는 그만 가 보겠습니다. 그런데 주교님과 두 분 신부님을 만나서 전해 드릴 것이 있습니다. 어디 계신지 알려 주십시오. 급합니다."

정하상은 박선식을 물끄러미 바라보았다. 박선식은 그의 시선이 자신의 마음을 꿰뚫는 것 같아 뜨끔했다.

"자네도 대충 들어 알겠지만 지난해 말부터 박해가 시작되어 교우들이 잡혀가고 있는 형편이라 그분들이 숨어 계신 곳은 몇몇 신사들 외에는 아무도 모른다네."

"바오로 님은 아시지 않습니까? 어떻게 모를 수가 있습니까?"

정하상은 머리를 저었다.

"난 너무 위험하네. 언제 포졸들이 들이닥칠지 모르니 혹시 매를 못 이겨 그분들이 숨어 계신 곳을 댈 수도 있잖은가. 그래서 내가 모르는 곳으로 다른 교우들이 피신시켰다네."

"피신시킨 신자가 누굽니까?"

"그걸 내가 어찌 알겠는가? 내가 모르도록 처리하라고 했는데. 전해 드릴 것이 무언가? 혹시 알 만한 사람을 만나면 전할 테니 두고 가게."

"안 됩니다. 베이징 주교님의 서찰인데 반드시 직접 전해 드리라고 했습니다. 또 전할 말씀도 있습니다."

"베이징 주교님과 조선 천주교는 이제 상관이 없는데 무슨 긴급한 일이 있다는 건가? 우린 우리 주교님이 계시지 않나?"

"주교님들 사이에 왜 할 말이 없겠습니까?"

"그렇다 해도 난 모른다네. 또한 신자들이라 해도 다 믿을 수가 없네. 얼마 전에도 신자의 밀고로 여러 사람이 잡혀 들어갔다네."

박선식은 뜨끔했지만 오히려 분노하며 소리쳤다.

"저런 천벌을 받을 놈을 보았나. 어떻게 피붙이 같은 교우들을 고발한단 말입니까?"

정하상은 고개를 숙이며 낮은 소리로 말했다.

"내가 걱정하는 것은 고발한 신자가 회개를 하지 않는다는 것이야. 그리해 놓고 마음이 편할 리 있겠는가? 당연히 괴롭겠지. 회개하면 주님이 모두 용서해 주실 텐데 그걸 믿지 않고 못하고 있으니 안타까울 뿐이네. 유다가 지은 죄가 무엇인지 알겠지? 예수님을 고발한 것도 죄이지만 더 큰 죄는 그렇게 고발한 것까지 주님이 용서해 주신다는 것을 믿지 않은 것일세. 잘못했다고 하면 주님이 용서해 주실 텐데 유다는 절망하고 자살했지. 그것이 더 큰 죄라는 것을 알아야 하는데 말일세."

박선식은 정하상이 자신을 질책하고 있음을 직감했다. 박선식은 정하상에게 더 들을 말이 없다는 것을 알고 작별을 고했다.

정하상의 집을 나와 밤길을 걸으며 박선식은 분을 못 참고 밤하늘을 쳐다보며 주먹질을 했다.

"천주라고? 있긴 뭐가 있어. 있다면 무자비하고 무기력하겠지. 내가 그토록 오래 피가 마르도록 열심히 기도했건만 이게 뭐야. 믿을 것도 못 되는 허깨비를 믿고 있던 것이지. 이젠 모두 버리고, 내 길을 갈 것이다."

2

　사역원 일을 끝내고 유진길은 곧바로 정하상의 집으로 향했다. 그는 정하상의 집 마당으로 들어서려다 뒤에서 인기척을 느꼈다. 얼른 뒤를 돌아보았지만 사방이 어두워 아무것도 볼 수 없었다. 불이 켜져 있는 방 앞에서 조심스럽게 기침을 했다. 문이 열리고 정하상이 얼른 들어오라고 손짓을 했다.

　"누군가 뒤를 밟은 것 같네."

　"형님 뒤를 밟은 게 아니라 제 집 부근에 누가 숨어서 보고 있는 것 같습니다."

　정하상은 박선식에 대해 정시윤으로부터 들은 이야기와 박선식이 다녀간 일을 소상하게 이야기했다. 유진길은 한숨을 쉬었다.

　"유다가 나타났나 보군. 때가 가까이 이르렀나 보네."

　"그런가 봅니다. 저도 집안을 정리하고 있으니 형님께서도 그리하셔야할 것 같습니다. 우리 둘은 이번에 피할 도리가 없을 것 같습니다. 우리가 숨으면 더 많은 교우가 잡혀 고통을 당할 것이니 피하지 맙시다."

　"나도 피할 생각은 없네. 그런데 자당께선 어떠신가?"

　"어머니와 누이도 각오하고 있습니다. 이번엔 심상치가 않습니다."

　유진길도 고개를 끄덕였다. 우의정 이지연과 검교제학(檢校提學) 조인영이 이번에는 천주교를 뿌리째 뽑아 조선 땅에 다시는 발을 못 붙이게하겠다고 벼르고 있었다. 그들이 천주교를 치려는 중요한 이유 가운데 하나는 바로 안동 김씨를 칠 명분을 찾기 위해서였다. 안동 김씨는 그동안 조선에 천주교가 퍼지는 것을 묵인하는 입장이었다. 이에 풍양 조씨 측에서는 안동 김씨가 천주교를 묵인해 준다고 여기고, 안동 김씨와 천주교를 결부시켜 그들을 모두 결단 내겠다고 벼르고 있었다. 서서히 풍양 조씨의 세상이 시작되고 있다. 천주교가 그 모진 박해 속에서 어떻게 버티어 낼

지 정하상은 걱정이 태산 같았다.

"김유근 대감은 병세가 호전되고 있는지요?"

"그 병을 이겨 낼 장사가 어디 있겠는가? 그나마 약을 써서 겨우 목숨만 부지하고 계신데 올해를 넘길 수 있을지 걱정이네."

"큰일이군요."

"아무래도 우리가 잡히기 전에 대감께 대세(代洗, 사제를 대신해 세례를 주는 일)를 붙여야 할 것 같네."

"받을 의향이 있으실까요?"

유진길은 머리를 끄덕였다.

"우리에게 호의적이셨지. 대왕대비께서도 그렇고. 그래서 루시아(박희 순 궁녀) 자매가 궁궐 안에서 복음을 전파할 수 있지 않았는가."

"그렇지요."

"그런데 조정에서 눈치를 채고 지금 조사 중이라네. 머지않아 잡힐 것 같네."

"루시아 자매가 잡히면 많은 교우가 연결되어 있는데 큰일이군요."

"주님께서 돌봐 주시겠지. 쉽게 입을 열지 않을 걸세."

"아무튼 시간을 끌면서 교우들이 숨을 수 있는 데까지 숨도록 해야 합니다. 다음을 위해서요. 이미 통문을 했습니다."

"나도 내일 김유근 대감께 들를 생각이네."

"대감 댁에 들르는 것은 위험하지 않습니까? 형님도 알려졌을 텐데요."

"아직 조정에서는 모르는 눈치야. 더 늦으면 아무것도 할 수 없네."

"조심하십시오."

정하상은 잡히면 우의정 이지연에게 제출할 〈상재상서(上宰相書)〉 초안을 유진길에게 보여 주었다. 〈상재상서〉에는 천주의 존재와 가르침, 신자로서 살아야 하는 윤리와 도덕, 사후의 천당과 지옥에 관해 상세하게 정리해 밝히고 있다. 다시 말해 천주교를 사교(邪敎)로 몰아가는 조정에 대해 천주교는 결코 사교가 아니라는 것을 천명하고 있는 것이다.

"훌륭하네."

유진길은 자리에서 일어났다. 정하상은 등잔불을 껐다. 혹시라도 마당에 불빛이 비치면 유진길의 모습이 드러날까 염려되었다. 그들이 문밖으로 나서자 어둠 속에서 인기척이 느껴졌다.

"형님 빨리 가십시오."

정하상이 재촉했다. 유진길이 걸음을 빨리하며 사립문을 나설 때 뒤에서 정하상의 목소리가 들렸다.

"여보게, 들어오게. 모르는 사이도 아닌데 왜 숨어서 엿듣는가?"

유진길은 정하상의 소리를 뒤로하고 어두운 골목길을 급히 빠져나갔다. 뒤따르는 기척은 없었다.

이튿날 해가 지자 유진길은 김유근 대감을 찾아갔다. 뼈만 앙상하게 드러난 김유근을 보면서 권력의 중신에서 나는 새도 떨어뜨릴 핏난 살년 예전의 모습을 찾아볼 수 없어 가슴이 메었다. 김유근은 유진길을 보자 반가운 기색이 얼굴에 완연했다.

"요즘 일이 많아서 찾아뵙지 못했습니다."

유진길이 말을 하자 김유근은 알아들었다는 듯이 눈을 끔벅거렸다. 말은 제대로 못 하지만 알아듣는 데는 문제가 없었다. 유진길은 김유근의 손을 잡았다.

"대감께 귀중한 선물을 드리고 싶은데 받으시겠습니까?"

김유근은 고개를 끄덕였다.

"제가 천주교 신자라는 것은 이미 알고 계시지요? 제게는 천주님을 믿는 것이 무엇과도 바꿀 수 없는 행복입니다. 그래서 대감께 그 행복을 전해 드리고 싶습니다. 받으시겠습니까?"

김유근은 눈을 감았다. 거부감은 나타나지 않았다. 한참 눈을 감고 있던 그가 눈을 뜨고 고개를 끄덕였다. 의외는 아니었다. 이미 김유근은 유진길이 천주교를 믿는다는 것을 오래전부터 알고 있었고, 감싸 주었다. 그리고 가끔 유진길이 천주교의 교리를 말하면 말을 막지 않고 들어 주었다. 그래서 유진길도 그가 세례를 받을지 모른다는 생각을 하게 되었던 것이다. 죽음이 목전에 다가온 그에게 천당으로 가는 길을 열어 주고 싶었다.

"그러면 몇 가지 천주교 도리를 말씀드리겠습니다."

유진길은 우주 만물을 만들고 인간을 만들고, 자연의 변화와 인간의 역사를 주재하는 천주의 존재와 인간의 죄, 예수 그리스도의 구원의 의미 같은 천주교의 기본 교리 몇 가지를 설명했다. 김유근은 눈을 감은 채 들었다. 그런 모습을 보면서 유진길은 그가 이미 세례를 받을 준비가 되었음을 감지했다.

"오늘은 여기까지만 말씀드리겠습니다. 며칠 뒤에 다시 오겠습니다."

김유근은 눈을 뜨고 고개를 끄덕였다. 유진길이 자리에서 일어서려고 할 때 밖에서 기척을 했다.

"추사 영감께서 오셨습니다."

유진길은 자리에서 얼른 일어났다. 방문이 열리고 전 병조참판 김정희가 들어왔다. 김정희의 글씨와 그림은 이미 조선 제일로 평판이 나 있지만 김유근 역시 만만치 않은 솜씨다. 그들은 서로 오가며 글과 그림을 나누는 사이였다. 특히 김유근은 김정희의 솜씨를 흠모하여 자신의 필체에 반영하며 때때로 가르침을 구했다. 그러나 안동 김씨와 숙적인 풍양 조씨, 그것도 세력의 중심인 조인영과도 각별한 김정희는 김유근의 병세가 위중한 줄 알면서도 마음 놓고 찾아올 수 없었다. 그래서 오늘도 밤에 하인도 없이 평복을 입고 찾아온 것이다. 김정희는 자리에 앉자 김유근의 손을 잡고 인사를 했다.

"대감, 곧 쾌차하실 것입니다."

김유근은 웃음을 지어 보이려고 얼굴을 실룩거렸다. 김정희는 품에서 난초 그림을 꺼내 김유근의 눈앞에 펼쳐 들었다.

"대감, 제가 붓을 들어 보았는데 솜씨가 늘지 않는군요. 대감이 보시기에 어떤지요?"

김유근은 그림을 유심히 보는 것 같았다. 한참을 들고 있던 김정희가 그림을 내려놓았다.

"대감께 드리려고 가지고 왔습니다."

김유근은 눈으로 고맙다는 표시를 했다. 김정희는 날씨며 농사일이며 잡다한 세상사를 이야기했다. 김유근은 눈을 감은 채 듣고만 있었다. 한참을 그렇게 보낸 뒤 김정희는 돌아갈 채비를 했다.

"대감, 다시 오겠습니다. 다음에는 글씨를 가져올 테니 필체가 어떻게 변했는지 봐 주십시오."

그리고 자리에서 일어났다. 유진길도 인사를 하려고 일어섰다. 그러자 김유근이 유진길을 보며 눈을 끔뻑거렸다. 김정희를 따라가라는 모양이었다. 유진길은 김유근의 의도를 짐작했다.

"그럼, 저도 가 보겠습니다."

유진길은 김정희를 따라 김유근의 집을 나섰다. 골목길을 빠져나올 때까지 그들은 아무 말이 없었다. 갈림길에 이르자 유진길이 먼저 입을 떼었다.

"저는 수표교 쪽으로 갑니다. 여기서 인사드리겠습니다."

"그런가?"

김정희는 머뭇거리다가 말을 꺼냈다.

"내일 밤에 내 집에 들를 수 있겠는가? 초의 스님께서 향이 좋은 차를 보내셨으니 와서 맛이나 보게나."

"그리하겠습니다."

이튿날 유진길은 어둠이 내리기를 기다려 김정희의 집을 찾았다. 김정희의 집은 김유근의 집과 경복궁을 사이에 두고 가깝게 있었다. 김정희는 유진길을 반갑게 맞았지만 유진길은 그의 얼굴이 밝지 않다는 것을 느낄 수 있었다.

"내 집에 온 것이 얼마 만인가?"

"을미년에 청국을 다녀온 뒤 찾아뵙고 처음입니다."

"그렇군. 청국에서 서책을 구해다 준 뒤 발을 끊었던 것 같군."

"영감께서 조정의 중책을 맡으셔서 감히 찾아뵙기가 어려웠습니다."

"남들은 내가 한가할 때는 모르는 체하다가 벼슬에 나가자 찾아오려 하던데 자넨 반대로군. 이제 내가 상중이라 벼슬길을 떠나니까 그나마 발길을 하는군. 그런데 김재연은 아직도 얼씬하지 않아."

"청국에서 서책과 그림을 구해다 주는 역관이 있지 않습니까?"

김정희는 지체 높은 양반이지만 중인, 특히 역관들과 교분이 두터웠다.

"그렇지만 세상일은 자네나 김재연이 와야 소상히 들을 수 있다네."

"저야 청국을 다녀온 지 오래되었지만 김재연은 최근에도 청국을 자주 드나들었습니다. 원체 바쁜 사람이라 저도 만나기가 힘듭니다."

"알고 있네. 또한 날 껄끄러워하겠지. 조인영 대감과의 관계가 있어서 그런지 그 사람이 곁을 주지 않는군. 벼슬이란 사람을 외롭게 만드는군."

"벼슬에 계실 때는 가까이 가지 않는 것이 영감을 위한 길이라고 생각했습니다."

"알고 있네."

김정희는 한숨을 쉬면서 차를 권했다.

"그래도 초의 스님은 개의치 않고 내 집에 들른다네. 이 차도 백련사에 들렀다가 만덕산에서 따서 말린 것이라고 하더군. 스승인 다산이 그리워 백련사에 찾아간 것이 아니겠는가."

초의선사는 다산 정약용이 천주교에 연루되어 강진에 유배되었을 때 혜장 스님과 함께 그의 벗이 되어 유학과 다도를 나누던 사이였다. 정약용이 유배에서 풀려난 뒤에도 마재에 있는 다산의 집으로 찾아가 유학을 배우고 다도를 전해 주며 각별하게 지냈다.

유진길은 차를 받아 향기를 음미했다.

"향이 좋습니다. 찻잎을 말린 사람의 마음이 스며 있는 것 같습니다."

"그렇지. 참으로 귀한 벗이네. 자네도 그렇지만."

유진길은 당황했다.

"어찌 그런 말씀을 하십니까? 듣기가 송구합니다."

"사실이네. 자네만큼 내 글과 그림을 깊이 알아보는 사람도 많지 않다네. 모두 칭찬이야 하지만 거기 서린 내 심중을 읽을 줄 아는 사람은 드물다네."

유진길은 김정희의 말을 들으며 생각에 잠겼다. 잠시 후 그는 김정희를 바라보며 말했다.

"영감의 그림과 글씨를 좋아하는 것은 파격 때문입니다."

"파격이라, 무슨 뜻인가?"

"옷이 몸에 맞지 않으면 옷을 고칩니다. 그것이 파격이지요. 글과 그림에 법칙을 정해 놓고 거기에만 맞추려는 격식을 파하는 것입니다. 그리고 붓이 자유롭고 힘차게 나갈 수 있도록 길을 터놓는 것이지요."

"그럼 내 붓이 그렇다는 것인가?"

"영감의 붓끝에는 파격의 기운이 서려 있습니다."

김정희는 눈을 감았다. 유진길은 김정희의 얼굴에 스치는 어두운 그림자를 보았다. 눈을 뜬 김정희는 유진길에게 의미 있는 말을 건넸다.

"글쎄, 붓이 부리는 파격은 그렇다 치더라도 세상 사는 데는 파격이 때로 환란을 일으킬 수 있더군. 어떤 이들은 목숨 걸고 시대에 도전하는 파격적인 행동을 하지. 과연 파격이 필요한 것인가?"

"옷이 몸에 맞지 않을 때 몸이 잘못되었다며 몸을 고치라 하는 것은 잘못된 것이 아닙니까? 사람들이 그런 요구를 할 때 그것을 부정하고 옷을 뜯어고치는 것이 파격이지요. 엄밀한 의미에서 본다면 파격이란 잘못된 것을 바로잡는 행동일 수 있습니다. 오직 한 가지 옷을 내놓고 모든 사람에게 입으라고 하면 옷이 몸에 맞지 않는 사람은 옷을 찢어 버리는 수밖에 없습니다. 그리고 사람들이 몸에 맞는 옷을 찾아 입으려 하는 것이 당연하지 않겠습니까. 파격이란 바른 세상을 향한 새로운 길을 터놓는 것이라 생각됩니다. 영감께서 글씨와 그림의 통상적인 형식을 파하여 새로운 길을 열어 놓으시면 처음에는 낯설어해도 나중에는 많은 사람이 영감의 길을 따를 것입니다."

김정희는 어렵게 입을 열었다.

"자네도 알겠지만 요즘 천주학을 믿는 자들이 분란을 일으키고 있는데 그들의 행동은 정말 파격적이지. 불상이나 공자, 노자를 그린 자비한 모습은 보는 사람들의 마음을 편하게 해 주는데 반해, 천주학쟁이들이 만들어 놓은 예수는 나무 십자가에 매달려 피를 흘리는 고통에 일그러진 모습이네. 파격적인 종교의 성격을 드러내고 있는데 왜 그런 신을 믿는지 이해가 안 되네. 현실 생활에서 도움이 안 된다면 왜 믿는가 말이야?"

"우리 민족은 예로부터 삼라만상과 사람을 만들고 자비로 보살피는 상제, 하늘을 믿어 왔습니다. 아직도 백성들은 그런 상제를 믿고 있습니다. 천주는 바로 백성들의 상제지요. 백성들이 어려울 때 하늘을 보고 부르짖으며 호소하는 것은 하늘이 도와준다는 믿음이 있고, 그 믿음에 의지하여 삶의 고통을 이겨 나가기 때문입니다."

"그야 예나 지금이나 어리석고 무지한 백성들이 하는 소리 아닌가?"

"반드시 그렇지는 않습니다. 주자학에서는 만물의 근원을 태극이라고 하지만 인간의 오묘함, 만물의 오묘함, 정신의 오묘함을 어찌 일개 태극만으로 설명하려 합니까? 맑고 탁한 기질의 차이로 인간의 오묘함을 설명하려고도 합니다만, 기로써 내 마음에서 우러나오는 수많은 생각과 성현들의 가르침을 설명하는 것이 이치에 맞다고 보십니까? 억지입니다. 분명 우리 생각에는 그 생각을 일으키게 하는 근원이 있습니다. 그분이 천주십니다."

"그래, 나도 그런 이치는 《천주실의》라는 책에서 읽은 적이 있네. 하지만 눈에 보이지도, 귀에 들리지도 않는 천주를 위해서 어떻게 목숨을 걸 수 있는지 모르겠다네."

"천주를 믿는 사람들은 영적 체험을 합니다. 그 체험에 의해 천주님의 존재와 작용을 느끼고 그것이 힘이 되지요. 내 안에 있는 나 아닌 힘의 존재를 느낄 수 있는 깊은 감동과 믿음이 목숨보다 소중하다고 믿기 때문입니다."

"내가 그림과 글씨를 쓸 때 느끼는 힘이 있는데, 내가 아닌 어떤 힘이 붓끝을 움직이고 붓대를 이끌어 간다고 느낄 때가 종종 있지. 하지만 그건 기의 작용일 뿐이야."

"영감께서는 기의 힘만을 생각하지만, 천주를 믿는 사람들은 다릅니다. 예수가 태어난 유대 나라에서는 그들을 이끄는 힘은 바로 천주라는 것을 알았고, 그분께 의탁하며 살았지요. 그것이 그들의 역사입니다. 유대인의 천주는 대국이 아니라 노예 종족을 당신 백성으로 선택하고 구원하셨습니다. 왜냐하면 노예들이 고통받고 있었기 때문이지요. 그들의 천주는 바로 그와 같이 고통받고 천대받는 사람들을 가엾이 여기고 돌봐 주시는 분이셨습니다. 그 사랑을 가진 천주의 힘이 어찌 감정도 생각도 없는 기의 힘과 비교되겠습니까?"

"그럼 나도 그런 천주를 믿으면 천주의 힘이 내 붓끝을 움직이겠군."

고통받는 사람을 사랑하는 천주의 힘을 말하는데 자신의 붓끝에 힘을 받을 수 있느냐는 그의 말이 실망스러웠지만 내친 김에 말을 이었다.

"예수님도 천주님과 마찬가지입니다. 자신을 희생하고, 목숨까지 내놓고 천주의 뜻을 세상에 실현하려 했습니다. 천주교는 그렇게 시작되었습니다. 예수님이 그랬듯이 로마에서 교회가 시작될 때도 수많은 사람이 피를 흘렸습니다. 당시의 부조리한 현실을 그대로 받아들이지 않고 진리를 향해 용감히 걸어가다 피를 흘렸지만 그들은 포기하지 않았습니다. 그 정신이 오늘날 온 세상으로 퍼져 나가는 것이 천주교입니다."

"그것이 천주교의 본모습이라면 조선에서도 그럴 것이라는 말인가?"

"다르지 않겠지요."

"피를 보고서야 세워지는 교회라, 참으로 무섭군. 서양 신부들이 조선에 들어왔다고 들었는데 그들도 피를 흘리러 왔는가?"

"신앙을 실천하는 데는 희생이 따릅니다."

"무모한 짓이네. 조정에서 보고만 있겠는가? 이미 천주교가 조선에 발을 붙이지 못하도록 신자들을 잡아들이고 있네. 이번에는 단 한 명도 남기지 않고 모두 잡아들이려고 치밀한 계획을 세우고 있어. 뿌리를 내리지 못할 걸세."

"아무리 조정에서 잡아들여도 남은 신자들이 있습니다. 권력의 탄압으로 천주교를 이길 수는 없는 것이지요. 왜냐하면 사람이 천주님을 이길 수 없기 때문입니다. 천주께서 하시는 일을 사람이 막을 수 없지요."

김정희는 눈을 감았다. 그의 표정이 착잡하게 굳어 가는 것을 보면서 유진길은 자리에서 일어났다.

"가려는가?"

"네."

"부디 몸조심하게."

유진길은 집으로 걸어가며 어두운 밤하늘을 응시했다. 그날이 가까이 왔다. 김정희는 자신을 떠보았고, 자신은 태도를 분명히 했다. 이제 포졸이 닥치는 날만 기다리면 되는 것인가. 유진길은 속으로 외쳤다.

'천주여, 천주여 지켜 주소서!'

3

유진길이 떠난 뒤에도 김정희는 오랫동안 자리에서 움직이지 않았다. 착잡한 마음을 쉽게 가라앉힐 수 없었다. 유진길과의 대화에서 그의 변화, 즉 배교를 바라는 것은 불가능함을 느꼈다. 김정희는 유진길이 떠나간 방문을 뚫어지게 바라보았다. 어쩔 수 없다. 그는 점차 마음을 정리하며 지난날을 떠올렸다,

조인영은 외척인 홍경모를 형조판서에 앉히고, 절친한 벗인 김정희를 형조참판의 자리에 앉히려 했다. 김정희는 몹시 고민했다. 가문을 일으키고 출세를 하라는 아버지의 유지를 받들려면 조인영의 제안을 받아들여야 했다. 가문을 일으키기 위해 아버지는 세상의 비난까지 감내하며 평생을 세도가에게서 떨어지지 않았다. 가문을 일으킨다는 것은 곧 자식의 앞날을 도모하는 중대사였다. 아버지의 유지를 받드는 것은 선택의 여지가 없는 일이었다. 김유근과 조인영, 그 둘은 자신과 귀한 우정을 나누어 온 오랜 벗이었다. 그러나 둘 중에 한 명을 선택해야만 한다. 자신에 대한 김유근의 깊은 정을 잘 알고 있지만 아버지가 김유근에게 당한 일을 잊을 수는 없었다.

정조가 승하한 뒤 그와 대립하던 정순왕후와 경주 김씨가 세력을 잡았

지만 정순왕후의 죽음과 함께 막을 내리고, 순조의 장인인 김조순과 안동 김씨에게 세력이 넘어갔다. 안동 김씨의 세도정치가 시작된 것이다. 비록 경주 김씨였지만 김정희의 아버지 김노경은 과거 경주 김씨의 세력과는 거리를 두고 있었던 관계로 김조순과 친분을 쌓을 수 있었고, 호조참판에 이어 공조판서와 예조판서를 두루 거치며 출세가도를 달렸다. 김정희와 김조순의 아들 김유근도 각별한 우정을 쌓으며 친하게 지냈다. 김정희는 또한 풍양 조씨인 조인영과도 각별한 사이여서 젊었을 때는 김정희가 북한산 비문을 고증하여 진흥왕의 비임을 밝혀내는 데도 함께했다. 그런데 조인영의 형인 조만영은 은연중에 풍양 조씨 세력을 확장하고 있었다. 당시 김노경은 한쪽 발은 순조의 비 안동 김씨 쪽에, 다른 발은 미래의 왕이 될 효명세자의 빈 풍양 조씨 쪽에 걸치고 조정에서 승승장구했고, 그 덕에 김정희도 출세가도를 달렸다.

그러나 안동 김씨와 경주 김씨, 풍양 조씨 사이는 효명세자가 순조를 대신하여 대리청정을 하게 되면서부터 갈등이 드러나기 시작했다. 어머니 쪽의 외척인 안동 김씨의 세도를 못마땅하게 여기던 효명세자는 안동 김씨를 멀리하고 대신 경주 김씨와 풍양 조씨를 대거 등용했다. 다음 왕이 될 효명세자를 중심으로 새로운 정치 세력이 부상하자, 김노경을 비롯한 김정희의 집안도 안동 김씨로부터 발을 빼고 반(反) 안동 김씨 세력 안으로 발을 옮겨놓았다.

그런데 효명세자가 대리청정을 한 지 삼년, 겨우 스물둘의 젊은 나이로 갑자기 세상을 떠났다. 반 안동 김씨 세력의 후원자이던 효명세자가 세상을 떠나자 안동 김씨는 중심 세력이던 풍양 조씨를 간접적으로 치기 위해 김노경을 비롯한 주변 인물들을 간신으로 몰아 성토하고 삭탈관직하여 귀양을 보냈다. 김정희도 모함을 받아 서리를 맞았으나 김유근 덕에 귀양은 면했다. 권력은 다시 안동 김씨 쪽으로 넘어갔고 김조순과 아들 김유근은 권력의 중심에 섰다. 그러나 김유근은 아버지 김조순을 비롯하여 동생과 주변 친인척들이 갑자기 줄이어 세상을 떠나자 마음을 누그러뜨려 김노경을 귀양에서 풀어 주고 김정희에게 다시 벼슬길로 나오도록 권고했다. 하지만 김정희는 김유근의 청을 받아들이지 않았다. 그 일로 김정희는 김유근과의 오랜 우정에 금을 그었다. 순조가 세상을 떠나자 여덟 살 어린 나이의 세손이 왕위에 오르게 되어 김유근의 누이이며 순조의 비였던 순원왕후가 대왕대비가 되어 수렴청정을 하게 되었다. 따라서 김유근의 세도는 더욱 공고해졌다. 세도를 잡은 김유근은 통 큰 정치를 결심하고 과거에 정적이었던 경주 김씨와 풍양 조씨를 대거 등용했다. 특히 풍양 조씨의 좌장 격인 조인영에게 인사권을 행사하는 이조판서의 벼슬을 내리도록 임금에게 주청했다. 그러나 김유근은 그러한 조처가 결국 풍양 조씨의 세력을 키우는 계기가 될 줄은 몰랐다.

인사권을 쥔 조인영은 주변 인물들을 대거 등용했고 이때 김정희는 조인영의 권고를 받아들여 성균관의 대사성을 거쳐 병조참판이 되었다. 그러나 지난해 아버지 상을 당해 일 년간 관직에서 물러나 조용히 상을 치른 뒤 탈상하기로 마음을 먹었다. 조인영이 하루가 멀다 하고 그만 탈상하고 조정으로 돌아오라고 재촉했기 때문이다. 김유근과 조인영의 세도 다툼에서 자신이 서야 할 자리는 분명했다. 그래서 어제 마지막 인사로 병석의 김유근을 찾았던 것이다.

그러나 문제는 형조의 일을 맡아야 한다는 것이다. 김정희로서는 형벌을 관장하는 일을 맡고 싶지 않았다. 더구나 지금은 천주교 신자들이 그 대상이 될 것이 아닌가. 그들은 나라에서 금하는 천주교를 믿는다는 것 외에는 아무 잘못도 범하지 않은 선량한 백성들이라는 것을 김정희는 잘 알고 있었다. 그들을 죄인으로 몰아 처형하는 것은 사람으로서 못할 짓이다. 그러나 조인영은 지금 형조의 일이 무엇보다 중요하기 때문에 믿을 만한 사람을 앉혀야 한다고 강조했다. 천주교 신도를 치는 일은 바로 안동 김씨의 세력을 꺾는 일과 무관하지 않기 때문이다. 김유근이나 순원왕후는 천주교에 관대했는데 그것이 풍양 조씨 측에게는 좋은 빌미가 되었다. 안동 김씨의 관대한 태도 때문에 심지어 궁에서도 천주교 신자가 퍼지고 있다는 소문이 돌았다. 그래서 조사한 결과 박희순이라는 궁녀가 천주교 신자임을 밝혀냈고 지금 문초 중이다. 그것을 기회로 조인영은 은근히 천주교가 안동 김씨 세력, 특히 순원왕후와 연관이 있다는 것을 세상에 드러내려 했다. 지금 김유근은 죽은 사람이나 마찬가지다. 문제는 순원왕후다. 오십이 넘은 그녀에게 수렴청정 자리에서 물러나야 한다는 압력을 가해 보았지만 요지부동이었다. 조인영으로서는 어떻게든 그녀를 수렴청정에서 물러나게 해야 했다.

김정희는 조인영을 찾아갔다.

"어서 오시게. 그렇지 않아도 사람을 보내려고 했네."

조인영은 김정희를 반갑게 맞이했다. 나이로 보나 관직으로 보나 조인영은 김정희보다 위에 있었지만 김정희를 벗으로 대했다. 김정희에게는 그런 조인영이 더없이 믿을 만한 벗이요, 형님과 같았다.

"그래, 결단을 내리셨는가?"

조인영의 물음에 김정희는 생각을 가다듬고 난 뒤 어렵게 입을 뗐다.

"아무리 생각해 보아도 제가 형조의 일을 하는 것은 무리인 것 같습니다. 다음에 다른 일을 하라 하시면 주저하지 않고 하겠습니다."

조인영의 눈빛이 섬뜩할 만큼 날카롭게 변했다.

"왜 그런 생각을 했소?"

"먹을 갈고 붓끝이나 놀리는 제가 죄인을 잡아다 문초하고 벌주는 일을 감당할 수 없을 것 같습니다."

"누구는 먹을 갈지 않고 붓끝을 놀리지 않는가? 선비면 누구나 하는 일이오. 작금에 천주교도를 잡아들이는 일에 아무래도 믿을 만한 사람이 필요하오. 형조판서 홍경모 대감께서 자네를 하루라도 빨리 나오게 하라고 성화시니 더 미루지 말게. 그동안 안동 김씨의 세도가 얼마나 나라를 어지럽혔는지는 잘 알고 있지 않소. 김씨의 세도를 믿고 횡포를 부리는 탐관오리들 때문에 백성들이 얼마나 고통을 당하는지 눈을 뜨고 보면서도 방치할 생각이오? 대왕대비가 버티고 있는 한 김씨 세도를 몰아내기 힘든데, 마침 대왕대비가 천주교도를 비호하고 있다는 증좌(證左)가 잡혔소. 궁중에 천주교가 퍼지고 있다는 소문이 돌아 궁녀를 잡아 문초 중이니, 대왕대비의 수렴청정을 거두게 하려면 천주교도를 쳐야 하오."

김정희는 어려운 말을 꺼냈다.

"바로 그 천주교도를 잡아들이는 일말입니다. 그것이 제게는 어렵습니다. 그들이 과연 그렇게 잡아 죽여야 할 만큼 악독한 일을 저질렀는지 판단이 서지 않습니다. 황산(김유근) 대감은 임종이 머지않습니다. 그리하지 않으셔도 이젠 안동 김씨의 세도를 대감께서 끝낼 수 있지 않습니까?"

순간 조인영은 김정희를 쏘아보았다.

"그걸 말이라고 하시오? 조정에서 천주교도를 죄인으로 처단한 것이 어디 어제오늘의 일인가? 도적질을 하고, 살인을 하고, 반역을 꾀하는 것만이 죄는 아니오. 나라의 기강을 근본부터 뒤흔드는 짓을 하는 천주교도가 죄인이 아니라면 누가 죄인이오?"

조인영은 노기를 감추지 않았다.

"천주교도가 나라의 기강을 뒤흔든다는 것은 알고 있는 일 아니오. 우리 조선은 예로부터 유학을 국시로 하고 오륜이 반듯이 서 있기 때문에 사람과 사람 사이의 신분 차이와 남녀노소 사이를 분명히 하고 예의범절을 지키도록 가르쳐 질서를 유지해 왔소. 그런데 천주교도는 사람은 모두 평등하다고 떠들며 나라의 질서를 멋대로 휘젓고 있소. 그걸 그냥 두면 나라 꼴이 어찌 되겠소? 만일 백성들 사이에 천주교가 널리 퍼진다면 그들은 분명 사람 차별을 없애려는 욕망을 천주의 뜻이라 여기며 차별을 없애기 위해 반란이라도 일으킬 수 있소. 그들의 생각이 얼마나 위험한 것인지 그래도 모르겠소?"

"그건 그렇습니다만, 잡아다 잘 가르쳐 잘못을 깨닫게 하면 되지 않겠습니까?"

"이런 답답한 사람 보게나. 천주교도는 그리 마음을 바꿀 수 있는 자들이 아니오. 죽을 줄 뻔히 알면서도 목을 내밀며 제 발로 관가를 찾는 자들이오. 청국을 보시오. 양이들이 아편을 들여다 백성을 병들게 하고 있는데, 그 양이들이 믿는 게 천주교라는 걸 모르지는 않겠지요? 천주교는 바로 아편을 팔아먹는 양이들이 믿는 것이고, 그놈들이 전파하는 천주교를 그냥 방치하면 언제 우리나라에 아편을 들여올지 모르는 일이오. 모두 잡아 죽여 나라의 기강을 바로잡아 백성들이 바르고 편안히 살도록 해야 하오. 더 늦기 전에 조치를 취해야 하니, 더 미루지 말고 형조에 등청하도록 하시오."

조인영의 말은 권고가 아니라 명령이었지만 김정희는 대답하지 않았다. 김정희의 고민이 깊음을 눈치 챈 조인영은 목소리를 누그러뜨렸다.

"그리 걱정하지는 마시오. 형조에서 죄인을 직접 잡아들이고 문초하는 일은 없을 것이니. 중대한 경우에 의금부와 함께 추국(推鞫)에 임하는 일이 있지만 추사가 그런 일을 하지는 않아도 될 것이오."

그러나 죄인을 판결하는 일은 해야 하지 않는가. 그 일을 양심대로 처리할 수 없다는 것도 분명한 일이다. 김정희는 대답을 하지 않았다. 답답해진 조인영이 김정희의 가슴에 비수를 들이댔다.

"천주교 신도 가운데 유진길이라는 자를 이번에 잡아들이겠소. 유진길이 김재연과 절친하다고 하더군. 그러면 김재연도 잡아들일 수 있겠지."

"어찌 그런 말씀을 하십니까? 김재연은 천주교와 아무런 관계가 없습니다. 유진길과 친밀한 사람은 모두 천주교 신자라면 저도 그렇다는 말씀입니까?"

"그럴 수도 있다는 것일세. 정치가 어떤 것인지 잘 알고 있지 않나. 죄가 없는 자도 잡아다 죄인으로 몰아야 하고, 죄가 있는 자도 죄가 없다고 비호해야 하고. 내가 살기 위해서 상대를 칠 수밖에 없는 것이 정치의 생리가 아니겠나. 정치를 외면할 수 없는 우리 선비들은 이런 말을 입 밖에 내지는 않지만 속으로는 잘 알고 있지. 무고한 사람들이 죄인으로 몰려 죽고 귀양 간 일이 어디 한두 건인가. 정치를 하려면 그런 일을 감내할 수 있어야 하오."

조인영은 아우를 타이르듯 김정희의 마음을 달래려 했다. 김정희는 조인영의 말에 결코 수긍할 수 없었지만, 자신이 권력 주변에서 떠날 수 없다는 것도 잘 알고 있었다. 그리고 조인영의 뜻을 거스른다면 그에 따르는 어떤 응징이 닥칠 것이라는 것도 분명히 알고 있었다. 조인영은 그런 김정희의 속을 훤히 꿰뚫어보고 있었다. 김정희가 자리에서 일어나자 조인영은 다정하게 그를 쳐다보며 말했다.

"곧 조정에서 만나세."

유진길이 천주교 신자임을 이미 알고 있는 조인영은 김유근과 깊은 유대를 맺고 있는 유진길을 잡아들임으로써 김유근에게 일격을 가하려 하고 있다. 김정희는 고민하지 않을 수 없었다. 청국 선비들과 유대를 맺고 있는 것은 매우 중요한 일이다. 바로 그것 때문에 조정 대신이나 선비들이 자신을 부러워하고 중히 여기고 있다는 것을 그는 잘 알고 있었다. 유대를 긴밀히 하기 위해서는 역관을 이용하는 수밖에 없었다. 역관들이 양쪽에서 심부름을 해 주고 있기 때문이다. 그런데 당상역관인 유진길은 역관들 중에서도 으뜸이고, 생활 역시 청렴하고 올곧아 다른 역관들의 존경을 받고 있음을 그는 잘 알고 있었다. 불행히도 유진길은 천주교를 믿고 있다. 형조에 나간다면 유진길을 처벌하는 일을 모르는 체할 수 없을 것이다. 문제는 유진길로 끝나지 않는다. 김재연, 바로 그가 문제이다.

김재연이 유진길과 형님 아우하며 절친한 사이라는 것은 알 만한 사람은 알고 있다. 만일 유진길을 친다면 김재연을 잃어버릴 수도 있다. 김재연을 잃는 것은 김정희에게는 크나큰 손실이다. 청국에서의 김재연의 인맥은 자신이 도저히 따라갈 수 없을 정도이다. 청국 선비들 사이에서의 김재연의 위상은 누구보다 높았다. 김재연이 거의 매년 자유로이 청국을 드나들 수 있는 것도 그러한 그의 가치를 조정에서 잘 알고 있기 때문이었다. 무엇보다 그가 가져오는 정보가 정확하고 상세했기 때문에 조정에서는 그 누구도 그의 행보에 간섭하려 들지 않았다. 청국 선비들과의 유대를 지속해야 하는 김정희로서는 어떻게든 김재연과의 인연을 끊어서는 안 되었다. 그렇다고 조인영이 내민 손을 떨쳐 버릴 수도 없었다. 조인영, 그는 앞으로 조정을 이끌고 풍양 조씨의 세력을 반석 위에 올려놓을 것이 분명하다. 그만큼 그는 학문이나 정치적 능력에서 맞설 자가 없을 만큼 뛰어나다. 김유근은 안동 김씨 세력의 마지막이 될 것이다. 김재연을 어찌 한다? 김정희의 고민은 깊어 갔지만 해답이 나오지 않았다. 그는 김재연을 만나 의중을 떠보자고 마음먹었다.

김재연은 김정희로부터 집으로 오라는 전갈을 받고 한참을 망설였다. 그가 일년상을 마치고 다시 조정에 나갈 것이라는 소식을 들었다. 그것도 형조에 나갈 것이라는 소문이 돌았다. 마음 같아서는 만나고 싶지 않았지만 유진길로부터 그를 만났던 일을 들었기 때문에 만나야만 했다. 김정희가 형조참판의 자리를 거절하지 않는다면 결국 유진길을 처형하는 일에 관여할 수밖에 없을 것이다. 김재연은 조인영의 제의를 받은 김정희가 오랜 우정과 원한을 함께 품고 있던 김유근을 병문안했다는 말을 유진길로부터 듣고 결국 김정희가 조인영의 제안을 받아들일 것임을 짐작했다. 김정희는 김유근과의 우정을 생각해 조인영의 제의를 물리칠 만큼 권력에 대한 야심이 없는 사람이 아니다. 지금 삼사는 천주교 신자들을 잡아들여 처벌하는 일을 도맡고 있기 때문에 김정희가 형조참판 직을 받아들인다면 천주교 박해에 앞장설 수밖에 없을 것이다.

김정희는 김재연을 반갑게 맞았다.

"이게 얼마 만인가? 이 사람 너무 무정하군."

"죄송합니다. 객지로 돌아다니다 보니 사람 도리도 못 하고 삽니다."

"나랏일로 바쁜 사람이 어디 사사로운 일에 마음을 쓸 수 있는가. 괘념치 말게."

김재연은 김정희가 주는 찻잔을 받아 한 모금 마셨다.

"상복을 벗으셨습니다."

"그렇다네. 삼 년을 그냥 앉아 있을 수 없는 사정이 있다네."

"그러시겠지요."

"자넨 얼마 전에 청국에 다녀왔다고 들었네만, 금년 동지사에 또 가려는가?"

"네. 지금 청국 사정이 하루가 다르게 변하고 있습니다. 어쩌면 혼자서 동지사 일행보다 먼저 떠날지도 모릅니다."

"청국 사정이 그리도 험악한가?"

"그렇습니다."

"양인들 때문인가?"

"그렇습니다."

"무슨 일이 벌어지겠는가?"

"전쟁이 일어날 것 같습니다. 조정에 이미 알렸지만 믿지 않는 것 같습니다."

"그런가? 전쟁이 벌어진다 해도 얼마 안 되는 양인들이 어찌 대국을 상대하겠는가?"

김재연은 아무런 반응도 보이지 않았다. 청국이나 조선이나 모두 같은 생각들이다. 아니라고 해도 믿지를 않는다.

"그렇지 않을 수도 있다는 건가? 자네 표정은 그런 것 같은데?"

"잘 모르겠습니다. 마주 보고 있는 사람의 속도 알 수 없는데 어찌 큰 나라의 속사정을 정확히 알 수 있겠습니까?"

김정희의 표정이 굳어졌다. 국내외 사정에 누구보다 밝은 김재연이 김정희가 형조참판의 물망에 오르고 있다는 것을 모를 리가 없었다.

"실은 고민이 있네. 형조에 나오라는 말이 있어서……."

김정희는 말끝을 흐렸다. 김재연은 별다른 내색을 하지 않다가 김정희의 등 뒤에 있는 난 그림에 눈을 주었다.

"그동안 영감을 볼 때면 먹 향기가 풍겨 좋았습니다. 앞으로는 영감 주변에서 먹 향기가 사라지고 피비린내가 진동하겠습니다."

김정희는 괴로운 표정을 감출 수 없었다. 무겁게 변명 아닌 변명을 시작했다.

"내 뜻이 아닐세. 운석(조인영) 대감께서 어쩌나 간곡히 말씀하시는지 거절하기가 참으로 힘들군. 아직 승낙을 하지는 않았네."

"운석 대감의 말씀이라면 이미 결정된 일 아니겠습니까. 외람된 말씀이지만 황산 대감과의 우의를 생각하신다면 그곳에 발을 담그지 마시라고 간청하고 싶습니다. 무고한 백성을 죽이는 일에도 관여하지 마시라고 말씀드리고 싶습니다."

"무고라니? 천주학쟁이들은 나라의 기강과 질서를 어지럽히는 사학죄인들이라는 것을 모르는가?"

"뜻밖의 말씀입니다. 운석 대감께 그런 말씀을 듣는다면 당연하다고 하겠지만 영감은 다르다고 생각했습니다. 천주교를 믿는 사람들은 착한 백성들이라는 것을 영감께서 모르지 않으십니다. 예로부터 우리 백성들은 어려운 일이 있으면 하늘에 하소연했지요. 그들이 천주를 믿고 의지하는 것이 무슨 죄입니까?"

"천주학쟁이들이 미풍양속을 무시해 불충불효하는가 하면 남녀가 한방에 동석해 이상한 짓을 하고, 위아래 예절을 무시하고 호형호제하는 것이 나라의 질서를 어지럽히는 짓이 아니라는 말인가?"

김재연은 물끄러미 김정희의 얼굴을 바라보았다. 김정희는 그의 시선을 피했다. 김재연은 그의 말이 진심이 아니라는 것을 알고 있었다. 그래서 마음이 아팠다.

"영감이 나서지 않아도 아무 상관없는 일이 아닙니까? 먹을 갈고 붓을 단련하는 일로도 충분히 살아가실 수 있지 않습니까? 영감은 붓으로는 천하의 명성을 얻으실 수 있지만 정치로는 아닙니다. 지금 안동 김씨와 풍양 조씨의 세력 다툼은 세상이 다 알고 있습니다, 영감이 김유근 대감과 조인영 대감 양쪽과 우의를 다져 오신 것도 세상이 다 압니다. 그런데 병들어 누워 있는 무기력한 벗을 치기 위해 날을 갈고 있는 다른 벗의 편에 선다면 세상이 영감을 어찌 보겠습니까. 세도란 한결같지 않다는 것을 잘 아시지 않습니까. 언제 또 바뀔지 누가 알겠습니까?"

이용만 당하고 희생될 것이라는 말은 속으로 삼켰다. 그러나 김정희의 마음은 움직이지 않았다.

"자네 심정은 알겠네. 그러나 운석 대감이 누군가? 오랜 세월 벼르고 계셨네. 안동 김씨 세도의 횡포를 두고만 볼 수 없지. 황산 대감과의 우의는 끝난 지 오래네. 아버님을 죄인으로 몰 때 끝난 것이야."

결국 그 원한 때문인가? 원한과 권세에 대한 꿈이 그를 저렇게 몰고 가고 있다. 김재연은 자신의 말이 아무 소용이 없다는 것을 알면서도 그냥 말을 삼키기가 싫었다.

"안동 김씨가 횡포를 부린 것은 사실이겠지요. 그러면 풍양 조씨는 어떻습니까? 이편도 저편도 아닌 백성 쪽에서 보면 그게 그겁니다. 다를 게 하나 없지요."

그놈이 그놈이라는 말을 김재연은 속으로 삼켰다.

"운석 대감은 다르네. 대쪽 같은 성품에 백성을 생각하는 마음이 어진 부모의 마음이야. 대감이 백성을 품에 안으면 안동 김씨는 다시 설 자리가 없지."

김정희의 조인영에 대한 맹신을 보면서 김재연은 어이가 없었다.

"그런 분이 죄 없는 백성을 잡아다 포악하게 죽이고 있습니까? 예로부터 십 년 세도가 힘들다고 했지요. 하지만 안동 김씨가 세도를 부린 것은 십 년이 아닙니다. 얼마나 오래 세도를 유지했는지는 영감이 더 잘 알고 계십니다. 그건 정치에 대해 그만큼 잘 알고 능란하다는 증거이지요. 비록 지금은 고개를 숙이겠지만 언젠가 다시 일어설 것입니다."

"그리 못 하도록 단속하고 있다네. 운석 대감은 허깨비가 아니야."

"안동 김씨도 그렇습니다. 황산 대감께서 저리 되셨지만 누군가 다시 나옵니다. 그때 풍양 조씨를 치기 위해서 누구를 먼저 칠 것 같습니까? 운석 대감은 감히 손을 못 대겠지요. 대신 운석 대감의 절친한 벗인 영감이 표적이 될 것입니다. 운석 대감을 치기 위해 영감을 친다는 말입니다. 영감은 운석 대감의 방패막이가 될 것입니다."

김정희의 표정이 일그러졌다. 화를 참느라 주먹에 힘을 주었다.

'저자의 입을 어찌 틀어막는다?'

김정희는 곤혹스러웠다. 당장 쫓아 버리고 싶었지만 그럴 수도 없었다. 만일 김재연의 화를 돋운다면 청국에 가서 자신에 대해 뭐라고 떠들어 댈지 안심이 되지 않았다. 말을 함부로 하는 사람은 아니지만 어찌 되었든 달래는 수밖에 없다고 생각하며 김정희는 마음을 가라앉혔다.

"나를 걱정해 주는 자네 마음은 고마우이. 형조에 나간다 해도 조심은 하겠네. 하지만 이번에는 천주학을 뿌리째 뽑을 걸세. 다시는 이 땅에 천주학쟁이들이 설치지 못하도록 그물을 칠 것이야."

"아무리 그물을 쳐도 강과 바다를 다 덮을 수는 없을 것입니다. 고기는 그물 밖에서 헤엄을 치겠지요."

"이번에는 달라. 이미 오가작통법을 의논하고 있다네."

김재연은 눈을 감았다. 잠시 침묵하던 그가 무겁게 입을 열었다.

"그래도 그들은 살아남을 것입니다."

사마천(司馬遷)이 쓴 《사기(史記)》에 보면 오가작통법은 중국의 전국시대 때 진나라 효공이 등용한 공손앙(公孫鞅, 법가 사상가이자 정치가)의 부국강병책 가운데 하나로, 백성을 감시하고 죄인을 잡아들이기 위해 썼던 방법이었다. 열 가구 또는 다섯 가구를 한 조로 하여 백성들이 서로 감시하고 연대 책임을 지게 해 마을에서 일어나는 모든 일을 고하게 하고, 여행하는 사람들은 증명서를 가지고 다니며 가는 곳마다 제시하게 했다. 마을에 낯선 사람이 나타나면 관아에 고하게 했다. 만일 알고도 고발하지 않으면 열 가구든 다섯 가구든 모두 연좌되어 벌을 받았다. 그 외에도 공손앙은 부국강병책으로 거의 매년 법령을 반포하고 엄격하게 시행했다. 태자의 스승이 잘못을 범하자 스승을 처벌했고 태자의 범법도 묵과하지 않았다. 진나라는 공손앙의 법가정책의 실행에 의해 강국으로 성장했다. 그러나 그의 정치 개혁은 태자를 비롯해 귀족들의 반발을 샀다. 후에 그를 아끼던 효공이 죽자 태자가 왕위에 올랐고, 태자는 공손앙에게 복수하기 위해 체포령을 내렸다. 공손앙은 도망치려 했지만 그가 만든 오가작통법에 의해 가는 곳마다 고발당해 결국 체포되었고 사지가 찢기는 형벌로 죽었다.

조선에서 한동안 시행하지 않던 그 법을 다시 쓰려고 한다. 온 나라 백성이 서로 의심하고 이웃을 고발하는 자로 만들고 두려움에 떨게 하려고 한다. 그것도 부국강병이라는 큰 목표도 아니고 단지 천주교 신자를 잡아들이기 위해 그런 잔인한 악법을 사용한다는 것이다. 세도를 잡기 위해서 말이다. 물론 김정희가 내놓은 의견은 아니라고 해도 김재연은 그런 말을 아무렇지도 않게 입에 담는 그가 기가 막혔다.

"그런 악법을 써서 얻을 것이 무엇이겠습니까? 백성들이 서로 의심의 눈초리로 감시하고 고발하는데, 그것이 성리학이 내세우는 어진 품성으로 백성을 양육하는 길입니까?"

김정희는 오가작통법을 입 밖에 낸 것이 실수라는 것을 알고 당황했다.

"그런 것이 아니라 지금은 특수한 형편이기 때문에 그런 법이 의논되고 있다는 것이네."

"무엇이 그리 위험하다는 것입니까? 이웃 나라가 쳐들어오기라도 한다는 말입니까? 천주교도가 반란이라도 일으킨다는 말입니까? 죽었다 깨어나도 그들은 반란 같은 것은 생각도 못 할 사람들입니다. 풍양 조씨가 안동 김씨를 치기 위해 그리한다는 것을 백성들은 다 압니다. 그러면 백성들이 어찌 할지 아십니까? 잘못은 조정이 하고 있으니 백성들은 조정에서 본받으라고 하는 자에게는 등을 돌리고, 조정에서 벌을 주려는 자는 숨겨줄 것입니다. 백성들이 조정에 등을 돌린다는 말입니다. 그러면 나라가 어찌 되겠습니까?"

김정희는 할 말을 잃었다. 다만 괴로울 뿐이다. 평소 말이 적은 김재연이 이리도 힘주어 말을 많이 하는 것은 처음이었다.

"자네가 이리도 심하게 나를 반대하는 것은 유진길 때문인가?"

김재연은 서슴지 않고 대답했다.

"그렇습니다. 유진길을 살리고, 무고한 백성을 살리고 싶습니다."

"하지만 안 된다는 것도 알겠지?"

김재연은 침묵했다. 김재연은 김정희의 한계를 알고 있었다. 그는 결코 이 어지러운 권력 싸움에서 벗어나지 못할 것이다. 그의 재주가 아까웠다. 김정희와 가까이 지내는 사람들은 그가 고고한 성격의 소유자로 불의와 타협하지 않는 곧은 사람이라고 생각하고 있다. 하지만 김재연은 그를 그렇게 보지만은 않았다. 그에게는 권력에 대한 욕망이 있다. 권력의 주변을 떠날 수 있는 고결한 인품의 소유자는 아니다. 그런 면은 그의 글과 그림에서도 나타난다. 김재연은 그의 작품을 보면 그 재주에 감탄은 하지만, 가슴을 울리는 감동을 느끼지는 않았다. 그것이 그의 한계다. 이윽고 김재연이 작별 인사를 했다.

"그만 가 보겠습니다."

김정희는 한숨을 내쉬었다. 결코 자신의 뜻대로 움직일 수 없는 바위 앞에 서 있는 답답함이 가슴을 눌렀다.

"가 보게. 하지만 말조심하게. 누가 들을지 모르지 않는가."

"알겠습니다. 영감도 조심하십시오. 피는 피를 부릅니다. 뒤끝이 좋지 않을 수도 있습니다. 안동 김씨를 우습게 보지 마십시오. 다시 일어날 수 있다는 것을 명심하고 잘 피하십시오."

안동 김씨가 다시 세력을 잡으려 할 때 김정희를 먼저 칠 수도 있다. 조인영은 정치에 대한 수가 높고 일을 처리하는 데 능란하기 때문에 정적에게 책잡힐 일을 하지 않는다. 어떤 일을 결단하고 처리하더라도 항상 빠져나갈 길을 마련해 놓고 덫에 걸릴 일은 하지 않는다. 또한 상황이 어려워지면 적당한 선에서 타협할 줄도 안다. 그러니 누구라도 그를 치기가 쉽지 않을 것이다. 하지만 김정희는 다르다. 정치라면 김정희는 김유근이든 조인영이든 뒤따라가야 할 정도이지 앞장서 나갈 위인이 못 된다. 그러니 조인영을 치려고 마음먹었으나 칠 수 없을 때 조인영 대신 그와 막역한 사이인 김정희를 칠 것이다. 조인영이 그것을 모를 리 없다. 김정희는 조인영처럼 철저하지 못하다. 이미 김정희 부자는 안동 김씨가 언제라도 책을 잡으려고 하면 잡힐 수 있는 과거가 있다. 그것을 알면서도 김정희를 권력의 수렁으로 끌고 들어가는 조인영의 잔인함에 김재연은 분노했다. 조인영이 진정한 벗이라면 김정희가 가야 할 길을 잘 알 것이다. 그 길을 가도록 놔두는 것이 진정한 우정일 것이다. 사람보다 중요한 것이 세도를 잡는 일이라 알고 있는 권신들에 의해 나랏일이 운영되니 백성이 편히 살 수가 있겠는가.

김재연은 깊은 한숨을 내쉰 뒤 걸음을 빨리했다.

4

사역원에 혼자 앉아 부지런히 일을 정리하던 유진길은 가슴에 심한 충격을 느꼈다. 그는 가슴을 누르며 눈을 감았다. 순간 정하상이 떠올랐다. 정하상이 잡혀갔음을 직감했다.

"천주여, 그에게 용기를 주소서. 부디 보살펴 주소서."

갑자기 문이 열리며 김재연이 들어왔다.

"형님, 정하상이 조금 전에 포졸들에게 잡혀갔다고 합니다. 김여상이라는 자가 천주교 신자로 가장해서 밀고를 했다고 하는데 알아보니 그자 뒤에 박선식이라는 자가 있었습니다. 지금 그자들은 서양 주교와 신부들이 있는 곳을 알아내려 혈안이 되어 있다고 합니다."

"때가 된 모양이네. 나도 준비하고 있다네."

유진길은 김재연을 웃으며 바라보았다.

"난 이미 각오하고 있으니 이곳에 자주 오지 말게. 그러다가 남들이 이상하게 생각할까 겁나네."

"역관이 역관을 만나는 일이 뭐가 이상하다는 말씀입니까?"

"그래도 이젠 오지 말게. 그동안 자네와 함께 일할 수 있었던 것은 정말 행운이었네."

"형님……."

"자네에게 마지막 부탁이 있네. 자넨 천주교를 믿지는 않지만 누구보다 잘 알고 있어. 천주님의 뜻을 따르는 우리의 신앙은 천주교도만을 위한 것은 아닐세. 천주님의 뜻은 세상 모든 사람이 사람답게 사는 세상을 실현하는 것일세. 그것이 어디 우리 천주교도만의 힘으로 이루어질 수 있겠는가. 믿지 않는 사람들도 같은 목적을 가지고 함께 일할 때 성사될 수 있는 일이지. 우리 조선의 역사를 보면 왕조는 여러 번 바뀌었지만 늘 소수의 권력층이나 양반들만이 배부르고 사람 행세를 할 수 있었네. 백성들이 어찌 살아왔는지는 자네도 잘 알겠지. 이제 그런 세상을 마감해야 하네. 그리고 그것은 충분히 가능하다네. 우리 천주교도가 흘린 피는 헛되지 않을 것일세. 백성들이 사람답게 살 수 있고, 그들의 재능과 힘이 세상에 드러날 수 있는 조선을 위해서 나는 목숨을 걸었네. 내 뜻을 이어 주게. 자네에게 천주교를 믿으라고 부탁하지는 않겠네. 그러나 백성들이 주인이 되는 조선을 위해서 천주교도를 도와주게. 드러나지 않게 말일세. 잡히지 않고 오래 살면서 일할 수 있는 사람이 필요하네. 그것이 내 마지막 부탁이네."

김재연은 복잡한 심경을 가누느라 입을 꽉 다물고 있었다.

"이런 날이 올 것은 예상한 것 아닌가. 너무 상심하지 말게."

유진길이 오히려 위로를 하자 김재연의 눈에서 눈물이 글썽였다.

"그렇게 하겠습니다. 길을 찾아보겠습니다."

"고맙네. 다른 사람이 들어오기 전에 어서 나가 보게."

유진길은 김재연의 등을 떠밀다시피 하여 방에서 내보낸 뒤 아무 일도 없었던 양 나머지 일을 처리했다.

정하상이 잡혀가고 이틀이 지났다. 그러나 아직 유진길에게는 포졸이 들이닥치지 않았다. 그는 여느 날과 다름없이 사역원에 나가 일을 돌보고 저녁이면 집으로 왔다. 모든 일을 정리했으나 마지막 남은 문제가 풀리지 않았다. 대철 때문이다. 아무리 제 어머니에게 가라고 해도 도무지 말을 듣지 않았다. 자신이 잡혀가면 그 어린것이 얼마나 충격이 클지 마음이 아팠지만 대철은 오히려 태연했다. 대철은 사태가 심각하다는 것을 알고 있었다. 그리고 자신도 순교하겠다고 버티었다. 그러나 아비된 자로서 도저히 그 참혹한 형벌을 아이에게 당하게 하는 것이 마음으로 허락되지 않았다. 유진길의 아내와 큰아들이 여러 번 데려가려 했지만 소용없었다.

집 대문을 들어서자 유진길의 아내가 마루에 앉아 있고 대철이 마당 가운데서 무릎을 꿇고 있는 것이 보였다. 유진길이 마당으로 들어서자 아내는 독기 어린 눈으로 남편과 아들을 번갈아보면서 소리를 질렀다.

"아들을 죽음으로 내몬 아비가 이제 오시는구려. 이 녀석이 죽어도 아비를 떠나지 못하겠다고 막무가내니 어쩌겠어요. 내가 먼저 죽어야지. 어린 아들이 모진 매를 맞고 죽는 꼴은 차마 볼 수 없으니 당신 부자 죽기 전에 내가 먼저 죽으리다."

옆에 놓아둔 보따리를 풀어 흰 광목을 꺼냈다.

"당신과 저 녀석 앞에서 내가 목을 매리다."

광목을 들고 안방으로 들어갔다. 그리고 문갑 안에 있는 책을 모두 꺼내 방바닥에 집어던지고는 방 가운데로 문갑을 끌어다 놓고 그 위에 올라섰다. 유진길이 급히 안으로 따라 들어갔다.

"이러지 말아요. 대철이를 당신에게 딸려 보내리다."

"저 녀석이 말을 듣지 않는데 무슨 수로요?"

"내가 보내겠소. 그러니 이러지 말고 앉읍시다."

그녀는 방바닥에 털퍼덕 주저앉았다.

"오늘 들었는데 정하상 그 양반이 잡혀 들어가 모진 매를 맞았답니다."

"알고 있소. 나도 때가 된 것 같구려."

그녀는 고개를 돌리고 한숨을 내쉰 뒤 옷고름으로 눈물을 찍어 냈다.

"부인에게는 면목이 없구려. 평생 고생만 시킨 것이 가슴이 아프오."

"이제 와서 그런 말이 무슨 소용입니까. 내 나이 열일곱에 부자 역관 댁에 시집간다고 동네 처녀들 부러움을 사며 이 집에 들어왔는데, 호강은커녕 목숨 부지도 못하게 생겼으니. 아이고, 내 팔자야."

"지금부터 내 말 잘 들어요. 이번에 나는 피할 수 없을 것이오. 오늘이나 내일쯤 포졸들이 닥칠 것이니 오늘 대철이를 데려가구려. 당신과 아이들은 천주교를 믿지 않았으니 목숨을 부지하겠지만 모진 고생은 면치 못할 것 같구려. 집도 가산도 모두 몰수당하고 귀양을 가게 될지도 모르지만 살아 있으면 입에 거미줄이야 치겠소. 도와주는 사람도 있을 것이오. 부인에겐 정말 미안할 뿐이오."

"귀양이라고요? 어찌 그런 말을 그리도 쉽게 한단 말입니까? 자식들 앞날을 그렇게 망쳐 놓으니 속이 시원합니까?"

유진길은 마루로 나가 대철을 향해 말했다.

"그만 일어나라. 방에 들어가 옷가지를 챙겨 어머니를 따라가거라."

"못 갑니다. 저는 아버님과 함께 있겠습니다."

"이놈아, 어머니가 목을 매려는 것을 내가 말렸다. 어머니를 죽게 만들면서 무슨 천주교를 믿는단 말이냐. 십계명에도 효도하라고 가르치지 않았느냐. 고집 그만 부리고 일어나거라. 일어나지 않으면 내가 매를 들고 쫓아 버리겠다."

유진길은 처음으로 대철에게 크게 야단을 쳤다. 대철은 눈물을 닦으며 말했다.

"아버님께서 잡혀가실 텐데, 제가 어찌 도망칠 수 있겠습니까. 그건 불효가 아닙니까?"

"내 걱정은 말고, 우선 어머니를 살려야 한다. 그리고 나중에 보자꾸나. 넌 해야 할 큰일이 있지 않느냐."

대철은 한참을 망설이다 일어나 제 방으로 들어갔다. 옷가지를 챙겨 보따리를 들고 마루로 나온 뒤 아버지에게 큰절을 올렸다. 그러고는 뒤도 돌아보지 않고 어머니를 따라 대문을 나갔다.

유진길은 아들이 차지하고 있던 자리가 이리도 클 줄은 몰랐다. 대철이 떠나고 난 뒤의 집은 허전하기가 이를 데 없었다. 비록 어린 나이지만 아버지가 집안일에 마음 쓰지 않도록 늘 꼼꼼히 살피면서 글공부도 게을리하지 않았다. 대철이 떠난 뒤에야 유진길은 자신이 얼마나 아들에게 의지하고 기대를 걸고 있었는지를 느낄 수 있었다.

외로움이 밀려들었다. 유진길은 정하상이 부러울 때가 많았다. 온 가족이 함께 신앙으로 마음을 나누는 것이 부러웠다. 지금도 정하상과 그의 어머니와 누이동생은 감옥에 갇혀 있다. 얼마 후에는 모두 순교할 것이다. 아버지 정약종을 비롯해 온 가족이 순교할 수 있다는 것이 부러웠다. 순교한다는 것은 엄청난 고통이지만 그 고통을 온 가족이 함께 나눈다면 서로의 마음으로 용기를 주고 위로할 수 있을 것이다. 유진길은 지금 그 누구보다 외로웠다. 어린 대철을 제외하고 아내와 다 큰 자식들은 끝내 자신의 설득도, 애원도 거부한 채 원망만을 쏟아놓고 있다. 유진길은 가족들의 선택을 나무랄 수 없었다. 하지만 그것이 오히려 마음이 아팠다. 그토록 살고 싶어 하는데, 결국 그들의 삶은 죽느니만 못할 것이다. 자신이 잡혀서 배교를 하고 서양 성직자들이 있는 곳을 불지 않으면 가족은 귀양에 보내질 것이다. 유진길은 가슴을 부둥켜안고 방바닥에 누웠다. 괴롭다. 의연하게 죽음을 맞이하리라 몇 번이나 다짐했지만 가족을 생각하면 살점을 도려내는 아픔을 피할 수 없었다.

대대로 역관인 부유한 집안에 태어나 고생이라고는 모르고 자라 역과에 급제해 역관의 길을 걸었다. 이십 대에 당상역관이 되었고, 역관들 사이에서는 사역원에서 교육과 훈도를 맡아서 하는 교회(敎誨)의 자리에 오를 것이라는 말들이 오갔다. 아직 교회를 한 명도 배출하지 못한 집안에서도 크게 기대를 하고 있었다. 그러나 유진길은 다른 길을 찾기 시작했다. 그것은 타고난 품성이었다. 그는 출세에 연연하지 않고 학문에 몰두했다. 청국에서 돌아오고 난 뒤면 새로 구해 온 서책을 잠자리에 드는 것도 잊고 밤늦게까지 읽었다. 역관이 좋은 것은 베이징에 가서 새로운 문물을 접할 수 있고, 새로운 서책들을 남들보다 빨리 구해 볼 수 있다는 점이었다. 역관의 일은 고되긴 하지만 보람 있고 즐거운 것이었다.

한양을 떠나 압록강을 건너고 요동 벌판을 지나 베이징까지 가는 여정은 편한 잠 한 번 제대로 자지 못하는 고된 일이었지만 유진길은 여행을 즐겼다. 특히 요동 벌판을 지나며 뜨는 해와 지는 해를 바라볼 때는 대자연의 웅장하고 신비한 경관에 가슴이 뛰었다. 남들은 아직 곤한 잠에 떨어져 있는 새벽에 일어나 동트기 전의 푸른 대기 속에 서서 우주의 신선한 기운을 온몸으로 들이마셨고, 남들이 잠자리에 드는 밤에는 혼자 밖으로 나가 쏟아질 듯 반짝이는 밤하늘의 별을 즐겼다. 인적이 드문 넓은 곳에 나와 대자연을 대하고 있노라면 우주의 신비함이 가슴에 스며들면서 물음을 던졌다.

'누가 이 대자연을 만들었는가?'

그러던 차에 베이징에서 《천주실의》라는 서책을 구해 집으로 가져와 밤이면 탐독을 했다. 그것은 하나의 충격이었다. 서양 신부가 썼다는데 그가 말하는 천주가 낯설지 않았다. 그리고 천주교가 오랫동안 마음속에서 일어나던 물음에 답을 줄 것 같은 예감이 들었다. 성리학에서 찾아볼 수 없었던, 자연과 인간의 창조주라고 하는 천주는 단지 이치만은 아니었다. 실제로 천주가 존재하는지, 천주가 과연 어떤 존재인지 체험한 사람의 느낌을 알고 싶었다. 그러지 않고는 《천주실의》의 진면목을 정확하게 파악할 수 없을 것 같았다. 천주교를 믿는 사람을 만나 물어봐야 확실할 것 같았다. 그러나 천주교 신자들은 비밀리에 서로 연락하기 때문에 찾기가 쉽지 않았다. 그러다가 어렵게 알게 된 이가 정하상이었다.

정하상을 만난 것은 천주의 섭리였다. 정하상은 유진길을 보자 천주교도라는 사실을 숨기지 않았을 뿐 아니라 그를 무척이나 반겼다. 그날 밤새도록 이야기를 나누고 새벽에 정하상과 헤어지면서 유진길은 마음속으로 천주를 믿겠다고 결심했다. 정하상은 천주가 존재한다는 것과 천주가 어떤 분인지에 대해 분명하게 이야기해 주었다. 그것은 《천주실의》에서 읽은 교리만이 아니었다. 정하상은 신앙 체험을 통해 천주와 깊은 관계를 맺고 있었다. 그의 체험을 들을 때 가슴에서 뜨거운 눈물이 흘렀다. 오랜시간 찾아 헤매던 답을 정하상을 통해 들은 것이다. 그 뒤 유진길은 틈이 나는 대로 정하상을 찾아 교리를 배우고, 신도들의 모임에도 참석했다. 그리고 성직자를 조선에 영입하는 일에 적극적으로 나섰다. 그는 역관이었기 때문에 청국으로 사행을 떠날 기회가 여러 번 있었고, 그럴 때마다 정하상을 하인으로 데리고 갔다. 베이징 천주당에서 세례를 받을 때는 가슴이 벅차 눈물을 감출 수 없었다. 그리고 바라고 바라던 성직자를, 그것도 주교까지 포함해 세 분이나 맞이할 수 있었다.

천주를 믿으면서 유진길의 삶은 온전히 바뀌었다. 가난이 무엇인지 듣기는 했지만 실제로는 모르고 살았었다. 부유한 역관의 집안에서 호강하며 자랐고, 자신 또한 역관이 되어 아쉬울 것 없이 살아왔다. 그러나 정하상을 따라 가난한 백성, 병든 백성을 찾아다니며 돌보면서부터 가난이 무엇인지, 얼마나 무서운 것인지 뼈저리게 느꼈다. 백성들의 삶은 들어 알고 있던 것보다 더욱 처참했다. 쌀독에 보리쌀이라도 차 있는 집을 찾아보기가 힘들었다. 폐병으로 피를 토해도 약 한 첩 써 보지 못하고, 살이 썩어 들어가도 고약 한 번 바르지 못했다. 이것이 사람 사는 모습이란 말인가? 수없이 가슴을 치며 통회(痛悔)의 눈물을 흘렸다. 그들이 고통받는 동안 자신은 흰 쌀밥에 고기반찬을 먹고 살지 않았는가. 그때부터 집안의 재물을 들고 나가기 시작했다.

유진길이 변한 것을 제일 먼저 눈치 챈 사람은 아내였다. 그리고 남편이 천주교를 믿으면서 집안의 재물을 가난한 사람들에게 나눠 준다는 것을 알고는 매일같이 남편을 들볶았고 장성한 아들딸도 마찬가지였다. 남편과 아버지를 바라보는 그들의 눈길은 마치 죄인을 심문하는 포도대장 같았다. 결국 살림을 나누어 분가를 하고 말았다. 아버지를 따르는 막내 아들 대철만이 곁을 지켰다. 재물도 남은 것이 없고 가족도 나가 버렸다. 신앙의 길, 그것이 남긴 자국은 고독이었다. 신에게 빌어 재물과 가족의 축복을 받은 것이 아니라 가진 것을 모두 다른 사람들에게 내주고 빈털터리가 된 것이다. 그러나 후회하지 않았다.

백성들이 가난과 천대와 질병에서 벗어나 사람답게 살 수 있도록 도와야 한다. 그것은 단지 집안의 재물을 나누어 주는 것만으로 이룰 수 있는 일이 아니다. 근본적인 변화가 필요하다. 그 변화란 백성들 스스로의 힘으로 자신들의 삶을 이끌어 갈 수 있도록 세상을 바꾸는 것이다. 그것이 오랜 시간 천주교를 믿으며 정하상과 의견을 나누며 얻은 결론이었다. 그리고 그런 세상을 만들기 위해 목숨을 바치는 것은 천주교를 믿는 신자로서 당연히 해야 할 일이었다. 천주를 믿은 것은 혼자 마음의 평화를 누리고 죽어서 천당을 가기 위한 것이 아니었다. 예수 그리스도를 따르는 삶을 사는 것이 천주교 신자로서 바르게 사는 것임을 그는 늘 명심했다. 이제는 예수 그리스도의 죽음을 따르는 일만 남았다. 그 일이 얼마나 고통스러울지 짐작할 수 있다. 그는 간절히 기도했다.

"고통 때문에 당신을 배반하는 일이 없게 해 주십시오. 저는 그리할 수 있다고 장담할 수 없습니다. 하오니 주님께서 저를 지켜 주십시오."

그날이 왔다. 정하상이 잡혀가고 며칠 뒤, 유진길에게도 그날이 찾아왔다. 유진길은 아침부터 사역원에 나와 일을 보고 있었다.

"사학죄인 유진길은 나와서 오라를 받아라."

포졸이 소리치는 소리를 듣는 순간 유진길은 다리가 후들거렸다. 예상하던 일이었지만 막상 닥치니 순간적으로 두려움이 덮쳤다.

"주님, 이제 때가 되었습니다. 조금이라도 당신을 닮을 수 있게 저를 떠나지 마소서."

마음이 가라앉았다. 모든 준비는 끝났다. 그는 천천히 문을 열고 밖으로 나갔다. 어느새 사역원에 있던 역관들이 마당에 모여들었다. 그들은 유진길이 천주교 신자임을 알고 있으면서도 입을 다물고 있었다. 김재연이 눈에 들어왔다. 유진길은 그들을 둘러보며 눈으로 인사했다.

'우리 역관들은 초기의 신앙 모임을 주도하다가 귀양지에서 숨을 거둔 김범우를 비롯해 초기의 사도 회장인 최창현, 베이징을 오가며 성직자를 모시려 애쓴 윤유일, 주문모 신부를 모셔 오고 대신 죽음을 맞았던 최인길 같은 순교자를 낳으며 조선 천주교를 실질적으로 이끌어 온 자랑스러운 교회의 일꾼들이네. 우리가 천주교를 믿는 것은 사사로운 이익을 위해서가 아니라 조선의 앞날과 조선의 고통받는 백성을 위해 새로운 길, 천주께서 이끄시는 희망의 길을 트기 위한 것이니 앞으로도 조선 천주교회를 위해 힘써 주기를 부탁하네.'

유진길은 역관들 중에 천주교를 마음속으로 받아들이거나, 믿지는 않더라도 김재연처럼 천주교의 도리가 바른 것임을 인정하는 사람이 여럿이라는 것을 알고 있었다. 그래서 그들은 유진길에게 각별했던 것이다.

그들은 앞으로 세월이 허락하면 교회에 나올 것이고, 세월이 어려우면 음으로라도 천주교를 도울 것이다. 그래서 유진길은 입을 열지 않았다. 오라로 손이 묶인 채 그는 역관들 한 명, 한 명과 눈으로 인사를 나누었다. 그들은 말없이 서서 유진길의 마지막 길을 배웅했다. 유진길은 발걸음을 옮기다가 멀찌감치 서서 말없이 자신을 바라보고 있는 김재연과 눈이 마주쳤다.

'부디 내가 떠나더라도 조선 천주교를 도와주게나.'

유진길은 김재연을 향해 고개를 끄덕였다. 김재연도 유진길의 마음을 알았다. 그래서 그도 고개를 끄덕이며 인사를 했다.

포도청 옥에는 정하상이 만신창이가 된 몸으로 칼을 쓴 채 앉아 있었다. 유진길이 들어오는 것을 보자 간신히 고개를 들어 바라보았다.

"형님, 오셨군요."

"이제야 왔네."

여름 더위로 옥 안은 찜통이었다. 정하상의 상처는 썩어 들어가고 있어 냄새가 심했다. 유진길은 저고리의 소매를 뜯어 정하상의 상처에서 흐르는 고름을 닦아 주었다. 정하상은 간신히 입을 열었다.

"잡혀 온 다음 날 〈상재상서〉를 전해 달라고 포도대장에게 주었습니다."

"알겠네. 힘드니 더는 말하지 말게."

이튿날부터 유진길의 문초가 시작되었다. 포도청에서는 유진길의 신분이 비록 양반은 아니지만 정삼품 당상역관이라는 점과 세도가의 중심이었던 김유근 대감과 절친하다는 점 때문에 처음에는 문초하는 데 신중을 기했다. 특히 김유근과의 관계는 대왕대비와 무관할 수 없기 때문에 더욱 신중했다. 그런데 조정에서 연통이 왔다. 유진길을 문초해서 두 가지 점을 반드시 밝혀내라는 것이다. 서양 성직자들의 거처를 알아내고, 김유근을 비롯해 안동 김씨 세력과의 관계를 토설하게 하라는 것이다. 포도청에서는 먼저 김유근이 천주교의 배후라는 것을 유진길의 입을 통해 받아내려 했다. 유진길이 김유근의 집을 드나들었다는 것은 이미 알 사람은 다 알고 있으니 유진길도 부인하지 못할 것이라고 여겼다. 그러나 유진길은 단 한 번만 대답했다.

"황산 대감 댁에는 청국의 심부름을 하느라 몇 번 다녀왔소이다. 그것을 가지고 어찌 그분을 모함한단 말입니까? 어찌 하찮은 저와 연관 지어 죄인으로 몰려고 하시오. 아무리 와병 중이라 말씀을 못 하신다고 해도 그리 죄인으로 몰아서는 안 될 것입니다."

모진 매질이 시작되었다. 살점이 떨어져 나갔다. 그래도 입을 열지 않자 주리를 틀었다. 정강이뼈가 부러지는 소리가 나고 참을 수 없는 고통이 왔다. 하지만 그는 입을 열지 않았다. 다시 옥에 갇혔다.

김유근과의 관계는 더 묻지 않았다. 입을 열지 않을 것이 분명했기 때문이다. 만일 유진길이 입을 열고 토설을 한다면 정치적 파장은 엄청날 것이다. 포도청도 그 점이 염려되었다. 아직 대왕대비가 수렴청정을 거두지 않고 있으니 조심스러울 수밖에 없다. 그래서 서양 성직자들의 거처를 알아내기 위한 문초를 시작했다. 며칠에 한 번씩 정하상과 유진길은 옥에서 끌려 나가 문초를 받았다. 매를 맞고 주리를 틀리고, 톱질을 당했다. 온몸에서 피가 나고 살점이 떨어져 나가고 뼈가 부러졌으며 골수가 쏟아져 성한 데가 없었다. 그래도 그들은 성직자들의 거처를 불지 않았다. 다시 옥에 던져져서 바닥에 쓰러지면 바람 한 점 통하지 않는 무더위와 파리 떼와 모기떼의 고문이 시작되었다. 온몸이 성한 데가 없으니 어디가 아픈지 느껴지지도 않았다.

그래도 한숨을 돌렸는지 정하상이 신음을 내뱉으며 말을 걸어왔다.

"형님, 천당에 가서 주님을 만나면 무슨 말부터 하실 겁니까?"

"모기와 파리 떼 좀 쫓아 달라고 먼저 말할 것 같네. 죽는 것은 천주께

가는 것이니 두렵지 않네만 한 달이 될지 두 달이 될지 이런 고통을 참아
내야 한다는 건 두렵네."

"내 힘으로는 못 하지만 천주께서는 하신다는 것을 믿어야 합니다."

"그런데 주교님과 신부님들은 무사하신지 모르겠군. 김재연 말로는 김
여상과 박선식이 눈이 벌겋게 그분들을 찾고 있다고 하던데."

"아직은 무사하신 것 같습니다."

"신자들이 속속 잡히고 있으니 혹시 자수하지 않으실지 걱정이네."

"저도 그것이 걱정입니다."

6

해가 바다 밑으로 떨어지고 어둠이 깔리자 한낮의 더위도 한풀 꺾였다.
갯벌에도 바닷물이 들어찼다. 어둠이 깊어지자 하늘의 별들이 바닷가에
쏟아져 내릴 것같이 반짝였다. 우주는 참으로 신비하고 아름답다.

밤하늘의 별을 바라보며 앵베르 주교는 온몸에 이슬이 내려앉는 것도
느끼지 못했다. 바다 냄새를 가슴 깊숙이 들이마셨다. 비록 인적이 없는
곳이지만 낮에는 바다를 지나는 배가 있어 혹시라도 사람들 눈에 뜨일까
바닷가에 나오지 못했다.

송교리(松橋里)에 온 것도 두 달이 넘었다. 송교리는 수원을 한참 지나
바다로 길게 뻗어 있는 외진 마을이다. 사람이 살지 않는 데다 바다와 통
하고 산을 넘으면 육지와도 통해 교통이 편리하다. 손경서라는 신자가 성
직자들을 도피시키기 위해 이곳의 땅을 사들였다. 그는 배를 사서 우선
천주교 신자인 자신의 가족을 이곳으로 피신시켰고, 이어 앵베르 주교를
피신시켰다. 당시 앵베르 주교는 과로와 영양부족으로 몸이 극도로 쇠약
해져 움직이기조차 힘든 지경이었지만 지금은 많이 회복되었다. 공기도

좋고, 여름이라 감자와 옥수수를 먹을 수 있어 좋았다. 물이 빠져나가고 나면 손경서의 부인과 아이들이 갯벌로 나가 조개를 주워 와 국을 끓여 주었다.

앵베르 주교가 조선에 입국한 지 벌써 일 년 반이 지났다. 그동안의 일들이 주마등처럼 눈앞을 스쳐갔다. 조선의 신자들은 참으로 놀라운 신심을 가지고 있었다. 처음에는 서양의 선교사 없이 스스로의 힘으로 시작된 교회라는 사실을 알고 놀랐었다. 막상 신자들을 대하고 나니 그들의 신앙이 때로는 감당하기 힘들 정도로 대단했다. 밤낮을 가리지 않고 세례를 주고 고해성사를 주며 조선말을 공부했다. 이제 웬만큼 말도 통한다. 앞으로 할 일은 태산 같은데 박해가 심해져 마음이 무거웠다. 얼마 전에 손경서가 다녀가며 정하상과 유진길이 모진 고문을 당하면서도 꿋꿋하게 버티고 있다는 소식과 함께 박선식과 김여상이 혈안이 되어 자신을 찾고 있다는 소식을 전해 주었다. 참으로 가슴 아픈 일이다. 그토록 믿었던 박선식이 유다가 되어 신자들을 잡아들이는 데 앞장설 줄은 몰랐다. 예수도 유다의 마음을 돌려놓지 못했다. 앵베르 주교는 믿었던 박선식이 배신한 것이 자신의 잘못 같아 마음이 괴로웠다.

어두운 밤바다를 바라보며 그는 자수할 날짜를 결정해야 할 때가 되었다는 생각을 했다. 자신이 자수하지 않으면 더 많은 신자가 붙잡혀 고난을 당할 것이 분명했다. 자신이 자수하더라도 모방과 샤스탕 신부가 있으니 신자들을 보살필 수 있을 것이다. 하지만 그들도 어찌 될지 모른다. 얼마나 오래 숨을 수 있느냐의 문제일 뿐 잡힐 것은 분명했다.

두 주 전에 손경서를 시켜 모방과 샤스탕 신부를 이곳으로 데리고 오게 했다. 그는 두 신부를 당분간 중국에 피신시키려고 했다. 서해 바닷가이니 배를 띄워 중국으로 보낼 계산이었다. 그러나 두 신부는 떠나려 하지 않았다. 어차피 조선에 올 때는 순교를 각오했으니 도망치지 않겠다는 것이었다. 하지만 성직자 세 명이 모두 잡혀 죽으면 조선 천주교는 또다시 성직자 없는 교회가 될 것이다. 물론 파리 외방전교회에서 다시 성직자를 파견하겠지만 조선에 입국하는 일은 수월치가 않다. 그래서 그는 두 신부에게 잡히지 말고 잘 숨어 있으라고 신신당부하여 보낼 수밖에 없었다. 그는 밤하늘의 별을 쳐다보며 간절히 기도했다.

'주님, 저들을 지켜 주소서. 조선 천주교를 위해 저들을 살려 주소서.'

바람이 쌀쌀하게 느껴지자 앵베르 주교는 몸을 일으켜 모래를 털고 집으로 향했다. 어두워 아무것도 보이지 않았지만 익숙하게 방으로 들어가 요를 깔고 자리에 누웠다. 긴장한 탓인지 좀처럼 잠이 들지 않았다. 그는 머리맡에 있는 묵주를 집어 성모송을 외우기 시작했다. 묵주 한 꾸러미를 다 바치기 전에 잠이 들었다.

짙은 안개 속에 누군가 천천히 걸어오고 있었다. 가까이 다가오자 김여상 요한임을 알 수 있었다. 그는 입가에 묘한 웃음을 띠고 있었다. 그리고 그의 뒤에 박선식 안드레아가 서 있었다. 그런데 두 사람의 표정이 달랐다. 김 요한은 자신의 주위를 빙글빙글 돌며 춤을 췄는데 박 안드레아는 자신을 노려보고만 있었다. 그 표정이 독기가 서려 있는 것 같기도 하고, 눈물이 고인 것 같기도 했다. 두 사람이 자신의 목을 조르기 시작했다. 앵베르 주교는 몸부림을 치다 잠에서 깼다. 온몸이 땀으로 흠뻑 젖었다. 숨을 깊이 들이쉬었다. 그 순간 가슴을 울리는 소리가 들렸다.

'때가 되었다.'

그는 무릎을 꿇었다. 마음이 차분히 가라앉았다. 자수할 준비는 되어 있다. 때가 되었다는 말은 분명히 주님의 계시였다. 조금도 의심하지 않았다.

오늘은 손경서가 오는 날이다. 그가 오기 전에 두 신부와 파리 외방전교회 본부로 보내는 편지를 써야 한다. 그런데 겨우 파리 외방전교회 본부로 보내는 편지를 끝냈을 때 손경서가 도착했다.

"한양은 어떤가? 정하상과 유진길은 아직도 그대로인가?"

"박해가 더욱 심해집니다. 정하상과 유진길은 모진 고문에도 굳게 입을 다물고 있고, 조신철 가롤로도 잡혀 함께 있습니다. 주교님, 이곳은 아직 까지는 안전하지만 당분간 중국으로 피하시는 것이 어떻겠습니까?"

앵베르 주교는 빙긋이 웃었다.

"날더러 양들을 버리고 도망가는 비겁한 목자가 되라는 말인가? 살면 얼마나 더 살겠다고 도망을 치겠는가. 내가 도망치면 얼마나 많은 양들이 희생될지 아는데 그런 짓은 못 한다네."

"당분간이지 않습니까? 저희가 주교님을 어떻게 모셔 왔는데…… 목숨을 보존하셨다가 나중에 다시 오시면 되지 않습니까?"

"배도 작고 노도 저을 줄 모르는데 가다가 바다에 빠져 죽을 걸세. 그런 모험을 왜 하겠는가?"

"하지만 이대로 잡히면 그 고통을 어찌 감내하시려고 그러십니까? 정하상과 유진길을 잠시 보았는데 그 처참한 모습을 다시 떠올리는 것만으로도 괴롭습니다."

"수많은 신자가 그 고통을 받으면서 신앙을 증거하고 있는데 나더러 도망을 가라는 말을 해서는 안 되지. 그만하게. 이제는 이곳도 안전하지 않은 것 같으니 자네도 어서 떠나게."

앵베르 주교는 파리 외방전교회에 보낼 편지를 손경서에게 건넸다.

"빨리 떠나게. 그리고 다른 소식을 듣기 전까지는 다시 오지 말게. 그리고 이 편지를 잘 보내 주게."

손경서는 편지를 받아들고 눈물을 흘리며 떠나지를 못했다. 앵베르 주교는 그의 등을 밀다시피 하여 밖으로 보냈다.

저녁 무렵 앵베르 주교는 인기척을 느끼며 긴장했다. 밖의 소리에 귀를 기울였다. 조심스러운 발자국 소리가 문 가까이 이르렀다.

"주교님 계십니까?"

앵베르 주교는 잠시 대답을 망설였다.

"주교님, 정 안드레아입니다."

앵베르 주교는 일어나 문을 열었다. 정화경은 손경서가 이곳을 마련할 때 도왔던 신자이다.

"웬일인가? 어서 들어오게."

정화경은 방에 들어오자 주교에게 절을 하고 자리에 앉았다.

"주교님, 고생이 많으시지요?"

앵베르 주교는 의아한 생각이 들었다.

"얼마 전에 손 안드레아가 다녀갔는데 만나지 못했는가?"

"미처 만날 새가 없어서……."

그는 우물거리며 말끝을 흐렸다. 그는 사람이 착하기는 하나 그리 총명하지는 못했다.

"이곳을 아는 사람은 손 안드레아와 자네뿐이기는 하지만, 이곳에 오는 것은 매우 위험한 일이니 앞으로는 연락할 일이 있으면 손 안드레아에게 전하게."

"알겠습니다. 이번에는 좋은 소식이 있어 급히 왔습니다."

"좋은 소식이라니?"

정화경은 그간에 있었던 일을 자세하게 전했다.

김여상 요한이라는 신자가 있는데, 교회 일을 열심히 돕고 세상 돌아가는 일에도 밝은 사람이라고 들었다. 그런데 그가 신자들을 통해 정화경이 주교가 있는 곳을 알고 있다는 것을 알고 찾아왔다. 그는 다음과 같이 전하며 주교가 있는 곳을 알려 달라고 했다. 포도청에 잡혀간 신자들 가운데 교리에 밝은 사람들이 천주교의 교리를 관원들에게 말해 주자 모두 감탄했다고 한다. 그들이 조정에 전했고 조정에서도 대신들까지 교리를 듣고 모두 감동했다는 것이다. 그래서 만일 주교나 신부들이 와서 교리를 상세하게 설명해 주면 조정에서도 천주교를 믿을 것이니 하루 속히 주교와 신부들을 모셔 와야 한다는 것이다. 그 말을 전해 듣고 정화경은 기쁜 마음에 김여상과 그 일행을 데리고 길을 떠났다는 것이다.

그의 말을 듣는 순간 앵베르 주교는 눈을 감았다. 때가 되었다.

"그들도 이곳에 함께 왔는가?"

만일 포졸들이 이곳까지 왔다면 손경서의 가족이 들킬 것이 분명하다.

"처음에는 믿고 함께 길을 떠났지만 혹시나 하는 생각이 들어 김 요한을 마을 입구에 떼어 놓고 저 혼자 왔습니다."

"다행이군. 이미 밤이 깊었으니 오늘은 이곳에서 함께 자고 내일 아침에 떠나자."

"주교님, 제가 뭘 잘못했습니까?"

정화경은 앵베르 주교의 어두운 안색을 살피며 조심스레 물었다.

"속았어. 그자에게 속았네."

"속다니요? 김 요한은 정 바오로 님을 잘 알고 주교님께 드릴 편지까지 가지고 왔다고 합니다."

"정 바오로, 유 아우구스티노, 조 가롤로, 모두 그자가 밀고했다."

정화경은 놀라 어찌 할 줄을 몰랐다.

"그만 자거라. 나는 편지를 써야겠다."

앵베르 주교는 모방 신부와 샤스탕 신부에게 정화경이 김여상에게 자신의 거처를 알려 주었기 때문에 자신은 곧 자수할 것이지만 신부들은 통지가 있을 때까지 반드시 잘 숨어 있어야 한다는 편지를 급히 썼다. 그리고 속이 타는 것을 참을 수 없어 밖으로 나왔다.

앵베르 주교는 모래밭에 주저앉았다. 도대체 정화경은 어리석은 것인지 아니면 의도적인 것인지 알 수 없었다. 수많은 신자를 잡아들여 죽이는 판에 조정에서 천주교 교리에 감동했다는 말을 어떻게 믿을 수 있을까? 확실히 알 수가 없어서 조심하라는 뜻으로 두 신부에게 보내는 편지에 정화경 안드레아라는 이름을 분명히 밝혔다.

싸늘한 밤공기가 가슴에서 타오르던 불길을 껐다. 어차피 자수하려고 결심한 것이 아닌가.

'주님, 이젠 때가 되었습니다. 제가 잡히는 순간부터 주님께서 저를 단단히 붙잡아 주셔야 합니다.'

조용한 마을 모습과 다정했던 고향 사람들이 눈앞에 어른거렸다. 사랑했던 사람들, 그 사람들과 평생 행복하게 살 수 있을 거라 생각했다. 그런데 선교사의 길을 선택할 수밖에 없었던 것은 자신의 의지만은 아니었다. 무엇인지 모를 힘이 다른 길을 보여 주었고, 선교사의 길을 택할 수밖에 없었다. 그것은 자신의 선택이 아니라 주님의 선택이었다는 것을 나중에야 안게 되었다 그리고 그 선택 때문에 고향을 떠나 중국 쓰촨 성에서 범세형(范世亨)이라는 이름으로 활동했다. 그리고 조선으로 가라는 냉팅에 따라 죽음이 기다리고 있는 조선 땅을 밟기 위해 온갖 고생을 다 했다.

"주님, 이곳 조선으로 저를 보내셨지요. 저는 힘을 다해 이 착한 사람들에게 주님을 전하려 노력했습니다."

그는 자신이 전한 예수 그리스도는 인간에 대한 연민과 사랑으로 가득 찬 분이라는 것을 다시 확인했다. 인간에 대한 연민과 사랑이 예수 그리스도가 세상에 온 목적의 전부였다. 오랜 유대교의 전통은 율법을 앞세워 인간을 속박하고 죄인을 소외시켰다. 그러나 예수 그리스도는 인간을 속박하는 율법을 걷어 내고 소외된 인간들과 어울려 벗이 되었다. 그를 따라 사람들을 사랑하려 노력했다. 그래서 죽음을 무릅쓰고 조선에 왔다. 사람을 사랑하는 것은 단순히 생각이나 마음만은 아니라는 것을 예수 그리스도는 몸으로 보여 주었다. 나병과 중풍 환자, 걷지 못하고 손을 쓰지 못하는 사람들을 고쳐 주었고, 마귀가 들려 정신의 병을 앓는 이들을 고쳐 주었다. 또한 인간 대접을 받지 못하는 창녀와 세리를 비롯해 죄인들의 벗이 되었다. 사람을 사랑하는 것은 바로 그런 행동이다. 고통받는 사람들에 대한 연민은 바람처럼 스쳐 가는 한 가닥 감상이어서는 안 된다.

"주님, 지금 제 눈앞에는 또다시 넘어야 할 높은 벽이 가로막고 있습니다. 당신처럼 저도 그 벽을 넘게 해 주십시오."

사람을 사랑한 예수 그리스도는 결국 사랑했던 사람들로부터 배신을 당했다. 제자들은 그를 배신했고, 사람들은 돌을 던지고 매질을 하고 가시관을 씌워 조롱하고 십자가에 못 박아 죽였다. 육신의 고통을 겪으며 숨을 거둘 때 예수 그리스도는 사람들을 위해 기도했다. 그들을 용서하고 사랑해 달라고. 그가 그렇게 한 것은 바로 처절한 십자가의 고통 가운데 천주가 함께했기 때문이다.

"주님, 이제 저도 매질을 당하고 주리 틀리며 살이 떨어져 나가고 뼈가 부러지는 고통을 받을 것입니다. 저는 주님처럼 저를 고통으로 몰아넣은 이들을 용서하고, 사랑하고, 가엾이 여길 수 없을 것 같습니다. 주님께서는 원수를 사랑하라고 하셨습니다. 그래서 지금 저를 고통과 죽음으로 몰고 가는 그들을 위해 주님께 간절히 부탁드립니다. 그들의 눈을 뜨게 해 주시고, 그들의 닫힌 마음의 문을 열어 주시고 축복해 주십시오. 고문당할 때 제가 무슨 원망을 하든 누구를 증오하든 그것은 단지 고통 때문에 생기는 순간의 감정일 뿐, 저는 이미 그들을 용서했다는 것을 기억해 주십시오. 사람을 사랑하신 당신을 끝까지 따르고자 하는 것이 저의 마지막 소망입니다. 그건 제 마음이나 능력으로는 도저히 이룰 수 없는 일이기에 주님께서 이끌어 주시기를 간절히 기도드립니다."

어느덧 새벽이 되었다. 파도가 거품을 내고 있다. 앵베르 주교는 자리에서 일어났다. 정화경은 앵베르 주교가 방으로 들어오자 일어나 한쪽 구석에 서서 눈도 들지 못했다.

"미사를 드리자."

앵베르 주교는 작은 상에 미사 도구를 올려놓았다. 그리고 지상에서의 마지막 미사를 정성스럽게 마쳤다. 가슴에서 힘이 솟았다. 미사를 끝낸 뒤 어제 먹다 남은 삶은 감자를 가져다 정화경과 나누어 먹었다. 정화경이 기어들어 가는 소리로 말을 꺼냈다.

"주교님, 아직 늦지 않았습니다. 저기 배가 있지 않습니까. 배를 타고 떠나십시오."

앵베르 주교는 미소를 머금은 채 두려움에 떨고 있는 정화경을 측은한 눈으로 바라보았다.

"자수하려고 했다. 시간이 조금 당겨졌을 뿐이야."

두 통의 편지를 정화경에게 건네주었다.

"자네는 나와 따로 가야 한다. 그리고 이 편지를 손 안드레아에게 전해 줘야 하는데, 절대 자네가 직접 그를 찾아가지 말아야 한다. 다른 신자를 통해 전해 줘야 한다. 자네는 이미 포졸들에게 알려졌으니 조심해서 행동해야 한다."

앵베르 주교는 봇짐을 메고 문을 나섰다. 정화경은 멀찍이 떨어져 그를 따랐다. 산길로 들어서자 눈앞에 대여섯 명의 건장한 사내들이 보였다. 맨 앞에 김여상이 서 있었다. 김여상이 눈짓을 하자 포졸들이 달려들었다. 그들은 굵은 밧줄로 주교의 목과 양어깨를 두른 뒤 팔을 등 뒤로 하여 결박했다.

한양으로 압송되어 좌포도청 옥에 갇히기 전에 앵베르 주교는 정하상과 유진길, 조신철이 갇힌 옥문 앞에서 잠시 그들을 볼 수 있었다. 그들은 앵베르 주교가 잡혀 온 것을 보자 말문을 열지 못했다. 앵베르 주교는 피투성이가 되어 일그러져 있는 그들의 모습을 차마 볼 수 없어 눈을 돌렸다. 잠시 후 앵베르 주교는 그들에게 축복을 보냈다.

"주님의 용사들이여, 주님께서 함께 계신다. 주님의 축복이 가득할 것이다."

그들은 성호를 그었다. 그리고 정하상이 간신히 입을 떼었다.

"주교님, 어쩌다 이리 되셨습니까?"

"내 걱정 말고 끝까지 주님께 충실하게."

앵베르 주교는 돌아서 걸음을 옮겼다.

이튿날부터 앵베르 주교의 심문이 시작되었다. 서양 신부가 두 명이나 더 들어와 있는데 아직도 잡지 못하고 있다는 것이 포도청에서는 큰 부담이었다. 앵베르 주교는 포도대장 앞에 불려나와 두 신부의 행적을 알리라는 명령을 듣지 않았다. 수없이 매를 맞고 주리를 틀려 살은 뭉그러지고 뼈는 부러지고 전신은 피투성이가 되었지만 그는 입을 다물었다.

"지독한 놈이군. 이것 하나만 알아 두어라. 네가 불지 않으면 그놈들을 잡을 때까지 계속 신자들을 잡아들여 죽일 것이다. 어제도 여섯 놈을 처형했다. 잡는 것은 시간문제다. 이미 오가작통법이 시행되어 물 샐 틈 없이 그물을 좁히고 있다. 빨리 불면 불수록 신자들의 피해를 줄일 수 있다는 것을 명심하라."

앵베르 주교는 옥으로 돌아와 심한 통증으로 자리에 쓰러졌다. 그러나 그의 정신은 맑았다. 결단을 내려야 한다. 포도대장의 말이 맞다. 이미 두 신부가 잠적해 있다는 것을 알고 있기 때문에 포도청에서는 그들을 잡기 위해 신자들을 계속 잡아들일 것이 분명했다. 이번 박해의 원인은 서양 성직자가 조선에 입국해 선교를 하고 있다는 것이다. 따라서 박해를 하루라도 빨리 끝내기 위해서는 세 명의 성직자가 잡히는 길밖에 다른 길이 없다. 자신들이 모두 잡힌다 해도 파리 외방전교회에서는 다시 성직자들을 파견할 것이고, 그들은 다시 조선에 입국해 선교를 계속해 나갈 것이다.

한편 숨어 있던 모방 신부와 샤스탕 신부는 주교의 소식을 전해 듣고, 조선의 신도들과 파리 외방전교회에 마지막 편지를 남기고 자수했다. 이제 세 명의 서양 성직자가 모두 잡혔다. 포도청에서는 신자들의 이름을 대라는 심문이 계속되었으나 그들은 이름을 말하지 않았다. 포도청의 심문이 끝나자 세 명의 성직자와 정하상, 유진길, 조신철은 국사범으로 간주되어 의금부로 송치되었다. 의금부에서는 조선의 기풍을 문란하게 하고 백성의 마음을 어지럽혀 임금과 조정에 반감을 갖게 하려는 목적이 무엇인지 그들에게 물었다. 그런 일이 없다고 하면 또다시 모진 매질을 당했다. 또한 어리석은 백성을 부추겨 조선을 서양에 넘기려는 목적으로 조선에 잠입한 것을 인정하라는 호통을 들었다.

앵베르 주교는 의금부에 넘어와 매를 맞을 때는 포도청에서 맞을 때처럼 고통스럽지 않았다. 매질에 크게 힘이 실리지 않는 것 같았다. 밤이 되면 피범벅이 되어 성한 데가 없는 몸에 칼을 쓰고 다시 옥에 들어가 쓰러졌다.

앵베르 주교는 아련히 정신이 희미해져 갔다. 그런데 발자국 소리가 나더니 옥문이 열리고 누군가 문 앞에 서서 물었다.

"범세형 주교가 누군가?"

옥졸 두 명이 앵베르 주교의 칼을 벗기고 몸을 일으켜 세웠다. 옥문을 나와 어디로 가는지 모르고 끌려갔다. 불이 켜져 있는 방문 앞에서 포졸이 말했다.

"대감, 데리고 왔습니다."

"들여보내라."

앵베르 주교는 방 안으로 끌려들어 갔다.

"의자에 앉히고 주위를 물리도록 하라."

그의 말에 위엄이 서린 것으로 보아 높은 벼슬아치인 것 같았다. 앵베르 주교는 희미해지는 정신을 가다듬었다. 포졸들은 밖으로 나갔다. 그는 한동안 앵베르 주교를 쳐다보다가 물었다.

"네가 사학의 괴수인가?"

"조선 천주교의 주교입니다."

"주교가 뭔가?"

"주교는 신자들을 책임지고 돌보는 성직자의 직책입니다."

"신자들이라도 조선의 백성인데, 백성은 나라가 돌보건만 네가 외국인으로 어찌 감히 이 나라 백성을 돌본다는 말을 하느냐?"

"백성의 생활은 정치가 돌보지만 백성의 신앙을 돌보는 것은 종교의 일입니다."

"생활과 신앙이 별개라는 말이냐?"

"제가 말하는 생활이란 먹고사는 일을 말합니다. 육신의 생활이 있듯이 마음과 영혼도 생활이 있습니다. 종교는 마음과 영혼을 돌보는 일을 할 뿐이라는 말씀입니다."

"육신이 있으면 마음이 있고, 마음이 있으면 육신이 있는 것이 인간인데 어찌 육신의 일과 마음의 일을 별개로 생각하느냐. 너희 서양에서는 그리 행하느냐?"

"그렇습니다. 정치와 종교를 분리하고 있습니다."

"종교라는 것이 나라 일에서 예외라……. 거 참, 해괴한 말이군. 마음을 떼어 놓고 몸만 다스리는 것이 정치라, 고약한 일이로군. 우리 유학에서는 몸과 마음을 함께 다스리는 것을 정치라 한다. 너희들이 말하는 종교라는 것도 정치의 일부분일 수밖에 없다는 것이다. 몸 따로, 마음 따로가 아니다. 유학에서는 몸과 마음이 일치한 인간을 다스리는 일을 한다. 따라서 유학을 국시로 하는 조선에서는 천주교를 용납할 수 없다."

"오해를 하고 계십니다. 천주교에서는 정치적인 일에 일절 개입하지 않는다는 것을 말씀드렸을 뿐입니다. 또한 천주교 신앙은 착한 백성을 양육합니다. 하오니 천주교를 허용해 주십시오."

"천주교 신자들은 천주가 모든 인간과 삼라만상을 만들었다고 믿고 따른다고 들었다. 그렇다면 나라의 임금도 천주가 만들었다고 믿는 것이 아니냐?"

"그렇습니다."

"그렇다면 임금의 권위는 천주의 권위에 비하면 하잘것없는 것이겠구나. 만일 천주의 명령과 임금의 명령이 다르다면 천주교도는 천주의 명령을 따르느냐, 임금의 명령을 따르느냐?"

그는 나직하지만 힘 있는 목소리로 대답했다.

"천주님의 명령을 따릅니다. 하지만 천주교는 신도에게 세상에서 착하게 살아야 한다고 가르치고 있습니다."

"임금은 천주의 명령을 따를 필요가 없다. 그런데 임금의 명령을 어기는 자들이 착한 백성이냐?"

"그렇지 않습니다. 예로부터 조선과 중국은 하늘을 믿어 왔습니다. 유학의 경전에서도 왕은 마땅히 천명에 따라 백성을 다스려야 한다고 하지 않았습니까?"

"우리가 말하는 하늘은 너희들의 천주와는 다르다."

"다르지 않습니다. 하늘도 백성들에게 착하게 살라 하고, 임금도 백성에게 착하게 살라고 합니다. 그리고 천주교에서도 천주와 임금의 명령대로 착하게 사는 백성이 되라고 가르칩니다."

"착한 백성을 양육하는 것은 정치가 하는 일이다. 그런데 감히 외국인이 이 나라의 정치에 개입하는 것을 허용해 달라는 것이냐? 참으로 방자하구나."

"조선에도 불교라는 종교가 있지 않습니까?"

"불교는 천주교와 다르다. 그들은 나라에 속해 있다. 천주교처럼 교황이라는 다른 왕을 모시지 않는다. 천주교를 허용한다는 것은 나라에 두 임금을 허용한다는 뜻이다. 그런 일이 어찌 있을 수 있단 말이냐?"

"교황은 나라의 임금과는 다릅니다. 세계의 천주교만을 관장하고 있습니다. 천주님의 뜻을 누구보다 밝게 알고 있어 신자들이 천주의 뜻에 잘 따르도록 인도하는 역할만을 할 뿐입니다."

"그래서 천주교 신자들이 나라에서 금하는 행동을 하며 교황이 죽으라면 죽느냐? 교황은 다른 나라 백성을 자신의 백성이라 하며 생명을 좌지우지하고 있다. 우리는 그것을 절대 용납할 수 없다. 우리는 철저히 천주교 신자들을 색출해서 단 한 명도 살려 두지 않을 것이다. 천주교는 조선에 뿌리 내리지 못할 것이다."

앵베르 주교는 더 말할 힘이 없었다. 마지막 힘을 다해 그의 물음에 답했지만 정치와 종교를 분리할 수 없다는 그의 생각은 확고했다. 사실 서양에서도 정치와 종교가 오늘날처럼 분리되기까지는 정치와 종교 간의 오랜 투쟁의 역사가 있었다. 하물며 문화와 전통이 전혀 다른 조선의 관리에게 어떻게 그런 관계를 이해하라고 하겠는가. 앵베르 주교는 온몸에 힘이 빠져 의자에 기댄 몸이 자꾸만 앞으로 쓰러지려 했다. 그는 간신히 입을 열었다.

"그런데 저를 왜 부르셨습니까?"

"양인을 한번 보고 싶어 불렀다."

"다 보셨으면 이제 보내 주십시오."

"마지막으로 내게 부탁할 것이 있으면 지금 말하라."

앵베르 주교는 잠시 생각을 정리한 뒤 말했다.

"사실 제가 심한 고문으로 목숨이 붙어 있는 것이 힘든 상황이지만 오래전에 잡혀 온 정하상, 유진길, 조신철이 더욱 심한 고통을 당하고 있습니다. 그들의 고통을 하루빨리 덜어 주십시오."

그는 말없이 앵베르 주교를 바라보다가 입을 떼었다.

"죽는 것이 두렵지 않으냐? 살 수도 있는데."

"배교는 하지 않습니다. 살아 봤자 잠시인데 무슨 미련이 있겠습니까? 우리에게는 영원한 행복을 누릴 수 있는 천국이 있습니다."

"천국이라…… 혹세무민하는 말이지. 어리석은 백성들은 행복한 내세가 있다는 말에 혹해 부모가 준 생명을 함부로 내던지는 짐승만도 못한 행동을 하고 있다."

"백성들이 천국에 갈 수 있다는 희망을 가지는 것은 살기가 그만큼 힘들기 때문이 아닙니까? 조정에서 유학에 따라 정치를 잘하고 있다면 백성들이 삶을 고통스러워하며 차라리 죽는 것이 좋다고 생각하겠습니까?"

"너희 나라 백성들은 모두 풍요롭게 살고 있느냐? 가난하고 병든 백성이 없단 말이냐?"

앵베르 주교는 대답하지 못했다. 가난한 백성은 어느 나라나 마찬가지로 고통스러운 삶을 이어 간다.

"대답을 못 하는 것을 보니 천주교를 허용하고 있는 너희 나라도 별수 없는 모양이구나."

"그러나 조선과는 다릅니다. 서양은 정치에 변화가 오는 것을 그리 심하게 막지 않습니다. 변화를 살피고, 변해야 할 때는 변합니다. 그래서 가난한 백성에게도 희망이 있습니다."

그는 탁자를 세게 치며 자리에서 일어났다.

이튿날 세 명의 서양 성직자의 군문효수가 집행되었다.

"그동안 미루어 오더니 갑자기 추석을 앞두고 이런 고약한 일을 하라고 하는지 모르겠네."

"그러게 말이야. 하필 명절을 코앞에 두고 피를 보다니."

앵베르 주교와 모방 신부, 샤스탕 신부는 옥문 밖에서 포졸들이 투덜대는 소리를 들으며 그들이 자신들을 죽이기 위해 온다는 것을 알았다. 옥문 밖으로 끌려 나오자 앵베르 주교는 두 신부를 향해 강복을 주었다.

"주님, 은총을 주시어 이들이 용기를 가지고 힘차게 천국으로 출발할 수 있도록 함께하여 주소서."

그들은 정하상과 유진길이 갇혀 있는 옥문 앞에서 잠시 발을 멈추었다. 칼을 쓰고 있는 모습을 바라보던 앵베르 주교가 입을 열었다.

"우리 먼저 간다."

주교와 두 신부가 옥문 밖에 서 있는 것을 발견하고 그들은 놀라 옥문 앞으로 기어왔다.

"주교님."

"오늘 우리는 떠난다."

"주교님."

그들은 더 말을 잇지 못했다.

"너희도 곧 따라올 테니 천국에서 만나자."

앵베르 주교는 그들에게 강복을 주었다. 잠시 후 포졸은 세 성직자를 끌고 나갔다.

한강의 새남터에 이르자 사형 집행을 맡은 금위대장이 기다리고 있었다. 포졸들은 성직자들의 웃옷을 벗긴 뒤 화살로 귀의 위아래를 뚫었다. 얼굴에 횟가루를 뿌린 뒤 결박한 두 손을 앞으로 하여 양팔 사이에 긴 장대를 끼웠다. 그리고 장대를 메고 주변을 돌며 사람들에게 구경을 시켰다. 다시 세 성직자를 땅바닥에 꿇어앉히고 죄목을 읽은 뒤 금위대장의 신호가 떨어지자 목을 쳤다. 그때 앵베르 주교는 43세로 조선에 입국한 지 2년가량 되었고, 모방 신부는 37세로 조선에 입국한 지 3년 9개월, 샤스탕 신부도 37세로 조선에 입국한 지 2년 9개월이었다.

다음 날 오후 정하상과 유진길의 사형이 새남터에서 집행되었다. 그들은 성직자가 없던 조선 천주교를 이끌어 왔고, 성직자를 맞이하기 위해 베이징을 드나들며 노력한 끝에 세 명의 성직자를 모셔 오는 데 성공했다. 그들은 조선 천주교의 대들보와 같은 인물이었다. 순교 당시 신학을 공부하던 정하상은 45세였고, 전교회장을 하던 유진길은 49세였다.

정하상과 유진길의 사형이 집행될 때 김재연과 정시윤은 멀리서 그들에게 마지막 인사를 건넸다.

"잘 가십시오, 형님들. 그토록 그리던 천당에 들어가시겠구려. 육로를 따라 청국을 드나드시더니 이제는 하늘 길을 열어 천당에 가시는군요. 하늘 길 가는 노자로 목숨을 바쳤으니 천주께서 기꺼이 맞아 주실 것입니다."

김재연과 정시윤은 말없이 자리에서 움직이지 않았다. 한참 만에 김재연이 입을 떼었다.

"형님의 무덤이 어디가 될지, 누가 시신이라도 거두어 묻어 드릴지 알 수가 없군. 내가 해야 하는데 겁이 나서 못 하겠네. 가끔 이곳에 와서 형님을 생각하는 것이 고작 내가 할 수 있는 일이겠지."

정시윤은 김재연의 등을 쓸어 주었다. 김재연은 침통하게 말했다.

"시대를 앞서 갔다는 것밖에 아무 죄도 없는 수많은 생명이 피를 흘린 곳이지. 그래도 피를 받아 삼킨 모래는 흔적도 없이 깨끗해질 것이야. 그리고 고통의 신음을 들은 한강물은 여전히 흘러갈 것이고."

"죽은 사람들이 아무 원한 없이 깨끗한 마음으로 떠났기 때문이 아니겠나. 아무런 원망도 하지 않고 기쁘게 천당으로 갈 거라 믿어야지. 이제 그만 가세."

"조선 천주교는 이대로 끝나는 걸까?"

정시윤이 물었다. 김재연은 시선을 앞에 둔 채 대답했다.

"아니지. 이런 일로 끝날 것 같았으면 벌써 끝났겠지. 누군가 다시 일으켜 세울 걸세."

그들은 몸을 돌려 걸음을 떼었다. 정시윤이 갑자기 김재연의 소매를 잡았다.

"저자가 여기를 왔어."

"누구?"

"박선식일세. 수염을 기르긴 했지만 분명 박선식이네."

김재연은 정시윤이 가리키는 곳으로 고개를 돌렸다. 건장한 사내가 죽은 사람들을 바라보고 있었다.

"저 사내 말인가?"

"그렇다네."

"혼자군."

"죽일 놈. 예가 어디라고 구경을 나와."

"보통 심장이 아닌가 보군."

김재연은 갑자기 옮기려던 걸음을 멈추었다.

"저자가 청국에 행상을 다녀왔다지?"

"그렇다네."

"초선이라는 부인을 미친 듯이 사모했다며? 그럼 청국에 다시 가겠군."

"다이전이 국경을 넘을 수 없도록 조처하지 않았는가?"

"그렇긴 하지만 저자도 수를 쓰겠지. 이번에 밀고한 공으로 무슨 보상이라도 받을 텐데 혹시 다시 국경을 넘으려 하지 않겠는가?"

정시윤이 놀란 눈으로 김재연을 쳐다보았다.

"바로 그거로군. 저자가 기를 쓰고 성직자들을 찾아 돌아다닌 것 말일세. 막아야 하네."

정시윤이 다급하게 길을 나서려고 하자 김재연이 막았다.

"서두를 것 없네. 내가 저자 뒤에 사람을 붙일 테니 상황을 봐서 방책을 세워도 늦지 않을 걸세."

"하지만 다이전 장군이 베이징으로 갈 수 있다고 자네가 말하지 않았나? 그러면 저자를 막을 방도가 없네."

"그럴지도 모른다는 말이네. 모든 것이 뜻대로 되는 것은 아니니 두고 보세."

김재연은 정시윤이 서두는 것을 말렸다.

"초선이라는 부인 때문인가?"

정시윤은 김재연의 질문에 당황한 기색이었다.

"깊이 마음 주지 않는 것이 어떻겠나? 남편이 있는 사람이 아닌가?"

"남편과는 이미 헤어졌네."

"사람 일은 모르지 않나. 아무튼 천주교를 이끌던 인물들이 다 죽었으니 이제 그 부인이 조선 천주교를 위해 많은 일을 해야 할 것 같군."

말을 마치자 김재연은 발걸음을 재촉했다.

7장

아물 수 없는 상처

1

박선식은 김여상과 함께 좌변포도청의 포도대장 이완식의 부름을 받고 포도청으로 찾아갔다.

"이번 일에 너희들의 공이 컸다. 약속한 대로 포상을 할 것이다. 지금 지방에 너희가 갈 만한 자리를 마련 중이니 준비를 하면서 기다려라. 무작정 내려가면 욕을 먹을 터이니 단단히 준비해야 한다."

이완식의 말이 떨어지기가 무섭게 김여상은 머리를 조아리며 감지덕지했다.

"조금도 허술한 곳을 보이지 않도록 철저히 준비하겠습니다."

김여상은 몇 번이나 머리를 조아렸다. 그러나 박선식은 아무 말도 하지 않고 가만히 앉아 있었다.

"너는 어찌 말이 없느냐?"

박선식은 잠시 뜸을 들이다가 속내를 말했다.

"저는 관에서 일할 자격도 능력도 없습니다."

"그러면 뭘 원하느냐?"

"처벌받을 일이지만 솔직하게 말씀드리겠습니다. 저는 청국과 인삼 밀무역을 했습니다. 앞으로도 청국과 장사하는 일을 했으면 합니다."

"그래? 내가 어찌 도와주기를 바라느냐?"

"전에는 상단에 들어갈 수 없어 밀무역을 했지만, 이제는 그런 죄를 짓고 싶지 않습니다. 하오니 상단에 넣어 주시면 열심히 일하겠습니다."

"상단이라면 어느 상단을 원하느냐?"

"청국과의 무역은 아무래도 의주의 만상이 제일입니다."

"의주는 내 손이 미치지 못하니 한양의 경상에 말을 넣어 보겠다. 경상도 청국과 무역을 하고 있으니 네가 알아서 하면 될 것이다."

"고맙습니다."

"네 이름이 천종명이라고 했더냐?"

"그렇습니다."

박선식이라는 이름으로는 국경을 통과할 수 없게 되어 이름을 바꾸었다. 그리고 턱과 코, 귀 밑에 수염을 길러 얼굴을 알아보기 어렵게 꾸몄다.

"내가 말을 넣어 놓을 테니 열흘 뒤에 경상을 찾아가거라. 그리고 이것을 받아 가거라."

돈 주머니 두 개를 하나씩 던져 주었다.

둘은 포도청에서 나와 주막으로 들어갔다. 국밥과 막걸리를 시켰다. 김여상은 기분이 어지간히 좋았던지 입을 다물지 못했다.

"이제야 소원을 이루게 되네. 자네도 그렇지 않은가?"

김여상은 박선식의 입을 열고 싶어 못 견디겠는 모양이다.

"생쥐 꼬리라도 벼슬이라고 잡으니 좋은가?"

"아무렴. 꼬리로 시작하지만 나중에 몸뚱이와 대가리까지 올라갈지 누가 아는가?"

박선식은 코웃음을 쳤다.

"비웃지 말게. 평생의 설움을 씻게 생겼는데 신바람이 나지 않을 수가 없지. 그런데 자네는 왜 벼슬을 마다하는가? 재물이야 벼슬 살면서 거둬들이면 되지 않나?"

"재물을 어디서 거둬들여?"

김여상은 조금 멋쩍어했다.

"벼슬 살기도 전에 백성들 등쳐 먹을 생각부터 하는군. 그만큼 당하고 살았으면 백성들 사정을 누구보다 잘 알 텐데 한심하군. 밥이나 먹어."

김여상은 머리를 숙인 채 국밥을 먹기 시작했다.

"처음부터 이런 기회를 노리고 신자가 되었나?"

박선식이 느닷없이 묻자 김여상은 멈칫했다. 그는 밥을 삼키고 차분하게 대답했다.

"처음에는 아니었지. 천주교에 들어가면 양반, 종놈 구별 없이 산다고 하니 뭐 그런 세상이 다 있나 호기심이 동했네. 죽으면 천당에 간다고 하니 그것도 좋았고. 하지만 시간이 지날수록 별거 아니라는 생각이 들었어. 우리끼리 반상의 구별이 없다고 해도 늘 끼리끼리 하는 짓이고, 세상이 변할 리 없잖나. 허구한 날 숨어 다니는 것도 지겨웠네. 죽은 뒤에 천당에 갈지, 지옥에 갈지 어찌 아나 의문도 들었지. 그리고 사학 괴수가 있는 곳을 알려 주는 자에게 큰 상을 준다는 말에 귀가 솔깃했네. 이판에 팔자나 고쳐 보자 싶었지. 어차피 그 사람들은 잡히게 되어 있는 것 아닌가. 누가 밀고를 해도 할 테니 내가 하고 포상이나 받으면 좋겠다 싶더군. 그러던 차에 자네를 만났지."

박선식은 말없이 막걸리 한 병을 비웠다.

"자넨 어떤가?"

"뭘?"

"왜 내 말만 듣고 자네 얘기는 안 하냐 말이야."

"시끄러워."

박선식은 다시 막걸리 한 병을 비웠다. 그렇게 서너 병을 비울 때까지 그는 말을 하지 않았다. 어느덧 그의 눈에 취기가 돌았다.

"꺼져 버려."

박선식은 김여상에게 손짓을 했다.

"술이 너무 과한 것 같군."

김여상이 술병을 치우려 하자 박선식이 소리를 질렀다.

"꺼지라니까."

그는 술병을 빼앗아 병째로 마셨다. 그리고 김여상을 향해 손짓했다.

"가라니까. 다시는 내 앞에 나타나지 마. 이젠 만날 일도 없으니까. 네

놈을 보면 죽은 자들이 생각나니까 다신 내 앞에 얼씬거리지 마."

그제야 김여상은 박선식의 심기가 왜 불편한지 눈치 챘다.

"그래서 내가 가지 말라고 했지. 쓸데없이 새남터엔 왜 간 거야?"

박선식은 술병을 김여상에게 던졌다.

"사라지라고 했어."

김여상은 자리에서 일어났다.

"별 빌어먹을 놈 다 보겠네. 언제는 같이 밀고하자더니 이제 와서 왜 딴청이야. 네가 먼저 나를 꼬였고, 양놈들 찾아내는 방법도 네가 알려 주지 않았더냐. 그래, 다시는 만나지 말자. 벼슬길에 나가면 네놈이 만나 달라고 애원해도 만나 주지 않을 게다. 사람 취급도 안 할 테니 두고 봐라."

김여상이 자리를 뜬 뒤 박선식은 주모를 불렀다.

"하룻밤 잘 방 있수?"

"있지요. 저쪽 끝에 있수다."

"다른 사람은 들이지 말아요. 방값은 내가 다 낼 테니."

박선식은 주모가 가리키는 방으로 들어가 벌렁 누웠다. 심신이 지치고 술에 취했지만 쉬 잠이 오지 않았다. 한참을 이리저리 뒤척이다 잠이 들었다.

산발을 하고 피투성이가 된 얼굴들이 눈을 부릅뜨고 이리저리 날아다녔다. 그런데 목이 잘린 채 몸뚱이가 없었다. 날아다니던 목들이 갑자기 몰려들더니 두 눈을 부릅뜨며 자신의 얼굴에 피를 토했다. 피를 피하려고 몸부림치다가 벌떡 일어났다. 온몸에 땀이 흠뻑 젖었다. 박선식은 머리맡에 놓인 대접의 물을 벌컥벌컥 들이켰다.

'모두 천당에 직행했을 텐데 왜 자꾸 나타나지.'

창호지에 희뿌연 새벽 기운이 비쳤다. 날이 새는 모양이다. 박선식은 자리에 누워 날이 밝기를 기다렸다.

그는 늦은 아침을 먹고 주막을 나왔다. 딱히 갈 데는 없었지만 걸음을 옮겼다. 한나절쯤 되어 한강가에 이르렀다. 자신의 발길이 새남터를 향하고 있음을 의식하면서 계속 걸었다. 목을 베던 자리에 포졸이 서서 경계를 하고 있었다. 신자들이 시체를 훔쳐 갈 것을 경계하는 모양이다. 가까이 가자 시체가 나뒹구는 것이 보였다. 좀 더 가까이 다가갔다.

"웬 놈이냐?"

포졸이 다가오며 소리쳤다.

"네놈도 천주교 신자냐?

박선식은 뒤로 물러나며 태연하게 말했다.

"신자라니요? 천만에요. 신자라면 붙잡히는 게 무서워 어디 대낮에 오겠습니까?"

"하긴. 그런데 여긴 무슨 일로 왔느냐?"

포졸은 갓 하나 제대로 쓰지 못한 박선식을 보면서 상놈이라고 여긴 모양이다. 제 딴에는 포도청에 발을 걸치고 있다고 한부로 빈말을 했다.

"양놈 구경 왔소."

"참 별난 놈 다 보겠네. 양놈 모가지는 사대문에 매달려 있을 거다. 여기에는 몸뚱이밖에 없다."

포졸은 땅바닥에 침을 뱉었다.

박선식은 새남터를 떠나 한참 걸었다. 양화나루까지 가서 잠두봉 꼭대기로 올라갔다. 한강이 눈 아래로 시원하게 펼쳐졌다. 바위 위에 철퍼덕 주저앉아 하염없이 흐르는 강물에서 눈을 떼지 못했다.

'이 아래로 굴러 떨어지면 한강에 빠져 죽을 텐데.'

마음이 왜 이토록 괴로운지 모르겠다. 복수를 하면 통쾌할 줄 알았는데 그것이 아니었다. 김여상을 내세워 세 성직자와 정하상과 유진길이 있는 곳을 밀고할 때까지는 아무렇지 않았다. 그런데 새남터에서 그들이 처형당하는 모습을 본 뒤 그 충격이 가슴에서 사라지지 않았다. 죽기 직전, 피투성이가 되어 사람 꼴이 아닌 몰골로 기도하는 세 성직자의 모습은 더욱 잊히지 않았다. 먼 타국에 와서 그렇게 죽는데도 담담하기만 했다. 휘광이(망나니)가 목을 치자 머리가 떨어져 나갔다. 포졸이 머리를 창끝에 달고 주위를 한 바퀴 돈 뒤 어디론가 사라졌다. 창끝에 달아 사람들에게 보이며 천주교를 믿으면 저렇게 된다고 경고할 것이다.

앵베르 주교가 얼마나 자신을 믿고 귀하게 대해 주었던가? 정하상의 반대에도 자신이 청국을 갈 수 있었던 것도 앵베르 주교의 배려 때문이었다. 그런데 왜 그를 밀고해서 죽음으로 몰았던가? 처음에는 그럴 생각이 아니었다. 일을 벌이고 나서야 조정에서 원하는 것은 정하상 정도가 아니라 서양 성직자들의 목이라는 것을 알게 되었다. 일단 일이 시작되고 나니 그 일에 자신이 끌려가고 있었다.

박선식은 먼 하늘을 올려다보았다. 정말 천주가 존재한다면 자신은 용서받지 못할 짓을 저질렀다. 천주교를 처음 알게 된 것은 장 보러 나갔다가 옹기 장수를 알게 되면서였다. 몇 번 만나고 난 뒤에 옹기 장수는 조심스럽게 천주교에 대해 이야기했다. 그의 말을 들을수록 새로운 세상에 대한 희망이 불타올랐다. 그리고 종으로 살아가는 설움을 신도들의 모임에서 위로받았다. 그래서 세례까지 받은 것이다.

'내 눈이 뒤집혔지.'

모든 게 자기를 내친 초선 때문이다. 박선식은 땅바닥에 머리를 짓이겼다. 한참을 땅바닥에 얼굴을 묻고 있자 마음이 안정되는 것 같았다. 그는 다시 일어났다.

'책문으로 가자. 가서 초선을 설득하고, 그래도 안 되면 이번에는 보쌈이라도 해서 끌고 나오자.'

그는 결심을 굳히고 걸음을 옮겼다.

2

천주교 박해가 지속되고 많은 신자가 죽어 나가자 조정 대신들 가운데 더러는 서양인 성직자와 천주교 신자들을 처형하는 문제에 대해 염려를 나타냈다. 그 일을 빌미 삼아 서양이 배를 끌고 쳐들어올지도 모른다는 것이었다. 그런 염려에 대해 조인영은 전쟁도 불사할 것이라고 단호하게 말했다. 조정의 허락도 없이 몰래 들어와 나라에서 금하는 일을 숨어서 행하는 것은 있을 수 없는 일이었다. 그냥 둔다면 나라가 수치를 당하는 일을 면할 수 없을 것이고, 서양이 조선을 얕볼 것이 분명했다. 그러나 과연 서양이 배를 끌고 올지 염려가 되어 김재연을 불렀다.

"청국이 서양과 전쟁을 시작했습니다. 지금은 청국과 영국의 전투지만 상황에 따라서는 서양의 연합군이 형성될 것입니다. 그리 되면 법국도 참여를 하게 될 테고, 당분간은 조선에서 처형된 법국 성직자들의 문제를 물어 올 여력이 없을 것 같습니다."

"하지만 양이들과의 전쟁은 곧 끝날 것 아닌가? 청국이 어떤 나라인데 그깟 서양 배 몇 척과 하는 전쟁이 오래가겠는가? 그러나 법국이 어찌 나올지 모르겠군. 제 나라 백성을 죽였으니 그 책임을 물어 올 일은 분명하니 대처를 해야지."

조인영은 김재연의 표정을 살폈다. 언제나처럼 그는 담담했다. 그가 전에 청국과 서양의 전쟁이 그리 수월하게 청국의 승리로 끝나지 않을 거라고 말한 것이 기억에 남았다. 임금도, 대왕대비나 안동 김씨도 자신의 말에 토를 달지 않았다. 하지만 김재연은 달랐다. 그런데 이번에는 자신이 청국이 이른 시간 안에 승리할 것이라고 말해도 그는 별다른 반응을 보이지 않고 있다.

'그런데 왜 이번에는 토를 달지 않지? 김재연, 이자는 알 수가 없어. 분명 내 생각과 다를 텐데 말이 없군.'

김재연이 만만치 않은 것은 할 말은 바로 하는데 결코 두 번 하지 않는다는 것이다. 자신과 의견이 다른 것을 알면서도 결코 설득하려 들지 않았다. 얼음처럼 차가웠다. 조인영은 그것이 두려웠다.

"아무튼 청국에 가면 법국의 태도를 면밀히 살펴보고, 작은 기미라도 보이면 즉각 알리도록 하라."

"그리하겠습니다."

그뿐이었다. 김재연을 부른 것은 서양에 대한 소식을 상세히 듣고 싶어서였다. 하지만 김재연은 조인영이 묻는 말 외에는 어떤 말도 하지 않았다. 그렇다고 자꾸 물어보는 것도 체통이 없는 것 같아 그냥 보냈다.

서양 성직자들도 모두 잡아 죽였고, 정하상과 유진길 같은 우두머리들도 잡아 죽였다. 조선 땅에서 천주교의 뿌리가 어지간히 뽑힌 것 같았다.

우의정 이지연은 기해년 말에 천주교 기세가 수그러들자 조인영에게 '척사윤음(斥邪綸音)'을 지어 올리라고 권했다. 척사윤음을 공표해야 한다는 것은 조인영의 뜻이기도 했다. 조인영은 한동안 그 일에 골몰해 왔는데 오늘에서야 비로소 끝내는 참이었다. 조인영은 척사윤음을 마지막으로 손질하고 먹물을 말린 뒤 두루마리를 말았다.

척사윤음이란 사교로 간주한 천주교가 널리 퍼지는 것을 나라의 중대사로 간주해 이를 배척해야 한다는 임금의 특명이다. 척사윤음에서는 천주교가 성리학의 가르침과 어긋나고 인륜을 저버리는 행동을 서슴지 않고 있으므로 이를 금한다는 것을 밝혔다. 조정의 명령을 어기고 계속 믿는 신자들이 있음을 주지시키고, 천주교 신자들을 박해하는 것은 국법을 지키기 위해 정당한 것임을 역설했다. 명을 어기고 사교를 믿는 자는 반드시 죽음으로 다스릴 것이라는 점을 강조했다.

이만하면 밝힐 것은 다 밝혔다. 이것을 보면 어리석은 백성들도 천주교가 사교임을 분명히 알 것이고, 그래도 믿으려 한다면 반드시 사형에 처할 것임을 분명히 했으니 부족함이 없는 것 같았다. 그러나 조인영은 왠지 마음이 편치가 않았다. 과연 할 말을 다한 것일까? 눈을 감은 그는 머리를 풀어 헤치고 피투성이가 되어 신음하던 범세형이라는 서양인 주교의 모습을 그려 보았다.

'네가 이 글을 읽는다면 무엇이라 변론을 펼치겠는가? 나는 천주교에 대해 알아볼 만큼 알아보았고, 철두철미하게 반박하는 이론을 펼쳤다. 내 백성이 이 글을 읽는다면 다시는 천주교에 미혹하여 속아 넘어가지 않을 것이다.'

그는 자신 있게 주먹을 쥐었다. 그러나 잠시 뒤 불안이 엄습했다. 이 글을 보고 과연 백성들이 천주교에 등을 돌릴 것인지 의문이 들었다.

'도대체 천주교가 무엇이란 말인가?'

서양인 주교가 의금부로 이송되어 온 뒤, 조인영은 아무도 모르게 밤에 의금부를 찾아갔다. 먼 바닷길을 달려와 죽음을 맞이하는 그의 모습이 어떤지 궁금했다. 주교는 천주교의 괴수이고, 이쭈나 뫼는 것이 아니라 신부 중에도 출중한 자가 된다는 말을 들었다. 무식한 백성들은 죽으면 천당에 간다는 말에 미혹해 죽음을 무릅쓴다고 하지만, 서양에서도 배울 만큼 배우고 학식과 덕망이 뛰어나다는 자가 왜 굳이 죽을 짓을 하지 않으면 안 되었는지 궁금했다. 무엇이 그를 죽음으로 몰고 가는지, 그가 과연 소문대로 출중한 인물인지 확인하고 싶었다. 오랜 고문으로 온몸이 찢기고 금방이라도 숨이 넘어갈 듯 기진한 그를 보면서 이상하게도 측은한 마음이 일어났다. 생각하면 괘씸하기 짝이 없는 자인데 이상하게도 그를 보는 순간 분노가 사라졌다. 피투성이로 몰골이 말이 아니었지만 그의 모습에서 고아한 인품과 범접할 수 없는 기품이 흘렀다.

'왜 저런 자가 제 나라에서 출세나 할 일이지 만리타국까지 찾아와 명을 재촉하는가?'

그래서 사형 집행을 미루어 오던 그를 처형하라고 형조에 전갈을 보냈다. 그의 고통을 조금이라도 빨리 끝내 주고 싶었다. 밉지가 않았다. 아깝다는 생각이 들었다. 전혀 알지도 못하는 자인데 왜 그런 마음이 생기는지 자신도 모를 일이었다. 그를 만나 본 뒤 분명해진 것은 천주교는 자신이 척사윤음에서 주장했듯이 무지하고 비천한 자들이 혹해서 믿는 것만은 아니라는 것이다. 사실 조선에서 천주교를 처음 믿기 시작한 이들은 무지한 백성이 아니라 선비들이었다. 세상 사는 데 아쉬움이 없던 그들이 왜 천주교를 믿었는지 알 수 없었는데 서양인 주교를 만나 본 뒤에도 같은 생각이 들었다. 아무튼 천주교의 가르침에는 자신이 알지 못하는 깊은 이치가 숨어 있는 것 같았고, 그것이 사람의 마음을 움직이는 힘을 발휘하고 있음이 분명했다. 그렇다면 천주교가 조선에서 뿌리를 내리지 못하도록 더욱 강하게 탄압해야 한다. 만일 천주교가 퍼진다면 그것은 단순히 신앙의 문제가 아니라 정치적 문제, 즉 조선 왕조의 운명을 좌우하는 문제가 될 수도 있다. 조정 대신들은 대부분 자신이 안동 김씨와의 정권 투쟁 때문에 천주교를 탄압하는 줄 알고 있다. 물론 그런 면도 있지만 그것이 다가 아니었다. 조선의 운명이 달린 문제이다. 그렇게 천주교 탄압의 정당성을 몇 번이고 자신에게 다짐해 보았지만, 서양인 주교의 피투성이가 된 모습은 좀처럼 머리에서 사라지지 않았다.

김정희는 밤이 늦어서야 조인영의 집을 찾았다. 김정희의 얼굴이 어두워 보였다. 인사를 나눈 뒤 조인영은 김정희에게 척사윤음을 내밀었다. 김정희는 천천히 읽어 내려갔다. 조인영은 조심스럽게 김정희의 표정을 살폈다. 그러나 김정희의 표정에는 아무런 변화가 없었다. 김정희가 척사윤음을 조인영에게 건넸다.

"어떻소?"

"대감의 문장이야 조선 제일이 아닙니까. 제가 감히 무어라 드릴 말씀이 있겠습니까?"

"문장을 말하는 것이 아니라 백성들이 보고 수긍할 수 있겠는가 하는 말이오. 나는 이것을 한자를 모르는 백성들을 위해 언문으로도 공포할 생각이오."

"그러면 백성들도 알아듣겠지요. 윤음을 발표하면 박해를 마무리 지을 생각이신지요?"

"아니, 천주교도는 계속 잡아들여 처형해야만 하오. 이참에 뿌리를 뽑을 생각이오."

"뿌리가 뽑히겠습니까?"

"그렇지 않겠소? 이것을 보면 천주교가 잘못되었다는 것을 분명히 알 수 있지 않겠소?"

"천주교의 가르침이 유학의 가르침과 배치된다는 것은 이미 다들 알고 있지만, 이제 윤음이 반포되고 나면 천주교를 엄하게 다스린다는 것이 널리 알려지겠습니다."

김정희의 반응은 담담했다. 조인영은 서운한 감이 없지 않았지만 내색하지는 않았다.

"형장에는 가 보셨습니까?"

"거기를 내가 왜 가겠소?"

조인영은 불쾌한 내색을 감추지 않고 되물었다.

"저는 다녀왔습니다. 죽음 앞에 너무도 담담한 그들의 모습이 아직도 가슴을 아프게 찌릅니다."

"형조참판이라는 분이 무엇 때문에 형장에까지 갑니까? 유진길 때문입니까?"

"유진길뿐 아니라 아녀자들까지도 반듯하게 꿇어앉아 하늘을 우러러보며 죽음을 기다리던 모습을 잊을 수가 없습니다. 양순하기가 그지없었습니다. 그들이 나라를 망친 죄가 무엇인지 아시겠습니까?"

조인영의 눈이 날카롭게 김정희의 얼굴을 쏘아보았다.

"무슨 말을 하는 것이오? 그러면 나라의 녹을 먹고 있는 우리가 죄 없는 백성에게 죄를 씌워 죽이고 있다는 말이오?"

"대감, 황산 대감께서 오래 가시지 못할 것 같다고 합니다. 최근 병세가 급격히 악화되었다고 합니다."

"이보시오, 추사."

조인영은 화를 누르기 위해 말을 멈추었다. 조인영은 마음을 가라앉힌 뒤 부드럽게 말했다.

"내 말 잘 알아들으시오. 내가 황산을 겨누기 위해 천주교도를 탄압한다고 생각하시오? 아니면 안동 김씨 때문이라고 생각하시오? 나는 무고한 백성을 죽이면서까지 권력을 탐하는 파렴치한이 아니오. 내가 걱정하는 것은 나라의 운명이오. 천주교에서 가르치는 교리를 따른다면 세상은 완전히 바뀌고 말아요. 그들의 가르침은 유학이 추구하는 세상의 모습과 전혀 다른 것을 보여 주고 있소. 백성들이 너 나 할 것 없이 천주교의 가르침을 따른다면 유학을 국시로 하는 조선은 망할 수밖에 없소. 조선이 망하지 않고는 그들의 가르침을 세상에 실현할 수 없으니 어느 하나는 죽어야 하지 않겠소?"

"왜 그렇게만 생각하십니까? 천주교를 믿는 백성들은 조용히 살고 있습니다. 반역이나 폭동 같은 것은 꿈에도 생각할 수 없는 사람들입니다. 천주교는 원수조차 사랑하고 감싸야 한다고 가르치고 있고, 신자들이 따르는 예수라는 자도 아무 저항 없이 잡혀 죽었다고 합니다. 그런 이들을 위험하다고 생각할 수가 없습니다."

"이런 답답한 사람 보게나. 그래서 더욱 위험하다는 말이오. 그들은 그런 양순한 모습으로 적과 대항하고 있어요. 추사가 그리 생각하듯 백성들도 그런 생각으로 유혹에 말려들지요. 교활하기 짝이 없어요. 우리 조선은 인간의 신분 차이를 분명히 하고 예를 지킴으로써 나라의 질서를 바로 잡아 가고 있소. 그런데 천주교에서는 모든 사람이 다 평등하다고 가르치고 있어요. 도저히 용납되지 않는 까닭이 바로 거기에 있소. 백성들이 모든 인간이 평등하다는 이야기를 듣는다면 당연히 좋아할 수밖에 없지요. 그러나 혼란이 올 것이오. 그리고 우리는 임금을 하늘같이 모시고 충성을 다하고 있소만 그들은 임금이 아니라 서양에 있는 교황을 그들의 임금이라고 생각한단 말이오. 우리 전하께서 내린 명령이 교황의 명령과 어긋난다면 그들은 교황의 명령을 따르고 목숨까지 내던질 텐데, 그런 자들을 어찌 조선의 백성이라고 하겠소. 성리학은 조선 왕조가 건국할 수 있었던 근본 기조요. 성리학이 없어지면 조선도 사라집니다. 천주교는 이런 성리학에 정면으로 도전하고 있음을 잊어서는 안 될 것이오."

조인영이 천주교를 탄압한 이유는 바로 그것이었다. 인간의 평등, 그것은 백성들의 꿈이다. 누군들 사람대접 받기를 원하지 않을 것인가. 하지만 조인영은 조선의 국운을 유지하기 위해서는 백성들이 결코 평등이라는 꿈을 꾸도록 해서는 안 된다는 것이다.

"이보시오, 추사. 예로부터 자족(自足)만이 행복의 근원이라 일러 오지 않았소. 백성들에게 평등을 허락한다고 칩시다. 그러면 그다음 백성들이 무엇을 원할 것 같소? 단지 평등에 만족할 것 같소? 아니요. 우리 양반 선비들을 보시오. 평생 수신을 공부하지만 더 가지려고 백성들을 착취하고, 권력을 누리려고 파벌을 만들어 정쟁을 일삼지 않소. 나도 예외는 아닐 것이오. 우리에게는 백성들처럼 제재를 받지 않고 능력을 펼 수 있는 기회가 주어져 있으니 마음껏 욕망을 펴려는 야심도 끝이 없지요. 소수의 양반들만 그리 해도 나라가 늘 시끄러운데 백성들까지 설친다고 생각해 보시오. 나라꼴이 뭐가 되겠소? 평등을 허락한다고 해서 백성들이 행복해지고 나라가 편안해지지는 않아요. 그저 있는 자리에서 만족하고 편안한 마음으로 살 수 있도록 돌봐 주어야 할 것이오."

그것이 백성을 아끼는 조인영의 마음이었다. 그러나 김정희는 아무런 감동도 받지 못했다.

"이보시오, 추사. 명심해야 할 것은 이것이오. 우리가 늘 아끼고 보살펴야 할 것은 백성들이오. 또한 우리가 가장 무서워하고 단속해야 할 것도 백성들이오. 그런데 천주교가 백성들이 우리에게 반기를 들 수 있는 무기를 제공하고 있다는 것을 결코 간과해서는 안 될 것이오."

조인영의 집을 나온 김정희는 집으로 향하지 않았다. 일찍 들어가 봐야 잠을 청할 수도 없을 것이다. 마음이 편치 않아 이재 권돈인의 집을 찾아갔다. 이조판서인 권돈인은 김정희보다 세 살 위지만 김정희가 마음을 터놓는 유일한 벗이었다. 조인영은 권돈인보다 한 살 위이긴 하지만 권돈인처럼 허심탄회하게 마음을 열어 놓기가 힘들었다. 조인영과 권돈인, 김정희는 서로를 잘 아는 지기(知己)이면서 정치적인 동반자였다. 조인영을 수장으로 하여 좌우로 권돈인과 김정희가 축을 이루고 안동 김씨와 대적하고 있다는 것을 이미 조정에서는 알고 있었다. 조인영의 김정희에 대한 정은 각별했다. 김정희의 글과 그림에 대한 재주를 누구보다 높이 평가했고, 도움이 될 만한 자료를 구해 주는 등 음으로 양으로 도움을 주었다. 김정희도 그런 조인영의 마음을 누구보다 잘 알고 고맙게 여겼다. 그러나 조인영은 마음을 터놓을 벗은 아니었다. 그는 늘 혼자 결정하고 자신의 뜻을 따르도록 김정희를 설득했다. 특히 정치나 세상사에 대해 의견을 나눌 때는 반드시 자신과 뜻이 일치해야 한다고 강조했다. 조인영의 정치적 수완이나 세상일을 꿰뚫어보는 눈은 탁월했고 성품 또한 올곧았다. 개인의 욕심보다는 늘 나랏일을 먼저 걱정했다. 안동 김씨와 정권을 놓고 대립하고 있는 것도 안동 김씨의 독선과 횡포를 막기 위한 것이라고 김정희는 확신했지만 조인영의 독선을 느낄 때가 많았고, 그럴 때마다 김정희는 마음이 아팠다. 하지만 권돈인은 달랐다. 자신보다 세 살이나 아래이고 벼슬도 밑인 김정희의 말을 늘 귀담아 듣고 존중해 주었다.

권돈인은 밤늦게 찾아온 김정희를 반갑게 맞이했다.

"죄송합니다, 대감. 밤늦게 염치없이 찾아왔습니다."

"아직 술시인걸. 그런데 오늘은 왜 대감인가? 마음이 편치 않나 보군."

그들은 둘이 있을 때는 호형호제하고 지냈다.

"형님, 술 한잔합시다. 마시다 여기서 자고 가도 되지요?"

"새삼스럽게 왜 그러나?"

술상이 들어오자 김정희는 서너 잔을 거푸 마셨다. 권돈인은 김정희를 말없이 바라만 보았다. 이윽고 김정희는 잔을 내려놓고 편치 않은 심기를 털어놓았다.

"운석 대감 댁에서 오는 길입니다."

"그런가?"

권돈인은 이미 짐작하고 있었던 듯 담담히 대답했다.

"척사윤음을 완성했다고 와서 보라고 하셨습니다."

"그렇군. 곧 반포한다는 말을 듣기는 했네."

"별다른 내용은 없었습니다. 늘 그렇듯이 천주교에서는 잘못된 도리를 가르치고 패륜을 일삼으니 나라에서 금한다는 것과 믿으면 죽인다는 내용입니다. 하지만 정하상이 올린 〈상재상서〉를 자세히 살펴보니 운석 대감의 말씀과 맞지 않는 점이 있습니다."

"그럴 수도 있겠지. 아무튼 척사윤음을 반포하면 이제 천주교 박해도 끝이 나는 것 아닌가?"

"아닙니다. 저도 그렇게 생각했지만 운석 대감께서는 끝까지 천주교 신자들을 잡아들이겠다고 하셨습니다. 뿌리를 뽑겠다는 것인데, 그러면 얼마나 많은 백성이 죽어 나가겠습니까? 그들이 무슨 죄가 있다고 그러는지 모르겠습니다."

"이유가 있겠지."

"운석 대감은 천주교 문제를 너무 심각하게 보시는 것 같습니다. 박해하는 이유를 천주교의 교리가 유학의 가르침에 맞지 않는다는 점과 안동 김씨와의 알력 때문이라고 알고 있었는데, 대감은 그보다 더 심각하게 생각하시는 것 같습니다."

김정희는 천주교에서 가르치는 평등사상이 조선 왕조의 근간을 흔들 것이라는 조인영의 말을 전했다.

"역시 운석 대감은 생각이 깊으시네. 자네 말을 듣고 보니 운석 대감이 천주교에 대해 그리 마음 쓰시는 이유를 알 만하네."

"저도 그 뜻은 알지만 사람을 그리 죽이는 것은 옳지 않습니다. 성리학의 이론을 잘 펼쳐 백성들을 잘살게 한다면 천주교가 평등을 말한들 무슨 문제가 되겠습니까. 문제는 그렇지 못하다는 것이 아닙니까?"

권돈인은 가만히 듣기만 했다. 김정희는 혼자 술을 따라 마신 뒤 말을 이었다.

"제가 아는 사람 중에도 천주교 신자가 있었습니다. 잡혀 죽었지요."

"역관 유진길 말인가? 자네와 친분이 두터웠지. 그래서 자네가 천주교에 대해 그리 마음을 쓰는 것인가?"

"참으로 존경스러운 사람입니다. 그렇게 죽고 말았지만. 대대로 역관 집안이라 재산도 많았지요. 하지만 그 재산을 굶주리고 병든 백성들에게 다 나눠 주었지요. 양반 벼슬아치 중에 그렇게 백성들에게 마음을 쓴 사람이 있습니까?

"자네 사사로운 감정으로 정치를 논하지 말게."

"사사로운 감정이 아닙니다. 조선 왕조가 건국된 지 사백 년이라는 세월이 흘렀습니다. 세월이 많이 흐른 만큼 세상도 많이 바뀌었습니다. 청국을 보면 그렇지요. 서양 사람들이 들어오고 서양 문물이 들어오고. 하지만 조선은 예나 지금이나 똑같이 성리학이 지배하고 있습니다. 성리학은 변하면 안 됩니까? 세상은 변하는데 성리학은 그대로입니다. 성리학이 조선이고 조선이 성리학이라는 것이 운석 대감의 뜻입니다. 때로는 가슴이 답답해서 숨이 막힐 것 같습니다."

권돈인은 김정희의 빈 잔에 술을 채웠다.

"이보게 아우, 우리가 변하는 데에는 한계가 있는 것 아닌가? 내가 아우가 될 수 없고, 아우 또한 내가 될 수 없다는 것은 분명하지. 조선은 성리학을 근본으로 해서 시작된 나라가 아닌가? 변하는 것에도 한계가 있네. 성리학을 떠나서 조선이 존재할 수 없다는 운석 대감의 말은 맞는 말이네. 성리학이 무너지면 조선도 무너지는 것일세. 운식 내감이 그리도 천주교를 배척하는 것은 조선을 튼튼하고 장구하게 이어 가려는 것이라 여기고, 그분의 뜻을 따르도록 하게."

김정희는 권돈인의 말을 곰곰이 생각해 보았다. 일리가 있는 말이지만 답답한 속은 여전히 풀리지 않았다.

"운석 대감의 충정은 저도 의심하지 않습니다. 하지만 세상을 보는 눈이 너무 좁습니다. 한곳만 보십니다."

어쩔 수 없다는 것은 안다. 그러나 그 어쩔 수 없는 상황이 답답하기 짝이 없다. 벗어나고 싶다.

"견딜 수 없으면 제가 조선을 떠나야겠군요."

"청국에 다녀오는 게 어떻겠나? 금년 동지사는 곧 떠날 테니 늦었고, 내년 사은 사절에 끼어 다녀오면 답답한 심정도 좀 풀리지 않겠는가?"

청국에 다녀온 지도 오래되었다. 그동안 상황이 많이 변했다는 것은 김재연으로부터 들어 알고 있었다. 변한 세상도 보고 청국의 다정한 벗들도 만나보고 싶었다.

"좋습니다. 형님께서 주선해 주십시오."

"그러지. 청국에 다녀온 지 한참 되었으니 운석 대감도 반대하지 않으실 것이야."

권돈인은 잠시 뜸을 두었다가 화제를 돌렸다.

"그건 그렇고, 오늘 조정에서 중요한 의논이 있었네. 며칠 안으로 이지연 대감께서 우의정 자리에서 물러나고, 그 자리에 운석 대감이 오르실 것이네."

"드디어 정승의 반열에 오르게 되셨군요."

이지연은 우의정 자리에 오르면서부터 천주교 박해를 주동해 왔다. 천주교에 관련된 문제는 그의 입을 통해 순원왕후에게 건의되고 시행되었다. 조인영은 늘 그의 뒤에 있었다. 어지간히 천주교의 뿌리를 뽑았다는 판단에 이지연이 우의정 자리를 내놓게 된 것이다. 앞으로 조인영의 시대가 공개적으로 열리면 권돈인과 김정희의 역할도 커질 것이다. 오랫동안 바라고 준비해 온 일인데, 김정희의 마음은 왠지 개운치 않았다.

권돈인이 붙잡았지만 김정희는 뿌리치고 그의 집을 나섰다. 교자를 내준대도 사양해 하인을 딸려 보냈다. 김정희의 집은 권돈인의 집에서 멀지 않지만 술에 취해 밤길을 혼자 가는 것이 안심되지 않아 억지로 하인을 딸려 보냈다. 차가운 밤바람이 얼굴을 스치는 것이 상쾌했다. 술도 어지간히 깨는 것 같았다.

"대감 댁에 산 지 얼마나 되었느냐?"

하인은 젊어 보였다.

"대감 댁에서 태어났습니다."

"종노릇하기 지겹지 않으냐?"

"그런 생각은 해 본 적 없습니다."

"그러냐. 다른 세상에서 살고 싶은 생각은 없느냐?"

"없습니다. 아는 것이라고는 종노릇하는 것뿐입니다." •

"종살이는 매이는 것 아니냐?"

"하지만 먹고사는 걱정은 하지 않습니다."

김정희는 정신이 번쩍 들었다.

"백성들이 걱정이 많지?"

"끼니 때울 걱정이 떠나지를 않지요."

그렇다. 백성들은 먹고사는 걱정 때문에 종노릇도 마다않는데, 자신은 백성들을 위해 무얼 했는가? 유진길은 자신처럼 살지 않았다. 비록 중인 역관이지만 그는 양반인 자신보다도 더 깊은 학식과 덕망을 지녔었다. 자신이 결코 뛰어넘을 수 없는 유진길의 덕은 바로 자신이 가진 전부를 내놓을 수 있는 용기였다. 재물은 물론 목숨까지 내놓았다. 자신을 위해서가 아니라 배곯고 병든 백성을 위해서였다. 다른 사람을 위해 자신을 내놓을 수 있는 것은 바로 하늘의 덕이나. 유진길은 하늘의 덕을 실천했다. 하지만 자신은 어떤가? 벼슬과 권력에 연연하여 의리를 저버렸고, 대수롭지 않은 글재주와 손재주를 남들에게 드러내기 위해 안간힘을 쓰면서 살아왔다. 백성이 굶든 말든, 병들어 죽든 말든 자신만을 위해 살아왔다. 조인영의 성리학에 대한 집착과, 변화를 모르는 좁은 시야만을 불평해 왔다.

'변화? 남들에게만 변화를 요구하면서 나는 변한 게 없다.'

오늘이 어제와 똑같듯이 내일도 오늘과 똑같을 것이다. 그것이 김정희라는 자신의 모습이다. 그래도 가슴이 쓰렸다. 자신의 배신으로 한을 품은 채 세상을 떠날지도 모르는 김유근의 피골이 상접한 모습이 떠올랐다.

"몹쓸 놈."

그는 소리 내어 자신을 욕했다. 유진길의 마지막 모습이 떠올랐다. 후회 없는 삶을 산 사람의 의젓한 모습이었다.

'자네의 죽음이 내 가슴을 얼마나 고통스럽게 찌르는 줄 아는가? 그 상처가 아물지 않네. 죽을 때까지 아물지 않겠지. 그 상처를 안고 살아야 하는 나를 비웃지 말게.'

김정희는 집 앞에 이르자 미친 듯이 대문을 두드렸다. 문이 열리자 뒤따르던 하인을 돌아보지도 않고 집 안으로 쓰러지듯 들어갔다. 두려웠다. 벌을 받을 것 같았다. 피를 뿌린 벌이 모두 자신에게 떨어질 것 같은 불안이 떠나지를 않았다.

'오늘 밤도 뜬 눈으로 새겠군.'

술도 고단함도 달아나 버리는 잠을 붙잡지 못했다. 반복되는 불면의 밤이 두려웠다.

'왜 이리 살았을까?'

물어봐도 답이 없다. 내일도 똑같이 살 것이라는 것밖에 알 수 있는 것이 없었다.

"나 좀 놓아주게."

그는 허공을 향해 외쳤다.

술기운에 잠시 잠이 들었다. 검은 그림자들이 몰려왔다. 그중 하나가 손을 내밀어 목을 조르기 시작했다. 손이 점점 커지더니 솥뚜껑만큼 커졌다. 숨이 막혀 죽을 것 같았다. 벗어나려고 이리저리 몸을 뒤틀며 안간힘을 썼다. 소리를 지르려 해도 소리가 나오지 않았다. 있는 힘을 다해 몸을 일으켰다. 악몽이었다. 김정희는 머리맡의 그릇을 잡아 물을 벌컥벌컥 들이켰다.

밖은 아직 어두웠다. 어둠을 바라보던 김정희는 불길한 예감이 들었다. 아무래도 좋지 않은 일이 일어날 것 같다. 좋지 않은 일이 일어나기 전에는 늘 악몽에 시달렸었다. 문득 자신이 조인영의 부름으로 형조에 나가는 일을 망설이고 있을 때 김재연이 던진 충고의 말이 떠올랐다.

"풍양 조씨를 치기 위해 누구를 먼저 칠 것 같습니까? 운석 대감은 감히 손을 못 대겠지요. 대신 운석 대감의 절친한 벗인 영감이 표적이 될 것입니다. 운석 대감을 치기 위해 영감을 친다는 말입니다. 영감은 운석 대감의 방패막이가 될 것입니다."

조인영의 방패막이가 되어야 한다면 피할 수 없을 것이다. 김재연의 말대로 조인영의 세도는 막강하다. 권돈인도 만만치 않다. 두 사람 모두 흠을 잡기가 어려울 것이다. 세상 사람들이 볼 때 자신은 조인영과 권돈인의 비호를 받으며 권력의 주변에서 얼쩡거리다가 적들이 우두머리를 칠수 없을 때 방패막이가 되어 희생당하는 꼴이 아닌가. 김재연이 던진 마지막 말이 자꾸만 생각났다.

"피는 피를 부릅니다. 뒤끝이 좋지 않을 수도 있지 않겠습니까? 안동 김씨를 우습게 보지 마십시오. 다시 일어날 수도 있다는 것을 명심하고 잘 피해 가십시오."

안동 김씨들은 어린 시절부터 징지를 보고 배우는 일로 잔뼈가 굵은 사람들이다. 비록 김조순은 죽었고, 김유근은 병석에 누운 지 오래지만 권력의 속성을 잘 알고 있는 안동 김씨들은 때를 살피고 있을 것이다. 또한 아직 순원왕후가 수렴청정을 하고 있으며 자기 문중의 사람들을 요소요소에 심어 놓았다. 언젠가 그들이 비수를 꺼내 든다면 자신이 희생당하게 될 것이다. 그물이 바싹 다가오고 있다.

'피는 피를 부른다.'

자신이 피를 부르지는 않았지만 피를 부르는 편에서 얼쩡거리다 결국 자신이 피를 보게 되는 꼴이다.

그의 예감대로 김정희는 겨우 일 년여를 형조참판으로 있다가, 다음 해에 십 년 전에 있었던 윤상도 옥사 사건이 불거졌을 때 모함을 받아 사형에 처할 위기에 봉착했다. 조인영이 결사적으로 막은 덕분에 김정희는 사형을 면하고 제주도로 귀양 가는 몸이 되었다. 그러나 오랜 유배 생활 중에 김정희의 글과 그림은 완숙의 경지에 이르게 되었다.

3

김재연은 경상 대행수의 집으로 들어섰다. 일꾼들이 분주하게 마당을 가로지르며 짐을 나르고 있었다. 그중 한 명에게 김재연의 눈이 멎었다. 수염이 텁수룩해 얼굴 윤곽은 가려졌지만 새남터에서 본 사람이다. 정시윤이 말한 박선식이 분명했다.

"아이고, 나리 오셨습니까?"

행수 최만석이 뛰어나오며 맞았다.

"오랜만이오. 대행수 계시오?"

"계십니다. 이리로 오십시오."

사랑채로 들어서자 이세영이 반색을 하며 자리에서 일어났다.

"어떻게 이리 어려운 걸음을 하셨습니까?"

"오랜만에 뵙는군요."

"누가 아니랍니까. 이리 직접 걸음을 해 주시니 반갑기 짝이 없습니다. 그렇지 않아도 일간 뵙고 싶었습니다."

"마당이 분주하던데 이번 사행 준비를 서두르시나 봅니다."

"서둘러야 실수가 없습니다."

"그렇겠지요. 그런데 마당에 낯선 일꾼이 보이던데, 새로 들어온 모양입니다."

"누구를 보셨는지요?"

"얼굴에 털이 많던데요."

"아, 천종명을 말씀하시는군요. 참 어지간하십니다. 일개 일꾼까지도 관심을 가지고 보시니 말입니다."

"전에는 못 보던 얼굴이라 눈에 들어오더군요."

"참으로 예리하십니다. 실은 부탁을 받고 얼마 전에 집에 들였습니다. 포도청에서 보냈지요."

"포도청에서 상단에 사람을 보내기도 합니까?"

"확실치는 않지만 천주교의 양인들을 잡는 데 공을 세운 모양입니다. 요즘 한창 천주교도를 잡아들이지 않습니까?"

"밀고를 했군요. 그렇다면 대행수도 조심하셔야겠습니다."

"맞습니다. 일도 잘하고 힘도 센데, 어딘가 믿음이 가지 않습니다."

"이번 사행에 데리고 가십니까?"

"그렇습니다. 포도청에서 청국에 데리고 가라 하니 어쩔 수 없지요."

예상했던 대로다. 김재연은 박선식이 다시 책문으로 갈 것이라 짐작했다. 그래서 사람을 놓아 뒤를 밟았다. 이름을 바꾸고 경상에 들락거린다는 정보가 있어, 오늘은 그것을 확인하러 일부러 경상에 들른 것이다.

"내 정신 좀 보게."

김재연은 사역원에서 정리한 물품 목록을 대행수 앞에 내놓았다.

"품목이 많군요. 정 행수는 동행하지 않습니까?"

"함께 가긴 하지만 정 행수는 남방에 보낼 물건을 챙기느라 바쁠 것 같습니다. 그래서 대행수께서 모든 걸 책임지고 준비해 주셨으면 합니다."

"여부가 있겠습니까. 이리 직접 찾아와 주셨는데요."

"오랜만에 대행수께 청국 소식이나 들어볼까 해서요."

순간 이세영의 눈빛이 반짝였다.

"그렇지 않아도 최근에 들어온 소식이 있어 찾아뵈려고 했습니다."

"누가 다녀갔습니까?"

"베이징 상단에서 은밀하게 사람을 보냈습니다. 홍삼을 가능한 만큼 넉넉히 가져오라고 하는데, 홍삼은 조정에서 일정량만 가져가게 하니 걱정입니다."

"알겠습니다. 정 행수와 의논해 보겠습니다. 어느 정도 준비될지 모르지만 베이징에서 홍삼을 따로 건네지요. 그런데 왜 갑자기 많이 가져오라는 것입니까? 늘 일정한 양을 거래하지 않았습니까?"

"북방 내륙까지 아편이 급속하게 퍼지는 모양입니다. 아편 치료에 홍삼이 효과가 있다는 소문이 퍼져 너도나도 홍삼을 사려고 한답니다. 그건 그렇고, 청국 사정이 급박하게 돌아가는 것 같습니다. 이미 양인들과의 전투가 시작되었다고 합니다."

예상은 하고 있었지만 사태가 빠르게 돌아가고 있는 모양이었다.

"연초에 린쩌쉬라는 인물이 광둥에 흠차대신(欽差大臣, 주로 외무를 담당하는 임시 대신)으로 내려가면서 일이 터진 모양입니다. 광둥에 내려가자마자 양인들의 아편을 몰수해서 불태워 버렸는데 그것이 화근이 된 것 같다고 합니다."

"청국이 전쟁을 서두르고 있는 것 같군요."

"그런 모양입니다. 아직은 크게 확대되지 않고 있지만 청국의 태도에 따라 전면전을 펼칠 위험이 크다고 합니다."

"대행수께서는 전쟁이 확대되면 청국에 승산이 있다고 보십니까?"

이세영은 목소리를 낮추며 말했다.

"겉으로 보면 청국이 당연히 승리할 형국이지만 속은 그렇게 만만한 것이 아니지 않습니까? 청국이야 대국이고, 양인들이야 배 몇 척 끌고 왔을 뿐이니 청국에 승산이 있어 보이지만 그렇지가 않다는 말이지요. 썩을 대로 썩은 청국은 양인들의 배 몇 척조차 상대하기 어려워 보입니다."

역시 경상을 이끄는 대행수다운 판단이다. 비록 상인이지만 청국을 드나들면서 넓은 세상을 보아 세상이나 사물을 판단하는 눈이 칼날처럼 예리했다. 조정에 뭉개고 앉아 경서나 읽으면서 그것이 세상의 전부라고 주장하는 조정 대신들의 판단과는 다르다. 이세영은 장사를 하면서 청국과 서양에 대한 나름의 지식을 쌓았고, 정보를 입수할 수 있는 인맥도 만만치 않게 형성하고 있었다. 더욱이 장사꾼이라고 해도 탐욕을 부리지 않고 늘 분수를 알고 행동해 믿을 수 있었다. 그래서 김재연은 청국을 다녀올 수 없을 때는 이세영을 찾고는 했다. 물론 김재연으로부터 얻는 것이 많기 때문에 이세영도 김재연을 깍듯이 대우했다. 그렇게 십여 년간 쌓아온 친분이 있었기에 서로 속내를 털어놓을 수 있었다.

문밖에서 여인의 음성이 들렸다.

"아버님, 다과상 가져왔습니다."

"오냐, 들어오너라."

조심스럽게 문이 열리더니 붉은 댕기를 드린 처녀가 다과상을 들고 들어왔다. 예의범절이 몸에 밴 이리따운 처녀였다. 처녀는 다과상을 내려놓고 주전자에 더운물을 부었다.

"숙영아, 인사드려라. 당상관 어른이시다."

처녀는 손을 앞으로 모으며 인사했다.

"숙영이라고 합니다."

"이리 고운 따님이 있는 줄 몰랐습니다."

"막내라 응석만 심하지요."

처녀의 얼굴이 붉어졌다. 숙영은 떡과 화전 접시를 아버지와 김재연 앞에 조심스럽게 놓았다.

"이 아이가 바느질 솜씨는 없는데 음식 솜씨는 제법이랍니다. 드셔 보십시오."

김재연은 꽃잎을 위에 얹어 기름에 지진 화전을 입에 넣었다. 꿀을 바른 것이 그리 달지도 않고 간이 딱 맞았다.

"입에서 녹습니다. 정말 솜씨가 좋군요. 때도 아닌데 이 꽃잎을 어떻게 구했소?"

"봄에 꽃잎을 따서 말려 두었다가 물에 불려서 씁니다. 빛깔이 곱지는 않습니다."

"일간 다시 들를 텐데 이 맛을 다시 볼 수 있겠소?"

"그렇게 하겠습니다. 말씀 낮추십시오. 송구스럽습니다."

이세영이 말을 받았다.

"그리하십시오. 너는 이만 나가 보아라. 오라비 혼자 바쁠 것 같구나. 물건과 장부를 잘 살펴보고 차질이 없는지 정확히 챙기도록 해라."

"네."

숙영이 나가자 김재연이 물었다.

"참 곱고 참합니다. 금년에 몇이나 되었습니까?"

"열일곱이지요. 가르친다고 가르쳤지만 부족합니다. 저리 키워 남의 집에 보내야 한다고 생각하니, 늦가을 바람처럼 마음이 허전합니다. 그렇다고 아니 보낼 수도 없고."

이세영은 한숨을 쉬었다.

"혼처가 정해졌습니까?"

"아닙니다. 이제 알아보려고 합니다."

"그렇군요. 혼인이란 아이들의 일생을 좌우하는 중요한 일이라 결정하기가 참 어려운 것 같습니다. 저는 아들만 셋인데 맏이가 열아홉이라 안사람이 걱정을 시작했습니다."

"네. 벌써 역과에 급제했다고 들었습니다."

"열여섯에 급제해 지금은 사역원에서 공부를 더 하고 있습니다."

"그렇습니까? 총명한가 봅니다."

"아둔하지는 않지만 노력 여하에 따라 역관의 길도 달라지니 제 딴에는 열심히 하는 눈치입니다. 그런데 조금 전에 들으니 따님에게 장사하는 일을 도우라고 하시는 것 같던데요."

"여식에게도 글과 장사를 가르치고 있습니다."

"글이야 그렇지만 장사까지 가르치신다니 놀랍습니다."

"앞으로 세상이 어찌 변할지 제 식견이 짧아 정확하게 예측할 수는 없지만, 청국에서 일어나는 일들을 보면 앞으로 엄청난 변화를 겪을 것 같습니다. 지금까지 살아온 세상과는 전혀 다른 세상이 올지도 모를 것 같아 여식에게도 살아갈 방도를 깨우쳐 주려고 합니다."

김재연은 속으로 고개를 끄덕였다. 역시 세상을 보는 눈이 남다르다.

"참으로 깊은 생각이십니다. 그럼 일간 다시 들르겠습니다. 홍삼을 어느 정도 마련할 수 있는지 정 행수와 의논해서 알려 드리셨습니다."

저녁을 치운 뒤 아내는 비느질 그릇을 내려놓고 마늘을 늘었다. 김재연은 아내가 참으로 곱다는 생각이 새삼스럽게 들었다. 세 아들도 모두 자신과 같은 혼인을 할 수 있다면 얼마나 좋을까 생각하며 김재연은 아내에게 넌지시 말을 건넸다.

"큰 아이 혼처는 알아보고 있소?"

"그 생각을 하고는 계셨습니까?"

아내는 자식들 일에 무심한 듯한 그가 조금은 서운했던 모양이다.

"어디 좋은 혼처라도 있습니까?"

"있지요."

그의 말에 아내의 눈빛이 빛났다.

"오늘 경상 대행수를 만났는데 그 댁 막내딸이 아주 참합디다. 인물도 곱고."

"경상 대행수라면 상인이 아닙니까? 저는 역관 집안을 알아보고 있었어요."

역관은 그래도 중인인데 장사꾼과의 혼인이 아내는 마땅치 않은 눈치였다.

"상인이면 어떻소. 경상 대행수라면 이 나라 최고의 상인이오."

"아무리 그래도 어른들이 뭐라고 하시지 않을까요?"

"아버님은 걱정 말아요. 우리보다 먼 앞날을 내다보는 분이니. 앞으로 저 애들이 살아갈 세상은 지금과 다를지도 모르오. 저 애들이 오십, 육십을 바라볼 때는 세상이 엄청나게 변해 있을지 모른다오."

오 씨 부인은 늘 서책을 가까이 해서인지 눈치가 빨랐다.

"나라에 큰일이 일어날 수도 있다는 말씀입니까?"

"작금에 나라 안팎으로 일어나는 일들을 보면 심상치 않아요. 나는 저 아이들에게 많은 재산을 남기고 싶소. 저 아이들이 나라를 위해 그 재산을 필요로 할 때가 있을 것이오."

"그래서 상인을 생각하셨습니까?"

"경상의 이세영 대행수는 성품이 올곧고 세상을 보는 눈이 정확해요. 비리를 일삼는 다른 장사꾼과는 달라요."

"그 댁 따님은 자세히 보셨습니까?"

"오늘 낮에 봤는데, 대행수가 집안 살림과 글은 물론 장사까지 가르치고 있었소."

"장사요? 혼인도 하지 않은 처녀가 장사를 배우다니요?"

"난 그것이 크게 마음에 들었소. 앞으로 우리 재산을 관리할 사람이 있어야 하지 않겠소."

"며느리에게 재산을 맡긴다는 말씀입니까?"

"살림에 재산까지 관리할 수 있으면 금상첨화가 아니겠소?"

"그게 어디 그리 쉬운가요. 그래도 당신이 한눈에 반한 건 놀랍군요. 한 번 보고 싶어지네요."

"우선 큰 애가 본 뒤에 당신도 보구려."

"데리고 가실 생각이세요?"

"본인 마음에 들어야 하지 않겠소? 나도 그랬는데."

김재연은 아내를 보며 웃었다.

"아버님이 나를 데리고 당신 집에 갔을 때 장인어른께서 당신에게 다과를 들고 오게 했지요. 당신을 보고 한눈에 반해 아버님께 혼인시켜 달라고 간청을 했어요. 아버님은 작정하셨던 일이라 쾌히 승낙하셨고. 나는 장가들 날만 기다릴 수 없어 사흘거리로 당신에게 연서를 보냈지요."

오 씨 부인은 서랍을 열더니 빨간 보자기로 싼 보따리를 꺼내 김재연 앞에 놓았다.

"이게 뭐요?"

"풀어 보세요."

김재연은 보자기를 풀었다. 그 안에는 여러 통의 서찰이 차곡차곡 놓여 있었다. 김재연은 갑자기 얼굴에 더운 기운이 올라오는 것을 느꼈다.

"이걸 여태 보관하고 있었소?"

"제게 제일 소중한 보물인걸요. 당신이 먼 길을 떠나면 늘 이 서찰을 꺼내 마음을 채우곤 했지요."

그들은 말없이 서찰을 바라보았다.

"당신을 만난 것은 천운이었소. 아이들도 우리처럼 살 수 있다면 얼마나 좋겠소."

"그렇게 살도록 해야지요. 어떤 며느리가 들어오느냐가 무엇보다 중요하지. 당신이 잘 결정하세요."

"알겠소."

열흘 뒤 김재연은 큰아들 김성련을 데리고 경상 대행수 집을 찾았다. 성련이 아버지와 함께 방으로 들어서자 대행수는 차근차근 그를 살펴보았다. 김재연은 대행수의 표정을 살폈다. 그는 무척 만족하는 눈치였다. 이윽고 숙영이 다과상을 내왔다. 성련의 눈이 숙영에게서 떠나지 않았다. 당돌하리만치 숙영을 살폈다. 숙영은 그의 시선을 개의치 않으며 다과상을 올린 뒤 작은 상자를 김재연 앞에 놓았다. 꽃무늬가 수놓인 고운 보자기로 싸여 있었다.

"떡과 과줄을 조금 만들었습니다."

"이런 고마울 데가 있나."

흐뭇하게 숙영을 바라보던 이세영이 딸에게 분부했다.

"이제 그만 나가 보아라."

숙영이 나가자 김재연은 이세영에게 인사를 했다.

"번번이 신세를 집니다."

"무슨 말씀입니까. 저 아이가 정성껏 만든 모양이니 받아 주십시오."

이세영이 성련을 향해 물었다.

"벌써 역과에 급제했다는 소문을 들었소. 그것도 으뜸이었다면서요?"

성련은 고개를 숙이고 대답했다.

"말씀 낮추십시오."

"아버님을 닮아 수재로군요."

그러자 김재연이 말을 돌렸다.

"과찬이십니다. 오늘 마침 같이 갈 데가 있어 데리고 나왔습니다. 그리고 홍삼을 마련했습니다. 정 행수가 오천 근을 마련했는데 베이징에서 받으실 수 있도록 직접 운반하겠다고 합니다."

"고맙습니다. 그럼 대금을 치러야지요."

"아닙니다. 베이징에서 정 행수에게 건네주시면 됩니다."

이야기를 마무리하고 나오던 김재연은 마당에서 하인들에게 짐 나르는 것을 지시하고 있는 숙영을 보았다. 숙영도 김재연을 보고는 다가왔다.

"벌써 가십니까?"

"가 볼 데가 있어서. 장사에 능숙해 보입니다."

"그렇지 않습니다. 사행에 가지고 갈 물건이 많아 잠시 살펴보고 있습니다."

숙영은 고개를 숙여 김재연에게 인사를 한 뒤 성련에게도 인사를 했다. 성련도 숙영을 향해 고개를 숙였다.

대문을 나서며 김재연은 넌지시 아들의 의중을 물었다.

"숙영 낭자 어떻더냐?"

성련은 조심스럽게 아버지에게 되물었다.

"그건 왜 물어보십니까?"

"네가 마음에 든다면 혼담을 넣어 볼까 생각 중이다."

성련은 얼굴은 붉혔다.

"혼사는 어른들께서 결정하시면 되는 것 아닙니까?"

"아니다. 네 생각이 제일 중요하지. 네가 좋다면 하고, 아니면 그만둘 작정이다."

"벌써 제가 혼인할 때가 되었습니까?"

"아무렴. 나도 열여덟에 혼인해 열아홉에 너를 낳지 않았느냐? 우리 역관들은 집을 자주 비우니 자식 농사가 늦을 수 있어. 그러니 일찍 혼인하는 것이 좋아. 먼 길을 갈 때도 아내와 자식이 있으면 마음이 안정되고, 타국에서도 가족을 생각하면 함부로 행동하지 않게 되지. 그래서 네가 싫지 않다면 사행길에 오르기 전에 혼인을 해 두는 것이 좋을 것 같구나."

"아버님 생각에 따르겠습니다."

"내 생각보다는 네 의견이 중요하다고 하지 않았느냐."

"마음에 듭니다."

"상인 집안인데 괜찮겠느냐?"

"사람만 좋으면 된다고 생각합니다. 하지만 어머니가 어찌 생각하실지 모르겠습니다."

"그럼 되었구나. 어머니와는 벌써 의논했다. 어머니더러 매파를 보내라고 해야겠다."

"아버지와 어머니는 다른 부모님과는 다른 것 같아요."

"뭐가?"

"자식의 의견을 우선으로 생각하시는 것 말입니다."

"그것이 우리 집안의 가풍이다. 네 할아버지께서 그리 가르치셨다."

"그럼 저도 이다음에 제 자식에게 그리 행하겠습니다."

"네 자식이 혼인할 때는 세상이 어찌 변해 있을지 모르지. 그때가 되면 부모는 저리 가라 하고 저희끼리 알아서 짝을 지을지 어찌 알겠느냐."

성련은 고개를 갸우뚱했다. 김재연은 아들의 등을 두드려 주었다.

"사역원으로 들어가 보아라. 나는 갈 데가 있구나."

아들과 헤어진 뒤 김재연은 새남터로 말을 몰았다. 유진길이 처형된 지 벌써 달포가 넘었다. 가을바람이 선선하게 피부에 닿았다. 머지않아 동지 사 사행을 떠나야 한다. 이것저것 준비하다 보면 새남터에 들를 여유가 없을 것 같아 나온 김에 새남터를 향했다. 그곳에서 유진길과 정하상, 서양 성직자 세 명의 혼이 울고 있을 것 같았다. 그들이 처형된 뒤 한동안 시신들은 방치되어 있었다. 포졸들이 지키고 있어 신자들이 망만 보다가 돌아가곤 했다. 며칠 지나 시신 썩는 냄새가 진동하자 포졸들의 경비가 느슨해진 틈을 타 한밤중에 신자들이 시신들을 거두었다.

김재연은 새남터에 도착해 먼발치에서 형장을 바라보았다. 오늘도 휘광이가 햇빛에 칼날을 번뜩이며 춤을 추었다. 그리고 칼을 휘두르자 어느 신자의 목이 모래밭에 떨어졌다. 김재연은 눈을 똑바로 뜨고 그 현장을 바라보았다. 선량한 백성이 단지 천주교를 믿었다는 이유만으로 죽어 갔다. 얼마나 많은 신자가 죽었는가? 피비린내 나는 형장과는 멀리 떨어진 조정에 앉아 있으니 그들은 이 처참한 역사를 볼 수 없다. 그래서 저리 죽이고 있는 것인가?

김재연은 고개를 저었다. 이 나라가 어찌 되려고 이런 짓을 한단 말인가? 죄 없는 백성의 목을 저리도 처참하게 자르다니! 나라 밖에서 태풍이 불고 있으니 이 나라의 운명은 그야말로 풍전등화와 같다. 가슴 깊은 곳에서 한숨이 터져 나왔다.

처형이 끝났는지 관원들과 휘광이가 자리를 떠났다. 김재연은 여전히 처형장에서 눈을 떼지 못했다.

'형님, 아직도 제 가슴은 상처로 쓰립니다. 새 살이 나올 것 같지가 않습니다. 형님 아들 대철이는 옥사를 했습니다. 그런데도 저는 아들놈의 혼사를 생각하고……, 사는 것이 이런 짓인가 봅니다. 제가 대철이를 키워보려고 형수님을 찾아갔었는데, 형님이 잡혀갔다는 소식을 듣고는 그 아이가 형수님 몰래 자수를 했지요. 모진 고문을 견디면서 끝까지 배교를 하지 않아 옥졸이 목을 졸라 죽였답니다. 천당이 있다면 지금 대철이를 만났겠지요. 형님은 그 아이를 자랑스러워하시겠지만 저는 가슴이 못내 아프고 이해가 되지 않습니다. 꼭 그렇게 가야만 합니까? 그것이 진정 조선 천주교를 위한 길입니까?'

유진길과 정하상의 목이 잘리던 모습이 눈앞에 어른거렸다. 형제가 없는 김재연이 유일하게 형님처럼 믿고 따랐던 유진길의 죽음은 좀처럼 아물 수 없는 상처로 남았다. 그의 탁월한 식견, 세상 이치를 깊이 통찰하고 내리는 정확한 판단, 해야 할 일은 목숨 걸고 해내는 용기, 그 모든 것이 그리웠다.

'형님, 다시 청국으로 가야 합니다. 이젠 형님 없이 저 혼자 갑니다. 가는 길마다 형님의 발자취가 제 가슴의 상처를 건드리겠지요. 부족하지만 형님의 뜻을 잘 받들겠습니다.'

김재연은 유진길에게 작별 인사를 했다. 강바람이 싸늘하게 느껴졌다. 김재연은 발길을 돌려 집으로 향했다.

4

만주 벌판에 겨울은 일찍 찾아온다. 동짓달 중순, 압록강이 얼었다는 소식은 이미 오래전에 건너왔다. 봉황산(鳳凰山)의 활엽수들은 잎이 모두 떨어져 앙상한 가지만 찬바람을 견디고 있고, 침엽수들도 갈색으로 물들지는 않았지만 여름의 푸르던 생기는 사라졌다. 벌판의 풀도 말라 그 위로 흰 눈이 발목을 덮을 정도로 쌓였다.

초선은 봉황산 기슭까지 말을 몰아 달려갔다. 며칠 전에 내린 눈이 녹지 않고 나뭇가지에 얹혀 있다. 초선은 나무에 말을 매어 두고 넓적한 바위 위의 눈을 손으로 쓴 뒤 앉았다. 매운바람이 불어올 때마다 몸을 웅크렸다. 눈 닿는 데까지 하얀 벌판이 펼쳐져 있어 답답하던 속이 트이는 것 같았다. 너무나 참혹한 소식을 가슴에 묻어 둘 수만은 없었다.

'그럴 수가, 그럴 수가.'

초선은 머리를 움켜잡았다. 돌쇠가 그런 참혹한 짓을 저지를 줄은 상상도 못 했다. 주교와 신부들, 정하상과 유진길을 밀고해 죽음으로 몰았다는 사실이 도저히 믿기지 않았다. 그래도 천주교 신자가 아닌가.

'내 탓이야. 모두 내 탓이야.'

돌쇠가 그런 짓을 했다면 분명 자신에게 복수하기 위해서였을 것이다. 그래서 가슴이 더욱 쓰렸다. 함께 천주를 믿으며 그를 형제처럼 대하려고 했다. 그러나 그가 바라는 것은 도저히 자신이 받아들일 수 없는 것이었다. 천주께 그의 마음을 바꿔 달라고 수없이 기도했다. 하지만 그의 마음은 달라지지 않았다.

'주님, 왜 저의 기도를 들어주시지 않습니까? 그것이 제 사사로운 이익을 위해서가 아니라는 것을 주님도 아시지 않습니까?'

수없이 물었지만 대답을 들을 수가 없어 가슴만 답답했다.

'주님, 도대체 당신은 어떤 분인가요? 이렇게 참혹한 일에 아무 반응도 하지 않는 그런 분입니까?'

초선은 천주를 향해 꼬리를 물고 일어나는 의문을 멈출 수 없었다. 신앙을 배울 때 들었던 자비하고 상선벌악(賞善罰惡)을 하는 공정한 천주에게 모든 희망을 걸고 지금껏 의심 없이 믿고 기도해 왔다. 그러나 자신이 기도해 온 일들이 억장을 무너뜨리는 결과로 나타났다. 집에 있으면 미칠 것 같아 말을 타고 눈 덮인 벌판을 달리고 또 달렸다. 그러나 가슴의 통증은 좀처럼 가시지 않았다.

말발굽 소리에 초선은 바짝 긴장했다. 이곳은 비적들이 출몰하지는 않는다고 하지만 허허벌판에 여자 혼자 있는 것은 위험하다. 멀리서 누군가 바람을 가르며 벌판을 달려오고 있다. 혹시 봉황성 성장이 아닌가 하는 생각이 들었다. 초선은 자리에서 일어섰다. 초선의 예상대로 다이전이 말에서 내려 초선 앞으로 다가왔다.

"죽고 싶소? 여기가 어딘 줄 알고 여자 혼자 돌아다니는 것이오?"

초선이 대답하지 않자 다이전이 한결 부드러워진 소리로 말을 이었다.

"며칠 전부터 여자 혼자 벌판을 돌아다닌다고 하기에 혹시 당신이 아닐까 짐작했었소. 역시 당신이었군."

"걱정을 끼쳐 죄송합니다."

"내가 돌봐야 하는 지역이오. 한 사람이라도 다친다면 내가 책임을 소홀히 한 탓이 아니겠소.”

다이젠은 타이르듯 말했다.

“앞으로는 조심하겠습니다.”

“이렇게 멀리 나오지 말고 마을에서 가까운 곳을 달리도록 하시오.”

“알겠습니다.”

“조선 여인들은 말을 잘 타지 않는다고 들었는데.”

“제가 조신하지 못해서 그런가 봅니다.”

“말을 달려야 할 사연이 있겠지. 이젠 돌아갑시다. 눈이 올 것 같소. 예까지 왔으니 내 집에 가서 차 한잔하지 않겠소. 몸이라도 녹이고 가시오.”

예전 같으면 바로 거절했을 것이다. 하지만 초선은 초대에 응했다.

다이젠이 앞서 달리고, 초선은 그 뒤를 따랐다. 눈 덮인 하얀 벌판을 달리는 다이젠의 뒷모습을 보면서 초선은 그의 어깨와 등에 어려 있는 고독의 그림자를 보았다. 그 고독이 자신에게 밀려와 가슴을 저리게 하는 것을 느끼는 순간 전율했다. 그리고 당황했다. 사내에 대한 여인의 연민이 솟았기 때문이다.

다이젠에 관한 이야기를 많이 들었다. 이곳 사람들과 친밀해지면서 그들 속에 섞여 듣고 말하는 연습을 했다. 그들은 다이젠에 대해 칭송을 많이 했는데, 그가 누구보다 백성을 아끼는 성장이고 황실과 연관이 있는 고귀한 신분이며 용맹과 지략을 갖춘 명장이라는 것이다. 그런 그가 만주족의 땅, 자신의 고향에 와서 잠시 쉬어 갈 것이라고 생각했는데 예상 밖으로 오래 머물자 황실로부터 미움을 사서 베이징으로 돌아가지 못한다고도 했다. 그리고 황실의 미움을 산 이유는 다이젠이 바른 소리를 하기 때문이라고 했다. 그런 말을 들으면서 다이젠에 대한 두려움과 편견이 점차 없어졌다. 그런데 이상한 것은 그의 가족을 한 사람도 볼 수 없다는 것이었다. 부인이나 자식 그 누구도 찾아왔다는 말을 들은 적이 없다고 했다. 지난번 다이전이 베이징에 다녀오긴 했지만 그것도 잠깐이었다. 그런 말을 들어서인지 그의 뒷모습이 유난히 외로워 보였다.

차향이 참으로 그윽하고 깊었다. 다이전은 한 모금 마신 뒤 찻잔을 내려놓고 물었다.

"어떻소? 차향이 음미할 만하오?"

"좋습니다."

다이전은 잠시 뜸을 들이다가 물었다.

"궁금한 것이 있는데 물어도 괜찮겠소?"

"말씀하십시오."

"정시윤이 다녀갔는데 박선식이 다시 올 것이라고 했소. 동지사 일행에 끼어 들어올 모양이오. 그래서 정시윤이 먼저 달려와 내게 일러 주었소. 개명까지 했다는군. 잡으면 가만두지 않을 참인데 당신 생각은 어떻소?"

초선은 헉 소리가 나는 것을 속으로 삼켰다.

"당신을 다시 괴롭힐 작정인가 본데, 그냥 놓아줄 수야 없지."

"어떻게 하실 겁니까?"

"죽여 버려야지."

"안 됩니다."

"왜?"

"저 때문에 죽는 일이 더 있어서는 안 됩니다."

"당신 때문에 누가 죽기라도 했소?"

초선은 대답하지 않았다. 다이전이 말을 이었다.

"조선에서 서양인 성직자 세 명이 잡혀 죽었는데 박선식이 밀고했다고 하더군. 죽은 자들과 당신이 무슨 연관이 있는 모양인데, 그래서 박선식이 밀고를 했다면 당신에게 복수하려고 그런 짓을 한 것이라고 추측할 수 있겠군."

초선은 아무 말도 할 수 없었다.

"언제부터 믿었소?"

그는 이미 초선이 천주교 신자라는 것을 알고 있었다.

"오륙 년 되었습니다."

"꽤 되었군."

다이전은 무언가를 생각하는 듯 차를 몇 모금 마셨다. 찻잔을 내려놓으며 타이르듯 말했다.

"이곳을 떠날 생각은 하지 마시오. 이곳은 안전하니까. 난 천주교도를 박해할 생각이 전혀 없고, 오히려 보호할 생각이오. 천주교도든 불교도든 이 지역에 사는 사람 그 누구도 범죄자가 아닌 이상 나는 돌볼 것이오."

그의 목소리가 초선의 가슴을 깊이 울렸다. 늘 숨어 살면서 천주교 신자라는 것을 내색해서는 안 되었다. 천주교도를 보호해 주겠다는 말을 들은 것은 처음이었다.

"그러나 내놓고 천주교를 믿는 티를 내서는 안 되오. 청국이나 조선이나 천주교를 금지하고 있으니 나를 곤란하게 만들지는 말란 말이오."

"알겠습니다. 고맙습니다."

다이전은 소리 내어 웃었다.

"당신에게 고맙다는 말을 들으니 좋구려. 이제 몸이 풀렸으면 갑시다. 나도 변문으로 가 봐야 하오."

"저 혼자 갈 수 있습니다."

"누가 혼자 갈 수 없다고 하는가. 이틀 후면 조선에서 사신들이 도착하니 사신 맞을 준비가 잘되고 있는지 둘러볼 참이오."

그들은 벌판을 달렸다. 책문에 도착할 때까지 다이전은 아무 말도 하지 않았다. 헤어질 때가 되어서야 다이전이 입을 열었다.

"내일은 김재연이 먼저 도착할 것이오. 김재연, 내가 기다리는 유일한 사람이지. 당신을 기다려 볼까도 생각했지만, 오지 않을 것이 분명해 기다리지 않기로 했소. 그럼 가 보시오."

초선은 도무지 알 수 없는 말을 남기고 간 다이전과 헤어져 동명관으로 돌아왔다.

밤이 되자 외출했던 정시윤이 돌아와 초선을 불렀다. 박선식의 일이 걱정되어 정시윤은 동지사 일행보다 먼저 책문으로 온 것이다.

"오늘도 멀리 다녀왔소?"

초선은 미안한 마음이 들었다.

"죄송합니다."

"죄송할 것 없소. 할 일을 다 해 놓고 다니는데 내가 뭐라 하겠소. 그러나 내일부터는 나가지 말았으면 하오. 이틀 뒤면 사신 일행이 도착할 것이오."

"알겠습니다."

"내일은 김재연이 도착할 것이오."

"방은 준비되었습니다."

"다이전에게 갈 테니 여기서 묵지는 않을 것이오."

초선은 고개만 끄덕였다.

"행수들이 이곳에 들 것이니 각별히 마음을 써 주시오."

"준비는 다 되었습니다."

"어련하겠소. 그리고 장정 몇을 집에 두었소. 박선식이 일행에서 빠져나와 숨어들지 모르니 조심하시오. 대문 밖으로 나가선 안 되오."

정시윤이 각별히 마음을 써 주는 것이 부담스럽고 미안했다.

"이젠 마음을 잡았소? 그리 쉬운 일은 아닐 테지만."

"괜찮습니다. 말을 주신 덕분에 도움이 많이 되었습니다."

"다행이오. 정하상이 그리 될 줄은 예상하고 있었지만 막상 눈으로 보고 나니 그 모습이 사라지지 않는구려. 마음에서 지울 수가 없어요."

정시윤은 신자는 아니지만 정하상과는 꽤 깊은 인연이 있었기에 그의 죽음으로 받은 상처가 깊을 것이라고 초선은 생각했다.

"어쩌겠소. 각오한 일이 아니오. 천당이라는 데가 있다면 거기서 부인을 살펴 줄 것 아니겠소. 그리고 자신이 못다 한 일을 계속해 주길 바랄 것이오."

정시윤은 초선을 위로해 주려 애쓰고 있다. 그래서 초선은 그에게 태연한 모습을 보여 주려고 애썼다.

"박선식이 부인에게 복수하기 위해 밀고했다는 것이 뭐 그리 큰일이겠소? 밀고 때문에 그분들이 잡혀 처형당한 것이 아니오. 그가 아니더라도 그렇게 처형당할 수밖에 없었소. 박선식은 그 일에 그냥 끼어들었을 뿐 별다른 역할을 한 것은 아니오. 그러니 부인 때문에 박선식이 밀고했다는 자책은 이제 하지 마시오."

"생각대로 마음이 따라 주지를 않습니다."

"그럴 테지요. 그러나 마음에 끌려다녀서는 안 되오. 사려 깊은 부인의 본모습을 찾아야 한다는 것이오. 부인의 천주가 왜 부인을 이리로 데려왔는지, 그걸 잊어서는 안 되오."

"그 천주께서 가혹한 분이라는 생각이 떠나지 않습니다. 왜 일을 이리 끌어가시는지 이해할 수가 없습니다."

"잘은 모르겠지만 당신들의 천주가 조선에 천주교의 뿌리를 견고하게 내리기 위해 신자들을 단련시키는 것이 아닐까 싶소. 조선에 남은 신자들은 그리 생각한다고 들었소."

"피를 그렇게 흘려야 뿌리가 내리는 것입니까? 전능하신 분이라고 하는데 왜 사람의 마음을 움직이지 못하시는지 모르겠습니다. 천주께서 그리하신다는 것이 이해가 되질 않습니다."

순간 정시윤의 눈빛이 변했다. 그는 초선의 말을 되새기며 그녀의 표정을 살폈다. 그리고 의미심장한 물음을 던졌다.

"천주가 계신지 의문이 되오?"

초선은 당황했다. 그리고 어떤 대답도 할 수가 없었다. 그런 초선에게 정시윤은 눈을 떼지 않았다.

"신자들이 죽는 형장에 갔었소. 남녀노소 불문하고 참 많이 죽었지요. 옥에서도 죽고. 유진길의 막내아들 유대철은 열세 살 나이에 옥에서 죽었소. 배교하면 살려 주려 했는데 끝까지 배교하지 않았다고 하더군요. 나는 그들의 죽음을 보면서 전능하다는 천주가 왜 그들을 죽게 내버려 두느냐는 의문이 들지는 않았소."

순간 초선은 그가 자신을 힐문하고 있다는 것을 눈치 챘다. 신자들이 죽어 가는 현장을 목격한 그 앞에서 아무 말도 할 수 없었다.

"천주에 대한 의문보다는 그들이 목숨을 거는 까닭이 무엇인지 궁금했소. 그들은 고통당하며 죽어 가는 것을 내버려 두는 천주를 회의하거나 원망하지 않고 죽음을 담담하게, 아니 기쁘게 받아들이고 있었소. 분명 그들은 무엇을 보았던 것 같소. 무엇 때문일까? 나는 아직도 의문이 남소. 분명 무엇이 있기에 목숨을 걸었을 것이고, 마지막 순간까지 후회 없는 모습을 지킬 수 있었던 것 아니겠소."

후회 없는 모습? 그러나 자신은 후회하는 모습으로 정시윤에게 비치고 있다. 초선은 자신의 마음을 꿰뚫고 있는 정시윤 앞에서 할 말이 없었다.

"부인은 정하상의 죽음을 애달파하지요. 마음이 상할 만큼 많이. 정하상에게서 무엇을 보았소? 그것이 궁금하오. 인간 정하상은 아닐 테고, 정하상을 가득 채우고 있던 천주를 만났을 테지요. 부인은 정하상을 통해 천주를 만났고, 신앙을 뿌리 내릴 수 있었겠지요. 그런데 박선식은 부인에게서 한 여인만을 본 것이오. 부인을 통해 그나마 조금 보았던 천주의 모습까지 볼 수 없게 되었어요. 왜 박선식은 부인을 통해 천주를 만날 수 없었을까요? 박선식의 욕망 때문이었을까요? 부인은 정하상처럼 천주의 모습을 박선식에게 보여 주지 못했지요."

맞다. 그의 말이 맞다. 초선은 돌쇠의 문제는 자신에게 있다는 것을 부정할 수 없었다. 천주가 아닌 여인의 모습만을 보여 주었다는 그의 말은 비수가 되어 심장을 찔렀다.

심한 말인 것은 알고 있었다. 하지만 정시윤은 초선에게 그 말을 하지 않고는 견딜 수 없었다. 아직도 생생한 그들의 죽음, 말로 다 할 수 없는 고통을 당하면서도 맑은 눈으로 하늘을 보던 모습들. 그런데 초선은 그들의 죽음의 의미를 모르고 있다. 다만 천주가 왜 그들이 피를 흘리도록 버려두는지만 원망하고 있다. 그것이 참을 수 없었다.

"그들의 죽음은 인간이 얼마나 숭고해질 수 있는가를 보여 주었소. 그들의 죽음이 나를 비롯한 많은 이의 마음을 움직였소. 그들이 그렇게 죽어 가지 않았다면, 그 죽음을 보지 못했다면 내 마음은 움직이지 않았을 것이오. 천주는 사람의 마음을 그렇게 움직이는 것이 아닌가 하는 생각이 들었소."

마음이 움직였다는 것이 무슨 뜻인가? 초선은 그 말의 의미를 알 수 없었다. 설마 그가 천주교를 믿겠다는 의미는 아닐 것이다.

"가장 소중한 것이 목숨인데 그 목숨을 걸 수 있는 것이라면 추구해 볼 가치가 있겠지요. 천주교 교리에 대해 알아볼 생각이오."

서재를 나온 초선은 힘겹게 발걸음을 옮겨 자신의 방으로 돌아갔다. 방문을 열자 어둠이 닥쳤다. 불을 밝히지도 않고 쓰러지듯 침상에 엎드린 초선은 눈을 감은 채 숨을 죽였다. 누군가 볼 것 같아 두려웠다. 돌쇠의 밀고를 자책하며 마음을 잡지 못하고 눈 쌓인 벌판을 헤매며 돌아다녔다. 그러던 자신에게 정시윤은 찬물을 끼얹었다. 흠뻑 젖은 자신의 몰골을 누가 볼까 두려웠다. 눈물이 떨어졌다. 한 번 흘러내린 눈물은 걷잡을 수 없이 쏟아져 내렸다. 이불을 뒤집어썼다. 울음은 통곡으로 변했다. 기진할 정도로 울고 나자 마음이 가라앉았다. 초선은 몸을 일으켜 십자가가 놓여 있는 탁자 앞으로 다가가 기도를 시작했다.

"주님, 용서해 주십시오. 철없는 어린아이처럼 당신의 뜻에 등을 돌리고 응석만 부렸습니다. 지금까지 제가 당신을 믿은 것은 어쩌면 정하상에게 기대어 그를 따라 믿은 것입니다. 당신이 그를 거두어 가셨으니 이제 저 홀로 서겠습니다. 그분들의 죽음이 헛되지 않고, 당신의 뜻이 계속 조선을 이끌어 가실 줄 믿습니다. 제가 무엇을 해야 하는지 인도해 주소서."

초선은 어둠 속에서 자신을 온전히 천주에게 맡겼다. 시간이 얼마나 흘렀을까. 갑자기 가슴속에서 분명한 소리가 울려 나왔다.

'나는 너와 함께 있다.'

초선은 온몸에 소름이 돋았다. 그리고 뜨거운 감동이 밀려왔다.

"고맙습니다, 주님. 이제 저는 없습니다. 오직 주님만 계시고, 주님의 이끄심만을 따르겠습니다."

초선은 다시는 천주를 의심하지 않으리라 거듭 다짐했다.

이튿날 아침, 초선은 오랜만에 곱게 단장을 하고 여각의 일을 살폈다. 정시윤은 아침 일찍 나갔다가 정오가 다 되어서야 돌아왔다. 마당에서 초선과 눈이 마주쳤다.

"어제는 미안했소. 내가 말이 심했소."

"아닙니다."

"마음의 상처로 힘든 사람에게 내가 또 상처를 주지 않았나 걱정했소."

"어제 그 말씀이 제 상처에 침이 되어 꽂혔지요. 그래서 아물었습니다. 여러 가지로 마음 써 주셔서 고맙습니다."

초선은 정시윤을 향해 환하게 웃었다. 정시윤의 얼굴에도 환한 미소가 피어났다. 초선은 그의 눈에 정이 가득 담겨 있는 것을 보았다.

5

　다이전은 망루에 선 채 김재연을 맞이했다. 다이전을 만나기 전, 김재
연은 그가 뜻을 이루지 못한 것에 대해 어떤 심정일지 헤아려 보았다. 마
음이 상하지 않았을까, 분노하지 않았을까 걱정되었다. 그러나 다이전은
평소의 모습 그대로였다.

　"베이징에서 뵐 줄 알았는데……."

　다이전은 빙긋 웃었다. 지난번에 만났을 때 그들은 영국군이 베이징과
가까운 톈진을 공격할 것이라는 데 의견이 일치했다. 그래서 다이전은 베
이징에 갔었다.

　"혹시나 하는 생각을 잠시 했지만 역시 베이징과 나는 거리가 멀다는
것만 확인했을 뿐이네."

　다이전은 황제를 알현하고 전략상 톈진의 중요성을 설명하며 톈진으로
가겠다는 뜻을 밝혔다. 황제는 고개를 끄덕이며 생각해 보겠다고 했다. 그
러나 며칠 뒤 황제의 부름을 받고 궁궐에 들어갔을 때는 황제의 태도가 달
랐다. 봉황성으로 돌아가 본연의 임무에 충실하라는 명령만 되돌아왔다.

　"전쟁이 일어난다 해도 지휘관은 린쩌쉬뿐이라는 뜻이네. 지휘관이 둘
이면 혼란이 올 테니 폐하로서는 당연한 선택이겠지."

　"린쩌쉬의 명령하에서 움직이겠다고 말씀드리지 그러셨습니까?"

　김재연은 아쉬운 마음이 들었다.

　"폐하는 나를 잘 알고 계시지. 그런 말이 통할 수 없네."

　그들은 망루에 선 채 멀리 지평선으로 지는 해를 바라보았다. 해가 뉘
엿뉘엿 사라지자 김재연은 작별 인사를 했다.

"오늘 밤은 여기서 쉬지 그러나?"

"동명관에 가려고 합니다. 초선을 만나 이야기를 나눌 생각입니다."

"박선식이라는 놈 때문인가?"

"그렇습니다. 무슨 일이 일어날지 모르니 준비를 하라고 해야지요."

"그자 말이야. 죽을 줄 알면서도 사지로 뛰어들다니 참 대담해. 어찌 보면 애처롭고. 받아들여지지 않는 마음 때문에 죽음을 선택하다니."

"죽이지는 마십시오."

"죽일 생각은 없지만 죽고 살고는 그자에게 달렸지. 초선의 말을 듣지 않는다면 할 수 없지 않나."

김재연은 한숨이 나왔다. 사람의 일이란 마음대로 되지 않는 법. 건장한 젊은이의 고통이 가엾게 느껴졌다.

"개명을 했다고?"

"천종명이라고 이름을 바꾸고, 얼굴에는 온통 수염을 길러 한눈에 알아보기는 힘듭니다."

"내일 검문하는 데 내가 직접 나가 볼 것이네."

김재연이 말을 달려 동명관에 도착했을 때는 이미 어둠이 짙은 뒤였다. 늦은 저녁을 먹으며 김재연은 초선에게 다이전의 결심을 전했다.

"제발 죽이지는 말아야 할 텐데……."

"부탁은 드렸지만 문제는 박선식입니다. 만일 도망치려 한다면 문제가 커질 것입니다. 그냥 조선으로 돌려보내려고 하는데 박선식이 말을 들을지 모르겠습니다."

"강제로라도 국경 밖으로 쫓아 버려야 하지 않겠나?"

정시윤이 나섰다.

"그리해야겠지."

저녁을 끝내고 정시윤과 둘이 되자 김재연은 걱정을 했다.

"국경 밖으로 쫓아내도 별수 없을 것 같네. 그리 되면 몰래 국경을 넘어 책문으로 들어올 것이 분명하네. 이번에 같이 오면서 그자를 살펴보았지. 눈에 증오가 가득했어. 결코 포기하지 않을 걸세. 동명관 주위를 잘 감시하게."

"알겠네. 만일 일이 여기서 끝나지 않으면 이번 사행에는 내가 함께 가지 못할 것 같네. 일이 해결되면 그때 뒤따라가지."

"초선이 자네에게 그리 중요한 사람인가?"

순간 정시윤의 얼굴이 붉어졌다.

이튿날 미시(未時)에 사행단이 책문 밖에 도착했다. 대문이 열리자 군졸들이 앞서 나가고, 다이전이 사신을 접대하는 문대사(門對使)와 김재연을 대동하고 문밖으로 나갔다. 다이전은 정사 앞에 나가 가볍게 예를 한 뒤 정중하게 말했다.

"이렇게 정사를 맞이하는 것이 예가 아닌 줄 알지만 오늘은 특별한 일이 있어 내가 직접 문밖으로 나왔습니다. 실례를 용서하시오."

정사는 긴장한 빛이 역력했다.

"이곳에서 입국을 금지한 자가 사행단과 함께 왔다는 정보가 있어 직접 색출하고자 나왔습니다."

그리고 김재연에게 명했다.

"정사와 부사, 서장관과 자네가 알 만한 관원들은 먼저 들여보내고 하인들과 상인들은 기다리라고 하게."

사신 일행은 서로 쳐다보며 수군거렸다. 이윽고 정사를 비롯한 사절들이 먼저 책문 안으로 들어가고 문이 닫혔다. 다이전은 의자에 앉아 상인들과 그들이 데리고 온 하인들을 하나하나 살폈다. 드디어 얼굴에 수염을 수북하게 기른 건장한 사내가 그의 앞에 섰다.

"이름은?"

"천종명이라고 합니다."

"청국에는 초행길인가?"

"그렇습니다."

"그런데 어딘가 낯익은 느낌이 드는군."

다이전은 군졸을 불러 칼을 가지고 오라고 했다.

"얼굴에 수염이 많아 정확히 볼 수 없으니 이자의 수염을 밀어라."

순간 사내는 봇짐을 벗어 던지고 장사꾼들을 밀치며 달아났다.

"저놈 잡아라."

다이전의 명령이 떨어지자마자 군졸들이 쫓기 시작했지만 박선식의 발이 빨라 거리가 좁혀지지 않았다. 그러자 군졸 하나가 가슴에서 단도를 꺼내 던졌다. 순간 박선식이 땅바닥에 고꾸라졌다. 군졸들이 숨을 헐떡이는 박선식을 끌고 왔다. 다이전은 칼을 맞은 자리를 살펴보았다. 왼쪽 등으로 심장과 가까운 자리였다.

"아문으로 데려가라. 그리고 빨리 의원을 불러라."

군졸이 박선식을 등에 업고 빠른 걸음으로 책문 안으로 들어갔다.

다이전은 김재연에게 명했다.

"사행단을 맞이하는 예를 행할 것이니 정사에게 준비하라고 하게."

우왕좌왕하며 수군거리던 사행단은 김재연이 다이전의 명을 전하자 정렬을 했다. 정사와 부사를 필두로 일행이 차례로 봉황성 성장 다이전이 앉아 있는 단상 앞을 지나며 예를 행했다. 일행의 인사가 끝나자 다이전이 정사 앞으로 다가가 정중하게 말했다.

"갑자기 불미스러운 일이 발생해 당황하셨겠습니다."

"도무지 무슨 일인지 알 수가 없습니다."

"전에 이곳에서 불미한 일을 저지른 자가 있어 다시는 국경을 넘지 못하게 했습니다. 그런데 그자가 개명을 하고 변장해 국경을 넘으려 한다는 정보가 있었습니다. 그래서 내가 직접 그자를 찾아냈습니다."

"그런 일이 있었습니까? 전혀 몰랐습니다."

"귀국의 불찰이니 의주부윤에게 책임을 물을 것입니다."

"의주부윤인들 그런 일을 알았겠습니까? 선처를 바랍니다."

"알겠습니다."

다이전은 가볍게 고개를 숙여 인사하고 아문을 향해 들어가며 김재연에게 따라오라고 눈짓했다. 김재연은 다이전을 따라 들어갔다. 의원이 박선식을 치료하고 있었다.

"어떤가?"

"얼마 못 갑니다. 심장 끝을 찔렸습니다."

"즉시 초선을 데려오게."

김재연은 뛰어나가 말을 달려 초선과 정시윤을 데려왔다.

"돌쇠야."

초선이 부르자 박선식은 간신히 눈을 떴다.

"나는 박선식이야."

박선식은 숨을 헐떡이며 천천히 자신의 이름을 고쳐 말했다.

"넌 아씨가 아니야."

그 한마디를 남기고 박선식은 숨을 거두었다. 초선은 소리 없이 눈물을 흘렸다.

한을 품고 떠난 사람이니 이국땅에 홀로 묻어 두지 말고 화장을 하라고 다이전이 명령했다. 봉황성 성장의 명이라 모두 따르기로 했다. 타오르는 불길을 보는 그들 모두의 마음은 착잡했다. 초선을 보호하기 위해 돌쇠는 죽어야 했는가? 김재연도 정시윤도 일말의 죄책감이 들었다. 화장이 끝나자 그들은 뼈를 추려 가루로 만든 다음 종이에 싸서 상자에 넣었다. 초선은 가루를 압록강에 뿌리겠다고 했다. 정시윤이 따라가기로 했다.

캄캄한 새벽 초선과 정시윤은 책문을 나선 후 아침과 점심을 주먹밥으로 때우며 계속 말을 달렸다. 초선은 아무 말도 하지 않았다. 정시윤도 그녀의 마음을 읽고 말을 건네지 않았다.

압록강에 도착한 두 사람은 강 한복판으로 걸어 들어갔다. 초선은 재를 한 줌씩 쥐고 눈 위에 뿌리며 돌쇠에게 작별을 했다.

"난 돌쇠라 부르고 싶지만 싫다니 박선식이라 부르지요. 이젠 모든 한을 떠나보내고 편히 쉬세요. 천주님은 인자하시니 모든 걸 용서하실 겁니다."

정시윤도 인사를 했다.

"잘 가시오."

초선은 차마 발길이 떨어지지 않았다. 강을 나와 말에 올라타자 초선은 뒤를 돌아봤다. 재를 뿌린 곳을 향해 깊이 고개를 숙여 인사를 했다.

'미안합니다. 잘 쉬세요.'

그리고 초선은 말에 채찍을 가했다.

8장

멀리서 울리는 포성

1

1839년 12월의 베이징 하늘은 회색으로 잔뜩 흐려 눈이라도 금방 쏟아질 것 같다. 겨우내 가물어 바람이 불면 흙먼지가 눈을 때렸다.

흐린 하늘만큼이나 사람의 마음을 흐리게 만드는 이야기들이 떠돌았다. 일촉즉발로 큰 전쟁이 터질 것 같다는 것이다. 벌써 촨비(川鼻)에서 영국 수군과 린쩌쉬가 지휘하는 청국 수군이 한바탕 붙었는데, 청국 수군이 대패했다는 소식이 베이징에 전해졌다. 천조(天朝)를 내세우는 청국의 자존심을 건드린 사건이었다. 황제의 명을 받고 지난 3월에 흠차대신으로 광저우에 도착한 린쩌쉬는 곧바로 아편에 대한 단호한 조치를 취하고, 서양 상인들이 가지고 있는 아편을 몰수해 불태웠다.

얼마 후 주룽(九龍)에서 린웨이시(林維喜)라는 농부가 술에 취한 영국 선원들에 의해 살해되는 사건이 일어났다. 린쩌쉬가 범인의 인도를 요구했지만 영국 측이 거부하자 8월 16일 마카오를 무력으로 봉쇄했다. 이에 마카오에서 상권을 장악하고 있던 포르투갈은 영국에 압력을 가해, 영국인들은 할 수 없이 마카오를 떠나 수퉁 부른의 비디로 이주했다. 흠차대신으로서 린쩌쉬는 이때까지는 승승장구하는 기세였다. 그는 황제에게 광저우의 상황에 대해 장계를 올렸고, 황제와 황쉐쯔 등은 흡족해하며 머지않아 아편 문제가 해결될 것으로 믿었다. 하지만 일은 그리 쉽게 풀리지 않았다. 11월 초 촨비에서 린쩌쉬의 군대가 참패한 것이다. 당시 영국은 세계 최고의 수군력을 자랑하고 있었는데, 청국은 헤엄도 못 치는 어린이가 수전에 임한 꼴이었다.

황제가 대노하여 영국과의 무역을 영구히 단절한다는 조서를 내렸다는 이야기가 떠돌았다. 사람들은 린쩌쉬로부터 조만간 승전보가 날아올 것이라 기대하며 마음을 가라앉히려 했지만 전쟁이 어떻게 전개될지 걱정되었다. 먼 바닷길을 힘들게 온 서양 오랑캐의 배 몇 척을 상대하는 것이니 전투랄 것도 없이 혼쭐을 내어 쫓아 버릴 수 있다고 장담했었다. 그런데 린쩌쉬가 광저우에 도착한 것이 3월인데 연말이 되도록 시원한 소식은 없고, 오히려 싸움에 패했다는 소문만 들리니 불안할 수밖에 없었다.

김성희는 숭문당을 나와 류리창 거리를 거닐며 후징슈의 말을 되새겨 보았다.

"걱정입니다. 남방에서 올라오는 소식이 심상치 않습니다."

김재연의 소개로 알게 된 후징슈는 늘 말이 적었다. 후징슈의 소개로 리엔핑을 비롯한 한림원 출신의 선비들을 알게 되었는데, 후징슈는 다른 선비들과 의견이 다를 때가 많았다. 이번 영국과의 무력 충돌을 두고도 그랬다. 리엔핑과 선비들이 린쩌쉬를 믿으며 청국의 승리를 자신하는 데 비해 후징슈의 태도는 신중했다. 그가 서점을 드나드는 사람들로부터 이 소리, 저 소리 많이 듣겠지만 생각이 깊은 선비들의 판단이 더 정확할 거라고 김성희는 생각했다.

동지사 일행이 곧 베이징에 도착할 것이다. 그때 김재연과 함께 다시 후징슈를 찾아가 봐야겠다 생각하며 류리창 거리를 둘러보았다.

동지사 일행이 산해관에 도착했다는 이야기가 들려왔다. 머지않아 베이징에 입성할 것이다. 지난번 동지사 일행을 따라 베이징에 왔으니 이곳에 머문 지 일 년이 다 되어 간다. 김성희는 그동안 보고 듣고 배운 것이 참 많다고 생각했다. 하지만 고향을 떠난 사람의 향수 또한 짙어 하루빨리 고국 사람들을 만나 마음껏 우리말을 하고 싶었다. 그동안 중국 말이 많이 늘었다. 처음엔 사람들을 만나면 주로 필담을 나누었는데, 지금은 어느 정도 자유롭게 이야기를 나눌 수 있게 되었다. 하지만 생각을 거침없이 표현할 수 없어 답답할 때도 많았다. 더욱이 중국인은 조선 사람과 달리 의사 표현이 분명하지 않을 때가 많아 속내를 정확하게 파악하기 힘들었다.

한양을 떠나올 때 청국 선비들을 만날 수 있도록 김정희가 서찰을 써 주었다. 선비들을 만나 사귀면서 이야기를 자주 나누었는데, 그들의 관심은 온통 아편 문제와 전쟁에 쏠려 있었다. 전쟁은 반드시 청국이 이길 것이라고 확신하고 있었지만, 전쟁이 끝난다 해도 아편 문제는 쉽게 해결될 것 같지 않다고 어둡게 전망했다. 이미 도처에 아편이 퍼졌고, 그 피해 또한 심각하다는 것이다. 남방뿐 아니라 북방과 변방에까지 아편이 들어가지 않은 곳이 드물다고 했다. 조정의 고관대작들과 상인과 농민은 물론 군인들까지도 아편을 피운다는 것이다.

공맹(孔孟)과 주자(朱子)를 낳고 그들의 고매한 사상으로 나라를 다스리는데 어찌 이 정도까지 타락할 수 있는지 김성희는 남의 나라 일이지만 한심하게 생각되었다. 나라가 커서 통치하기가 힘들겠지만 조정이나 지방 관리들의 정신이 해이해져 성현들의 가르침을 잊은 탓이라고 김성희는 생각했다. 무엇보다 청조의 서양에 대한 안이한 판단이 문제였다. 애초에 광저우에 양인들이 와서 무역을 할 수 있도록 허락한 것이 잘못이다. 양인들은 도덕을 아예 모르는 인간들이다. 인산의 뜻을 쓰고 어찌 아편을 상품으로 팔 수 있나. 양인들은 아편을 팔아 엄청난 은화를 얻게 되자 아편 무역을 확대하려고 혈안이 되어 있다. 청국의 정세를 조정에 알리고 청국의 전철을 밟지 않도록 철저하게 대비해야 한다.

김성희는 귀국하는 대로 조인영을 찾아가리라 마음먹었다. 청국으로 떠나기 전에 조인영의 부름을 받고 찾아갔었다. 조인영은 김정희와 각별한 사이기 때문에 김성희에게 마음을 써 주었다. 청국을 다녀오면 성균관에 자리를 마련하도록 조치하겠다고 했다.

청국으로 떠나는 김성희에게 임형주는 여러 가지 조언도 해 주고 부탁도 했다. 그러나 그의 부탁을 제대로 들어줄 수 없어 김성희는 마음이 불편했다. 오늘도 숭문당을 다녀오는 길이지만 광저우 사태가 심각하기 때문에 서양에 관한 자료들을 입수하기가 어려웠다. 또한 천주교에 대해 알아보라고 부탁받아 천주당을 찾아가려 했지만 초선과 돌쇠의 일이 떠올라 그만두고 말았다. 아직도 초선을 잊지 못하고 돌쇠에 대한 배신감도 씻지 못하고 있는데, 그들을 그렇게 만든 천주교에 가까이 가는 게 내키지 않았다.

객주의 하인이 동지사 일행이 산해관을 떠나 베이징 가까이 왔다는 소식을 알려 주었다. 김성희는 늦은 점심을 먹고 옷을 차려입은 뒤 궁궐을 향해 떠났다.

사신 일행은 오후 늦게 조양문 밖의 해자에 이르렀다. 이미 해자와 조양문을 연결하는 다리 주위에는 사신 일행을 구경하기 위해 많은 사람이 몰려 있었다. 군졸들이 사람들을 양옆으로 몰아 겨우 길을 냈다. 멀리서도 김재연이 일행에게 빨리 길을 지나가라고 손짓하는 것이 보였다. 삼사와 역관들이 먼저 다리를 지나 조양문 안으로 들어가고, 하인들과 마두들이 누가 짐에 손대지 않는지 살피며 재빨리 뒤따라 들어갔다.

김성희는 사신 일행 가운데 그 누구와도 말 한마디 섞지 못했지만 반갑고 뿌듯했다. 그러나 구경 나온 다른 사람들은 사신 일행을 흉내 내며 웃었다. 김성희는 마음이 불편했다. 삼사를 제외한 사신 일행은 몰골이 말이 아니었다. 먼 길을 오느라 옷은 낡고 더러워졌고, 옷 모양도 이곳 사람들이 보기에는 희한해 보일 것이다. 김성희는 일 년 전 자신의 모습이 떠올랐다. 그리고 저들이 자신을 보고도 저렇게 웃으며 흉내 냈을 거라 생각하니 자존심이 상했다. 그는 바로 발길을 돌렸다.

사신들은 원단에 황제를 알현하는 행사를 준비하느라 분주했다. 김성희는 중요한 행사가 끝난 며칠 뒤 삼사를 찾아가 인사를 하고 고향 소식을 들었다. 조인영이 우의정에 올랐다는 말을 서장관이 전해 주었다. 반가웠다. 하지만 기해년 내내 많은 천주교 신자를 잡아 처형했다는 소식을 듣고는 가슴이 철렁했다. 혹시 초선이 어찌 되지나 않았을까 걱정되어 조바심이 났다. 알아볼 길이 막막했다. 그러다 생각난 것이 김재연이었다. 그는 알 수 있을지도 모른다는 막연한 기대가 생겼다. 그러나 김재연은 몹시 바쁜 모양이어서 쉽게 만날 수가 없었다.

약속 장소인 송죽반점은 번화가에서 조금 벗어난 한적한 곳에 자리 잡고 있었다. 실내가 깔끔하고 손님도 북적대지 않았다. 김재연이 먼저 와 기다리고 있었다.

"참으로 오랜만입니다."

"오자마자 분주한 일들이 꼬리를 물어 이제야 뵙습니다."

"바쁜 줄 알지요. 이 집은 술도 있는 모양입니다."

"그렇습니다. 한잔하고 싶어서요."

"좋습니다."

그들은 음식과 술을 시켰다. 김재연은 말이 없었다. 술잔이 서너 순배 돌았을 때 김성희가 말을 꺼냈다.

"한양 떠난 지 일 년 정도 되었는데 궁금한 것이 많습니다."

"그러시겠지요."

"좋은 소식이라도 있습니까?"

"좋은 소식보다는 듣기에 힘든 소식이 있지요."

"천주교 신자들이 많이 죽었다는 소식은 들었습니다."

"지난 기해년은 피를 많이 흘린 해였습니다."

"안타까운 일입니다. 왜 나라에서 금하는 일을 행해서 그런 참변을 당하는지 모르겠습니다."

"그들에게는 신앙이 목숨보다 소중하겠지요."

"지도자들도 많이 죽었습니까?"

"그렇습니다. 그 댁에 있던 부인은 무사합니다."

"그 사람을 아십니까?"

"우연히 만나게 되었습니다. 지금 책문에서 살고 있습니다."

"책문이라고요? 어떻게 그곳까지 갔습니까?"

"사연은 모르겠고, 책문에 가면 동명관이라는 큰 여각이 있습니다. 그곳에서 일하고 있습니다."

김성희는 말을 할 수가 없었다. 마음에 품은 채 잊을 수 없는 여인의 소식을 뜻밖의 사람으로부터 들었다. 게다가 초선이 천주교 신자라는 것도 알고 있다. 김성희는 자신이 초선과 얼마나 멀어졌는지 실감했다.

"잘 지냅니까?"

김성희는 마음을 추스른 뒤 초선의 안부를 물었다.

"잘 지내고 있습니다. 그런데 돌쇠라는 사람은 죽었습니다."

"돌쇠가 죽다니요? 천주교도로 몰려 잡혀 죽었습니까?"

"아닙니다."

순간 초선이 집을 나가던 날 돌쇠와 함께 있던 모습이 뇌리를 스쳤다.

"혹시 초선과 관련이 있습니까?"

"그렇습니다. 부인이 집을 떠난 것이 자기 때문이라고 믿고 싶었던 모양입니다. 그래서 부인을 찾아가 괴롭히는 바람에……."

그는 모든 것을 알고 있었다. 김성희는 자신의 과거가 낱낱이 드러난 것이 불쾌했다.

"왜 정실로 맞지 않으셨습니까? 비록 기녀였다고는 하나 정실로 맞기에 부끄러울 것이 없는 여인이 아닙니까?"

김성희는 김재연이 도가 지나치다는 생각이 들었다. 남의 집안일을 알아도 모르는 체해야 할 터인데, 스스럼없이 묻고 있지 않나. 사대부의 법도를 모르는 행동이다. 역시 역관에 불과한 인물인가.

"후실을 정실로 맞을 수 없는 것이 사대부 집안의 법도입니다. 사사로운 감정으로 질서를 어지럽힐 수는 없지요."

"법도보다는 사람이 먼저 아닙니까?"

"그건 성리학을 모르면서 하는 말이라고 생각되는군요. 성리학의 가르침과 예를 지켜야 하는 것은 공익을 위해서입니다. 개인의 진심보다는 공익과 질서가 더 중요하지요. 만일 내가 사사로운 감정으로 법도를 어긴다면 성리학이 제시하는 공익을 어기는 것이고, 질서를 그르치는 것이 아닙니까. 그것은 내가 평생 배우고 신조로 삼아 온 성리학을 공허한 말장난으로 추락시키는 일이지요."

"죄송합니다. 남의 집안일에 제가 왈가왈부 지나쳤습니다. 책문에서 부인을 본 뒤에 마음이 안됐던 모양입니다. 그렇게 한마음을 지킬 필요가 없는데……."

순간 김성희는 무슨 뜻이냐고 묻고 싶었다. 그러나 김재연은 틈을 주지 않고 말을 돌렸다.

"오랜만에 와 보니 청국이 조용하지가 않습니다. 지금 상황이 어디까지 왔다고 보십니까?"

"글쎄요. 모두 아편과 전쟁에만 관심이 있는 것 같습니다. 성리학의 본고장에 와서 성리학이 제시하는 삶의 모습을 찾아보기 힘들었지요. 모두 현실 문제에만 골몰한 채 근본을 잊고 있는 것이 아닌가 하는 생각이 들더군요."

"현실 문제가 그만큼 절박하기 때문이 아니겠습니까?"

"청국은 대국입니다. 배 몇 척 가지고 온 양인들에 대항하는 것이 뭐 그리 큰 문제겠습니까?"

"전쟁이 본격적으로 시작되면 청국이 승리할 거라 판단하시는군요."

"당연한 것 아닙니까? 그보다는 전쟁이 끝난다 해도 아편은 사라지지 않을 테니 그것이 큰 문제겠지요. 아편은 인성을 병들게 하는 무서운 독입니다. 조선에까지 퍼질까 염려되는군요."

김재연은 고개를 끄덕였다. 김성희는 말을 하다 보니 열이 났다.

"사람의 탈을 쓰고 어떻게 그런 독을 퍼뜨릴 수 있는지 모르겠습니다. 양인들은 양심도 없는 야만인입니다. 돈만 벌 수 있다면 무슨 짓이라도 서슴지 않는 짐승들입니다. 경계해야지요."

"경계가 어디 그리 쉽겠습니까?"

"애초부터 청 조정이 잘못 판단했지요. 광저우를 왜 양인들에게 열어 줍니까? 바늘구멍으로 들어오는 바람이 온 방 안을 싸늘하게 만들지 않습니까. 양인들이 만든 물건에 혹하더니 나중에는 아편에까지 물들게 되었습니다. 문을 살짝이라도 열어 놓으면 양인들은 그 틈을 비집고 몰려들어옵니다. 그러니 우리 조선은 청국을 경계 삼아 절대로 양인들에게 문을 열어 줘서는 안 됩니다. 그런 뜻으로 본다면 조정에서 천주교 신자들을 잡아들인 것은 잘한 일입니다. 그들이 발붙일 틈을 줘서는 안 됩니다."

"아편을 파는 것은 죄악입니다. 하지만 세상 이치라는 것은 음양이 늘 공존하지요. 음이 있는 곳에 양이 있고, 양이 있는 곳에 음이 있습니다. 그래서 세상은 늘 선과 악이 공존하지요. 서양을 보는 눈도 그렇다고 봅니다. 악한 면도 있지만 선한 면도 있지요. 천주교는 선을 가르치지요. 그 외에도 좋은 점이 많습니다. 그런 점은 받아들여야 하지 않겠습니까?"

"천주교가 선을 가르친다고 해서 받아들인다면 천주교와 함께 서양의 아편이 들어오게 됩니다. 그래서 서양의 악을 막으려면 선도 막아야 한다는 것이지요."

"들어올 것은 들어오고야 맙니다. 무조건 막는 것보다는 선악을 가릴 줄 아는 능력을 키우는 것이 현명한 대처가 아닐까요?"

"우리나라는 청국과 다릅니다. 땅이 작고 인구도 적으니 충분히 막을 수 있지요. 그리고 백성의 판별 능력을 키운다는 것은 한계가 있지요."

김재연은 입을 다물었다.

김성희는 숙소로 돌아와 자리에 누웠다. 이런저런 생각으로 잠을 이루지 못했다. 초선이 책문에 있다는 것은 놀라운 소식이었다. 처가 세상을 떠난 뒤로는 그런대로 편하게 살 수 있었는데 정실의 자리를 원하다니, 김성희는 초선의 욕심이 지나치다고 생각했다. 자신이 그토록 아끼고 사랑했건만 그것으로 만족하지 못하는 그녀가 원망스러웠다. 책문을 지나가도 그녀를 찾지 않으리라 다짐했다.

원단 행사가 끝났으니 다음 달에는 베이징을 떠날 것이다. 김성희는 마음이 분주해졌다. 임형주가 원하는 서책을 구하러 부지런히 책방을 뒤지고 다녔지만 그가 좋아할 만한 서책을 구하지 못했다. 임형주를 만나면 뭐라 할까? 처음 청국행을 결정했을 때 임형주는 기쁨과 기대를 숨기지 않았다. 임형주는 다른 선비들이 그랬듯이 김성희도 청국을 다녀오면 서양 문물에 대한 관심과 새로운 학문에 대한 인식을 바탕으로 세상을 보는 눈이 변하기를 기대했을 것이다. 그러나 김성희는 임형주의 기대에 부응할 수가 없었다. 김성희가 보기에 청국의 현실은 한마디로 혼란이었다. 그 혼란을 감당할 수가 없었다. 청국은 자신을 제대로 지키지 못한 대가를 치르고 있다. 나라건 개인이건 남이 넘볼 수 없도록 울타리를 견고히 하는 것이야말로 자신을 지키는 최상의 방법이다.

귀국해 임형주에게 내놓을 것이 없다는 생각에 김성희는 쓸쓸하게 웃었다.

2

김재연은 귀국하기 전에 베이징 천주교의 중심인 북당을 방문해 앞으로 선교사들이 언제 조선에 다시 입국할지, 광저우를 비롯해 남쪽의 선교사들이 어떻게 지내는지 알아보기 위해 숙소인 옥하관을 나섰다.

옥하교를 건널 때 김재연은 뭔가 꺼림칙했다. 순간 걸음을 멈추고 뒤를 돌아보았다. 사내 하나가 당황하며 돌아섰다. 어디서 본 듯했다. 북당으로 바로 가는 것이 조심스러워 사람들이 북적대는 상가로 향했다. 사내는 계속 따라오는 눈치였다. 우선 자신의 뒤를 밟는 것이 맞는지 확인해야 했다. 류리창가(街)로 들어서자 김재연은 상점 안으로 재빨리 들어갔다. 물건을 고르는 척하다가 밖을 내다보았다. 자신을 따라오던 사내가 길 복판에 선 채 두리번거리고 있었다. 미행이 분명했다. 알 수 없는 일이다. 일개 역관을 누가 미행하는지 궁금하기도 하고 어이없었다. 사행을 떠나기 전에 우연히 김정희를 만났을 때 그가 한 말이 문득 떠올랐다.

"청국에 가거든 행동거지를 조심하게. 우의정(조인영)께서 자네를 심상치 않게 생각하시는 것 같아."

김재연은 상점에서 나와 사내가 서성대는 옆을 스쳐가며 힐끗 돌아보았다. 눈이 마주치자 사내는 화들짝 놀랐다. 김재연은 그에게 다 알고 있다는 눈빛을 보내고 길을 재촉했다. 북당을 방문하기는 틀렸다 싶어 숭문당으로 향했다.

후징슈는 김재연을 반갑게 맞으며 객실로 안내했다.

"오랜만이오. 김 공."

"남쪽의 상황이 심상치 않다고 들었는데, 무슨 변화라도 있는가?"

"최근 들은 소식으로는 영국이 군대를 파견하기로 결정했다고 하네. 지금쯤 바다에 함대를 띄웠을지 모르지."

"그렇군. 청국까지 오는 데 몇 달이 걸릴 테니 본격적인 전쟁은 그 후에 시작되겠군."

"하지만 벌써부터 안 좋은 소식들이 들리네. 광저우와 아오먼 지역에 남아 있는 적은 숫자의 영국 수군을 린쩌쉬의 수군이 제대로 감당하지 못

하는 것 같네.”

“걱정이군.”

“린쩌쉬가 너무 급하게 일을 벌인 것 같아. 영국을 너무 쉽게 보았지.”

김재연은 고개만 끄덕였다. 후징슈는 서양을 보는 눈이 다른 선비들과는 달랐다. 선비들은 책상 앞에서 세상을 보지만 후징슈는 역시 장사꾼이라 발도 넓고 보는 눈도 달랐다.

“린쩌쉬도 지금은 상황이 쉽지 않다는 것을 알고 있겠지?”

“서양의 정보를 급히 수집하고 있다고 하네. 전쟁은 이미 시작되고 있는데 말일세.”

후징슈의 얼굴은 이미 패전을 걱정하는 듯 어두워졌다.

“참, 내 정신 좀 보게. 리옌핑이 김 공을 꼭 만나고 싶다는 전갈을 보냈네. 조만간 한번 찾아가 보게.”

“그렇지 않아도 귀국 날짜가 급히 잡혀 며칠 안에 들를 생각이었네.”

“나라가 뒤숭숭하니 빨리 떠나는 것이 편할 것이야.”

“이런 때는 사신이 남아 있는 것도 청 조정에 짐이 되겠지. 열흘 뒤에 떠날 것 같으니 하루 이틀 지나 찾아간다고 전해 주게.”

“그러지. 이번엔 나도 동행할 생각이네.”

“길동무가 있어 지루하지 않겠군.”

후징슈와 작별하고 길에 나섰을 때 뒤를 밟던 사내가 숭문당 맞은편 상점 앞에 쭈그리고 앉아 있는 모습이 눈에 들어왔다.

‘쯧쯧, 생고생을 시키는구먼.’

김재연은 혀를 찼다. 김재연이 발을 옮기자 그도 놀란 듯 일어났다. 김재연은 모르는 체하며 길을 갔다.

김재연은 경상 대행수 이세영을 만나러 회동관을 찾았다. 이세영은 마침 자리에 있었다.

"당상관께서 어떻게 이곳까지 오셨습니까?"

"일이 잘 마무리되고 있는지 궁금해서 찾아왔습니다."

"조정에서 필요한 물품은 서둘러 다 준비했습니다. 정 행수가 홍삼을 넉넉하게 넘겨주었지요."

"그렇습니까? 다행입니다."

"당상관께서는 이번 귀국길에 동행하지 않으신다 들었는데, 얼마나 더 머무십니까?"

"얼마간 더 머물 생각이었는데 그냥 사행단과 함께 귀국해야겠습니다. 전쟁이 속전속결로 끝날 것 같지 않습니다."

"그러게요. 저도 광저우와 연관이 있는 몇몇 상인들에게 들었습니다."

김재연은 긴장했다. 이세영의 정보망은 청국 전역에 걸쳐 있다고 해도 과언이 아니다. 조선의 경상 대행수로서 베이징의 큰 상회와 긴밀한 관계를 맺고, 오랫동안 신용을 지키며 장사해 왔기 때문에 베이징의 상회를 통해 다른 지역의 상인들과도 관계를 맺을 수 있었다. 또한 그는 청국에 변화의 조짐이 있다고 판단될 때는 정보를 수집하기 위해 직접 상단을 이끌고 베이징을 찾는다. 김재연은 조선을 위해 이세영의 존재가 참으로 소중하다고 생각했다. 비록 조정에서는 알아주지 않아도 그는 늘 할 일을 하고 있었다.

"몇 명 되지는 않지만, 영국 상인들 중에는 양심을 지키는 자들이 있답니다. 그래서 아편을 팔지도 않고, 자국이 아편을 파는 것을 부끄럽게 생각한다고 하더군요. 장사꾼이라고 다 돈만 밝히는 것은 아닙니다."

"물론입니다. 세상을 걱정하는 사람들이 많지 않습니까?"

"더러 그런 상인들이 있지요. 그런 영국 상인들로부터 광저우의 상인들이 정보를 입수하고 있는 것 같습니다."

"그렇군요."

"아무튼 전쟁은 쉽게 끝나지 않을 것 같습니다."

"그래서 일단은 귀국했다가 다시 나와야 할 것 같습니다. 아무래도 아들놈들이 걱정되는군요."

김재연은 넌지시 아들 말을 꺼냈다. 이세영도 바로 눈치를 챘다.

"저도 딸년이 걱정입니다. 벌써 해를 넘겼으니 열여덟입니다. 어서 보내야 마음을 놓을 것 같습니다."

"이참에 우리 둘이 결정하는 것이 어떻겠습니까? 오는 사월에 두 집이 사돈을 맺지요."

"저야 좋지요."

"귀국하는 대로 혼례를 치르도록 합시다. 이곳 상황이 긴박하게 돌아가니 제가 다시 나오려면 서둘러야 할 것 같습니다."

김재연은 후징슈와 함께 리옌핑의 집을 찾았다. 리옌핑은 오랜 지기를 만난 기쁨을 드러내며 반갑게 맞았다.

"자네들이 온다는 소식을 황쮀쯔에게 전했더니 오늘 저녁에 꼭 자기 집으로 와 달라고 하더군. 함께 가세."

거절할 일은 아니어서 그들은 곧바로 황쮀쯔의 집으로 갔다. 황쮀쯔의 집에 갈 때면 늘 그와 뜻을 같이하는 선비들이 몇 명씩 있었는데 오늘은 다른 사람은 보이지 않았다.

"어서 오시오, 김 공. 오랜만이오."

"그동안 편안하셨습니까? 진작 찾아뵙지 못해 죄송합니다."

저녁 요리가 나오고 독한 술이 서너 순배 돌고 나자 말소리들이 높아지기 시작했다.

"우리 북방 요리는 남방보다 못하다고 하지요. 광저우에 가면 맛있는 요리를 먹을 수 있다던데 구미가 당기지 않습니까?"

황줴쯔가 넌지시 광저우라는 말을 꺼내자 후징슈가 바로 받았다.

"맞습니다. 저도 서책을 구하러 몇 번 광저우에 갔었는데 정말 음식들이 혀를 녹이더군요."

"역시 후 공은 견문이 넓군요. 부럽습니다."

황줴쯔가 정말 부럽다는 듯이 말했다.

김재연은 이런 분위기가 좋았다. 조선을 생각하면 가슴이 편치 않았다. 황상의 신임을 한 몸에 받으며 한림원의 요직에 있는 세력가와 일개 상인이 한 상에 앉아 허물없이 이야기를 나누는 것은 조선에서는 상상도 못할 일이다. 그런 면에서 중국은 대국임이 틀림없다. 유학의 창시자인 공자의 나라요, 성리학을 집대성한 주자의 나라지만 중국은 삶에 있어서 여유가 있다. 예라는 것도 경우에 따라서는 무시될 때도 있다. 조선의 선비들이 유학이다 성리학이다 하면서 서책에서 배운 이론을 고지식하게 생활에서 지키려는 태도와는 다르다.

"김 공, 무슨 생각을 그리 하오?"

"이런, 죄송합니다. 뵙고 싶던 분들과 오랜만에 편히 술잔을 돌리다 보니 그만 정감에 취해 정신을 잃었나 봅니다."

모두 소리 내어 웃었다. 황줴쯔의 얼굴에도 흐뭇한 미소가 피어올랐다.

"마음껏 취해 봅시다. 요즘은 술을 마셔도 취하지가 않았는데, 오늘은 취할 수 있을 것 같군요."

황줴쯔는 은연중에 걱정과 근심이 많음을 드러냈다.

"황상께서는 어떠신지요? 영국과의 일전을 피하실 뜻은 없겠지요?"

리옌핑이 황줴쯔에게 물었다.

"황상의 뜻은 확고하십니다. 이번에야말로 영국을 응징해 청국에서 몰아내겠다고 벼르고 계십니다."

"하지만 만주족 측근들은 전쟁에 반대하지 않습니까? 그래서 혹시라도 황상께서 흔들리지나 않으실지 걱정입니다."

"황상의 뜻은 확고하지만 만주족은 골칫덩어리임에는 틀림없어요. 특히 치산(琦善)은 아직도 황상께 전쟁을 피하라고 계속 간언하고 있어요."

아편을 금지해야 한다는 것은 누구나 공감하고 있었지만 그 대책에는 양론이 있었다. 아편이 이미 널리 퍼진 현실을 고려해 아편 무역을 합법화하되 세금을 높게 부과하고, 밀수를 막기 위해 아편 재배를 합법화하자는 주장이 있었다. 그 의견에 대해 황제는 단호히 거부했다. 그러자 황쒜쯔와 린쩌쉬를 비롯한 한족 관리들은 아편 엄금론(嚴禁論)을 주장하며 흡연자들을 사형에 처해 다시는 아편에 손댈 수 없게 해야 한다고 주장했다. 그러나 즈리(直隸, 오늘날의 베이징 부근) 총독 치산을 중심으로 만주족 관리들은 아편을 금지해야 한다는 원칙에는 생각을 같이하지만 아편 흡연자의 처리를 과격하게 해서는 안 된다고 주장했다. 이미 중국 전역에 아편이 퍼져 있고 아편 흡연자가 수십만에 이르는데, 그들을 모두 잡아들이는 일은 불가능할 뿐만 아니라 그럴 때 일어나는 반발이 엄청날 것이다. 따라서 시간을 두고 아편의 해악을 널리 알리고, 아편 판매를 엄격하게 다스리다 보면 자연히 금연을 할 것이라는 이금론(弛禁論)을 주장했다. 만주족 관리들이 그러한 주장을 펴는 데는 이유가 있었다. 많은 만주 귀족이 이미 아편을 흡연하고 있거나 아편 상인들로부터 뇌물을 받아 챙기고 있었기 때문이다.

김재연은 치산이라는 이름이 거론되자 긴장했다. 다이전에게 직접 묻지는 않았지만 그가 치산을 만나고 왔을 것이 예상되었다. 치산은 만주족 중에 뛰어난 인재로 인정받아 황제의 총애를 받는 실세 중의 실세였다. 다이전이 정보를 얻기 위해서라도 그를 만났을 것은 분명했다. 그리고 다이전이 참전하는 것을 쉽게 단념할 수 있었던 것도 치산의 영향이라고 생각했다. 그래서 슬쩍 물어보았다.

"만주족이라고 해서 모두 온건책을 주장하지는 않을 것입니다. 봉황성 성장 다이전 장군 같은 분은 아편을 들여오는 서양 세력에 대해 분개하며 직접 나서서 막겠다고 말씀하는 것을 들었습니다."

황줴쯔의 안색이 변하며 목소리가 높아졌다.

"그건 다이전을 잘 모르고 하는 말이오. 그가 한때 명장으로 꼽히긴 했지만 서북쪽 변방에서나 그렇지 이번은 바다를 낀 전쟁이오. 그가 과거처럼 전공을 세울 수 있다는 보장이 없어요. 더군다나 그는 고집이 세기로 유명한 사람이오. 린쩌쉬가 전략을 펴는 데 방해가 될 수 있단 말이지요."

"그렇습니다."

리옌핑이 나섰다.

"다이전이 과거의 공적을 내세워 자기주장을 밀고 나오면 린 흠차는 어려움에 처할 것이오. 다이전은 결코 린 흠차의 수하에 들어가 명령을 따르진 않을 것이고, 그러면 전쟁에 지휘자가 둘이 될 것 아닙니까? 지휘봉은 한 사람이 잡고 있어야 합니다."

순간 김재연은 다이전의 참전을 막은 것이 황줴쯔와 한족 관리들이었음을 눈치 챘다. 그래서 더는 다이전에 대한 말을 꺼내지 않았다.

"하지만 린 흠차는 전투 경험이 없으신 걸로 알고 있습니다."

후징슈가 김재연의 말을 거들고 나섰다.

"린쩌쉬의 수하에는 장군들이 많소. 그들이 다이전만 못하단 말이오? 그리고 중국 천지에 린쩌쉬만큼 양인들에 대한 정확한 정보를 가지고 있는 사람은 없소."

황줴쯔의 언성이 높아졌다. 모두 입을 다물었다. 그러나 서양에 대해 가장 잘 알고, 정확한 정보를 가졌다고 여기는 린쩌쉬가 광둥에서 아편 밀수를 금지하기 위해 강경책을 쓰고 있지만, 그것이 서양 세력의 무력 개입의 빌미를 주었다는 것을 그는 어떻게 판단하고 있을까? 그리고 결과적으로 청조의 멸망을 초래할 수 있다는 것을 예상이나 하고 있을까? 그는 영국이 중국과 대등한 관계를 요구하는 의도를 정확하게 파악하고 있는 것일까? 영국은 그들의 요구를 관철하기 위해 무력을 개입하기 시작했다. 영국은 무력을 바탕으로 중국에서 상권을 장악하고 대제국의 꿈을 실현하고자 하는 것이 분명하다. 황줴쯔와 린쩌쉬는 상황의 심각성을 어느 정도 파악하고 있을까? 한 치 앞을 내다볼 수 없을 만큼 상황이 심각한데 이들은 그것을 전혀 인식하지 못하고 있음을 느끼자 김재연은 답답했다.

"영국은 청국에 의존해야만 살 수 있는 형편이오. 우리 차와 대황(大黃)을 수입하지 못하면 양인들은 변비에 걸려 일도 못 볼 형편이란 말입니다. 지금은 발악을 하지만 필요한 것이 한두 가지가 아니니 영국은 곧 항복하고 선처를 빌 것이오."

황줴쯔의 말에 힘이 실려 있었다. 리옌핑은 그의 말에 전적으로 공감하는 듯 고개를 끄덕였다. 그러나 후징슈는 침묵하고 있었다. 황줴쯔는 답답한 듯 물었다.

"후 공, 요즘 새로 들어온 소식이 있습니까?"

"이미 알고 계시는 대로 영국에서 군함이 출동했다고 합니다."

"얼마나 걸리겠소?"

"오월이나 유월에는 광저우에 도착하지 않겠습니까?"

황줴쯔는 술잔을 비웠다. 그리고 단호하게 말했다.

"대규모 전쟁이 시작되겠군. 이번에야말로 양인들을 응징할 것이네."

리옌핑이 맞장구를 쳤다.

"그렇습니다. 청국의 위엄을 뼈저리게 느끼게 될 것입니다. 양인들이 무릎을 꿇더라도 이번에는 쉽게 용서해서는 안 됩니다."

"물론이오."

"후 공은 어떻게 생각하오? 전투가 본격적으로 시작되면 그리 오래 끌지는 않을 것 같은데 말이오."

"만반의 준비를 해야 할 것입니다. 영국 대포의 사정거리는 우리보다 훨씬 멀고 화력도 대단하다고 들었습니다."

"그렇다고는 하지만 우리 대포의 위력도 만만치 않아요. 린쩌쉬는 광저우를 철통같이 경계하고 있어요."

"그 점을 영국이 미리 알면 작전을 변경할 수 있지 않겠습니까?"

황쮀쯔는 자신만만했다.

"작전을 변경한다면 광저우가 아닌 다른 곳에 상륙할 수 있다는 말이오? 영국의 상인들과 군사들이 모여 있는 곳이 광저우인데 다른 곳으로 상륙할 리가 없지 않소. 현지에서 물자와 군비를 조달받아야 할 것 아니겠소."

후징슈는 할 말이 더 있었지만 입을 다물었다. 김재연이 조심스럽게 입을 열었다.

"영국이 청국에 대해서 어느 정도의 정보를 가지고 있는지 파악하는 것이 중요할 것 같습니다. 제가 듣기로는 광저우를 비롯한 남쪽에는 영국의 간자(間諜, 간첩)가 무척 많다고 들었습니다. 아편 흡연자와 아편 상인들은 돈만 주면 무조건 영국에 정보를 판다고 하더군요. 그렇다면 영국은 이미 청국에 대해 속속들이 알고 있다고 봐야 하지 않을까요? 영국이 청국에 대해 얼마나 알고 있는지, 그리고 청국을 어떻게 파악하고 있는지 이쪽에서도 알고 대처해야 한다고 생각합니다."

청국은 청국에 대해 얼마나 알고 있는가? 먼저 자신을 정확히 알고 나서 전쟁에 임해야 할 것이 아닌가? 김재연은 입안에서 말을 삼켰다. 황쮀쯔는 고개를 끄덕였다.

"이쪽에서는 영국군 내에 간자를 들여보내기가 쉽지 않소. 린쩌쉬도 지금 영국 정보를 캐내기 위해 전력을 다하고 있다고 들었소. 쉽지는 않지만 그래도 성과가 있는 것 같소."

황쮀쯔는 김재연을 향해 의미 있는 눈길을 보냈다.

김재연은 정시윤을 만나 지난밤에 있었던 일을 말해 주었다.

"황쮀쯔가 나를 따로 부르더니 귀국을 늦추고 린쩌쉬 곁으로 가 그를 도우라고 하더군. 오죽 답답했으면 나 같은 사람에게 그런 부탁을 했겠는가. 이젠 청국에서도 일이 그렇게 쉽지 않다는 것을 느끼는 모양일세."

"아무튼 이 전쟁은 그렇게 급박하게 진행되지 않을 걸세. 아직 대규모 전쟁은 발발하지도 않았고, 작은 충돌만 있는 것 아닌가. 영국 함대가 출발했다고 하지만 몇 달이 지나야 청국에 도착할 테고. 그들이 도착해야 전쟁이 확산될 테니 끝나기까지는 한참 걸리지 않겠나."

"참, 성련이 혼인을 결정했네. 대행수를 만나 봄에 혼인시키기로 이야기를 마쳤네."

"그것 참 반가운 소식이네. 성련이가 혼인을 하다니 세월 참 빠르군."

"나나 자네나 곧 할아버지 소리 들을지도 모르지."

"그럴 것 같군."

정시윤의 입가에 쓸쓸한 미소가 스쳤다.

"자네도 빨리 결정을 하게."

"그래야 할 것 같군. 할아버지 소리 듣기 전에 말일세."

둘은 마주 보며 웃었다. 김재연이 슬쩍 말을 돌렸다.

"박선식의 죽음으로 충격이 클 것 같은데 내색하지 않는 것을 보면 초선이 의지가 참 강한 것 같네."

"당찬 데가 있네. 동명관을 잘 관리하고 있지."

"좋은 일꾼을 두었군. 그런데 단지 일꾼일 뿐인가?"

정시윤은 바로 대답하지 않고 한참 뜸을 들였다. 김재연은 그가 입을 열기를 묵묵히 기다렸다.

"자네가 궁금해하는 줄 알면서도 여태껏 혼인하지 않은 까닭을 말하지 않았네. 사정이 있었어. 처음 자네를 만나던 날이었지. 과거에 낙방하고 집으로 돌아갔더니 아버지가 혼사를 정해 놓으셨더군."

"그런 일이 있었는가?"

"황 진사라고 갑부로 소문난 사람인데 막내딸이 몸이 불편했다네. 그 딸에게 재산을 얹어 나한테 보내기로 한 것이네. 우리 집은 말이 양반이지 가난에 찌들려 처녀의 몸이야 어떻든 혼인을 허락한 것이고. 난 도저히 받아들일 수 없었지. 사람을 재물로 사고파는 것이 아닌가. 그런 처녀를 아내로 맞이할 생각은 추호도 없었네. 그래서 부모님 몰래 자네에게 도망친 걸세."

"그렇군. 어쩐지 꽤나 빨리 찾아왔다 생각했었지."

"그 뒤 돈을 벌어 부모님께 드리려고 집에 갔었네. 아버지는 가문에 먹칠한 놈이라고 보지도 않으셨지. 떠나기 전에 마음이 불편해 황 진사 댁을 찾아가 담 밖에서 후원을 넘겨다보았지. 마침 처녀가 절름거리며 들어오더니 툇마루에 주저앉더군. 그 모습을 보고 충격을 받았네. 내가 못할 짓을 했다는 자책감도 컸고. 양반 집안에서 혼인을 하기로 한 일이 있으니 어디 다른 사람에게 갈 수도 없지 않은가. 그 뒤로 난 혼인을 생각할 수 없었네. 혼인 말만 나오면 그 처녀 생각이 났으니까."

"처녀에게도 상처를 주고, 자네도 상처를 입었군."

"끝까지 혼자 살겠다고 마음먹었는데 생각이 바뀌는군."

"헤어지기는 했지만 아직도 초선이 김성희를 마음에 품고 있다면 어찌겠는가?"

"그런 것 같지는 않네."

"초선이 자네를 마음에 두고 있는 것 같은가?"

"모르겠네. 좀 더 두고 볼 일이네."

"초선이 천주교를 믿는 것은 반대하지 않을 생각인가?"

"반대가 아니라 내가 천주교를 받아들일 용의가 있네."

김재연은 한 대 얻어맞은 듯 정신이 멍해졌다. 정시윤이 말을 이었다.

"김성희 말일세. 사랑하는 여인이 그토록 원하는데 부인이 죽은 뒤에는 정실로 맞아야 하는 거 아닌가? 박선식은 목숨을 걸지 않았는가? 그래서 그가 두려웠다네."

"자네의 변신은 어디까지 가능할지 궁금하네. 몰락한 집안이라고 하지만 그래도 양반가의 자제가 집을 나와 장사꾼이 되었고, 이제는 남편을 떠나온 부인과 혼인을 생각한다니 어디 예사로운 일인가. 게다가 천주교 신자가 될 생각까지 하고 있다니……."

"집을 나올 때 체면이나 도리에 얽매이지 않으리라 다짐했다네. 또한 세상 사람들의 생각에 사로잡히지 않고, 세상 사람들이 보는 쪽에서만 세상을 보지 않으리라 마음먹었지."

"자네가 부러울 때가 많다네. 나는 그리 못 하니까. 나는 집안에서 가르치는 대로 역관이 되었고, 그 일만을 생각하며 살았네."

"자네는 그 길에서 다른 사람이 못 하는 일을 해내고 있지 않은가. 자네가 없었다면 오늘의 나도 없지. 어찌 보면 변화를 모르고 외길을 걷는 자네가 풍운아같이 변화를 두려워하지 않는 나의 뿌리가 아니겠나. 바람이 부는 대로 따라가는 나를 지켜 주는 것이 자네 운명인 모양일세."

"그런가? 우린 같이 가면서도 다른 삶을 살고 있군."

그들은 마주 보며 웃었다.

3

동지사 일행이 책문에 도착했다. 김재연은 귀국을 눈앞에 두고 마지막으로 짐을 챙겼다. 상단에서 준비한 물품들을 목록과 비교하며 빠진 것이 없나 살폈다. 유진길이 있을 때는 그가 세밀하게 일을 챙겼기 때문에 자신은 자유롭게 지낼 수가 있었다. 그래서인지 유진길 생각이 더욱 간절했다. 조정에 올릴 문서들도 찬찬히 살폈다. 자신이 조정에 따로 보고해야할 청국에 관한 정보는 길을 가면서 정리해야 할 것 같다. 오늘은 늦게라도 다이전을 찾아가기로 마음먹고 있었는데, 역관들이 모인 곳에서 누군가 다이전이 전과 다르다는 말을 했다. 전에는 좀처럼 모습을 드러내지 않았는데 요즘은 매일같이 아문과 수세청을 드나들며 이것저것 관리들에게 지시도 하고 관내를 살핀다고 했다. 그 말을 듣자 김재연은 이상한 예감이 들었다. 다이전의 신상에 변화가 일어나고 있는 것일까?

다이전은 여느 때와 다름없이 반갑게 김재연을 맞았다.

"내일쯤 오나 했는데 일찍 왔군."

"장군과 여유 있게 시간을 보내고 싶어 일을 서둘러 마무리했습니다."

"잘했네. 나도 자네가 오늘 와 줬으면 하고 기다리고 있었네."

저녁을 먹고 술잔이 서너 순배 돌아갔다. 그러나 다이전도 김재연도 전혀 술기운이 돌지 않는 얼굴이다.

"참 이상한 일이야. 조선 사람에게 유난히 정이 끌리는 것 말일세."

"글쎄요. 나라를 떠나 인간적으로 만나고 있어 그런 것 아닐까요?"

"좋은 말이군. 청조를 일으킨 우리 여진족의 시조가 조선 사람, 김씨라는 망한 신라 사람이었다는 이야기 들어 본 적 있나?"

"사서(史書)에서 본 기억이 있습니다."

"어떤가? 맞는 이야기 같은가?"

"글쎄요. 확실하게 고증된 것은 아닌 줄 알고 있습니다."

"자넨 매사에 정확해야 믿을 테지. 나는 말일세. 조선인에게 마음이 끌리는 걸 보면서 맞을 수도 있다는 생각이 드네."

순간 그의 외로운 심정이 가슴에 스며들었다.

"그러면 아예 조선으로 오시지요."

다이전은 잠시 어이없다는 듯 김재연을 쳐다보더니 소리 내어 웃었다.

"조선이라…… 멀리서 볼 때가 좋지 않겠나. 숨이 막혀 못 살고 돌아오지 싶은데."

김재연도 웃었다.

"제가 괜한 소릴 했습니다."

"언젠가는 유람차 한번 들를 생각이네."

"유람이라고 하셨습니까?"

"사냥매처럼 잘도 잡아채는군."

김재연은 그가 곧 떠나리라는 것을 알았다.

"언제 떠나십니까? 유람 말입니다."

"자네 눈치는 내가 당할 수 없군. 곧 떠나네. 이게 자네와 이야기를 나누며 즐기는 마지막 시간이 되겠지."

"곧 다시 옵니다."

"그전에 나는 떠날 것이네."

김재연은 잠시 말을 잃었다. 다이전이 결단을 내릴 것이라고는 생각했지만 예상보다 너무 빨랐다. 아쉬운 마음이 들었다. 그가 여러 가지 편의를 봐주어 사행길이 순탄했었다. 살필 것은 철저히 살폈지만 괜한 트집을 잡거나 무리한 예물을 요구하지 않았다. 앞으로 이런 성장을 만나기는 쉽지 않을 것이다. 다음부터는 성장에게 바치는 예물에 신경 써야 할 것 같다. 그보다 한 인간으로서 다이전이 쉽게 만날 수 없는 인물이라는 점이 못내 아쉬웠다. 그와 만나면 깊은 정을 느낄 수 있었다. 그리고 예리하게 사물을 보고 정확하게 판단하는 그의 말을 들으며 때로는 가슴이 시원하게 트이기도 했고 때로는 가슴이 서늘해지기도 했다. 그에게 많은 것을 배울 수 있었다.

"좀 더 계시면 좋겠습니다. 아직 못다 한 이야기가 많습니다."

"앞으로 어떻게 처신해야 할지 많이 생각했다네. 나갈 때 나가고, 물러날 때 물러나야 하지 않겠나?"

"아직 물러나실 때는 아닌 것 같습니다."

"때가 되었어. 기우는 운명의 물결 속에 뛰어들어 물길을 돌리겠다고 휘젓고 다니는 것은 무의미하지."

"처음 저를 보셨을 때 서로 정보를 나누자고 제의하신 것 기억하십니까? 이제 정보를 가져와도 들어 줄 사람이 없게 되었습니다."

"그건 미안하게 생각하네. 청국도 마찬가지지만 조선에서도 자네의 판단을 믿어 줄 사람이 없겠지. 답답하면 찾아오게. 자네라면 내가 어딜 가든 찾아낼 수 있을 테지. 자네를 향해 문을 열어 놓고 기다리고 있겠네."

"가 계실 곳은 정하셨습니까?"

"당분간은 여기저기 떠돌다가 지치면 그때 가서 정착할 생각이네. 쓰촨성을 거쳐 서북쪽으로 먼저 가 볼까 하네."

"서북쪽이라면 사막이 아닙니까?"

"사막도 가고, 톈산(天山) 산맥도 가고, 갈 수 있는 데까지 가 봐야지."

"중국은 천하(天下)라고 하지 않습니까. 가실 곳이 많으니 고생되시겠습니다."

"땅도 넓지만, 수많은 민족이 청국이라는 하나의 나라에 예속되어 있지. 그래서 여기저기서 반란이 끊이지 않고. 나는 그 반란의 현장에 들어가서 말을 달리며 반란을 평정했네. 그래서 명장이라는 소리도 들었지. 그런데 이제 와 생각해 보니 그것이 과연 반란인가 의문이 든다네. 그들의 삶은 한족과 다르기 때문에 자신들의 모습대로 살겠다고 목숨 걸고 대항하는 것인데 그걸 정권을 쥔 자들은 반란이라고 하지. 서북쪽이 특히 심하네. 우리 만주족은 생김새가 한족과 크게 다르지 않지만 서북쪽 사람들은 생김새도 다르고 사는 모습이 달라. 그래서 난(亂)을 자주 일으켰고 나는 그것을 평정했네. 패전하고 절망한 그들의 모습을 잊을 수가 없네. 이젠 말을 몰고 쳐들어가는 것이 아니라 두 발로 걸어 들어가, 패전의 고통을 어떻게 극복하고 그들의 고유한 모습을 이어 가고 있는지 그 지혜를 배우고 싶네.”

다이전의 심정을 이해할 것 같았다. 다이전의 마음 깊은 곳에는 자기 민족에 대한 애정이 자리 잡고 있다. 그리고 이제 그 따뜻한 눈으로 다른 민족의 아픔을 보고 있다.

“언제 사직하셨습니까?”

“지난번 베이징에서 돌아와 생각을 정리한 뒤 바로 사직서를 썼다네.”

“황상께서 받아들이지 않으셨을 텐데요. 지금 나라가 시끄러운데 말입니다. 오히려 야단을 치셨을 것 같습니다.”

“그랬을지도 모르지. 한동안 답이 없었으니까. 그런데 치산이 개입한 모양이야. 치산에게서 서찰이 왔어. 정말 떠나고 싶은 것인지, 떠나면 뭘 할 생각인지 묻더군. 그래서 관직에서 아주 물러나 천하를 유람하며 지내겠노라고 답을 보냈지. 그랬더니 얼마 전에 황상께서 떠나라고 윤허를 내리셨다네.”

“치산 총독을 만나셨습니까?”

“지난번 베이징에서 만났네. 왜 그러는가?”

“린쩌쉬와 반대편에 서 있다고 들었습니다.”

다이전은 고개를 끄덕였다.

“현실을 보는 눈이 정확하지. 냉정하고 여우같이 총명하고. 뛰어난 인물이야. 우리 만주족의 수장이라 할 만하네. 그래서 황상의 총애를 받고 있지만 요즘 황상은 한족 선비들의 말을 더 잘 들으시는 것 같네. 아편의 해악과 양인들의 오만함에 분노하시는 와중에 황줴쯔와 린쩌쉬가 무력을 사용해서라도 아편을 몰아내고 양인들을 혼내야 한다고 주장하니 귀가 솔깃하신 것이지. 그래도 치산에 대한 황상의 신임은 여전하실 것이네."

"황줴쯔와 린쩌쉬는 아편 흡연자를 사형에 처하고, 아편을 파는 상인들을 엄벌에 처해 아편을 근절해야 한다고 강력하게 주장했답니다. 그런데 치산은 흡연자들을 그런 극형에 처해선 안 된다고 주장하면서 아편 상인들을 단속하는 일에 치중할 것을 제안했다고 들었습니다. 들리는 말로는 치산을 비롯한 만주족 관료들 가운데 많은 이가 아편 상인들로부터 엄청난 뇌물을 받고 있어서 아편 흡연자를 사형에 처해야 한다는 주장에 반대할 수밖에 없다고 합니다."

"그렇게 말할 걸세. 하지만 아편 금지에 대한 황줴쯔와 치산의 기본적인 생각은 다르지 않네. 다만 강경한 방법을 써 단시간에 근절할 것인가, 현실을 고려해 서서히 근절해 나갈 것인가 하는 점이 다를 뿐이지. 치산은 이미 군 내부까지 깊숙이 아편이 퍼지고 있는 현실을 직시했다고 볼 수 있네. 팔기(八旗)와 그 외의 군대들이 얼마나 부패했는지 누구보다 잘 알고 있을 걸세. 무기력한 군대를 끌고 적과 맞서 봤자 도망가기에 바쁠 테니 아예 전쟁을 포기하고 적당한 선에서 타협하는 것이 현명하다고 생각했을 것이네. 내 생각에 영국은 수전에 능한데 우리는 수전에 약한 것이 결정적인 문제야. 배를 움직이면 어딘들 못 가겠는가. 린쩌쉬는 죽어라 광저우를 사수하겠지. 광저우가 힘들면 그들은 자네 예측대로 상하이를 비롯한 부근의 해안을 공격할 것이네. 톈진도 공격할 것이고. 드넓은 바다에 널린 게 항구인데 굳이 광저우만 고집할 까닭이 없지 않은가."

"그렇다면 린쩌쉬는 어떤 생각을 갖고 있다고 보십니까?"

"린쩌쉬는 양인들이 몰려 있는 곳이 광저우니까 분명 양인들을 위해서 영국군이 광저우를 먼저 공격할 거라 예상하고 준비하고 있으니 어이없는 일이 벌어질 수도 있지 않겠나. 광저우 가는 길이 어디 하나뿐이겠는가. 영국의 함대는 어디든 상륙할 수 있다네. 치산은 해안을 방비할 수 있는 청국군이 과연 얼마나 되고, 또 얼마나 사명감을 가지고 해안을 사수할 수 있을지를 생각하면 고개를 저을 수밖에 없다고 했네."

"치산이 그렇게 말했습니까?"

"그렇다네."

"그러면 싸워 보기도 전에 졌군요."

"그것이 중국과 조선의 차이지. 조선은 늘 생명을 걸고 조선을 지켜야 한다는 걸 잊지 않고 살아온 민족이네. 그것이 오늘날까지 조선이 존재하는 이유지. 그런데 중국은 달라. 목숨을 걸어도 안 될 것이라는 계산이 나오면 그냥 앉아서 내주지. 그래도 중국은 없어지지 않고 남아 있으니까. 잠시 정권만 내주고 중국을 지킨다는 것이지. 그 사람은 죽으니까 먹으면 없어지지만 중국은 나라가 크니까 어느 누구라도 먹어 없애 버릴 수 없다는 것을 알고 있지. 몽골족에게도 그랬고, 우리 만주족에게도 그랬네. 그리고 후일을 기약하지. 그것이 중국인의 작전이네. 중국인의 머릿속에는 되지 않을 때는 목숨 걸 필요가 없다는 생각이 늘 자리 잡고 있어."

"이번에도 그런 작전이 수행될 거라 보십니까?"

"치산이 그걸 준비하고 있네. 린쩌쉬는 목숨 걸고 양인들과 대결할 테지만 결과는 뻔해. 조정에서는 영국 함대가 이리저리 휘젓고 다니면 분명 쉽게 항복할 걸세. 그리고 린쩌쉬는 적당한 선에서 처벌받을 것이고. 제대로 한번 싸워 보지도 못하고 패전지장(敗戰之將)이 되는 것이지. 그러면 치산은 린쩌쉬가 벌여 놓은 전쟁의 뒤치다꺼리를 하게 되겠지. 분명한 것은 지금 치산은 설거지를 준비하고 있다는 걸세. 그러니 나보고 나서지 말라는 것이야. 나서 봤자 안 되는 일이니 구경이나 하라는 거지."

"제대로 싸워 보지도 못하고 적에게 무릎을 꿇는 것이 얼마나 백성의 사기를 떨어뜨리는 일인지 생각해 보셨습니까?"

"린쩌쉬가 아편 상자들을 불태우는 것을 보고 백성들은 함성을 질렀겠지. 그리고 의기가 충천해서 전쟁에서 목숨을 버릴 수 있다고 흥분했겠지. 하지만 그들의 의기가 얼마나 지속되겠는가. 조정에서 항복해 버리면 의기는 분노로 변하겠지만, 그것도 잠시라네. 패전의 결과로 무엇이 기다리고 있는 줄 아는가? 엄청난 배상이야. 단순히 전쟁에 패했다는 것보다 패전이 몰고 올 결과가 문제일세. 애초부터 그자들은 돈이 목적이었으니 막대한 배상을 요구할 것이네. 린쩌쉬가 태워 버린 아편 값은 부르는 대로 갚아야 하고, 전쟁 배상금도 마찬가지지. 그걸 어디 황실이나 귀족들이 갚는가? 조정에서 은화를 내놓겠지만 또 백성이 채워야 하는 것 아닌가. 결국 백성들은 피죽 한 그릇도 먹기 힘들어질 걸세. 어디 그뿐인가? 광저우를 통해 가까스로 들어오던 아편을 원하는 항구마다 들어올 수 있고, 아예 내놓고 자유롭게 팔 수 있게 되겠지. 그러면 아편은 무서운 속도로 전국에 퍼질 것이고, 중국의 은화는 엄청나게 빠져나갈 테지. 치산은 그걸 계산했기 때문에 전쟁을 피하고 현실을 있는 대로 인정해 대책을 세우자는 것이었네. 그러면 아편을 근절하지는 못하겠지만 급속하게 퍼지는 것은 막을 수 있으니 천천히 조절할 수 있다는 것이지. 그래서 전쟁보다는 타협을 선택한 것이네. 그러나 후일 역사는 린쩌쉬는 만고의 의로운 영웅이요, 치산은 부패하고 교활하고 민족의 자존심을 밟아 버린 파렴치한으로 기록하겠지. 역사는 한족이 기록할 테니까."

도대체 치산이나 다이전은 왜 전쟁을 이길 수 없다고 생각하는가? 결사 항전한다면 이길 수 있을 텐데 그럴 의지가 없는 것이 문제가 아닐까.

"이해할 수가 없습니다. 이 거대한 청국이 어찌 영국 배 몇 척을 당할 수 없다고 생각하십니까? 치산 총독이나 장군께서는 왜 린쩌쉬처럼 결사적으로 해 볼 생각을 하지 않습니까?"

"역사의 흐름을 거스를 수 없다는 것을 알기 때문이네. 어이없어 보이겠지. 후일의 역사도 그렇게 기록할 걸세. 그것이 청국의 현실이라네. 치산은 청조가 몰락해 가는 것을 보면서 어떻게 하면 좀 더 오래 끌고 갈 수 있을지 그것만 생각하고 있을 것이네."

"몰락하고 있다고 생각하면 정말 몰락해 버리고 말겠지요."

"아니면? 무슨 수라도 있나? 역사의 흐름 앞에서 인간이 할 수 있는 것은 한계가 있지. 역사는 자기 갈 길을 가고 있네. 전성시대의 풍요와 화려한 문화를 즐기는 인간은 건국 초기의 강건한 기상과 질박함이 주는 힘을 점차 잃어 가지. 그런 세월이 오래 흐르다 보면 결국 나약함과 부패만 남게 되네. 청조의 역사가 그 흐름을 그대로 보여 주고 있어. 선국 초기 우리 조상들은 정말 대단했지. 거대한 중원을 정복하고 놀라운 통치술을 보여준 것은 한족도 부정하지 못할 것이네. 강건한 기상이 시대를 상악했어. 하지만 지금의 황상과 조정 대신들은 어떤가?"

대답은 이미 나와 있다. 몰락해 가고 있는 왕조의 역사, 이미 청조는 그 길로 들어서고 있다.

"역사가 큰 변화를 겪을 때는 갈등이 나타나지. 갈등은 기존의 흐름과 상반되는 요소가 들어왔기 때문에 일어나는 것 아닌가. 아편이 걷잡을 수 없이 퍼지고 양인들이 되지 못한 요구를 해대는가 하면 막대한 은화가 양인들의 주머니 속으로 흘러들어 가지. 그들의 주머니는 채워지고 우리 주머니는 텅 비게 될 것이네. 이것이 무슨 징조인가?"

다이전은 허공을 응시했다. 다이전의 말대로라면 조선도 같은 길을 가고 있다. 천주교가 들어오고 서양 신부들이 들어와 활동하는 것을 다이전의 말대로 이해한다면 무슨 의미인가. 유학의 신분제도와는 근본적으로 다른, 인간의 평등을 내세우는 천주교가 퍼진다는 것은 심상치 않은 징조인 것이 분명하다. 그렇다면 조정에서 누군가 그 징조를 읽은 것이 아닐까? 그래서 천주교에 대한 박해를 일으킨 것이 아닐까?

책문을 떠날 때는 들어올 때와 마찬가지로 엄격하게 짐을 검사했다. 그러나 이번에는 다이전의 명령으로 엄격하게 통제하는 몇 가지 물건 외에는 신속하게 검사를 끝내 주었다. 다이전은 삼사와 작별 인사를 나눈 뒤 김재연에게 다가왔다.

"잘 가게."

다이전의 눈에 서린 착잡한 마음을 읽으며 김재연은 가슴에서 뜨거운 것이 울컥 솟았다. 그는 마음을 가라앉히고 예를 갖추어 인사했다.

"반드시 다시 찾아뵙겠습니다."

"기다리겠네."

김재연은 말에 올랐다. 대문이 열리고 일행이 책문 밖으로 나가기 시작했다. 김재연은 일행이 다 나갈 때까지 기다렸다가 마지막으로 말고삐를 당겼다. 그리고 대문을 나서기 전 뒤를 돌아보았다. 다이전이 말에 올라탄 채 자신을 바라보고 있었다. 김재연은 말 위에서 머리를 숙여 마지막 인사를 보냈다. 다이전은 오른손을 번쩍 들어 보였다.

김재연은 책문 밖으로 말을 몰았다. 가슴이 아렸다. 몇 번 만나지 않았는데 어찌 이리도 정이 들었단 말인가. 이제 누구와 그런 속 깊은 이야기를 나누며 세상에 대한 통찰을 들을 수 있단 말인가. 다이전에게 펼쳐진 앞날이 순탄치 않고 고난이 따를 것을 생각하니 더욱 가슴이 아팠다.

책문 밖으로 나서자 사행단은 웃고 떠드느라 법석들이었다. 책문 밖만 나오면 중국 땅을 벗어나는 것이지만 아직 조선 땅이 아니다. 양국 국경 사이에 백여 리가 넘는 중립지대가 있고, 그곳을 지나야 압록강이 나온다. 하지만 일단 중국 땅을 벗어나면서부터는 이국에 있다는 긴장이 풀어지게 마련이라 마치 고향 땅에 온 듯 희희낙락하는 것이다. 김재연이 뒤처져 오자 정시윤이 말을 몰아 다가왔다.

"뭐 심란한 일이라도 있는가?"

"다이전 장군 말일세. 이젠 보기 힘들 것 같네. 책문을 떠나신다네."

정시윤은 놀란 눈으로 김재연을 바라보았다. 그의 착잡한 표정을 보면서 정시윤은 이내 담담하게 물었다.

"뭘 하신다고 하던가?"

"천하 유람을 떠나겠다고 하시더군."

"그래도 명장이라고 소문난 양반인데 어찌 전쟁이 일어난 판에 유람을 떠나실까? 참 모를 일이군."

"그게 세상사 아니겠나."

그제야 정시윤은 이해가 되는 모양이었다.

"세상과 타협을 아니 하셨군. 그래서 자네 마음이 그리 심란한 것이고. 아무튼 그분 덕에 책문을 통과하는 일이 수월했는데, 앞으로 어떤 성장이 올지 걱정이군."

김재연은 짐을 정리하고 있을 다이전의 모습을 그려 보았다. 머지않아 길을 떠날 것이다. 하지만 다이전은 정처 없이 헤매지는 않을 것이다. 다음에 만날 때는 그동안 다니면서 보고 들은 이야기를 들려줄 것이다.

'그날을 기다리자. 반드시 다시 만날 것이다.'

김재연은 말을 재촉해 일행 앞으로 달려갔다.

4

동지사 일행이 책문을 떠나자 동명관은 조용해졌다.

동지사 일행이 책문을 떠나기 전날, 어둑해질 무렵 뜻밖의 사람이 찾아왔다. 김성희가 마당에 서 있었다. 당황한 초선은 이내 마음을 가라앉히고 차분히 말했다.

"뜻밖입니다. 안으로 드시지요."

초선과 마주 앉은 김성희는 그녀를 말없이 바라만 보았다.

"오실 줄 몰랐습니다."

그제야 김성희가 입을 떼었다.

"많이 변했구려."

그리고 여전히 아름답다는 다음 말은 속으로 삼켰다.

"고생이 많았겠구려."

"편히 지내고 있습니다."

"다행이오."

김성희는 객실 안을 둘러보았다. 벽에 건 글과 그림, 장식품들이 정갈했다. 그는 한눈에도 초선의 손길이 닿았음을 알 수 있었다. 베이징을 떠날 때는 그녀를 찾지 않겠다고 결심했는데 책문이 가까워질수록 마음이 흔들렸다. 또한 김재연이 초선이 있는 곳을 알려 준 의도가 궁금하기도 했다. 혹시 초선이 아직 자신을 마음에 두고 있는지, 자신을 잊지 못해 마음을 바꾸었는지 머리가 복잡했다. 그래서 책문에 도착하자 결국 동명관으로 발길을 옮겼다.

"이곳 주인이 조선 상인이라고 하던데, 맞소?"

"그렇습니다."

초선은 자신이 예상했던 것과 달리 침착했다. 김성희는 자신의 예상이 빗나가고 있음을 느꼈다. 자신을 아주 잊었을지도 모른다는 느낌마저 들 정도로 그녀는 차분했다.

"돌쇠가 죽었다는 소식을 들었소. 어떻게 된 일이오?"

"불법으로 국경을 넘다가 그렇게 되었습니다."

태연하게 말하는 초선을 보면서 김성희는 기가 막혔다.

"당신 때문은 아니고?"

"조선 때문입니다. 조선이 죽인 것입니다."

"무슨 말 같지 않은 소리를 하는 것이오."

김성희의 목소리가 높아졌다.

"조선의 신분제도가 죽였습니다. 신분제도가 없었다면 돌쇠같이 총명한 사람이 왜 나리 댁의 하인이 되었겠습니까? 하인으로 살기 싫어 집을 나갔지만 조선 땅에서는 발붙이기 힘드니 도망친 것이지요. 도망친 자의 삶이 얼마나 가슴을 조이고 불안한 것인지 나리는 모르십니다."

김성희는 가슴이 아팠다. 초선의 심정도 돌쇠와 다르지 않을 것이다.

"아직도 천주교를 믿소?"

"아직도라니요? 제가 왜 그 댁을 떠났는지 아직도 모르십니까?"

"사람의 마음은 변할 수 있는 것 아니오?"

"신앙은 상황에 따라 기껐다가 버티는 것이 아닙니다. 제 목숨이 붙어 있는 한 변하지 않습니다."

이제 끝났다. 동명관을 찾을 때는 실낱 같은 기대가 있었다. 그러나 천주교를 버리지 않는 한 초선과의 인연은 더 생각할 수 없다.

"나리를 보면 나리만 보일 뿐 그 뒤가 보이지 않습니다. 어둠밖에 없지요. 하지만 제가 보는 곳에는 빛이 있습니다."

"무슨 말을 하는 게요?"

"나리께서 제 말을 이해하지 못하시니 더 나눌 말이 없습니다."

김성희는 자리에서 일어났다. 초선이 따라 일어나 배웅했다. 김성희는 휙 등을 돌려 그녀 앞을 떠났다. 그는 한 번도 뒤돌아보지 않았다. 그의 뒷모습이 멀어질 때까지 초선은 대문 앞에 서 있었다.

동지사 일행이 떠나고 모처럼 한가해진 초선은 오랜만에 후원을 거닐었다. 정자에 앉아 김성희의 뒷모습을 떠올렸다. 아쉬움도 슬픔도 없었다. 이제 그와는 정말 마지막이다. 마음에 담았던 그의 모습마저 지워 버렸다. 흐린 그림자조차 가슴에 남기지 않았다. 초선은 담담하게 그를 보낼 수 있었던 자신이 많이 변했음을 실감했다.

갑자기 밖에서 말소리가 들렸다. 초선은 얼른 마당으로 나갔다. 다이전이 와 있었다.

"있었구려."

"어쩐 일이십니까?"

"그리 놀랄 건 없지 않소."

"안으로 들어가시지요."

"밤에 말을 달려 본 적 있소?"

초선은 다이전의 얼굴을 쳐다보았다.

"오늘은 초승달이 밤하늘의 주인 행세를 할 거요. 들판에 나가면 밤하늘에 별들이 쏟아질 텐데, 날씨도 어지간히 풀렸으니 나가 봅시다."

다이전은 가끔 들러 차를 마시고 갔다. 그러나 오늘은 뜻밖의 제안을 한 것이다. 초선은 잠시 망설였다.

"들어오셔서 잠시 기다리십시오. 준비하고 나오겠습니다."

"그냥 밖에서 기다리겠소."

초선은 급히 방으로 들어가 옷을 갈아입었다. 안 좋은 일이라도 일어난 것이 아닐까 궁금했다. 초선은 처음에는 다이전을 꺼리고 두려워했다. 그러나 만날수록 그의 중후한 인품이 느껴지며 경계하는 마음이 누그러졌다. 때로는 깊은 우수가 전해져 알지 못할 연민이 느껴지기도 했다. 무엇보다 분명한 것은 그는 믿을 수 있는 사람이라는 것이다. 그래서 이국의 밤이라도 아무 두려움 없이 그의 제안에 응한 것이다.

초선이 말을 끌고 밖으로 나가자 다이전이 다가와 초선이 말에 오르는 것을 도왔다. 그리고 자신도 말에 올랐다.

"갑시다."

그들은 말을 몰았다. 한참을 달리자 언덕이 나타나고 언덕 앞으로 벌판이 펼쳐졌다. 그들은 말에서 내려 언덕 위로 올라갔다. 멀리 벌판 끝까지 밤하늘에 별들이 반짝이고 있었다.

"어떻소? 장관이 아니오?"

"그렇군요. 이렇게 많은 별을 보는 것은 처음입니다. 밤에는 무서워서 벌판으로 나올 엄두를 못 냈습니다."

"앞으로도 혼자 나오지는 마시오. 그런데 내가 두렵지 않소? 어떻게 선뜻 따라나설 생각을 했소?"

"글쎄요. 장군께서 두려움을 없애 주시더군요."

"그랬던가."

다이전은 호탕하게 웃었다. 초선은 왠지 웃음에 스며 있는 그의 빈 가슴을 본 것 같아 마음이 아팠다.

"무슨 일 있으십니까?"

다이전은 침묵한 채 먼 곳에 시선을 주었다. 초선도 그대로 선 채 별을 바라보았다. 한참 만에 다이전이 입을 열었다.

"가족과 떨어져 산 지 오래되었소. 앞으로 베이징으로 갈 생각도 없어 가족에게 이곳으로 오는 것이 어떻겠냐고 서찰을 보냈는데 오늘 답이 왔소. 모두 싫다는구려. 자기들은 베이징을 떠나지 않겠다고 나 혼자 여기서 지내라고 하더군."

초선은 이런 남편을 버려둔 채 따르지 않는 부인을 이해할 수 없었다.

"장군께서 베이징으로 가시면 되지 않습니까? 언젠가는 가셔야 할 텐데요."

"이곳은 우리 조상들이 살던 땅이오. 나는 이곳에 뼈를 묻을 것이오."

"왜 이렇게 사시려고 합니까?"

"이곳이 좋으니까."

다이전은 별을 바라보며 말을 이었다.

"외로움을 참기 어려운 때가 있었소. 그때 당신이 나타났지. 내가 당신에게 흑심을 품지 않았다면 거짓말이오. 당신을 내 곁에 두고 싶다는 생각도 했소. 그러나 후실이 지긋지긋해 집을 나왔다는 것을 안 뒤 단념했지. 나 역시 당신을 후실로 맞을 수밖에 없으니까."

초선은 그의 솔직한 말이 듣기에 거북하지 않았다. 그의 외로움도, 외로웠기에 자신을 원했다는 그의 마음도 이해할 수 있다.

"제가 집을 나온 것은 후실로 사는 것이 싫어서가 아닙니다. 우리 조선 여인들은 한 번 출가하면 죽어 시체로 나오기 전에는 그 집을 나오지 않는 것을 철칙으로 알고 삽니다."

"그러면 왜 나왔소? 박선식과 정분이 나서 나온 것은 아닐 테고."

"신앙 때문이지요. 천주교에서는 후실로 사는 것을 허락하지 않습니다. 철저하게 일부일처만을 인정합니다. 여인은 노리개가 아니라 남자들과 똑같은 사람이라는 뜻이 담겨 있는 원칙이지요."

"거 참, 천주교는 시대를 잘 모르는 모양이군."

"시대를 앞서 가지요. 반드시 그런 세상이 올 것입니다."

초선의 말에는 힘이 실려 있었다. 다이전은 아무런 반응을 보이지 않고 별을 바라보았다. 이윽고 다이전이 입을 열었다.

"정시윤이 당신에게 정을 주는 것 같던데, 알고 있소?"

느닷없는 말에 초선의 얼굴이 달아올랐다.

"무슨 말씀인지……."

"총명한 당신이 모를 리 없지. 나는 김재연과는 마음을 나누는 벗이 되었지만 정시윤과는 그러지 못했소. 그를 질투하고 있었으니까."

초선은 몹시 어색했다. 뭐라고 대답할 말이 없었다.

"정시윤의 마음을 뿌리치지 마시오. 나에게 그랬듯 내치지 말란 말이오. 그는 당신의 모든 것을 받아들일 만한 인물이오. 내가 당신을 단념한 것은 정시윤이 있기 때문이기도 하오. 난 그의 적수가 될 수 없지. 이길 수 없는 전쟁은 하지 않는 법. 패전의 결과는 처참하니까."

다이전은 정시윤과 초선의 관계를 이미 단정하고 있다. 초선은 아무 말도 할 수 없었다. 다이전이 갑자기 화제를 돌렸다.

"당신이 박선식을 죽이지 말라고 간곡히 부탁했는데 그자를 죽이고 말았소. 그러나 당신은 나를 원망하지 않았소. 무엇 때문이오?"

언젠가 그가 한 번쯤은 물어 올 줄 알았다. 다이전은 그동안 몇 번이나 동명관에 들러 차를 마시고 갔지만 그 말은 꺼내지 않았었다.

"독을 파는 장수가 지게에 독을 지고 기다가 떨어뜨려 깨뜨리고 말았습니다. 그러나 독 장수는 뒤돌아보지 않고 길을 계속 갔지요. 뒤에 오던 행인이 독이 떨어져 깨졌는데 어찌 돌아보지 않느냐고 독 장수에게 물었습니다. 독 장수는 이미 떨어져 깨진 독을 돌아다본들 무슨 소용이 있겠느냐고 대답하더랍니다. 장군께서 죽인 것도 아니지 않습니까?"

"부하가 죽였으니 내가 죽인 것과 마찬가지요."

"돌쇠가 죽음을 택한 것입니다. 저는 그 사람의 심정을 압니다. 돌쇠가 살아 있었다면 많은 사람을 괴롭혔을 것이고, 그로 인해 자신도 괴로운 인생을 살았을 것입니다. 죄를 더 짓지 못하게 천주께서 데려가셨다고 믿습니다. 천주님은 자비하시니 저세상에서 편히 지내게 하실 거라 믿지요."

다이전은 깊은 한숨을 쉬었다. 잠시 침묵하던 그가 마치 자신에게 말하듯 낮게 말을 흘렸다.

"신앙의 눈으로 세상을 보면 그리 보이는가? 당신의 천주가 궁금하군."

다이전이 먼저 걸음을 옮겼다. 말이 서 있는 곳에 이르자 다이전은 말고삐를 잡고 말 등에 오르려다 멈추었다. 잠시 망설이다 초선을 돌아다보며 말했다.

"내 뒤에 당신을 태우고 달려 보고 싶었소. 함께 타지 않겠소? 마지막 부탁이오."

초선은 당황스러웠지만 그의 간절한 목소리에 거절할 수가 없었다.

"알겠습니다."

다이전은 단숨에 말에 오른 뒤 초선을 향해 손을 내밀었다. 초선이 손을 잡자 힘껏 끌어올렸다. 초선이 말에 올라타자 다이전은 앞을 향한 채 말했다.

"내 허리를 꼭 잡으시오."

초선은 망설이다 다이전의 허리에 팔을 둘렀다. 다이전은 초선의 양손을 잡아당겨 깍지를 끼게 했다. 그리고 초선의 말고삐를 잡고 두 필을 동시에 몰았다.

"바람이 차니 얼굴을 내 등에 묻으시오."

초선은 가만히 그의 등에 얼굴을 댔다. 이상한 느낌이 들었다. 가슴이 너무 아팠다. 초선은 그 아픔이 자신의 것이 아니라 다이전의 것임을 알 수 있었다. 초선은 다이전의 고통을 그대로 안았다. 누가 알겠는가. 남들이 우러러보는 다이전의 가슴에 이리도 깊은 한이 서려 있는 것을. 눈물이 하염없이 흘러내렸다. 그녀는 흐르는 눈물을 참지 않았다.

'마음껏 우세요. 제가 대신 흘려 드리겠습니다.'

밤바람을 가르며 달리는 만주족 장군의 모습이 가슴에서 사라지지 않을 것 같아 초선은 눈을 감았다.

9장

아편 전쟁

1

김재연은 큰아들의 혼례를 치른 뒤, 청국의 사태가 급박함을 사역원에 알리며 청국에 가겠다고 요청했다. 우의정 조인영을 찾아가 허락도 받아 냈다. 김재연은 둘째 아들 수련을 대동했다. 정시윤은 밀선을 타고 상하이로 떠나, 천귀룽의 집에서 김재연과 만나기로 했다.

긴 여정 끝에 김재연이 상하이 천귀룽의 집에 도착한 것은 저녁이 다 되어서였다. 천귀룽은 놀란 표정을 감추지 못했다.

"이 험한 시국에 어떻게 왔는가?"

"운하를 따라 왔습니다."

"김 대인은 여전하신가?"

"네. 농사일 돌보며 아이들 가르치느라 늘 바쁘게 지내십니다. 대인께 전해 드리라고 보내셨습니다."

김재연은 아버지의 서찰과 죽화(竹畵)를 천귀룽 앞에 내놓았다. 천귀룽은 서찰을 읽고는 그림을 펼쳐 천천히 음미했다.

"난 지금의 내 나이에 만족하며 젊은 시절을 그리워하지 않았네. 그런데 김 대인을 생각하니 그 시절로 돌아가고 싶은 생각이 난다네."

두 사람의 깊은 우정을 느끼며 김재연은 가슴이 먹먹했다.

"이 아이는 누구인가?"

"제 둘째입니다."

김재연은 아들을 보며 말했다.

"인사드려라."

수련은 한어로 분명하게 인사했다.

"수련이라고 합니다."

천귀룽은 고개를 끄덕였다. 김재연을 향해 광둥 말로 물었다.

"총명하고 당차게 생겼군. 몇 살인가?"

"열다섯 살입니다."

그것도 수련이 대답했다. 천귀룽은 놀란 눈으로 수련을 바라보았다.

"광둥 말을 하는가?"

"제가 집에 있을 때 조금 가르쳤습니다."

"그런데 저리 쉽게 말이 나오는가. 자네 집안의 내력을 알 만하군."

"이 아이는 저보다 말을 빨리 배웁니다."

"우린 자네를 천재라고 하는데 그럼 저 아이는 뭐라고 해야 하는가?"

천귀룽은 호기심 어린 눈으로 수련을 쳐다보았다.

"서양 말을 배우라고 데려왔습니다. 내년에 역과를 치르게 하려다 한 살이라도 어릴 때 서양 말을 배워 두는 게 좋을 것 같아 데려왔습니다."

"그런데 너는 아버지를 따라오고 싶었느냐? 두렵지는 않았고?"

"네. 저는 영국 말과 법국 말을 배우고 싶습니다."

천귀룽은 고개를 끄덕였다.

천귀룽의 집에 먼저 도착해 김재연을 기다리던 정시윤은 그의 도착 소식을 듣고 곧바로 달려왔다.

"드디어 왔군. 난 자네가 못 오는가 걱정했네. 그런데 수련이까지 데리고 오다니."

천귀룽은 김재연과 정시윤을 번갈아보며 물었다.

"자네들 광저우로 갈 생각이지?"

"네."

"지금은 전시이니 이 아이는 두고 가게."

"고맙습니다. 저도 그리해 주셨으면 하고 바라고 있었습니다."

천귀룽의 얼굴에 어두운 그림자가 어렸다. 잠시 후 그는 무겁게 입을 열었다.

"때맞춰 잘 왔네. 이삼일 늦었으면 오기 힘들었을 걸세."

"여기도 전운이 감도는 것 같습니다. 오는 길이 쉽지 않았습니다."

"영국 함선이 저우산(舟山) 앞바다로 들어오고 있네. 오늘 동인도 함대 사령관인 브레머(James John Gordon Bremer)가 딩하이(定海) 지현(知縣) 앞으로 서찰을 보냈네. 항복하라는 명령이었지."

영국 정부는 1840년 2월에 원정군을 파견했다. 총사령관 겸 전권대표로는 엘리엇(George Elliot)을, 함대 사령관으로는 브레머를 임명했다. 브레머가 이끄는 동인도 함대는 인도를 떠나 6월 21일 마카오에 도착했고, 엘리엇도 아프리카를 떠나 6월 28일에 마카오에 도착했다. 그리고 영국 함대는 린쩌쉬가 결사적으로 방비하고 있는 광저우를 지나쳐 북상한 후 광저우와 베이징의 중간인 저장 성(浙江省) 상하이 앞바다 저우산 군도 부근에 도착했다. 그리고 딩하이 지현에게 항복을 명한 것이다.

김재현과 정시윤은 마주 보며 놀라움을 감추지 못했다. 저우산이라면 상하이 코앞에 있는 섬이다. 저우산을 점령하는 것은 상하이를 점령하는 것과 다르지 않다.

"괜찮으시겠습니까?"

"이곳 상하이를 크게 치지는 않을 것 같네. 일단 저우산을 점령하면 북상하겠지. 톈진까지 올라가면 베이징에서 놀라 협상을 제의할 것이 분명하니까. 그러면 상하이를 손쉽게 손에 넣을 것이네."

서양은 청국을 잘 알고 있는 반면 청국은 서양을 전혀 모르고 있다고 천귀룽은 결론 내렸다. 서양은 신대륙을 발견하고 땅과 바다에 대한 인식이 변했다. 또한 과학이 발전하고 종교에 대한 생각도 변해 계급사회에서 억눌려 지냈던 백성들이 시민의식에 고취되었다. 그런가 하면 영국에서 시작된 산업혁명은 서양 사회구조의 변화는 물론 새로운 경제관념을 불러왔다. 세계를 상대로 원료를 조달하는 기지를 확보해 생산을 강화하고 생산품을 파는 시장을 확보하려고 혈안이 된 것이다. 소위 자본주의라는 이론이 제기되고 설득력을 발휘하면서 국제관계에서 도덕이라는 명분은 힘을 잃게 되었다. 그런데 청국은 아편 문제를 도덕적인 관점에서 보면서 시대의 추이를 간과하고 뒤떨어진 대책을 내놓고 있다.

린쩌쉬가 그러했다. 영국 빅토리아 여왕에게 당신의 나라에 아편을 들여와 백성들을 병들게 하면 좋겠냐는 내용의 서신을 두 번이나 보냈다. 청국인이 외국에 가면 그 나라의 법을 따라야 하듯 양인들도 청국에 오면 청국의 법을 따라야 한다는 것이 그의 생각인데, 청국에서 아편을 금지하니 영국 상인들이 들여온 아편을 몰수한 것은 당연하다는 논리였다.

"장사에 도덕과 상식이 따르던 때는 지났네. 양인들은 마치 먹이 하나를 두고 야수들이 서로 달려들어 누가 더 많이 물어뜯어 가는지 보여 주고 있네. 짐승에게 도덕이 어디 있고, 상식이 어디 있는가?"

"양인들은 짐승이라는 말씀입니까?"

"물론 개개인은 다르겠지. 간혹 훌륭한 사람도 있고. 하지만 서양 제국은 그렇게 봐도 틀리지 않을 걸세."

"그럼 이 전쟁은 사람과 짐승의 대결이 되는 것입니까?"

"병든 사람과 짐승의 대결이지. 욕망이 도덕을 누르고 일어섰다네. 욕망은 끝도 없고 도덕적 판단과도 상관없지. 다만 이익만이 있을 뿐이야. 우리가 지켜온 상도를 내려놓아야 할 때가 아닐까?"

자신에게 던지는 물음이기도 하다. 오랜 세월 정도를 지키며 부를 축적해 온 천귀룽의 얼굴에 깊은 고뇌가 어렸다.

"그래도 청국은 다르지 않습니까? 청국은 상도가 지켜지는 곳이라고 봅니다."

정시윤이 단호하게 말했다. 천귀룽은 고개를 저었다.

"그들을 따르면 우리도 짐승이 되는데, 앞으로 청국도 그리 되지 말란 법이 없지. 우리 중국인의 근성을 그리 믿지 말게. 배곯아 온 백성들이 먹이를 찾는 방법을 익히면 무섭게 변할 테니까. 나무랄 수만도 없지. 그들은 너무 오랜 세월 배를 곯아 왔으니까."

중국은 새 나라가 세워질 때마다 백성을 배부르게 하겠다고 호언장담했지만 그들은 예외 없이 모두 자신의 배를 채우기에 급급했다. 그래서 백성은 늘 배가 고팠다.

"이번 전쟁이 끝나면 백성들은 주린 배를 더 주려야 할 것이야."

"속수무책입니까?"

천귀룽의 입가에 씁쓸한 미소가 스쳤다.

"이곳 군을 총지휘하는 장자오파(張朝發)와 지현 야오화이샹(姚懷祥)은 결사 항전하겠다고 벼르고 있지만 아마 하루도 못 버틸 것이네. 저우산의 구식 포대가 영국의 함포사격을 무슨 수로 당해 내겠는가."

천귀룽의 말대로 하루도 버티지 못하고 저우산은 영국군의 손에 넘어갔다. 딩하이 지현이 항복 명령을 거절하자 영국군은 다음 날 바로 저우산 군도의 수군 기지인 딩하이 포대를 공격했다. 전쟁이랄 것도 없었다. 청국군을 지휘하던 장자오파와 야오화이샹은 전사했다.

저우산을 점령한 영국군은 딩하이 포대를 돌아보다가 실소를 터뜨렸다. 포대에 설치된 대포에 'Richard Philip 1601'이라는 명문(銘文)이 박혀 있었다. 최신예 무기와 함포로 무장한 영국군을 240년 전에 만들어진 골동품에 불과한 구식 대포로 대항하다니, 영국군은 웃을 수밖에 없었다. 청국군의 실체를 파악한 것이다. 이 전쟁은 계산해 볼 것도 없이 영국군이 승리할 것이라고 확신했다.

영국군은 득의양양 저우산에 기지를 마련해 놓고 곧바로 북상해 닝보(寧波)와 양쯔 강 하구를 봉쇄했다. 그들의 목적지는 베이징 지척인 톈진을 수호하는 다구(大沽) 포대였다.

천귀룽은 아침을 먹고 난 뒤 김재연과 정시윤을 서재로 불렀다.

"이젠 광저우로 떠나도 될 것 같네. 영국 함대가 톈진을 향해 떠났다고 하네."

"그럼 곧 떠나겠습니다."

어이없는 전쟁이었다. 전쟁이라기보다는 일방적인 공격이었고, 청국군은 그대로 당하고만 있었다. 예상은 했지만 이토록 무기력하게 끝날 줄은 몰랐다. 그런 그들의 마음을 읽은 천귀룽의 눈에 날이 섰다.

"무기력한 청국군에 놀랐겠지. 하지만 진짜 전쟁은 지금부터야. 대포가 아니라 상권을 두고 전쟁이 시작되는 거지. 나도 가만있을 수 없지. 자네는 광저우에 오래 머물지 말고 바로 돌아오게. 황푸 강변에 있는 상점을 이제는 자네가 맡아야 해. 믿을 수 있는 사람들끼리 뭉쳐야지. 머지않아 상하이가 영국 손에 들어가게 되면 무력한 중국인들은 영국인들이 뿌리는 아편과 서양 문물에 취해 타락해 갈 것이네. 상권을 빼앗겨서는 안 되네. 상권을 지키고 있으면 중국은 언젠가는 다시 일어날 수 있어."

"알겠습니다."

"이제는 한양과 베이징을 오가는 행상은 다른 사람에게 맡기고 이곳 상하이에 자리를 잡게. 여기서 크게 일어나게. 그리고 배를 띄워 서양으로 가서 장사를 해야지. 양인들은 그 먼 곳에서 배를 타고 와서 장사를 하는데 우리는 전혀 나가지를 못하고 있어. 조정이 눈이 멀어 법으로 막고 있지. 조선도 마찬가지야. 하지만 그런 법은 오래지 않아 없어질 수밖에 없네. 그러나 앉아서 때를 기다릴 것이 아니라 우리가 열어야 해. 서양으로 나갈 준비를 서둘러야 하네."

정시윤은 입을 꽉 다물었다. 꽉 다문 입술이 그의 의지를 말해 주었다. 그런 정시윤의 표정을 보며 김재연은 이제 그와 자주 볼 수 없을 거라는 생각이 들어 가슴 한쪽이 허전해졌다. 언젠가 아버지가 정시윤에게 해 주었던 말이 뇌리를 스쳤다.

"이제 네가 만금을 손에 쥘 때가 된 모양이다. 돈은 버는 것도 중요하지만 보관하고 쓰는 게 더 중요하지. 재물을 어디에 쓸 생각이냐?"

그때 정시윤은 돈을 벌면 조선으로 들여올 생각이 없고, 청국에 두었다가 나중에 서양을 향해 배를 띄우겠다고 말했었다. 오랜 지기의 꿈이 실현되려는 날이 머지않은 것 같아 가슴이 벅찼다.

"내일 아침 일찍 떠나도록 하게. 이곳 바다는 영국군이 봉쇄하고 있고, 광저우는 린쩌쉬의 군대가 지키고 있어 위험하니 육로로 가는 게 좋겠네. 길잡이를 하나 붙여 줄 테니 그리 알고."

"알겠습니다."

"내 아들에게 이미 연통해 뒀는데, 나이들이 비슷하지?"

천궈룽의 얼굴에 모처럼 밝은 표정이 스쳤다. 김재연과 정시윤은 천궈룽의 아들, 천징융(陳景庸)과 몇 번 인사를 나누었다.

"저희보다 두 살 위입니다. 지난번에도 신세를 많이 졌습니다."

정시윤이 대답했다.

"형제처럼 잘 지내게. 나는 자네들을 자식처럼 여기고 있어."

김재연이 웃으며 말했다.

"저희도 대인을 아버지처럼 생각하고 있습니다.

천궈룽은 흐뭇한 표정을 감추지 않았다.

"이번 전쟁으로 청국은 충격이 클 것 같습니다. 변화를 가져오지 않을까요?"

김재연이 물었다.

"청국 전체로 본다면 그리 큰 타격도 아니고 당장은 큰 변화도 없을 것이야. 전쟁이라고는 하지만 연해변에서 치고받은 것이지, 내륙으로 들어가면 전쟁이 일어났는지도 모르고 있을 것이네. 베이징은 약간의 충격을 받겠지만 변화는 기대하기 어려워. 그러나 광저우와 상하이를 비롯해 연해 지역은 앞으로 변화를 크게 겪을 것이 분명하지."

"린쩌쉬나 황쮀쯔같이 현실 정치의 변화를 주장하는 측의 영향력이 커지지 않겠습니까?"

"린쩌쉬는 곧 경질될 것이야. 톈진으로 북상한 영국 측이 가만있지 않을 테니까. 황쮀쯔도 뒤로 물러날 수밖에 없을 것이고. 자넨 그들을 잘 알고 있으니 말인데, 기대하고 있었나?"

"베이징에서 그들 주변의 인재들을 만나 보았습니다. 서양 문물에 대해서도 어느 정도 개방적이고, 무엇보다 현실 정치에 대한 비판이 예리했습니다. 그들은 청국의 변화를 강력하게 주장했습니다."

"청국의 변화…… 어떤 변화를 말하던가?"

"지금의 부패 현상을 척결하는 것이 가장 시급하다고 했습니다. 관직에 있는 사람으로부터 상인들까지 도덕성을 회복해야 한다고 했습니다."

"그래서? 부패를 청산하고 무능해진 조정을 다시 일으켜 보겠다던가?"

김재연은 뭐라 할 말이 없었다. 천귀룽은 거침없이 말을 이었다.

"황쮀쯔와 린쩌쉬 수변에 인재들이 여럿 있지만 그들의 주장도 유학과 덕치(德治)라는 테두리를 벗어나지 않고 있어. 그들은 유학의 명분론을 앞세워 현실과 타협하려는 소위 실권을 쥐고 있는 관리들의 부패와 무능, 권력 남용을 맹렬히 비판하고 있지. 특히 황제의 곁에서 실권을 행사하는 만주족과 대립각을 세우고 있어. 왜 그럴까? 단지 만주 귀족들이 부패한 관료로서 나라를 망친다고 생각하기 때문일까? 실은 권력을 잡고 싶은 욕심 때문이지. 그들이 정권을 잡는다고 나라가 크게 변할까? 아니야. 앞으로의 중국은 그런 사고방식을 가진 선비 출신들이 변화를 가져올 수 없지. 그들은 어떤 식으로든 왕조정치의 틀을 유지하려고 할 테니까. 그들이 부패한 현실을 비판하며 개혁을 주장하는 것처럼 보이지만 유학이 제시하는 왕도정치의 질서를 유지하기 위한 구실일 뿐이야. 또한 서양 문물에 어느 정도 개방적인 것 같지만 실은 그 이로움을 이용해 튼튼한 왕조의 기틀로 삼으려는 것일 뿐, 근본적으로 중국의 변화를 가져오려는 생각은 아니지."

"근본적인 중국의 변화라는 것은 무슨 뜻입니까?"

"왕조 정치가 끝나야 한다는 말이지."

천귀룽의 거침없는 말에 김재연과 정시윤은 충격을 받았다. 젊은 혈기도 아니고, 세상을 살 만큼 산 노인의 입에서 저런 말이 나오다니, 김재연은 이곳 남방 사람들은 무슨 생각을 하고 있는지 궁금했다. 남방 지식인들의 사고방식은 베이징의 선비들과 크게 달랐다.

"그동안 중국은 왕조만 바뀌었을 뿐 권력층과 백성들 사이는 변하지 않았지만 앞으로는 달라질 것이야. 앞으로 중국은 이제껏 볼 수 없었던 천지가 뒤바뀌는 것과 같은 일이 벌어질 것이야. 백성들의 자리가 변하는 것이지. 그것을 보지 못하고 죽는 것이 아쉽네."

"무슨 말씀입니까?"

"변화가 서서히 진행된다는 말이야. 청조가 아무리 부패했다 해도 쉽게 망하지는 않아. 영국이나 서양 제국들은 청국을 정치적으로 지배할 생각은 없을 것이야. 상권을 얻어 이익만 챙겨 갈 것이네. 그러려면 부패한 청조가 오래 지속되도록 받쳐 주겠지."

다이전도 비슷한 말을 했었다.

"앞으로 양인들이 연안을 점령하고 장사를 하겠지. 그러면 그들의 문물과 정신은 서서히 내륙으로 퍼져 나갈 것이야. 그 역할을 중국의 지식인들이 감당하겠지. 지식인들은 현실 정치의 문제점을 뼈저리게 느낄 것이고, 서양 문물을 접하게 되면서 의식이 변하겠지. 그리고 때가 되면 새로운 중국이 탄생할 것이네. 백성이 왕을 세우는 나라, 아니 왕이 아니라 미국처럼 백성이 총통을 뽑고 그 총통은 세습되는 것이 아니라 기한이 차면 물러나고 새로운 총통을 세우는 나라! 상상이나 했겠나? 그러나 그런 때가 반드시 올 것이네. 우리 남방의 상인들은 이미 그런 징조를 감지하고 있지. 변화는 베이징을 비롯한 북방이 아니라 광저우와 상하이를 비롯한 남방에서 시작될 것이네. 그래서 상하이가 아주 중요하지. 우리 상인들의 역할은 더 중요하고."

천귀룽이 청국의 앞날에 대해 이토록 속내를 드러낸 적이 없었다. 영국 함대에 저우산이 점령되고 연안이 봉쇄되는 것을 보면서 무척 착잡했었나 보다.

"자네 작은아들은 세상이 변하는 것을 볼 수 있을 것이야. 어쩌면 변화의 주역이 될지도 모르지."

"아직 아무것도 모르는 어린아이입니다."

"아주 총명하더군. 벌써 내 손자들과 어울려 친구가 되었는데 소통에 전혀 문제가 없는 모양이야. 며칠 되지 않았는데 그리 빨리 말이 늘다니 놀랍군. 오늘 저녁부터 그 아이에게 말을 가르칠 선생을 불렀네. 내 손자들은 이미 서양 말에 유창하니 그 아이들과 함께 서양 말을 배우려면 한참 독선생을 두고 배워야 할 게야."

천귀룽은 손자들을 상하이로 불러들여 철저하게 외국어 공부를 시키고 있었다. 틈틈이 상도를 직접 가르치기도 했다.

"기왕에 왔으니 당분간 데려갈 생각 말고, 그 아이가 간다고 할 때까지 우리 집에 머물게 하는 게 좋겠어. 조선에서 역관 노릇하는 것보다 이곳에서 활동하는 것이 조선을 위해 도움이 될 게야."

김재연은 아내의 얼굴이 떠올랐다. 아내가 이 말을 들으면 얼마나 상심할 것인가. 하지만 아들의 장래를 먼저 생각해야 한다.

"아이가 그리하겠다면 말리지 않겠습니다."

천귀룽은 고개를 끄덕였다.

2

여름의 광저우는 무더웠다. 상하이도 덥고 습했지만 광저우는 상하이보다 훨씬 무더웠다. 김재연과 정시윤은 이마에 흐르는 땀을 연신 닦아냈다. 그런데 천징융은 더위를 느끼지 않는 듯, 땀을 닦는 모습을 볼 수 없었다.

"무척 더운 모양이군. 하긴 상하이보다 훨씬 남쪽이니 더울 수밖에. 집안으로 들어가면 시원할 걸세."

천징융은 두 사람을 바라보며 딱한 듯 말했다. 말이 집이지 한참을 걸어도 끝이 보이지 않는 궁궐처럼 넓은 곳이다. 나무와 꽃과 연못이 어우러진 정원을 지나면서 정시윤은 탄식하듯 말했다.

"지난번에도 느꼈지만 다시 봐도 집이 아니라 궁궐이군."

천징융은 빙긋 웃었다.

"이걸 크다고 보는가? 동문행(同文行)의 판(潘) 씨나 이화행(怡和行)의 우(伍) 씨 집을 보면 더 놀라겠군."

동문행은 광저우 상가에서 전설처럼 전해지는 판전청(潘振承)이 설립한 광저우 최대의 행상(行商)이다. 판전청은 푸젠 성(福建省) 사람으로 어린 시절 광저우로 와서 상인의 길로 들어섰다. 막대한 부를 축적한 판전청은 동문행을 설립하고 공행(公行, 외국과의 무역을 독점하던 관허 상인들의 조합)인 13행의 총상(總商) 자리에 올라 광저우 무역을 지휘했다. 그 후 아들 판유두(潘有度)에게 가업을 물려주었다. 판유두는 상인이지만 학식이 뛰어나고 겸손과 신중함을 겸비해 서양이나 청국을 막론하고 상인들 사이에 신망이 두터웠다. 그는 총상 자리를 이화행의 우빙젠(伍秉鑑)에게 넘기고 고향인 푸젠 성으로 떠났다. 그러나 몇 년 지나지 않아 조정의 요청으로 광저우로 돌아와 동부행(同孚行)을 열고 우빙젠을 도와 상행의 일을 거들었다. 그의 사후에 둘째 아들인 판정웨이(潘正煒)가 가업을 이어받았다.

이화행의 우빙젠은 행상을 설립한 아버지 우궈잉(伍國瑩)의 뒤를 이어 가업을 계승했으며 투자에 뛰어난 능력을 발휘해 엄청난 부를 축적했다. 당시 서양 상인들은 그를 세계에서 제일가는 부자로 알고 있을 정도였다. 신용을 상도의 제일 원칙으로 지키는 그였지만 신용을 잘 지키지 않는 상인이라도 쉽게 내치지 않았다. 그래서 때로는 많은 손해를 떠안기도 하고, 때로는 상인들의 빚을 탕감해 주기도 했다. 그런 일들은 상인들 사이에 전설처럼 퍼져나갔다.

학자풍의 판유두와 달리 상인 기질인 우빙젠은 장사하는 분위기도 판유두와는 달랐다. 주로 영국 상인들과 거래했지만 미국 상인들과도 각별한 관계를 유지하면서 금전적으로 많은 도움을 주었기 때문에 미국 상인들 사이에서 '대부'라고 불렸다. 그는 미국 상인들의 의견을 받아들여 미국 철도 사업에 투자했고, 후에 그의 아들 또한 미국에 투자해 매년 거액의 이자를 챙겼다.

김재연과 정시윤은 광저우의 무역을 주도하는 두 가문의 명성은 일찌감치 들어 알고 있었지만 그 유명한 저택을 구경하지는 못했다. 정시윤은 앞으로의 장사를 위해 두 가문과 인사라도 나누고 싶었다.

천징융과 함께 정원 연못의 구름다리를 막 내려섰을 때, 정시윤과 김재연은 맞은편에서 걸어오고 있는 젊은 여인에게 눈이 갔다. 이십 대 중반으로 보이는 여인은 하녀를 거느리고 있었는데 호리호리한 몸매와 희고 갸름한 얼굴이 천궈룽을 연상시켰다. 두 사람은 한눈에 그녀가 천궈룽의 출가한 딸이라는 것을 알 수 있었다.

"산책 나왔느냐?"

"네, 오라버니."

그녀의 눈길은 낯선 두 사람을 향했다. 천징융이 인사를 시켰다.

"조선에서 온 내 친구들이다."

"쑤링(素玲)입니다."

그녀의 목소리는 눈빛만큼이나 또렷했다.

"김재연이라고 합니다."

"정시윤입니다."

그들도 인사를 했다. 천징융이 두 사람을 소개했다.

"김 공은 역관이고, 정 공은 상인이시다."

쑤링은 호기심을 거침없이 드러냈다.

"두 분은 이곳 말을 잘하십니다."

천징융이 웃으며 대답했다.

"그뿐 아니라 베이징 말과 영국 말도 잘한다."

쑤링의 눈빛이 반짝였다.

"저녁에 보자."

천징융이 발걸음을 옮기며 앞장서자 김재연과 정시윤은 눈인사를 하고 천징융의 뒤를 따랐다. 몇 걸음 옮긴 뒤 정시윤이 궁금증을 드러냈다.

"전에 왔을 때는 못 보았던 것 같습니다."

"며칠 전에 왔네."

천징융은 더 말하지 않았다. 그의 얼굴이 어두워졌다. 그녀가 천징융의 집으로 온 사연은 이틀 후에 드러났다.

김재연과 정시윤은 천징융을 따라 주장 강(珠江)의 월해관(粵海關, 광둥의 세관)에 들러 행상들을 둘러보고 오후 늦게 귀가하는 길이었다. 천징융의 집 대문 앞에서 사람들이 모여 소란을 피우고 있었다.

"무슨 일이냐?"

웬 젊은 사내가 땅바닥에서 뒹굴고, 하인들이 그를 끌고 가려고 소란을 피우고 있었다. 천징융이 다가가자 하인들이 뒤로 물러났다. 천징융은 사내를 보고 소리를 질렀다.

"일어나라."

천징융을 알아본 사내가 비실거리며 일어섰다. 허우대도 멀쩡하고 차림새도 번듯했지만 한눈에도 병자라는 것을 알 수 있을 정도로 얼굴빛이 창백하고 눈빛이 흐렸다.

"형님, 이놈들이 집 안으로 못 들어가게 합니다."

천징융은 사내를 똑바로 쳐다보며 소리를 질렀다.

"내가 그리하라고 했다. 네가 오면 쫓아 버리라고 했어."

"형님, 왜 그러십니까? 쑤링을 데려가려고 왔습니다."

"쑤링은 너와 끝났어. 다시는 얼씬거리지 마라."

천징융이 들어가려고 몸을 돌리자 사내가 천징융의 팔을 잡았다.

"끝나다니요? 저는 쑤링 없이는 못 삽니다."

"쑤링은 네가 없어야 산다."

"왜 이러십니까? 부부가 헤어져 사는 것은 법도에 어긋납니다."

"네놈의 입에서 법도라는 말이 나온단 말이냐. 너희는 이제 법적으로 부부가 아니야. 네놈이 돈을 받고 도장을 찍었어."

"살려 주세요. 쑤링이 없으면 저는 죽습니다."

"돈 갖다 줄 사람이 없으니 죽겠다는 것이냐?"

사내는 꿇어앉아 천징융의 다리를 잡았다.

"형님, 나 좀 살려 주세요."

사내는 더는 잡을 힘이 없는지 천징융의 다리를 놓고 입에 거품을 문 채 뒹굴었다. 천징융은 눈을 감아 버렸다. 잠시 후 은화를 담은 주머니를 꺼냈다.

"똑바로 들어. 이것이 마지막이야. 또다시 이곳에 얼씬거리면 쥐도 새도 모르게 죽여 버리겠어."

천징융은 돈주머니를 사내 앞에 던져 놓고 대문 안으로 들어갔다. 김재연과 정시윤도 따라 들어갔다. 천징융은 구름다리에 선 채 연못을 내려다보고 있던 누이를 보자 걸음을 멈추었다. 누이에게서 눈을 떼지 못하던 그의 입에서 신음이 새 나왔다.

세 사람은 연못을 비껴 서재로 향했다. 김재연과 정시윤은 말없이 천징융의 뒤를 따랐다. 서재가 있는 이층 건물 앞에 이르자 김재연이 인사를 했다.

"우리는 객실로 가겠습니다. 쉬십시오."

그러자 천징융이 안으로 들어가기를 권했다.

"더운데 다니느라 땀을 많이 흘렸을 텐데 시원한 녹두탕이라도 한잔 들고 가게."

천징융의 서재는 큰 유리문이 나 있는 이 층으로, 방 안에 들어서면 정원이 한눈에 들어온다. 높은 데서 내려다보는 정원은 가까이서 보는 것과는 다른 아름다움이 있다. 정원의 수목과 기화요초(琪花瑤草), 연꽃이 만발한 연못과 저택의 웅장한 건물들을 한눈에 볼 수 있다. 멀리 큰 탑도 보인다. 우 씨 집 정원에 있는 탑이라고 했다.

김재연과 정시윤은 창 앞에 서서 밖을 내다보며 세상에 이렇게 사는 사람들도 있구나 생각했다.

"여기들 앉게."

천징융이 권하자 그들은 그제야 몸을 돌려 의자에 앉았다.

"참 웅장하고 아름다운 저택입니다."

김재연이 탄복했다.

"조선에서는 개인이 이렇게 산다는 것은 상상도 할 수 없습니다."

"조선도 서양과 무역을 하고 돈을 벌면 이렇게 살 수 있을 것이네."

하녀가 녹두탕과 말린 과일과 양과자를 내왔다. 집도 청국과 서양 장식이 어우러져 있고, 먹는 것도 동양과 서양이 섞여 있었다. 이것이 광저우의 생활이다. 양쪽 벽 서가에는 수많은 책이 꽂혀 있는데, 그 속에도 양서가 섞여 있다. 다른 한 벽에는 세계지도가 걸려 있었다.

"시원하군요."

녹두탕은 곱게 갈아서인지 부드럽고 얼음을 띄워 차가웠다. 한여름인데도 얼음덩어리가 떠 있는 것이 신기했다.

"과자 좀 들어 보게. 영국 상인이 가져온 건데, 향이 좋네."

과자를 한입 깨물었다. 청국의 과자와는 다른 향이 입안에 가득 찼다.

"맛있군요."

그들이 감탄하자 천징융은 고개를 끄덕였다. 천징융이 무겁게 입을 열었다.

"오늘 흉한 꼴을 보여 미안하네."

"아닙니다. 아편을 피우는 모양이지요?"

"그렇다네. 눈치 챘겠지만 쑤링의 남편일세. 집에서 말리는 혼인을 하더니 저 모양이 되어 버렸어."

모든 사정을 눈치 챈 김재연이 말머리를 돌렸다.

"이번에 청국이 패한다면 아편이 급속히 퍼지겠지요?"

"걷잡을 수 없이 퍼지겠지. 그런데 나는 아편이 퍼지는 것이 청국을 일깨우는 계기가 될 수 있다고 보네. 먼 훗날 일이 되겠지만 말일세. 아편의 해악을 뼈저리게 느낀 중국인들의 의식이 변한단 말이지. 새옹지마(塞翁之馬) 고사처럼 아편 때문에 중국인이 정신을 차릴 수 있다면 다행한 일 아니겠는가. 벌써 그런 조짐이 나타나고 있네. 지식인들도 정신을 차리고 있지만, 어리석다고 천대하던 백성들이 정신을 차리고 있다네. 그들이 정신을 차린다는 것이 중요한 일일세. 이곳 광저우에서 린쩌쉬가 선전하는 것처럼 보이지만 실은 백성들이 싸우고 있는 것이네. 조정이 썩고 관리가 썩어 맥을 못 추자 백성들이 눈을 뜬 것이야. 백성들의 저항이 거세질 것이고, 그들이 양인들의 버릇을 고쳐 놓을 수 있을지도 모르네."

"그런 일이 일어나고 있습니까?"

"양인들 말이야. 의외로 허약한 데가 있어. 기골이 장대하고 힘깨나 쓰는 것 같지만 속은 허하다네. 상대가 강하고 똑똑하면 기가 죽지. 나는 그약점을 잘 알고 있네. 자기네들 말로 유식한 말을 해 대면 기죽는 모습이 완연하다네. 지금은 청국이 이 꼴이지만 어느 날엔가는 그들의 기를 죽일 때가 올 것일세. 우리는 이미 서양을 알기 시작했으니까."

베이징이 아니다. 남방이다. 남방 지식인들의 의식이 이미 서양을 대적하고 있다는 것을 김재연은 느낄 수 있었다. 앞으로의 청국의 변화는 남방이 주도할 것이다.

"그런데 흠차대신이 이곳에서 선전하고 있다는 말을 베이징에서 들었습니다. 와 보니 상황이 좀 다른 것 같은데, 어쨌든 영국 함대가 광저우를 피하고 북상한 것은 린쩌쉬와 대적하는 것이 만만치 않기 때문이 아니겠습니까?"

"정말 그렇게 생각하는 것은 아니겠지? 영국의 전술일 뿐이네. 린쩌쉬를 대포 한 알 쓰지 않고 친 것일세. 린쩌쉬는 지금쯤 자신이 패했다는 것을 알고 있을 것이네. 짐 쌀 준비를 하겠지. 하지만 그 뒤가 문제네. 영국은 막대한 전쟁 배상금과 린쩌쉬가 태우고 바다에 쏟아 버린 아편 값을 엄청나게 부를 테니까. 그걸 누가 갚아야 하는 줄 아는가? 바로 우리 상인들일세. 조정에서는 자기들이 잘못해 놓고 뒤처리는 늘 상인들에게 떠넘기고 있네. 우린 어쩔 수 없이 그걸 갚아야 하고. 그것이 광저우 13행의 운명이야. 조정에 의해 관리되고 거기서 돈을 벌었으니 조정을 위해 다 쏟아 내야 할 운명. 앞으로 빚 때문에 도산하는 양행이 속출할 걸세. 그리고 13행은 도산한 양행에 대해 연대 책임을 져야 하니까 감당할 수 없는 곳은 또 도산할 테고. 13행이 광저우에서 사라질 날이 가까이 온 것 같으이.

서양이 무역의 자유를 얻게 되면 조정에서 관리하는 13행은 설 자리를 잃게 될 테니까."

그렇다. 그것을 내다본 천징융의 아버지, 천귀룽은 일찌감치 상하이로 터전을 옮긴 것이다. 천귀룽뿐 아니라 광저우의 많은 상인이 상하이로 떠날 준비를 하고 있을 것이다.

김재연은 남방의 상인들이 앞으로의 청국을 어찌 요리해 나갈지가 몹시 궁금했다.

3

영국 함대가 도착하기를 기다리며 광저우에서 만반의 준비를 하고 있던 린쩌쉬의 생각과 다르게 영국 함대는 광저우를 지나쳐 계속 북상해 베이징과 가까운 톈진까지 올라가 청국 조정을 위협했다. 린쩌쉬는 전쟁다운 전쟁 한 번 못 하고 앉아서 당한 것을 알았다.

영국 함대가 지나쳐 갔기 때문에 광저우는 겉으로 보기에는 평온했지만 평온함 이면에는 일촉즉발의 긴장감이 돌았다. 지역의 신사(紳士)들은 물론 양민들까지 일전을 각오하고 있었다. 앉아서 광저우를 내주지는 않겠노라 다짐하며 농기구라도 들고 양인들과 맞설 태세였다. 그들의 힘이 린쩌쉬를 버티게 하고 있었다.

린쩌쉬를 만나는 일은 쉽지 않았다. 천징융이 다리를 놓아 주었다. 김재연은 린쩌쉬로부터 만나겠다는 연락이 오자 천징융과 함께 린쩌쉬의 관저를 방문했다.

"언제 왔소?"

일찍 퇴청하여 기다리고 있던 린쩌쉬가 반갑게 맞았다.

"한 열흘쯤 되었습니다. 경황이 없으실 텐데 불러 주셔서 고맙습니다."

"무슨 말이오. 그렇지 않아도 황쮀쯔로부터 김 공이 올 것이라는 연통은 받았소."

김재연은 마음이 무거웠다. 자신이 린쩌쉬를 도울 일이 아무것도 없다는 것은 린쩌쉬도 잘 알고 있다. 그래서인지 린쩌쉬의 얼굴에 담담한 심경이 고스란히 드러나 있었다.

"광저우는 베이징과 날씨가 다른데 지내기는 괜찮소?"

"잘 지내고 있습니다."

"천 대인 댁에 머문다고 들었는데 지내기 좋을 것이오. 전에 갔을 때 정원이 무척 아름다웠는데 다시 보고 싶을 정도지요."

"언제라도 환영합니다."

천징융이 고개를 숙이며 대답했다.

"오늘 베이징으로부터 급한 전갈을 받았어요. 영국 함대가 톈진 부근 다구 포대까지 와서 황제를 위협한다고 합니다."

짐작했던 일이라 천징융도, 김재연도 아무 말 하지 않았다.

"즈리 총독 치산이 영국과 담판을 하고 있는 모양인데, 영국 측이 나를 문제 삼고 있어요."

"하지만 황제께서 그들의 요구를 들어주실 리 없지 않습니까?"

천징융이 린쩌쉬를 위로하는 말을 했지만 린쩌쉬는 고개를 저었다.

"유배 떠날 준비를 해야 할 것 같소."

"무슨 말씀입니까?"

"자고로 이기면 영웅이요, 지면 역적이라 하지 않았소. 나에게 전쟁 책임을 지우고 귀양 정도는 보내야 영국에 얼굴이 서지 않겠소. 그러나 그것으로 문제가 해결되지는 않을 테니, 황제를 뵈올 면목이 없소."

김재연은 천징융의 미간이 좁혀지는 것을 보았다. 천징융의 눈에 린쩌쉬의 그런 모습이 어떻게 비쳐질지 김재연은 짐작할 수 있었다.

"그래도 이곳에 와서 서양에 대한 지식을 많이 얻을 수 있었소."

린쩌쉬의 말대로 방 안에는 서책이 가득했다. 그는 광저우에 내려오자 바로 서양 관련 자료를 수집하고 지위 고하를 막론하고 서양 사정에 밝다는 사람들을 두루 만나 이야기를 들었다. 린쩌쉬는 그들의 이야기를 들으면서 자신이 얼마나 서양 사정에 어두웠는지 절실히 느꼈다. 서양에 대해 누구보다 잘 알고 있다고 자부하고 있었는데, 그것이 얼마나 얄팍한 것이었는지 뼈저리게 느낀 것이다. 베이징과 광저우는 거리만큼이나 서양에 대한 정보와 인식도 차이가 있었다. 양인의 허실을 알아야 양인을 제압할 수 있다는 생각에 그는 우선 양인들을 많이 상대하고 있는 상인들에게 시시각각 들어오는 정보를 보고하도록 하고, 외국어에 능통한 인재들을 구했다. 그는 마카오를 비롯해 인도와 런던 등 여러 곳에서 발간되는 신문과 잡지를 구해 중요한 부분들을 뽑아 번역하도록 했다. 그리고 영어를 제대로 공부한 청년들을 채용해 머레이(Hugh Murray)가 편찬한 《세계지리대전(Encyclopedia of Geography)》을 번역하여 《사주지(四洲志)》를 엮었다. 이후 웨이위안(魏源)은 그것을 바탕으로 《해국도지(海國圖志)》를 편찬했다. 린쩌쉬는 또한 양인들과 교섭할 때 참고하기 위해 당시 외교계에서 국제법에 관한 서적으로 널리 알려졌던 《만국율례(萬國律例)》를 번역했다. 그는 선교사이며 의사였던 미국인 파커(Peter Parker)에게 번역을 의뢰했다. 당시 선교사들 중에는 서양의 아편 판매에 비판적인 사람도 꽤 있었는데, 파커도 그랬다.

김재연의 시선은 그 번역서들에 멎은 채 떠날 줄을 몰랐다. 과연 린쩌쉬는 소문대로 근면하고 성실한 관료였다. 아편 금지 정책을 펴면서 전쟁을 준비해야 하는 상황인데, 어느새 이와 같은 자료들을 준비했는지 참으로 감탄하지 않을 수 없었다.

"김 공이 관심이 많은가 봅니다."

천징융이 김재연의 마음을 읽고 린쩌쉬를 쳐다보며 말했다.

"그렇습니다. 한번 구경하도록 허락해 주시겠습니까?"

김재연이 얼른 말을 받아 청을 했다.

"어려울 것 없소."

린쩌쉬는 흔쾌히 허락하고 자리에서 일어났다. 그리고 자료들을 보며 일일이 설명해 주었다.

"이 《화사이언록요(華事夷言錄要)》는 세계 여러 나라의 신문이나 월보(月報)에 실린 글 가운데 중요한 부분을 추려 번역한 것이오. 그리고 저쪽 자료들은 아오먼(마카오)에서 발행되고 있는 신문과 월보에서 필요한 부분만을 뽑아 번역한 것이고. 이쪽은 무기에 관한 것들인데, 주로 화기(火器)와 윤선(輪船, 기선) 제조에 관한 서책에서 중요한 부분을 정리해 번역해 두었소."

김재연은 정신이 번쩍 들었다.

"이 글들을 읽어 보고 필요한 부분을 필사해 갈 수 있도록 허락해 주십시오. 많은 분이 땀 흘린 노력의 결과를 쉽게 가져가는 것이 염치없는 줄 알지만 이렇게 중요한 자료를 어디서 구할 수 있겠습니까. 간곡히 부탁드립니다."

김재연은 허리를 깊이 굽히고 부탁했다. 린쩌쉬는 김재연의 어깨를 잡고 얼굴을 들게 했다.

"김 공의 마음을 내 어찌 모르겠소. 그리하시오. 그러나 내가 있는 동안 해야 할 것인데, 곧 떠나라는 명령이 내릴 것 같소. 짧은 시일 안에 다 필사할 수는 없을 것이오. 서책들을 번역한 것은 머지않은 시일 안에 간행될 예정이니 그때 구해 보면 될 것이오. 중요한 것은 신문이나 월보를 발췌한 것과 무기에 관한 자료들이니 그것을 필사하는 것이 좋겠소."

"서책은 내가 나중에라도 구해 줄 수 있으니 신문과 월보를 부지런히 살펴보는 것이 좋을 것 같네."

천징융도 옆에서 거들었다.

"알겠습니다. 한 가지 더 부탁을 드리겠습니다. 원체 많은 양이라 혼자 하기에는 벅찰 것 같습니다. 제 친구 하나가 이곳에 와 있습니다. 데려와 함께할 수 있도록 허락해 주십시오."

"그리하시오."

린쩌쉬는 흔쾌히 허락했다.

"청국이든 조선이든 많은 사람이 보고 서양을 알 수 있다면 일한 보람이 있지 않겠소."

김재연은 린쩌쉬의 진심을 느낄 수 있었다.

"조선은 청국을 거울삼아야 할 것이오. 이 자료들을 가지고 가서 조선의 조정에 보이시오. 조선이 청국을 보고 정신을 차린다면 살 것이고, 그렇지 않으면 어려울 것이오."

그의 말이 김재연의 가슴을 찔렀다. 조정에서 이것을 믿을 것인가, 결국 필요한 몇 가지 자료만 전하고, 나머지는 임형주에게 보여 줄 수밖에 없을 것이다.

린쩌쉬의 관저를 나오면서 김재연은 가슴이 벅찼다.

"린쩌쉬는 과연 들은 대로 성실하고 통이 큰 분입니다."

천징융은 빙그레 웃었다.

"자네도 원하는 것을 손에 넣으니 냉정함을 잃는구면. 그리 흥분하는 모습은 처음 보네. 마음이 들뜨면 모든 것이 중요해 보이고 필사할 것이 많아질 텐데, 시간이 촉박하니 걱정이네. 시간이 하루밖에 없다는 마음으로 빠르게 읽고 선별해서 필사하도록 하게. 린쩌쉬는 곧 떠날 것이네."

김재연은 천징융의 말에 정신이 번쩍 들었다. 그는 정말 흥분했었다.

"그리하겠습니다."

"린쩌쉬는 자네 말대로 충직하고 근면한 관료임에는 틀림없지. 그와 대적하고 있는 양인들조차 린쩌쉬의 사람됨을 칭찬하지. 그러나 그는 사라져 가는 시대의 선비, 유학자일 뿐일세. 베이징에서는 그를 개혁에 앞장선 인물이라고 보겠지만 이곳에서는 성실한 관료일 뿐이라고 보고 있어. 그것이 베이징과 광저우의 차이라네. 베이징에서는 앞섰지만 광저우에서는 뒤처졌네. 그는 양서를 누군가 번역해 줘야만 읽을 수 있을 뿐이야. 하지만 광저우의 웬만한 식자(識者)들은 원문으로 읽는다는 것을 가벼운 차이라고 보아서는 안 되네."

천징융의 사람 보는 안목은 역시 상인다웠다. 그리고 그는 광저우의 신사나 사대부라고 하지 않고 식자라고 말했다. 그것은 이제 청국에서의 지식은 단지 사대부만의 것이 아니라 일반 양민들의 것이기도 하다는 뜻이다. 특히 천대받던 상인들이 서양에 대해 누구보다 많이 알고 있다. 천징융은 시대가 필요로 하는 개혁은 단지 전통 방식대로 공부한 사대부나 귀족층이 이끄는 것이 아니라는 점을 분명히 했다. 린쩌쉬의 서재에서 자료를 보면서 그의 말뜻을 더욱 분명하게 알 수 있었다. 자료 속에는 새로운 세계가 펼쳐지고 있었다. 그리고 그 새로운 세계는 언젠가 머지않은 미래의 청국의 변화하는 모습일 수도 있다는 것을 알게 되었다.

이튿날 아침 일찍 김재연과 정시윤은 린쩌쉬의 관저를 찾았다. 린쩌쉬의 서재에서 그들은 가져온 음식으로 점심을 때운 일 외에는 저녁까지 번역된 자료를 읽고 필요한 부분을 베끼는 일만 했다. 우선 서양의 무기와 배에 관한 자료는 남김없이 기록했다. 그다음에는 신문과 월보에서 뽑아 놓은 글만 보기 시작했다. 읽으면 읽을수록 그들의 눈은 크게 떠졌다. 그동안 베이징을 방문했을 때나 외국어를 배우기 위해 광저우에 왔을 때 서양에 대한 이런저런 소식도 들었고 서책도 구해 보았지만, 그것은 단편적인 지식에 불과했다. 우선 신문이나 월보의 가짓수에 놀랐다. 조선에서는 나라 안 소식이나 외국의 사정을 기록해서 알리는 것은 상상도 못 할 일이었다. 그런데 자료 중에는 광저우와 마카오는 물론 방콕과 싱가포르를 비롯한 동남아 여러 도시에서 출판되고 있는 수십 종의 신문과 월보에 실린 글들이 있었다. 그것은 청국에서 선교가 금지되어 있기 때문에 선교사들이 인근 동남아 지역에서 선교를 준비하며 서양의 소식을 한문으로 청국에 전하던 월보들이다. 그 내용 중에는 이제껏 알 수 없었던 유럽과 아시아의 여러 나라, 아메리카 대륙의 역사와 지리, 풍속 등에 관한 상세한 정보가 들어 있었다. 월보뿐 아니라 영국과 미국에 관한 단행본들도 있었다. 청국에는 이미 한문으로 쓰인 서양에 관한 자료가 많이 있었다. 베이징의 대신들이 이런 것만 보았어도 서양에 대해 그렇게 무지하지는 않았을 것이다.

김재연과 정시윤은 열심히 베꼈다. 비록 조정의 대신들은 코웃음을 치고 거들떠보지 않겠지만 임형주에게 전해 주면 선비들이 돌아가며 읽을 것이다. 전신에 땀이 비 오듯 하고, 이마를 타고 내려온 땀방울 때문에 눈알이 쓰렸다. 하지만 그들은 지금 하고 있는 일이 무엇보다 중요하다는 것을 알기에 일분일초를 아끼며 손을 놀렸다.

"이런 귀한 자료들을 이토록 쉽게 구하다니 우린 행운아일세."

밤이 늦어 천징융의 집으로 돌아오는 길에 정시윤이 말했다.

"모두 린쩌쉬가 노력한 덕분이 아니겠나."

"정말 놀라운 인물이야. 그 바쁜 와중에 이런 일을 해내다니. 비록 전쟁에서는 패했지만 그는 사람들의 칭송을 받을 것이네."

둘은 천징융의 집에 도착해 곧장 방으로 향했고, 방에 들어서자마자 곯아떨어졌다. 그리고 다음 날 아침 일찍 필기도구를 챙겨들고 다시 집을 나섰다. 그런 나날이 계속되면서 방 안에 베낀 자료들이 쌓여 갔다. 하지만 9월 초가 되자 린쩌쉬의 관저에 들어갈 수 없게 되었다. 베이징에서 린쩌쉬에 대한 처벌이 결정되었고, 영국과의 문제는 치산에게 일임되었기 때문이다.

김재연과 정시윤이 열심히 자료들을 보고 있을 때 린쩌쉬가 들어왔다.

"열심히 하는구려. 미안하지만 이젠 끝을 내야 할 것 같소."

그들은 금세 말뜻을 알아들었다.

"난 곧 이곳을 떠나야 하오."

그들은 할 말을 찾지 못해 고개를 숙이고 있었다. 린쩌쉬는 김재연의 어깨를 잡았다.

"인연이 있으면 언젠가 다시 만날 날이 있을 것이오. 설마 날 죽이기야 하겠소."

그제야 그들은 허리를 깊이 숙여 인사를 했다.

"감사한 마음을 어떻게 말씀드려야 할지 모르겠습니다. 가시는 곳을 알 게 되면 그곳이 어디든 꼭 찾아뵙겠습니다."

린쩌쉬는 고개를 끄덕였다. 그들은 다시 흠차대신의 관저를 찾아갈 수 없게 되었다.

전쟁을 다시 시작할 것인가, 아닌가. 위협을 가하는 영국과 공격을 막으려는 청국 간의 줄다리기는 영국의 엘리엇과 청국의 즈리 총독 치산이 마주 앉은 자리에서도 계속되었다.

치산은 이십여 년 동안 총독직을 수행하면서 정치판이 돌아가는 형세를 예리하게 파악하는 명민한 인물이었다. 그는 청국군이 상하이 부근의 딩하이를 지키지 못하고 영국군에게 내주는 것을 보자 상황이 돌아가는 형세를 명확하게 읽었다. 청국군은 타락할 대로 타락하고, 허약할 대로 허약했다. 그 허약한 모습을 영국에게 다 보여 주고 말았다. 이제 대국의 위세는 통하지 않을 것이다. 더욱이 영국 수군은 세계 최강의 군대라는 사실을 그는 숙지하고 있었다. 이제 내줄 것은 내주고 타협하는 것만이 문제를 해결하는 지름길이라는 것을 그는 명확히 파악했다. 그는 황제에게 문제를 해결하려면 우선 린쩌쉬를 처벌해야 한다고 강력하게 주장했다. 이미 8월 중순 영국군이 베이징 코앞 톈진까지 다가와서 위협을 가하자 결전을 각오하던 황제의 결단은 흔들리기 시작했다.

영국은 린쩌쉬를 비롯한 광저우의 관원들이 영국 관원과 상인들을 능욕했으니 그들을 처벌할 것을 청국에 요구했다. 그리고 양국 관원들 사이에 대등한 교섭이 이루어져야 함을 강조하면서, 몰수당한 아편과 전쟁에 대한 군비의 배상, 광저우의 13행이 갚지 못한 부채의 상환, 홍콩(香港)을 할양할 것을 요구했다. 치산은 엘리엇을 만나 새 흠차대신이 광저우로 내려갈 것이며 그때 모든 일을 타협할 수 있을 것이니 북방을 떠나 남방으로 내려갈 것을 권고했다. 엘리엇은 치산의 권고를 듣고 함대를 남방으로 향하게 했다.

영국군은 북방의 기후가 맞지 않아 환자가 속출하고 있어 일단 남방으로 가서 담판을 벌이는 것이 유리하다고 계산한 것이다. 황제는 영국군이 함대를 남방으로 돌리는 데 결정적 역할을 한 치산을 흠차대신 겸 량광(兩廣) 총독 서리에 임명했다. 그리고 린쩌쉬를 파직하고 베이징으로 불러들여 처벌할 것을 명했다.

린쩌쉬는 짐을 꾸리기 시작했다. 우선 급하게 서둘러야 할 것은 그동안 수집하고 번역해 놓은 자료를 옮기는 일이었다. 자료를 꾸린 짐을 바라보는 린쩌쉬는 깊은 회한에 잠겼다. 잡지의 글을 뽑아 번역을 시키는 일을 시작할 때는 희망이 있었다. 그러나 쌓이는 자료를 읽으면서 그는 자신이 서양에 대해 너무 모르고 있었다는 것을 뼈저리게 느꼈다. 그리고 자신의 무지에 대한 책임을 피할 수 없음을 알았다.

날이 저물기 시작했다. 방문이 열리고 기다리던 리하이젠(李海建)이 들어왔다. 그는 용맹할 뿐 아니라 지략이 뛰어나서 린쩌쉬가 아끼는 젊은 군인이다. 린쩌쉬가 물었다.

"준비는 되었나?"

"네."

"날이 어두워지기 시작했다. 떠나도록 하라."

리하이젠은 자리에 선 채 움직이지 않았다.

"왜 그러느냐?"

그는 침통한 어조로 울분을 토했다.

"치산이 내려오려면 멀었습니다. 이렇게 서두르셔야 합니까?"

"자네도 알지 않나?"

리하이젠은 주먹을 불끈 쥐었다.

"저놈들을 그냥 두시렵니까? 제가 처리하도록 허락해 주십시오. 그런 뒤에 떠나도 되지 않습니까?"

치산이 영국과 타협하고 그 공로를 인정받아 새로운 흠차대신으로 광저우에 내려올 것이고 린쩌쉬는 파직되었다는 소문이 퍼지자, 평소 린쩌쉬의 금연 정책에 불만을 품고 있던 관원들과 군졸들이 행패를 부리기 시작했다. 그들은 아편 상인들과 밀접하게 연결되어 수입을 올리고 있었는데 린쩌쉬 때문에 손해를 보고 있다고 불만을 품은 것이다. 아직 정식으로 직위를 떠나지 않았는데도 그들은 린쩌쉬의 명령을 따르지 않을 뿐 아니라 관저의 기물까지 파손했다.

"그러지 말게. 패전지장은 떠날 때 말을 해서는 안 되네."

"패전지장이라니요? 언제 전투다운 전투라도 해 봤습니까? 당치 않은 말씀입니다."

"끝났네. 이미 베이징에서 결정하지 않았는가? 울분을 가라앉히고 다음을 기약해야지."

리하이젠은 한숨을 내쉬었다.

"이리 와 보게."

린쩌쉬는 리하이젠을 짐을 싸 놓은 곳으로 데리고 갔다.

"모두 서양에 관한 귀중한 자료라네. 웨이위안에게 전달하게. 그가 알아서 서책으로 만들 테니까."

"알겠습니다."

"어서 나르도록 하세."

린쩌쉬와 리하이젠은 밖으로 나가 짐을 수레에 실었다. 린쩌쉬는 품에서 서찰을 꺼냈다.

"웨이위안에게 전하게."

"알겠습니다."

리하이젠은 린쩌쉬에게 절을 한 뒤 말에 올랐다.

"가능한 한 빠른 시일 안에 돌아오겠습니다."

린쩌쉬는 고개를 끄덕였다. 리하이젠을 보내고 난 뒤 린쩌쉬는 집무실로 들어갔다. 짐이 쌓여 있던 자리가 휑하니 드러났다. 린쩌쉬의 가슴에 만감이 교차했다.

'모든 것이 수포로 돌아갔단 말인가?'

공허함이 밀려왔다. 린쩌쉬는 가까스로 마음을 추슬렀다.

'끝이 아니다. 이제 시작이다.'

그는 방을 나와 황푸(黃埔) 항으로 말을 달렸다. 황푸 항은 주장 강과 바다가 만나는 곳에 자리한 곳으로, 뒤로는 산을 등지고 앞으로는 바다를 마주하고 있으며 수심이 깊고 넓어 천혜의 항구로 손꼽힌다. 그래서 청국이나 외국의 선박들이 이곳에 정박하게 되었고, 선원들의 편의나 선박 수리를 위한 시설과 상가가 들어섰다. 명실공히 세계를 향한 청국의 출입문이라고 할 수 있다.

어두운 밤바다 위에 떠 있는 양인들의 배에서 불빛이 흘러나왔다. 저 배 몇 척에 무릎을 꿇다니, 생각하면 기가 막혔다. 청국이 왜 이토록 나약해졌는가? 그것을 왜 몰랐던가?

"폐하의 뜻을 이루어 드리지 못하고, 굴욕만을 안겨 드린 죄인을 벌하소서."

신하의 도리를 다하지 못한 것은 마땅히 벌을 받아야 할 죄임을 그는 한 치의 의심도 없이 받아들였다. 그러나 그는 황제의 마음을 편안하게 해 드리는 것보다 적의 상황을 정확하게 판단하고 보고하는 일이 더 중요하다는 것을 간과했다. 그는 전쟁이 일어나기 며칠 전까지도 어이없는 판단을 내리고 있었다. 양인들의 선박은 크고 무거워 움직이는데 둔할 뿐 아니라 수심이 깊어야 하기 때문에 항구 가까이 접근하기는 힘들다고 생각했다. 또한 영국은 어디까지나 무역이 목적이기 때문에 무역을 포기하면서 전쟁을 일으키지는 않을 것이며, 청국과 영국은 무려 칠만여 리가 떨어져 있기 때문에 영국 함선이 청국에 도착하는 데 상당한 시간이 걸리므로 쉽게 전쟁을 일으킬 수 없다고 생각했다. 린쩌쉬뿐만 아니라 대부분의 청국 관리들도 마찬가지 생각이었다. 그래서 그들은 대규모 전쟁이 일어나리라고는 생각하지 않고, 소규모의 방어전만 준비했다. 그런데 상황이 다르게 벌어진 것이다.

영국 함대는 린쩌쉬와 관리들을 비웃기라도 하듯 청국에 빨리 도착했고, 함선들의 위용은 상상도 못 할 만큼 엄청났다.

뒤늦게 영국과 서양의 실체를 보게 된 린쩌쉬는 가슴을 쳤다. 자신의 무지로 청국이 양인들에게 처참하게 당할 수밖에 없게 되었다고 자책하며 그는 북쪽 하늘을 향해 수없이 머리를 조아렸다.

4

새로운 흠차대신 겸 량광 총독 서리인 치산이 광저우에 도착한 것은 11월이 끝나갈 무렵이었다. 치산이 광저우에 도착하자 광저우의 분위기는 급박하게 돌아갔다. 치산이 도착했다는 정보를 입수한 영국 측에서도 분주히 움직였다. 영국 측 대표인 엘리엇과 치산은 이미 다구에서 여러 차례 교섭을 가졌기 때문에 서로를 잘 알고 있었다.

12월 12일, 치산과 엘리엇은 교섭을 시작했다. 엘리엇은 전쟁 배상금과 아편 배상금을 합해 칠백만 냥을 요구하는 한편, 광저우를 비롯해 샤먼(廈門)과 딩하이를 개항할 것과 양국 관원 사이의 대등한 교섭권을 요구했다. 그런데 무슨 의도인지 홍콩의 할양은 연기하겠다고 했다. 이에 치산은 배상금은 오백만 냥을 지급하고, 홍콩의 할양은 거절하겠다고 했다. 다음에 만날 것을 서로 확인하고 일단 교섭은 중단했다.

날이 저물어 가고 있었다. 치산은 책상에 팔을 괸 채 꼼짝도 하지 않았다. 이 난제를 풀 묘수가 떠오르지 않아 답답했다. 광저우에서 벌어지고 있는 상황은 베이징에서 듣던 것보다 훨씬 심각하고 급박했다.

'멍청한 위인 같으니라고.'

린쩌쉬에 대해 분노가 치밀었다. 이곳까지 와서 모든 것을 보고도 황제에게 그런 상소를 올린 것이 납득이 가지 않는다. 그런데 사람들은 양인들이 보는 앞에서 아편을 불사르고 바다에 처넣었다는 사실만으로 그를 만고의 충신이요, 청국인의 긍지를 높인 애국자라 칭송하고 있다. 치산은 그것이 더욱 비위에 거슬렸다. 그는 자리에서 벌떡 일어났다. 만나야 할 사람이 있다.

주장 강가에 있는 우빙젠의 저택은 처음 방문한다. 소문대로 어마어마한 규모다. 일개 상인이 이런 집에서 산다는 것은 베이징에서는 상상도 못 할 일이다. 우빙젠은 광저우의 대상인으로, 조정에까지 명성이 자자할 뿐 아니라 실질적으로 그의 자금력은 대신들에게까지 힘을 발휘하고 있을 정도이다. 정치와 장사를 밀착시킬 줄 알고, 거기서 이득을 취할 줄 아는 인물이다. 지금은 그런 인물이 필요하다.

객실로 안내된 치산은 방 안을 한번 둘러보았다. 청국식과 서양식으로 꾸며진 큰 객실은 베이징에서는 볼 수 없었던 귀물들로 장식되어 있었다. 더러 청국 것도 있었지만 대부분이 서양 물건들이다. 화려하게 장식된 커다란 벽걸이시계가 눈에 들어왔다.

'황제께서도 가지지 못한 물건이 여기에 있군.'

광저우의 부의 규모가 어느 정도인지 짐작이 갔다.

치산이 방문했다는 전갈을 받자 우빙젠은 급히 객실로 나왔다. 마르고 왜소한 늙은이가 방 안으로 들어섰다. 움푹 들어간 눈, 쏙 들어간 볼 아래 뾰족한 턱의 늙은이의 얼굴에는 병색이 완연했다. 이 늙고 왜소한 인물이 황제와 조정의 보물 창고라 불리는 광저우에서 청국과 외국의 무역을 주도하는 총상이란 말인가? 치산은 자신의 눈이 의심스러울 정도였다. 그러나 잠시 뒤 그와 마주앉자 치산은 그의 예리함을 단번에 알아차릴 수 있었다.

"밤늦게 연통도 하지 않고 찾아온 무례를 용서하시오."

치산은 정중하게 사과했다. 우빙젠은 사십여 년에 걸쳐 거액의 세금을 납부했고, 그 덕에 조정과도 밀접한 관계를 유지하고 있다. 비록 세금을 많이 낸 덕이라고 하지만 포정사(布政司, 지방관)에 해당하는 종이품 벼슬까지 받은 인물이다. 그의 주머니에서 거액을 내놓게 하려면 최대한 예를 갖출 필요가 있다. 우빙젠은 담담하게 인사를 받았다.

"흠차께서 일없이 이 밤에 저를 찾으셨겠습니까. 저를 부르지 않고 이렇게 찾아 주시니 오히려 감사할 뿐입니다."

우빙젠은 긴 얘기 없이 치산이 찾아온 목적이 있음을 알고 있다는 신호를 보낸 것이다. 치산도 우빙젠의 태도를 보자 우물거리며 돌려 말할 필요가 없겠다 싶어 단도직입적으로 말을 꺼냈다.

"엊그제 엘리엇을 만났습니다. 그래서 우 대인의 고견을 듣고 싶고, 부탁할 일도 있어 찾아왔소이다."

"말씀하십시오."

"대인도 알고 있겠지만 영국이 아편과 전쟁 배상금으로 칠백만 냥을 요구하고 있소."

"흠차께서는 오백만 냥을 말씀하셨다는 이야기를 들었습니다."

"그렇소. 이곳 행상들과 의논한 뒤에 결정할까 했지만 그럴 시간이 없었소."

"그만하면 되었습니다. 양쪽에서 조금씩 양보하면 육백만 냥으로 결정되겠습니다."

우빙젠은 쉽게 말했지만 얼굴은 어두웠다.

"이게 모두 린쩌쉬 탓이오. 아편만 불사르지 않았어도 이렇게 많은 국고를 축내지 않을 텐데."

국고를 축낸다고? 조정이 배상금을 내기라도 한단 말인가? 모두 행상(공행)의 주머니에서 나와야 하고, 또 많은 부분을 우빙젠이 책임져야 한다는 것을 치산이 모를 리 없다. 린쩌쉬가 저지른 일이라고는 하지만 그렇게 함으로써 청국은 아편 거래의 부당함을 만방에 알렸다. 돈으로 계산할 수 없는 일이다. 하지만 우빙젠은 자신의 속내를 드러내지 않았다. 치산도 자신의 말에 반응을 보이지 않는 우빙젠의 속내를 짐작할 수 있었다. 그가 다양한 사람들과 교류한다는 것은 이미 알려진 사실이다. 린쩌쉬가 드러내기를 부끄러워하는 고질병을 앓고 있었는데 우빙젠이 미국인 의사를 보내 고쳐 준 일도 있었다.

"여러 가지 교섭해야 할 문제가 있지만, 홍콩을 할양하는 문제가 가장 큰일이오."

"영국 측에서 연기했다고 들었습니다."

"하지만 다시 들고 나올 것이 분명한 일 아니겠소. 황제께서는 절대 안되는 일이라고 못 박았소. 이 문제를 어찌 풀어야 할지 난제 중에 난제올시다."

우빙젠은 무표정한 얼굴로 정원의 불빛을 내다보기만 했다. 그가 좀체속을 드러내지 않을 것 같아 치산은 속이 답답해졌다.

"대인은 오랜 세월 양인들을 상대해 왔소. 양인들의 양보를 받아 낼 방법이 없겠소?"

우빙젠의 눈길이 정면으로 치산을 향했다.

"두 곳의 개항을 요구했다고 들었습니다."

"그렇소."

"두 곳이 아니라 앞으로 다섯 곳을 요구할 것입니다. 그리고 홍콩도 반드시 할양받을 것입니다."

"절대 안 되오."

"그들을 막을 수 있다고 생각하십니까? 양인들은 원하는 것을 다 가져갈 것입니다."

치산은 한숨을 쉬었다.

"교섭을 통해 내주게 되면 흠차께서는 매국노가 되어 처벌을 받고, 두고두고 사람들로부터 손가락질당할 것입니다. 그러나 교섭이 실패하면그들의 대포가 항구를 열고 홍콩을 점령할 것입니다. 이 아름다운 광저우와 연안의 항구는 파괴될 것이고, 사람들이 죽어 나갈 것입니다. 선택은흠차께서 하셔야 합니다."

치산은 자신도 모르는 사이에 한숨이 새 나왔다. 이곳 광저우에 와서사람들의 싸늘한 눈빛과 비웃음이 자신을 향하는 것을 느꼈다. 그에 비해 린쩌쉬에 대한 예찬은 대단했다. 이곳 사람들의 서양에 대한 분노를 린쩌쉬가 아편을 태워 버림으로써 속 시원하게 풀어 준 것이다. 그로 인해 전쟁이 일어났고 엄청난 배상을 해야 한다는 것은 뒷전이라는 게 치산은 납득되지 않았다. 린쩌쉬는 청국인의 사기를 살렸다는 의미에서 충신으로 기억될 것이다. 반면 치산은 적국에 국토까지 내놓고 빌붙었다는 오명을 쓰게 될지 모른다. 황제가 아무리 반대해도 홍콩을 내놓을 수밖에 없는 현실을 치산은 외면할 수 없기 때문이다.

"어쩌다 일을 이 지경까지 몰고 갔는지 모르겠군."

그 말 뒤에는 아편을 태우는 강경책을 써서 영국에 전쟁의 빌미를 준 린쩌쉬에 대한 원망이 숨어 있었다. 우빙젠이 다음과 같이 자신의 의견을 피력했다.

"아편을 소각했다고 해서 전쟁이 일어난 것은 아닙니다. 전쟁은 일어나게 되어 있습니다. 영국이 원하는 것은 무역입니다. 그 무역 물품 중에 중요한 것이 아편이고요. 아편을 잃어버렸다고 해서 전쟁을 일으킨 것이 아니라는 말씀입니다. 앞으로 더 많은 아편을 지속적으로 팔기 위해서는 광저우만으로는 부족하고, 또 청국과 자유로이 무역할 수 있도록 관계를 정립하기 위해 전쟁을 일으킨 것입니다. 그러니 가능한 한 피해를 줄일 방도를 구하는 것이 우선 급한 일 아니겠습니까?"

치산은 순간 울컥 하고 뜨거운 것이 치밀었다. 우빙젠도 린쩌쉬를 옹호하고 있다. 들어온 정보에 의하면 우빙젠은 린쩌쉬가 아편을 소각할 때 이미 영국의 배상 요구를 예상해 배상금을 준비해 두었다고 했다.

"피해를 줄일 방책이 돈을 주고 땅을 내주는 것뿐이라는 말이오?"

"다른 방법이 없지 않습니까? 국력을 키우지 못한 탓이니 어쩌겠습니까? 일단 그리하고 후일을 도모해야 할 것입니다."

우빙젠은 냉정했다. 치산은 그의 말이 옳다는 것을 인정하지 않을 수 없었다.

"돈으로 막을 수 있는 것은 막아야 합니다. 생명이 중요하니까요. 백성의 삶의 터전을 파괴하는 것을 막을 수 있다면 무슨 수를 써서라도 막아야지요. 저도 할 수 있는 한 하겠지만, 영국인들의 욕심을 다 채울 수는 없습니다."

"영국의 요구를 들어준다면 그다음은 어찌 되겠소? 다른 양인들도 있지 않소?"

"바로 그것입니다. 영국뿐이 아니지요. 서양의 다른 나라들도 벌 떼처럼 몰려들 것입니다."

우빙젠은 청국에서의 이권을 둘러싸고 복잡해질 국제 정세를 예견하고 있었다. 교섭을 통해 영국의 요구를 들어줘도 문제고, 거절하여 전쟁이 대대적으로 일어난다고 해도 문제다. 승리를 예측할 수 없다는 것이 청국의 외면할 수 없는 현실이다. 우빙젠을 만나도 뾰족한 수가 없고, 홍콩만이라도 영국에 내주자고 황제를 설득하는 것도 불가능한 일이다.

"엘리엇이 청국을 이해하기 때문에 그나마 교섭이 이루어지고 있지만 그도 한계가 있지요. 영국 정부가 무엇을 요구하느냐에 따라 그의 태도는 바뀔 것입니다. 이미 영국 정부는 엘리엇의 태도가 너무 약하다고 생각할지도 모릅니다. 그렇다면 곧 전권대사를 바꿀 것이고, 교섭은 더욱 어려워질 것입니다."

순간 치산의 눈빛이 떨렸다.

"그런 정보가 있소?"

"아직 속단할 수 없지만 포팅어(Henry Pottinger)가 부임할 것이라는 말이 있습니다. 강한 성품이라고 합니다. 엘리엇이 이 소식을 알고 있다면 교섭에 임하는 태도가 바뀔 것입니다."

"영국을 견제할 세력이 없겠소?"

"영국 다음엔 미국이지요. 미국의 영향력은 아직 미미하지만 앞으로는 다를 수 있습니다."

우빙젠의 말대로였다. 치산은 미국 영사에게 엘리엇과의 교섭 중재를 요청했지만 엘리엇을 설득하지는 못했다. 광저우 사정을 자세히 알지 못하는 황제로부터 영국의 요구를 거절하고 해안을 철저히 수비하라는 명령이 내려졌다. 치산은 교섭 상황을 보고하면서 영국 수군이 속속 증강되고 있어 전쟁에 불리하다는 보고도 함께 올렸다. 치산은 전쟁을 막으려 안간힘을 썼다. 의기만으로 사태를 수습할 수 없다는 판단에 치산은 상황을 있는 그대로 보고했다. 그것은 당연히 비관적인 보고일 수밖에 없었다. 일전을 결심한 황제는 서양에 대한 분노로 귀가 꽉 막혀 있어 그의 보고가 제대로 들어오지 않았다.

1841년으로 들어서면서부터 청국과 영국 간의 사태는 더욱 악화되었다. 자신의 태도가 소극적이어서 영국 정부의 불만이 크다는 것을 알고 있는 엘리엇은 강경책을 쓸 수밖에 없었다. 그는 치산에게 교섭은 결렬되었고, 앞으로는 포팅어가 교섭을 주도할 것이라고 통보했다. 그리고 1월 7일 영국군은 광둥의 다자오(大角)와 사자오(沙角) 포대를 공격하여 점령했다.

치산은 상황이 더 지체할 수 없을 정도로 심각함을 인식하고, 엘리엇에게 정전을 요청했다. 영국 정부는 홍콩 할양과 배상금에 대한 사항이 분명하지 않다는 이유로 톈진의 다구에서 있었던 교섭의 결과에 대해 불만을 나타냈기 때문에 엘리엇으로서는 명확히 할 필요가 있었다. 결국 치산은 1월 10일 홍콩을 할양하겠다는 뜻을 전했고, 엘리엇은 영국의 요구가 관철되었음을 선포하고 점령한 포대에서 퇴각했다. 그리고 1월 23일, 음력으로 신축년 새해가 밝는 날 치산은 홍콩을 영국에 할양한다고 정식으로 선포했다. 소식이 전해지자 광저우는 술렁이기 시작했다. 치산에 대한 비난이 쏟아졌다. 치산은 황제의 명을 거스르고 홍콩을 할양하기로 결심했을 때 이미 죽음을 각오했다. 전쟁을 막기 위해서는 사람들의 비난은 감내해야 했다. 이 정도로 전쟁을 막을 수 있다면 그나마 다행이라고 생각했기 때문에 치산은 전력을 다해 엘리엇과의 교섭을 진행하기로 마음먹었다.

의논할 사람이 필요했다. 치산은 아직 베이징으로 떠나지 않고 광저우에 남아 있는 린쩌쉬를 불러 일을 의논했다. 나라가 위기에 처한 때에 과거의 원한은 문제가 되지 않았다. 린쩌쉬도 사태의 심각함을 고려해 적극적으로 나섰다.

"홍콩을 내주지 않으면 더 큰 전쟁이 일어날 것이오. 이쯤에서 마무리되면 다행일 것이오."

린쩌쉬는 황제의 명을 어기는 일은 있을 수 없다고 생각했다.

"절대로 땅을 내주면 안 된다는 황상의 엄한 명령이 있지 않았습니까?"

"나라와 백성이 황상보다 먼저요. 지금 청국은 전쟁을 치를 준비가 안되어 있고, 준비할 여력도 없소. 일단은 피하는 것이 상책이라 생각하오."

"황상의 명을 어길 각오를 하신 것입니까?"

"목을 내놓으면 될 것 아니오."

린쩌쉬는 더 할 말이 없었다.

"광저우에 있는 수군을 믿을 수가 없소. 우선 시간을 벌어야 하오. 내가 엘리엇과 교섭을 끌며 최대한 시간을 벌 테니, 그동안 그대는 광저우와 연안의 수비를 철저히 해 주기 바라오."

린쩌쉬는 쾌히 승낙했다. 그리고 광저우와 부근 해안을 돌며 포대의 방비를 철저히 점검했다. 하지만 황제가 문제였다. 아직 홍콩 할양을 모르는 황제는 다자오와 사자오 포대가 영국군에 함락되었다는 소식만을 듣고 분노하여 선전을 포고했다. 치산은 방어전을 준비하며 엘리엇과의 교섭을 끌어갔다.

청국군의 군비가 확장되고 있음을 눈치 챈 영국군이 움직이기 시작했다. 영국군은 광저우의 입구인 후먼(虎門) 포대를 공격하여 점령했다. 후먼은 광저우와 황푸 항 사이에 있기 때문에 광저우에 진입하려면 반드시 거쳐야 하는 곳이다. 그런데 모래가 많고 수심이 얕아 서양 선박이 쉽게 지날 수 없어 천혜의 요새라고 할 만큼 방어에 유리했다. 후먼에서 광저우에 이르는 곳곳에 청국군이 지키고 있었다. 그런 후먼이 영국군에게 함락당한 것이다. 결사적으로 사수하려던 광둥수사 관톈페이(關天培) 제독을 비롯한 많은 사상자를 낸 채. 이제 광저우는 풍전등화와 같았다.

치산이 홍콩을 영국에 할양했다는 소식이 베이징에 전해지자 노발대발한 황제는 치산을 파직하고 당장 베이징으로 압송하라는 명령을 내렸다. 그리고 이산(奕山), 룽원(隆文), 양팡(楊芳)에게 군대를 이끌고 광저우로 진격하라는 명령을 내렸다. 이산 일행이 광저우에 도착하면서 급격히 전운이 감돌았다. 쓰촨(四川)과 후베이(湖北) 등지에서 원군이 광저우로 속속 모여들기 시작했다. 영국 측에서도 인도 총독에게 원군을 요청했다.

3월 13일 치산은 전운이 감도는 광저우를 떠나 베이징으로 압송되었다. 광저우를 떠나기 전에 린쩌쉬가 찾아왔다.

"먼저 가시게 되었습니다. 저도 머지않아 베이징으로 가게 되겠지요."

치산은 쓸쓸한 미소를 흘렸다.

"내가 나중에 왔는데 먼저 떠나는구려. 전에 우리는 마치 음과 양처럼 상반된 눈으로 세상을 보았소. 이제 음양이 함께 어울려 조화를 이루려 했더니 이렇게 헤어지게 되는구려. 황상께서 린 대인을 쉽게 내치지는 못할 것이오. 그러니 이곳을 잘 부탁하오."

마지막 당부를 하고 치산은 린쩌쉬와 헤어졌다. 베이징까지 압송되는 길은 험난했다. 광저우로 부임할 때는 협상을 통해 전쟁을 피할 수 있으리라 희망하며 모든 노력을 기울였다. 하지만 전쟁은 피할 수 없게 되었고, 결국 지고 말았다. 이제 베이징으로 가면 엄한 처벌이 기다리고 있을 것이다. 황제의 명을 어기고 국토를 임의로 적에게 할양했으니 무사하길 바라지는 않는다. 황제의 명을 거역한 것이 중죄라는 것은 안다. 그걸 모를 만큼 무지하지 않다. 하지만 황제가 자신이 올린 보고를 냉철하게 판단하고 인정하지 않았기 때문에 명을 어길 수밖에 없었다. 청국이 얼마나 심각한 위기에 처했는지 그 심각함을 인정하지 않고 자존심만 앞세워서는 나라를 더 큰 위기로 몰아갈 것이 분명하기 때문에 황제의 명을 어긴 것이다. 치산은 압송되고 있는 지금 다시 선택하라고 해도 역시 같은 선택을 할 것이라 생각했다.

"다이전은 지금 뭘 하고 있을까?"

터질 것 같은 속을 털어놓고 대책을 의논할 수 있는 유일한 사람이다. 그러나 그를 전쟁에 끌어들이지 않은 것은 잘한 일이다. 그가 이 마당에 들어선들 무엇을 할 수 있겠는가. 다이전은 할 일이 따로 있다. 힘을 길러야 한다. 적어도 후손들에게 망해 가는 나라를 넘겨줘서는 안 된다.

'청국의 몰락은 우리 민족의 몰락이다. 그럴 수는 없다. 시간을 벌어야 한다.'

치산은 주먹을 불끈 쥐었다.

"매국노를 죽여라."

길에서 치산을 알아본 백성들이 욕을 퍼부으며 돌을 던졌다.

'너희들이 무얼 알겠느냐. 너희들의 목숨과 재산을 보호하기 위해 그리했다는 것을 언젠가는 알게 될 것이다.'

치산은 속으로 쓰라림을 삼켰다.

5

김재연은 하루하루 급박하게 돌아가는 청국과 영국의 긴장된 관계를 주시하며 정보를 수집하고 기록했다.

치산이 베이징으로 압송된 며칠 후, 예고도 없이 천궈룽이 광저우로 돌아왔다. 천징융은 예측한 듯 별로 놀라지 않았다. 김재연과 정시윤은 천징융과 함께 천궈룽에게 인사를 하러 그의 방으로 갔다.

"치산이 압송되었다는 소식을 듣고 바로 떠났다. 광저우가 곧 포위될 거라는 소식이 있어 어물거리다가는 못 올 것 같아 급히 떠났지. 영국과 타협할 수 있는 유일한 관리가 압송되었으니 이제 남은 것은 전쟁밖에 더 있겠느냐. 황제가 계속 악수(惡手)를 두는구나."

천궈룽은 치산의 파직을 답답해했다.

"어쨌든 전쟁은 막아야 하지 않겠습니까?"

천싱융은 무슨 답이라도 나오기를 기다리듯 시선을 아버지에게 고정시켰다.

"우선 광저우만 생각하자. 그 외 지역에서는 전쟁을 막을 도리가 없다. 우 호관(浩官, 우빙젠의 관명)으로부터 빨리 내려오라는 연락이 왔었다. 어서 만나봐야겠구나. 연통을 넣어라."

"그리하겠습니다. 그렇지 않아도 행상들이 계속 의논하고 있습니다."

"자금은 마련되었느냐?"

"마련하고 있지만 워낙 큰돈이라서요."

"별수 있겠느냐. 서둘러 준비하도록 해라."

천궈룽은 김재연과 정시윤에게 시선을 주었다.

"공부하는 데 지장이 많겠구나."

"영국 말을 계속 배우고 있습니다. 징융 형님이 선생님을 집에 들였습니다."

김재연이 대답했다.

"나다니는 것이 조심스러워서요. 마침 미국 선교사가 묵을 곳을 찾는다기에 집에 들였습니다."

천귀룽이 고개를 끄덕였다.

"잘했구나. 법국 말은 상하이에 와서 배우도록 해라. 마침 예수회가 한동안 해산되었다가 다시 상하이에서 일할 준비를 하고 있다. 법국 신부들인데 학식이 높아 배울 것이 많을 것이다."

김재연과 정시윤도 예수회 신부에 대해서는 베이징에서 이미 들어 알고 있었다. 대부분 높은 학식을 갖추고 청국에서 선교하는 데도 대단히 신중해 좋은 평판을 받고 있었다.

"자네 아들 말이야. 참으로 총명하더군. 불과 몇 달 만에 영국 말과 법국 말을 제법 한다네. 내 손자들과 겨루어도 떨어지지 않아. 게다가 집을 떠났는데도 어찌나 씩씩하게 잘 지내는지."

김재연은 가슴이 뭉클했다. 아직 어린 녀석을 혼자 두고 온 생각을 하면 잠이 오지 않았다.

"뭐라고 감사를 드려야 할지 모르겠습니다. 모두 어르신 덕분입니다."

"좀 더 지나서 결정할 일이지만 내 손자들과 함께 서양에 보내 교육을 받도록 하면 좋을 것 같네."

"그리해 주신다면 저로서는 감사할 뿐입니다."

"그 아이가 서양에서 교육을 받고 돌아온다고 해도 조선에는 들어갈 수 없지 않겠나? 청국에 남아 있어도 괜찮겠나?"

"언젠가는 조선의 문도 열리겠지요. 그때를 위해 준비를 시킨다고 생각하겠습니다."

천귀룽은 고개를 끄덕였다.

천귀룽은 김재연과 정시윤을 데리고 우빙젠의 대저택을 방문했다. 정시윤은 광저우 13공행의 총상인 우빙젠을 만난다는 생각에 마음이 설레었다.

"얼마 만인가? 그동안 광저우에는 통 발걸음을 아니 했는가?"

우빙젠과 천귀룽은 반갑게 손을 맞잡고 인사를 나누었다.

우빙젠의 목소리는 작았지만 발음은 또렷했다. 우빙젠이 광둥식 영어로 서양 상인들과 직접 거래를 했다는 이야기를 들은 적이 있었다. 영어 단어를 광둥 말에 섞어 가며 말하는 광둥식 영어는 서양 사람들이 잘 알아듣기 때문에 광저우에서 유행하고 있었다.

"상하이에서 자리를 잡으려니 틈이 나지 않았네."

천귀룽은 김재연과 정시윤을 소개했다. 우빙젠은 다정한 눈으로 인사를 받았다.

"왜인들은 여러 번 만났지만 조선 사람을 만나기는 처음이군."

"왜인들과도 거래를 하십니까?"

김재연은 그가 왜인들을 만났다는 말이 예사롭게 들리지 않았다.

"거래를 직접 하지는 않네. 하지만 왜인들은 서양에 대한 관심이 많아 이곳에 와서 정보를 수집해 가고 있지. 비록 제한되어 있긴 하지만 왜는 서양과 거래를 하고 있지. 머지않은 시일 안에 서양과 거래를 확대할 것이네."

김재연과 정시윤은 마주 보았다. 그들의 눈빛이 긴장하는 것을 본 우빙젠은 다시 말을 이었다.

"서양을 오랑캐라고 하지만 그들의 우수한 점을 배워야 한다는 것에 청국과 왜국이 서서히 눈을 뜨고 있는 징조가 아니겠나. 조선은 움직임이 없는 것 같더니 자네들을 보낸 것을 보면 역시 눈을 뜨는 모양이네."

"조정에서 보낸 것이 아니라 자기들이 알아서 찾아왔다네."

우빙젠은 놀란 듯 두 사람을 번갈아 보았다.

"이 먼 곳까지 스스로 찾아오다니 대단하군. 그러면 조선에서는 아직 아무런 움직임이 없는가?"

"그렇습니다."

김재연이 대답했다.

"준비한 자는 살아남고, 준비가 없는 자는 죽을 수밖에 없네. 세계정세가 그렇게 돌아가고 있다네."

우빙젠은 그 한마디를 두 사람에게 던진 뒤 천궈룽과 대화를 나누기 시작했다.

우선 급한 것이 광저우의 문제였다. 이미 영국 수군이 광저우를 둘러싸고 청국군과 대치하고 있는 상황에서, 황제의 명을 받은 이산이 영국군과 전투를 벌였지만 참패가 계속되었다. 아직 광저우에 남아 있는 린쩌쉬는 자신의 경험에 비추어 이산에게 전쟁에 신중할 것을 권했지만 황제의 명을 따를 수밖에 없는 이산은 무모한 전쟁을 계속했다. 아직은 전화(戰禍)가 광저우 성안까지 미치지 않았지만 언제 닥칠지 모르는 위급한 상황이었다.

"전쟁을 막아야 하네. 그러기 위해서는 자금이 필요하지."

우빙젠은 돈으로 전쟁을 막을 준비를 하고 있었다.

"이산을 설득해 보았는가?"

천궈룽이 물었다.

"황제가 원하는 것을 이산인들 어쩔 도리가 없겠지. 결국 이산이 나를 찾는 날이 올 걸세."

"얼마나 준비해야 하는가?"

"육백만 냥이 될 것 같네. 반은 우리 공행들이 내야 할 것이고. 자네도 준비되었겠지?"

"그렇다네. 그런데 그것으로 전쟁이 마무리될 수 있겠는가?"

"저들은 공행 제도를 폐지하고 자유무역을 하기를 원하고 있네. 그리고 홍콩을 할양하고, 광저우를 비롯해 다른 항구를 개항하라고 요구할 것이네. 저들은 원하는 것을 포기하지 않을 것이고, 전쟁은 확대될 수밖에 없어. 그러면 청국은 저들이 원하는 것을 다 내줄 수밖에 없지."

"그리 되겠지. 자유무역을 원하니 이제 공행들도 문을 닫을 때가 된 모양이네."

"그렇지. 이미 파산한 양행들도 많고, 나도 문 닫을 준비를 하고 있네. 참으로 오랜 세월 조정에서 뜯어 가더니 이제 그것도 끝이 나겠군."

"이백여 년 되었지. 문제는 그 뒤가 아니겠나. 광저우가 이대로 무너지게 둘 순 없지."

"그래서 내가 급히 자네를 내려오라고 한 것 아닌가. 이젠 상하이야. 광저우의 상권을 상하이로 옮길 준비를 해야 하네. 이대로 내줄 수야 없지 않은가?"

천귀룽이 그러했듯 광저우의 많은 상인이 상하이로 터전을 옮길 준비를 하고 있었다. 우빙젠은 영국과 미국의 믿을 만한 상인들을 천귀룽에게 소개하기로 했다. 자유무역 체제로 바뀌면 서양 상인들과 긴밀하게 협조하지 않고는 장사를 할 수가 없을 것이다.

천귀룽은 우빙젠을 여러 번 찾아갔다. 우빙젠이 거동하기 힘들었기 때문이다. 우빙젠은 서양의 정세와 함께 상인들에 대한 상세한 정보와 자신의 의견을 이야기해 주었다. 또한 우빙젠은 자신이 데리고 있는 점원들과 믿을 만한 청국 상인들을 소개했다. 자유무역이 실시되면 서양 상인들과 청국 상인들 간의 원활한 거래를 위해 둘을 매개할 수 있는 매판(買辦)이 필요할 수밖에 없고, 매판의 역할이 중요하게 떠오를 것이다. 우빙젠은 천귀룽에게 오랫동안 상도를 익힌 광저우의 점원들이 매판으로 자리 잡도록 도와줄 것을 강조했다. 그들은 서양에 대한 지식과 서양 상인들의 성격을 누구보다 잘 파악하고 있기 때문에 상하이에서 그들이 활동할 수 있도록 자리를 마련해야 한다는 것이다.

우빙젠은 가끔씩 만찬을 열어 서양 상인들과 천궈룽이 서로 알아갈 수 있도록 기회를 마련했다. 천궈룽이 우빙젠의 저택을 방문할 때면 천징융이 그림자처럼 따라다녔다. 천징융의 유창한 영어 실력이 그들의 호감을 사는 데 중요한 역할을 했다. 김재연과 정시윤은 천징융이 들려주는 이야기를 들으며 상황이 돌아가는 것을 대충 짐작할 수 있었다. 광저우를 둘러싼 전쟁의 기운은 짙어 갔다. 이기든 지든 전쟁을 불사하겠다는 황제의 뜻은 변할 줄 몰랐다.

5월 21일, 청국군은 야밤을 틈타 배를 몰고 영국군을 공격했다. 급습을 당한 영국군은 잠시 당황하며 약간의 피해를 입었지만, 곧바로 반격을 시작해 다음 날 아침에는 후먼 포대와 주장 강 연안의 요새들을 점령하고 광저우 성을 완전히 포위했다. 이산이 이끄는 18,000명의 청국군은 패퇴하여 성안으로 밀려들었고, 대혼란이 일어났다. 대패를 당한 이산은 엘리엇에게 협상을 요청했다. 엘리엇도 무리하게 전쟁을 계속하면 광저우 주민들의 반감을 살 것이 염려되어 협상에 응했다.

이산은 협상을 어찌 해야 할지 고민하다가 결국 우빙젠을 찾았다. 아무래도 양인들을 잘 아는 상인이 나서야 한다고 판단했기 때문이다. 우빙젠은 협상을 지휘했다. 하지만 저택에서 한 발짝도 나오지 않았다. 그의 아들 우사오룽(伍紹榮)과 그가 이끄는 이화행이 협상에 앞장섰다.

청국은 육백만 냥을 배상금으로 지불하고 청국군은 광저우 성에서 60리 밖으로 철수하고, 영국군은 후먼으로부터 철수하고, 홍콩 할양 문제는 연기하기로 합의하는 소위 '광저우 협약'을 맺었다. 5월 31일, 영국은 배상금을 받고 후먼에서 철수하기 시작했다.

광저우 주민들의 양인에 대한 적개심이 끓어올라, 여기저기서 소규모의 저항이 일어났다. 그러나 이내 사태를 받아들이지 않을 수 없었다. 광저우에는 '사방에 대포알이 빗발치고 우빙젠이 돈으로 대포알을 막아 냈다.'라는 우빙젠을 빗대는 노래가 퍼졌고, 우빙젠이 벼락을 맞아 죽었다는 소문이 돌기도 했다. 그러나 관리들이 볼 때는 역시 우빙젠이었다. 서양을 잘 알기 때문에 광저우의 위기를 돈으로 막을 수 있었던 것이다. 그렇게 광저우의 전란은 일단락되는 듯했지만 청국과 영국의 전쟁은 계속되었다.

저녁을 먹고 나서 김재연과 정시윤은 정원을 산책했다.

"영국군이 계속 북상하고 있으니 상하이도 시간문제 아닌가?"

정시윤의 말에 김재연은 고개를 끄덕이며 대답했다.

"우리도 광저우를 떠나 상하이로 가야 하지 않나?"

"그렇지 않아도 어르신이 상하이로 곧 떠나자고 하셨네."

"상하이도 머지않아 함락되겠군. 내 생각에는 전장(鎭江)에서 전투가 벌어지지 않을까 싶네. 전장 부근에 상하이와 난징(南京)이 있고, 베이싱으로 가는 대운하가 있지 않은가. 한쪽은 반드시 점령해야 하고, 다른 한쪽은 반드시 방어해야 하니 전투가 지열할 설세. 아무래도 그곳에서 선생이 끝날 것 같네. 우리도 빨리 상하이로 가서 상황을 살펴야 할 것 같네."

"그런데 말일세. 떠나기 전에 아오먼에 가 있는 두 조선 소년의 소식을 알고 싶네. 내가 책문에서 그들을 본 것이 벌써 오륙 년은 된 것 같은데, 이젠 소년이 아니라 청년이 되었겠군."

"나도 궁금했다네. 아오먼이 지척이지만 전시라 쉽게 갈 수 없을 것 같네. 찾아간대도 만날 수 있을지도 알 수 없고."

"그래도 이곳에선 소식을 알아볼 수 있지 않겠나. 여길 떠나면 힘들지. 징융 형님에게 소식을 알아봐 달라고 부탁해 봐야겠네."

며칠 후 천징융은 마카오의 파리 외방전교회 경리부에서 사제 수업을 받고 있는 김대건과 최양업이 잘 지내고 있다는 소식을 알아다 주었다.

그런데 프랑스 함대 에리곤호가 마카오에 들어와 있는데, 함장으로 보이는 프랑스 사람이 자주 경리부에 드나든다는 것이다. 프랑스 황제가 파견한 사절이 와 있는데, 프랑스도 참전은 늦었지만 중국 일에 관여하기로 작정하고 통역을 구하러 경리부를 드나드는 것 같다고 했다.

김재연과 정시윤은 조선의 두 성직자 후보생이 무사하다는 소식을 확인한 뒤 상하이로 출발했다.

10장

전쟁이 지나간 자리

1

광저우는 위기에서 벗어났지만 중국과 영국 간의 문제는 해결될 기미가 없었다.

8월, 신임 전권대사 포팅어가 도착하고, 인도에 주둔하고 있던 지원 함대도 도착했다. 사태는 다시 전쟁으로 치달았다. 엘리엇이 영국 정부의 지시를 제대로 따르지 않고 중국을 봐주고 있다고 판단한 포팅어는 북상하여 전쟁을 확대하기로 결정했다. 그는 영국 정부로부터 자국민의 안전과 전쟁 배상금을 확보하고 상하이를 비롯한 5개 항구를 개방하여 무역을 확대시키는 한편 홍콩을 즉각 할양받을 것을 지시받았다. 포팅어는 함대를 끌고 중국 연안의 중요한 항만을 점령하기 시작했다. 샤먼과 딩하이는 물론 닝푸(寧浦)까지 점령하고, 이듬해인 1842년 여름에는 상하이는 물론 양쯔 강과 베이징을 연결하는 대운하의 중요한 거점인 전장을 향해 돌진했다.

김대건은 햇빛에 부서지는 파도에 눈을 뗄 수 없었다. 눈부시게 아름다운 빛살이 몇 년 전에 다녀왔던 롤롬보이(Lolomboy)의 대나무 숲 사이로 쏟아지던 햇살과 겹쳐졌다.

롤롬보이는 필리핀 마닐라에서 조금 떨어진 곳에 있는 바닷가 마을이다. 바닷바람이 불어올 때면 대나무 숲은 환호성을 올렸다. 김대건은 대나무 잎이 스치는 소리를 들으며 나무 꼭대기를 올려다보았다. 푸른 숲을 비추는 햇빛은 나무 사이에서 조각이 되어 찬란하게 빛났다. 김대건은 햇빛 조각을 향해 손을 내밀었다. 손바닥 위로 내려온 빛을 잡으려 주먹을 쥐었다. 그러나 빛은 어느새 빠져나와 주먹 위를 비춘다. 김대건은 소리 내어 웃었다. 그리고 이리저리 빛을 쫓아 대나무 숲을 돌아다녔다. 상쾌했다. 가슴 속에 빛이 스며들도록 두 팔을 벌리고 빛을 향해 얼굴을 들었다. 대나무 잎이 얼굴을 스쳤다. 그는 두 팔로 대나무를 감싸 안았다. 고향에도 대나무가 자랐다. 필리핀 대나무보다 키는 작지만 아름답고 단단했다.

두 눈에 눈물이 고였다. 허리 통증이 올 때면 김대건은 롤롬보이의 대나무 숲을 생각했다.

린쩌쉬라는 사람이 광저우에 흠차대신으로 오면서 마카오에도 전운이 감돌았다. 사태가 심각해지자 마카오에 있는 파리 외방전교회 경리부에서는 몇몇 신부와 신학생들을 필리핀으로 피신시켰다. 처음에는 마닐라에서 지내다가 롤롬보이에 있는 도미니칸 수도회의 농장으로 옮겨갔다. 마닐라에서는 외출을 할 수 없었는데 롤롬보이로 옮겨온 뒤로는 매일 산책이 허용되었다. 낮에는 태양이 작열했지만 오후 늦게부터는 시원한 바닷바람이 불었다. 농장 근처에 있는 초원으로 산책을 나갔는데 가는 길에 대나무 숲이 있었다. 마카오에서는 늘 두통과 복통, 허리 통증으로 고생했는데 롤롬보이에서는 통증이 많이 가라앉았다. 그렇게 육 개월을 지내다 전세가 호전되었으니 마카오로 돌아오라는 통지를 받고 마카오로 귀환했다. 그러나 마카오에서는 통증이 다시 시작되었고, 약을 먹어도 별 차도가 없었다.

열여섯 나이에 최양업, 최방제와 함께 엄동설한에 조선을 떠나 팔 개월간의 긴 여정 끝에 1837년, 마카오에 있는 파리 외방전교회 경리부에 도착했다. 그곳에서 신학교 생활이 시작되었다. 처음에는 주로 라틴어를 배웠고 프랑스어도 조금 배웠다. 라틴어를 알아듣기 시작하면서 교리도 배웠다. 그러나 일과에는 공부보다 일이 더 많았다. 무거운 짐을 나르다 허리를 다친 뒤로 늘 허리에 통증을 느꼈다. 그뿐 아니라 감기를 심하게 앓고부터는 늘 두통과 복통이 따라다녔다. 하루하루가 고통스러웠지만 신부가 되겠다는 일념은 변함이 없었다.

최방제는 모든 면에서 탁월한 능력과 모범적인 태도로 프랑스 신부들의 기대를 모았다. 그러나 일 년도 못 되어 열병으로 세상을 떠났다. 김대건과 동갑이지만 몇 달 먼저 태어난 최양업은 과묵하고 침착해서 좀처럼 속을 드러내지 않았다. 신부들은 그런 최양업을 좋게 평가했다. 반면 병약해서 늘 고통을 호소하는 김대건을 골칫거리로 여겼다. 신부들의 편애하는 모습을 대할 때마다 김대건은 부아가 치밀었다. 누가 아프고 싶어서 아픈가. 참을 수 없을 때는 약을 타서 먹었지만 통증은 좀처럼 가라앉지 않았다. 김대건은 급기야 머리털이 빠지고 그나마 남은 머리는 하얗게 변하고, 얼굴빛은 창백하다 못해 노랗게 변했다. 김대건은 복도를 지나다 창에 비친 자신의 추한 모습을 물끄러미 바라보곤 했다. 누가 이 모습을 보고 십 대의 젊은이라고 할 것인가. 한숨이 나왔다.

신학과 철학을 제대로 공부하게 된 것은 메스트르(Joseph Maistre)와 베르뇌(Siméon Berneux) 신부가 마카오에 도착해 교육을 전담하면서부터였다. 그런데 지난해(1841년) 프랑스 함선 에리곤호와 파보리트호가 마카오에 도착하면서부터 생활에 큰 변화가 일어났다.

프랑스 황제 루이 필리프(Louis Philippe)가 청국과 영국 간의 사태를 지켜보다가 전쟁이 막바지에 이르자 이권이라도 챙길 생각으로 함대를 파견했다. 더불어 자국의 선교사들이 숨어서 활동하고 있는 조선의 사정을 살펴, 관계를 맺을 수 있을지 알아보도록 지시했다. 에리곤호의 함장 세실(Cécille) 제독은 마카오에 도착하자 자국의 선교사들이 거주하고 있는 파리 외방전교회 경리부를 찾아와 중국 사정을 자세하게 물어보았다.

메스트르 신부는 에리곤호에 유능한 의사가 있음을 알고는 세실 제독에게 김대건을 치료해 달라고 부탁했고, 세실 제독은 쾌히 승낙했다. 김대건을 진찰한 의사는 흉한 몰골의 젊은이를 가여운 눈으로 보다가 증상을 물었다. 김대건이 온갖 통증을 말하자 의사가 청진기를 김대건의 가슴과 등에 대고 꼼꼼히 살핀 뒤 뜻밖의 진단을 내렸다. 오래전에 앓았던 감기가 낮지 않아 온몸 구석구석에 병을 유발하고 있다는 것이다. 생전 처음 듣는 말이었다. 감기는 앓고 지나가면 그만인 줄 알았는데, 그것이 원인이 되어 그토록 심한 통증을 일으킨다니 믿어지지 않았다. 의사가 처방해 준 약을 먹은 뒤로 놀랍게도 통증이 사라지기 시작했다. 서양 의술의 신기함을 체험한 김대건은 서양에 대한 인식이 바뀌게 되었다. 그 뒤에도 여러 번 에리곤호로 의사를 만나러 갔고 건강은 날이 갈수록 호전되었다. 김대건은 에리곤호에 드나들면서도 배의 시설을 자세히 살펴볼 기회는 없었는데, 뜻밖에 에리곤호에 탑승해 여행을 하게 되었다.

중국 사태를 관망하고 있던 세실 제독은 움직일 때가 되었다고 판단했다. 그래서 중국과 프랑스 말을 할 수 있는 통역관을 구해 달라고 외방전교회 경리부에 요청했다. 세실 제독은 북상한 뒤에 기회를 봐서 조선을 돌아볼 생각이라고 했다. 조선으로 향할 기회를 엿보던 신부들은 절호의 기회라며 기뻐했다. 그래서 메스트르 신부와 김대건이 에리곤호에 오르고, 브뤼니에르(Maxime de Bruniere) 신부와 최양업이 파보리트호에 탑승하기로 했다.

에리곤호는 파보리트호보다 먼저 2월에 마카오를 출발해 마닐라와 대만을 거쳐 양쯔 강 하구를 향했다. 그동안 김대건은 배의 시설을 상세히 살펴볼 수 있었다. 김대건은 엄청난 시설에 입이 다물어지지 않았다. 그런데 메스트르 신부는 프랑스 함선은 영국 함선에 비교할 바가 못 된다고 했다. 그렇다면 영국 함선은 얼마나 대단할까. 김대건은 가슴이 철렁했다. 청국이나 조선의 배가 생각났기 때문이다. 그래서 겨우 배 몇 척을 끌고 온 영국이 청국 해안을 헤집고 돌아다닐 수 있었다는 것을 실감했다. 청국과 영국 간에 전쟁이 시작될 때만 해도 김대건은 다른 청국인들처럼 그깟 배 몇 척이 대국의 상대가 되겠는가 생각했었다. 그런데 멀리서나마 영국 함선의 위용을 봤고, 이렇게 프랑스 함선의 내부를 속속들이 보고 나서는 생각이 바뀌었다. 땅이 넓은가 좁은가, 인구가 많은가 적은가는 큰 문제가 아니다. 전쟁은 무기가 중요하다. 서양의 함선과 대포, 소총, 어느 것 하나 대단하지 않은 것이 없다.

김대건은 조선에 들어갈 꿈을 안고 프랑스 함선에 올랐다. 함선은 계속 북상하고 있으니 금년 안에 조선으로 들어갈 수 있을 것 같아 가슴이 설레었다. 고향을 떠난 지 벌써 5년이 넘었다. 열여섯의 소년으로 조선을 떠나 이십 대의 청년이 되어 돌아가는 것이다. 조선! 생각하면 가슴이 쩡하게 저렸다. 얼마나 그리던 고향인가. 부모님은 안녕하신지, 혹 순교하셨는지 알 수가 없다. 몇 년 전에 유진길이 보내 준 편지가 마지막이었다. 큰 박해가 있었다는 소식은 들었지만 부모님이나 유진길이 어찌 되었는지 알 수가 없다.

에리곤호는 북상해 5월에 상하이 부근의 저우산에 입항했다. 저우산은 이미 영국군에 점령되어 입항하는 데 문제가 없었다. 열흘 정도 저우산에 머물며 필요한 것을 준비한 뒤 함선은 다시 북상했다.

영국군은 6월에 상하이를 점령한 뒤 7월 12일 전장 부근에 도착해 전투 준비를 하고 있었다. 전장은 전세를 판가름하는 중요한 기지였다. 청국의 팔기군이 부패했다고는 하지만 이곳에 주둔하고 있는 1,800명의 팔기군은 달랐다. 그들은 죽기를 각오하고 항전을 준비했다. 전투는 치열했다. 이제껏 영국군은 큰 희생 없이 중요한 항구를 점령했지만 전장은 만만치 않았다. 팔기군과 주민들이 결사 항전했지만 막강한 위력을 발휘하는 영국군의 대포를 당해 내지 못했다. 결국 전장도 영국군의 손에 떨어졌다. 하지만 영국군은 처음으로 170명에 달하는 희생자를 냈다. 팔기군은 600명이 희생되었고, 살아남은 팔기군은 가족을 죽인 뒤 자결했다.

에리곤호는 우쑹(吳淞)에 도착해 다시 상황을 지켜보며 출발을 연기했다. 세실 제독은 기다리기 지루했던지 난징으로 가자고 했다. 에리곤호는 함선의 몸체가 너무 커서 강을 거슬러 올라가기 어려워 김대건과 부관이 상하이로 가서 작은 배를 구해 왔다. 세실 제독은 루이 필리프의 사절 장시니(D. Jancigny)와 부관 한 명과 지리학자 한 명, 통역관으로 김대건을 대동하고 난징으로 가기 전에 전쟁이 치열했던 전장을 돌아보았다. 메스트르 신부는 몸이 불편해 에리곤호에 남아 있었다.

전쟁이 지나간 자리를 되짚는 것은 평상심으로는 못 할 노릇이었다. 미처 치우지 못한 시체들이 즐비했고, 썩는 냄새로 코에서 손을 뗄 수 없었다. 무더위가 기승을 부리는데 누구 하나 시체들을 옮길 생각을 못 했다. 건물 잔해들이 발에 채였다. 김대건은 일행의 뒤를 묵묵히 따랐다.

청국 안내인이 전쟁 상황에 대해 이야기했다.

"뭐라고 하는가?"

세실 제독이 뒤를 돌아다보며 김대건에게 물었다.

"전쟁이 치열했다고 합니다. 살아남은 청국군과 관리들은 집으로 돌아가 가족을 죽이고 자결했다고 합니다."

"잔인한 놈들. 어떻게 처자식을 제 손으로 죽이는가. 항복하면 살 것 아닌가. 정신 나간 놈들."

세실 제독은 별 미친놈들 다 보겠다는 듯 아무렇지도 않게 말하고, 시체를 발로 차며 걸었다.

김대건은 기가 막혔지만 아무 말도 할 수 없었다. 폐허 속을 걷고 있는 자신의 발길이 잔인하게 느껴졌다. 영국과 한통속인 서양 사람의 뒤를 따르며 그들의 이익을 위해 통역을 하고 있는 자신이 역겨웠다. 천주님의 사랑을 전하겠다고 성직자의 길로 들어섰는데, 사랑이 아니라 자신의 이익을 위해 무자비하게 사람을 죽이는 인간들과 함께 돌아다니고 있다. 이 무슨 모순이란 말인가.

전장이 함락된 것은 청국의 사기를 꺾는 데 결정적인 역할을 했다. 영국군은 멈추지 않고 8월 초 난징을 향했다. 고도(古都)인 난징이 함락될 위기에 처하자 청국은 급히 흠차대신 치잉(耆英)과 이리부(伊里布)를 난징으로 급파해 종전을 위한 회담을 제의했다. 청 조정은 태조가 명나라를 건국할 때의 도읍이었고 고대 여러 왕조의 도읍이었던 난징이 영국의 대포로 파괴되는 것은 상상할 수 없는 일이었다. 만일 그렇게 된다면 황제의 위신이 추락할 뿐 아니라 백성들의 원성이 높아질 것이기 때문에 하루바삐 전쟁을 마무리하도록 흠차대신에게 명했다. 청국은 전쟁을 더 끌고 갈 힘도 없었다. 팔기군만으로는 영국군을 당해 낼 수 없어 한족 가운데 군사를 모아야 했다. 하지만 한족은 청 조정에 그다지 협조적이지 않아 군사를 모으기가 어려웠다. 영국의 신무기에 대항할 무기도 없고, 군의 사기 또한 땅에 떨어져 있으니 참패가 이어질 수밖에 없었다. 결국 황제는 자존심을 꺾고 손을 드는 수밖에 없었다.

전장을 구경하며 돌아다니던 세실 제독은 황제가 급히 화친을 제의했다는 소식을 듣고 마음이 급해졌다. 세실 일행은 급히 난징을 향했다. 그러나 이미 청국과 영국 간의 회담은 끝나 가고 있었다. 그들은 회담 마지막 날, 강화조약이 조인될 때야 겨우 난징에 도착했다. 마음이 급해진 세실 제독은 서둘러 조약이 이루어지고 있는 콘윌리스호에 올랐다.

1842년 8월 29일, 승전국 영국의 포팅어와 패전국 청국의 치잉 사이에 조인된 조약이 난징 조약이다.

이 조약에서는 영국이 요구하는 것을 청국 황제가 대부분 승인했다. 즉, 정식으로 홍콩을 영국에 할양하고, 광저우·샤먼·푸저우·닝보·상하이의 5개 항을 개항하며, 개항장에는 영사(領事)를 설치한다는 것이다. 또한 전비 배상금으로 1,200만 냥을 영국에 지불하고, 공행과 같은 독점 상인을 폐지하고, 수출입 관세의 결정을 청국과 영국 두 나라가 공동으로 상의해 결정하기로 합의했다. 전쟁의 직접적인 원인이었던 아편 문제는 영국의 뜻대로 결론 났다. 애초 난징 조약에서 영국은 아편 무역의 합법화를 요구했지만 청국 조정으로서는 백성을 병들게 하는 독약의 판매를 합법화하는 내용을 명문화할 수는 없었다. 그러나 청국은 상인들이 아편을 소지하더라도 검사하지 않겠다는 약속을 함으로써 사실상 아편 무역을 승인했다. 이로써 영국을 비롯한 서양 제국은 중국에서 아편을 자유롭게 판매할 수 있게 되었다. 결국 청국 전역이 아편에 노출된 것이다.

난징 조약을 체결함으로써 세계 질서 속에서의 중국의 위치에 큰 변화가 일어났다. 과거 중국은 어느 왕조건 중국 외의 다른 나라를 대등하게 인정하지 않고 조공국으로만 인정했다. 영국도 마찬가지 대우를 받았다. 그래서 영국은 끈질기게 대등한 국가 관계를 요구해 왔는데 영국의 함대와 대포가 그것을 얻어 낸 것이다.

한편 프랑스와 미국은 난징 조약을 구경할 수밖에 없는 처지였다.

"이긴 영국만의 잔치가 아닙니까? 이 거대한 중국을 영국이 독식하다니 있을 수 없는 일입니다. 우리도 방도를 생각해야겠습니다."

프랑스와 미국 내표는 끓는 속을 나누었다. 자신들은 아무런 이권도 취하지 못한 난징 조약에 대해 본국에 보고할 일이 난감했다.

프랑스 사절 장시니가 세실 제독 앞으로 다가왔다.

"이 조약은 개정되어야 합니다. 영국이 독식하는 것을 두고만 볼 수 없지 않소?"

세실 제독 역시 불쾌한 감정을 감추지 않고 말했다.

"물론입니다. 조약을 개정하도록 촉구해야지요. 안 되면 다시 전쟁을 해야 합니다. 이번엔 연합군을 구성해야지요."

김대건은 둘의 대화를 들었다. 프랑스 말을 배웠고 상황이 돌아가는 것을 감지했기 때문에 그들의 말을 정확하게 알아들을 수 있었다. 세실 제독이 그들과 조금 떨어진 곳에 있는 김대건을 불렀다.

"청국 대표들을 만나 인사라도 해야겠으니 통역을 해야겠다."

김대건은 세실 제독의 뒤를 따라 청국 대표들이 있는 자리로 갔다. 장시니와 세실 제독이 치잉과 이리부를 향해 정중히 인사했다.

"영국과 우호 관계를 맺었으니 우리 프랑스도 청국과 우호 관계를 맺기를 원합니다. 영국과 같이 대등한 관계로 말입니다."

치잉은 잠시 뜸을 두었다가 대답했다.

"청국은 어느 나라와도 우호 관계를 유지하기를 바랍니다. 하지만 지금은 영국과의 관계만 고려하고 있습니다."

"영국처럼 대등한 관계를 맺으려면 어찌 해야 하겠습니까? 우리 프랑스도 영국과 비교해 국력이 떨어지지 않습니다."

치잉은 불쾌한 내색을 드러내지 않고 미소로 답했다.

"서두르실 것 없습니다. 귀국(貴國)뿐 아니라 미국이나 다른 나라들도 우리와 관계 맺기를 원하고 있습니다. 천천히 고려해 보겠습니다."

치잉과 이리부는 정중히 고개를 끄덕여 보이고는 자리를 피했다. 세실 제독은 불만을 감추지 않고 김대건에게 말했다.

"너는 중국어를 잘하니까 저 회담이 돌아가는 것을 알아들었겠지. 이 조약에는 그리스도교의 선교 자유에 대한 언급은 없다. 이전과 똑같은 상황이라는 말이지. 종교 자유는 우리 프랑스가 얻어 낼 것이다. 조약을 개정할 때 반드시 그리스도교의 선교 자유를 넣을 것이니 두고 봐라."

장시니가 세실 세독을 향해 말했다.

"선교 자유를 반드시 얻어야 하오. 이미 중국에는 우리 선교사들이 많이 들어와 있소. 라자리스트 회원 중에도 프랑스 선교사가 많고, 프랑스 예수회도 다시 들어와 상하이에 자리를 잡기 시작했소. 북방과 조선에서는 파리 외방전교회 선교사들이 활동하고 있지요. 앞으로 조약이 개정되면 더 많은 선교사를 파견해 우리의 거점을 확보해야 하오."

선교사들을 파견해 프랑스의 이익을 추구하는 도구로 삼겠다는 것이다. 실제로 난징 조약은 시작에 불과했다. 이듬해 후먼 조약에서 난징 조약의 내용이 개정되었고, 그다음 해 1844년에는 미국과 프랑스와도 왕샤 조약과 황푸 조약을 체결했다. 관세와 같은 국제법에 무지했던 중국은 별로 따져 보지도 않고 개정을 허락했다. 개정된 조약에는 외국인도 중국인과 동등한 권리를 누린다는 최혜국 대우 조항이 추가되었다. 그뿐 아니라 통상이 인정된 항구에는 군함을 파견할 수 있다는 규정이 추가됨으로써 외국의 병선(兵船)이 자유롭게 드나들 수 있는 여건이 마련되었다. 또한 중국에서 일어난 영국인의 범죄는 그 재판권이 영국 영사에게 있다는 치외법권과 영국인도 땅을 빌려 건물을 세우고 영구히 거주할 수 있다는 조항이 추가됨으로써 영국은 중국에서의 조계(租界)제도의 기반을 마련했다. 그리고 황푸 조약에서 프랑스는 개항한 항구에서는 그리스도교가 자유롭게 교회를 세우고 선교할 수 있다는 조건을 추가함으로써 근대 중국에서 서양 정치 세력과 그리스도교의 밀착 관계가 조성되었다.

김대건은 상시니와 세실 제독의 말을 알아들었지만 아무런 반응도 보이지 않았다. 세실 제독이 김대건의 어깨를 치며 말했다.

"이제 조선은 가지 않겠다. 전쟁이 끝났으니 귀국해야겠다. 넌 참 훌륭한 통역관이었어. 용기와 기지도 뛰어나고 중국어도 유창하고. 다음에 오면 다시 부르지."

김대건은 대답하지 않았다. 애초에 에리곤호를 탄 것은 통역이 아니라 조선에 가기 위해서였다. 마카오에서 통역관을 부탁할 때 중국을 거쳐 조선으로 들어가겠다는 약속을 했기 때문에 메스트르 신부가 선뜻 나선 것이다. 그러나 막상 메스트르 신부와 김대건이 배에 오르자 세실 제독의 말은 변했다. 조선으로 갈 수도 있고, 안 갈 수도 있다는 것이다. 상황이 유동적이니 모든 것이 유동적일 수밖에 없다는 것이다. 메스트르 신부는 같은 프랑스 사람이지만 그를 믿을 수 없다며 불쾌해했다.

"세실은 군인이라기보다 정치인이야. 이익을 따라 움직이는 사람이지. 아무튼 우리는 갈 수 있는 곳까지 가서, 우리 힘으로 조선에 들어가는 방법을 찾아야겠다."

김대건은 이미 각오하고 있었다. 조선으로 가는 길을 열어야 한다. 그의 각오는 다부졌다.

김대건은 세실 제독 일행과 함께 회담이 열렸던 콘월리스호에서 나왔다. 막 길을 들어섰을 때 낯선 사내 둘이 자신을 유심히 보는 것을 느꼈다. 시선이 마주쳤다. 한 사람은 어딘가 낯이 익었다. 그러나 어디서 봤는지 쉽게 떠오르지 않아 그들을 지나쳤다. 몇 걸음을 옮기던 김대건은 등 뒤에서 그들의 시선이 자신을 쫓고 있는 것 같아 발을 멈추고 뒤를 돌아보았다. 그러자 그들이 빠른 걸음으로 다가와서 말을 걸었다.

"혹시 조선 사람입니까?"

"그렇습니다."

"나를 알아보겠습니까? 책문에서 만난 적이 있는데요."

"아, 기억납니다. 모습이 많이 변하지 않으셨군요. 함자가 생각이 안 납니다."

"정시윤이오. 그때는 열여섯 소년이었는데 어느새 청년이 되었군요."

김대건은 그의 옆에 있는 사람에게 눈이 갔다.

"아, 이쪽은 김재연이라고 합니다. 조선의 역관이지요."

김재연과 김대건은 서로 가볍게 목례를 했다.

"그런데 회담에 참석했었습니까?"

"막판에 잠깐 법국의 통역을 도왔습니다."

"역사에 남을 회담에 조선 청년이 참석했다니 믿기지가 않습니다."

"마지막에 조인식을 구경만 한 셈입니다. 법국은 이 전쟁에서 얻을 것이 없었으니까요."

그때 세실 제독의 부관이 뒤를 돌아보며 김대건을 재촉했다.

"뭘 하는가? 빨리 오게."

김대건은 얼른 인사를 하고 일행의 뒤를 따라갔다.

"누군가?"

부관이 물었다.

"지나가던 사람인데 강으로 가는 길을 물어서 알려 줬습니다."

"말조심해야 돼."

김대건은 고개만 끄덕였다.

숙소로 돌아온 김대건은 잠자리에 들었지만 잠을 이룰 수가 없었다. 회담장의 모습이 눈앞에 어른거렸다. 조선에서는 대국이라 떠받들고 있는 청국이 그토록 초라한 모습이라니 믿기지 않았다. 청국은 영국이 원하는 대로 늘어술 수밖에 없단 말인가. 그런데 조선은 그런 청국만 바라보고 있다. 얼마나 위험한 일인가. 영국의 대포가, 프랑스의 대포가, 미국의 대포가 조선을 겨누지 않는다고 장담할 수 없다.

그는 자리에서 벌떡 일어나 옷을 주섬주섬 챙겨 입고 몰래 밖으로 빠져나왔다. 밤거리를 걸으며 바람이라도 쐬고 싶었다. 숙소를 나와 몇 걸음 옮기지 않았는데 앞에서 두 사람이 이쪽을 향해 오고 있는 것이 보였다. 김대건은 걸음을 멈추었다. 잠시 후 어둠속이지만 낮에 본 조선 사람이라는 것을 알 수 있었다.

"웬일이십니까?"

김대건은 의아해서 물었다. 그러자 김재연이 앞으로 나서며 대답했다.

"낮에 잠깐 보고 이대로 헤어지려니 미련이 남아 뒤를 따라왔습니다. 부근에 숙소를 잡았지요."

자신의 뒤를 밟았다는 말을 하는데도 불쾌하지 않고 오히려 그들이 반가웠다.

"저를 기다리셨다면 이유가 있겠지요?"

"그렇습니다. 이 중요한 회담을 직접 본 유일한 조선 사람이 아닙니까? 이 회담은 청국과 영국 간의 문제지만 언젠가는 조선도 비슷한 상황에 처하지 않겠습니까? 조정에서 알고 있어야 할 문제입니다."

"청국이 형편없었어요. 영국이 원하는 대로 다 내주었습니다."

"회담에서 이루어진 내용은 이미 대충 알고 있습니다. 그런데 이번 조약에 법국은 참여하지 않았지요?"

"그래서 속을 앓고 있습니다. 머지않아 법국도 청국에 요구할 것입니다. 미국이나 네덜란드, 포르투갈도 그럴 것입니다. 그리고 영국도 이것으로 만족하지 않습니다. 계속 조약 갱신을 요구할 것입니다."

"요구가 점점 늘어나겠군요. 청국은 그런 걸 알고 있을까요?"

"글쎄요. 조정에서는 모를 것입니다. 서양이 요구하는 것이 후에 어떤 문제가 될지도 모르면서 회담에 응할 것입니다. 그러다가 청국이 들어줄 수 없는 것을 요구해 올 때는 거절할 수 있겠지요."

"만일 그런 경우가 닥친다면 서양은 다시 전쟁을 도발할 것 같습니까?"

"언제라도 전쟁할 준비는 되어 있다고 보시면 됩니다."

"그렇군요."

김재연은 잠시 뜸을 두었다가 다시 물었다.

"신부님은 되셨습니까?"

"아직 공부 중입니다. 몇 년 더 기다려야 됩니다."

"그렇군요. 그런데 어디로 가는 길입니까?"

"조선으로 갑니다."

김대건은 거침없이 대답했다.

"아직 천주교가 조선으로 가는 길은 없을 텐데요?"

"길은 어디든지 있습니다."

"그러나 막혀 있지 않습니까?"

"길을 열어야지요."

김대건은 단호하게 대답했다. 김재연은 그런 김대건을 의식하며 고개를 끄덕였다.

"조선에 가면 십중팔구는 잡힐 텐데요?"

"압니다."

잠시 침묵이 흘렀다.

"그만 들어가 봐야 합니다."

김대건이 인사를 건네려 하자 이제껏 잠자코 있던 정시윤이 나섰다.

"바로 조선으로 향합니까?"

"아직 상황을 봐야 알 것 같습니다."

"육로로 갑니까?"

"배편으로 갈까 했는데 일이 잘 안 되었습니다. 육로로 가야 할 것 같습니다."

"우리도 지금 귀국하는 길입니다. 요동을 거쳐 의주로 들어가려면 길이 쉽지 않습니다. 책문에 가게 되면 동명관에 들러 보십시오. 도움이 될 사람이 있습니다. 잘하면 거기서 또 만날 수 있을지도 모르겠습니다."

"생각납니다. 전에 조선을 떠날 때 그곳에서 저녁을 먹여 주셨지요."

"초선이라는 부인이 동명관을 돌보고 있습니다. 그 부인이 천주교 신자입니다. 정하상에게 교리를 배웠다고 하더군요."

"그렇습니까? 그러면 그분이 부인을 책문으로 보냈습니까?"

"그런 것으로 알고 있어요. 선교사들이 조선으로 입국하는 데 도움을 주려고 그런 것 같습니다. 그 부인을 만나면 교회 소식도 들을 수 있고 여러 가지로 도움이 될 것입니다."

"그렇군요. 정말 그런 분이 필요했습니다."

김대건은 정시윤에게 고개를 숙여 감사한 마음을 전했다.

"그럼 가 보겠습니다."

인사를 하고 김대건은 발길을 돌렸다. 그가 몇 걸음 옮기자 김재연이 불렀다.

"이곳에 며칠 더 머물면 성 외곽을 돌아보십시오. 성안은 피해가 크지 않지만 성 밖은 파괴가 심합니다. 그리고 전장에는 꼭 들러 보십시오. 처참한 광경을 보게 될 겁니다. 서양의 위력과 잔인함이 그대로 드러나고 있어요."

김대건은 고개를 끄덕여 보이고는 발길을 옮겼다. 그의 마음은 편치 않았다. 김재연의 마지막 말, 서양의 위력과 잔인함은 이미 보았다. 그런데 그 말에는 천주교가 한패가 아니냐는 의도가 들어 있는 것 같았다. 천주교가 쉽게 선교를 하려면 서양 세력이 중국과 조선에 자리를 잡아야 한다. 서양 세력과 천주교는 떼려야 뗄 수 없는 관계가 아닌가? 그의 발걸음은 무거웠다.

이튿날 김대건은 세실 제독 일행과 함께 배를 타고 난징을 떠나 우쑹으로 돌아갔다. 우쑹에서 에리곤호에 승선하자 최양업이 브뤼니에르 신부와 함께 김대건이 돌아오기를 기다리고 있었다. 그들이 탔던 파보리트호도 우쑹에 도착한 것이다. 최양업은 반갑게 김대건을 맞았다. 그러나 김대건은 가볍게 인사만 하고 선실로 내려갔다.

저녁밥을 먹고 김대건은 갑판으로 올라갔다. 최양업도 김대건의 뒤를 따라왔다. 김대건의 기색을 살피며 최양업이 조심스럽게 입을 열었다.

"무슨 일이 있었는가? 안색이 좋지 않군."

김대건은 퉁명스럽게 대답했다.

"언제 내 안색이 좋았던 때가 있었는가?"

최양업은 아무 말도 하지 않았다. 잠시 침묵이 흘렀다. 침묵을 참지 못한 건 김대건이었다.

"전쟁이 휩쓸고 지나간 자리에 무엇이 남는 줄 아는가? 썩은 시체들과 파괴된 집들이지. 송장 썩는 냄새가 코를 찌르고 부모 잃은 아이들은 울다 지쳐 쓰러져 죽어 가고. 살판난 건 송장 위에 달라붙어 있는 파리 떼뿐이야. 그런데 나는 양놈들과 한패가 되어 썩어 가는 시체들을 구경하고 다녔지."

최양업은 묵묵히 듣고만 있었다.

"그 양놈들이 실은 천주님과 예수 그리스도를 믿는 자들이지. 그런데 그렇게 잔인할 수 있는 걸까?"

"잔인한 건 모두 같아. 청국이나 조선에서도 얼마나 많은 천주교 신자를 잡아 죽였는가?"

"그늘은 천주님을 몰라서 그렇다고 말할 수 있지. 그런데 양인들은 천주님과 예수 그리스도의 사랑을 입에 올리고 있잖은가?"

"우리 신부님들은 다르지 않은가?"

김대건은 들은 체도 하지 않았다.

"회담장에 들어갔었네. 청국이 그렇게 무참하게 무너질 줄 누가 알았겠나. 우리는 대국이라고 떠받들고 있는데, 작은 섬나라 영국 앞에 여지없이 무너지더군. 영국이 원하는 대로 다 내주었어. 중요한 것은 이제 서양이 마음 놓고 청국에 아편을 팔 수 있게 되었다는 것이야. 사람을 짐승보다 못한 병자로 만드는 아편을 말일세. 예수 그리스도를 믿는 나라에서 그런 짓을 한다는 걸 어떻게 생각해야 할까? 난 통 모르겠네."

최양업은 김대건의 말을 들으며 한숨을 쉬었다.

"그런데 말일세. 세실 제독이 뭐라는 줄 아는가? 이번 회담에서 천주교에 이득이 될 조항이 없다는 거야. 그래서 법국이 나서서 앞으로 청국에 선교의 자유를 요구할 작정이라고 하더군. 아편과 선교 자유를 한데 묶어 청국에 요구할 작정이지."

"그게 무슨 말인가?"

"선교 자유를 얻어 법국 선교사들을 청국에 많이 파견해서 정보망을 구축하겠다는 뜻이네. 그래서 자기들도 한몫 톡톡히 잡겠다는 거지. 난 이 모든 사실을 마카오 외방전교회 경리부에 전할 생각이야. 편지를 써야지."

"조심하게."

"그들이 같은 법국 사람이라는 건 잊지 않고 있어. 내가 본 사실만 간단히 적어 보내야지. 그래도 상황은 파악하겠지."

"나서지 않는 것이 좋지 않겠는가?"

"난 마카오에 있던 예전의 김대건이 아닐세. 이제 무모하게 이리저리 툭툭 박지는 않아. 단지 본 것을 말할 걸세."

그들은 어둠이 내린 바다에 시선을 준 채 움직이지 않았다. 최양업은 김대건이 그새 많이 변했다는 것을 느꼈다. 병약해 늘 얼굴은 창백하고, 얼마 남지 않은 머리카락은 회색으로 변했었다. 그런 김대건의 얼굴에서 병색이 사라졌다. 바닷바람과 햇볕에 얼굴은 그을었고, 눈에서는 빛이 났다. 그 빛나는 눈 뒤에 무언가를 감추고 있었다. 무엇을 보았을까? 최양업은 궁금했다. 큰 충격을 받은 것은 분명했다. 김대건은 자신과 달리 외부의 자극에 민감했다. 자신이 보지 못한 그 무엇을 보고 그가 저렇게 변했는지 궁금했지만 물어보지 않았다. 천주님이 그를 이끌고 가실 거라 생각하며 궁금증을 눌렀다.

"결국 법국 함선은 우리를 여기에 떨어뜨려 놓고 제 갈 길을 가겠지. 우리 힘으로 조선으로 가는 길을 찾아야 할 것이야."

오랜 침묵 끝에 김대건이 먼저 입을 열었다. 최양업은 그의 말에 바로 수긍하지 않았다.

"아직 모르지 않는가? 확실하게 통보한 것도 아니고."

"전쟁은 끝났어. 법국은 얻은 것이 없고. 하루라도 빨리 귀국해서 대책을 의논하고 다시 오겠지. 그러니 조선에 들를 새가 없다는 말이네."

김대건의 말대로 며칠 후 함선은 프랑스인 신부 두 명과 김대건, 최양업을 우쑹에 내려놓고 프랑스로 떠났다. 우쑹은 상하이와 가까워 상하이의 주교가 그들을 상하이로 불렀다. 상하이에 도착한 그들은 육로로 만주를 지나 조선으로 들어가기 위해 주교가 마련해 준 배를 타고 요동을 향해 떠났다.

2

베이징에 도착한 것은 시월 초순이었다. 베이징은 전쟁과는 무관한 다른 세상이었다. 역시 중국 땅은 넓었다. 만일 조선에 그렇게 대포를 쏘아 냈나면 조선 전체가 쑥대밭이 되었을 것이다.

류리창 거리도 여전했다. 상점들도 여전히 문을 열었고, 거리의 노점상들도 여전했다.

김재연은 천천히 거리를 걸으며 무언가 변화를 감지해 보려고 했다. 정시윤은 그동안 비웠던 상점 일을 정리하고 귀국길에 가져갈 짐을 챙기느라 나오지 않았다. 너무 오래 남방에 머물렀기 때문에 곧 조선으로 떠나야 한다. 하지만 압록강을 건너는 일이 걱정되었다. 물살이 세기 때문에 배가 흔들려 배 안으로 물이 들어와 짐을 적시기 일쑤였다. 광저우에서 애써 베껴 온 자료들이 걱정이었다. 압록강은 10월 하순이면 얼기 때문에 11월이면 얼음 위로 건널 수 있다. 자료들을 안전하게 가져가려면 얼음이 어는 때에 맞추어 압록강을 건너야 한다. 며칠 후에는 베이징을 출발해도 될 것 같다.

숭문당 간판이 보였다. 김재연은 문을 열고 안으로 들어가 서점 안을 돌아보았다. 언제나 익숙한 책 냄새에 마음이 편안해졌다. 늘 보던 대로 후징슈는 책상에 앉아 무언가를 정리하고 있었다. 발소리를 죽이며 그의 옆으로 다가가 어깨를 툭 쳤다. 뒤를 돌아본 후징슈는 반색을 하며 자리에서 일어났다.

"김 공!"

그들은 손을 맞잡고 서로를 반겼다. 김재연은 후징슈를 따라 서점 안쪽의 객실로 들어갔다.

"전쟁 중이라 무슨 일이 있는 건 아닌지 많이 걱정했소."

"종전하는 것을 보고 떠나느라 늦었네."

"내 정신 좀 보게."

후징슈는 찻잔을 내놓고 찻물을 끓였다.

"베이징은 여전하네. 전쟁과는 전혀 상관없는 분위기지."

"겉으로는 그렇게 보이지만, 패전에 대한 충격을 숨기고 있을 뿐이지."

"그런가? 하긴 그런 놀라움을 감출 수 있는 것이 중국인이지. 감추고 생각을 하겠지."

"생각한들 별수 없을 것 같네. 종전을 했다고는 하는데, 정말 전쟁이 끝난 것인가?"

김재연은 고개를 끄덕였다.

"일단은 끝났지만 이제부터 시작이 아니겠나. 영국은 원하는 것을 다 얻어내지 못해 아직도 불만이 많네. 게다가 법국과 미국이 아무 이득도 챙기지 못했으니 가만있겠는가. 청국이 앞으로 얼마나 많은 것을 내놓아야 할지 모르겠군."

"만일 우리 조정이 내놓지 않는다면 어찌 되겠는가?"

"다시 전쟁이 시작되겠지. 그러면 청국과 영국이 아니라 연합군과 청국의 전쟁이 될 것이네."

후징슈는 팔짱을 낀 채 입을 다물었다.

"청국이 철저하게 준비하고 있다면 연합군이라 해도 그리 힘들지 않게 물리칠 수 있지 않겠나?"

"청국이 그런 형편이 아니라는 것은 김 공도 알 텐데."

이번에는 김재연이 입을 다물었다.

"언제 조선으로 떠날 텐가?"

"닷새 후에 가려고 하네."

"떠나기 전에 황 대인을 찾아뵙는 것이 좋겠네."

"그리하고 싶은데 요즘 뵙는 것이 가능할지 모르겠군."

"통 두문불출하신다는 소식은 들었네만 김 공은 반가워하실 것이야. 내일 찾아뵙는다고 알리겠네. 리옌핑에게도 연통을 넣고."

"그리해 주게."

이튿날 심재연은 황줴쯔를 방문했다. 황줴쯔는 김재연이 문 안으로 들어서자 반색을 하며 맞았다.

"고생이 심하진 않았소? 좀 야위어 보이지만 기력은 여전해 보이는군."

"별 고생은 없었습니다."

서재에 들어서서 자리를 잡고 앉자 불빛에 드러난 황줴쯔의 모습이 몹시 초췌했다. 마음고생이 심했음을 짐작했다.

"린 대인은 제가 떠나기 전까지 남방에 계시다는 소식을 들었습니다."

"알고 있소. 하지만 영국이 가만있질 않소. 전쟁의 원흉이니 처벌하라는 것이지요. 형식적으로라도 잠시 유배를 떠나야 할 것 같소."

황줴쯔는 침통한 마음을 애써 숨기며 담담하게 말했다.

"린 대인은 전쟁 동안 흠차대신 치산을 많이 도우셨습니다."

황쮀쯔의 얼굴빛이 싸늘해졌다.

"그자와 어찌 말을 섞을 수 있었겠소. 린 대인이 나라를 사랑하는 마음이 지극하니 할 수 없이 도왔겠지."

김재연은 속으로 고개를 저었다. 치산은 그렇게 내쳐질 인물이 아니라는 것을 남방에 있으면서 알 수 있었다. 김재연이 보기에 치산은 청국 관료 가운데 청국과 영국의 상황을 정확하게 파악하고 일을 처리할 수 있는 유일한 인물이었다. 멀리 유배를 갔을 테니 만나 볼 수는 없지만 어떻게 지내는지 소식이라도 알고 싶어 말을 꺼냈는데, 황쮀쯔의 못마땅해하는 모습을 보고는 말을 더 할 수가 없었다.

"청국군과 영국군의 전력 차이가 그리 심했소? 조정에서 내려보낸 병력이 영국과 비교할 수 없을 만큼 많았는데 패전할 수밖에 없었던 까닭이 무엇이라 생각하오? 직접 보았으니 정확하게 알고 있을 것 같은데."

김재연은 찻잔을 들어 한 모금 마시고 입안을 적셨다.

"이미 린 대인으로부터 들어 알고 계시는 답이 전부일 것입니다. 중과부적(衆寡不敵)이라 여겨 청국이 승리할 수 있다고 믿으셨다면 오판입니다. 숫자는 문제가 아니었습니다. 영국 병사 하나하나는 모두 철저하게 훈련된 군인이었습니다. 그에 비해 청국군은 오합지졸이었지요. 이런 말씀드려 죄송하지만 수백 명의 청국군이 달려들어도 영국군 하나가 총을 들고 맞서면 그대로 끝나는 것이 현실이었습니다. 제가 꼭 드리고 싶은 말씀은, 청국군의 화력을 강화하고 간자를 풀어 영국의 대포 만드는 기술을 빼내야 한다는 것입니다. 그리고 청국군의 훈련 방식을 바꾸어야 합니다. 전장(鎭江) 전투에서 팔기군은 다른 청국군과는 달리 사명감이 투철했고 아낌없이 목숨을 바쳤지만, 그런 사명감이나 의기로는 영국군을 감당할 수가 없습니다. 왜냐하면 무기가 차이가 나고, 군인으로서 받은 훈련이 다르기 때문입니다. 이제라도 청국이 그리 준비만 한다면 다음 전쟁에서는 승부를 가려 볼 수 있지 않을까 생각합니다."

황줴쯔는 눈을 감고 생각에 잠겼다. 김재연은 말을 끊고 그의 침묵을 지켜보았다. 황줴쯔는 착잡할 것이다.

"다음 전쟁이라면 영국이 또 전쟁을 걸어올 것이라는 말이오?"

"그렇습니다."

"가져갈 것을 다 가져갔는데 무엇을 더 원한단 말이오?"

"영국 측에서는 일부만 얻었다고 여기겠지요. 그쪽에서도 불만이 많다고 들었습니다."

"홍콩을 차지하고, 아편을 마음대로 팔 수 있게 됐고, 다섯 개 항이나 열어 주었는데. 게다가 엄청난 배상금을 받아갔는데 무슨 불만이 있다는 말이오?"

황줴쯔의 언성이 높아졌다.

"톈신과 베이징을 갖지 못했습니다."

"뭐라고?"

황줴쓰는 김재연을 한참 노려보다가 물었다.

"김 공의 생각이오, 아니면 정보가 있었소?"

"둘 다입니다."

"음."

황줴쯔는 신음을 내뱉었다. 김재연은 거침없이 말을 이었다.

"영국은 계속 관세 조건을 개정하기를 원하고 있습니다. 그들이 원하는 조건이 앞으로 청국에 얼마나 불이익을 가져올지 철저하게 국제법을 연구하셔야 할 것입니다. 그뿐이 아니지요. 문제는 서양의 다른 나라들입니다. 법국, 미국, 포도아(포르투갈), 아라사(러시아) 외에도 여러 나라가 영국과 똑같은 조건으로 조약을 맺기를 원하고 있습니다."

"거절한다면?"

"다음 전쟁은 서양 연합군과의 전쟁이 될 것입니다."

탁자 위에 올려놓은 황줴쯔의 주먹이 흔들렸다.

"연합군이 원하는 조건은 영국보다 훨씬 많을 것입니다."

"다른 조건이라면 어떤 것이오?"

"여러 가지가 있겠지만, 한 가지 분명한 것은 천주교와 예수교의 선교 자유를 보장해 달라고 할 것입니다."

"이해가 되지 않는군. 영국은 그런 조건을 내걸지 않았잖소?"

"법국이 강력하게 요구할 것입니다. 미국도 그렇고요. 법국은 천주교를, 미국은 예수교를 위해 그렇게 요구할 것입니다. 선교사가 들어오고 교회를 열어 신자들을 모을 것입니다. 그렇게 되면 선교사를 중심으로 청국 곳곳의 정보를 수집할 수 있게 되지요. 말하자면 각국이 선교사들을 이용해 자국의 이익을 위한 정보망을 구축하는 것이지요."

황줴쯔는 고개를 끄덕였다.

"아무튼 고맙소. 아직 린쩌쉬를 만나지 못해 상세한 소식을 듣지 못했소."

"광저우에서 린 대인의 도움을 많이 받았습니다. 대인께서 처음 광저우에 오셔서 느낀 것이 베이징에서 얻은 정보와 현장의 상황이 엄청나게 차이가 있다는 것이라 하셨습니다. 그래서 서양에 관한 자료들을 많이 수집하고 서책들을 구해 번역을 시키셨습니다."

"그 소식은 서찰을 통해 들었소. 그 자료들을 웨이위안에게 보냈다고 하더군. 머지않아 서책으로 발간될 것이오. 그런데 김 공은 그 자료들을 보기만 했소?"

순간 김재연은 자신이 그 자료를 베껴 간 것을 황줴쯔가 이미 알고 있음을 눈치 챘다.

"시간이 촉박해 자료들을 훑어보고 필요한 것만 조금 베꼈습니다."

"무기에 관한 것도 베꼈소?"

"그렇습니다. 전쟁을 실제로 보면서 알게 된 것은 그들이 사용하는 무기와 자료가 다르다는 것이었습니다. 자료들이 오래된 것이었지요. 그래서 말씀인데, 간자를 많이 푸십시오. 그들을 통해 현재 서양이 사용하는 무기와 배, 병력 등의 정보를 입수하셔야 합니다."

"알겠소. 생각해 보리다. 그건 그렇고, 남방의 분위기는 어떻소?"

"전쟁터가 아닙니까? 앞으로 헤쳐 나갈 방도를 찾아야겠지요."

"전쟁은 조정에서 하는 것이오."

"하지만 실제로 재산과 생명을 잃는 것은 남방 사람들입니다. 그들은 조정을 믿지 않고 양인들의 해악을 스스로 피하고 막아 내야 한다고 생각하는 것 같았습니다."

후징슈와 리옌핑이 놀라며 그에게 주의를 주는 눈짓을 보냈다. 김재연은 황줴쯔의 사람됨을 알고 있었다. 적어도 그런 말에 노여워하지는 않을 인물이다.

"그럴 만도 하겠지요. 그들은 어떻게 하고 있소?"

"지난번 광저우에서는 영국이 광저우를 포위하고 성안을 공격하려는 것을 상인들이 막아 냈습니다. 우빙젠이라는 거상이 중심이 되어 영국이 요구하는 돈을 마련해 전쟁을 막았지요. 그래서 광저우는 파괴되지 않았고 백성들의 생명을 구했습니다."

"그 이야기는 들었소."

"그리고 각지에서 서양에 저항하는 백성들의 움직임이 심상치 않게 일어나고 있습니다."

"백성들 스스로 적을 막아 낸다는 말이군. 관원들은 어찌 하고 있소?"

"글쎄요. 그보다는 그쪽의 신사들이나 상인들의 역할이 중요한 것 같습니다."

"신사들이라, 말하자면 사대부들 말이오?"

"사대부란 유학의 선비만을 지칭하지만 지방의 신사들은 그런 의미는 아닌 것 같습니다. 이미 남방에서는 지식이 사대부들의 전용물이 아닙니다. 평민들, 특히 상인들이 공부를 많이 하고 있습니다. 그래서 세상을 보는 눈이 넓고 깊이가 있지요."

"하긴, 그들 중에는 조정에서 관직을 받은 자들도 적지 않지요."

"남방에서는 농민이나 상인, 신사 들이 함께 나라를 지키기 위한 조직을 만들기 시작했습니다. 스스로 움직여 돈을 거두고 무기를 마련하고 있습니다. 남방의 거상 판스청(潘仕成)은 영국 배와 같은 거대한 함선을 만들 계획을 세우고 있지요. 그들은 돈을 많이 벌기도 했지만, 그 돈을 나라를 위해 아낌없이 쓰고 있습니다."

"조정의 녹을 먹는 자로서 얼굴을 들 수 없군."

밤이 깊었다. 자고 가라는 황쉐쯔의 만류를 사양하고 김재연은 자리에서 일어났다. 황쉐쯔도 자리에서 일어나며 말했다.

"섭섭하오. 일정이 빠듯한 듯하니 내년에 오면 다시 들러 주시오. 그때쯤이면 관직에서 물러나 한가해질 것 같소. 유배를 가지 않는다면 말이오. 오늘 들려준 말 고맙소. 어찌 해야 할지 깊이 생각해 보겠소."

마당까지 배웅을 나온 황쉐쯔가 김재연을 넌지시 바라보며 물었다.

"그런데 말이오. 조선은 나라가 작고 인구가 적으니 외부에서 눈독을 별로 들일 것 같지 않은데, 어떻게 생각하오?"

"땅도 작고 인구도 적고, 게다가 가난하니 장사꾼의 눈으로 보기엔 흥미가 없을 수도 있지요. 하지만 땅의 위치가 문제일 것 같기도 합니다. 중국 대륙과 붙어 있으니 말입니다. 중국에 가기 위해서는 조선을 지나야 할 경우가 있지요."

"왜국 말이오?"

"왜국의 움직임이 심상치 않습니다. 남쪽에서 들었는데 왜국 사람들이 광저우에 자주 드나들며 서양에 대한 정보를 얻어 간다고 합니다."

"그래요?"

"중국, 조선, 왜국, 이 세 나라 가운데 누가 먼저 서양에 문을 열고, 그 문명을 받아들이느냐에 따라 국력의 차이가 심해질 것입니다. 자기도취에 빠져 있다면 언제까지나 서양은 오랑캐겠지요. 하지만 눈을 크게 뜨고 본다면 그들이 성취한 과학이라는 문명은 대단하다는 것을 알게 될 것입니다. 왜국은 이미 눈치를 챈 것 같습니다."

"그래도 왜국은 작은 섬나라 아닙니까?"

"영국도 마찬가지입니다."

황줴쯔의 집에서 나와 그들은 베이징의 밤거리를 걸었다. 리옌핑이 먼저 입을 열었다.

"남방의 분위기가 심상치 않군. 김 공의 말을 듣고 있다 보니 벽이 허물어지고 있는 느낌이 드네. 유학이 사람 사이에 쌓아 놓았던 벽 말이네."

후징슈도 거들었다.

"나도 그런 느낌을 받았네. 북방과는 확실히 뭔가 다르더군. 남방에 비하면 이곳은 아직도 잠에서 깨어나지 않은 상태라는 생각도 들고."

김재연은 고개를 끄덕였다.

"남방에서 일어나는 바람은 북방까지 올라올 것이네. 몇 년 안에 서양은 다시 전쟁을 도발할 것이 분명하고, 그 목표는 남방이 아니라 북방의 톈진과 베이징일 것이네. 전쟁을 피할 수는 없겠지. 남방의 몇 군데에서 버는 돈으로 그들의 욕심을 채울 수는 없을 것이고, 중국 전체를 상대로 하려면 아무래도 베이징을 차지해야 할 테니. 중국 정치의 중심은 북방이니까."

김재연의 말에 리옌핑과 후징슈는 이의를 달지 않았다. 리옌핑이 다시 물었다.

"그렇다면 이 변화의 바람이 몰고 올 결과는 어떤 것인가? 청조의 몰락인가?"

"그렇게 되지 않겠나?"

김재연이 되물었다. 그러자 리옌핑이 말을 받았다.

"청조는 이미 몰락의 길을 가고 있네. 이미 피할 수 없는 길로 들어선 징조가 보이고 있지. 그렇다면 남방의 바람은 대단한 의미가 없는 것이 아닌가?"

김재연은 고개를 저었다.

"중요한 것은 청조의 몰락이 가져올 후폭풍이네. 청조가 망하면 한족 중에 새 왕조를 세울 것이라 생각할지 모르지만, 아닐 수도 있겠지."

"한족 외에 누가 있다는 말인가?"

"나라의 개념이 바뀔 수도 있지 않을까? 이제껏 중국이든 조선이든 나라라면 으레 황제나 왕이 지배하는 왕조를 생각했지만, 청조가 망할 때쯤이면 그 개념이 달라질 수도 있다는 걸세. 미국이나 다른 서양 나라처럼 백성이 총통을 선출하는 민주주의라는 것을 백성들이 원할 수도 있다는 말일세."

"남방에서는 그리 생각한다는 말인가?"

"그렇다네."

"중국을 잘 모르는군. 하긴 남방 끝에서 살다 보니 그런 생각을 할 수 있을 테지."

리옌핑은 고려할 가치도 없는 말이라고 생각하는 모양이다. 그는 갈림 길에서 작별을 고했다. 김재연은 후징슈와 함께 걸으며 말을 계속했다.

"중국도 시간이 길게 걸릴 뿐 그렇게 갈 수밖에 없지 않을까? 이미 남방에서는 그 시간을 당길 준비를 하고 있지. 그것이 아편이 몰고 온 전쟁이

지나간 흔적인 것 같군. 사람의 생각이 변하고 있는 것."

"백성들도 생각이 있겠지. 속 깊이 묻어 두었지만 기회가 있으면 눈을 뜨고 자신들의 목소리를 낼 것이라고 믿네. 남방의 생각이 불가능한 것이 아니라는 생각이 드는군."

후징슈는 생각하는 것이 리엔핑과 달랐다. 사대부와 상인의 차이일 것이다. 김재연이 말을 이었다.

"아편 전쟁이 비록 남방의 일부 지역에서 벌어진 것이지만 그 의미를 과소평가해서는 안 될 것이야. 전에는 광저우 한곳만 개항했지만 앞으로는 다섯 곳을 개항하니 아편이 퍼지는 속도가 빨라질 테고, 머지않아 내륙 깊숙한 곳까지 퍼지겠지. 아편이 그렇게 퍼진다면 사람들의 의식을 변화시키는 바람도 그만큼 거세지지 않겠나?"

류리창 거리 입구에서 그들은 걸음을 멈추었다. 이제 헤어져야 했다.

"김 공의 말에 가슴이 뜨거워지는 걸 느꼈네."

"머지않아 리엔핑을 비롯한 사대부들도 변할 수밖에 없을 것이네."

"세상이 먼저 변하고 나중에 사람이 변한다는 말이군."

"반드시 그렇지는 않겠지. 후 공 같은 분도 있으니 변화를 불러오는 인물이 나오겠지. 참, 남방에서 어떤 분이 그러더군. 서양 문화를 접하는 남방의 식자들과 북방의 개혁을 주장하는 사대부들 사이에는 차이가 있다고. 남방의 식자들은 서양 서책을 직접 읽을 수 있지만, 북방의 사대부들은 남이 번역해 줘야 읽을 수 있다고 하더군."

후징슈는 고개를 끄덕이며 미소를 지었다.

"무슨 뜻인지 알겠네. 자식 놈들에게 서양 말을 가르쳐야겠네."

후징슈와 헤어져 밤길을 걷는 김재연의 귓가에 후징슈의 마지막 말이 맴돌았다.

"자식 놈들에게 서양 말을 가르쳐야겠네."

발걸음이 무거웠다. 지금쯤 잠자리에 들었겠지. 공부를 하느라 불을 밝히고 있을지도 모른다. 수련의 모습이 눈앞에서 사라지지 않았다. 번화한 야시장의 모습도 눈에 들어오지 않고, 객주에서 떠드는 취객들과 여인들의 웃음소리도 귀에 들어오지 않았다.

수련에게 상하이에 남아 있겠느냐고 물었을 때 마음 한편에서는 싫다고 대답하기를 기대했다. 그러나 수련은 주저하지 않고 그러겠노라 대답했다. 아비가 일이 년 동안 못 올지도 모른다고 했지만 알겠다며 결심을 굳혔다. 그러나 막상 상하이를 떠나는 날, 고개를 숙인 채 눈물을 떨어뜨리며 아비 얼굴을 쳐다보지 못하던 수련이었다. 집에 혼자 돌아가면 아내는 얼마나 자신을 원망할까. 아직 나이도 어린데 만리타국에 혼자 남겨두고 어찌 발걸음이 떨어지더냐고 원망할 것이다. 나는 정도 없는 모진 아비인가? 김재연은 고개를 저었다.

김대건과 최양업도 열여섯에 고향과 부모를 떠나 사제 수업을 받으러 마카오로 향하지 않았던가. 그것도 목숨까지 내걸고. 그에 비하면 수련은 얼마나 좋은 환경에서 공부할 수 있는가, 생각하며 위안을 삼았다. 수련의 모습 위로 힘든 세월을 견뎌 내고 청년이 된 김대건의 늠름한 모습이 떠올랐다. 중국 역사를 바꾸어 놓을 아편 전쟁을 마무리하는 자리에 조선 청년이 참석해 역사적 현장을 볼 수 있었던 것은 의미심장한 일이 아닐 수 없다. 그는 분명 청국의 위엄이 허세라는 것과 서양 문명의 위력을 분명히 확인했을 것이다. 조선에 얼마나 필요한 젊은이인가. 하지만 조선에 입국해 잡히지 않고 몇 년이나 제대로 활동할 수 있을까?

김재연의 발걸음이 빨라졌다.

김재연과 정시윤은 베이징에서 며칠 머무르며 일을 처리하고 짐을 챙겨 길을 떠났다. 이번에는 장사차 떠난 길이 아니라 짐이 없어 홀가분했다. 광저우에서 가져온 자료들을 두 사람이 나누어 말에 실었다. 중요한 짐은 그것뿐이었다. 베이징을 떠나 산해관에서 하룻밤을 묵고 요동 벌판을 향해 말을 달렸다. 시월 하순, 요동은 겨울로 접어든 것을 알리기라도 하듯 찬바람이 불었다.

둘은 앞이 훤히 트인 벌판을 바라보면서 말을 멈추고 가져온 점심을 풀었다. 주먹밥을 한입 물며 김재연이 한숨을 쉬었다.

"왜 그러는가? 수련이 생각이 나서 그러는가?"

정시윤이 먼 지평선을 바라보며 물었다.

"그 녀석 모습이 눈앞에서 떠나지 않아. 나도 못난 아비인가 보네."

"수련이는 총명하고 당찬 아이야. 천귀룽 어르신이 잘 돌봐 주시고, 그 댁 아이들과도 잘 지내는 것을 보지 않았는가. 걱정 말게."

"그래도 이국이고, 외국인이지 않나?"

"내가 상하이에 자리 잡으면 아들로 키우겠네. 자네는 아들이 셋이나 되니 수련이는 내게 맡기게."

정시윤이 가볍게 하는 말이 아니라는 것을 김재연은 알고 있었다.

"그리하게. 하지만 아비 노릇을 할 수 있겠나?"

"이 사람 날 우습게 보는군."

"장가도 못 갔으니 그리 여길 수밖에."

그들은 마주 보며 큰 소리로 웃었다.

"이번에는 초선의 일을 마무리 지어야 하지 않겠나? 상하이에 자리 잡으려면 혼인하고 같이 가면 좋을 텐데."

"그럴 생각인데 순순히 내 뜻을 받아 줄지 모르겠네."

"자네도 자신이 없을 때가 있군. 자네만 한 남편감이 어디 또 있다고."

"초선은 다르네."

"신앙 때문인가?"

정시윤은 고개를 끄덕였다.

"자네도 천주교를 믿을 생각이 있다고 하지 않았는가?"

"그게 그리 간단하지가 않다네. 이번 전쟁을 보면서 마음이 헷갈려."

김재연은 이해할 것 같았다.

"실은 나도 전에는 천주교에 대해 단순하게 생각했었는데 전쟁을 겪으면서 복잡해졌어."

"그러게 말이야. 천주교는 오직 사람을 선하게 변화시키는 줄 알았는데, 양인들을 보니 그렇지도 않더군. 천주를 믿고 예수를 믿는다는 그들의 행동은 세상에 둘도 없는 악한 같지 않던가. 천주교가 그들과 무관하지 않다고 생각하니 영 마음이 찜찜해."

"전에 유진길 형님이 베이징 천주당과 법국 천주당 사이의 갈등을 보면서 고민하던 모습이 생각나네. 그래서 내가 떠나라고 했더니 신앙은 그런 현상에 좌우되는 것이 아니라고 하더군. 천주와의 믿음이 중요하다면서. 자네나 나는 단지 천주교가 조선에 변화를 가져올 수 있다는 가능성 때문에 관심을 가지고 있는 것 아닌가?"

"그리고 모든 사람이 평등하고 가치 있다는 훌륭한 가르침도 있고."

"그렇지. 그런데 우린 천주가 누군지, 예수가 누군지도 모르지. 우리와 상관없는 존재라고 여기고 있으니 신앙과는 거리가 멀지."

"누가 아니라나. 우린 천주를 믿는 사람들의 행동만을 보고 천주교를 평가했을 뿐이네."

"그렇지. 그런데 세상일이란 선과 악이 늘 공존하는 것 같네. 이번 아편 전쟁을 봐도 그렇지 않은가. 아편이 들어와 청국을 병들게 한 반면, 서양의 민주주의와 인간 평등 같은 풍조가 들어와 고통받는 백성에게 생기를 불어넣어 주었으니 말일세. 그래서 옛 사람들이 음양의 이치를 말했던 것 같네. 좋은 일이 생기면 나쁜 일이 따라오고, 나쁜 일이 생기면 좋은 일이 따라온다는."

"그게 변화의 이치인 것 같네."

"그렇지. 선과 악이 뒤엉켜 밀려들어 오는 것을 보며 변화를 예견하고 준비해야 하는데, 베이징은 아직도 눈을 못 뜨고 있네. 남방과는 달라. 역시 중국은 천천히 움직이는 것 같네."

"우리 조선은 더하지 않나?"

"그러니 미치겠네. 먹구름이 밀려오는데 절대로 태풍은 오지 않는다고, 아니 오는 태풍을 막을 수 있다고 장담하며 앉아 있으니. 돌아가서는 조정에 아무 말도 못 할 것 같아 베이징에서 황줴쯔와 리옌핑에게 쏟아 놓았다네. 쏟아 놓지 않으면 가슴이 터질 것 같아서. 그들은 내 말을 있는 그대로 받아들이지는 않는다 해도 적어도 경청은 하네. 하지만 한양에서 그런 말을 하면 어찌 될지 가슴이 답답하네."

김재연의 하소연에 정시윤도 가슴이 답답해졌다. 뭐라 할 말이 없었다. 한양을 떠난 지 오래되었다. 그동안 조정에서는 또 어떤 일이 벌어지고 있는지, 안동 김씨와 풍양 조씨 사이에 한바탕 싸움이 벌어졌었다는 말만 어렴풋이 들어 알고 있을 뿐이다. 정시윤이 먼저 자리를 털고 일어났다.

"아무튼 이번 길에는 초선과의 일을 마무리 지을 생각이네."

"기다려 보겠네."

그들은 다시 말에 올라 찬바람을 가슴으로 가르며 말을 몰았다.

3

까악까악, 아침부터 까치가 울었다.

초선은 찬바람에 잎을 다 떨어뜨리고 가지만 앙상한 나무 위를 쳐다보았다. 까치가 앉아 계속 울고 있다. 반가운 손님이 오려나. 그녀는 먼 남쪽

하늘을 쳐다보았다. 어머니는 어찌 지내실까. 어머니 생각을 하자 가슴이 저렸다. 정시윤이 어머니께 논 몇 마지기와 집을 마련해 주었고 자신도 인편에 돈을 보내, 사는 형편은 아쉬울 것이 없을 것이다. 어머니는 딸이 어찌 사는지도 모르면서 보내 준 돈을 쓰는 것은 가슴 아픈 노릇이라며 재물보다는 딸 얼굴 한 번 보는 것이 소원이라고 인편에 서찰을 보내 왔다. 살아 있노라면 언젠가는 뵐 날이 있을 것이다.

까치를 올려다보며 말을 걸었다.

"네가 우는데 왜 오시지도 못할 어머니를 생각할까. 다른 손님이라도 오면 좋겠구나."

까치는 초선의 마음을 알았다는 듯 까악까악 울어 주었다.

이맘때는 동명관에 손님이 별로 없다. 아직 조선에서 동지사가 도착하기에는 좀 이르다. 사행단이 한양을 출발했다는 소식을 의주에서 온 상인으로부터 들었으니 머지않아 올 것이다. 사신 일행이 도착하면 책문은 활기가 넘치고, 동명관도 손님을 맞느라 정신없이 바쁠 것이다. 또한 조선 소식도 들을 수 있을 것이다. 지난번에는 안동 김씨가 조금씩 세력을 잡기 시작했고, 천주교 박해도 뜸해졌다는 소식을 들었다. 바로 얼마 전에는 베이징을 다녀오는 상인으로부터 아편 때문에 청국과 영국 사이에 벌어졌던 전쟁이 청국의 패배로 끝났다는 소식도 들었다. 그렇다면 정시윤이 돌아올 때가 된 것 같은데 통 소식이 없다.

초선은 정시윤의 서재로 향했다. 방 안은 오래된 서책 냄새가 가득했다. 초선은 그 냄새가 좋았다. 그래서 가끔 서재에 들어와 오랫동안 앉아 있곤 했다. 책을 펼치지 않아도 책을 쓴 사람의 깊은 생각이 몸속으로 스며드는 것 같았다. 방 안은 깨끗했지만 그녀는 청소를 시작했다. 정시윤의 침실과 가끔 김재연이 와서 묵는 객실까지 말끔히 치웠다. 이불도 새 호청을 꺼내 씌웠다. 마치 오늘 저녁에라도 정시윤이 돌아올 것처럼 그녀는 정성을 다했다.

늦은 점심을 끝내고 초선은 말을 몰아 벌판으로 나갔다. 찬바람이 가슴까지 시원하게 씻어 주었다. 멀리 봉황산이 보이는 곳에서 말을 멈추었다. 깊은 숨을 들이쉰 뒤 끝없이 펼쳐진 지평선을 바라보았다. 저 멀리서 말을 달려오는 누군가의 모습이 눈앞에 어른거렸다. 다이전 장군이 떠난 지 한참이 지났건만 그의 모습은 늘 생생했다. 그는 한마디 말도 없이 홀쩍 떠나 버렸다. 고뇌하는 그의 모습이 떠오르자 가슴이 아팠다. 이상한 일이었다. 그의 등에 가슴을 대고 말을 달리던 날 밤, 그의 눈물이 자신의 가슴을 적셨던 기억이 떠오를 때면 언제나 가슴이 쓰렸다. 왜 이토록 가슴이 아픈지 모르겠다. 그가 자신을 마음에 품고 있었다는 것은 느낄 수 있었지만 이젠 세월이 흘렀고 각자의 길을 가고 있다. 그런데도 잊히지 않는 것은 자신도 그를 사모하고 있기 때문일까? 초선은 숨을 크게 들이마신 다음 가슴속의 모든 잡념을 한데 모아 후 소리를 내며 힘껏 내뿜어 버렸다.

초선은 말 머리를 돌려 서남쪽에 있는 백가점(白家店) 교우촌을 향해 한참을 달렸다. 이대로 백가점까지 달릴까 하다가 날이 너무 늦은 것 같아 말을 멈추었다. 해안가에서 그리 멀리 떨어지지 않은 백가점으로부터 북쪽으로 꽤 넓은 요동 지역에 천주교 신자들이 교우촌을 이루고 있었다. 그래서 초선은 가끔 그곳에 들러 교회와 선교사들의 소식을 들었다. 몇 달 전에는 머지않아 조선에 선교사가 다시 파견될 것이라는 이야기도 들었다. 그래서 그동안 준비한 돈을 가지고 찾아갔었다. 그곳에는 두 요셉이라는 회장이 교회 일을 맡아 하고 있는데 믿을 만했다. 그에게 돈을 맡기면서 선교사들이 이곳을 찾아오면 모실 수 있는 집을 마련해 달라고 부탁했었다.

백가점은 요동 남쪽 바닷가의 태장하(太莊河)라는 어촌과 가까운 거리에 있다. 요동 지역의 천주교는 베이징 교구에 속해 있었는데 교황청에서 베이징 교구로부터 독립시켜 프랑스의 파리 외방전교회에 선교를 맡겼다. 그래서 프랑스 선교사들이 요동에 속속 발을 들여놓기 시작했다. 그런데 선교사들이 육로로 요동까지 오는 데는 시일이 오래 걸리고 오는 길에 잡힐 위험이 커 뱃길을 찾았다. 태장하는 배를 댈 수 있는 어촌인 데다 백가점까지는 빠른 걸음으로 불과 하룻길이다.

초선은 요동으로 오는 선교사들뿐 아니라 조선으로 가는 선교사들도 그 길을 이용할 것이라고 생각했다. 백가점에서 책문까지는 그리 멀지 않은 길이었다. 두 요셉은 가끔 인편으로 초선에게 선교사들이 들어오는 소식을 전해 주었다. 그런데 요즘은 통 소식이 없다. 조선의 교우들은 성직자 없이 근근이 신앙생활을 이어가고 있다. 하루빨리 선교사가 들어오기를 고대하며 기다렸지만 좀체 소식은 오지 않았다. 조선보다는 덜하다고 해도 청국도 천주교를 금지하고 있기 때문에 서양 선교사들이 들어오는 일은 쉽지 않았다.

전쟁이 끝나고 서양이 이겼다니 어쩌면 선교사들이 쉽게 들어올 수 있을지 모른다. 그렇다면 조선에도 선교사가 들어올 수 있을 것이다. 초선은 하늘을 보며 정하상의 이름을 불렀다. 비록 그는 세상을 떠났지만 자신을 이곳으로 보낸 뜻을 결코 잊지 않았다. 그래서 하늘을 향해 외쳤다.

"도와주세요."

잠시 하늘을 보며 그 자리에 서 있던 초선은 말 머리를 책문을 향해 돌렸다.

며칠 뒤, 정시윤은 김재연과 함께 기별도 없이 갑자기 동명관에 나타났다. 초선은 마당으로 들어선 그들을 멍하니 바라보고만 있었다.

"놀랐소? 시장한데 저녁 좀 얻어먹을 수 있겠소?"

정시윤이 빙긋 웃으며 묻자 그제야 초선은 정신을 차렸다.

"너무 갑작스러워서요. 그동안 소식이 없어서⋯⋯."

"미안하오. 상황이 그리 되었소."

"곧 저녁 준비를 하겠습니다."

초선은 급히 부엌으로 들어가 저녁을 지었다. 먼저 쌀을 씻어 밥을 안치고 된장을 풀어 배추를 잘라 넣고 국을 끓였다. 그동안 얼마나 우리 음식이 먹고 싶었을까 생각하니 마음이 급해졌다. 잘 익은 김치를 썰어 국물과 함께 담아 놓고, 장아찌와 밑반찬을 작은 접시에 담았다. 부엌은 된장국 냄새와 밥 익는 냄새로 가득 찼다.

김재연이 주방으로 들어섰다.

"이 구수한 냄새, 참 오랜만입니다. 벌써 침이 넘어가네요."

김재연이 즐거운 표정으로 말을 건넸다.

"그러셨지요. 뜸 들이는 중이니 조금만 참으십시오."

김새언은 의자를 끌어다 놓고 식탁에 앉았다. 그리고 물었다.

"그간 별고 없으셨습니까?"

"네. 이곳은 늘 똑같지요. 남방은 전쟁이 심했다는 소식은 들었습니다. 이렇게 무사히 오셔서 정말 다행입니다."

"부인도 걱정이 많았겠지만 정 행수도 부인을 한시도 잊지 않았을 것입니다."

김재연은 초선에게 시선을 주었다. 그녀는 부끄러운 듯 고개를 숙였다. 크게 당황하거나 기뻐하는 모습은 아니었다. 자신의 말을 농으로만 들은 것은 아닐 텐데, 순간 김재연은 정시윤의 일이 쉽게 풀리지 않을 것이라는 직감이 들었다.

"혹시 다이전 장군께서 어디로 가셨는지 아십니까?"

초선은 그의 질문이 느닷없었는지 찬을 담던 손을 멈추었다.

"모릅니다. 제가 아는 사람 중에는 그분의 행적을 아는 이가 없습니다."

"인사도 없이 떠나신 모양이지요."

"누구에게도 알리지 않고 떠나셨다고 합니다."

"이곳 사람들이 섭섭했겠군요. 모두 그분을 존경했는데."

초선은 고개를 숙인 채 고추장에 무친 나물을 접시에 담았다. 혹시 그녀의 가슴에 정시윤이 아니라 다이전이 자리하고 있는 것이 아닐까 하는 생각이 스쳐갔다.

"와, 이 냄새."

정시윤이 들어서자 초선은 급히 솥뚜껑을 열고 피어오르는 김을 얼굴에 맞으며 밥을 펐다.

"어서 드세요."

그들은 국에 밥을 말아 김치를 올려놓고 입에 떠 넣기 시작했다. 그들은 밥 한 그릇을 다 비울 때까지 얼굴을 묻고 말이 없었다. 밥그릇을 비운 뒤에야 마주 보며 웃었다.

"너무 게걸스럽게 먹은 것 아닌가?"

"글쎄 말이야."

초선은 숭늉을 한 대접씩 담아 그들 앞에 놓아 주었다. 숭늉을 비우고 나서 김재연이 초선에게 말을 걸었다.

"정말 맛있게 먹었습니다. 김치가 별미군요."

"얼마 전에 김장을 담갔는데 한 단지는 안에 들여놓고 미리 익혔지요. 북쪽 김치와 남쪽 김치는 맛이 다릅니다. 북쪽에서는 날씨가 춥기 때문에 김치 담글 때 젓갈을 많이 쓰지 않고 대신 육수 국물을 부어 심심하고 시원하게 먹지요. 저도 여기 와서 배웠습니다."

"그렇군요. 그러니 김치를 많이 먹을 수밖에 없습니다."

초선은 과일 말린 것과 차를 내놓고 설거지를 했다. 설거지가 끝날 때까지 그들은 자리를 뜨지 않았다.

"피곤하시지요. 잠자리는 봐 뒀습니다."

"고맙습니다. 잠깐 앉았다 갑시다."

초선은 웃으며 그들과 함께 식탁에 앉았다.

"별일은 없었지요?"

정시윤이 초선을 보며 말했다.

"네."

"혹시 특별한 손님이 오진 않았소?"

"특별한 손님이라니요?"

"법국 신부와 조선 청년이 들르지 않았나 해서 말이오."

"법국 신부라니요? 그리고 조선 청년은 누굽니까?"

"아직 다녀가지 않은 모양이군. 전에 내가 말했지요. 조선 소년 셋이 사제 공부를 하려고 아오먼으로 갔다고."

"알고 있습니다. 그중 한 소년은 일찍 세상을 떠났다고 들었습니다."

"그렇소. 둘은 아직 공부 중이오. 우연히 그중 한 명인 김대건을 난징에서 만났는데 조선으로 향하고 있었소. 서양 선교사와 함께 말이오."

"그랬군요."

"요동을 거쳐 조선에 가려면 책문과 의주관문을 거쳐야 할 것 아니오. 그래서 이곳에 들러 도움을 받으라고 이야기했소."

"아직 오지 않았습니다."

초선의 가슴이 뛰기 시작했다. 드디어 조선에 신부님이 오시는구나. 그녀는 간신히 흥분을 가라앉혔다.

"전쟁이 영국의 승리로 끝났으니 천주교가 청국에서 활동하기가 수월해질 것이오."

정시윤의 말에 초선은 갑자기 가슴에 서늘한 바람이 스쳤다. 아편 때문에 일어난 전쟁에서 청국이 패했다는 것은 청국이 아편 수입을 막을 수 없게 되었다는 의미이다. 그런데 그 덕으로 천주교가 수월하게 활동하게 되었다는 정시윤의 말은 그냥 넘기기에는 어딘가 석연치 않았다.

"이만 가서 쉬도록 하세."

정시윤이 먼저 자리에서 일어서자 김재연도 따라 일어났다.

아침을 먹고 김재연과 정시윤은 새로 부임한 성장에게 인사도 하고, 다이전 장군의 행방을 알아보기 위해 봉황성을 향해 출발했다. 새로 부임한 봉황성 성장의 인품에 대해서는 들은 바가 없었다. 그의 사람됨을 빨리 파악해야 한다. 그래야 다음에 오는 사행단이 미리 대비해 쉽게 책문 안으로 들어올 수 있다.

성장은 집무실에서 두 사람을 맞았다. 어제 책문으로 오기 전에 미리 봉황성에 들러 방문하겠다는 연통을 넣어 두었다.

"이렇게 갑자기 찾아뵙게 되어 죄송합니다."

김재연이 정중히 인사를 했다.

"아니, 바쁠 거 없네. 그렇지 않아도 남방을 거쳐 왔다기에 만나 이야기를 들었으면 했네."

성장은 김재연을 유심히 살펴보았다.

"다이전 장군께 자네에 대해 들었네. 보고 싶었는데 반갑군."

"고맙습니다. 다이전 장군께서는 편안하신지요?"

"여기를 떠나신 뒤로 어디로 가셨는지 소식이 없네. 유람을 하신다고 하니 그러려니 하며 짐작만 할 뿐이네."

다이전 장군은 사직할 때 치산에게 새로 부임할 성장을 잘 선택해 달라고 부탁해 놓았다. 그래서인지 성장은 얼핏 보기에 그다지 까다로운 성격은 아닌 것 같았다. 사람이 까다롭기로는 다이전 장군이 더할 것이다. 비록 조선에 대해서는 관대했지만.

"전쟁에 대해 좀 듣고 싶군. 패했다는 건 알고 있지만 이곳은 변방이라 소식도 늦고 상세한 상황을 알 수 없네. 청국군이 그리도 무기력하던가?"

"무기력하긴 했습니다. 치산 흠차대신께서 모든 상황을 정확히 판단하고 타협점을 찾으려고 무척 애를 쓰셨지만, 베이징과 소통이 잘 되지 않았던 것 같습니다. 전쟁이 크게 확산되면서 청국군은 준비가 부족했다는 것이 적군에게 드러났던 것 같습니다."

"준비가 없었지. 준비를 했어도 그들의 상대가 되지 않았겠지. 민심은 어떤가?"

"남방에서는 백성들의 분노가 폭발하고 있습니다. 도처에서 조직을 만들어 영국군과 대항하고 있습니다."

"그런들 무슨 소용이 있겠나."

"아닙니다. 어떤 곳에서는 영국군을 물리치기도 했습니다. 광저우 부근에서도 그런 일이 있었지요."

"썩은 청국군보다 낫군. 무능한 조정에 대한 분노도 대단하겠지?"

김게언은 대답하지 않았다. 침묵의 의미를 성장은 이미 알고 있을 것이다. 성장도 책상만 내려다볼 뿐 말이 없었다. 그런 그의 모습에 힘이라고는 느껴지지 않았다. 잠시 후 성장이 정시윤에게 물었다.

"자넨 장사를 한다면서?"

"그렇습니다. 홍삼을 가져다 팔고 있습니다."

성장의 눈가에 웃음이 감돌았다.

"홍삼이라면 우리 청국에서는 만병통치약이라고 널리 소문이 났지. 그만큼 효력이 있는 모양이야."

"실제로 그렇습니다. 다음에는 가지고 오겠습니다."

"아니, 내가 필요하다는 말은 아닐세."

성장은 손을 저으며 말했다.

"자네들이 찾아온 뜻을 알고 있네. 조선인을 잘 대하라고 일러 놓겠네. 자네들도 이곳을 지날 때 꼭 다시 들러 주게. 이런저런 이야기를 나누면 좋겠네. 이곳에서는 마땅히 이야기를 나눌 사람을 만나기가 힘들어."

김재연과 정시윤은 가져온 선물을 전하고 나왔다.

성장의 관사를 나오면서 김재연은 쉽게 발이 떨어지지 않았다. 다이전의 소식을 듣지 못해서였다. 그는 다시 걸음을 돌려 안마당으로 들어갔다. 낯익은 병사가 다가오며 반갑다는 듯 인사를 건네왔다.

"혹시 다이전 장군의 소식을 들었소?"

"모릅니다. 혹시 아는 이가 있을 것도 같습니다."

그는 안으로 바삐 걸어갔다. 잠시 기다리자 안에서 낯익은 인물이 나왔다. 다이전 장군 곁에서 시중을 들던 부관이었다. 서로 안면이 있었다.

"오랜만입니다. 다이전 장군 소식을 듣고 싶어 오신 모양인데 별 소식이 없습니다."

"그렇습니까?"

김재연이 실망한 표정을 하자 그가 다시 말했다.

"아마 서북 지방을 유람하실 겁니다."

"서북 지방이라면 사막이 아닙니까?"

"그곳에는 여러 소수 민족이 살고 있지요. 몽골까지 둘러보시고 다시 이곳 요동으로 오실 것입니다. 언제일지는 모르지만 꼭 다시 오십니다."

"그렇게 말씀하셨습니까?"

"네. 이곳이 고향이니 그리하실 것입니다."

김재연은 인사를 하고 몸을 돌렸다. 그가 다시 불렀다.

"잠깐, 한 가지 물어볼 말이 있습니다."

김재연은 그러라고 눈으로 말했다.

"남방과 베이징을 거쳐서 왔다고 들었습니다."

"그렇습니다."

"우리 청국군이 그렇게 무력했습니까?"

역시 그도 전쟁에 관심이 있었다. 그래서 김재연은 다시 그의 얼굴을 살폈다. 단단한 체구에 눈빛이 예사롭지 않게 느껴졌다. 다이전 장군이 뽑은 부관이라면 만만한 젊은이는 아닐 것이다.

"내가 본 바로는 싸울 의지도 없었던 것 같소. 다만 전장에서의 전투만은 예외였다고 들었소. 팔기군은 끝까지 용감하게 대항했지만 패했고, 그들은 가족을 죽이고 모두 자결했다고 들었소."

그는 입을 꽉 다문 채 주먹을 쥐고 부르르 떨었다.

"내 이름은 야오츠슝(姚馳熊)입니다. 다시 만날 수 있기를 바랍니다."

"인연이 있으면 또 만나겠지요."

그와 작별하고 김재연은 정시윤과 함께 말에 올랐다.

"그래, 소식은 좀 들었는가?"

"서북 지역을 돌아보시는 모양이야. 언제일지는 모르지만 요동으로 다시 돌아오겠다고 하셨다는군."

"그렇겠지."

그들은 말을 달렸다. 멀리 책문이 보이자 김재연이 달리는 속도를 줄였다. 정시윤도 말고삐를 당겨 속도를 늦추었다. 김재연이 정시윤을 돌아보며 물었다.

"초선에게 말해 보았나?"

"아직. 오늘 저녁에 말할까 하네."

"초선이 받아들이지 않으면 어쩔 셈인가?"

정시윤은 뜻밖의 질문에 잠시 멈칫했다.

"나도 왠지 자신이 없군. 여자를 잘 모르니까. 하지만 초선은 생각이 깊은 여자니까 내 말의 의도를 잘 알아듣겠지. 그래도 거절하면 할 수 없지.

혼자 사는 수밖에."

"어디 여자가 초선뿐인가?"

"전에도 말했지만 난 마음에 드는 여자라면 혼인하고, 그렇지 않으면 평생 혼자 살 생각이네. 이젠 아들도 있지 않은가."

정시윤은 말 엉덩이에 채찍을 가했다.

11장

떠나는 사림

1

어둠이 내린 후원에서 정시윤은 초선을 기다렸다. 초선은 일과를 끝내면 늘 후원을 거닐었다. 초선을 서재로 부르기가 쑥스러워 우연히 만난 것처럼 보이려고 후원에서 기다렸다. 밤기운이 제법 쌀쌀했다. 얼마나 서성였을까. 인기척이 났다. 가슴이 두근거렸다. 마치 연인을 기다리는 젊은 사내처럼 가슴이 뛰는 것을 느끼며 정시윤은 침착하라고 자신을 타일렀다. 초선은 인기척이 느껴지자 멈칫 제자리에 섰다.

"나요."

정시윤이 자신을 알리자 초선은 발길을 돌리려 했다.

"왜 그러시오?"

"아무도 없는 줄 알고 나왔습니다."

"괜찮소. 이리 잠깐 오시오."

초선이 천천히 다가왔다.

"겨울이라 밤기운이 찬데 늘 후원에 나오시오?"

정시윤은 쑥스러워하며 물었다. 차마 그녀를 기다렸다는 말을 할 수 없었다.

"네. 이곳에서 잠시 쉬면서 머리를 식힙니다."

"내가 방해가 된 건 아닌지 모르겠소."

"아닙니다."

그러고는 대화가 끊어졌다. 침묵이 흐르자 정시윤이 멋쩍은 듯 물었다.

"세월이 꽤 흘렀으니 이제 이곳 생활도 익숙해졌겠소?"

"벌써 여러 해가 지났는걸요."

"고되진 않소?"

"조선에 있을 때보다 훨씬 편합니다."

"하지만 외롭겠지요?"

초선은 대답하지 않았다. 정시윤은 용기를 내 말을 꺼냈다.

"나도 고향을 떠나 객지에서 산 지가 벌써 십수 년이 되었소. 고된 것도 외로운 것도 잊고 살았는데, 요즘은 문득문득 외롭다는 생각이 드는구려. 이제는 가정을 꾸리고 싶은 생각이 간절하오."

정시윤은 초선의 반응을 살폈다.

"왜 아니 그러시겠습니까. 부족한 것이 없으신 분이. 늦으셨지만 가정을 꾸리셔야지요."

남의 이야기를 하듯 덤덤하게 말하는 그녀가 조금은 섭섭했다.

"내가 왜 여태껏 혼인을 하지 않았는지 궁금하지 않소?"

"그럴 만한 이유가 있으시겠지요. 조금 전에 말씀하신 것처럼 장사 때문에 늘 객지로 다니셨으니 여유도 없으셨을 테고."

"그렇기도 하지만 혼인할 필요를 느끼지 않은 것이 가장 큰 이유일 것이오. 혼자 사는 데 불편함도 없었고, 외로움도 느끼지 못했으니. 그래서 예전부터 반드시 마음에 드는 여인이 있으면 혼인하고, 그렇지 않으면 평생 혼자 살겠다고 마음먹었다오."

그는 한숨 돌린 뒤 말을 이었다.

"그런데 혼인을 해야겠다는 생각이 들었다오. 왜냐하면 마음에 드는 여인을 만났기 때문이오."

순간 초선이 긴장하는 것이 느껴졌다.

"맞소. 당신이오. 당신을 처음 만났을 때부터 내 마음이 움직였소. 시간을 두고 곰곰이 생각해 보았소. 이제는 결심이 섰소. 나는 앞으로 조선과 청국을 오가는 장사를 줄이고, 상하이에 터전을 잡을 생각이오. 그리고 배를 사서 서양과 큰 무역을 하는 것이 내 꿈이오. 그래서 말인데 당신과 상하이에서 가정을 꾸리고 싶소. 나와 평생 함께하며 넓은 세상으로 나가지 않겠소?"

초선은 당황하지 않을 수 없었다. 전혀 예상치 못한 말이었다.

"당신이 혼인에 실패한 것은 내게 문제가 되지 않소. 그리고 당신이 천주교를 믿는 것도 반대하지 않겠소. 지금은 아니지만 나도 언젠가는 천주교를 믿을 생각이 있소. 그러니 그도 문제가 되지 않소. 우리 사이에 아무런 장애도 없다는 말이오."

당황하며 어쩔 줄 몰라 하는 초선을 보며 정시윤은 그녀를 품에 안고 싶은 강한 욕구를 느꼈다. 그가 한 발 다가가자 초선이 멈칫하며 뒤로 물러섰다. 초선은 숨을 고르며 놀란 가슴을 진정시켰다.

"너무 뜻밖이라 무슨 말씀을 드려야 할지……."

"그렇겠지요. 놀라게 해 미안하오. 내 마음을 전했으니 시간을 두고 생각해 보시오. 내일 아침 조선으로 떠날 것이오. 그리고 내년 봄, 압록강의 얼음이 녹기 전에 돌아올 것이오. 그때 답을 주시오. 그럼 이만 들어가 편히 쉬시오."

정시윤은 발길을 돌렸다. 초선은 그 자리에 서 있었다. 정시윤이 막 후원 문 밖으로 나가려 할 때 초선이 그를 불렀다. 정시윤이 가까이 와 서자 그녀는 마른 목에 침을 삼키며 어렵게 입을 열었다.

"지금 대답을 드리겠습니다."

정시윤은 기대와 두려움으로 가슴이 울렁거렸다.

"내년 봄까지 기다리지 않으셔도 됩니다. 결정은 이미 내렸는데 대답을 미루면 나리께 도움이 될 것 같지 않습니다. 제가 나리를 따를 수 없다는 것을 아실 텐데, 그런 말씀을 하시니 이해할 수 없습니다."

"왜 따를 수 없소? 내가 당신에게 그토록 하찮은 존재란 말이오?"

"그럴 리가 있습니까? 나리는 저의 은인이십니다."

"그런 말이 아니지 않소. 내가 당신 가슴속에 있나 묻고 있지 않소?"

초선은 한숨을 내쉬었다.

"그런 말씀은 제겐 아무 의미가 없습니다. 남녀 간의 정이 제겐 대단하지 않습니다."

"그러니까 나는 별거 아니라는 말이군."

"저 하나를 위해 모두 버릴 수 있으십니까? 다 버리고 저만 데리고 멀리 떠날 수 있으십니까?"

정시윤은 당황했다. 생각하지 못한 질문이었다.

"나리나 저나 남녀의 정에 모든 것을 걸 만큼 어리지 않습니다. 나리의 일과 꿈 위에 저까지 놓으면 좋고, 아니라도 그냥 살 수 있겠지요. 열아홉에 정에 미쳐 한 남자를 따라나섰습니다. 어떤 고난도 그 남자만 있으면 참을 수 있다고 생각했었지요. 그런데 그 정 때문에 오랜 세월 고통 받았습니다. 고통에 찌드니 정이란 것도 녹아 사라지더군요. 정이란 순간 생겼다 사라지는 것입니다. 오랜 세월 지속되는 것이 아닙니다."

"당신에게 고통을 주시 않을 자신이 있소. 그리고 나는 쉽게 정이 들지도 않고, 쉽게 잊어버릴 수 있는 사람도 아니오."

"저 같은 인생을 살지 않으셨으니 그리 말씀하실 테지요. 저는 나리를 믿습니다. 하지만 제 가슴엔 나리가 들어올 자리가 없습니다. 제 마음은 이미 다른 분으로 가득 차 있습니다."

"천주 말이오?"

초선은 대답하지 않았다.

"당신의 천주는 한 여인의 행복을 빼앗는 그런 분이오?"

"죄송합니다. 제 행복은 이미 그분 안에 있습니다."

초선은 자리를 떴다. 정시윤은 멍하니 자리에 서 있었다. 이럴 수가 있는가? 어쩌면 저리도 냉정할까? 눈앞의 현실은 참혹했다. 참담한 심정을 어찌 할 수 없었다. 밤새 술이라도 마셔야 견딜 수 있을 것 같았다.

서재로 들어간 정시윤은 병째로 술을 들이켰다. 그때 김재연이 들어왔다. 그는 고통스러워하는 벗을 물끄러미 쳐다보았다.

"이리 와 앉게. 자네도 한잔 들게나."

"잔이 있어야지. 나도 병째로 마셔야겠군."

김재연은 정시윤이 들고 있던 술병을 빼앗았다.

"자네의 정이 이리도 깊은 줄 몰랐네."

정시윤은 피식 웃었다.

"내 인생에서 여자는 대수롭지 않다고 여겼는데 잘못 안 모양이야."

"자네가 잘못 생각한 것이네. 내게 있어 아내는 가장 소중한 자리에 있다네. 자넨 일을 앞세우다 인생의 소중한 면을 너무 소홀히 했어. 그게 늘 안타까웠다네."

"초선이 아니라면 이리 괴롭지는 않을 것이네. 그 여자가 내게 이렇게 대단한 의미일 줄 몰랐어."

"이제 여인의 자리가 어떤 것인지 알았으니 자네도 어른이 된 셈이네. 분명 그 자리를 차지할 다른 여인이 나타날 것이야."

정시윤은 속으로 고개를 흔들었다.

이튿날 아침 정시윤은 서재에서 짐을 꾸리고 있었다. 초선이 장부를 들고 들어와 조심스럽게 의자에 앉았다.

"그동안 들어오고 나간 돈을 정리했습니다. 어젯밤에 최근 것까지 모두 정리했습니다."

"이곳을 떠날 생각이오?"

"아무래도 전처럼 지낼 수 없을 것 같습니다."

"어제 일 때문이오?"

초선은 대답하지 않았다.

"나를 끝까지 못난 놈으로 만들 생각이오? 이대로 있으시오. 장부는 볼 필요 없소."

정시윤은 장부를 초선 앞으로 밀었다.

"제 마음이 편치 않습니다. 제가 갈 곳이 없을까 염려되어 그러신다면 걱정 마십시오. 교우촌으로 가면 됩니다."

"당신이 어디를 가든 그건 내 관심 밖이오. 하지만 이곳을 떠나선 안 되오. 오늘부터 이곳 주인은 당신이오. 오늘 아침에 라우 우에게 알아듣도록 말해 두었소."

초선은 놀란 눈으로 쳐다보았다.

"내가 동명관을 세운 건 이곳 책문을 거쳐 육로로 청국을 드나들기 위해서였소. 그러나 이제는 이곳을 거쳐 가지 않을 것이오. 이곳은 내게 필요 없는 곳이 되었소. 그래서 이곳을 잘 운영할 수 있는 당신에게 넘기는 것이오."

"당분간은 제가 돌볼 수 있지만 저도 언젠가는 떠나야 합니다."

"떠나게 되면 팔아서 가시고 가시오. 이 정도는 내게 푼돈에 불과하오. 앞으로 당신은 돈이 필요할 것 아니오."

"제가 왜 그 돈을 가셔야 합니까?"

"노자로 주는 것이오. 나는 이제 육지가 아니라 바다에 길을 낼 것이오. 당신은 하늘로 향한 길을 열 것이고. 바닷길을 열려면 배를 장만할 돈이 필요하듯 하늘 길을 열려면 교회를 장만할 돈이 필요할 테니 하늘로 가는 길에 쓰라고 주는 것이오. 당신만을 위해 주는 것이 아니라 당신과 동행하는 사람들을 위해 주는 것이니 사양할 것 없소. 그리고 이젠 이 서재도 당신이 주인이오. 상하이에서는 이 서책들이 필요치가 않아요."

초선은 할 말을 잃었다. 정시윤이 담담하게 말을 이었다.

"당신 말이 맞소. 당신이나 나나 남녀 간의 정에 목을 맬 만큼 젊지가 않소. 뜻한 일이 더 중요하다는 것도 사실이고. 다시는 이곳에 나타나지 않을 테니 부담 없이 지내시오."

"무슨 그런 섭섭한 말씀을……."

초선은 입이 마르고 목이 타 말을 잇지 못했다. 잠시 뒤 간신히 말했다.

"내년 봄, 압록강 얼음이 녹기 전에 오신다 하셨으니 기다리겠습니다."

"아니, 오지 않을 것이오. 이젠 올 이유가 없소. 일찍 매듭지을 수 있어 다행이오. 난 당신을 깨끗이 잊을 것이오. 내 염려는 마시오."

밖에서 김재연이 부르는 소리가 났다.

"준비되었는가? 떠나야 하네."

정시윤은 자리에서 일어났다. 마당에는 김재연과 우 씨 부부가 기다리고 있었다. 초선도 따라나갔다. 정시윤이 우 씨 부부를 향해 말했다.

"그동안 고마웠소. 앞으로 새 주인을 잘 보살펴 주시오."

정시윤과 김재연은 가볍게 고개를 숙여 인사한 뒤 마구간으로 향했다. 말 등에는 이미 짐이 실려 있었다. 그들은 말을 끌고 대문 밖으로 나갔다. 그리고 말에 올라 조선을 향해 길을 떠났다.

2

한양으로 돌아온 정시윤은 이것저것 처리할 일들을 챙긴 뒤 길 떠날 채비를 했다. 그가 봇짐을 말 등에 얹자 집안일을 돌보는 만석이 내외가 걱정스러운 눈으로 바라보며 만류했다.

"아직 날이 풀리지 않았는데 좀 기다렸다 떠나시면 안 되겠습니까?"

"이만하면 많이 풀렸지요. 며칠 다녀올 테니 걱정 말아요."

그는 말을 끌고 길을 나섰다. 한양을 멀리하고 일부러 양평 쪽으로 길을 접어들었다. 가평 쪽으로 갈라지는 길로 접어들 때 예전에 있던 주막을 찾아보았다. 오랜 세월이 흘렀건만 주막은 여전히 그 자리에서 손님을 맞이했다.

말에서 내려 사립문 안으로 들어서자 늙수그레한 주모가 나왔다. 자세히 보니 예전의 그 주모였다.

"날이 아직 쌀쌀하니 안으로 들어가세요."

주모가 손짓을 했다. 정시윤은 그녀가 가리키는 방 앞에 섰다. 예전에 김재연을 만났던 바로 그 방이다. 방 안으로 들어가 휘 둘러보았다. 어두컴컴한 초라한 방은 예전과 같이 퀴퀴한 냄새가 났고, 벽에는 때 묻은 옷가지가 걸려 있었다. 그는 아랫목에 자리를 잡고 앉았다. 그때와 다른 것은 혼자라는 것뿐, 변한 것이 없다. 조선은 모든 것이 예전 그대로 정체되어 있다. 하지만 이 작은 방에서 자신의 운명은 전혀 예상치 못한 방향으로 물줄기를 틀었다. 만일 김재연을 만나지 못했다면 어찌 되었을까?

국밥을 들고 주모가 들어왔다. 한술 떠 넣었지만 예전처럼 달지가 않다. 맛이 변한 것일까? 맛이 변한 것이 아니라 입맛이 변했으리라. 가난한 시절, 그때는 보리밥에 된장국만으로도 꿀맛이었다. 정시윤은 씩 웃었다.

"자네 때문이야."

그는 마치 김재연이 마주 앉아 있는 것처럼 말을 건넸다.

김재연, 그와의 만남은 기연(奇緣)이다. 처음 동지사 사행길에 올랐을 때는 등에 김재연이 맡긴 홍삼을 지고 장사꾼들에 섞여 길을 나섰다. 길을 가면서 장사꾼들의 이야기를 귀담아 듣고 그들의 행동거지며 말하는 습관을 유심히 살폈다. 그리고 자신이 양반이라는 것을 숨겼다. 들통이 나면 웃음거리가 될 것이 뻔했다. 생전 처음으로 등짐을 지는 것도 힘들었지만, 밤에도 편히 쉴 수 없었다. 노숙도 했지만, 숙소에 들어도 한방에 여럿이 끼어 자야 했다. 보통 고생이 아니었지만 워낙 건강한 몸이라 적응하는 데 어렵지 않았다.

베이징에 도착해 옥하관에서 청국 상인들과 장사판을 벌일 때는 온몸에 긴장감이 돌면서 아랫배에서 힘이 솟아올랐다. 여기저기서 흥정하는 소리로 시끄러웠지만 생기가 넘치는 광경이 싫지 않았다. 신나는 놀이판 같았다. 정시윤은 자신이 양반이라는 사실을 잊어버리고 어느새 그들과 어울려 흥정을 하고 있었다. 자신은 태어날 때부터 장사꾼으로 태어났다는 느낌이 들 정도였다. 좋은 값을 받아 챙겨 넣고 다른 사람들이 흥정하는 모습을 유심히 살폈다. 그런데 청국 상인들이 모여 수군대더니 홍삼 값이 더 오르지 않았다. 청국 상인들이 담합을 한 것이다. 조선 상인들은 억울하지만 값이 웬만하면 파는 수밖에 없었다. 나중에 김재연에게 알렸더니 그렇지 않아도 그 일 때문에 걱정이라며, 정시윤에게 어서 돈을 벌어 장사 밑천을 마련하라고 했다. 김재연이 자신을 데리고 온 이유가 베이징에서 홍삼 거래를 원활하게 하기 위해서라는 것을 알게 되었다. 그래서 부지런히 청국 말을 배우고 청국 친구도 사귀었다. 후징슈의 도움을 받아 베이징에 상점을 차린 뒤 조선에서 오는 홍삼을 전적으로 사고파는 일을 맡아 하면서 떼돈을 번 것이다. 돈을 벌어 즐거운 것보다 더 보람 있는 것은 넓은 세상을 보면서 빠르게 변화하는 세상의 흐름을 접할 수 있는 것이었다. 김재연은 정시윤에게 새로운 세상에서 자리 잡을 수 있는 기회를 주었다. 그와 함께한 지난 우정은 참으로 소중한 것이었다. 그래서 상하이로 가기 전에 이곳에 꼭 다시 와 보고 싶었다. 이 주막, 이 방에서 김재연과의 인연이 시작되었기 때문이다.

주막을 나와 다시 말을 달렸다. 지난겨울, 어머니는 이웃에 가려고 집을 나섰다가 빙판에 미끄러져 자리에 눕게 되었다. 고령이라 다시는 일어나지 못하고 세상을 떠났다. 하나밖에 없는 아들이 임종도 못 지키고, 두 분 모두 쓸쓸히 세상을 떠난 것이다.

부모님 산소를 찾아가 통곡했다. 아무리 통곡해도 부모님은 돌아오지 않는다. 며느리가 지어 드리는 따뜻한 밥 한 번 받지 못하고, 손자를 품에 안아 보지도 못했다. 이 불효막심한 노릇을 어찌 한단 말인가. 그런데 또

다시 떠나야 한다. 상하이로 떠나는 일을 더 미룰 수 없다. 그는 자리를 털고 일어났다. 부모님께 못 한 도리는 세상을 위해 할 것이다.

정시윤은 남쪽으로 말 머리를 돌렸다. 남쪽 끝, 해남을 향해 말을 달렸다. 상하이로 떠나기 전에 조선 땅을 끝까지 달리며 산천의 모습을 가슴에 새기고 싶었다. 또한 해남 대흥사에는 꼭 만나야 할 사람이 있다. 오래전 딱 한 번 만났던 혜산선사를 보러 가야 한다.

십수 년 전, 막막한 마음으로 김재연을 찾아가기 위해 다 저녁에 집을 나섰다. 부모님께는 찾지 말라는 간단한 서찰만을 남기고 무작정 길을 나섰다. 날은 어둡고 배는 고픈데, 인가는 보이지 않고 얼어 죽을 것 같았다. 그러다 산 밑 초가의 불빛을 보고 무작정 들어갔다. 혜산선사가 집주인이었는데 한양에서 일을 보고 대흥사로 갈 때 잠시 들러 쉬는 암자라고 했다. 녹초가 된 자신을 위해 부엌에 쭈그리고 앉아 밥을 지어 주던 혜산선사, 향기 그윽한 차를 마시며 나누었던 그날의 담소를 정시윤은 잊을 수 없었다. 하룻밤 신세를 진 뒤 떠나기 전에 혜산선사에게 청국을 왕래하는 장사꾼으로 나서겠다는 말을 했었다. 그러자 혜산선사는 논을 벌면 그곳의 명차(名茶)를 구해 달라며 농담을 했었다. 그 약속을 지키러 가는 길이다.

객주에서 밤을 지내고 계속 말을 달려 해남에 도착했다. 길을 물어 대흥사로 들어가는 길을 찾았다. 산사로 올라가는 길에는 눈이 남아 있었지만 바위를 덮고 있던 얼음이 녹아 계곡물 흐르는 소리가 귀를 맑게 씻어 주었다.

"참으로 좋구나."

마을에 있는 마구간에 말을 맡기고 호젓한 산길을 오르며 그는 중얼거렸다. 세상에서 묻혀 온 먼지를 흐르는 물소리에 실려 보내고 싶었다. 광저우와 난징의 전쟁터나 책문에서 초선에게 받았던 상처와 어머니의 죽음, 이 모든 아픔을 이곳에서는 잊을 수 있을 것 같았다.

해가 기울기 전에 대흥사에 도착했다. 저녁 예불 소리가 장엄하게 산속에 울려 퍼졌다. 정시윤은 걸음을 멈추고 주변을 둘러보았다. 스님 한 분이 산길에서 내려오고 있었다. 스님이 가까이 오자 허리를 굽혀 인사했다. 스님은 족히 오십은 넘어 보였다. 정시윤을 유심히 바라보며 물었다.

"어인 일이시오?"

"혜산선사께서 이곳에 계신다기에 뵙고자 찾아왔습니다."

"눈앞에 두고도 찾지 못하는 것을 보니 가까운 인연은 아닌가 봅니다."

그제야 정시윤은 스님의 얼굴을 알아보았다. 지나간 세월이 옛 모습을 가려 바로 알아볼 수 없었다.

"실례를 범했습니다."

"그런데 뉘시오? 본 듯도 한데 통 기억이 나지 않는구려."

정시윤은 오래전 자신에게 밥을 지어 주고 차를 대접했던 일을 이야기했다. 그러자 스님은 유심히 정시윤의 얼굴을 살피더니 만면에 웃음을 띠며 반가워했다.

"기억이 납니다. 그때 그 젊은이란 말이지요? 자, 들어갑시다."

혜산선사는 정시윤을 자신이 거처하는 방으로 안내했다.

"잠시 기다리면 저녁을 공양할 것입니다. 나는 안에서 공양을 올리고 나오겠소."

"고맙습니다."

방에는 개켜 놓은 이불과 다구가 차려진 낮은 상이 전부였다. 잠시 후 젊은 스님이 저녁을 들고 들어와 정시윤 앞에 놓고 나갔다. 산나물과 버섯, 김치가 놓여 있었다. 어느 것 하나 입맛을 돋우지 않는 것이 없었다. 절 음식이 정갈하다는 이야기는 들었지만 맛을 보기는 처음이다. 수저를 놓고 얼마 되지 않아 혜산선사가 젊은 스님과 함께 들어왔다. 젊은 스님은 빈 공양 그릇을 들고 나갔다. 혜산선사가 찻상을 정시윤 앞에 놓고 물었다.

"절 밥이 어떻습니까? 먹을 만합니까?"

"참으로 정갈한 맛입니다."

"하지만 그 옛날 부엌에서 먹던 숭늉 맛보다는 못하지 않습니까?"

정시윤은 잠시 머뭇거리다가 말뜻을 알아듣고 웃으며 대답했다.

"그렇긴 합니다."

"그때야 배를 곯던 시절이니 쓴 풀인들 달지 않았겠습니까? 청국에 돈을 벌러 가겠다고 하더니, 재물을 많이 모은 모양입니다."

혜산선사는 그 말까지 기억하고 있었다.

"많이 벌었습니다."

"큰돈을 번 모양인데, 어디에 쓸 생각입니까?"

혜산선사는 적당히 우러난 차를 따르며 물었다.

"혼자서는 몇 생을 다시 태어나도 나 쓸 수 없을 만큼 벌긴 했지만 어디에 써야 할지는 아직……."

"거저 받은 것입니다. 재물이 굴러다니다가 인연이 맞아 들어온 것이니 잠시 보관했다가 다시 세상에 보내야지요. 그러면 중생이 받아서 쓸 것입니다."

"저도 그럴 생각입니다."

혜산선사는 차를 한 모금 음미한 뒤 찻잔을 내려놓았다.

"그리 많은 재물을 모았는데도 옛 인연을 잊지 않고 보잘것없는 중을 찾아 주는 사람만이 할 수 있는 대답을 하시는구려."

"약속도 잊지 않았습니다."

"약속이라니?"

"명차를 구해 왔습니다."

정시윤은 봇짐에서 가져온 차를 꺼내 혜산선사 앞에 내밀었다.

"내가 차를 구해 달라고 했던가요?"

"제가 청국을 가겠다고 하니까 명차나 구해 오라고 농처럼 말씀하셨습니다."

"저런, 다도에는 욕심이 들어가서는 안 되는데 욕심을 부렸구먼."

"그런 것이 아니라 절망에 빠진 한 젊은이에게 힘을 주느라 하신 말씀이었습니다. 덕분에 일어설 수 있었기에 스님 말씀을 약속으로 알고 지키고 싶었습니다."

혜산선사는 물끄러미 정시윤을 바라보았다.

"차를 가져온 사연이 있는 것 같구먼. 날도 아직 풀리지 않았는데 산사까지 찾아온 까닭이 무엇이오? 왠지 그 옛날 젊은 시절의 얼굴이 겹쳐 보입니다. 무언가 답답한 모습이구려."

혜산선사는 정시윤의 얼굴에서 눈길을 거두지 않았다.

"상하이에 자리를 잡으려고 합니다."

"그러면 조선을 떠날 생각이오?"

"그렇습니다. 앞으로 스님을 찾아뵐 기회가 없을 것 같아 길을 나섰습니다."

"스스로 원해서 결정한 것 아니오? 그런데 왜 얼굴이 어둡소?"

혜산선사는 정시윤의 마음을 꿰뚫고 있다. 그러나 스님에게 여인 때문이라고 이야기하기가 민망했다.

"어디 사연이나 들어 봅시다."

혜산선사가 재촉하자 정시윤은 말을 꺼냈다.

"제가 나이만 먹었지 아직 장가를 들지 않았습니다."

"알고 있소."

정시윤은 놀랐다.

"왜 내가 신통력이라도 있는 것 같소?"

"네."

"가진 것이 없으니 막는 것도 없구려. 내 마음 없이 바라보면 상대의 마음을 보게 되지요."

무슨 뜻인지 알 것 같았다.

"늦게나마 만났는데 이루어지지 않은 모양이구려."

정시윤은 이제 놀라지 않았다.

"그렇게 되었습니다."

"인연이 아닌 게지요. 인연이 아니라 길이 보이지 않는 것인데, 없는 길을 가려니 방황하게 되는 것이지요."

"마음대로 되지를 않습니다."

"생각을 누르지 말고 흘러가게 내버려 두시오. 생각이란 그 자리에 머무르려는 성질이 있으니 집착에 매이면 생각은 떠나지 않습니다. 생각에 매이지 않으면 생각은 세 풀에 지쳐 스러져 버립니다."

"그리해 보겠습니다."

"인연이란 나 혼자만의 문제가 아니오. 어떤 사람은 마음을 두었다가도 인연이 아니라는 것을 깨닫고 그 자리를 떠납니다. 또 어떤 사람은 인연이 아닌 줄 알면서도 마음을 떠나보내지 못합니다. 또 어떤 사람은 인연이 아닌 것을 끝내 모르고 집착하다가 미쳐 버리지요."

"제가 어리석다는 것을 알면서도 마음을 다잡을 수가 없습니다."

"세월이 약이라 하지 않소. 집착하지 않는 날이 올 것입니다."

"애써 보겠습니다."

"처음 보았을 때는 선비의 모습이더니 지금은 장사꾼으로 틀이 잡혔어요. 조선에서는 흔히 볼 수 없는 변화지요. 그렇게 울타리에 매이지 않고 넘나드는 모습은 선승과 비슷하지만 중이 될 상은 아니니 어딘가 인연이 있을 것입니다."

"인연을 더 기다리지는 않겠습니다. 혼인을 꼭 해야 한다는 생각은 없습니다."

"그래선 안 됩니다. 인연이 분명 나타날 텐데 그때는 반드시 잡아야 합니다. 두 사람의 운명이 합쳐지면 큰일을 해낼 수 있을 것입니다. 자, 먼 길을 온 명차 구경이나 합시다."

혜산선사는 그제야 차를 싼 보자기를 풀었다. 차를 포장한 상자를 열어 보더니 혜산선사의 눈이 휘둥그레졌다.

"이런, 천하제일의 명차가 내 눈 앞에 있구먼. 몽정(蒙頂)이 아니오? 이런 귀한 걸 어찌 구했소?"

"장사꾼은 마음먹은 물건은 꼭 손에 넣지요. 다른 것은 노아(露芽)입니다. 몽정만은 못하지만 장쑤 성(江蘇省) 방산(方山)에서 나는 것으로 강남에서는 제일의 명차로 알려졌습니다."

혜산선사는 몽정차를 들고 살펴보았다.

"노아는 어느 벗이 맛을 보여 주더군요. 그래서 향을 기억하고 있지만 몽정은 처음 만납니다. 몽정은 몽산(蒙山)에서 나는 천하제일의 차라 하여 몽정이라고 했다는 말은 들었어요. 몽산은 쓰촨 성에 있다고 하지요?"

"그렇습니다."

"서책에서 보았는데 몽산은 늘 비와 이슬에 덮여 있지만 산꼭대기는 양기가 충만하다고 합디다. 산꼭대기에서만 자라는 차라 그 맛이 일품이라고 하더군요. 전에는 궁중으로만 들어갔다는 말을 들었는데 이젠 구할 수 있나 봅니다."

정시윤은 미소를 머금지 않을 수 없었다. 탈속한 선사의 입가에서 웃음이 떠나지 않았다. 겨우 차 봉지 하나 들고 저리도 기쁠까. 천하를 얻은 듯 기뻐하는 모양이다. 마음을 비우라는 말이 설득력이 있어 보였다. 가진 것이 없으니 작은 것을 얻고도 기뻐할 수 있는 것이다.

"상하이로 간다니 고향에는 자주 올 수 없겠군요."

"그렇습니다."

"여기서는 얼마나 머물 생각이오?"

"모레 떠날까 합니다."

"차를 얻으러 갑시다."

정시윤은 말뜻을 알아듣지 못해 혜산선사를 바라보았다.

"차향은 멀리 갑니다. 이 차는 중국 땅을 건너 조선의 산속에서 향기를 풍길 테지요. 조선에서 나는 명차를 선물로 드릴 테니 중국으로 건너가 조선의 차향을 퍼지게 하세요. 조선에서 난 차를 마시며 마음에서 조선을 잊지 말라는 말입니다."

"알겠습니다."

"내일 새벽 강진에 있는 백련사로 떠납시다. 그곳 스님이 만드는 차가 일품입니다. 그걸 좀 얻읍시다. 지금쯤 동백꽃이 만개했을 것입니다. 꽃 구경을 가고 싶어 염불하다가도 엉덩이가 들썩이지요."

칠흑 같은 새벽, 산속에 울려 퍼지는 스님들의 새벽 예불을 뒤로하고 길을 떠났다. 혜산선사는 밝은 대낮에 길을 가듯 거침없이 산을 내려갔다. 정시윤은 그의 뒤를 바짝 쫓아갔다. 길을 나서면서부터 혜산선사는 말을 하지 않았다. 정시윤도 그의 고요를 깨지 않았다.

강진에 도착해 만덕산을 올라 백련사 입구에 들어섰을 때는 벌써 저녁이 다 되었다. 절 위아래로 강렬한 붉은빛을 발하며 만개한 동백꽃을 보자 혜산선사의 걸음이 빨라졌다.

"참으로 곱지 않소?"

혜산선사는 어린아이처럼 기뻐했다. 주지스님이 나와서 그들을 반갑게 맞았다. 만경루에 올라 스님이 내온 차를 마시며 멀리 저녁 안개 속에 희미한 자태를 드러내고 있는 강진만을 바라보았다. 온종일 걷느라 쌓인 피로가 한꺼번에 풀렸다.

"참으로 신비한 풍광이 아니오?"

"강진만이 아련히 모습을 감추고 있으니 더욱 아름답습니다."

"인생도 그런 것 아니겠소. 물안개가 실체를 가리듯 희미하게 드러난 대상을 보며 혹하게 되어 인연을 맺고 살아가지요. 저렇게 신비하게 보여도 그 안에 들어가 마을 사람들이 사는 모습을 보면 아름답다는 생각은 사라질 것이오. 우리 불교에서는 사물의 실체를 분명하게 깨달으라고 가르치지만, 어쩌면 드러나지 않은 모습을 아름답다고 착각하며 사는 것이 지혜로울지도 모르겠소. 세상을 편히 살아가려고 한다면 말이오."

정시윤은 지금 혜산선사가 누구에게 말을 하는 것이 아니라 스스로에게 말하고 있다는 느낌을 받았다.

"대흥사와는 다른 느낌이 들지 않습니까?"

혜산선사가 물었다.

"대흥사는 산속에 묻혀 있는 느낌이 들었는데, 이곳은 자신을 환히 드러내고 있는 것 같습니다."

"절이 환히 드러나 있는 것은 절도 세상을 보고 세상도 절을 볼 수 있다는 뜻이지요."

싸늘한 밤기운이 바닷가 습기와 함께 몸속으로 파고들었다.

"그만 들어가 쉽시다."

혜산선사가 앞장섰다. 방에는 촛불이 밝혀 있었다.

"오늘밤은 함께 지냅시다. 불편하면 다른 방을 알아보겠소."

"좋습니다. 나누고 싶은 말이 아직 많습니다."

"이런, 밤을 새야겠구먼."

그들은 불을 끈 뒤 자리에 누웠다. 어둠 속에서 혜산선사가 먼저 말을 건넸다.

"전에 이 절의 주지였던 혜장 스님과 이웃에서 귀양살이를 하던 다산 영감께서도 이렇게 한방에서 밤을 지냈었지요. 오랜 귀양살이에 적적하셨던 영감은 혜장 스님을 만나자 곧 절친한 벗이 되었지요. 영감은 유학의 경전을, 혜장 스님은 불도와 함께 다도를 서로에게 전했어요. 두 분 다 곡차를 좋아해 허리춤에 술병을 달고 산길을 넘나들며 정을 나눴지요."

"혜장 스님은 뛰어난 학승(學僧)이라고 들었습니다."

"그 총명함과 학식은 가히 다산 영감과 견줄 만하셨지요. 스님은 본래 쇠약했는데 간이 나빴어요. 그런데 곡차를 즐기시다 결국 불혹도 채우지 못하고 세상을 떠나고 말았습니다."

"술로 인해 일찍 열반에 드셨군요."

"열반이라, 왠지 그 말보다는 세상을 버렸다는 말이 맞지 싶구려."

"세상을 버리셨다……. 그래서 술을 벗하셨군요. 세상을 버릴 이유를 극복하실 수 없으시 밀입니다."

"그렇소."

총명함과 재주를 타고났지만 결국 천대받는 중이 될 수밖에 없었던 이유는 듣지 않아도 알 수 있었다. 아마 미천한 가정에서 태어나 공부를 할 수 없었고, 공부를 한들 과거에 응시조차 할 수 없었을 것이다. 혜장 스님은 다산으로부터 유학의 가르침을 받으며 술이 더욱 심해졌고 불경을 소홀히 하며 예불도 거르기 일쑤였다고 한다.

"선승이 술을 과음해 간에 탈이 나 세상을 떠났다는 것은 참으로 가슴 아픈 일입니다. 사는 게 얼마나 고통스러웠는지 짐작이 되지요."

"글쎄올시다. 남달리 총명하셨는데 예민하셨어요. 그게 병이었지요. 세상을 포기하고 뒤돌아설 수만은 없었던 모양입니다."

"그런데 스님께서는 술도 즐기지 않고 차향이 은은히 나는 것이 편안해 보이십니다."

"내가 사람으로 보이지 않는 모양입니다."

"부처로 보입니다."

"부처를 보려는 눈에 부처가 보이는 것입니다. 그만 잡시다."

혜산선사는 등을 돌려 옆으로 누웠다. 잠시 후 코 고는 소리가 방 안을 울렸다. 정시윤은 그 소리를 들으며 잠 속으로 빠져들었다.

다음 날 아침 공양을 마치고 마당으로 나서자 혜산선사가 물었다.

"저 산등성이만 넘으면 다산초당이 있는데 잠시 들를 수 있겠소?"

"그리하겠습니다."

"봇짐을 아예 가지고 갑시다. 거기서 내려가면 한양으로 가는 길이 나옵니다."

정시윤은 방으로 들어가 봇짐을 들고 나왔다. 혜산선사는 작은 보따리를 손에 들고 앞장섰다. 새벽이슬이 마르지 않아 걸음을 옮길 때마다 물방울이 발등에 떨어졌다. 발은 축축이 젖어들었지만 숲 속의 향기가 온몸에 신선한 기운을 돋우었다.

"스님, 대흥사 계곡의 물소리를 들으며 스님을 찾아갈 때 문득 먼지 속에서 산 인생이 후회가 되었습니다."

"먼지는 마음에서 일어나는 것, 산사라고 먼지가 없겠습니까?"

혜산선사는 한 발짝, 한 발짝 걸음을 옮길 때마다 생각을 심는 듯 고개를 숙이고 발에 힘을 주며 걸었다.

"출가한 지 사십 년 만에 고향에 다녀왔소. 고향 마을은 여전히 적막하고 가난한 옛 모습 그대로였고, 내가 살던 집은 부서져 빈터만 남았더구려. 부모님 산소는 벌초를 하지 않아 풀이 무성했지요. 가슴에서 눈물이 흐르더군요. 찢어지게 가난했지요. 서당에 가는 아이들이 부러웠습니다. 글 욕심에 서당 밖에서 남몰래 글 읽는 소리를 들으며 운 적이 많았지요. 그러던 어느 날, 길을 지나던 스님이 절에 가면 글공부를 마음껏 할 수 있다기에 주저하지 않고 따라나섰습니다. 고향을 떠나면서 뒤도 돌아보지 않았어요. 두 번 다시 오고 싶지 않은 곳이었으니까요. 모두 잊은 줄 알았는데 그렇지가 않았어요. 가져갔던 곡차 한잔을 무덤에 뿌리고 돌아서는 발길이 천근만근이었지요."

혜산선사는 밥알을 씹듯 한 마디, 한 마디 쓰디쓴 기억을 되새겼다. 걸음을 멈추며 후 한숨을 뱉었다.

"수십 년 불경을 외우며 정진했지만 산길을 내려가는 발길을 가슴에 서려 있던 한이 막더군요. 수행해 온 날들이 모두 헛것이고, 외웠던 염불이 모두 헛소리에 불과했던 것인지 맺힌 한은 여전했던 것입니다. 그동안 한을 풀었다고 여겼지만 염불로 내려누르니 한이 고개를 숙이고 마음 바닥에 엎드려 자신을 숨기고 있었던 것이지요. 혜장 스님은 피맺힌 한을 술로 달래다가 결국 피를 토해 버리고서야 편한 몸이 되셨지만, 소승의 가슴속에서는 피가 모두 말라붙어 토해지지가 않더구려. 천민으로 태어나 천덕꾸러기 중으로 평생 헛발을 디디며 이리저리 떠도는 외로운 중의 벗은 오직 벼노는 구름밖에 없는 듯하더이다."

혜산선사는 먼 하늘을 쳐다보았다. 정시윤은 혜산선사의 말이 뜻밖으로 들렸다. 모든 것을 훌훌 털어 버리고 자유자재로 세상을 대하는 탈속한 선승으로만 알았는데, 그런 선승의 가슴에도 풀리지 않는 한이 있다니 의외였다. 그는 혜산선사에게 자신의 가슴에 맺힌 한을 풀어 보였다.

"저는 양반 가문에서 태어났습니다. 말이 양반이지 몰락하다 보니 천민과 다를 바가 없었지요. 아버지는 과거에 급제해 벼슬길에 나가 가문을 일으켜야 한다고 귀에 딱지가 앉을 정도로 말씀하셨지요. 열여섯에 향시에 급제하니 아버지는 마치 꿈이 이루어진 듯 기뻐하셨고, 저도 그리되는 줄 착각하며 들떴습니다. 그러나 몇 년 후 한양에 올라가 대과를 봤지만 낙방했지요. 처음이라 그러려니 했지만 두 번째 낙방하고는 생각이 달라졌지요. 시험지 끝에 안동 김씨라든지 풍양 조씨라든지, 하다못해 그들과 사돈에 팔촌이라도 되는 가문을 적어 넣지 못하고, 형제들이 모두 처형당하거나 귀양살이를 한 압해 정씨 가문을 적을 수밖에 없는 현실을 깨달은 것이지요. 결국 글공부를 때려치우고 장삿길에 나섰습니다."

"그랬구려."

"양반도 양반 나름이지요. 극소수의 양반만 행세를 하는 세상입니다."

"그래도 양반 처지에 장사꾼으로 변신하는 일은 쉽지 않았을 텐데요?"

"배를 곯는 몰락한 양반으로 사는 것에 진저리가 났으니까요. 지금은 저처럼 양반 때려치우고 농사를 짓거나 장사꾼으로 나서는 사람들이 꽤 있습니다. 조선도 서서히 변하고 있습니다. 예전과 다르지요."

"산속에 묻혀 있다 보니 변화의 조짐을 볼 수 없는 모양입니다."

"변화는 일어나게 되어 있습니다. 소수의 양반을 제외하고는 모두 가슴에 한이 맺혀 있습니다. 조선 천지에 가슴에 한이 서리지 않은 사람이 없지만 운명이겠거니 하며 살아가지요. 하지만 그것이 운명이 아니라 이 나라 정치의 근간인 유학의 문제라는 것을 파악하고 있는 사람들이 서서히 늘어나고 있습니다."

"유학을 그리 생각하고 있군요."

"학문으로서의 유학을 말하는 것은 아닙니다. 유학의 이론을 사람들이 살아가는 데 규범으로 삼는 것이 문제입니다. 천도에 분별이 있고 질서가 있듯 사람들 사이에 분별을 지어 질서를 유지한다는 단순한 이론으로 인간관계를 고정시켜 변화를 막는 유학의 정치가 문제입니다. 하늘은 높고 땅은 낮다는 자연현상은 변할 수 없지요. 하지만 운 좋게 높은 신분으로 태어난 사람과 불운하게도 밑바닥 천민으로 태어난 사람이 평생 하늘과 땅처럼 살아야 한다는 법은 없습니다. 사람은 늘 고정되어 있는 하늘땅과는 다릅니다. 수시로 변화하는 마음을 가지고 있고, 살아가는 데도 수시로 변화가 일어나고 있습니다. 고정된 자연현상과 변화하는 사람의 삶을 일치시키려는 데서 문제가 발생한다고 생각합니다."

산꼭대기에 올라서자 혜산선사는 걸음을 멈추었다.

"저길 보시오. 시원하게 트이지 않았소."

멀리 강진만이 한눈에 들어왔다.

"다산 영감은 백련사로 넘어올 때면 늘 이곳에서 발을 멈추셨지요."

"고향과 가족을 그리워하셨겠지요."

혜산선사는 고개를 끄덕였다. 둘은 잠시 서서 멀리 펼쳐진 강진만을 바라보다가 다시 발걸음을 옮겼다. 다산초당에 이를 때까지 혜산선사는 정시윤의 존재는 잊은 듯 길옆의 차나무를 손으로 쓰다듬으며 대화를 나누었다.

"때가 되니 다시 싹을 틔우고 내게 향기로운 차를 주니 참으로 고맙구나. 그런데 나는 너희에게 나눠 줄 것이 없으니 다만 마음으로 고맙게 여길 뿐이다."

정시윤은 그의 고요를 방해할까 조심하며 몇 걸음 뒤에서 따라갔다. 눈앞에 다산초당이 나타났다.

"다 왔소이다."

그제야 정시윤을 향해 말을 걸었다. 마루는 먼지도 없이 말끔했다.

"급히 오느라 목이 마르지요?"

혜산선사는 초당 왼쪽으로 돌아 뒤꼍으로 갔다. 작은 샘이 있고 돌 위에 표주박이 놓여 있었다. 혜산선사는 물을 떠 정시윤에게 건넸다.

"약수입니다. 다산 영감이 직접 샘을 만들어 약천(藥泉)이라고 이름까지 붙였지요. 이 물로 차를 끓이셨습니다."

정시윤은 표주박을 받아 물을 마셨다. 속까지 시원해졌다.

"물맛이 일품입니다."

"그렇지요."

혜산선사는 다시 표주박을 받아 물을 떠서 천천히 음미하듯 한 모금, 한 모금 삼켰다. 샘물로 목을 축인 다음 걸음을 옮겨 초당 앞으로 갔다. 초당 오른쪽에는 작은 연못이 있었다. 혜산선사는 연못 앞에서 걸음을 멈추었다.

"이 연못도 영감께서 직접 돌을 날라다 만들었어요. 산에서 내려오는 물길을 잡아 폭포까지 만들었지요."

폭포라기에는 형편없이 작았지만 산에서 내려오는 물을 연못으로 떨어지게 만들어 폭포를 연상시켰다. 연못에는 물고기가 헤엄치고 있었다.

"가만히 계시지를 않았던 모양입니다. 이 돌들을 옮기려면 중노동이었을 것 같습니다."

"영감은 늘 있는 자리를 살기 좋은 곳으로 만드셨지요. 목민은 그런 것 아니겠습니까. 백성이 사는 자리를 편하게 만들도록 이끄는 일이지요. 없던 것을 만들어 귀양살이 터를 이렇게 살 만한 곳으로 변화시키셨어요."

혜산선사의 얼굴에는 떠난 분을 사모하는 정이 어렸다. 그들은 마루에 걸터앉았다. 혜산선사는 마당에 놓여 있는 넓적한 바위를 가리켰다.

"저 바위는 영감께서 차를 끓이던 다조(茶竈)입니다. 뒤꼍의 약천을 떠다가 솔방울로 불을 지펴 끓인 차를 마시며 글 쓰는 기운을 돋우셨지요."

혜산선사의 가슴속에는 정약용이 가득한 것 같았다. 정시윤은 찬찬히 집을 돌아보며 정갈함에 감탄했다.

"사람이 살지 않는데 집이 참 깨끗하군요."

"백련사 스님들이 가끔씩 와서 돌보지요. 영감은 가셨지만 백련사와 대흥사에서는 그분이 남긴 족적을 기리고 있습니다."

차에만 향이 있는 것이 아니라 사람에게도 향기가 있다. 스님들은 떠난 이의 향기를 맡으며 가슴을 채우고 있다. 수양 덕분일까? 여유 없이 살아온 지난날들이 눈앞을 아른거렸다. 앞으로는 더욱 바쁘고 삭막한 생활이 될 것이다. 하지만 후회하지는 않는다. 그렇게 바쁘게 살아온 날들은 결코 헛된 것이 아니었다.

"다산 영감은 천주교를 믿었다가 배교하셨다고 들었습니다. 아마 깊이 공부할수록 천주교의 가르침이 유학의 가르침과 다르다는 것을 아시고 돌아서지 않았나 생각됩니다. 그것이 그분의 한계가 아니었을까요?"

"유학을 떠나서 자신을 생각할 수 없었을 것입니다. 나를 버릴 수야 없지요."

"생각하기 나름 아닙니까? 저는 유학을 버렸지만 저를 버리지는 않았습니다. 새로운 저를 찾아갈 뿐이지요. 마찬가지로 유학이 사라진다 해도 조선은 사라지지 않습니다."

혜산선사는 대답하지 않았다. 한참 만에 혜산선사가 지나가는 말처럼 정시윤에게 말을 던졌다.

"살기가 힘들겠구려. 반상은 구별되어야 하고 그리 사는 것이 사람의 도리라고 모두 말하는데 혼자 아니라고 하니 세상 살기가 어디 쉽겠소?"

"지금은 혼자가 아닙니다. 많은 사람이 반상의 구별을 깨야 한다고 생각하고 있지요. 가난한 백성도, 천대받는 장사꾼도, 양반들 시중드는 중인도, 그뿐 아니라 양반 선비 가운데도 그런 사람들이 있습니다."

"생각은 그리할 수 있겠지요."

"이젠 생각을 말로 드러내고 있습니다. 그런 다음에는 행동으로 옮길 것입니다. 세상은 서서히 변하고 있습니다."

정시윤은 자리를 털고 일어났다.

"그만 떠나야겠습니다."

"시간 가는 줄 몰랐구려."

혜산선사도 따라 일어났다. 마당을 가로지르자 숲 속의 길이 보였다.

아침 햇살을 받은 동백꽃이 환하게 웃고 있다. 혜산선사는 발을 멈추고 꽃을 향해 눈길을 주었다. 정시윤은 어제 저녁 강진만을 바라보던 일이 떠올랐다.

"어제 저녁 물안개에 가려 어슴푸레 보이던 강진만의 모습이 참으로 아름답다고 느꼈는데, 오늘 아침 동백꽃은 환한 아침 햇살에 꽃 속이 속속들이 드러나니 더욱 고와 보입니다."

혜산선사는 고개를 끄덕였다. 정시윤이 말을 이었다.

"사람 또한 깊이 사귀면서 서로 속내를 알 때 더욱 친밀해지고 우정이 깊어질 수 있지요."

"그런 벗이 있소?"

"네."

"정말 행운이오."

"저도 그리 생각합니다. 늘 그가 마음속에 있기 때문에 외로움을 모르고 살았습니다."

"그래서 여태껏 혼인을 못 한 것이구려."

"생각해 보니 그 벗이 있었기에 더 가까운 사람이 필요하지 않았던 것 같습니다. 늘 함께 길을 다녔지요."

"그 사람도 장사꾼인 모양이구려."

"아닙니다. 저를 장사꾼으로 만든 역관이지요. 앞으로 상하이에서 장사를 하려면 그 친구와 헤어져 지내야 하지요. 그런 사정이 닥치니 갑자기 혼인을 서둘렀던 것 같습니다."

"나도 역관을 한 명 알고 있는데, 널리 세상을 보면서 사람과의 인연을 소중히 하는 벗이오. 역관이라야 그리 많지는 않을 테니, 두 역관이 서로 알겠구려. 내 벗은 이상적이라 하지요."

"제 벗은 김재연입니다."

"그러면 김재연이라는 역관에게 차를 나눠 주면 되겠구려."

"그러지 않으셔도 됩니다. 부담스럽습니다."

"상하이는 이국땅 아니오. 조선의 향기를 음미하면서 조선을 그리면 좋겠소."

혜산선사는 들고 있던 차 보따리를 건네주었다.

"가슴에 한만 남은 줄 알았는데 막상 떠나려니 조선에 대한 미련이 마음을 놓아 주지 않습니다."

"미련이 있기에 한이 생기는 것 아니겠소."

"스님 덕분에 한 대신 조선의 향기를 가슴에 담아 가게 되었습니다. 고맙습니다."

"돈을 벌어도 조선을 위해 벌고, 일을 도모해도 조선을 위해 해 달라고 당부하고 싶구려."

혜산선사는 짧은 당부를 남기고 작별을 고했다.

3

청계천을 가운데로 형성된 광통교 거리에는 큰 상점들이 즐비하게 늘어서 있다. 한양의 내로라하는 상인들이 청계천 주변에 상점을 내고 있다. 작은 규모의 상점들은 들어설 엄두도 내지 못한다. 큰 상인들은 사람들이 다니는 거리 쪽으로는 점포를 내고, 그 뒤에 살림집을 마련해 살고 있다. 광통교 인근의 상인들은 상권을 독점하고, 청국이나 왜국과 중개무역을 해 많은 부를 쌓아 양반 못지않게 호사스럽게 살고 있다. 아침이지만 벌써 일꾼들이 나와 물건을 나르며 부산하게 움직이고 있었다.

김재연은 비단을 파는 선전(線廛) 앞에서 걸음을 멈추고 상점 안을 기웃거렸다.

"왜 그러는가?"

정시윤이 물었다.

"청국을 자주 드나들면서도 아내와 며느리에게 청국 비단 한 필 사 주지 못했네. 며느리가 해산하면 좋은 옷을 해 주고 싶은데, 나중에 다시 와야겠네."

김재연은 여인들이 머리에 얹는 가체(加髢)를 파는 체계전(髢髻廛) 앞을 지날 때도 슬쩍 눈길을 주었다. 각종 칠목기를 파는 칠목기전(漆木器廛) 앞에서는 걸음을 멈추었다.

"아이가 태어나면 아무래도 작은 장이라도 마련해야 할 것 같군."

옆에 서 있던 정시윤이 웃었다.

"영락없는 할아버지로군."

김재연도 따라 웃었다.

"이러다간 늦겠네. 어서 가세."

경상 대행수 이세영은 마당에서 들어온 물건을 살펴보다가 대문으로 들어서는 김재연과 정시윤을 보고는 반색을 하며 맞았다.

"사돈께서 어려운 걸음을 하셨습니다."

"연통도 하지 않고 찾아와 결례를 했습니다."

"아닙니다. 어서 안으로 드시지요."

김재연과 정시윤은 이세영을 따라 사랑채로 들어갔다. 김재연은 보따리를 이세영 앞에 내놓았다.

"이게 무엇입니까?"

"며늘아기가 친정아버님께 드리는 정성입니다."

이세영이 보자기를 풀고 찬합을 열었다. 과줄이었다. 이세영의 눈가에 시집보낸 딸에 대한 그리움이 어렸다. 그러나 이세영은 곧바로 김재연에게 사과했다.

"죄송합니다. 보낼 때 오직 시댁만 생각하고 친정은 잊으라고 누누이 일렀건만, 제 가르침이 부족했습니다."

"무슨 말씀입니까? 세상 돌아가는 이치에 밝은 분께서 그런 말씀을 하시다니요. 아무리 시댁이 중하다고 낳아 주신 친정 부모님만 하겠습니까? 실은 제가 며늘아기에게 부탁해서 만든 것입니다."

정시윤이 한마디 거들었다.

"참 부럽습니다. 사돈을 잘 맺으니 형제보다 좋은 것 같습니다."

"누가 아니라던가. 그러니 자넨 손해를 많이 보고 있네."

그들은 한바탕 웃었다.

"산달이 머지않아 친정으로 보낼까 생각 중인데 사돈은 어떠신지요? 폐가 되지 않으면 보냈으면 합니다."

"무슨 말씀입니까?"

"초산인데 아무래도 친정어머니께서 옆에 계신 것이 도움이 되지 않겠습니까. 해산바라지도 친정어머니께서 해 주시면 마음 편하게 산후 조리도 할 수 있을 것 같아 안사람과 의논을 마쳤습니다."

이세영의 얼굴에 반가운 기색이 감돌았다.

"그리 마음을 써 주시니 고맙습니다. 잘 돌보겠습니다."

"둘이 어찌나 금실이 좋은지 첫아이 보는데 떼어 놓기가 애처롭습니다. 그러니 짐이 되지 않는다면 대행수 사위도 함께 받아 주십시오."

"짐이라니요."

아들 가진 부모나 딸 가진 부모나 그 마음이 다를 것이 있겠는가. 김재연 내외는 며느리의 출산을 기해 숙영을 친정에 보내 편히 쉬게 하기로 결정한 것이다.

"대행수께 의논드릴 일이 있습니다."

정시윤이 나섰다.

"말씀하십시오."

"머지않아 상하이로 떠납니다. 그곳에서 자리를 잡으려고 합니다."

"그러시군요."

이세영은 놀라는 기색이 없었다. 장사에 관한 이야기가 시작되면 이세영은 늘 냉정한 표정으로 상대의 말에 집중했다.

"그곳에 자리를 잡으면 아무래도 이곳 일을 제대로 볼 수 없을 것 같습니다."

"그러시겠지요."

"다른 일은 대충 정리가 되었는데 삼밭이 문제입니다. 그곳에서 나는 삼을 대행수께서 관리해 주셨으면 합니다."

이세영은 잠시 생각에 잠겼다. 이세영의 침묵은 그가 쉽게 응낙할 수 없다는 의미였다. 잠시 후 이세영이 물었다.

"상하이에 눌러앉을 생각이십니까?"

"그럴 생각입니다."

"그럼 삼밭을 처분하시는 것이 어떨까요?"

"그런 생각도 했지만, 쉽게 결정하기가 힘듭니다. 땅이라도 지니고 있으면 제 마음이 조선을 떠나지 않을 것 같아 삼밭은 남겨 두고 싶습니다."

이세영은 고개를 끄덕였다.

"뜻은 알겠지만 처분하시는 것이 좋을 듯합니다. 상하이에서 자리를 잡으려면 이곳 일은 잊는 것이 좋지 않겠습니까? 이국땅에 자리를 잡는 것이 결코 쉬운 일이 아닐 텐데, 그쪽 일에만 전력하시는 것이 좋을 듯싶어 드리는 말씀입니다."

김재연이 거들었다.

"나도 그리 생각하네. 기왕에 결심한 일이면 그쪽에 온 마음을 쏟게. 마음이야 사람에게 주는 것이지. 삼밭에는 미련을 두지 않는 것이 좋을 듯

하네."

정시윤의 입에서 한숨이 나왔다. 김재연은 그런 모습을 보면서 벗의 착잡한 심정을 읽었다. 막상 조국을 떠나 이국에서 일을 시작하려니 마음이 복잡해지는 모양이다. 조선 사람으로 누가 그런 일을 했던가. 정시윤은 지금 없는 길을 새로 열어 가고 있는 것이다.

"삼밭 핑계 대고 드나들 생각은 아예 버리게. 자네 부모님 산소는 내가 돌볼 테니 그런 핑계도 만들지 말고."

정시윤은 김재연의 단호한 말에 결심을 더 미룰 수가 없었다.

"알겠네. 삼밭은 임자가 나오면 자네가 처리하게."

"삼밭은 제가 사겠습니다."

이세영의 말에 정시윤은 의외인 듯 그를 바라보며 물었다.

"배가 아니라 삼밭을 사시겠다고요?"

이세영은 사역원과 연결이 되어 청국과 홍삼 무역을 하고 있지만 주로 미곡이나 소금 같은 공물을 취급하고 있다. 그리고 전국에서 한양으로 올라오는 공물을 한상으로 실어 나르고 있으니 선박을 많이 확보하고 있어야 한다.

"수운(水運)이 중요하지만 홍삼도 놓칠 수 없습니다. 홍삼을 놓치면 타격이 만만치 않은데 갈수록 홍삼을 확보하기가 힘들어지고 있습니다. 송상과 만상 때문이지요."

김재연이 고개를 끄덕였다.

"사역원도 홍삼 문제로 조용할 날이 없습니다. 전에는 포삼(包蔘) 수량의 증감을 사역원에서 결정했지만, 지금은 호조에서도 관여하고 있으니 자연 사역원은 운신의 폭이 좁아질 수밖에 없습니다. 역관들의 불만도 적지 않습니다."

수입이 크기 때문에 홍삼 무역을 둘러싼 문제는 오래전부터 일어나고 있었다. 조정에서도 홍삼 무역으로 들어오는 포삼세(包蔘稅)가 중요한 재원이기 때문에 홍삼의 양을 직접 조절하고 있었다. 홍삼 무역에 있어서는 역관과 경상이 송상과 만상에게 밀리고 있었다. 그것은 많은 양의 홍삼을 확보하고 있는 송상과 만상이 조정에 내놓는 세액이 경상에 비할 수 없을 만큼 많고, 뒷돈으로 들어가는 뇌물도 비교되지 않을 정도로 컸기 때문이다. 조정에서는 세액이 중요하기 때문에 상단은 상관이 없었다. 그래서 포삼의 양이 늘어날수록 송상과 만상의 이득이 커지는 반면 사역원과 경상은 운신의 폭이 좁아들었다.

"삼밭이 개성과 그 부근에 많고, 증포소가 개성에 있으니 한양에서 홍삼을 확보하기가 그만큼 힘겹습니다. 아무래도 강화와 금산을 비롯한 남쪽에 삼밭을 확보하고, 증포소도 경상 쪽으로 가져오거나 새로 설치하는 방안을 마련해야 할 것 같습니다."

증포소를 경상 쪽으로 옮기거나 새로 마련하는 것은 결코 쉬운 일이 아니다. 그런 생각을 할 정도로 이세영의 마음이 절박한 것이다.

"장사를 하는 것은 늘 마음을 놓을 수 없는 일입니다. 새로운 장삿길을 개척하지 않으면 뒤지게 되고 금방 문을 닫게 되지요."

세상에 쉬운 일이 어디 있으랴마는 장사라는 것은 하루하루 경쟁을 피할 수 없기에 더욱 마음을 쓰지 않으면 쉬이 도태되고 마는 것이다. 이세영은 금세 밝은 표정으로 말했다.

"다른 상단과 경쟁하느라 마음을 쓰다가도, 이렇게 경쟁하는 것을 예전에는 상상이나 할 수 있었을까 생각하면 오히려 사는 재미를 느낍니다."

"그러십니까?"

김재연은 그의 다음 말이 기다려졌다.

"시전(市廛) 상인들이 상권을 독점하고 있었지만 세월이 흐르면서 사상(私商)들이 슬금슬금 나와 난전(亂廛)을 펴기 시작했지요. 위협을 느낀 시전 상인들은 관으로부터 금난전권(禁亂廛權)을 받아 사상들을 탄압했지만 사상의 규모는 날로 커졌지요. 사상은 가난한 백성들이 살기 위해 시작한 것이었으니까요. 잡초와 같아 베어도 나오고, 뿌리를 뽑으면 씨가 떨어져 또 싹이 트고, 그렇게 날로 커졌지요. 이제는 우리 사상들이 시장을 주도하고 있습니다."

이세영은 감개무량한 눈으로 두 사람을 번갈아 보다가 목소리를 낮추었다.

"가끔 지나온 날들을 되짚어 보면서 생각합니다. 이것이 무엇을 의미하는가?"

이세영은 자신에게 묻는 듯 바로 답을 말했다.

"조선이 변하고 있다는 것입니다. 늘 그날이 그날인 것 같지만 그래도 변하고 있지요. 장사꾼들의 움직임을 보면 세상이 변하는 것이 보입니다. 장사꾼들은 변화의 물길이 어니로 흘러가는지 가장 빨리 보고 함께 움직입니다. 그러지 않고서는 도태되어 버리니까요."

"맞는 말씀입니다."

정시윤이 맞장구를 쳤다. 이세영이 말을 이었다.

"정 행수를 보면 세월이 참 많이 변했음을 알 수 있습니다. 양반 가문에서 태어나 장사꾼으로 변신해 크게 성공하고, 이제는 또 큰 나라에 가서 장사를 하겠다니 놀랍지 않습니까? 청국으로 건너가 장사를 하는 조선 사람이 몇 있다는 소문은 들었지만 모두 북방이었지요. 그런데 정 행수는 조선 사람이 전혀 가지 않은 남방을 택했습니다. 그것도 배를 띄우고 서양에까지 나가겠다는 꿈을 가지고 말입니다. 누가 감히 그런 생각을 하겠습니까?"

그러자 정시윤이 말을 받았다.

"신라와 백제, 고려 때는 해상무역이 성행했고 대단한 거상도 꽤 있었습니다."

"그렇지요. 그러나 조선에 들어와서는 바닷길이 막혀 버리지 않았습니까? 겨우 나라 안에서만 뱃길을 이용하도록 하고 있으니 말입니다."

이세영은 탄식했다. 배를 여러 척 가지고 있는 큰 장사꾼이니 배를 띄워 청국과 큰 장사를 해 보고 싶은 마음이 왜 없겠는가. 하지만 길이 막혀 있다.

"가서 길을 여세요. 법은 금하고 있지만 찾아보면 길이 없는 것은 아니지요. 길을 열어 놓으시면 앞으로 많은 사람이 그 길을 갈 것입니다."

이세영은 의미심장한 말을 남겼다.

김재연과 정시윤은 이세영의 집을 나와 걸음을 옮겼다. 장통방(長通坊, 지금의 관철동과 장교동 일대) 상가는 올 때보다 사람들이 더 북적였다. 거간꾼이 다가왔다.

"나리들, 청국에서 갓 들어온 털모자와 비단이 있는데 어떠십니까. 좋은 값으로 흥정해 드릴 테니 한번 보시지요?"

"갈 길이 바쁘오."

김재연이 물리쳤지만 거간꾼은 끈질기게 따라왔다.

"구경이나 하고 가십시오. 진기한 청국 물건이 많습니다."

김재연은 거간꾼의 손을 뿌리치며 정시윤에게 길을 재촉했다. 정시윤은 다리 밑을 가만히 내려다보았다. 김재연도 정시윤을 따라 아래를 내려다보았다. 거적을 문 삼아 쳐놓은 움막에서 걸인들이 느린 걸음으로 나오고 있었다. 어슬렁어슬렁 이제야 아침 겸 점심을 때우려고 구걸에 나서는 모양이다. 올 때만 해도 다리 밑은 쥐 죽은 듯 조용했는데 이젠 배들이 고픈 모양이다. 산발을 한 채 누더기를 걸치고 다리 위로 올라오고 있었다. 그 모습을 바라보던 정시윤이 입을 열었다.

"조선에 저런 걸인들이 얼마나 될까?"

"많겠지."

"저들 중에는 양인들도 꽤 있을 거네."

"연이은 흉년에 처자식 먹여 살릴 방도가 없으니 한양으로 올라와 저리 된 자들이 적지 않다네."

"청국이나 조선이나 배곯아 죽는 자들이 너무 많아. 병들어 죽고, 배곯아 죽고, 얼어 죽고. 언제나 그렇게 죽는 일이 없어질까?"

정시윤이 한탄했다. 그러자 옆에서 듣고 있던 거간꾼이 퉁명스럽게 한 마디 내뱉었다.

"이보시오. 옛말에 비렁뱅이는 나라님도 못 구한다고 했소. 게을러터져 빌어먹는 게 속 편한 자들이지. 굶어 죽어도 싸다니까."

정시윤은 거간꾼을 못마땅한 눈으로 쳐다보았다.

"왜 그러슈? 어디 데려다 일이라도 시켜 보슈. 며칠도 못 하고 도망칠 테니."

잡아끄는데도 본체만체하는 그들에게 화가 났던지 거간꾼은 계속 퉁명스레 말을 내뱉었다. 뒤에서 거간꾼의 볼멘소리가 들렸다.

"양반도 못 되는 주제에 세상 걱정이야."

몇 걸음 옮긴 뒤에 정시윤이 코웃음을 쳤다.

"저런 꼴로 무슨 장사를 한담. 성질 한번 고약하군."

"누가 아니라나. 저 사람도 살기 힘들어서 그럴 테지."

번잡한 장통교를 빠져나와 수표교를 향해 걸음을 옮겼다.

"십 년, 이십 년 후에 다시 와도 저곳은 늘 저렇게 있을까?"

"모르지."

"변화란 무엇일까? 누가 정권을 잡든 저런 곳이 변할 때 세상이 변하는 것이 아니겠나?"

"그렇지."

"청국도 우리가 다니는 베이징이나 광저우 같은 곳 말고 내륙 깊이 들어가면 사람들이 짐승처럼 산다고 하네. 그들이 변하는 세상이 과연 올까?"

정시윤의 말에 절망적인 감정이 묻어 나왔다. 김재연도 가슴이 아팠다. 그러나 밝은 미소를 띠며 정시윤을 쳐다보았다.

"반드시 올 것이네. 자네도 나도 노력하고 있지 않은가. 사람들은 세상의 불공평을 보면서 가슴으로 아파하고 분노하며, 세상을 바꿀 방법을 생각해 낼 것이네. 청국이나 조선은 느리게 변하고 있지만 서양의 물결이 밀려오면 아마 속도가 빨라질 걸세."

"자네는 눈에 보이지 않는 것을 보고, 나지도 않는 소리를 듣지. 그래서 아무것도 없는 곳에서 무언가를 만들어 놓네. 돈 한 푼 없던 내 앞에 돈을 쌓아 놓았듯이."

김재연은 소리 내어 웃었다.

"앞으로 더 큰 부자가 되게. 그 돈 내가 쓸지도 모르니까."

"알겠네."

그들은 걸음을 빨리했다.

정시윤은 해주에서 밀선을 타기로 했다. 조선의 밀선을 타고 나가 청국의 밀선으로 갈아타고 상하이로 가기로 한 것이다. 김재연도 조선을 떠나는 정시윤의 마지막 길에 동행했다. 정시윤이 말렸지만 해주까지만이라도 가서 배웅하고 싶었다.

밤바다 위로 달빛이 부서졌다. 정시윤과 김재연은 밀선이 오기를 기다리며 말없이 바다를 쳐다보았다. 얼마나 지났을까. 멀리서 파도를 가르는 소리가 들려왔다. 약속한 배가 오고 있었다. 김재연이 먼저 입을 열었다.

"청국 가는 길에 초선에게 들러 물어보겠네."

정시윤은 잠시 뜸을 들였다가 대답했다.

"그러지 말게. 이미 끝난 일이네."

"누가 아는가. 초선의 마음이 변할 수도 있지 않은가?"

"절대 마음을 바꾸지는 않을 걸세."

"참 모를 일이네. 그리 총명한 여자가 어찌 자네 같은 사내를 놓칠까?"

"천주와 싸울 수는 없지 않은가. 단념했으니 자네도 마음 쓰지 말게."

"그럼, 끝내 혼자 살 작정인가?"

"그럴지도 모르지. 그래서 말인데 수련이를 양자로 주게나."

김재연은 대답하지 못했다. 갑자기 수련이 보고 싶어졌다. 어린것이 부모를 떠나 만리타국에서 얼마나 외로울까. 정시윤의 마음을 짐작하고는 있었다. 그러나 막상 진지하게 양자 이야기를 꺼내니 선뜻 대답이 나오지 않았다.

"사람 일은 모르지만 혼인도 하지 않을 것이고 자식도 두지 못할 걸세. 그러나 재산을 물려줄 자식 욕심은 있다네. 수련이는 내 마음에 꼭 드는 아이야. 잘 키워 보고 싶네."

"자네를 믿지만 집사람이 어떨지 모르겠네."

"우리 사이에 아들을 넝 빼앗기는 일은 아니지 않나? 다만 그 아이가 앞으로 조선이 아니라 청국에서 살아야 한다는 점이 받아들이기 어렵겠지만 말일세."

김재연은 잠시 생각하다 결심을 굳혔다.

"알겠네. 하지만 그 아이가 원치 않으면 안 되는 일이네."

"나도 그리 생각하네."

"만일 자네가 혼인하고 자식이 생기면 수련이는 데려오겠네."

"그건 안 되지. 자식이 열이 생겨도 수련이는 내 곁에 둘 걸세."

"이 사람 보게나. 낳지도 않고 그건 무슨 생떼인가?"

"이미 수련이에게 정이 깊이 들었네. 그 아이를 위해서라면 무엇이라도 할 수 있네."

"그건 나도 마찬가질세."

"자넨 아들이 둘이나 더 있지 않은가?"

"둘이든 열이든 부모 마음은 똑같다네."

"하지만 난 수련이 하나뿐이잖나."

배가 가까이 왔다. 김재연은 정시윤의 어깨를 토닥였다.

"그만 떠나게. 수련이는 자네 아들이네."

"고맙네."

그들은 손을 맞잡고 어둠 속에서 마주 보았다.

"잘 가게. 내가 청국에 가면 다시 만나지 않나. 잠시 이별일 뿐이야."

김재연은 정시윤을 와락 안았다.

"어서 올라타슈."

사공의 독촉을 받고서야 정시윤은 배에 올랐다. 그는 뱃머리에 서서 멀어지는 김재연의 모습을 오랫동안 지켜보았다. 내년에 다시 볼 수 있다는 것을 알면서도 마지막 작별인 양 마음이 쓰리고 아팠다. 김재연 때문만은 아니었다. 뭍이 멀어지자 조선과 마지막 작별을 하는 것 같았다. 부모님도 떠나고, 마지막 끈이던 삼밭도 팔았다. 왠지 조선과의 인연이 다한 것 같았다. 초선이 자신을 거절할 때 이미 느꼈다. 초선과 함께 조선과의 인연은 끊어져 버렸다.

정시윤은 먼 하늘을 향해 초선의 이름을 불러 보았다.

12장

조선으로 가는 길

1

조선 사행단이 압록강을 건넜다는 소식이 들어왔다. 책문은 다시 활기가 넘치기 시작했다. 장사꾼들은 벌써부터 분주히 거리를 오갔다. 동명관도 방을 청소하고, 이불 홑청을 새로 씌우고, 먹을거리를 준비하느라 분주했다.

드디어 동지사 일행이 책문 안으로 들어왔다. 거리도, 동명관도 손님으로 북적였다. 초선은 사행단에 김 방지거가 끼어 오지 않을까 기다려졌다. 그는 오래전부터 정하상, 유진길과 함께 사행단에 끼어 중국을 오가며 교회의 밀사 역할을 해 왔다. 기해년에 정하상과 유진길은 순교했지만 그는 요행히 몸을 피했고, 최근에는 다시 사행단에 끼어 베이징 교회와 연락을 맡아 하고 있었다.

밖에서 인기척이 나더니 우 씨가 초선을 불렀다. 건장한 세 명의 남자가 마당에 서 있었다. 그중 두 명은 교우촌의 두 요셉 집에서 만났던 중국인 교우로 낯이 익고, 나머지 청년은 처음 보는 얼굴이었다.

"웬일이세요?"

초선이 놀라 묻자 중국인 교우는 우 씨를 의식한 듯 머뭇거렸다. 우 씨는 눈치를 챘는지 자리를 피해 주었다.

"저녁은 드셨습니까?"

초선이 중국인 교우에게 묻자 청년이 대뜸 조선말로 대답했다.

"아직 못 했습니다."

그녀는 가슴이 뛰었다.

"이리 오세요."

초선은 그들을 주방으로 데리고 갔다.

"밥을 지을 테니 잠시만 기다리세요."

"찬밥이 있으면 그냥 주십시오. 아무거나 요기만 하면 됩니다."

밥을 짓는 데 시간이 걸릴 것 같아 국을 데우고 반찬과 함께 찬밥과 밀가루로 만든 만토우(饅頭, 속이 없는 찐빵)를 내놓았다. 그들은 정신없이 먹어 치웠다.

초선은 두 중국 교우를 방으로 안내한 뒤 조선 청년을 서재로 데리고 들어갔다.

"인사가 늦었습니다. 김대건, 안드레아라고 합니다. 밤중에 많이 놀라셨지요?"

청년은 예의가 발랐다.

"몇 년 전 아오먼으로 신부 수업을 떠났던 그분이 맞습니까?"

"그렇습니다."

초선은 자신도 모르게 책상 위에 놓인 그의 손을 잡았다.

"살아 계셨군요. 그리고 이렇게 돌아오셨군요."

"네."

김대건이 손을 내려다보자 초선은 얼른 손을 놓았다.

"반가운 마음에 그만   ."

"괜찮습니다."

"그러면 신부님이라고 불러도 됩니까?"

"아닙니다. 나이를 더 먹어야 하고, 공부도 더 해야 합니다."

김대건은 여유가 있어 보였다. 초선도 마음이 편해졌다.

"두 요셉 회장으로부터 말씀을 들었습니다. 그전에 난징에서 정시윤이라는 분에게 이곳을 소개받았습니다. 그런데 어떻게 이곳에 오시게 되었습니까?"

초선은 조선에서 정하상으로부터 교리를 배우고 베로니카라는 이름으로 세례를 받은 것과 선교사들의 조선 입국을 돕기 위해 책문에서 일하게 된 사연을 이야기해 주었다.

"그러셨군요. 그런데 조선에 큰 박해가 있어서 주교님과 신부님, 정 바울로 님을 비롯한 많은 신자가 순교했다는 말을 중국 교우로부터 들었는데 사실인가요? 중국 아오먼에서 여러 해를 지내다 보니 고향 소식을 전혀 접하지 못했습니다."

"모르셨군요."

초선은 기해년에 있었던 박해에 대해 자세하게 이야기해 주었다. 김대건은 침통하게 말했다.

"그분들이 그렇게 가셨군요. 유진길 회장님은 제게 처음으로 중국 말을 가르쳐 주셨지요."

김대건의 표정이 착잡해 보였다. 그러나 그의 눈빛은 다시 빛났다.

"조선으로 입국하기 위해 이곳에 왔습니다. 신부님 두 분과 저와 함께 공부하고 있는 최양업도 같이 왔는데 입국하기가 무척 어렵습니다."

"그렇지요. 특히 서양 신부님은 더욱 어렵습니다."

"조선에서 사행단이 왔다는 소식을 들었는데, 혹시 교우가 함께 왔는지 아십니까?"

"전에 유진길 회장님과 함께 청국을 여러 번 다녀가신 김 방지거라는 분이 있는데, 매년 사행단에 끼어 오십니다. 그분에게 상세한 소식을 들을 수 있을 것입니다."

"이번에도 오셨는지요?"

"특별한 일이 없으면 오셨을 겁니다. 내일 사신들이 책문을 떠난다고 하니, 오셨으면 만날 수 있을 겁니다."

이튿날 오후 사행단이 책문을 떠나느라 행렬을 지어 거리를 지나가고 있었다. 동명관은 큰길가에 있어 행렬이 지나가는 것을 집 앞에서 볼 수 있다. 초선은 김대건과 함께 길가로 바싹 다가섰다. 행렬이 한참 지나자 등에 짐을 진 장사꾼들이 보였다. 짐꾼들 가운데 한 명과 초선의 눈이 마주쳤다. 그는 초선에게 고개를 살짝 숙여 보였다. 초선은 얼른 김대건의 어깨에 손을 가져갔다. 그러자 그는 알았다는 듯 고개를 끄덕였다. 초선은 다시 그에게 고개를 돌려 동명관을 가리키며 눈짓을 했다. 초선은 김대건을 데리고 안으로 들어가며 조용하게 말했다.

"오셨어요. 저분이에요."

김 방지거는 배를 움켜쥐며 옆의 동료에게 말했다.

"뭘 잘못 먹은 모양일세. 설사가 나려고 해."

옆 사람도 걱정이 되어 이리저리 둘러보았지만 마땅한 곳이 없었다. 김 방지거는 동명관을 가리키며 말했다.

"저기 들어가서 잠깐 일 보고 오겠네."

"빨리 오십시오."

김 방지거는 배를 움켜쥔 채 빠른 걸음으로 동명관 안으로 들어갔다. 초선은 김대건과 함께 그를 급히 서재로 안내했다. 그는 김대건의 얼굴을 뚫어지게 쳐다보더니 감격한 목소리로 말했다.

"김대건, 안드레아가 아닌가?"

"네."

김대건도 그의 손을 덥석 잡았다.

"아저씨!"

김대건은 조선을 떠나기 전 모방 신부 집에서 공부할 때 김 방지거를 만났다. 그는 정하상, 유진길, 조신철과 함께 조선 천주교의 중요한 일꾼이었다.

"신품은 받았습니까? 신부님이 되셨으면 인사를 드리겠습니다."

김 방지거는 자리에서 일어나려 했다.

"아닙니다. 아직 공부 중이니 편하게 대하세요."

김 방지거는 기해년에 있었던 박해에 대해 급히 설명해 주었다.

"그렇게 모두 순교하셨는데 나는 신앙이 부족해 도망을 다녔습니다. 목숨을 부지하고 있지만 늘 그분들 생각으로 가슴이 아립니다."

"혹시 최양업의 부모님 소식은 들으셨습니까?"

김 방지거는 말하기가 어려운 듯 머뭇거렸다.

"두 분 다 순교하셨습니다."

"제 부모님은요?"

"아버님은 순교하셨고, 어머님은 모진 고문 끝에 풀려나 교우들 집을 전전하고 계십니다."

김대건은 잠시 말을 잃었다. 마음을 진정한 뒤 담담하게 말했다.

"알겠습니다. 제가 이곳에 온 것은 조선에 입국하기 위해서입니다. 신부님도 두 분 오셨고, 최양업도 함께 와서 지금 요동에 있습니다."

김 방지거는 고개를 저었다.

"못 들어갑니다. 기해박해로 조선 천주교는 쑥대밭이 되었지요. 지금은 박해가 심하지 않지만 그래도 조심해야 합니다. 지금 입국하다 발각되면 무사하지 못합니다."

"그래도 가야 합니다. 언제 편한 날이 있었습니까? 베이징행을 그만두고 저와 함께 조선으로 들어갈 방도를 강구합시다."

"안 됩니다. 그러면 사행단의 동료들이 저를 수상하게 여길 것입니다. 그리고 문제는 우리 교우들이 신부님들을 맞이할 준비를 해야 하는데 지금으로서는 도저히 어렵습니다. 그러니 조금만 기다려 주십시오. 준비가 되면 연통을 하겠습니다."

그는 기해박해 때 순교한 프랑스 성직자 세 명의 서찰을 김대건에게 건네주었다. 하나는 앵베르 주교가 파리 외방전교회에 보내는 보고서로 기해박해가 시작되면서부터 자신이 잡히기 전까지의 일을 상세히 기록한 것이고, 다른 하나는 모방 신부의 보고서와 서찰이었다. 서찰을 받아든 김대건은 가슴이 울컥해 말을 잊었다.

"이걸 전해 드리니 주교님과 신부님들께 지은 빚을 조금은 갚은 것 같습니다. 저는 이만 가 봐야 합니다. 시간을 너무 지체하면 수상하게 여길 것입니다."

김대건은 서찰을 쥔 채 결심이 선 듯 물었다.

"언제 다시 조선으로 돌아가십니까?"

"내년 삼월이 될 것 같습니다."

"그때 이곳에서 다시 만납시다."

김 방지거는 급히 자리에서 일어났다. 동명관 대문 앞까지 김대건과 초선이 배웅을 했다. 대문으로 다시 들어가려던 순간 초선이 갑자기 걸음을 멈추었다. 가슴이 뛰었다. 길 한복판에 말을 타고 서 있는 사내, 그는 분명 다이전이었다.

"왜 그러십니까?"

김대건이 초선의 시선을 따라 말 탄 사내를 바라보았다.

"아는 사람입니까?"

초선은 그제야 정신이 들었다.

"들어가세요."

대문에 들어서기 전에 초선은 다시 뒤를 돌아보았다. 다이전이 오른손을 번쩍 들어 보이고는 말고삐를 잡아당겨 말의 방향을 바꾸어 떠나갔다. 작별을 하러 온 것일까? 또 어디로 떠나는 걸까? 다이전의 외로움이 가슴을 적셔 왔다.

서재로 들어가자 김대건은 결심이 선 듯 말했다.

"나는 잠깐 눈을 붙였다가 내일 새벽, 길을 떠나겠습니다."

초선이 놀라 물었다.

"어디로 가신다는 말입니까?"

"혼자 가겠습니다. 내년 봄 압록강 얼음이 풀리기 전에 신부님들을 조선으로 모시려면 아무래도 내가 먼저 길을 알아둬야 할 것 같습니다. 중국인 교우들은 내일 아침 교우촌으로 돌아가라고 일러두었습니다."

"조선 교우들이 신부님들을 맞을 준비가 되지 않았다고 하지 않습니까? 조금 더 기다려 보시지요. 혼자 한양까지 가는 일은 그리 만만치가 않습니다."

초선의 만류에도 김대건의 결심은 움직이지 않았다.

"우리 교우들은 목숨을 걸고 신앙을 지키고 있습니다. 그런데 밥상을 차려 놓고 데리러 올 때까지 기다리는 것은 성직자의 도리가 아닙니다. 스스로 찾아가 밥상을 차리는 것이 성직자의 도리입니다. 교우들이 얼마나 목마르게 성직자를 기다리겠습니까. 하루라도 빨리 가서 주님의 사랑을 보여 주어야 합니다."

"서두르면 위험이 따르게 됩니다. 교우들을 만나기 전에 잘못될 수도 있습니다."

"위험은 어디에나 있습니다."

초선은 김대건을 말릴 수 없었다. 하지만 그가 한양까지 갈 수 없으리라는 것도 알았다.

"정 그러시면 일단 길을 떠나십시오. 의주관문을 통과하는 일이 위험하니 들키지 않으려면 변장을 하십시오. 부근에 나무꾼들이 많으니 나무꾼으로 변장하는 것이 제일 안전할 것입니다. 아무튼 김 방지거 님이 내년 삼월에 다시 이곳에 오실 테니 그때 다시 상세하게 의논을 하세요. 그분이 귀국하는 대로 신부님들을 모실 준비를 서두를 것입니다."

초선은 방을 나갔다.

김대건은 순교한 세 성직자의 서찰을 읽기 시작했다. 가슴이 뭉클했다. 모방 신부로부터 신학을 공부하고, 유진길로부터 중국 말을 배우던 기억이 떠올랐다.

초선은 방으로 가서 돈을 챙긴 다음 정시윤이 쓰던 방으로 갔다. 그가 입던 짐승 털로 만든 웃옷과 가죽 장화를 챙겨 들고 서재로 가 김대건 앞에 내밀었다.

"필요하실 것 같아 준비했습니다."

김대건은 돈을 가슴에 넣고, 털옷과 가죽 장화를 챙겼다.

"고맙습니다."

"이번 길에 반드시 한양까지 가실 수 있다는 보장은 없지만 헛일은 아닐 것입니다. 예서 압록강까지 가는 길이 얼마나 멀고 험한지, 압록강을 건너고 의주관문을 통과하는 것이 얼마나 위험한 일인지 확인하게 되겠지요. 다음을 위해 좋은 경험이 될 것입니다."

"저도 마찬가지 생각입니다. 그런데 저는 김해 김씨인데……."

초선은 김대건을 보고 웃으며 말했다.

"저도 김해 김씨, 김초선입니다."

"그렇군요. 나서 보면 친척일지도 모르겠습니다. 앞으로 누님이라고 부르겠습니다."

"무슨 그런 말씀을……."

"그렇게 부르는 것이 좋습니다."

김대건이 밝게 웃자 초선은 고개를 끄덕였다.

김대건은 한밤중에 길을 떠났다. 압록강을 건너고, 기적처럼 의주관문을 통과했지만 너무나 위험한 모험이라는 것을 알았다. 여러 날을 고생하며 몇 번의 위험한 고비를 넘기고도 한양은 가지 못하고 책문으로 돌아와야 했다. 돌아올 때는 도저히 의주관문을 통과할 수 없어 산길을 돌아 압록강으로 내려왔다.

"의주관문을 통과하기가 너무 힘들더군요. 반드시 한양에서 길을 안내해 줄 사람이 와 줘야겠습니다. 그리고 이번에 관문을 통과하지 않고 산으로 돌아오는 길을 발견했지요. 고생한 보람이 있었습니다. 다음에는 그 길로 가면 될 것입니다."

김대건은 다음 사행단이 올 때 다시 오겠다는 약속을 남기고 동명관을 떠났다.

초선은 김대건을 배웅한 뒤 침실로 돌아와 멍하니 십자가를 바라보았다. 정시윤을 떠나보내고 다이전 장군도 떠난 뒤, 그녀는 마음을 잡지 못하고 방황했었다. 정시윤이 말한 미래를 포기한 것이 못내 아쉬웠다. 꿈같은 생활일 것이다. 지나간 일을 놓고 그토록 후회해 보기는 처음이었다. 하지만 그가 다시 제안했어도 거절했을 것이다. 잠시 후 그녀는 중얼거렸다.

"당신이 답이군요."

김대건의 모습이 십자가와 함께 눈앞에 떠올랐다.

2

가도 가도 눈벌판이 끝날 것 같지 않았다. 흰 눈 위로 말은 숨 가쁘게 달렸다. 말이 달리는 대로 썰매는 거침없이 미끄러져 갔다.

1843년 12월 31일, 조선대목구의 제3대 주교로 취임하는 페레올(Jean Joseph Ferreol) 주교의 성성식(成聖式)이 양관에서 거행되었다. 앵베르 주교가 순교하자 교황청에서는 페레올 신부를 조선의 주교로 임명했다. 최양업과 함께 성성식에 참석한 뒤 소팔가자(小八家子)로 돌아와 공부를 계속하고 있던 김대건에게 페레올 주교는 북방의 훈춘을 거쳐 경원으로 들어가는 길을 개척하라는 명령을 내렸다. 의주를 통하는 조선 입국은 경계가 너무 심해 생김새가 다른 페레올 주교가 통과하기는 거의 불가능했다.

그렇다고 경계가 풀리기를 무작정 기다릴 수만은 없었다. 그래서 김대건은 명을 받고 중국인 신자 마시청과 함께 한겨울에 길을 떠난 것이다.

경원까지는 왕복 두 달이 걸리는 데다 가는 길이 험하고 인가가 거의 없어 침구와 식량을 넉넉히 준비해야 한다. 그래서 말을 준비하고 만주에서 흔히 쓰는 썰매를 달아 짐을 싣고 길을 떠났다.

최양업은 그대로 남아 공부를 계속하고 김대건만 떠나라고 했다. 최양업은 늘 혼자서 고생하는 김대건을 보며 몹시 미안해했다. 하지만 김대건은 개의치 않았다.

"내가 자네보다 길눈이 밝고 날렵해서 보내는 것 아닌가. 둘이 같이 가다가 사고라도 나면 큰일이니 한 명은 남아 있어야지. 그리고 자네는 자네 몫의 할 일이 있지 않은가."

김대건은 돌아다니는 일에 익숙해졌다. 자신이 돌아다니는 동안 최양업은 학업에 전념했다. 때로는 학업에 대한 아쉬움으로 가슴이 쓰렸지만, 그는 이내 조선 천주교를 위해 자신이 하는 일이 보람된 일이라고 스스로를 위로했다.

멀리 장백산맥 줄기가 나타났다. 저 줄기를 따라가면 백두산이 나타날 것이다. 장백산맥을 경계로 조선과 중국이 나누어진다. 고구려 때는 장백산맥과 이곳 요동까지 모두 우리 땅이었다. 김대건은 장백산맥을 바라보면서 한숨을 내쉬었다.

내몽골의 소팔가자에서 길을 떠나 장춘(長春)에서 하룻밤을 묵고 다시 길림(吉林)을 향해 길을 재촉했다. 길림에서 그대로 동쪽으로 내려가 산을 넘을 수 있다면 경원에 이르는 길이 빠르겠지만 산을 넘을 수가 없어 길이 나 있는 영고탑 쪽으로 돌아가야 한다. 그런데 문제가 생겼다. 길림을 떠나 한참을 북쪽으로 올라갔는데 길이 끝나고 숲이 앞을 가로막았다. 길을 잘못 든 것이다. 숲 속을 헤매며 길을 찾아보았지만 끝내 보이지 않았다.

김대건은 당황했지만 마시청이 너무 당황하고 있어 내색할 수 없었다.

"천주께서 인도하실 테니 걱정 말아요."

썰매를 돌려 오던 길을 되돌아갔다. 얼마를 달렸을까. 어디선가 말발굽 소리가 들렸다. 김대건은 말을 멈추었다. 잠시 후 두 사람이 썰매를 몰고 달려오는 것이 보였다. 김대건은 손을 흔들어 그들을 불렀다.

"길을 잃었는가?"

체격이 장대하고 뱃속에서 우러나오는 듯 목소리에 힘이 배어 있는 사람이 물었다. 그는 주인인 것 같고, 옆에 하인으로 보이는 사람이 있었다.

"네. 길을 잃었습니다."

김대건이 대답하자 말 위의 사내는 김대건을 유심히 살펴보았다.

"어디로 가는가?"

"영고탑으로 가는 중인데 길을 찾을 수가 없습니다."

"영고탑은 무슨 일로 가는가?"

"영고탑을 거쳐 훈춘으로 가야 합니다."

"우리도 영고탑으로 가는 중이니 따라오게."

"고맙습니다."

김대건은 속으로 몇 번이나 천주에게 감사드렸다. 얼마나 다행한 일인가. 여기서 길을 잃으면 또 얼마나 많은 시간을 낭비하게 될 것인가. 김대건은 마시청을 보며 환하게 웃어 보였다.

"자, 송화강(松花江) 쪽으로 가세. 자네들이 가던 쪽으로 가면 길도 험하고, 잘못하면 호랑이 먹이가 되기 십상이라네."

"그렇군요. 초행이라 길을 찾기가 어렵습니다."

"초행이라, 훈춘은 왜 가는가?"

"국경에서 장사를 하려고요."

"나도 장사꾼일세. 심양에서 장사를 하고 고향으로 가는 길이지."

"영고탑이 고향이십니까?"

"그렇다네."

그들은 송화강 가에 이르렀다. 강은 꽁꽁 얼어 있었다. 그들은 얼음을 지치며 강을 따라 상류로 거슬러 올라갔다.

"이 강은 북쪽 상류에서 목단강(牧丹江)이라는 큰 강과 합류하네. 영고탑은 목단강 부근일세."

"그렇습니까?"

그게 전부였다. 그들은 도무지 말이 없었다. 김대건도 말을 건네기가 쉽지 않아 조용히 길을 갔다.

"장군님, 시장하지 않으십니까?"

김대건은 의아했다. 한참 만에 하인처럼 보이는 사내가 주인을 보며 장군이라고 부르지 않는가. 예사 장사꾼이 아닌 모양이다.

"벌써 시장한가? 그럼 여기서 요기라도 하세."

그들은 말을 멈추고, 각자 가져온 요깃거리를 꺼냈다. 장군이라고 불리는 사내가 김대건에게 만투우를 건넸다.

"저희도 양식을 준비했습니다."

"우리는 곧 고향에 도착하니 사양하지 말게. 먼 길 가는데 양식을 아껴야지."

김대건은 고개를 숙여 인사를 하고 만토우를 먹었다.

"그런데 자네 중국인 맞나?"

여태껏 중국인이 아니라고 의심받은 적이 없었다. 중국어에 그만큼 자신이 있었다. 김대건은 잠시 망설이다가 대답했다.

"아닙니다. 조선 사람입니다."

그는 고개를 끄덕였다.

"통성명이나 하세. 나는 다이전이라고 하네."

"저는 김대건입니다. 조금 전에 저 사람이 장군이라고 부르던데 군인이십니까?"

"전에는 그랬지. 지금은 장사꾼이라네. 다 먹었으면 다시 떠나세."

장군이 왜 장사꾼이 되었을까? 김대건은 다이전에 대한 호기심을 누르기 힘들었지만 물어볼 수가 없었다. 그에게는 범접할 수 없는 위엄이 풍겼다.

날이 어두워지자 야영 준비를 했다. 다이전은 둥근 천막을 치며 김대건에게 말을 건넸다.

"이건 몽골에서 구한 천막이지. 바람을 잘 막아 준다네. 우리와 같이 자도 되네."

"저희도 준비했습니다."

몽골식 천막에 비하면 허술하지만 김대건도 준비한 천막을 쳤다. 숲에서 나뭇가지를 주워 와 불을 지폈다. 불길이 활활 타오르자 몸에 온기가 돌았다.

"밤새 불을 지펴야 하니 나무를 더 구해 오게."

다이전의 말이 떨어지자 모두 숲으로 가 나무를 해 왔다. 그동안 다이전은 솥에 쌀을 넣어 끓이고, 주전자에 물을 끓여 놓았다. 모두 불가에 둘러앉아 저녁을 먹기 시작했다. 김대건은 더 사양하지 않고 다이전이 주는 대로 받아먹었다. 저녁을 먹은 뒤 다이전의 하인과 마시청은 피곤했던지 먼저 천막 안으로 들어갔다. 다이전은 움직이지 않았다. 김대건도 그대로 앉아 있었다.

"피곤할 텐데 들어가 쉬게."

다이전이 권했지만 김대건은 움직이지 않았다. 그들은 말없이 타오르는 불길을 바라보았다. 김대건은 몸이 녹자 스르르 눈이 감겼다.

"졸면서 왜 안 들어가는가?"

"장군께서 들어가시면 저도 쉬겠습니다."

"나는 원체 밤잠이 없는 사람이네. 이렇게 별을 보다가 잠이 들지. 장군이라 부르지 말고, 라오반(老板, 상점 주인이나 장사꾼을 부르는 말)이라고 부르게."

"장군이 더 어울리는 것 같습니다."

"지난 세월은 돌이키고 싶지 않네. 지금은 장사꾼으로 살고 있고, 현재를 사는 것이 나에게는 중요하지."

"미래는 살지 않으십니까?"

"미래까지 살 여유가 없다네. 현재를 살다 보면 미래는 자연히 오는 것이니까. 굳이 미래를 앞당겨 살 필요는 없지 않은가. 왜? 자네는 미래를 사는가?"

"네."

김대건은 서슴없이 대답했다. 다이전은 흥미롭다는 듯 김대건을 쳐다보았다. 김대건은 불빛을 바라보면서 낮은 소리로 말을 이었다.

"저는 미래를 믿고 싶습니다. 현재는 미래와 연결된 지금으로 살 뿐이지요."

한참을 말없이 불길에 시선을 둔 채 움직이지 않던 다이전이 한숨처럼 말을 내뱉었다.

"젊군."

김대건은 불길에 달아오른 얼굴을 다이전에게 돌렸다.

"저는 늙어서도 미래를 살 것입니다. 그때까지 살 수 있을지 모르지만 말입니다."

"늙은이의 미래는 무엇인가?"

김대건은 말을 못 했다. 다이전은 시선을 불길에 둔 채 물었다.

"천주교 신자인가?"

김대건은 가슴이 철렁했다. 한참을 망설이다 대답했다.

"네."

다이전은 아무런 표정의 변화가 없었다.

"자넨 너무 단순해. 아니 투명하다고 할까. 너무 투명해 속이 드러나고 말아. 그러다 들키면 어쩌려나?"

"다른 사람은 라오반처럼 눈이 예리하지 못합니다. 여태껏 들키지 않았어요."

"실은 자네를 본 적이 있다네."

"네?"

"동명관 앞에서 초선과 함께 있는 걸 보았지."

그제야 김대건은 생각이 났다.

"이제야 생각이 납니다. 그때 말을 타고 있던 분이 라오반이십니까?"

"그렇다네. 그때 자네는 초선과 함께 동명관으로 들어갔지."

"거리가 꽤 멀었는데 어떻게 저를 알아보셨습니까? 저는 말씀하시기 전까지는 라오반을 전혀 알아볼 수 없었습니다."

"내 눈이 자네 눈 같은 줄 아는가? 전쟁터에서는 십 리 밖까지 볼 수 있어야 하고, 십 리 밖에서 달리는 말발굽 소리를 들을 수 있어야 한다네."

"그렇군요. 초선 누님을 아십니까?"

"알지. 그런데 누님이라니?"

"둘 다 김해 김씨입니다. 그래서 누님이라 부르기로 했습니다. 친누님처럼 잘해 주기도 하고."

"더구나 천주교 신자이니 잘해 줄 수밖에. 자네는 단순한 신자는 아닌 것 같은데 혹시 신부인가?"

도대체 어떻게 이리도 예리할 수가 있을까?

"아직은 아닙니다. 공부 중입니다."

"머지않아 신부가 되겠군. 명줄이 달랑거리니 아깝군."

"누구나 죽습니다. 조금 길게 사느냐 짧게 사느냐는 큰 문제가 되지 않지요."

"탈속했군."

"우리는 영원한 삶을 살 것입니다."

"내 귀에는 허망한 소리로 들리는군."

"그러시겠지요. 그런데 누님은 어떻게 아십니까?"

"호기심이 많군."

"저는 제 이야기를 다 했습니다."

"그래서? 내 얘기를 해 보라는 말인가? 좋네. 그 사람을 연모했다네."

"그러시군요."

"나 혼자 애를 태우다 물러났지."

동명관 앞에서 그를 본 날, 초선은 혼이 나간 사람처럼 멍했었다.

"라오반 혼자만의 생각은 아닐 것입니다. 그날 누님의 태도가 평소와 달랐기요. 넋이 나간 사람 같았습니다."

"자네 말을 들으니 조금은 위로가 되는군."

다이전은 긴 나뭇가지로 모닥불을 이리저리 쑤셔 댔다. 불꽃이 환하게 타오르며 사방으로 불티가 날렸다.

"그 사람이 나를 마음에 두고 있다는 것을 알고 있네. 하지만 천주가 가로막고 있지. 그 사람에게는 천주가 다야. 나는 비교가 안 되지."

"같이 천주님을 믿으면 되지 않습니까?"

다이전은 코웃음을 쳤다.

"천주는 그 사람을 조선으로 데려갈 걸세."

"그렇지 않습니다. 누님은 여기서 할 일이 많은데요."

"두고 보게나."

다이전은 밤하늘을 올려다보았다.

"그 이야기는 그만두고 저 별들을 보게."

이야기를 나누는 동안 별들이 하늘에 온통 수를 놓았다. 손에 잡힐 듯 가까이 내려앉아 자기들을 보라고 눈짓했다. 여기저기서 별똥이 떨어졌다. 얼마나 오묘한 세계인가? 김대건의 입에서는 우주 만물을 창조한 천주에 대해 경탄이 절로 나왔다.

"대단하지 않습니까? 이 모든 아름다움을 창조하신 천주님 말입니다."

"누가 보았다던가? 저걸 만드는 천주를. 그건 자네들 이야기야."

"보지 않아도 알 수 있습니다. 삼라만상을 거슬러 올라가다 보면 마지막으로 만물의 근원을 알 수 있지요. 만물의 근원, 그분이 바로 천주님이지요."

"만물은 저절로 생겨났어. 그래서 자연이라고 하지. 스스로 자(自), 그럴 연(然)."

"저절로 생길 수는 없습니다. 없음에서 있음이 나올 수가 없으니까요. 공간을 막아 놓고 천년만년 기다려 보십시오. 거기서 뭐가 생기는가. 아무것도 생기지 않습니다. 처음부터 존재하는 그분이 만물을 창조하셨습니다. 그래서 만물이 존재하게 된 것이지요."

"잘도 배웠군. 하지만 우리 중국인에게는 설득력 없는 이론일세."

"왜 진리를 외면하십니까? 중국인의 오만입니까?"

"난 만주족이네. 한족처럼 오만하지 않아. 그래도 그런 이론에는 설득당하지 않지. 자네들이 말하는 진리는 우리에게는 진리가 아니야. 우리에게는 우리의 진리가 있으니까."

"이론이 아닙니다. 사람을 사랑하시는 천주님과 그 사랑을 실천하기 위해 사람이 되어 헌신하다 십자가에 못 박혀 돌아가신 예수 그리스도 같은 분을 중국에서는 찾아볼 수 없지 않습니까? 진리란 사람을 사랑하라는 가르침과 그 가르침을 실천한 분의 온 생애입니다."

"나도 신약(新約)을 읽어 보았네. 예수는 흥미로운 인물이더군. 사람을 위할 줄 아는 인물이었어. 그건 인정하네. 하지만 중국에도 그런 이야기는 있다네. 노자는 '원한을 덕으로 갚으라.'고 했지. 사람을 사랑해야 한다는 가르침은 어느 민족의 이야기에나 다 나오는 것이야."

"사랑을 위해 목숨을 바친 이가 있습니까?"

"목숨을 바치는 것은 중국인들에게는 별 감동을 주지 못할 걸세. 오히려 생명을 풍요롭게 하는 이야기를 가르치는 것이 더 효과가 있을지 모르지. 그런데 예수를 믿는 사람들은 그렇지가 않은 것 같아."

김대건은 무슨 뜻인지 몰라 다이전을 한참 쳐다보았다.

"아편은 생명을 풍요롭게 하지 않고 병들어 죽게 하지."

김대건은 가슴이 철렁했다. 바로 저 이야기, 앞으로 중국 역사를 통해 두고두고 저 이야기가 나올 것이다.

"예수가 존경할 만하다는 것은 인정하지만 예수와 예수를 믿고 따르는 사람들은 서로 다르지 않은가?"

다이전은 날카롭게 지적한 뒤 바로 이야기를 돌렸다.

"자네 베이징에서 공부하지는 않았을 테지?"

"네. 아오먼에서 했습니다."

"숙제는 풀었나?"

김대건은 말뜻을 알아들을 수 없어 멍하니 다이전을 쳐다보았다.

"남방에 있었으면 전쟁을 보았을 테지. 생각이 있는 젊은이라면 한 번쯤은 고뇌해야 하는 것 아닌가? 배운 것과 현실이 다른 것을 회의하며 의문을 가져 봐야 하지 않나?"

전장과 난징에서 처참한 전쟁의 참상을 목격했다. 파괴되어 버린 집들, 살 곳을 잃고 거리를 헤매던 사람들, 부모를 잃은 아이들의 울음소리가 생생하게 떠올랐다. 어찌 잊을 수 있겠는가. 가슴 밑바닥에 묻어 둘 뿐이다. 하지만 다이전이 말하는 숙제는 깊이 생각할 수 없었다. 서양 신부들 앞에서 그런 말을 입 밖에 낼 수 없었다. 자신이 해야 하는 고민은 언제나 성직자가 되기 위한 공부뿐이었다. 그래서 최양업에게도 터놓고 말할 수가 없었다.

"양인들이라고 다 같지는 않습니다."

"선한 사람도 더러 있지만 그런 사람들은 몇 안 되지. 대부분은 비슷하지 않은가? 예수를 믿는다는 사람들이 어찌 그런가?"

"그들도 인간이니까요."

"예수의 가르침은 무엇인가? 가르침은 이론이 아니라 실천이야. 예수의 가르침이 인간에게 아무런 영향도 줄 수 없다면 무엇 하러 믿는가? 신은 보이지 않아. 그 신을 따르는 사람들을 보고 믿을 뿐이지."

다이전의 말은 그만이 아니라 중국인들의 외침이라는 것을 김대건은 인정하지 않을 수 없었다.

"자네가 말하는 선한 양인들은 누군가? 선교사들인가? 난 그들도 믿을 수가 없다네. 그들이 자네를 자기네 양인들과 똑같이 대해 주던가?"

김대건은 할 말이 없었다.

"그들은 야만인들을 개화시키기 위해 자신들이 희생한다고 생각하겠지. 중국에서는 이론이 얼마나 탁월하냐가 중요한 게 아니라 그 이론을 가지고 행동하는 사람들의 태도를 중요하게 생각한다네. 그 태도에 따라 이론의 옳고 그름을 판단하지."

다이전은 굵은 나무토막을 골라 불에 던져 넣었다.

"그만하면 몸이 녹았을 테니 잠을 청해 보게. 나도 그만 자야겠어."

다이전은 몸을 일으켰다.

"내일은 객주에서 잘 수 있을 것이네."

다이전은 천막 안으로 들어갔다. 김대건은 홀로 남아 타오르는 불빛을 물끄러미 바라보았다. 자신의 신앙에 대해 회의한 적이 없었다. 그러나 아편 전쟁이 휩쓸고 간 자리를 보면서 신앙이 과연 무엇인지 생각하지 않을 수 없었다. 선량한 중국인들에게 대포를 쏘아 대며 삶의 터전을 약탈한 뒤 태연히 십자성호를 그으며 주님을 찬양하는 양인들, 더구나 아편을 들여와 중국인을 병들게 하는 아편 장사치들도 십자가를 가슴에 걸고 예수의 이름을 입에 올리고 있지 않은가. 그런 사람들이 입에 올리는 천주를, 예수를 믿을 수 있을 것인가. 다이전은 신은 보이지 않으니 그 신을 믿는 사람들을 보고서 신을 믿는다고 했다. 그렇다면 과연 천주를 믿을 자가 얼마나 될 것인가.

'주님, 저는 사람을 보고 믿는 것이 아니라 주님이 계시기에 믿습니다. 저는 마음속에 계신 주님을 뵈올 수 있습니다. 주님이 저와 함께 계시고 사람을, 우주를 사랑하시는 섯을 확신하기에 주님을 믿습니다.'

김대건은 추운 겨울밤의 찬란한 별들과 북풍이 지난 뒤의 적막과 매운 추위를 녹여 주는 모닥불과 하나가 되어 주님을 찬미했다.

"이 모든 것과 함께 주님을 찬미합니다. 이것이 저의 저녁기도입니다. 다이전은 당신을 믿을 수 없다고 합니다. 하지만 그는 좋은 사람입니다. 당신을 믿지 않는 이들의 찬미도 받으소서. 단지 모르고 있을 뿐, 그들은 당신이 주신 선한 마음으로 잘 살아가고 있습니다."

그는 자리를 털고 일어나 천막으로 들어갔다.

잠시 눈을 붙였다. 추위에 온몸이 얼어들었다. 김대건이 자리에서 일어나자 마시청도 부스스 눈을 뜨고 일어났다. 다이전은 이미 모닥불 앞에서 아침을 준비하고 있었다. 뜨끈한 죽으로 속을 녹인 뒤 천막을 걷고 짐을 챙겼다. 그리고 다시 길을 떠났다.

가도 가도 겨울 풍경은 변화가 없었다. 흰 눈에 덮인 강과 길, 숲과 산,

적막한 풍경을 울리는 굶주린 들짐승의 울음소리가 전부였다. 길이 갈라지는 곳에서 다이전이 말을 멈추었다.

"북쪽으로 계속 올라가면 목단강 상류와 만나지. 우리는 이쪽 길로 가세. 이 길로 곧바로 가도 목단강을 만날 수 있네. 오늘은 객주에서 하룻밤 지내세."

다이전은 말 머리를 오른쪽으로 돌렸다. 김대건도 말 머리를 돌려 그를 따랐다. 생각할수록 다이전이 고마웠다. 그가 없었다면 흰 눈만 보이는 이 북방에서 어떻게 길을 찾아갈 수 있었을까. 생각만 해도 몸서리가 쳐진다.

"전에는 이 만주 땅이 우리 영토였습니다."

김대건의 느닷없는 말에 다이전은 어이없는 듯 코웃음을 쳤다.

"좁은 땅에서 태어나 넓은 땅을 보니 욕심이 나는가?"

"아닙니다. 몇백 년 전에 그랬다고 들었습니다."

"정확히 알지도 못하면서 몇백 년 전 일을 들먹이는가? 땅은 늘 그 자리에 있고, 차지하는 자가 임자야. 중요한 것은 현재 누가 그 땅을 차지해 살고 있는가 하는 것이지."

"그러면 힘 있는 자는 아무 땅이나 차지할 수 있다는 말씀입니까?"

"그렇지. 본래 만주 땅은 드넓은 곳이고, 이곳에는 여러 민족이 제각기 고유한 삶을 살고 있었네. 한때 고구려가 넓은 땅을 차지했지만 그 주변에는 또 다른 민족들이 고구려와는 다른 삶의 방식대로 살고 있었지. 그중 하나가 우리 여진족, 지금은 만주족이라고 하는 민족이 만주를 차지했네. 그러니 만주는 만주족의 것이야."

"인정합니다. 그런데 지금은 왜 이렇게 황폐해졌습니까? 풀이 이렇게 크게 자란 것을 보면 땅은 비옥한 것 같은데 사람은 구경할 수가 없군요."

"모두 베이징과 그 부근으로 떠나서 그렇지."

다이전은 길을 가면서 그의 고향 땅이 황폐해진 까닭을 자세하게 설명해 주었다. 누루하치가 여러 부족을 통일하고 후금이라는 나라를 세운 일이며, 명나라를 정복하고 베이징을 수도로 청 왕조를 세운 일들을 소상히 이야기해 주었다.

"그런데 말이야. 중원을 정복한 뒤 황제는 우리 민족을 이끌고 중원으로 들어가 중국을 통치했네. 그러다 보니 만주에는 사람이 사라져 가기 시작했지. 남의 땅을 차지하고는 제 땅을 비워 버린 것이야. 참 어이없는 일이야. 후일을 생각하지 못한 것이지."

"청조는 이백 년이 넘는 지금까지 중원을 차지하고 있지 않습니까? 만주보다는 중원이 더 좋지 않습니까?"

"이보게. 만년 제국이 어디 있다던가. 중원의 본래 주인은 한족이야. 어느 날엔가 한족에게 밀리게 되면 만주족은 갈 곳이 없지. 본거지를 비워 두고 남의 땅에서 활개를 쳤으니, 제 집에 도둑 드는 걸 모르는 셈이지. 이곳 만주도 이제 만주인의 것이라 할 수 없게 될 날이 올지도 모르네. 그런 면에서 보면 조선은 아주 영리하지. 제 나라 밑도 끝도 낭토 그대로 지키고 있으니 부러울 때가 많다네."

"그렇긴 합니다."

"하지만 조선은 숨이 막힐 정도로 답답하지."

날이 저물기 전에 목단강에 도착했다. 강을 따라 객주들이 늘어서 있어 제법 번화해 보였다. 다이전이 주의를 주었다.

"가까운 곳에 험한 산이 있네. 여기서부터는 사람들과 떼를 지어 다녀야 하네. 위험한 여행길이 될 것이니 절대로 혼자 먼저 나서지 말게."

"알겠습니다."

"오늘 밤은 저기 동북관(東北館)이라는 객주에서 묵을 것이네. 천주교 신자를 보게 될 테니 반가울 것이야."

김대건은 놀라 마시청과 눈길을 주고받았다.

"여기도 천주교 신자들이 있습니까?"

"몇 년 전에 서양 신부가 와서 천주교를 전한 모양이네. 이 깊숙한 오지에 종교를 전했다니 놀라지 않을 수 없네."

그제야 김대건은 생각이 났다. 만주대목구의 초대 주교인 베롤(E. Verrolles) 주교는 브뤼니에르 신부와 베르뇌 신부를 흑룡강(黑龍江)과 송화강 연안에 파견해서 선교를 하도록 했다. 그 결과 이곳에도 신자들이 생긴 모양이었다.

동북관 앞에서 말을 멈추고 안으로 들어갔다. 주인이 반색을 하며 빠른 걸음으로 다가왔다.

"장군님 오셨습니까?"

"잘 있었는가?"

"네. 덕분에 별 탈 없이 지냈습니다."

"이 두 사람과 우리 둘이 묵을 방이 있는가?"

"있습니다. 금방 준비하겠습니다."

그들은 주인을 따라 각자의 방으로 들어갔다. 방 안은 컴컴하고 찌든 냄새가 나긴 했지만 캉(炕, 온돌)에 불을 지펴 놓아 훈훈했다. 김대건은 짐을 내려놓고 방을 나갔다. 주인을 만나고 싶었다.

"뭐 필요한 것이 있습니까?"

주인이 쫓아와 물었다.

"아니요. 할 얘기가 있어서요."

주인은 의아한 눈으로 김대건을 쳐다보았다.

"천주교를 알고 있소?"

주인은 멈칫했다. 김대건은 그가 신자라는 것을 알아챘다.

"나도 천주교 신자입니다. 김 안드레아라고 하지요. 다이전 장군에게 들었습니다."

그제야 주인은 반색을 했다.

"반갑소. 나는 진 바오로라고 하오. 장 신부님에게 세례를 받았어요."

"장 신부님이라면?"

"장징이(張敬一) 신부요."

베르뇌 신부였다. 그의 활동이 여기까지 영향을 미치고 있었다.

"그런데 다이전 장군과 어떻게 같이 왔소?"

주인은 그것이 궁금했던 모양이다.

"길에서 만났습니다."

"다행이군요. 여기까지 오는 길이 여간 험하지 않았을 텐데 천주께서 그를 보내셨군요."

다이전이 나왔다.

"사람들은 좀 모였는가?"

다이전이 주인에게 물었다.

"백여 명 됩니다. 모두 깅고께서 돌아오시기를 기다리고 있습니다."

"그럼 내일 아침 떠날 수 있겠군. 각 객주에 내일 아침에 떠난다고 연통을 넣게."

"그리하겠습니다. 저녁 준비 다 되었습니다."

주인은 다이전을 극진히 대접했다. 이곳에서 다이전은 군사를 통솔하는 장군인 양 대접받고 있었다.

이튿날 아침 부근의 객주에서 묵고 있던 장사꾼과 사냥꾼 들이 모두 동북관으로 모였다. 다이전이 문을 나서자 모두 인사하느라 바빴다.

"심양에 가신 일은 잘되셨습니까?"

"이문을 제법 남겼네. 모피는 없어서 못 팔았지. 그리고 씨앗을 구해 왔다네."

"씨앗을요?"

"우리도 언제까지 장사나 사냥만으로 살 수 없지 않나. 농사짓는 방도를 강구해야지. 벼농사는 지을 수 없지만 밭농사는 해 볼 만할 것 같아 씨앗을 구해 왔으니 필요한 사람은 가져들 가게."

"장군께서 하신다면 저희도 해 보겠습니다."

모두 이구동성으로 말했다. 겨울이 길고 숲이 많은 만주의 북방에서는 농사를 짓기가 힘들다. 그래도 조나 옥수수, 밀은 경작할 수 있는데, 조정에서 땅을 마음대로 경작하지 못하게 하는 것이 문제였다. 만주족이 중원을 점령하고 청조를 세우면서 만주족은 대거 중원으로 이동한 반면, 몰락한 중원의 많은 한족이 만주 쪽으로 이주해 살고 있었다. 조정에서는 한족이 땅을 경작하고 부유해지면 반란을 일으킬 것을 염려해 엄격하게 땅의 개간을 통제했다. 그래서 사람들은 대부분 목축이나 밀렵을 하거나 먼 길을 다니며 장사를 하면서 살아가고 있었다. 그런데 만주족 출신의 장군, 그것도 조정에서 무시하지 못하는 명망 있는 장군이 이곳에서 땅을 일구겠다면 조정에서도 눈감아 줄 것이다.

"영고탑에 가면 잠시 쉬었다가 사냥을 떠나세. 멧돼지 고기 맛본 지가 꽤 오래되었어."

다이전이 사냥 이야기를 꺼내자 모두 신바람이 났다.

"벌써 군침이 돕니다."

다이전은 그들에게 활기를 불어넣었다. 일행은 얼어붙은 목단강을 따라 동쪽을 향해 말을 몰았다. 다이전이 김대건을 돌아보며 옆으로 오라고 눈짓을 했다. 김대건이 가까이 가자 다이전이 물었다.

"어제 여관 주인과 이야기는 나눴는가? 오랜만에 신자를 만났을 텐데 시간이 짧았지?"

"갈 길이 바쁘니 할 수 없지요. 오는 길에 다시 들를 생각입니다."

"그렇게 하게. 서양 선교사들 말이네. 여기까지 예수를 모셔 오다니, 유목민 기질이 고스란히 드러나고 있지 않은가. 서양 사람에 대해 좀 알아보았는데, 그들은 대부분 유목민이나 해적이었더군. 그러니 예전부터 초원이든 바다든 떠돌며 좀 더 좋은 조건을 차지하기 위해 남을 정복하며 살아왔지. 그래서 공격적이야. 선교사들도 마찬가지고. 남을 정복하려는 욕망을 천주의 사랑으로 포장해 발산하고 있지. 그런데 중국은 정복하려면 길을 떠날 생각을 못 했지. 농사를 지으며 한자리에서 뭉개며 살아왔지. 만일 예수가 중국에서 태어났다면 천주교는 서양으로 나가지 못했을걸세."

김대건은 다이전이 말만 하면 머리가 혼란해졌다. 한 번도 생각하지 못했던 말이라 어떤 판단도 할 수가 없었다. 다이전의 말대로 자신은 단순한 것 같았다. 평소 복잡한 생각을 별로 하지 않았다. 그러나 다이전의 말은 다시 한 번 깊이 생각할 필요가 있다.

강에서 보이는 숲에 움직이는 물체들이 나타났다. 모두 긴장했다.

"늑대 떼루규."

다이전은 말 등에 메어 둔 총을 꺼내 들었다. 사람은 늑대의 동작을 살피고, 늑대는 사람의 동정을 살폈다. 이윽고 서로의 정체가 확연히 드러나 보일 만큼 가까워졌다. 갑자기 다이전이 소리를 질렀다.

"우아!"

드넓은 강과 무성한 숲이 흔들릴 듯 쩌렁쩌렁 울렸다. 이어 일행도 함께 소리를 질렀다. 그래도 늑대들은 움직이지 않았다. 다이전은 총을 조준했다. '탕' 소리가 적막한 공간에 울려 퍼졌다. 늑대 한 마리가 쓰러졌다. 늑대들이 슬금슬금 도망가기 시작했다.

"해마다 수십 명이 저놈들의 먹이가 되지. 상대를 죽이지 않으면 내가 살 수 없어. 이것이 세상 돌아가는 이치라네."

"서로 공존할 수도 있습니다."

김대건이 대꾸했다.

"예수가 왜 죽었지? 유대인들이 왜 예수를 죽였는가? 유대인으로 살기 위해서가 아닌가? 유대인으로 사는 것만이 그들의 희망이고 삶의 이유인데, 예수는 그들의 희망과 이유를 파괴했지. 그들은 자신들의 삶을 위협하는 예수를 죽여야 자신들이 살 수 있다고 판단한 것 아닌가?"

"어떻게 그런 일들을 아십니까?"

"내가 신약을 읽었다고 말하지 않았나. 예수를 죽일 수밖에 없었던 유대인들을 이해할 수 있더군."

"초선 누님 때문에 성경을 읽으셨습니까?"

다이전은 김대건의 말을 무시한 채 말을 몰았다.

겨울 여행은 계속되었다. 가도 가도 눈 덮인 강과 숲, 매서운 북풍뿐인 여행이었다.

"정말 험한 길입니다."

"그런데 제대로 준비도 하지 않고 여기까지 올 생각을 했는가?"

"혼자 압록강을 넘어 의주까지 다녀온 적도 있습니다."

"대단하군."

"이번 길이 더 험한 것 같습니다."

"그럴 걸세. 자네는 담대함도 그렇고, 우리 북방 사람같이 기골이 장대하니 여기서 사는 것이 편할 것 같군. 조선에서 살려면 답답할 걸세."

김대건은 대답하지 않았다.

"이상한 일이야. 유학이니 예니 중국에서 배워 간 것인데, 어찌 조선은 중국보다 더 철저하게 중국 같아지려고 애쓰는지 모르겠군. 중국은 유학이 중심이라고 하지만 그 외의 사상도 자유롭게 논의되지. 그런데 조선은 오직 유학, 그것도 주자(朱子)뿐이라 하더군. 그 외의 것은 배척하고 있다니 꽉 막히지 않았는가?"

"조선에 대해 많이 알고 계시군요."

"국경에 있었으니 국경 너머를 살펴볼 수밖에."

"책문, 아니 봉황성에 계셨습니까?"

다이전은 고개를 끄덕였다.

"헤어지기 전에 충고를 한마디 해야겠군. 자네는 너무 담대해. 그러다 보면 때로는 세심하게 살펴야 할 것을 놓치게 되지. 자네가 오래 살아남았으면 좋겠어. 신부가 된 자네를 다시 한 번 만나고 싶으니까. 그러니 덥석덥석 일을 저지르지 말고 세심하게 주위를 살피는 버릇을 기르게. 때로는 겁먹은 사람처럼 조심조심 움직여야 해."

"명심하겠습니다."

멀리 호수가 보였다. 검은 조개에서 진주가 나온다는 흑호(黑湖)였다. 다이전이 말을 멈추고 김대건을 돌아보았다.

"이만 헤어져야겠군. 난 이곳에서 일을 본 뒤 북쪽으로 올라가네."

영고탑까지 같이 갈 줄 알았는데, 갑자기 헤어진다는 말에 김대건은 어리둥절했다.

"여기서 영고탑은 그리 멀지 않으니 일행을 따라가면 되네."

"고맙습니다. 덕분에 수월하게 왔습니다. 부디 건강하십시오."

김대건은 섭섭한 마음이 들었다.

"잘 가게."

다이전은 곧바로 말 머리를 북쪽으로 돌렸다. 십여 명이 그를 따르고, 나머지는 영고탑을 향해 계속 길을 갔다. 얼마 지나지 않아 해가 기울기 시작했다. 마침 흑호 부근에 큰 마을이 있었고 객주도 여럿 보였다. 일행은 각자 알아서 객주를 찾아 들어갔다. 김대건도 마시청과 함께 객주에 들었다. 주인이 나오며 반갑게 물었다.

"어디로 가는 길입니까?"

"훈춘으로 갑니다. 그런데 영고탑을 지난 뒤부터는 어떻게 가야 할지 모른답니다."

"장사하러 갑니까?"

"그렇습니다."

"세밑이라 사람들이 길을 나서지 않습니다. 설을 지나면 훈춘으로 장사를 떠나는 패가 여럿 있으니 그동안 예서 묵고 함께 떠나면 될 것입니다."

내일은 섣달그믐, 모레면 설이다. 양력으로는 이미 일월이 지나고 이월 중순이다. 이월 오일에 길을 떠나 보름 동안 쉬지 않고 길을 왔다. 말도 사람도 지쳤다. 말이 보름이지 반년은 족히 온 것같이 험한 여정이었다. 그래서 주인 말대로 쉬어 가기로 했다.

"그리하겠습니다."

김대건이 묵기로 하자 주인은 방으로 안내했다.

"내게 마차가 여러 대 있는데 장사꾼들에게 세를 놓지요. 손님도 마차에 짐을 싣고 가는 것이 어떻겠습니까? 어차피 썰매는 더 갈 수 없답니다."

썰매가 갈 수 없다면 그리하는 수밖에 없다.

"좋습니다. 그럼 썰매를 보관해 줄 수 있습니까? 장춘까지 다시 가려면 썰매가 필요하니 돌아오는 길에 찾아가겠습니다."

"그리하지요."

말과 짐을 객주에 맡기고 김대건은 쉬기로 했다. 저녁을 먹고 잠에 빠져들었다.

섣달그믐이 되자 밖은 시끌벅적했다. 하지만 김대건은 온종일 잠에 빠져 있었다. 한밤중이 되자 주인이 깨웠다. 귀신을 맞으러 나가자는 것이었다.

이곳에서는 섣달그믐 밤이면 잠을 자지 않는 풍습이 있었다. 만일 자고 있으면 귀신이 노해 해코지를 한다는 전설 때문에 모두 새 옷으로 단장하고 귀신을 맞이하기 위해 마당에서 대기한다. 귀신이 오는 것을 볼 수 있다는 제주(祭主)가 사방을 둘러보다가 한쪽을 가리키며 귀신이 저쪽에서 온다며 소리를 쳤다. 사람들은 그가 가리키는 방향을 향해 엎드려 귀신을 맞이했다. 그리고 난 뒤 방으로 들어가 새해를 맞는 잔치를 시작했다.

김대건은 그들을 보면서 측은한 생각이 들었다. 대자연은 위대하고 아름답지만 때로는 위협으로 다가온다. 특히 험한 날씨와 척박한 땅, 야수들의 위협을 받으며 살아가는 오지의 사람들에게 자연은 혜택이기도 하지만 위협이기도 하다. 이 무지한 사람들은 자연의 위협을 귀신의 짓이라고 여기고 있다. 그들은 귀신을 두려워하며 비위를 맞추려고 애쓴다. 저런 이들이 천주를 섬긴다면 얼마나 좋을까. 그러면 저들의 삶은 나아질 것이다. 문득 다이전이 떠올랐다. 만일 그가 자신의 생각을 듣는다면 뭐라고 할까? 잘난 체하지 말고 그들이 사는 대로 두라고 할 것인가?

새해를 맞이하는 잔치는 며칠을 두고 계속되었다. 그동안 김대건은 가끔 주인이 끄는 대로 잔치 구경도 다니고, 잠을 자며 피로를 풀었다.

객주에 든 지 나흘 만에 길을 떠났다. 짐은 수레에 싣고, 김대건과 마시청은 말을 타고 일행과 함께 길을 나섰다. 다이전이 없는 여행은 무료했다. 다이전은 바람처럼 나타났다가 바람처럼 사라져 갔다. 왜 이토록 그의 모습이 잊히지 않는 걸까. 김대건은 말을 잊은 채 말이 가는 대로 몸을 맡겼다.

드디어 김대건 일행은 영고탑 부근에 도착했다. 동행하는 장사꾼들의 말에 의하면 전에는 이곳도 숲이어서 밤새 불을 피워 들짐승들을 쫓으며 야영을 했다고 한다. 지금은 객주들이 길가에 늘어서 있다. 말이 객주지 나뭇가지를 얼기설기 엮고 그 사이를 진흙으로 메운 허술한 집이다. 방

안으로 들어서자 벽에 걸려 있는 사냥총과 칼이 눈에 들어왔다. 방바닥에 나무껍질과 풀이 깔려 있기는 하지만 덮을 것도 없이 새우잠을 자야 한다. 방 한가운데 큰 돌로 된 아궁이 위에 솥이 얹혀 있는데 굴뚝이 없다. 음식을 하려고 아궁이에 불을 때자 온 방 안에 연기가 찼다. 여행객들은 모두 한방에서 잠을 자야 했다. 수십 명이 서로 얽혀 곯아떨어졌다.

김대건은 숨이 막혀 잠을 이룰 수가 없었다. 그을음과 연기가 코를 막았다. 도저히 참을 수 없어 밖으로 나왔다. 깊게 심호흡을 하자 북방의 차가운 공기가 가슴까지 시원하게 뚫어 주었다. 방문을 열어 환기를 시켜 달라고 주인에게 말할 수도 없었다. 같이 온 일행의 말에 따르면 이곳에서 객주를 하는 사람들을 쾅쥔쯔(曠君子)라고 부르는데, 대부분 타지에서 온 사람들로 살던 곳에서 도둑질을 하거나 못된 일을 저지르고 도망 온 사람들이라고 했다. 처자식도 없이 떠돌며 약탈을 일삼다가 이곳에 자리를 잡고, 겨울에는 객주를 하고 다른 철에는 밀렵이나 약초를 캐러 다닌다고 했다. 그래서 거칠기 때문에 말을 삼가야 한다고 주의를 주었다.

사람들이 사는 모습은 갖가지다. 길을 오면서 본 북방 사람들의 사는 모습은 조선이나 중국의 중원에서 자리 잡고 사는 사람들과는 달랐다. 얼핏 보기에는 사람들이 거칠어 함부로 말도 붙이지 못할 것 같았는데, 자기들끼리는 서로 의지하며 잘 돕고 사는 것 같았다. 고달픈 삶이다. 하지만 그들은 고달프다고 느끼지 않는 것 같았다. 황막한 자연에 맞서며 살아야 하는 일상 속에서는 그런 느낌을 가질 여유조차 없을 것이다.

김대건은 어린 시절부터 편하게 산 적이 없었다. 부모님은 신앙을 지키기 위해 늘 시골로 피해 다니며 숨을 죽이고 살았다. 그도 아이들과 어울려 신나게 놀아 본 적이 없었다. 어린 나이에 서양 신부들에게 신학을 배우기 시작하면서 알아듣지 못하는 말을 배우고, 자신을 억제하며 표현할 수 없는 안타까움으로 속앓이를 해야 했다. 나이를 먹으면서는 서양 신부들의 차별로 자존심이 상했다. 자리를 잡지 못해 요동을 떠돌아야 했고, 소팔가자에서도 재정이 넉넉하지 못해 늘 돈 걱정을 해야 했다. 여기까지 오는 길은 험난했다. 하지만 자신의 이런 생활도 그들과 비교하면 편하기 짝이 없다는 것을 절실히 느꼈다. 이런저런 생각을 하다 보니 몸이 얼어 들었다. 김대건은 할 수 없이 다시 방으로 들어갔다.

이튿날 아침, 사람들은 일어나자마자 밖으로 나와 밤새 들이마신 그을음을 뱉어 내고 씻어 냈다. 그러고 나서는 숙박비를 치르느라 분주했는데, 돈으로 내지 않고 물건으로 값을 치렀다. 일행은 다시 길을 떠났다. 훈춘까지는 오백여 리가 남았다. 지금까지 온 길에 비하면 얼마 남지 않았다. 말을 달릴 수 있으면 삼사일이면 가겠지만 여기서부터는 숲길을 가야하기 때문에 마음같이 빨리 달릴 수가 없다. 앞으로 며칠은 숲에서 야영을 해야 한다.

숲에는 호랑이와 늑대, 산양과 사슴도 있고, 독수리와 매, 꿩 같은 날짐승들도 많았다. 가끔씩 사슴이나 꿩을 잡아 고기를 맛보기도 했다.

앞을 가리던 나무들이 줄어들고 길이 훤히 트였다. 드디어 훈춘에 가까이 온 것이다.

"저쪽에 보이는 마을이 훈춘일세."

마부가 일러 주자 김대건은 말에 채찍을 가했다. 드디어 훈춘에 도착한 것이다. 주교의 명을 받고 떠난 지 한 달 만이다. 생사를 건 험한 길이었지만 흥미로운 여정이었다. 그리고 생명을 유지하는 일이 결코 쉽지 않다는 것을 뼛속 깊이 느꼈다. 김대건은 훈춘을 바라보면서 가슴으로 뜨거운 눈물을 삼켰다.

훈춘은 책문과 함께 조선과 청국이 합법적으로 왕래할 수 있는 통로이다. 조선과 청국은 남쪽에는 압록강을 사이에 두고 책문을, 북쪽에는 두만강을 사이에 두고 훈춘과 가까운 경원을 지정해 두 나라 상인들이 서로 교역할 수 있도록 허락했다. 경원도 책문과 같이 정기적으로 두 나라 사이에 시장이 열리는데, 사행이 지나는 책문과 달리 이 년에 한 번, 그것도 반나절만 열리고 규모도 훨씬 작다. 경원개시가 열리는 때가 조선과 청국에서 사람들이 왕래할 수 있는 유일한 시기이다. 이때를 놓치면 국경을 넘기가 거의 불가능하다.

김대건은 일행과 헤어지면서 돌아갈 때 다시 동행하기로 약속해 두었다. 일행을 잃으면 돌아가는 길이 막막해질 것이다. 김대건은 조선 국경까지 가서 언제 시장이 열리는지 알아보았다. 아직 여드레나 남았다고 한다. 우선 묵을 집을 정하고 짐을 푼 뒤 마시청과 함께 거리로 나갔다. 국경 지역에다 장이 열리는 곳이라 주막이 여럿 있었다. 그들은 그중 한곳에 들어가 자리에 앉았다. 그러자 한 젊은이가 다가와 음식을 청하라고 하는데, 아무래도 조선 사람인 듯했다. 전에 이곳 남자들이 몰래 국경을 넘어가 조선의 여자들과 아이들을 납치해 간다는 말을 들은 적이 있다.

"혹시 조선 사람이오?"

젊은이는 잠시 망설이더니 대답했다.

"어떻게 알아봤습니까?"

"나도 조선 사람이오."

그는 반가운 빛을 감추지 않았다. 그는 어렸을 때 납치당해 이곳으로 팔려 왔다고 했다.

"조선으로 돌아갈 수 없소?"

그는 펄쩍 뛰었다.

"국경을 넘으면 중국인이 넘어왔다고 목을 벨 것입니다. 저는 중국인으로 살아야 합니다. 조선엔 절대 갈 수 없습니다."

저녁을 먹고 나올 때 젊은이는 부엌문 옆에 서서 김대건을 바라보고 있었다. 그와 눈이 마주치자 김대건은 고개를 끄덕이며 인사를 보냈다.

객주로 돌아와 방에 눕자 그 젊은이의 모습이 눈앞에 어른거려 잠을 이룰 수가 없었다. 고향에 돌아가면 목이 잘려 죽는다! 김대건은 그에게서 자신의 모습을 보았다. 조선이 손에 잡힐 듯 가까운 곳에 있지만 들어갈 수 없는 현실이 답답하기만 했다.

"빨리 조선에 들어가야 하는데."

김대건은 자신도 모르게 허공을 향해 중얼거렸다.

이튿날부터 장이 서기를 기다리면서 김대건은 그동안 여행을 하면서 기록해 두었던 쪽지들을 꺼내 정리하기 시작했다. 오던 길을 지도로 그리고, 마을이나 강, 숲의 이름을 기록하고, 날씨와 사는 사람들의 숫자와 황무지의 크기 등을 기억을 더듬으며 자세하게 기록했다. 그리고 오면서 보았던 사람들의 사는 모습과 그들과 나누었던 대화, 특히 다이전이 이야기해 준 만주의 역사를 차근차근 기록했다. 돌아가면 다시 정리해 주교에게 보고할 것이다. 그러면 주교는 자신의 기록을 참고해 의주든 경원이든 조선 입국의 길을 결정할 것이다.

드디어 경원개시가 열리는 날이 왔다. 장날 아침 김대건은 마시청과 함께 말을 몰아 서둘러 경원 읍내로 들어갔다. 김대건과 마시청은 조선 신자들과 약속한 표시대로 붉은색 주머니를 허리에 매달고 손에는 흰 수건을 들고서 읍내 길을 천천히 걸었다. 교우들이 잘 알아볼 수 있도록 물건을 구경하는 척하며 흰 수건을 흔들어 보였다. 그러나 아무도 가까이 오지 않았다. 읍내를 한 바퀴 돌았는데도 만나지 못했다. 몇 번을 오가며 주위를 살폈지만 다가오는 사람이 없었다. 목숨을 걸고 한 달을 고생하며 왔는데 교우를 만나지 못하는 것이 아닐까 가슴이 철렁했다.

그들은 시장으로 들어섰다. 시장 입구에는 약재와 담뱃대를 비롯한 여러 가지 물건을 챙겨 들고 장이 서기를 기다리는 청국 장사꾼들이 서로 이야기를 주고받으며 떠들고 있었다. 가축 장이 서는 곳에서는 말과 노새, 개와 고양이를 가지고 나온 청국 장사꾼들과 돼지와 소, 조랑말을 몰고 온 조선 장사꾼들이 서로의 물건을 눈여겨보고 있었다.

해가 중천까지 솟아오른 뒤에야 장대에 깃발이 올려지고 북 치는 소리가 울렸다. 그러자 몰려 있던 사람들이 전쟁이라도 난 듯 한꺼번에 이리저리 밀치며 물건을 흥정하러 돌아다녔다. 그들은 불과 네댓 시간 동안 가지고 온 물건을 팔고, 살 물건의 값을 흥정해야 했다.

김대건은 개와 고양이를 들고 나온 청국 장사꾼과 바구니와 식기를 가지고 나온 조선 장사꾼 사이에 흥정이 오가는 것을 잠시 구경하다가 다시 걸음을 옮겼다. 붉은 주머니가 눈에 잘 띄지 않을까 걱정되어 허리춤을 올리며 주머니를 배 앞으로 가져왔다. 한참을 걸어도 말을 걸어오는 사람이 없었다. 김대건은 잠시 걸음을 멈추고, 녹용을 가지고 조선의 모피상과 거래를 하고 있는 청국 장사꾼의 떠드는 소리를 들었다.

"이것은 창바이 산(長白山)에서 잡은 사슴뿔이오. 효험이 탁월한 건 두말할 필요 없지. 죽은 사람도 먹으면 벌떡 일어난다니까."

중국인들의 과장은 어디를 가나 표가 난다. 사람들 사이에서 밀리며 이리저리 길을 오가다가 말에게 물이라도 먹이려고 개울로 걸음을 옮겼다. 그런데 누군가 뒤를 따르는 것 같아 김대건은 뒤돌아보았다. 어떤 사내가 따라오다가 멈칫했다. 김대건은 붉은색 주머니를 툭 치고 흰 수건을 들어 땀을 닦는 시늉을 했다. 그러자 사내가 가까이 왔다. 김대건은 가슴이 뛰었다. 우선 한어로 누구냐고 말을 걸어 보았다. 사내는 알아듣지 못했다. 그제야 김대건은 조선말로 물었다.

"교우시오?"

그제야 사내의 얼굴에 안도의 빛이 비쳤다.

"그렇습니다."

"난 김 안드레아요. 주교님의 명을 받고 왔소."

"못 만나는 줄 알고 얼마나 애를 태웠는지 모릅니다. 저쪽에 일행이 있습니다."

그들은 세 명의 신자들이 기다리고 있는 곳으로 갔다. 신자들은 김대건을 만나자 손을 잡고 눈물을 흘리며 반가워했다. 이들은 한 달 전부터 이곳에 와서 김대건을 기다렸다.

"자, 저쪽으로 갑시다."

김대건은 앞장서 한갓진 곳으로 걸어갔다.

"요즘은 박해가 없습니까?"

김대건은 무엇보다 그것이 궁금했다.

"네. 요즘은 조용한 편입니다. 교우들이 남쪽의 시골로 많이 피신했는데, 그곳에서 천주님을 전해 교우 수가 늘었습니다."

"고마운 일이군요. 성직자도 없이 얼마나 힘듭니까?"

"힘들어도 주님을 위해서라면 참을 수 있습니다."

"주교님과 신부님들을 모셔야 합니다. 만주에서 기다리고 계십니다. 세월만 보낼 수는 없어요."

"소식은 들었습니다. 서양 신부님들을 모시는 일이 워낙 위험해 걱정입니다."

"그분들도 목숨을 내놓고 오시는 겁니다."

"알고 있습니다. 저희는 준비를 다할 것입니다. 그런데 오면서 생각해보았는데 아무래도 이곳 경원은 어려울 것 같습니다. 의주에서 이곳까지 오는 데 열흘 이상 걸리고 길도 험합니다. 한양에서 의주까지도 먼 길인데 그보다 더 북쪽으로 올라와야 하니 쉬운 일이 아닙니다. 들킬 위험도 크고. 아무래도 의주 쪽이 더 안전할 것 같습니다."

"돌아가면 주교님께 상세하게 말씀드리겠소. 그런데 의주 쪽에는 교우가 있습니까?"

"네. 교우 몇이 그쪽에 가서 자리를 잡았습니다. 우리도 그곳에서 잠시 묵었습니다."

그러고는 교우가 사는 곳을 상세히 알려 주었다.

"알겠소. 주교님께서 함께 가실 수 있을지는 장담할 수 없지만, 나는 오는 섣달이나 정월에는 반드시 의주로 갈 것입니다. 그러니 한양으로 안내할 교우를 책문으로 보내 주십시오."

"그렇게 하겠습니다."

중요한 이야기는 마쳤다. 이미 해가 기울어 장이 파할 시간이 되었다.

"나는 그만 돌아가야 합니다. 때를 놓치면 청국으로 갈 수 없어요. 여기서 작별해야겠습니다."

교우들은 김대건의 손을 잡고 놓지를 못했다. 그들의 눈에서 눈물이 흘러내렸다. 김대건은 가슴이 저렸다. 그저 잠깐 이야기하고 헤어질 수밖에 없는 것이 가슴 아팠다.

"내년에 다시 만날 수 있습니다. 그때는 주교님도 모실 것입니다. 그러니 그동안 잘 참고 견디십시오."

"알겠습니다. 부디 몸조심하십시오."

간신히 그들의 손을 놓고 김대건은 몸을 돌렸다. 잠시 뒤 뒤돌아보았을 때 그들은 자리를 뜨지 못하고 김대건을 바라보고 있었다. 김대건은 어서 가라고 손짓하며 돌아섰다.

시장은 아수라장 같았다. 장이 파할 때가 얼마 남지 않자 사람들은 더욱 극성스럽게 물건을 홍정하고 있었다. 김대건은 사람들 사이를 뚫고 간신히 시장을 빠져나왔다. 그리고 얼마 지나지 않아 파시(罷市)를 알리는 북소리가 울리고, 시장이 철거되었다.

김대건과 마시청은 말에 올라 다시 훈춘으로 향했다. 앞으로 한 달 동안 또다시 험한 길을 가야 한다. 김대건은 멀리 저녁노을이 비끼는 조선의 하늘을 우러러보았다. 조선의 대문이 얼마나 굳게 잠겨 있는지를 실감했다. 만일 밖에서 열려고 하면 조선이 받는 충격은 엄청나게 클 것이다. 안에서 여는 길을 모색해야 한다.

"주님, 교우들이 돌아가는 길을 잘 보살펴 주십시오. 그들은 그 먼 길을 주님을 위해 왔습니다. 또한 그들의 수고가 헛되지 않도록 오는 겨울에는 반드시 저를 조선으로 보내 주십시오. 저는 조선에서 주님의 길을 열어 놓고 죽을 것입니다."

이제 봄, 여름, 가을을 보내고 겨울이 오기를 기다려야 한다. 겨울이 오면 반드시 조선에 들어갈 것이다. 김대건은 북풍을 헤치며 힘차게 말을 몰았다.

3

한 달에 걸친 긴 여행을 거쳐 김대건은 소팔가자로 돌아왔다. 때는 이미 사월로 접어들어 봄의 기운이 만주 벌판은 연녹새으로 물들일 준비를 하고 있었다. 김대건은 최양업과 신학 공부를 다시 시작했다. 공부하는 틈틈이 여행 자료를 정리해 보고서를 작성했다. 페레올 주교와 메스트르 신부에게 경원을 거쳐 조선에 입국하는 것이 어렵다는 것을 소상히 보고했다.

"맹수가 기다리는 숲을 지나고 한뎃잠을 자는 것도 힘들지만, 만주의 사냥꾼이나 장사꾼과 동행해야 하는 것이 무엇보다 위험합니다. 그들은 보통 사람들과 다릅니다. 험하게 살아왔고, 범죄자도 많습니다. 그들이 주교님과 신부님을 금세 알아보고 밀고할 것은 의심의 여지가 없습니다."

메스트르 신부가 의문을 제기했다.

"반드시 그들과 함께 갈 필요가 있는가? 우리끼리 가면 될 것 아닌가?"

"안 됩니다. 일행이 몇 안 되면 맹수의 공격을 받게 됩니다. 호랑이와 늑대 떼를 수없이 만났습니다."

"총을 준비하면 될 것 아닌가?"

메스트르 신부는 국경 경비가 허술하다는 북쪽으로의 조선 입국에 대해 희망을 놓지 않았다. 그러자 페레올 주교가 그를 말렸다.

"나도 안드레아의 생각과 같소. 국경 수비가 허술하다고는 하지만 서양 사람을 찾아내는 것은 그리 어렵지 않소. 아무래도 경원보다는 의주 쪽으로 가는 것이 나을 것 같소. 아무튼 오는 겨울에 책문으로 갈 것이오. 거기서 조선에서 온 교우들을 만나 국경을 넘고 의주를 거쳐 한양으로 들어가는 길을 택합시다."

페레올 주교는 그렇게 결정을 내렸다.

김대건과 최양업은 학업에 열중했다. 만주의 겨울은 사람들이 반기지도 않는데 빨리 찾아왔다. 들판이 누렇게 변하는가 싶더니 이내 눈이 내리기 시작했다.

12월 10일, 김대건과 최양업은 페레올 주교로부터 부제품(副祭品)을 받았다. 부제품은 사제로 서품되는 신품(神品)을 받기 위한 마지막 준비 단계라고 할 수 있다. 부제품을 받으면 미사와 고해성사를 거행할 수는 없지만 그 외는 신부를 대신해 천주교의 여러 예식을 행할 수 있는 자격이 주어진다. 그들은 열여섯 소년으로 조선을 떠나 팔 년이 지나 스물네 살의 청년으로 성장했다.

페레올 주교는 김대건을 데리고 의주를 통해 조선에 입국하기 위해 책문으로 출발하기로 했다. 김대건은 주교와 함께 말에 올랐다. 성공할지는 알 수 없지만 조선을 향해 출발한다는 기쁨에 페레올 주교는 흥분을 감추지 못했다.

"너무 오래 기다렸어. 이날을 기다리느라 진이 다 빠져 버렸어."

김대건은 페레올 주교의 기대를 채워 주십사 속으로 기도했다. 그의 기대는 또다시 좌절될 수 있다. 의주의 국경을 통과하는 것은 서양 사람에게는 거의 불가능한 일이기 때문이다.

"책문에 잘 아는 교우가 있다고 했지?"

"네. 동명관이라는 숙소를 운영하고 있습니다."

"세례명이 무언가?"

"베로니카입니다. 성은 저와 같은 김해 김씨입니다."

페레올 주교는 고개를 끄덕였다.

페레올 주교와 김대건이 동명관에 도착하자 이미 조선에서 온 김 방지거와 다른 두 명의 신자가 기다리고 있었다. 일곱 명이 함께 길을 떠났는데, 네 명은 평양에서 기다리기로 하고 세 명이 온 것이다. 신자들은 주교를 보자 감격해 무릎을 꿇고 허리를 숙여 인사했다.

"주교님, 얼마나 고생이 많으셨습니까?"

"나는 괜찮다. 너희가 수고가 많구나."

인사를 마친 뒤 탁자를 가운데 두고 둘러앉았다.

"조선 사정은 어떤가?"

"요즘은 조용한 편입니다. 큰 박해는 없습니다."

"지금이 적기야. 떠날 준비는 다 되었으니 오늘 밤에 떠나도록 하자."

페레올 주교가 서두르자 신자들은 당황한 표정을 감추지 못했다.

"주교님, 아무래도 주교님은 국경을 통과하시기 힘들 것 같습니다. 전에 서양 성직자 세 분이 밀입국한 사건 이후로 국경을 철벽같이 지키고 있습니다. 저희가 지나올 때도 경비가 어찌나 삼엄하던지 지금 생각해도 등골이 오싹합니다."

페레올 주교는 한숨을 쉬었다.

"그래서 어떻게 하든 방법을 알아오라고 하지 않았더냐. 방법이 정말 없단 말이냐?"

모두 고개를 숙이고 입을 다물고 있었다. 김대건이 나섰다.

"주교님, 이들도 어쩔 수 없었을 것입니다. 국경의 수비가 삼엄하니 방법을 마련하기가 쉽지 않을 것입니다."

"경비를 피해 다른 길을 찾아볼 수 있지 않겠느냐?"

"산이 험해서 넘으실 수 없습니다."

"다시 돌아가야 한단 말이냐? 언제까지 기다려야 하느냐? 이렇게 허송세월할 수만은 없다."

페레올 주교는 두 손으로 얼굴을 감쌌다. 한참 뒤 무겁게 입을 열었다.

"그렇다면 되돌아가는 수밖에. 조선에 발도 들여놓지 못하고 잡히면 무슨 의미가 있겠느냐. 안드레아, 이번에는 너 혼자 들어가도록 해라. 무슨 일이 있어도 이번에는 꼭 입국해야 한다."

"명심하겠습니다."

"조선에 입국하면 모든 사정을 소상히 조사해서 보고하도록 해라. 내가 들어갈 수 있는 길을 반드시 찾아야 한다. 내 생각으로는 여태껏 육로로 입국하는 방법만을 모색했는데 결국 들어갈 수 없으니 바닷길을 찾아보도록 해라. 그 길이 가능성이 있을 것 같다. 나는 마카오에 가서 소식을 기다릴 테니, 너는 상하이에서 조선에 입국할 수 있는 방법을 찾아보아라."

"알겠습니다."

"그러면 지체 말고 떠나도록 해라."

김대건은 페레올 주교 앞에 무릎을 꿇었다. 다른 신자들도 무릎을 꿇었다. 페레올 주교는 자리에서 일어나 간단히 기도한 다음 김대건과 신자들에게 강복을 주었다.

"바로 떠나겠습니다."

"그래. 반드시 성공하기를 기도하겠다."

그들이 떠나려 하자 초선이 나섰다.

"잠깐만 기다리세요."

그녀는 벽장에서 돈뭉치를 꺼냈다.

"노자로 쓰시라고 준비했습니다."

그녀는 은자를 보자기에 나누어 싼 뒤 준비해 놓은 주먹밥과 찐쌀도 나누어 쌌다.

"무거울 테니 조금씩 나누어 가져가세요."

그들은 각자 은자와 식량을 짐에 넣었다.

"고맙습니다. 늘 신세만 집니다."

김대건이 인사를 했다.

"해야 할 일입니다. 부제품 받으신 것을 축하하려고 했는데 그냥 떠나시니 섭섭합니다."

김대건은 울컥했지만 이내 마음을 다잡았다.

"주님의 은총이 늘 함께하기를 기도하겠습니다."

초선은 담담한 표정으로 작별했다.

"어서 떠나세요."

김대건 일행은 대문까지 배웅 나온 페레올 주교와 초선에게 다시 인사를 한 뒤 길을 재촉했다. 한밤중이라 경비가 느슨한 책문 울타리를 쉽게 넘을 수 있었다. 그들은 계속 길을 재촉해 숲에 다다랐다. 밤중이지만 길에 익숙했기 때문에 헤매지는 않았다. 숲이 훤히 밝아올 무렵 잠시 쉬면서 주먹밥으로 아침을 먹었다. 그리고 다시 끝이 보이지 않는 숲 속을 걸었다. 끝날 것 같지 않던 숲이 뒤로 사라진 때는 해가 서산으로 기울고 있을 무렵이었다. 그리고 얼마 뒤 얼어붙은 압록강이 눈앞에 펼쳐지고, 멀리 의주성이 보였다.

"여기서 헤어집시다. 세 분은 먼저 강을 건너 관문을 통과해 의주로 가세요. 나는 목패가 없어 관문을 통과할 수 없으니 샛길로 가겠습니다."

"혼자 어떻게 가시려고요?"

"지난번에 혼자 의주로 갔다가 돌아오는 길에 산길로 내려왔습니다. 길을 아니까 염려하지 마세요."

"그럼 어디서 만날까요?"

"의주관문을 지나 조금 가다 보면 읍내로 들어가는 길이 나옵니다. 그러면 읍내로 들어가지 말고 반대쪽 길을 따라 북쪽으로 올라가세요. 길은 하나뿐이니 걱정하지 마십시오. 계속 가다 보면 작은 마을이 나오고 마을을 빠져나와 길을 따라 올라가면 길이 끝나는 곳에 작은 밭과 숲이 나올 것입니다. 내일 해가 진 뒤에 밭과 경계가 되는 숲에서 만납시다."

신자들은 김대건을 혼자 두고 떠나는 것이 내키지 않아 머뭇거렸다. 김대건이 재촉하자 할 수 없이 의주를 향해 발을 떼어 놓았다. 그들의 모습이 어슴푸레한 저녁 안개 속으로 사라져 갔다.

혼자가 된 김대건은 힘든 길을 대비해 남은 주먹밥을 마저 먹고 찐쌀도 꺼내 주머니에 넣었다. 골짜기로 들어선 그는 산꼭대기를 향해 계속 걸었다. 눈이 많이 쌓여 걸음을 옮기기가 쉽지 않았다. 힘들 때만 잠시 발을 멈추고 숨을 고른 뒤 다시 걸음을 옮겼다. 산이 높아 여간 힘든 게 아니었다. 그래도 산을 넘으면 의주 성곽도 없고 경비도 없어 안전하다. 갈수록 걸음을 멈추는 횟수가 잦아졌다. 비탈이 심하면 나뭇가지를 잡고 기어올랐다.

"성모님, 도와주십시오."

산을 오르는 동안 계속 묵주의 기도를 바쳤다. 계곡은 얼어붙어 걸어서 건널 수 있었지만 무릎까지 눈이 쌓여 있는 힘을 다해야 다리를 옮겨 놓을 수 있었다. 계곡을 지나 산비탈을 오를 때는 숨이 턱에 찼다. 밤새 걸었다. 걷지 않고 쉬면 지쳐 쓰러질 것 같고, 쓰러지면 그대로 잠이 들어 죽을 것 같아 쉴 수가 없었다.

날이 밝기 시작했다. 김대건은 주머니에서 찐쌀을 한 움큼씩 집어 입에 넣고 씹었다. 아침 요기를 하고 나서 날이 완전히 밝은 뒤에 산 위에 올랐다. 발아래로 멀리 의주관문과 마을이 눈에 들어왔다. 드디어 조선 땅에 들어온 것이다. 여기서부터는 사람들이 나무를 하러 산중에 들어올지도 모르기 때문에 들키지 않도록 조심해야 한다. 그는 큰 나무 뒤에 몸을 숨겨 가면서 조심조심 산길을 내려가기 시작했다. 내려가는 길은 올라올 때보다 숨이 덜 찼다. 그러나 내려갈수록 의주가 가까워지기 때문에 사람들의 내왕이 있을 것 같아 겁이 났다. 어두워질 때를 기다려야 했다. 주변을 살펴보았다. 커다란 소나무 한 그루가 눈에 들어왔다. 낮은 높이에서 굵은 가지가 갈라져 나와 있었다. 그는 나무를 타고 올라가 뻗어 나온 가지 위에 앉았다. 눈 위에 앉아 있는 것보다 덜 차가웠다. 북풍이 불어올 때마다 몸을 웅크리며 시간이 흐르기를 기다렸다. 시장기가 밀려들었다. 찐쌀을 입에 넣고 천천히 씹었다. 어둠이 내리려면 한참을 더 기다려야 하는데 온몸이 얼고 졸음이 밀려들었다. 졸음을 참으며 몇 번 고개를 끄덕이다가 그만 나무에서 떨어져 버렸다. 다행히 나무가 높지 않아 다치지는 않았다. 아무래도 움직여야 할 것 같아 발자국 소리를 죽이며 숲 속을 걸었다.

어둠이 내리자 천천히 발걸음을 의주 쪽으로 옮겼다. 눈 밟는 소리가 크게 날 때마다 놀라 걸음을 멈추었다. 멀리 마을의 불빛이 숲 사이로 나타났다. 약속 장소가 가까워오고 있다. 그는 힘을 내어 걸음을 옮겼지만 점점 다리가 무겁게 느껴졌다. 밤이 깊은 뒤에야 약속 장소에 도착했다.

교우들이 보이지 않았다. 와도 벌써 왔을 텐데 보이지 않았다. 어떻게 된 일일까? 혹시 길을 잘못 들었나? 그는 잠시 기다리다가 가는 길에 만날 수도 있을지 모른다는 기대로 읍내를 향해 걸었다. 밤이 깊어 읍내는 조용했다. 그는 다시 약속 장소로 되돌아갔다. 이번에도 아무도 없다. 속이 탔다. 혹시 붙잡힌 것은 아닐까 걱정되었지만 그럴 리 없다고 억지로 마음을 다잡았다. 그러나 한참이 지난 뒤에도 그들은 나타나지 않았다.

속이 탄 김대건은 다시 걸음을 읍내로 향했다. 읍내에 도착했지만 인적이라고는 찾아볼 수 없었다. 그는 힘없이 다시 걸음을 약속 장소로 향했다. 이젠 다리에 힘이 다 빠져나갔다. 허기진 배를 채우려고 찐쌀을 한 움큼 입에 넣고 씹었지만 허리에 힘은 자꾸만 빠져나갔다.

'무슨 일이 생긴 것이야. 그렇지 않고는 오지 않을 리가 없어.'

김대건은 밭고랑 사이 거름더미 뒤에 주저앉았다. 쇠똥 거름은 말라 냄새는 별로 나지 않았다. 한양까지 혼자 가야 할 것 같아 걱정이 되었다. 길도 모르고 조선 옷도 준비하지 못해 막막하기만 했다. 이번에도 가지 못하면 주교님과 신부님을 조선에 모실 길이 막히게 된다. 그는 힘을 내려고 안간힘을 썼다. 허기가 져 추위가 더욱 심하게 느껴졌다. 이젠 한 발짝도 옮길 수 없다. 그는 몸을 웅크리고 밀려드는 졸음을 참으려 애를 썼지만 눈이 자꾸만 감겼다.

'주님, 얼어 죽을 것 같습니다. 발이 움직이지 않습니다. 이젠 남은 힘이 없어요. 너무 힘듭니다.'

그는 두 손으로 눈을 비볐다. 한참을 그러고 나니 정신이 좀 드는 것 같았다. 하지만 다시 졸음이 밀려왔다.

'이젠 힘이 다했습니다. 얼어 죽어도 어쩔 수가 없습니다. 손가락 하나 까딱할 수 없습니다. 이대로 잠들면 죽을 텐데…… 저를 잡으러 오는 포졸보다 졸음이 더 무서운데 도망칠 수가 없습니다. 주님 뜻대로 하소서.'

그는 거름 더미 위에 쓰러졌다. 덮쳐 오는 잠기운에 몸을 맡겼다.

벼락이 머리를 때렸다. 다음 순간 천둥이 쳤다. 천둥 속에서 소리가 울렸다.

"일어나라!"

김대건은 놀라서 벌떡 몸을 일으켰다. 다리는 얼어붙은 듯 움직일 수 없었다. 그대로 잠이 들었던 모양이다. 푸르스름하니 이미 새벽이 오고 있었다. 그는 두 손으로 얼어붙은 눈을 짚고 간신히 일어났다. 몸은 꽁꽁 얼었지만 죽지 않았다. 기적이었다. 그는 무릎을 꿇었다.

"주님, 고맙습니다."

그는 걸음을 옮기며 사방을 둘러보았다. 그때 저쪽에서 사람들이 움직이는 것이 보였다. 온몸에 소름이 돋았다. 정신이 번쩍 들어 눈을 비볐다.

"여깁니다."

교우들이 달려왔다.

"부제님!"

그들은 김대건을 얼싸안았다.

"살아 계셨군요."

김대건도 신자들도 눈물을 흘렸다. 김대건은 간신히 입을 열었다.

"모두 붙잡힌 줄 알았습니다."

"저희는 목패를 가지고 있으니 무사했습니다. 여기에서 기다려도 오시지 않아 혹시나 해서 읍내로 갔었습니다. 읍내를 돌다가 밤이 깊은 뒤에 다시 와 보았지만 오시지 않았습니다. 그래서 우리를 못 만나 혼자 가셨나 싶어 남쪽으로 한참을 갔었지요. 가다가 혹시나 싶어 다시 되돌아오는 길입니다. 천주님께서 인도하셨지요."

서로 찾으러 다니다 길이 어긋났던 것이다.

"산에 눈이 깊게 쌓여 걸음을 옮기기가 힘들었지요. 그래서 늦게야 도착했습니다. 아무튼 주님께서 우리를 살려 주시고, 무사히 국경을 넘게 해 주셨으니 감사 기도를 드립시다."

모두 눈 위에 무릎을 꿇었다. 김대건은 기도를 올리기 시작했다.

"주님, 고맙습니다."

그러나 다음 말이 나오지를 않았다. 눈물이 흘러내렸다. 간신히 눈물을 참으며 주님의 기도와 성모송, 영광송을 바쳤다. 기도를 끝내고 일어난 그들은 다시 남쪽을 향해 걷기 시작했다. 김대건은 다리를 쓰기가 힘들어 양쪽에서 부축해 걸어야 했다. 의주 읍내가 가까워졌을 때 두 사람은 신자들을 만날 일이 있어 헤어지고, 김 방지거가 김대건을 부축해 계속 남쪽으로 걸었다.

제대로 걸을 수가 없어 해가 뉘엿뉘엿 기울 때까지 겨우 삼십 리를 걸었다. 그들은 주막으로 들어가 요기를 하고 하룻밤을 묵었다. 발은 동상과 피멍으로 얼룩졌고, 다리는 퉁퉁 부어 올라 김대건은 밤새 신음을 했다. 이튿날 아침, 김대건이 평양까지 걸어갈 수 없다고 생각한 김 방지거가 고약과 말 두 필을 구해 왔다. 발에 고약을 바르고 광목으로 싸맨 뒤 간신히 발을 디딜 수 있었다. 그들은 말을 타고 평양을 향해 길을 떠났다.

그들은 의주를 떠난 지 닷새 만에 평양에 도착해 현석문을 비롯한 네 명의 일행을 만났다. 그리고 평양을 출발해 일주일 만에 한양에 도착했다.

"주님, 고맙습니다. 조선에서 태어나고, 조선을 위해 일하고, 조선을 위해 죽을 수 있는 은총을 주셔서 고맙습니다."

김대건은 뜨거운 눈물을 삼키며 한양에 첫발을 디뎠다.

13장
새 출발

1

초선은 백호선 내외와 마주 앉아 동명관의 장부를 내주었다.

"정말 떠나렵니까?"

초선은 담담한 표정으로 고개만 끄덕였다.

"들어가면 죽습니다. 여기서 그동안 얼마나 많은 일을 했습니까? 이 모든 것을 버리고 떠나다니요."

"제가 떠나도 두 분이 동명관을 운영할 수 있으니 믿고 떠납니다. 그리고 신심이 깊으니 앞으로 오실 성직자들을 잘 도와주실 거라 믿습니다."

"그야 정성을 다하겠지만, 지금 조선에 가면 위험합니다. 박해가 언제 일어날지 모르는데 굳이 떠나렵니까?"

"때가 되었어요. 김대건 부제님이 조선 입국에 성공하셨어요. 곧 주교님과 신부님들도 모셔 갈 것입니다. 부제님은 분명히 해내실 분이지요. 도와드려야 합니다. 여기는 내가 더 필요하지 않아요."

조선으로 돌아가려는 초선의 결심은 흔들리지 않았다. 백호선 내외도 설득하는 것을 단념했다.

"어떻게 해야 할지 모르겠습니다. 조선 교회를 위해서 말입니다."

"이곳을 지키세요. 조선에서 사행이 오면 교우가 함께 옵니다. 전에는 김대건 부제님이 오셔서 그들을 만났지만 앞으로는 최양업 부제님이 오실 겁니다. 사행이 언제 오는지 소식을 들으면 빨리 최양업 부제님께 사람을 보내 소식을 전해 주셔야 합니다."

"염려 마세요."

"그리고 항상 자금을 마련해 두었다가 부제님이 오시거나 혹시 신부님이 오셨을 때 넉넉하게 드리세요. 이곳에서 버는 돈은 두 분이 쓸 만큼만 빼고 모두 조선 교회를 위해서 쓰도록 하세요. 그것이 그전 주인께서 이곳을 제게 맡기실 때의 뜻입니다."

"알겠습니다."

"또 한 가지, 이곳 관원들과 잘 지내셔야 합니다. 봉황성 성장께는 철철이 선물을 가지고 가서 인사를 해 두세요. 급할 때는 그분의 도움이 필요하니까요."

"그리하겠습니다."

백호선 내외는 초선이 처음 책문에 올 때부터 알게 되어 오랜 세월 함께 일해 왔다. 떠날 것을 결심한 후 내외를 불러 동명관 일을 익히게 하고, 동명관을 넘겨줄 준비를 해 왔다. 떠나야겠다는 생각은 오래전부터 하고 있었지만 결심을 굳힌 것은 김대건 부제를 만난 뒤였다. 조선 입국을 시도하는, 어찌 보면 무모할 정도로 용기 있는 그를 보면서 성공을 예상했다. 또한 주교와 신부들도 입국시키고 폐허가 된 조선 교회를 재건할 것이라는 믿음이 갔다. 그렇다면 자신도 조선으로 돌아가 김대건을 도와야할 것이다. 김대건 부제가 조선 입국에 성공했다는 소식을 들었을 때 비로소 때가 되었음을 알았다.

떠날 결심은 했지만 어떻게 가느냐는 문제가 남았다. 여기 혼자 몸으로 먼 길을 가는 것은 위험한 일이다. 더구나 삼십 대 여자의 몸으로, 적지 않은 패물까지 지니고 떠나야 하니 도처에서 만나게 될 위험을 어떻게 넘길지 생각해야 했다. 동행을 구해야겠다 싶던 차에 동지사를 따라 베이징에 갔던 상인 가운데 세 명이 급히 귀국하려고 국경에 먼저 도착했다.

그들이 동명관을 찾아오자 초선은 내심 기뻤다. 그들은 사행에 따라올 때마다 동명관에서 묵었기 때문에 안면이 있었다. 그들은 모두 말을 타고 왔기 때문에 함께 갈 수 있다면 한양에 도착하는 시일이 당겨질 것이다. 초선은 그중 경상 행수인 이수영에게 동행해 주기를 청했다.

"무슨 급한 일이라도 있소?"

"어머니가 위독하다는 전갈을 받았습니다. 자식이라고는 저 하나뿐입니다."

"저런, 그리하도록 합시다. 그런데 말을 탈 줄 아시오?"

"평소에도 말을 타고 일을 보러 다닙니다."

"잘됐구려. 의주관문을 통과하는 것이 문제인데……."

"예전에 이곳으로 올 때도 남장을 했는데, 관원에게 돈을 좀 쥐어 주면 될 것 같습니다."

"그리합시다."

그들은 이틀 후에 떠나기로 했다.

초선은 눈이 채 녹지 않은 벌판으로 말을 몰았다. 바람은 차지만 가슴이 확 뚫리는 것 같았다. 지난 육 년 동안 힘들고 답답한 일이 많았다. 그럴 때면 말을 몰아 벌판으로 나왔다. 그녀는 가끔 찾아오던 언덕 아래서 말을 멈추었다. 지평선을 바라보면서 크게 숨을 내쉬었다. 마지막으로 서 있는 벌판에서 그동안 쏟아놓았던 한숨과 눈물과 외로움이 되살아났다. 잊을 수 없는 사람의 모습이 떠올랐다.

'장군, 당신을 잊지 않을 것입니다.'

뜨거운 눈물이 볼을 타고 흘러내렸다. 다이전, 그는 평생토록 사모할 수 있는 사람이다. 초선은 다이전에게 마지막 인사를 보낸 뒤 동명관을 향해 말을 몰았다.

한양에 가면 팔아서 쓰려고 모아 둔 패물과 돈이 될 만한 물건을 챙겼다. 짐을 꾸려 놓고 방 안을 둘러보았다. 십자가는 아직 침상 머리맡에 놓여 있다.

'주님, 떠날 때가 되었습니다. 제가 떠나는 것이 진정 당신의 뜻인지 확신이 서지는 않지만 떠나려고 합니다. 이제부터 고통 받는 조선의 교우들과 함께하겠습니다.'

고요 속에서 주님의 음성이 들렸다.

"떠나라."

초선은 두 손을 모았다.

'늘 주님 뜻대로 따르도록 이끌어 주소서.'

안전한 곳을 떠나 사지(死地)로 들어가는 두려움이 없지는 않았다. 그러나 조선 천주교를 위해 일하고 죽을 각오가 섰다. 두려움을 몰아낼 주님의 힘이 자신을 감싸고 있다는 것을 초선은 깊이 느낄 수 있었다.

동명관에서의 마지막 밤, 초선은 잠을 이룰 수 없어 후원으로 나갔다. 육 년 전, 이곳에 왔을 때도 겨울이었다. 눈 쌓인 후원을 얇은 가죽신을 신고 걷는 모습을 보고, 정시윤이 털신을 사다 주었다. 정시윤, 참으로 고마운 사람이다. 그가 없었다면 지난 육 년의 세월도 없었을 것이다. 그에게 마음을 의지하며 살아왔지만 그의 청혼을 거절할 수밖에 없었다. 그의 청혼을 거절하면서 신앙이 자신의 운명이라는 것을 확실하게 깨달았다. 자신도 모르는 사이에 신앙은 이 고독한 만주 벌판에서 깊이 뿌리를 내리며 초선을 지탱해 주었다. 세상 사람들은 이해할 수 없는 거대한 힘이 자신을 감싸고 있음을 초선은 느꼈다. 그 힘에 의지하며 이제 사지로 돌아갈 것이다.

초선은 아침 일찍 조선 상인들과 함께 동명관을 떠났다. 몇 번이나 뒤돌아보고 싶었지만 끝내 뒤돌아보지 않았다. 외롭기는 했지만 두 번 다시 올 수 없는 편한 나날이었다. 그래서 자꾸만 뒤돌아볼 것 같아 마음을 다잡았다. 미련 없이 떠나야 한다.

책문을 나설 때 청국 관원은 초선에게 아는 체를 하였다. 그는 짐을 전혀 살펴보지 않고 보내주었다. 이곳에서 초선을 모르는 사람이 없었다. 중추절과 원단에는 책문을 지키는 모든 관원에게 일일이 선물을 보냈다. 책문 안에서 사는 청국인들은 대부분 장사를 해서 여유 있게 살지만 가난한 사람들도 있었다. 그들은 초선이 어려움을 보살펴 주었기 때문에 그녀를 보살이라고 불렀다. 책문을 나서자 초선은 문안을 바라보았다.

저녁 무렵 압록강에 도착했다. 아직 강이 얼어 있어 다행이었다. 일행은 말에서 내려 얼음 위를 조심조심 걸었다. 저녁 해가 기울어갈 때 강을 건너 의주관문에 도착했다. 성문을 지키는 조선 관원들이 나와 목패와 짐들을 대충 조사했다. 늘 다니는 장사꾼들이었기에 그리 심하게 다루지는 않았다. 이수영이 잘 아는 관원을 한쪽으로 데리고 가 돈주머니를 건넸다. 잠시 후 자리로 돌아온 관원이 목패를 보지도 않고 초선을 통과시켜주었다.

일행은 무사히 의주성 안으로 들어갈 수 있었다. 그들은 주막을 찾아 말을 맡긴 뒤 마당의 평상에 둘러앉아 저녁을 먹었다. 의주에서 하룻밤을 묵은 뒤 한양을 향해 다시 길을 떠났다. 조선 땅으로 들어서자 긴장이 풀리는지 이수영이 초선에게 말을 건넸다.

"수완이 좋더군요. 책문을 쉽게 통과합디다."

"그동안 봉황성 성장과 관원들에게 철철이 선물을 보냈지요. 그 덕을 본 겁니다."

"사람 다루는 솜씨가 아주 능숙하구려. 장사를 해도 잘했을 텐데. 하긴 동명관을 운영하는 것도 장사는 장사지."

"한양에서 장사를 하는 일은 쉽지 않겠지요?"

"세상에 쉬운 일이 어디 있겠소. 하지만 길을 잘 뚫으면 할 만하지요. 장사에 관심 있으시오?"

"생각 중입니다. 어머니를 혼자 계시게 할 수 없을 것 같아 조선에서 자리를 잡았으면 합니다."

"결심이 서면 언제라도 찾아오시오."

"고맙습니다."

무엇을 할지 미리 결정할 수 없다. 우선 김대건 부제를 만나 교회를 위해 할 일을 의논할 것이다. 생각 같아서는 김대건 부제 곁에서 수발을 들고 싶었다. 머지않아 주교와 신부들이 들어오면 그들의 생활을 돌봐 주는 것도 중요한 일일 것이다.

한양으로 가는 길은 순탄했다. 길은 멀지만 매년 오가던 장삿길이라 일행은 한양까지 이르는데 거침이 없었다. 한양이 가까워올 때 초선은 일행과 헤어져야 했다. 상인들은 사대문 안으로 들어가야 하는데, 초선은 도성 밖에 살고 있는 어머니에게 가야 했다. 이수영이 말을 멈추고 인사를 했다.

"이만 헤어져야겠군요. 언제라도 도움이 필요하면 찾아오시오. 장통교에 와서 이세영 대행수의 상점을 찾으면 모르는 사람이 없을 것이오. 나는 늘 그곳에서 일하고 있으니 쉽게 찾을 수 있을 것이오."

"대행수 어른은 전에 뵌 적이 있습니다."

"그렇구 이 년 전인가 대행수께서 직접 시행길에 나신 적이 있었지요. 그때 동명관에 들었던 기억이 납니다."

"잊가 찾아뵙겠습니다."

초선은 청파역으로 향했다. 초선은 돈을 보내며 성안에 집을 마련해 편히 지내라고 했지만 어머니는 굳이 남문 밖에 작은 터를 마련해 농사를 지으며 딸을 기다렸다.

어머니는 방 안에서 화로를 쬐며 바느질을 하고 있었다. 초선이 어머니를 부르자 어머니는 한참 만에 방문을 열고 나왔다. 딸이 온 것을 믿을 수 없는 듯 어머니는 한동안 말이 없었다. 방 안으로 들어가 큰절을 올린 뒤에야 어머니는 딸이 온 것을 실감하는 눈치였다.

"아직도 바느질을 하십니까? 잘 보이지도 않을 텐데."

"그냥 있으면 뭐 하겠느냐. 네 생각하며 옷을 지어 놓았다. 몰골이 말이 아니구나."

"먼 길 오느라 이 꼴이 되었어요."

"저녁 준비할 테니 어서 씻고 옷부터 갈아입어라."

"왜 왔는지 묻지도 않으세요?"

"올 일이 있어 왔겠지. 저녁 먹으며 이야기하자."

어머니는 늘 그랬다. 오랜 종살이에 마음을 표현하는 것을 잊고 살아온 탓인지 감정도 눈물도 죽이는 데 익숙했다. 어머니의 담담한 모습을 보니 마음이 더욱 아팠다.

"집은 작지만 우리 둘이 살기에는 넉넉하다. 네가 어떻게 번 돈인데 함부로 쓸 수가 없어 작은 집을 마련했다. 대신 땅을 넉넉히 사 두었다."

초선은 책문에서 돈을 모아 어머니의 노비 문서부터 처리해 달라고 정시윤에게 부탁을 했었다. 정시윤은 사람을 시켜 노비 문서를 주인으로부터 받아내 태워 버렸다. 자유로운 몸이 된 어머니는 연화봉 동쪽 청파역에서 조금 떨어진 곳에 집과 논밭을 마련했다. 마을은 한양성이 가까운 데다 주변에 야산이 많아 경관이 좋았다.

어머니는 먼저 물을 데워 광에 가져다 놓고 초선을 불렀다. 초선은 오랜 여독과 먼지로 쌓인 몸을 씻었다. 그리고 저녁상을 받고 어머니와 마주 앉았다.

"잠시 다니러 온 것이냐?"

"아니요. 아주 왔어요."

어머니는 놀란 눈으로 반색을 하며 물었다.

"그곳 일은 접었느냐? 그래도 되느냐?"

"네. 다른 사람을 구했어요."

"그럼 여기서 함께 살 수 있겠구나."

"성안에 집을 마련할 테니 농사는 남에게 맡기세요."

그러자 어머니는 묵묵히 화롯불을 내려다보다가 입을 떼었다.

"난 성안으로 들어가지 않는다. 여기가 좋아. 말이 농사지 그저 소일거리로 하고 있으니 힘들지도 않아."

"이젠 같이 살고 싶어요, 어머니."

"난들 왜 그러고 싶지 않겠니. 난 여기가 편하니 너는 성안에 자리 잡고 이따금 들르려무나."

딸에게 짐이 되기 싫어하는 어머니에게 같이 살자고 더 권할 일이 아니라는 것을 초선은 알았다. 어머니는 자신이 천주교를 믿는 것도 모르고 있으니 그것이 오히려 나을 수도 있을 것이다.

"고단할 텐데 건너가서 쉬어라."

초선은 어머니에게 인사를 하고 방을 나왔다. 어머니가 준비해 놓은 방은 깨끗했다. 언제나 이렇게 정돈해 놓고 딸을 기다렸을 어머니를 생각하니 가슴이 아팠다. 하지만 또 떨어져 살아야 한다. 초선은 어머니의 마음을 잘 알고 있다. 어머니는 종살이를 오래 했지만 늘 자신이 양갓집 규수였다는 생각을 버리지 않고 살았다. 그것이 고달픈 삶을 견뎌 내는 힘이었다. 그래서 첩살이를 하는 딸에게도 양갓집 마나님처럼 살기를 기대했었다. 초선은 그런 어머니를 볼 때마다 숨이 막힐 것 같았다. 천주교에 대해 말하지 못하는 것도 그 때문이다. 양반이 어찌 그런 사교를 믿느냐고 펄쩍 뛸 것이 분명했다.

'내일은 부제님을 찾아가야지.'

책문에서 김 방지거를 만났을 때 한양에서 믿을 만한 신자의 거처를 물어보았다. 김 방지거가 몇 명의 이름을 말해 주었을 때 김상규가 기억이 났었다. 책문으로 떠나기 전에 교우들 모임에서 만난 인물이었다. 그때 그가 일하고 있는 상점의 위치를 상세히 알아두었다. 찾는 것은 어렵지 않을 것이다. 청계천 일대 상점은 환히 알고 있었다. 전에 기방이 그쪽에 있었기 때문에 한가할 때는 청계천 상점들을 둘러보러 돌아다녔었다.

십여 년이 흘렀지만 청계천 주변은 크게 변하지 않았다. 김상규가 일하고 있는 상점은 제법 큰 편이어서 쉽게 찾을 수 있었다. 상점 밖에서 물건을 정리하고 있던 김상규는 한참 만에야 초선을 알아보았다. 그는 초선을 상점 뒤 골목으로 데리고 갔다.

"어인 일입니까? 책문에 있다고 들었는데."

"돌아왔어요. 김대건 부제님을 만나야 합니다."

김상규는 상점 안으로 들어갔다 잠시 후 나왔다. 그리고 빠른 걸음으로 앞장섰다. 초선은 장옷으로 얼굴을 깊이 가리고 그의 뒤를 따랐다. 상점에서 조금 멀어지자 김상규가 뒤돌아보았다.

"얼마 전에 돌우물골로 이사를 하셨습니다. 이곳에서 멀지 않아요."

초선은 고개를 끄덕였다. 청계천 다리를 건너고 북쪽으로 한참 올라가자 남별궁이 보였는데 김상규는 별궁 뒤쪽 길로 들어섰다. 그는 우물을 지나 두 번째 초가 앞에서 걸음을 멈추었다.

"여깁니다."

김상규는 조심스럽게 사립문을 열었다. 초선은 김상규를 따라 좁은 마당으로 들어섰다. 인기척이 나자 안에서 낯익은 목소리가 울려 나왔다.

"뉘시오?"

김대건의 목소리가 분명했다.

"접니다."

김상규가 대답하자 김대건이 얼굴을 내밀었다. 초선은 쓰고 있던 장옷을 벗었다.

"웬일입니까? 어서 들어오세요."

초선은 댓돌 위에 신발을 벗어 놓고 툇마루로 올라섰다. 김상규는 마당에서 인사만 하고 상점으로 돌아갔다.

"한양에는 어인 일입니까?"

"살려고 왔습니다."

"동명관은요?"

"백호선 내외에게 맡겼습니다. 신앙생활도 열심히 하고, 부지런하고 성실합니다. 잘 맡아 할 것입니다."

"한양에서는 무엇을 할 생각입니까?"

"부제님도 오셨고, 곧 주교님과 신부님도 오신다고 하니 옆에서 수발들 사람이 필요하지 않겠습니까? 제가 그 일을 했으면 합니다."

초선은 서슴지 않고 대답했다. 김대건은 눈을 감았다. 그가 좀처럼 입을 열지 않자 초선은 자신이 잘못 온 것은 아닐까 걱정되었다. 한참 만에 눈을 뜬 김대건은 초선을 똑바로 바라보며 말했다.

"우리 집에는 여인을 두지 않습니다. 지금은 이의창이 집안일을 돌보고 있습니다."

"무슨 말씀인지 알아들었습니다. 그럼 다른 일을 찾아보겠습니다."

"누님, 부탁이 있습니다."

"누님이라니요? 지금부터는 그리 부르지 마십시오."

"염치없는 일이지만 동생이 누님에게 하는 부탁이라 생각하고 들어주십시오. 지금 자금이 많이 필요합니다. 이 집을 마련하느라 많은 돈을 썼고, 앞으로 주교님을 모시러 갈 배도 마련해야 합니다. 그뿐 아니라 신자들을 돌보려면 돈이 필요합니다. 아이들은 마마를 앓아 죽어 가는데 치료할 약이 없고, 굶주려 죽어 가는 노인들에게 죽이라도 먹여야 하는데 쌀을 구할 돈이 없습니다. 예상했던 것보다 상황이 훨씬 심각합니다."

초선은 김대건의 얼굴에 드리워진 고뇌의 그림자를 가여운 눈으로 바라보았다.

"주교님과 신부님이 들어오시면 자금을 가져오실 겁니다. 하지만 그분들이 속한 외방전교회도 가난해 자금 걱정을 하고 있으니 큰 기대는 할수 없는 처지입니다. 자금을 마련해야 하는데 막막합니다. 경원개시에 갔을 때, 신자들이 그곳에 가서 물건을 팔아 보면 어떨까 하는 생각을 했습니다."

그의 마음을 읽을 수 있다. 신앙만으로 모든 문제를 해결할 수는 없다. 살아가기 위해서는 세상이 요구하는 조건을 갖추어야 한다. 교회도 마찬가지다.

"제가 자금을 조금 가지고 왔습니다. 우선 제일 급한 것부터 말씀해 보세요."

"주교님을 모시러 상하이로 가려면 배를 사야 합니다."

"알겠습니다. 그다음은 또 준비하면 되지요. 제가 장사를 해 보겠습니다. 조선으로 들어올 때 경상 행수의 도움을 받았습니다. 장사를 해 볼 생각이 있으면 언제든 찾아오라고 했으니 곧 가 보겠습니다."

"그리해 주시면 제게 큰 힘이 됩니다. 아니 조선 천주교를 위한 힘이 되겠지요."

"그런데 신도들 모임은 어떻게 하고 있습니까? 참석해도 되겠지요?"

김대건은 초선을 쳐다보며 잠시 생각에 잠겼다.

"책문에서 외로우셨지요?"

"지낼 만했습니다."

초선의 얼굴에 쓸쓸한 미소가 감돌았다. 김대건은 초선의 미소를 보며 가슴이 아팠다. 그는 결심이 선 듯 단호하게 말했다.

"신자들 모임에는 나가지 마십시오."

초선은 의외의 말에 놀라지 않을 수 없었다.

"신자들은 고통스럽게 살고 있지만 신자들 모임에서 서로 힘을 얻고 있습니다. 하지만 문제는 박해입니다. 언제 다시 박해가 시작될지 모르는 상황입니다. 그렇게 되면 반드시 밀고자가 나올 수밖에 없지요. 누님은 누구보다 먼저 밀고당할 수 있어요."

"목숨을 바칠 각오는 되어 있습니다."

"모두 죽으면 교회는 누가 지킵니까? 누님은 끝까지 살아남아 교회를 지켜야 합니다. 그것이 천주께서 누님에게 내리신 사명입니다."

초선은 멍하니 김대건을 바라보았다. 꼭 순교하겠다는 생각은 없었다. 하지만 조선에서 천주교를 믿는 것은 언제나 죽음을 염두에 둬야 하는 일이기에 순교를 피하기는 쉽지 않을 거라 생각했다. 그런데 김대건 부제는 살아남으라고 한다. 죽는 것도 마음대로 되지 않지만 사는 것도 마음대로 할 수 없는 것이 조선 천주교 신자의 운명인데 말이다.

"혼자서 신앙을 지켜 나가십시오. 누님은 할 수 있습니다. 내가 가끔 들르겠습니다. 그리고 믿을 만한 한두 명에게만 누님이 온 것을 알릴 것입니다. 전에 알았던 신자를 만나도 모르는 체하세요. 철저하게 신자들을 멀리하세요."

말의 의미가 분명하게 다가왔다. 그가 원하는 것은 숨어서 교회를 돕는 것이다. 책문을 떠나올 때는 신자들을 만나 서로 마음을 나누고 도와가며 살 수 있겠다는 희망에 마음이 설레었다. 그런데 이제 그런 희망을 가져서는 안 된다.

"무슨 뜻인지 알겠습니다. 알아서 움직이겠습니다."

"그렇게 사는 것이 피를 흘리지 않는 순교의 길입니다. 누군가는 그 길을 가야 교회가 살아남습니다. 주님께서 누님을 돌보실 것입니다."

그의 절실한 마음이 가슴으로 전해졌다. 초선의 시선이 책상을 향했다.

"지도가 아닙니까?"

"조선전도를 그리고 있습니다."

김대건은 선교사들의 조선 입국을 위해 책문을 출발해 의주로 가는 길과 장춘을 거쳐 경원으로 가는 길을 선명하게 표시해 놓았다. 또한 감시가 소홀해 안전한 길과 관부(官府)가 있는 지점을 라틴어로 기록해 놓았다. 초선은 지도를 보면서 감탄했다.

"이틀 뒤에 서해안을 다녀오려고 합니다. 육로보다는 바닷길로 신부님들이 들어오는 편이 안전할 것 같아서요. 배를 댈 수 있는 해안과 관부와 거리가 멀어 경비가 소홀한 곳을 알아 둬야 할 것 같습니다."

돌우물골 김대건의 집을 나서며 초선은 마음을 다잡았다. 지금부터 나 개인은 없다. 이제는 조선 천주교를 위해서만 살아갈 것이다. 김대건, 저 젊은 부제는 박해로 초토화된 교회를 일으키기 위해 온몸을 바치고 있다. 가진 것도 의지할 데도 없이 열정만으로 이 고난을 헤쳐 나가려 하고 있다. 신자들만이 그를 지탱해 주는 힘일 것이다.

초선은 발걸음을 멈추었다. 여기서 장통교는 멀지 않다. 집으로 갔다가 다시 장통교를 오려면 또 하루가 가 버린다. 하루라도 빨리 일을 서둘러야 한다. 내친 김에 이수영 행수를 찾아가기로 했다. 초선은 발걸음을 장통교로 향했다.

장통교에서 이수영 행수가 일하는 서화전을 찾는 것은 어렵지 않았다. 초선이 상점 안으로 들어섰을 때 이수영은 마침 물건을 정리하고 있었다.

"아니 이게 누굽니까?"

"빨리도 찾아왔지요?"

"아직 여독도 풀리지 않았을 텐데 이렇게 오셨소. 모친은 괜찮으시오?"

"네. 생각보다는 편안하십니다."

그들은 탁자를 마주하고 앉았다.

"이렇게 오신 걸 보니 급한 일이라도 있는 모양입니다."

"집에서 놀며 지낼 형편이 아니라서요."

"장사를 해 보기로 마음을 굳히셨소?"

"네. 마음먹은 이상 하루라도 빨리 일을 하고 싶습니다."

"알겠습니다. 형님에게 운은 떼어 놨습니다. 마침 오늘 댁에 계시니 바로 가서 만나 봅시다."

둘은 자리에서 바로 일어났다.

경상 대행수 이세영은 마당에서 물건을 점검하다가 이수영과 초선이 들어오는 것을 보고는 반갑게 맞았다.

"이게 누구십니까? 오랜만이오."

"오랜만에 뵙습니다. 미리 연통도 넣지 않고 실례를 범했습니다."

"장사꾼 집 대문은 늘 열려 있습니다. 안으로 들어갑시다."

방 안은 단정하게 정돈된 것이 마치 선비의 서재 같았다. 그들은 둥근 탁자를 가운데 두고 둘러앉았다. 이세영이 먼저 말을 꺼냈다.

"아우에게 얼핏 이야기는 들었는데, 책문은 아주 떠난 것이오?"

"그렇습니다."

"동명관이 꽤 잘되는 것 같던데, 그래도 힘들었던 모양입니다."

"객지 생활이 버거워졌습니다. 젊어 안때는 힘든 줄 몰랐는데 날이 갈수록 고향 사람들이 그리웠습니다."

"왜 아니겠소. 앞으로 장사를 해 볼 생각이오?"

이세영은 말을 돌리지 않았다. 초선은 그런 그가 미더웠다.

"네."

"장사도 여러 가지인데 생각해 본 것이라도 있소?"

"없습니다. 동명관을 하면서 돈이 돌아가는 길은 조금 본 것 같은데 장사는 전혀 모릅니다."

"그게 장사가 아니겠소. 돈이 돌아가도록 길을 터놓는 것 말이오. 당분간은 일을 익히는 것이 좋을 것 같소. 마침 우리 선전(線廛)에 사람이 필요하오. 주로 중국산 비단을 팔고 있는데 들어오는 돈이 만만치가 않소. 선

전에서 일해 보는 것이 어떻겠소?"

"고마울 따름입니다. 힘껏 일해 보겠습니다."

"동명관 운영이 어디 만만한 것이었겠소. 그래도 아직 이곳 일은 낯설 터이니 당분간 일을 익힌 뒤에 다시 의논합시다."

"알겠습니다."

"어디서 묵고 있소? 우리 선전은 이 부근이오."

"어머니와 함께 있는데 성문 밖이라 당장 묵을 곳이 마땅치 않습니다."

"그럼 멀어서 다니기가 어렵겠소. 이사는 할 수 있겠소?"

"어머니가 농사를 짓는데 절 따라오지 않겠다고 하십니다. 집을 먼저 구하고 이사를 할 생각입니다."

"그럼 이참에 이 부근에 집을 한 채 사 두는 것이 어떻겠소?"

"어디 마땅한 집이 있습니까?"

"내가 잡아 놓은 집이 있소. 한동안 살아 보다가 마음에 들면 그때 가서 계산을 합시다. 자네가 함께 가서 선전과 집을 구경시켜 드리게."

"알겠습니다."

초선은 이야기가 끝난 것 같아 자리를 뜨려고 몸을 일으켰다. 그러자 이세영이 다시 말을 꺼냈다.

"김재연 당상역관을 잘 아시지요?"

"알다마다요. 지난겨울에도 책문에서 뵈었습니다."

"내 여식이 그 댁으로 출가했지요."

"두 분이 사돈지간이시군요."

"언제 만날 수 있도록 주선해 보겠소. 그런데 정시윤 행수의 소식은 들 었소?"

정시윤이라는 이름을 듣자 초선의 얼굴이 굳어졌다. 그러나 이내 긴장 을 풀고 대답했다.

"상하이로 가신 뒤로는 소식을 듣지 못했습니다."

"상하이에서 크게 성공한 모양이오. 그곳의 거상이 뒤를 봐주고 있다고 하더군요."

이세영은 초선의 표정을 유심히 살폈다. 초선은 이세영의 시선을 의식하며 그가 정시윤과 자신의 관계에 대해 뭔가 알고 있는 것은 아닌지 신경이 쓰였다. 그러나 모두 지난 일. 초선은 이내 태연할 수 있었다.

초선은 이수영과 함께 선전과 집을 돌아본 뒤 곧 이사를 하기로 결정했다. 어머니 집을 향해 걸음을 재촉했다. 초선은 걸으며 며칠 사이에 일어난 일들을 차근차근 돌아보았다. 모든 일이 일사천리로 진행되었다.

'주님, 급하신 모양이에요. 저를 이렇게 다그치시니.'

책문을 떠날 때 마음에 품었던 희망은 사라졌다. 그러나 지나버린 꿈과 희망에 연연하지 않을 것이다. 김대건의 말은 주님의 뜻이라는 것을 조금도 의심하지 않는다. 그의 말에서 조신을 위해 일하시는 주님의 절실한 마음이 풍기는 것을 느낄 수 있었다.

"주님, 그렇게 하겠습니다. 주께님이 원하는 일을 하는 것이 조선 교회를 위한 길이고, 조선 교회를 위한 길이 조선 백성을 위한 길이라는 것을 의심하지 않습니다."

사대문을 나서자 거적으로 움막을 짓고 사는 처참한 백성들의 모습이 여기저기서 보였다.

'저 고통, 저 절망을 저는 압니다. 주님! 저들에게 희망을, 삶의 길을 열어 주소서.'

조선이 변하지 않고서는 저들이 사람답게 살 수 없다. 조선의 변화를 이끌어야 한다. 천주교가 그 일을 해낼 것이다. 캄캄한 한양의 밤에 불을 밝힐 것이다.

2

수표교를 건너 집으로 가는 골목길에 들어섰을 때 김재연은 이상한 낌새를 알아차렸다. 누군가 뒤따라오고 있었다. 다음 골목으로 들어서자 김재연이 갑자기 걸음을 멈추고 뒤를 돌아보았다. 그도 멈칫하더니 걸음을 멈추었다. 어둠이 내려앉아 그의 모습을 정확히 알아볼 수는 없었지만 키가 크고 몸집이 큰 사내였다.

"누구냐? 누군데 내 뒤를 밟는 것이냐?"

사내가 빠른 걸음으로 다가왔다.

"김재연 역관이시지요?"

김재연은 사내의 얼굴을 유심히 들여다보다가 깜짝 놀랐다. 그는 분명 김대건이었다.

"웬일이오?"

"다리 근처에서 기다렸습니다. 어두워 확실하게 알아볼 수 없어 뒤를 따랐습니다."

"여기서 이러지 말고 내 집으로 갑시다."

김재연은 앞장서 빠른 걸음으로 골목을 돌아 대문으로 들어섰다. 문소리를 듣고 아내와 며느리가 나왔다.

"이제 오십니까?"

아내는 대문으로 들어서는 손님을 보자 멈칫했다.

"손님을 모셨소."

숙영이 눈치껏 물었다.

"아버님, 저녁은 겸상으로 차릴까요?"

"그래, 사랑으로 내오너라."

김재연은 김대건을 데리고 사랑으로 들어갔다.

"어찌 된 일입니까?"

"지난 정월 한양에 왔습니다."

"그렇군요. 의주관문을 통과하기가 쉽지 않았을 텐데 어떻게 왔소?"

"관문은 도저히 통과할 수가 없어 성에서 멀리 떨어진 산을 넘어 왔습니다."

"혼자서요?"

"네. 같이 오던 일행은 먼저 관문을 통과했지요."

"겨울에 그 험한 산을 혼자 넘었다니."

김재연은 고개를 절레절레 저었다.

"그래도 경원을 거치는 것보다는 빠르게 왔습니다."

"경원이라니, 북쪽 끝에 있는 국경 말이오?"

"네. 그전에 경원개시를 둘러봤습니다."

"어디서 떠났소?"

"만주 소팔가자에서 출발해 징춘과 영고탑을 거쳐 훈춘에 도착했습니다. 거기서 국경을 넘었지요."

"그 길은 보통 사람든이 갈 수 없나고 알고 있는데, 혼자 갔었소?"

"중국인 한 명이 동행했지요. 하지만 둘이었다면 호랑이나 늑대의 밥이 되었을 것입니다. 장사꾼과 사냥꾼을 만나 무리를 지어 갔습니다."

김대건은 별일 아닌 듯 태연하게 말하고 있지만 김재연은 놀라지 않을 수 없었다. 자신도 길을 다니는 사람이지만 그런 길은 가 본 적이 없다.

"참 대단하구려."

"마침 좋은 안내자를 만났지요. 봉황성에서 다이전이라는 장군을 만난 적이 있으십니까?"

김재연은 다이전이라는 이름에 다시 놀랐다.

"잘 알지요. 그분을 만났소?"

"영고탑까지 동행했습니다. 그분이 아니면 힘들었을 것입니다."

"그쪽에서 사시던가요?"

"네. 영고탑 부근에서 사신답니다. 장사를 하신다는데 그곳 사람들의 지도자인 듯했습니다."

김재연은 이미 추억으로 멀어져 간 다이전이 그리워졌다.

"그런데 장군이 동명관의 김초선을 잘 아시더군요."

"그렇지요. 그런 이야기도 했습니까?"

김대건은 미소를 머금고 고개만 끄덕였다.

"초선이라…… 잘 있겠지요?"

"네. 지금 한양에 있습니다."

김재연은 또 한 번 놀랐다. 김대건이 입을 열 때마다 놀라운 이야기가 쏟아진다.

"한양 어디에 있소?"

"달포 전에 들어와서 경상의 비단 점포에서 장사를 배우고 있습니다."

그러고 보니 사돈 이세영을 만난 지 꽤 오래되었다.

"그럼 책문은 아주 떠난 것이오?"

"네. 한양에서 장사를 시작할 생각이라고 합니다. 그래서 드리는 말씀인데, 부탁이 있습니다."

"초선에 관한 것이오?"

"네. 지금 조선 천주교는 비참한 상황입니다. 신자들은 대부분 끼니를 걱정해야 하는 형편이지요. 앞으로 해야 할 일은 많은데 자금이 없습니다. 책문에서도 도움을 많이 받았기에 한양에서도 부탁을 했지요."

"그래서 초선이 장삿길로 나섰단 말이오?"

"그렇습니다."

김재연은 침묵하며 생각을 정리했다. 참 대담한 젊은이다. 거침없이 사정을 말하고 도움을 요청하고 있다. 단순해 보이지만 어딘가 만만치가 않다. 조선 천주교의 지도자, 그는 박해로 황폐해진 조선 천주교를 이끌어 갈 지도자였다.

"초선을 도와주는 것은 천주교와 연루되는 것인데, 나는 천주교 때문에 피해를 받고 싶지 않소."

"그 점은 염려 마십시오. 천주교 신자들과 접촉하지 말라고 당부했습니다. 누님께는 잔인한 일이지만 천주교를 위해서는 외롭게 지내야 할 것 같습니다. 신자들에게 알려지면 박해가 일어날 때 살아남기 힘들 것입니다. 누님은 신자들과 전혀 어울리지 않고 혼자서 신앙생활을 하기로 약속했습니다."

주도면밀하다. 김재연은 이 젊은 조선 천주교 지도자에게 점점 마음이 끌렸다. 전에 만났을 때는 그저 혈기왕성한 젊은이라고만 여겼는데 지금 그의 모습은 전과 다르다. 여전히 혈기가 넘치지만 무거운 책임을 진 지도자로서 내면의 덕을 쌓아 가고 있었다. 그래서 김재연은 마지막 질문을 던져보았다.

"난 불교든 천주교든 종교에는 큰 심이 없소. 내 관심사는 내 일과 조선 백성이오. 내가 천주교 일을 도와야 할 까닭이 무엇인지 잘 모르겠소."

김대건은 김재연을 똑바로 바라보았다. 눈에서 빛이 났다.

"천주교 신자들이 왜 목숨을 걸고 조정에서 반대하는 천주교를 따를 수밖에 없는지 아십니까? 사람으로서 살기가 너무나 고통스럽기 때문입니다. 오면서 청계천의 걸인들을 보았습니다. 한양의 대궐이나 권문세가들의 집은 화려하기 짝이 없지만 도성 밖을 나가니 거적때기만 두른 것을 집이라 하더군요. 대부분의 백성이 그렇게 살아가고 있습니다. 전염병이 돌아도 약을 써 볼 마음을 못 먹고, 배를 곯아도 채울 길이 없고, 재주가 있어도 펼 기회가 없습니다. 이것이 조선의 백성입니다. 게다가 반상의 차별은 어떻습니까? 백성들은 사람대접 한 번 받아보지 못하고 천대만 받다가 죽습니다. 하지만 우리 천주교는 백성들의 그런 서러움을 없앨 것입니다. 우리 신자들은 모이면 양반이든 종이든 백정이든 모두 한 형제로 호형호제하며 지내고 남녀의 차별이 없습니다. 조정에서 칼을 들고 신분의 벽을 지키고 있지만 우리는 그 벽을 허물었습니다. 앞으로도 계속 허물어 나갈 것입니다. 조정의 권력은 우리를 이길 수 없습니다. 사람들은 벽을 허물고 사람답게 사는 길을 경험했으니까요. 그래서 우리 신자들은 기쁘게 목숨을 내놓습니다. 우리는 이미 이 싸움에서 이겼습니다. 벽을 허물었으니까요. 조선 백성에게 필요한 것은 이런 것이 아니겠습니까?"

일장 연설을 하는데, 김대건은 천주를 위해서라는 말을 한마디도 하지 않았다. 고통 받고 천대받는 백성을 위해서 도와 달라고 했다. 김재연은 그의 눈빛을 마주 보면서 마음으로 들고 있던 저울추를 내려놓았다. 그리고 바로 대답했다.

"일간 초선을 만나리다."

"고맙습니다."

숙영이 저녁상을 들여왔다. 숙영이 나가자 김재연은 어서 들라고 권하며 말했다.

"내 며느리가 뉘 댁 따님인 줄 아시오?"

느닷없는 물음에 김대건은 어리둥절한 눈으로 김재연을 쳐다보았다.

"경상 대행수의 고명따님이오. 초선은 장사꾼으로 크게 일어날 것이오. 그만한 능력이 있는 사람이니 눈이 날카로운 대행수가 몰라볼 리 없지요."

김대건은 안심이 되어 밥술을 크게 떠서 입으로 가져갔다.

"내 충고 한마디 하리다. 담대한 것은 좋은데 조심을 해야겠소. 날 어찌 믿고 속내를 그렇게 다 드러내시오."

김대건이 웃으며 말했다.

"다이전 장군도 똑같은 말씀을 하셨습니다."

"그분께서 그리 보셨다면 그런 것이오."

"저는 생각을 속에 감추지를 못합니다. 생각이 떠오르면 발부터 움직이는 것을 어쩔 수가 없지요. 사람도 이 사람이다 싶으면 그냥 믿습니다. 그리고 그런 판단은 여태껏 정확했지요. 아마 사람 보는 눈이 있는 모양입니다."

김재연은 웃음을 참을 수 없었다. 오랜만에 유쾌하게 웃었다. 참으로 맑은 사람이다. 이 나이가 되도록 이런 사람을 만난 적이 없었다. 사람의 마음을 사로잡는 묘한 힘이 있다.

"얼마 후에 상하이로 신부님들을 모시러 갑니다. 배를 한 척 샀습니다."

김대건이 화제를 돌렸다.

"밀선을 띄운다는 말이오?"

"못 하게 하니 몰래 해야지요. 신부님들을 모셔 와야 하는데 육로로는 입국할 수 있는 방법이 없어요. 관문을 피해 돌아오는 길도 있지만 산이 너무 높고 험해 그분들에게는 무리입니다. 그래서 바닷길을 택했습니다."

"바닷길도 험하긴 마찬가지일 거요. 태풍이 불 때를 피해 떠난다고 해도 파도가 거세면 고기밥이 될 거요. 배가 얼마나 큽니까? 먼 길에 버틸 만한지 모르겠소. 경험 많은 사공이 함께 가야 할 텐데."

"그저 바다에 띄울 만한 크기입니다. 자금이 부족하니 큰 배를 살 수가 없었지요. 사공은 서너 명 됩니다. 그러나 조선에는 먼 바닷길을 가 본 사공이 없다고 하더군요. 가까운 중국도 바닷길은 금지되어 있다고 하니 어디 유능한 사공이 있겠습니까. 우리 교우 십여 명이 함께 가고, 선장은 제가 맡았습니다."

"바닷길도 모르는데 무모한 것 아니오?"

"어쩔 수 없지요. 해야 하는 일이니까요."

해야 한다. 해야 하기 때문에 제대로 준비하지도 못한 채 나선다는 것이다. 이번 일도 실패하면 경솔하다고 하겠지만 성공하면 의지만으로 악조건을 극복한 영웅이 될 것이다.

"해주에 가면 청국과 밀무역을 하는 배들이 있어요. 두 나라 사이 바다 한가운데서 만나 상거래를 하는데 그걸 이용하면 어떻겠소? 해주에서 배를 타고 나가 바다에서 청국 배로 갈아타는 것이오. 올 때는 반대로 하면 되고. 한번 생각해 보시오."

"그런 방법이 있었군요. 주교님과 의논해 보겠습니다."

"다른 방법도 알아볼 수 있소. 청국 어선들이 백령도 쪽으로 고기를 잡으러 오는 것 같던데 출발을 조금 미루고 그쪽을 알아보는 것은 어떻겠소? 아무래도 작은 배는 위험하오."

"날짜를 더 늦출 수는 없습니다. 그걸 알아보고 움직이려면 또 몇 달을 기다려야 할 텐데, 주교님을 너무 오래 기다리시게 할 수 없습니다. 이미 배를 준비했으니 이번에는 그냥 띄우고, 다음부터는 다른 방법을 알아봐야겠습니다."

김재연은 더 말릴 수가 없었다. 김대건이 화제를 돌렸다.

"알고 싶은 것이 있습니다. 작금의 정치가 어찌 돌아가고 있는지 궁금합니다. 겉으로는 풍양 조씨의 세도가 여전한 것 같은데 정말 그렇습니까? 주교님께 상황을 상세하게 말씀드려야 합니다."

김재연은 조정의 분위기와 세력의 추이에 대해 대충 이야기해 주었다.

"안동 김씨가 권력을 잡으면 조선의 문이 열릴 가능성이 있습니까?"

"천주교에 대한 박해는 수그러들겠지만 대문은 쉽게 열리지 않을 것입니다."

"누가 권력을 잡든 조선의 문은 열리지 않는다는 말씀이군요. 걱정입니다. 언제가 될지는 모르지만 서양 세력은 조선을 그냥 두지는 않을 것입니다. 법국 왕이 조선을 탐색해 오라는 명령을 해군에 내렸습니다."

"법국이 조선을 공격할 것 같소?"

"우선은 청국과의 문제를 해결하려 들겠지만 곧 그럴 것입니다."

"지난번 회담에서 법국은 아무런 이득을 얻지 못했다고 했지요?"

"그러니 전쟁을 일으킬 것입니다. 지난 전쟁에서 기회를 놓친 법국과 미국을 비롯한 서양 제국들이 몇 년 안에 전쟁을 다시 도발할 것은 분명하지요. 청국 문제가 일단락되면 조선에 눈을 돌릴 것입니다. 그들이 문제를 일으키기 전에 우리가 먼저 조약을 맺자고 손을 내밀어야 합니다. 만일 법국과 조약을 맺으면 영국도 조선에 함부로 손대지 못합니다. 또한 서양의 여러 나라와 대등한 위치에서 관계를 맺을 수 있게 되지요. 조정에서 이런 사정을 알았으면 좋겠습니다."

"나도 그런 생각이 들어 얼핏 운을 떼었지만 소용없었소."

"안타깝습니다. 서양 함선이 온 바다를 누비며 세계를 하나로 통하게 하고 있습니다. 조선이 아무리 발버둥 치며 막으려 해도 밀려드는 파도를 막지 못할 것입니다."

세계의 정세를 직접 보고 돌아온 유일한 조선 청년 김대건은 세계의 흐름과 역행하려 물꼬를 막고 있는 조국의 모습을 보며 가슴 아파했다. 그런 김대건을 바라보면서 김재연은 어떤 방법으로든 그를 도와야겠다는 결심을 굳혔다.

"당신을 볼 일이 생기면 어찌 찾아가야 하오?"

"여기서 멀지 않습니다."

김대건은 돌우물골 집의 위치를 상세하게 일러 주었다.

바람처럼 와서 사람을 놀라게 하더니, 김대건은 바람처럼 떠나갔다.

며칠 후 김재연은 경상 대행수 이세영의 집을 찾았다.

"그렇지 않아도 오시기를 고대하고 있었습니다."

이세영은 김재연과 마주 앉자마자 말을 꺼냈다.

"동명관의 김초선이 한양에 와 있습니다."

"소식을 듣고 왔습니다."

"그러시군요. 지금 제 선전에서 일을 익히고 있는데 보통이 아닙니다. 타고난 장사꾼이더군요."

"그럴 것입니다. 지금 만나 볼 수 있을까요?"

"사람을 보내겠습니다."

이세영은 하인을 불러 초선을 데려오라고 지시했다. 김재연은 바로 말을 꺼냈다.

"실은 정시윤이 제 재산을 많이 불려 놓았습니다. 들어온 재물을 쌓아 놓기만 하면 고인 물처럼 썩어 버릴 것 같아 돌릴 방도를 찾고 있습니다. 그래서 말씀인데 초선의 뒤를 좀 대 주려고 하는데 사돈 생각은 어떠십니까? 정 행수를 생각해서라도 초선을 모르는 체할 수 없을 것 같습니다."

"저도 제 집의 일꾼으로만 둘 생각은 없습니다. 지금 하고 있는 선전 일에 아주 능숙하던데요. 비단을 가리는 눈이 뛰어났어요. 시작한 김에 그 일을 맡기면 어떨까 싶습니다."

"본인이 원하면 그리하시지요. 사정이 여의치 않아 돈 들어갈 곳이 많은 것 같습디다."

"염려 마십시오. 이문을 넉넉하게 챙길 수 있을 것입니다."

"아직 이르기는 하지만 말이 나온 김에 숙영의 일도 염두에 두셨으면 합니다. 한동안은 아이들 기르느라 여력이 없겠지만 숙영의 능력을 그대로 썩힐 생각은 없습니다. 앞으로 장사를 시킬까 합니다. 제 재산을 숙영에게 맡길 생각입니다. 아들들은 모두 역관의 길을 가려고 하니 그리하는 것이 좋겠습니다."

"그 아이가 그런 재목이 될지 모르겠습니다."

말은 그렇게 하면서도 이세영은 기쁜 눈치였다.

"되고도 남지요. 이제 조선의 여인들도 집 안에만 있어야 한다는 통념을 깨뜨려야 합니다. 여인들은 꼼꼼한 데가 있어 장사를 하면 주도면밀하게 잘 챙겨 나갈 것입니다. 앞으로 세상이 더욱 어지러워질 것 같아요. 아무튼 나라의 정치가 흔들릴수록 상권을 단단히 잡고 있어야 합니다. 상권까지 외국에 빼앗기고 나면 일어나기가 더욱 힘들어지지요. 청국 남방에서는 상인들이 정신을 차리고 상권을 쥐기 위해 서양 상인들과 맞서기도 하고 타협도 하면서 자리를 지켜 가고 있답니다. 우리도 준비해야지요."

"저도 그리 생각합니다. 나랏일을 생각하면 잠이 오지 않지요."

"숙영이 할 수 있는 일을 미리 마음 써 주십사 부탁드립니다."

밖에서 인기척이 났다.

"초선이 온 모양입니다."

이세영이 문을 열자 초선이 마루를 걸어오다가 허리를 굽혀 인사했다. 초선은 들어오다 김재연이 앉아 있는 것을 보고는 멈칫했다

"오랜만입니다."

김재연이 자리를 권하자 초선은 그와 마주 앉았다.

"동명관에 있을 때와는 옷이 다릅니다."

초선은 긴장을 풀며 미소로 답했다.

"이제 저한테 맞는 옷을 입었습니다."

"잘 어울립니다. 동명관은 어찌 되었습니까?"

"주인님의 뜻을 잘 알고 있습니다. 적당한 사람에게 맡기고 왔습니다."

초선에게는 아직도 동명관의 주인은 정시윤이었다.

"두 분 말씀 나누십시오. 저는 일이 있어 나가봐야겠습니다."

이세영이 인사를 하고 방을 나갔다.

"왜 갑자기 귀국했습니까?"

"갑자기는 아닙니다. 오랫동안 생각해 오던 일입니다."

"김대건이 조선으로 들어오자 때가 되었다고 생각했습니까?"

"그분이 조선에 들어온 것은 조선 천주교가 다시 살아난다는 표시입니다. 그분은 청국으로 가서 신부님들을 모셔 올 것입니다. 그러면 오랫동안 숨죽여 있던 천주교는 다시 활기를 찾을 것이고요. 조선 천주교가 재기할 때 저도 함께해야겠다는 생각을 했습니다."

"조선 천주교라…… 목숨보다 더 중합니까?"

"제가 사람이라는 것을 일깨워 주었으니까요. 천주교로 인해 저는 사람으로 살게 되었습니다."

김재연은 고개를 끄덕였다. 초선의 마음을 누구보다 잘 알 수 있었다.

"김대건을 만났습니다."

초선은 놀라는 표정이었다.

"날 찾아왔었지요. 그런데 상하이에 있는 신부들을 데리러 바닷길로 가겠다고 하더군요. 너무 위험해요. 작은 배로 어찌 파도와 싸우며 먼 길을 가겠습니까. 무모한 생각입니다."

"저는 걱정하지 않습니다. 아무리 험한 파도가 달려들어도 삼킬 수 없을 것입니다. 그분은 혼자가 아닙니다. 파도와 싸워 이길 힘이 그분에게는 있습니다."

저 믿음의 정체는 무엇인가. 김재연은 탄복하지 않을 수 없었다. 도저히 상식으로는 이해가 가지 않는 것이 믿음인 모양이다.

"믿음대로 되겠지요. 김대건이 내게 부인을 부탁했습니다."

"그게 무슨 말씀입니까?"

"부인이 여기서 일하는 것을 그가 알려 주었습니다. 마침 이곳 대행수가 내 사돈이라, 앞으로 비단 상점을 맡겨 보자고 의논했습니다. 상당한 이문을 챙길 수 있을 것입니다. 내가 이렇게 호의를 보이는 것이 무슨 뜻인지 아시겠지요?"

뜨거운 눈물이 솟아올랐다. 김재연이 고맙고, 자신의 뒤를 봐주도록 마음을 써 준 김대건도 고마웠다. 눈에서 눈물이 떨어졌다. 김재연은 뜻밖이었다. 정시윤도 다이전 장군도 물리친 철갑을 두른 여장부인 줄 알았는데 대수롭지 않은 말에 눈물을 보이다니!

"고마운 마음을 말로 다 표현할 수가 없습니다. 기대에 어긋나지 않도록 열심히 하겠습니다."

"너무 부담은 갖지 마십시오. 김대건도 그럴 것입니다. 그러나 한 가지는 명심하십시오. 절대로 천주교 신자라는 것이 드러나서는 안 됩니다. 그래야 천주교를 살리고, 나도 살 수 있습니다."

"잘 알고 있습니다."

김재연은 후 한숨을 내쉬었다.

"다이전 장군이 생각납니다. 부인이 조선으로 갈까 봐 안절부절못했지요. 조선으로 들어가면 죽는다고. 죽으러 들어온 것이 아니라 살려고 들어왔다는 것을 꼭 보여 주십시오."

초선은 고개를 끄덕이며 다부지게 대답했다.

"명심하겠습니다."

초선과 헤어져 장통교를 빠져나오는 김재연의 발걸음은 무거웠다. 김대건의 입국은 한양에 또다시 피바람을 몰고 올 징후였다. 더구나 김대건의 말대로 서양 성직자들이 다시 조선에 들어오고, 그 사실을 조정에서 알게 된다면 한바탕 피바람이 불 것이다. 조인영은 말로는 영상 자리에 너무 오래 앉아 있어 이제는 물러나야겠다고 했지만 물러난들 그 자리를 아무에게나 주겠는가. 오른팔인 좌의정 권돈인에게 물려주고, 자신은 뒤에서 힘을 쓸 것이다. 그런 판국에 서양 성직자가 들어오고 천주교가 다

628 파격

시 활동을 시작하면 박해를 모면할 길이 없을 것이다. 상황이 좋지 않다. 불길한 예감을 떨쳐 버리려 그는 걸음을 빨리했다.

돌우물골 김대건의 집을 찾는 것은 그리 어렵지 않았다. 사립문을 살며시 밀자 문이 열렸다. 방에 불이 켜 있고 사람의 그림자가 어른거렸다. 인기척을 느꼈는지 그림자는 자리에서 일어났다. 이어 방문이 열리더니 김대건이 나왔다. 김재연을 알아보고는 얼른 방으로 이끌었다. 안으로 들어간 김재연은 방 안을 휘 둘러보았다. 벽에 십자가가 걸려 있고 한 귀퉁이에 이불이 개켜 있었다. 책상에는 지도가 펼쳐져 있었다.

"어쩐 일이십니까?"

김재연이 찾아온 이유가 궁금해 김대건이 먼저 입을 열었다.

"배를 띄울 계획은 변함이 없소?"

"이틀 후에 떠납니다."

"상하이에 가 본 적은 있소?"

"네. 상하이를 거쳐 난징으로 갔었습니다."

"그러면 그곳 지리는 알겠군요."

"길에는 자신 있습니다."

"사람 보는 눈만 밝은 것이 아니라 길눈도 밝구려."

김대건은 환하게 웃었다. 소년 같은 환한 웃음 뒤에 그가 지고 가야 하는 무거운 짐이 보이는 것 같아 김재연은 가슴이 찡했다.

"지도도 그렸습니다."

"이것 말이오?"

김재연은 책상 위에 놓인 지도를 들어 보였다.

"조선전도를 하나 구해 국경을 넘는 길과 의주에서 한양에 이르는 길을 그려 넣었습니다. 이쪽 서해안의 길은 제가 직접 다녀와서 그렸으니 정확합니다."

김대건의 놀라운 재주에 김재연은 속으로 탄복했다.

"그런데 상하이에는 도와줄 사람이 있소?"

"법국 신부님이 계십니다. 그리고 아오먼에도 연락이 쉽게 되지요."

"조선 천주교도 궁색하지만 그곳 신부들도 넉넉하지 않다면서요?"

김대건은 힘없이 고개만 끄덕였다.

"상하이에 내 벗이 있소. 혹시 그곳에서 일이 잘 풀리지 않으면 찾아가 보시오. 내 이름을 대면 도움을 줄 것이오."

김대건의 눈이 반짝였다.

"혹시 난징에서 같이 계셨던 그분 아닙니까?"

"맞소. 정시윤이라는 친구요."

"그분과도 인연이 깊습니다. 소년 시절, 아오먼으로 가는 길에 책문에서 그분을 만나 저녁을 얻어먹고 여비도 받았습니다. 그분이 지금 상하이에 계십니까?"

"그렇소. 상하이가 많이 달라졌을 것이오. 황포 강가에 가면 행상들이 즐비한데 거기서 서문행을 찾으시오. 꽤 큰 행상이니 쉽게 찾을 것이오. 그곳에 정시윤이 있소."

김대건과 헤어져 골목길을 돌아 나오며 김재연은 자신에게 끊임없이 물었다.

'천주교를 믿지도 않으면서 왜 이런 일을 자초하는가?'

'조선 천주교의 새로운 출발을 위해서.'

'조선 천주교가 무슨 상관인가?'

'빚을 갚아야 한다. 조선 천주교는 나를 위해서 피를 흘렸다. 내 꿈을 실현하기 위해 자신을 희생했어.'

'무슨 꿈이기에?'

'조선의 변화. 천주교는 조선에 변화의 바람을 일으켰다.'

'조선이 변해야 하는가?'

'반드시. 그렇지 않으면 백성이 살 수 없다.'

'어떤 변화인가? 세력가의 성이 바뀐들 무슨 뾰족한 수가 있는가?'

'왕조가 바뀌는 변화가 아니다. 천귀롱 어르신이 말한 변화다. 백성이 나라의 주인이 되어 총통을 뽑고, 총통은 일정 기한이 지나면 총통직에서 물러나는 민주주의를 해야 한다. 지금 조선에서는 상상도 못 할 일이지만 언젠가 청국에서 그 위대한 변화를 실현한다면 조선인들 못 하겠는가. 그 변화는 앉아서 기다리면 오는 것이 아니라 백성이 불러들여야 한다. 그러기 위해서는 백성이 먼저 변해야 한다. 천주교는 지금 백성들 사이에서 변화를 일으키고 있다. 나는 천주교를 도울 수밖에 없다.'

김재연은 밤하늘을 우러렀다. 밤하늘이 좁게 느껴진다. 좁은 골목만큼이나 가슴이 조여들어 답답했다. 그는 숨을 깊게 내쉬며 김대건의 항해가 성공하기를 간절히 빌었다.

14장

바닷길을 열다

1

푸젠 성에 있는 우이 산(武夷山)은 초여름인데도 더웠다.

정시윤은 말에서 내려 고삐를 잡고 산비탈을 올라갔다. 멀리 녹색의 차밭이 보이자 걸음을 멈추고 잠시 숨을 내쉬고 주위를 둘러보았다. 천지가녹색 천을 두른 듯 진한 녹색으로 물들어 있다. 산천을 바라보니 피로가가시고 정신이 맑아졌다.

정시윤은 일 년에 두 번, 삼월과 오월 말에 우이 산을 찾는다. 좋은 차를사려면 차 밭 주인과 친밀한 관계를 유지하는 것이 중요하다. 또 그렇게라도 산천경개를 구경하고 나면 가슴에 신선한 기운을 받을 수 있었다.삼월 말에는 지금과 달리 온 산이 연두색으로 물든다. 그 연두색의 햇순이 우이 산에서 처음으로 따는 최상급의 차이다. 양이 적어 값이 만만치않지만 영국인이 가장 선호하는 차이기 때문에 정시윤은 매년 원하는 만큼의 차를 사들였다. 유월에 출시하는 차는 첫 순만은 못하지만 그래도상등품이다. 팔월과 시월에도 차가 많이 나오지만 정시윤은 구매하지 않았다. 팔월과 시월에 나오는 차는 품질이 보통이나 하등품이다. 그래도값이 싸기 때문에 상인들이 많이 몰리지만 정시윤은 최상급과 상등품 차만 취급했다.

해가 중천에 이를 때 정시윤은 아쑨(阿筍)의 차 밭에 이르렀다. 차 밭을돌아보고 있던 아쑨은 정시윤을 보고는 빠른 걸음으로 다가왔다.

"역시 정 공이 제일 먼저 오시는구려."

"편안하셨습니까?"

정시윤은 아쑨에게 공손히 인사했다.

"더운데 어서 들어갑시다."

정시윤은 아쑨을 따라 그의 집으로 들어갔다. 밖은 환하지만 방 안은어두컴컴했다. 가족이 모두 푸저우에 있는 아쑨은 차가 나는 동안 차 밭을 지키며 혼자 지내고 있었다. 아쑨이 끓는 물을 가지고 와서 차 봉지를 열자 정시윤이 말렸다.

"오늘은 제가 가져온 조선 차를 맛보십시오."

정시윤은 짐에서 차를 담은 봉지를 꺼냈다.

"조선 차는 처음이오."

아쑨은 호기심 어린 눈으로 정시윤이 건넨 차 봉지의 찻잎을 찬찬히 살펴보았다.

"조선에 있는 스님이 주신 것입니다."

"저런, 그리 귀한 것을 여기까지 가져오시다니."

"노인장은 차 맛에 달통하지 않으셨습니까? 품평을 해 주십시오."

아쑨은 찻잎을 덜어 찻주전자에 넣고 물을 부었다. 잠시 후 연한 노랑과 녹색 빛을 띠며 차가 우러나자 찻잔에 따랐다. 빛깔을 살펴보던 아쑨이 차를 한 모금 입안에 물고는 눈을 감고 천천히 삼켰다. 다시 한 모금 미신 후 천천히 눈을 떴다. 정시윤은 가만히 그의 평을 기다렸다. 비록 산중이라 다구는 투박하지만 아쑨의 차 품평만은 최고다.

"조선 어디에서 이런 차가 나옵니까?"

"조선의 남쪽 끝에 다산(茶山)이라는 산에서 딴 차입니다."

"참으로 좋습니다. 강하지도 약하지도 않고, 단 듯하면서 쓴 맛도 나고, 차향이 입안에 오래 남아요. 막 겨울을 지난 첫 순을 딴 최상품입니다."

"그렇습니까? 그래도 우이 산 궁푸차(工夫茶)만 하겠습니까?"

"아니요. 이런 차가 들어오면 중국차는 값이 떨어지겠습니다. 깊은 향이 입안에 감도는군요."

"조선은 땅이 작고 여기보다 춥습니다. 그래서 차라고는 남쪽 지방에서 조금 나올 뿐이지요. 조선의 양반들이 마시기에도 부족하지요."

"다행이구려."

둘은 마주 보고 웃었다. 그러면서도 각자 속으로 차 값을 계산하고 있었다.

"이번 차 수확은 어떻습니까? 지난봄에는 수확이 많지 않았지요?"

"이달도 마찬가지입니다. 비가 너무 많이 왔어요. 그래도 수확한 것은 상등품이지요. 물건은 적은데 차상들이 몰려들어 어찌나 떼를 쓰는지 쫓느라 혼났습니다. 열여덟 냥을 주겠다고 하는데도 물리쳤지요."

정시윤이 제일 먼저 왔다고 하더니 차상들이 몰려들었다고 말을 바꾼다. 아무튼 금년 상등품 궁푸차는 상자당 열여덟 냥을 받겠다는 뜻이다. 지난해보다 값이 올랐지만 정시윤은 선뜻 응했다.

"고생하셨습니다. 열여덟 냥으로 계산하겠습니다."

"미안해서 어쩌나. 금년에는 어려웠어요."

"잘 알고 있습니다. 양은 얼마나 됩니까?"

"천 상자입니다. 저쪽에 있으니 가서 보시지요."

"항상 정확하신데 볼 필요가 있겠습니까? 맛이나 보여 주십시오."

"그럽시다."

아쑨이 차를 우릴 때 정시윤은 책상 앞으로 가서 은화 보따리를 풀어 계산을 했다. 아쑨이 찻잔을 내밀자 은화를 그의 앞으로 밀어 놓았다. 아쑨은 이렇게 계산하는 것을 제일 반겼다. 그래서 어음이 간단하지만 일부러 은화를 가지고 오는 것이다. 아쑨이 은화를 세는 동안 정시윤은 차를 마셨다. 맛은 상등품으로 손색이 없었다. 아쑨은 은화를 다 센 뒤 만족한 표정으로 말했다.

"맞습니다."

"그럼 푸저우까지 옮겨 주십시오. 저는 먼저 가서 배를 살펴봐야겠습니다."

"알겠습니다."

정시윤은 은화를 내놓았다.

"이건 일꾼들 품삯입니다."

"내가 계산해 줘도 되는데……."

푸저우에서 일꾼들을 데리고 올 수도 있었지만 아쑨은 운반을 자기가 맡아서 하기를 원했다. 일꾼들 품삯을 받아 자기 몫을 챙기는 모양이었다. 그래서 정시윤은 인심을 쓰기로 한 것이다. 떠나기 전 정시윤은 가지고 온 홍삼을 아쑨에게 건넸다. 홍삼을 은근히 기대하고 있던 아쑨은 기쁨을 감추지 못했다. 홍삼은 아쑨에게도 만병통치약이었다.

"매년 베이징에 다녀올 때마다 이리 귀한 것을 주시니 정말 고맙습니다. 내가 이 홍삼 때문에 기운을 쓰고 일을 할 수 있어요."

"매년 가져다 드릴 테니 좋은 차를 주시면 됩니다."

"아무렴요."

홍삼으로 최상품 차를 잡아 두는 것이다.

정시윤은 우이 산을 내려와 푸저우로 향했다. 아쑨이 보낸 일꾼들은 푸저우에 정확하게 도착했다. 푸저우 항구에는 차 상자들이 산더미같이 쌓여 있었다. 작년보다 더 많았다. 정시윤은 앞으로의 일을 생각하지 않을 수 없었다. 푸저우는 영국이 종전하면서 얻어 낸 다섯 항구 중의 하나다. 푸저우는 우이 산에서 가까운 데 반해, 상하이는 우이 산에서 멀고 배로 차를 옮겨야 하니 운송비가 푸저우보다 훨씬 많이 든다. 그래서 상하이의 차 값은 푸저우보다 비쌀 수밖에 없다. 푸저우가 본격적으로 개방되면 상하이 차상들은 타격을 입을 수밖에 없을 것이다. 서양 상인들이 푸저우의 차상들과 직거래를 틀 것이 분명하다. 서양 배들이 차를 직접 매입하기 위해 푸저우 항으로 몰려드는 것은 시간문제일 것이다. 정시윤의 머릿속은 복잡해졌다. 차 상자들을 배에 싣고 상하이로 향했다.

멀리 상하이의 모습이 조금씩 눈에 들어오기 시작했다. 상하이는 빠르게 변하고 있다. 하룻밤 자고 나면 길이 넓어지고, 또 하룻밤 자고 나면 길이 길어졌다. 상하이는 개펄이 넓게 펼쳐진 작은 어촌이었다. 그러나 이 작은 어촌이 남방에서 시작되는 운하의 기점인 전장과 가까이 자리하고 있어 양쯔 강을 통해 내륙으로 물건을 실어 나르는 수로의 연결 지점 역할을 하고 있다.

상하이가 작은 어촌의 틀을 벗고 서구적 도시로 변모하게 된 것은 아편전쟁(중영 전쟁)에서 영국이 승리하고 다섯 항구의 개항을 얻어 내면서부터였다. 아편 전쟁 이전부터 영국은 상하이의 지리적 중요성을 인식하고 있었다. 상하이는 얼핏 보면 해안과 멀리 떨어져 있어 무역에 불리해 보인다. 그러나 상하이에는 동서를 가로지르는 황푸 강이 흐르고 있고, 황푸 강은 양쯔 강과 연결되어 황해로 흐른다. 또한 황푸 강의 지류로 쑤저우허(蘇州河)가 내륙과 깊숙이 연결되어 있다. 영국 상인들은 바다가 큰 강과 연결되어 있어 내륙 깊숙이 들어갈 수 있는 이점을 중요하게 보았던 것이다. 그래서 종전의 대가로 얻어 낸 다섯 항구의 개항과 함께 제일 먼저 상하이를 그들의 거점으로 삼기 위해 조계(租界, 개항 도시의 외국인 거주지)를 요구했던 것이다.

영국이 처음 조계지로 원했던 곳은 상하이 현성(縣城) 안의 땅이었다. 그러나 조정에서는 이를 거절했다. 왜냐하면 현성 안에는 중국인이 살고 있는데 양인들이 들어오면 마찰이 생길 게 뻔했기 때문이다. 백성들도 양인들과 섞여 사는 것을 꺼렸다. 그러자 영국은 현성 밖의 와이탄(外灘)이라는 넓은 벌판을 요구했다. 와이탄은 중국인들이 농사를 짓기도 하지만 풍수설에 묏자리로 좋다 하여 무덤들이 넓게 차지하고 있는 공터였다. 이 와이탄은 동쪽으로 길게 황푸 강이 흐르는 강변이 펼쳐져 있고, 황푸 강의 지류인 쑤저우허가 남북을 가로지르며 흐르고 있다. 영국인들은 상품을 바다에서 양쯔 강으로, 양쯔 강에서 황푸 강으로, 황푸 강에서 쑤저우허를 거쳐 내륙으로 운반할 수 있는 이점을 놓치지 않고 보았던 것이다. 청국은 그런 영국의 속셈을 읽지 못하고 쓸모없는 땅이라고 여겨 영국에 내주었다.

영국의 손으로 들어간 와이탄은 급격하게 변하기 시작했다. 가장 먼저 눈에 띈 변화는 길이 생겨난 것이다. 둘레가 모두 물로 둘러싸인 상하이 현성에 살고 있는 중국인들에게 수로는 중요한 교통로였다. 현성 안의 길은 좁고 구불구불한 데다 비만 오면 진흙으로 질척거렸다. 영국은 와이탄을 차지하자 곧바로 길을 닦기 시작했다. 황푸 강을 따라 넓은 강변로를 닦고 나무를 심었으며, 와이탄 안에는 직선으로 곧게 뻗은 넓은 길을 건설했다.

정시윤은 날로 변하는 와이탄의 모습을 유심히 살폈다. 자딘매디슨 사 (1832년 광저우에 설립한 영국의 무역회사)의 상하이 대리인 댈러스는 상하이가 어떤 모습으로 변할지를 말해 주는 설계도를 보여 주었다. 그때 정시윤은 길을 보고 크게 놀랐다. 영국인들은 와이탄을 바둑판 모양으로 나누어 대로를 구획한 설계도를 완성했다, 대로가 직선으로 쭉쭉 뻗어 있고, 대로에서 골목 안으로 들어갈 수 있는 작은 길들이 일정한 간격으로 대로를 가로지르고 있었다. 이전의 중국이나 조선에서는 볼 수 없는 큰 길이었다. 더욱 놀라운 것은 영국인들은 도로를 넓히고 포장을 해서 비가 와도 질척이거나 물이 고이지 않게 한다고 했다. 상상도 못 할 일이었다.

"길을 넓게 닦는 이유가 있소?"

정시윤이 묻자 댈러스는 당연한 일이란 듯 대답했다.

"교통수단이 점차 발달하고 있기 때문이오. 길이란 사람만이 아니라 교통수단도 자유롭게 다닐 수 있어야 하오."

"교통수단은 구체적으로 어떤 걸 말합니까?"

"우선 마차가 다닐 수 있어야 하오. 현성 안의 길은 좁고 구불구불해서 마차가 다닐 수 없어 불편하기 짝이 없소. 지금 서양에서는 마차뿐 아니라 여러 가지 교통수단이 속속 발명되고 있소. 그런 것을 이곳에 들여오려면 우선 길을 넓게 닦아야 하오."

그들은 중국에서 살아가는 데 불편한 점이 많기 때문에 살기 편하도록 환경을 만들어 가며 살겠다는 것이다. 중국인이나 조선인은 그동안 불편함을 모르고 살아왔고, 설령 불편하다 해도 참고 사는 것밖에 몰랐다. 서양 사람들처럼 뜯어고치고 새로 만드는 것, 그것이 변화라는 것이다. 중국이나 조선이라 해서 변화가 없는 것은 아니지만 그 변화라는 것이 눈에 잘 띄지 않는다. 오랜 세월이 지나고 나서야 약간의 변화를 느낄 수 있는 정도이다. 그러나 그것도 세월이 지남에 따라 이루어진 것이지, 사람들이 변화를 이끈 것은 아니다. 하지만 서양 사람들은 스스로 변화를 만들어 가고 있다.

"길이 넓어지면 상품 유통이 활발해질 것이오. 서양에서 들어올 생필품들을 빠르고 편리하게 유통시키려면 우선 길을 닦아야 하오. 그것이 장사의 제일 법칙인데 중국인들은 모르고 있어 답답하오. 장사는 잘하는데 더 잘하는 방법을 모르는 것이 아쉽소."

"더 잘하는 방법이 길을 만드는 것입니까?"

"그렇소. 중국은 땅이 넓고 인구도 많기 때문에 앞으로 길의 중요성에 눈을 뜨면 대단한 장사꾼이 나올 것이오. 바다와 강으로 실어 온 상품을 사람이 아니라 마차가 운반할 수 있는 넓은 길을 건설하는 것이 시급한 일이오."

넓은 길을 닦으면 그들이 바다와 강을 통해 실어 나르는 아편을 내륙에서 쉽게 팔 수 있을 것이라는 댈러스의 의도를 읽으며 정시윤은 길의 편리함과 그것이 가져올 피해를 동시에 생각하지 않을 수 없었다. 아무튼 길을 내는 것이 장사에 필수라는 점을 그는 깊이 인식했다.

배가 황푸 강으로 들어서자 정시윤은 안도감과 함께 가슴이 뿌듯했다. 상회가 황푸 강가에 자리하고 있어 와이탄의 변화를 매일같이 실감하며 살 수 있어 좋았다. 변화를 통해 많은 것을 배우고 경험하고 생각할 수 있었다.

천귀룽은 전쟁이 일어나기 전부터 황푸 강가에 많은 토지를 소유하고 있었지만 영국에 팔지는 않았다. 영국 조계 내에서 중국인은 토지나 건물을 매매할 수 없었다. 또한 조계 내에서는 원래부터 살고 있던 소수의 농부 외에는 중국인이 거주할 수 없고, 장사도 할 수 없었다. 하지만 방법이 전혀 없는 것은 아니었다.

영국이 조계를 형성할 것이라는 정보를 입수한 천귀룽은 광저우에서 우빙젠을 만나 의논을 하였다. 우빙젠은 자신과 거래하고 있던 자딘매디슨 사를 천귀룽에게 소개했다. 자딘매디슨 사는 중국에서 타의 추종을 불허하는 영국 최대의 무역회사였다. 우빙젠은 오랜 세월 신용으로 자딘매디슨 사와 거래해 왔기 때문에 신임이 두터웠다. 우빙젠은 결코 광저우를 떠나지 않을 것이기 때문에 자딘매디슨 사로서도 상하이에서 믿고 거래할 수 있는 중국 상인을 구해야 했다. 우빙젠의 추천은 신용 그 자체였다. 그렇게 해서 천귀룽은 자딘매디슨 사와 동업하기로 하고 명의를 빌렸다. 자딘매디슨 사의 명의를 빌려 토지와 상회를 등록할 수 있었고, 자딘매디슨 사는 천귀룽의 토지와 상점을 보호해 주는 조건으로 자신들의 상점을 마련하는 상거래를 튼 것이다. 즉, 천귀룽의 서문행은 자딘매디슨 사의 명의를 빌리고 자딘매디슨 사는 서문행의 땅과 상점을 빌려 서로가 동업을 하며 이익을 분배하는 것이다. 처음 천귀룽은 자딘매디슨 사가 중국에서 아편 무역을 크게 하고 있어 꺼렸다. 그러자 우빙젠이 충고했다.

"길에 똥이 널려 있는데 더럽다고 길을 가는 것을 아예 포기하거나 이리저리 피해 다니다가는 목적지에 이를 수 없네. 빠르게 가려면 똥을 밟고 가는 수밖에 없어. 나중에 씻어 버리면 그만 아닌가."

천귀룽은 우빙젠의 충고를 받아들였다. 자딘매디슨 사는 아편 무역만 하는 것이 아니라 차와 비단, 자기 등 무역의 범위가 넓었다. 천귀룽은 우선 차를 주요한 거래 상품으로 정했다. 자딘매디슨 사는 중국 상인들과 가능한 한 협조적인 관계를 유지하려는 자세를 취했다. 영국은 오랜 해외 통치 경험의 결과 현지의 상인들에게 어느 정도 이익을 돌려주며 협조적으로 일하는 것이 통치를 오래 할 수 있는 길이라는 것을 알고 있었다. 그것이 포르투갈이나 미국, 프랑스 같은 다른 서양 나라보다 영국이 무역에서 우위를 차지하게 된 상술이었다. 또한 그들은 중국은 역사와 전통이 깊고 문화 수준이 높은 민족이기 때문에 섣불리 자존심을 건드렸다가는 장사하는 데 크게 손해를 볼 수 있다는 점을 알고 있었다. 천귀룽과의 거래에 있어서 자딘매디슨 사의 태도는 분명했다. 자신들이 원하는 것은 어디까지나 무역을 통한 이익일 뿐 다른 욕심은 없다는 것이었다. 그래서 거래가 쉽게 이루어졌다. 서양 상인들이 중국에서 이익을 취해 가듯이 중국 상인들은 그들과 손을 잡아 자신들의 상업 영역을 보존하고 서서히 넓혀 가며 이익을 취해 자본을 형성하기 시작했다.

강을 따라 배는 영국 조계로 향하고 있다. 정시윤은 뱃머리에 서서 무심히 강물을 바라보았다. 집에 가면 다정한 사람들, 특히 수련을 볼 수 있다는 생각에 기뻤다. 총명하고 늠름한 청년으로 자라고 있는 수련과는 아들로 인연을 맺은 뒤부터 날로 정이 깊어졌다. 그의 시선이 한곳에 멎었다. 영국 영사관과 멀지 않은 부두에 여남은 사람이 타고 있는 작은 배가 있었다. 사람들이 몰려 그 배를 구경하고 있었지만 그는 무심히 지나쳤다.

정시윤이 배를 댈 때 쑤링의 목소리가 들렸다.

"오라버니!"

쑤링이 둑에서 손을 흔들고 있는 모습이 눈에 들어왔다. 그녀는 갈수록 아름다워졌다.

천징융이 광저우에 남아 있어 차 무역은 정시윤과 쑤링이 맡았다. 쑤링을 괴롭히던 아편쟁이 남편은 아편 값을 구하기 위해 절도를 일삼다가 어느 날 들켜 몰매를 맞고 길에서 죽었다. 남편의 장례를 치른 뒤 쑤링은 우울하던 모습에서 벗어나 활기를 찾고 본격적으로 장삿길에 나섰다. 그녀는 늘 하던 일처럼 능숙하게 상회 일을 돌봤다. 영어에 능숙한 쑤링은 영국 상인들과의 거래에 거침없이 나섰다. 아직 영어에 익숙하지 않은 정시윤은 영국 상인들과의 거래를 쑤링에게 맡기고 차를 구하러 다니는 일에 집중했다. 많은 양의 차를 확보하기 위해서는 찻잎을 따는 시기에 맞추어 차 밭을 찾아다녀야 하기 때문에 상점을 비우는 날이 많았다. 그럴 때는 쑤링이 혼자서 일을 처리했다.

정시윤은 인부들에게 차를 나를 것을 지시한 후 배에서 내렸다.

"고생 많으셨지요?"

환하게 웃는 쑤링의 얼굴이 고왔다. 삼십을 넘긴 나이였지만 이십 대처럼 화사하게 피어나고 있었다.

"늘 하는 일인걸. 어떻게 알고 나왔니?"

천궈룽이 오누이처럼 지내라고 다짐을 두어 정시윤은 쑤링을 스스럼없이 대했다.

"오늘쯤 올 것 같았어요. 실은 어제도 나왔었어요."

정시윤은 스스럼없이 자신의 마음을 표현하는 쑤링을 보면서 조선 여인들과는 참 다르다고 생각했다. 그들은 상점을 향해 걸음을 옮겼다.

상점 안으로 들어가 정시윤이 의자에 앉자 쑤링은 얼른 준비했던 간식과 차를 내왔다.

"차는 얼마나 구했어요? 요즘 차상들끼리 경쟁이 지나치게 심한 것 같아요."

"상등품 궁푸차를 천 상자 구했어."

"다행이에요. 오라버니 홍삼 때문에 다른 데 주지는 않을걸요."

쑤링은 소리 내어 웃었다.

"하긴 홍삼을 내놓으면 정신을 못 차리니까."

"오라버니, 우리 법국 말 공부 같이해요."

쑤링은 느닷없이 화제를 돌렸다.

"갑자기 법국 말은 왜?"

"갑자기가 아니에요. 아버님 말씀 같이 들었잖아요. 앞으로 이곳에 법국이 영국 조계에 이어 자리를 잡으려 한다고요. 그리고 상하이는 예전부터 법국 신부들이 들어와 자리를 잡고 있어 법국 조계가 서면 많은 사람이 밀려들 거예요. 마침 좋은 선생님을 구했어요. 예수회 신부들이 상하이에 자리를 잡았는데, 그중에 좋은 선생님이 있어요. 우리 아이들 선생님인데 따라가 보았더니 아주 잘 가르쳐. 그래서 오라버니와 함께 배울 수 있느냐고 물었더니 해 주겠다고 했어요."

자신의 의사는 물어보지도 않고 먼저 일을 만든 쑤링을 보면서 정시윤은 초선을 생각했다. 두 여자는 총명하고, 자신의 일을 철저하게 처리하는 능력은 비슷하다. 하지만 두 여자는 크게 다른 점이 있다. 초선은 매사에 주위를 돌아보고 주변 사람들을 먼저 생각하기 때문에 자신을 드러내지 않고 절제한다. 하지만 쑤링은 누구보다 먼저 자신을 생각하고, 자신이 원하는 일이면 주위를 돌아볼 새 없이 행동한다. 어찌 보면 당돌하다 싶을 때도 있다.

"오라버니, 할 수 있지요?"

그녀가 대답을 다그쳤다.

"난 어려울 것 같다. 영어도 서툰데 법국 말까지 배울 능력이 안 돼."

"영어는 어느 정도 되잖아요. 영어를 할 수 있으면 법국 말은 쉽게 배운다고 했어요."

"너와 나는 달라. 난 영어뿐 아니라 베이징어와 광둥어도 해야 하고, 푸젠의 민난화(閩南話, 푸젠 성 남부 사투리)와 하카어(客家語, 광둥 북부와 푸젠 서남부에 사는 하카족이 쓰는 말)도 알아들어야 해. 말만 생각하면 머리가 어지러워. 여기에다 법국 말까지 하라고 하면 너무 심한 것 아니냐?"

정시윤의 말을 듣더니 쑤링은 이내 수그러들었다.

"듣고 보니 그러네. 중국 말을 너무 잘해서 오라버니에게는 중국 말도 외국어라는 사실을 자꾸 잊어버리게 돼요."

쑤링은 간식으로 가져온 찹쌀떡을 집어 정시윤에게 건넸다. 입에 넣자 단맛이 입안을 가득 채웠다. 단맛이 적은 조선의 인절미와는 크게 다른 맛이다.

"나 혼자라도 배울래요. 앞으로 법국 상인들을 많이 상대해야 하는데 오라버니는 법국 말을 못 하니 내가 통역해야겠어요. 늘 옆을 떠나지 않을 테니 안심하세요."

순간 정시윤은 쑤링의 의중을 눈치 챘다. 이 문제를 어떻게 풀어야 할지 정시윤은 쉽게 답을 내릴 수 없었다. 조선 여인과도 혼인을 못 하고 살아왔는데, 이제 와 중국 여인과 인연을 맺는 것이 내키지 않는다. 그러나 곧 답을 해야 한다.

"피곤하지요? 집에 가서 얼른 저녁 먹고 쉬세요."

"그러자."

집으로 들어간 정시윤은 제일 먼저 천귀룽을 찾았다.

"잘 다녀왔느냐?"

천귀룽은 딸과 함께 들어오는 정시윤을 아들처럼 반겼다.

"네. 상등품 차도 천 상자 구했습니다."

"그만하면 충분하겠구나. 어서 가 씻고 저녁 먹자."

"네."

방으로 돌아온 정시윤은 오랜만에 목욕을 했다. 개운한 기분으로 수련의 방으로 갔다. 수련은 공부를 하고 있다가 정시윤이 들어오는 것을 보고 자리에서 벌떡 일어났다.

"잘 다녀오셨습니까?"

"별고 없었느냐?"

"네. 그런데 일이 있어 아버지를 기다렸습니다."

수련은 이제 거침없이 정시윤을 아버지라고 불렀다. 그 말 한마디로 정시윤은 모든 피로가 가시는 기분이었다.

"무슨 일이냐?"

"황푸 강으로 들어오시다 무슨 이상한 광경 못 보셨어요?"

정시윤은 기억을 더듬었다.

"그래, 사람들이 모여 작은 배에 탄 사람들을 구경하는 모습을 보긴 했다. 이상하긴 했지만, 별거 아닌 것 같아 지나쳤지."

"조선 사람들이 그 작은 배를 타고 조선에서 여기까지 왔다고 합니다."

정시윤은 의아한 생각이 들었다. 상식적으로 있을 수 없는 일이었다.

"배가 무척 작던데, 어떻게 바다를 건너왔다는 말이냐?"

"그러니 사람들이 몰리는 거지요. 게다가 그중 한 명은 영국 사람들과 거침없이 이야기를 한다고 해요."

"그래?"

떠오르는 얼굴이 있다. 설마 김대건이 왔단 말인가?

"무슨 일로 왔다고 하더냐?"

"잘은 모르지만 서양 괴수를 데리러 왔다고 합니다."

"서양 괴수라…… 내일 좀 더 자세하게 알아 오너라. 영국 말을 할 줄 아는 사람의 이름이 무언지도 알아 오고."

"네. 내일 예수회 신부님께 법국 말을 배우러 갑니다. 그분이 상세히 알고 계실 거예요."

"그래. 저녁 먹으러 가자. 할아버지께서 기다리신다."

식당에는 벌써 천귀룽과 쑤링, 천귀룽의 손자들이 다 모여 기다리고 있었다. 저녁을 먹는 동안 천귀룽과 쑤링은 정시윤이 들으라고 그가 없는 동안 상하이에서 있었던 일들을 주고받았다. 그러나 정시윤은 그들의 이야기가 귀에 제대로 들어오지 않았다. 낮에 본 작은 배가 머리에서 떠나지 않았다.

"법국 말은 배우기로 했느냐?"

천귀룽이 쑤링에게 물었다.

"내일부터 시작하기로 했어요. 그런데 오라버니는 배우지 않겠대요."

"바쁜데 시간이 나겠느냐."

"그래서 저 혼자라도 배워 오라버니 곁에서 도와주기로 했어요. 평생 동안 말이지요."

정시윤은 쑤링의 대담함이 민망스러웠다. 정시윤의 표정을 살피던 천귀룽은 화제를 돌렸다.

"그래, 푸저우는 어떻더냐?"

천귀룽이 묵묵히 밥만 먹고 있는 정시윤에게 물었다.

"많이 변했습니다. 이번에도 엄청난 양의 차가 그곳으로 몰렸습니다. 곧 서양 배가 들어올 것 같습니다."

"그러면 상하이의 차상은 큰 타격을 입을 것이다."

"그렇지요. 대처를 해야 합니다."

"생사(生絲)를 알아보았는데 그것도 경쟁이 치열하더구나. 다른 길을 찾아봐야겠다."

그러자 쑤링이 나섰다.

"그럼 호텔을 운영해요."

천귀룽은 쑤링의 말이 의외인 듯 대답하지 않았다.

"앞으로 상하이에 양인들이 몰릴 것은 분명하잖아요. 그러면 그들이 묵을 호텔이 많이 필요해질 거예요."

"하지만 조계에 중국인이 호텔을 짓는 일은 불가능하다."

"양인들과 손을 잡으면 되지요. 자딘매디슨 사와 손잡고 차 수출을 하듯이 호텔도 그렇게 하면 되지요."

"시간을 두고 생각해 보자. 시윤이 네 생각은 어떠냐?"

"좋은 생각입니다. 하지만 저는 해운업에 더 관심이 갑니다."

"그래, 너는 처음부터 배에 관심이 많았지. 이제 때가 가까이 온 것 같구나. 지난번에 징융이도 배에 관한 소식을 전해 왔다. 일간 광저우에 다녀오도록 해라."

"그리하겠습니다. 마침 내일 광저우에서 류후청이 온다고 했습니다. 광저우의 소식을 가지고 올 겁니다."

"잘되었구나."

아이들은 어른들의 이야기에 조용히 귀를 기울였다. 천귀룽은 손자들과 함께 밥을 먹는 동안 늘 장사나 정치 이야기를 했다. 손자들이 이야기를 경청하면서 장사와 세상을 배우도록 배려한 것이었다. 그래서인지 천귀룽의 손자들은 생각하는 것이 동년배 아이들과 달랐다. 세상 돌아가는 일에 관심이 많았고 생각도 제법 깊었다.

이튿날 정시윤은 아침 일찍부터 상점에 나가 장부를 정리했다. 영국을 비롯해 미국과 프랑스 같은 서양 제국들은 엄청난 양의 중국차를 수입해 가고 있다. 그래서 자딘매디슨 사에서는 질 좋은 차를 계속 원했다. 정시윤은 광저우에서 온 매판 류후청과 손을 잡으면서 차 구입 판로를 뚫게 되었다. 류후청은 광저우에서 상당히 성공한 상인의 집안사람으로, 아편 전쟁 후에 상하이로 올라와 매판 일을 보고 있었다. 그가 정시윤에게 관심을 가진 것은 차가 아니라 홍삼 때문이었다. 그는 정시윤이 팔고 있는 홍삼의 질이 뛰어나다는 것을 알고 거래를 요청했다. 당시 미국에서도 인삼을 들여오고는 있었지만 그 질이 조선의 홍삼에는 비교가 되지 않았다. 정시윤도 믿을 수 있는 매판을 구해야 했기 때문에 광저우의 천징융을 통해 류후청의 사람됨을 알아보았다. 천징융이 류후청을 적극 추천하자 정시윤은 그와 거래를 텄다. 소매로 팔 때보다 더 후하게 값을 쳐주겠다는 류후청의 제의를 받아들여 조선에서 오는 홍삼을 그에게 도매로 넘겼다. 둘은 서로의 사람됨을 알아보고 동업자를 넘어 가까운 벗이 되었다. 정시윤은 류후청을 따라다니며 차의 질을 판단하고 구입하는 방법을 터득하게 되었고, 이제는 혼자서 일을 처리할 수 있게 되었다. 류후청은 그동안 홍삼 판매 때문에 광저우를 다녀왔고, 정시윤은 유월 차를 구입하기 위해 우이 산과 푸저우에 다녀오느라 한동안 서로 만나지 못했다.

류후청은 오전에 찾아왔다.

"우이 산에 갔던 일은 잘되었는가?"

"금년에는 좀 일찍 차가 나왔네. 오월 말에 출하가 되었지. 다행히 차를 구하긴 했지만 상등차를 구하는 데 어려움이 많았네. 원래 양이 많지 않아 경쟁이 치열하고, 그러다 보니 값이 천정부지로 뛰는 것 같네. 그래도 상등품 궁푸차 천 상자를 구입했지."

"많이 구했군. 다른 차상들도 어렵기는 마찬가지겠지. 그래도 다 합치면 꽤 많은 차를 영국으로 보낼 수 있을 걸세."

자딘매디슨 사에서는 정시윤뿐만 아니라 여러 명의 중국 차상들과 거래를 하고 있었다. 그들이 구하는 차는 모두 자딘매디슨 사로 들어가 영국으로 보내진다.

"우이 산 말고도 후베이 성이나 후난 성에서도 차가 많이 생산되지. 그곳 차들이 상하이로 들어오기 시작했다네. 한번 다녀올까 생각 중이야."

"그것도 좋겠지만 다른 상품으로 눈을 돌려 보는 건 어떻겠나?"

정시윤은 긴장했다. 그가 무슨 정보를 가지고 말한다는 것을 직감했다.

"무슨 소식이 있는가?"

"차는 푸저우가 중심이 될 걸세. 앞으로는 우이 산을 비롯해 푸젠 성 인근의 차는 푸저우로 몰릴 것 같네. 당분간은 상하이로도 계속 오겠지만 거리가 있어 불편하고 운송비 때문에 값도 비싸질 텐데, 그러면 경쟁이 되지 않을 것 아닌가?"

정시윤도 엄청난 양의 차가 푸저우로 모이는 것을 보고 느꼈었다.

"상하이와 난징 인근에는 생사가 많이 나오고 있지 않은가. 앞으로 생사는 차와 맞먹는 수출 상품이 될 걸세. 상하이가 생사 수출의 중심이 되지 않겠는가?"

상하이와 난징 일대에서 생산되는 생사는 질이 좋기로 소문이 나 서양 상인들이 눈독을 들이는 중요한 상품이었다. 그러나 물품은 적고 구입하려는 장사꾼들은 몰리기 때문에 경쟁이 치열했다.

"장사란 상황에 따라 변하는 것이 아닌가. 한 가지에 집중하는 것도 중요하지만 여러 가지를 경험한 뒤에 선택하는 것도 중요하지."

"생각해 보겠네. 그런데 광저우는 어떤가?"

"상인들이 분주하게 움직이고 있지. 광저우의 상인들은 물건을 사고파는 일 이상의 일 때문에 분주하다네."

"그게 무엇인가?"

"해운업에 관심을 쏟고 있다네. 중국의 약점은 바다에 약하다는 것이 아닌가. 이제는 그 약점을 극복해야 할 때라는 것을 모두 인식하고 있지. 큰 배를 서양에서 사 오고, 기술자들을 데려다 배를 만들고 있네. 그렇게 하지 않고는 무역뿐만 아니라 국내 시장까지도 양인들에게 내주고 말 형편이니까."

아편 전쟁에서 패배한 중요한 원인이 바다에 약한 것이었음을 인식한 광저우의 상인들은 무엇보다 배를 확보하는 것이 시급하다고 생각했다. 이화행과 동부행은 거금을 들여 서양 배를 샀다. 특히 동부행의 판스청은 사재를 털어 서양식 함선을 직접 제조하고, 함선에 관한 책을 썼다. 이제 광저우 상인들의 관심은 바다로 나가는 것이었다.

"영국과 미국의 큰 상사들의 움직임이 심상치 않아. 이젠 무역만이 아니라 중국 내 시장을 노리고 있네. 곡물이 많이 나는 지방에서 곡물을 구입해 다른 곳에 팔고, 소금이 나는 곳에서 소금을 구입해 다른 지방에 팔지. 말하자면 중국 안에서 시장을 오가며 장사를 하는 것이지. 그건 우리 몫인데 그것까지 노리고 있네. 문제는 그들이 크고 빠른 배를 가지고 있다는 것이야. 운송이 쉽고 빠르기 때문에 중국 상인들보다 빠르고 저렴하게 물건을 대니까 우리가 당할 도리가 없지."

"손 놓고 있을 순 없지 않은가?"

"우리도 어서 크고 빠른 배를 가져야 하네."

정시윤의 가슴이 뛰었다. 크고 빠른 배, 조선에서는 그것을 갖는 것이 불가능하기에 중국으로 왔다. 그리고 이제 그 가능성이 눈앞에 다가오고 있다.

"자네도 관심은 배가 아니었는가?"

정시윤은 고개를 끄덕였다.

"해운업, 우리의 관심은 그것이네. 지금 광저우 상인들 사이에는 두 가지 의논이 있네. 하나는 서양이 중국에 오고 있는데 우리라고 서양에 가지 말라는 법이 있는가. 전에는 조정에서 금했지만 이젠 그런 법은 무용지물일세. 그래서 우리의 상품을 가지고 직접 서양에 가서 팔자는 것이야. 그러니까 우리가 합자(合資)를 해서 영국의 런던이나 미국의 뉴욕에 지점을 내고 양인들과 직거래를 트자는 것이지. 또 하나는 그럴 여력을 국내 시장을 지키는 데 쓰자는 것이네. 자금을 모아 배를 마련하고 운송업을 발전시키자는 것이지. 말하자면 국내에서 양인들과 대결하는 데 힘을 쏟자는 것이네."

"금시초문이군. 상하이는 이제 겨우 이백여 명의 양인들이 살고, 아직 길이나 건물도 건설 중이니 이른 이야기가 아닐까?"

"상하이도 곧 변할 것이네. 영국이 온 힘을 기울이고 있지 않은가. 그리고 법국도 곧 들어올 것 같고, 미국도 준비 중이라네. 상하이는 양인들로 급격히 팽창할 것이네. 서양 상인들이 자리를 잡으면 자연히 중국 상인들도 몰려들 것이고, 그러면 머지않아 이곳에서도 해운업에 관한 논의가 시작될 것이네. 그러니 자네도 이곳 상인들과 관계를 잘 쌓아 놓고, 자본을 두둑하게 마련해 두게나. 우리라고 런던이나 뉴욕에 가지 말란 법은 없으니까."

광저우에 남아 있는 거상들은 중국의 미래를 놓고 이런저런 의논을 하며 상하이를 살펴보고 있었다.

"그런데 영국이 보고만 있을까?"

"영국이 중국에서 원하는 것은 어디까지나 장사야. 이익이 되는 일에는 태도가 분명하지. 그것이 오히려 우리에게는 잘된 일인지도 모르네. 자네도 알다시피 그들은 중국인 매판이나 상인들이 없으면 장사를 할 수 없다는 것을 잘 알고 있지. 그래서 때로는 우리 눈치를 보며 이익을 주려고 배려하고 있네. 우리는 그 점을 잘 이용해야 하네. 요 몇 년 사이에 매판들이 막대한 수입을 올리고, 사상(私商)으로 급성장하고 있지 않은가. 자딘매디슨 사는 그들에게 자금도 돌려주고 있지. 앞으로는 우리 자본을 그들 상사에 투자할 수도 있을 것이네. 그러면 우리도 막대한 이익을 챙길 수 있지."

이것이 아편 전쟁 이후 중국 남방의 변화이다. 베이징은 아직 멀었다. 홍삼을 가지러 지난겨울에 베이징을 다녀왔지만 그곳은 큰 변화의 조짐이 보이지 않았다. 하지만 이곳은 다르다. 그러면서 정시윤은 조선을 생각했다. 가슴이 답답해졌다.

"참, 쑤링은 보이지 않는군."

류후청은 상점 안을 돌아보며 화제를 돌렸다.

"법국 말을 배운다고 나갔네."

"법국 말까지? 용모도 아름답지만 능력이 뛰어난 여자야."

류후청은 정시윤의 눈치를 살폈다. 정시윤은 그의 시선을 모르는 체하며 찻잔을 기울였다.

"광저우에서 천징융을 만났네. 해운업에 관심이 많아 이야기를 나누었는데 쑤링 걱정을 많이 하더군. 왜 아니겠는가? 하나밖에 없는 누이인데 새파란 나이에 홀로 되었으니 오라비로서 당연히 걱정이 많겠지."

"쑤링은 잘 지내고 있네. 장사 수완이 보통이 아닐세. 그리 걱정하지 않아도 될 텐데⋯⋯."

"장사 수완만 좋으면 뭘 하는가? 혼자 몸인데. 흠이 있으니 마음에 두고 있는 사람이 있어도 속으로만 앓고 있겠지."

정시윤은 난처했지만 태연한 척하려 했다. 정시윤의 눈치를 살피다가 류후청은 결심이 선 듯 말을 꺼냈다.

"쑤링이 자네를 마음에 두고 있는 걸 모르는가?"

"그런 건 자네 관심사가 아니지 않는가?"

"천징융이 자네 말을 하더군. 쑤링은 자네를 마음에 두고 있는데, 자네 마음을 알 수 없다고. 혼인했던 것이 큰 흠이긴 하지?"

천징융이 그런 말을 했다면 모르는 체 넘어갈 수 없는 일이다. 쑤링이 자신에게 마음을 두고 있는 것은 이미 알고 있다. 그러나 혼인을, 그것도 중국 여인과 혼인을 하겠다는 결심이 서지 않아 모르는 체하고 있었다.

"난 조선 사람이네. 날 가족으로 쉽게 받아들일 수 없을 것이네."

"그건 자네 생각이야. 우리는 중국에 살면 중국 사람이라고 생각하네. 중국은 넓어. 하나의 민족으로 이루어진 나라가 아니라 수많은 민족이 어우러져 나라를 형성하고 있기 때문에 다른 민족에 대해 관대하지. 자네가 중국 여인과 혼인해 중국에 살면 중국 사람인 게야. 자네를 가족으로 받아들이지 못할 이유가 없단 말일세."

"생각해 볼 테니 그 얘기는 그만하세."

"알겠네."

류후청이 나간 뒤 정시윤은 머릿속이 복잡해 일이 손에 잡히지 않았다. 쑤링의 문제가 바싹 몸을 조여 오고 있다. 태도를 분명히 해야 할 텐데, 쉽게 결정을 내릴 수가 없다. 쑤링이 싫지도 않지만 그렇다고 마음에 확 와 닿는 것도 아니다. 인연이 나타나면 서슴지 말고 잡으라던 혜산선사의 말이 문득 떠올랐다. 쑤링이 인연이란 말인가.

갑자기 문이 벌컥 열리며 수련이 들어왔다. 뛰어왔는지 숨을 헐떡였다.

"아버지, 알아보았어요."

수련은 숨을 가쁘게 쉬면서 말했다.

"그래, 누구라더냐?"

"천주교 신자들이라고 합니다. 조선으로 들어갈 법국 주교님과 신부님들을 모시러 왔다고 합니다."

"영국 말을 할 줄 아는 사람의 이름은 알아보았느냐?"

"김대건이랍니다. 신부가 될 준비를 하는 사람이라고 해요."

역시 그랬다. 그가 온 것이다. 난징에서 본 김대건의 모습이 생생하게 떠올랐다. 당장 가서 그를 만나고 싶었다.

"쑤링은 같이 공부하지 않았느냐? 왜 아직 오지 않는지 모르겠구나."

"곧 오실 겁니다. 제가 먼저 뛰어왔거든요."

한참을 기다린 뒤에야 쑤링이 들어왔다. 그녀가 들어오자마자 정시윤은 급하게 말했다.

"쑤링, 나 좀 나갔다 올 테니 여기 좀 있어."

쑤링은 아무 말 않고 고개만 끄덕였다. 정시윤은 수련을 데리고 거리로 나와 걸음을 재촉했다. 정시윤은 수련을 데리고 배 가까이 다가갔다. 그러자 한 사내가 팔을 잡고 말렸다.

"가까이 가면 안 돼요. 저놈들 괴수가 아주 흉폭하다오. 작대기를 마구 휘둘러요."

정시윤은 들은 체하지 않고 앞으로 나갔다. 배 가까이 가자 군졸이 막아섰다. 정시윤은 배를 향해 큰 소리로 이름을 불렀다.

"여보시오, 김대건."

배에 있던 사람들은 조선말이 들리자 귀를 의심하는 듯 서로 쳐다보았다. 김대건이 앞으로 나왔다. 정시윤이 다시 큰 소리로 말했다.

"나요, 정시윤."

김대건이 반색을 하며 배에서 내렸다. 그는 군졸에게 허락을 받고, 정시윤과 수련을 데리고 배로 갔다.

"정말 반갑습니다."

김대건은 만면에 웃음을 띠며 반가움을 있는 대로 드러냈다. 타국에서 동포를 만난 기쁨과 흥분을 감추지 않았다.

"어디를 좀 다녀오느라 어제야 소식을 들었소. 동에 번쩍, 서에 번쩍 대단하오. 무사하니 다행이오."

정시윤은 배를 살펴보았다.

"이 배로 바다를 건너왔다는 말이오?"

정시윤은 도저히 믿어지지 않았다. 배라고는 하지만 바다에 뜨면 나뭇잎에 불과한 크기가 아닌가. 그런데 그 나뭇잎을 타고 바다를 건너왔다니 불가능한 일을 해낸 것이다.

"네. 오다가 폭풍을 만나 닻도 노도 다 날아가 버리고 이리저리 휘둘리다가 중국 배를 만나 구조되었습니다. 죽는 줄 알았지요."

김대건은 바다를 다녀 본 경험도 없는 신자들을 이끌고 한 달 동안 작은 배로 바다를 건너온 이야기를 들려주었다. 풍랑에 죽을 고비를 가까스로 넘기고, 중국 배를 만나 많은 돈을 주기로 약속하고 이곳까지 온 일과 그 돈을 갚느라 고생한 이야기를 털어놓았다.

상하이에 도착한 김대건은 염치불구하고 고틀랑(Claude Gotteland) 신부에게 서찰을 보냈다. 고틀랑 신부는 1773년에 해산되었다가 1814년 부활한 예수회의 회원으로, 중국예수회의 장상(長上)으로 파견되어 상하이에 거주하고 있었다. 그는 파리 외방전교회 신부들과 같은 프랑스인으로 그들과도 각별하게 지내는 사이였다. 그는 전에 김대건이 마카오에서 공부하고 있을 때 방문한 일이 있었고, 그때 김대건에게 각별하게 호의를 베풀며 언제라도 도움이 필요하면 연락하라는 말을 했었다. 고틀랑 신부는 김대건의 서찰을 받고는 단숨에 달려왔다. 김대건 부제가 어떻게 바다를 건너왔는지 이야기를 듣고 고틀랑 신부는 놀라움을 금치 못했다. 그리고 거액을 마련해 중국 배의 선장에게 주어 돌려보냈다.

"허, 그것참."

정시윤은 말이 나오지 않았다. 바다로 나가려면 큰 배가 있어야 한다는 생각에 늘 큰 배를 가질 꿈만 꾸고 있는 자신 앞에서 한낱 일엽편주로 바다를 건너왔다고 김대건은 말하고 있다. 문제는 배가 아니라 의지였단 말인가. 기가 죽을 노릇이다.

"목숨이 몇이나 되오? 이렇게 여러 사람을 데리고 어찌 그런 무모한 행동을 했단 말이오?"

죽은 기를 펼 요량으로 정시윤은 언성을 높였다.

"해야 할 일은 꼭 해야지요. 언제나 그렇게 살아왔습니다."

김대건은 담담했다. 조선에 영웅이 나왔군. 정시윤은 나오려는 탄복을 속으로 삼켰다.

"앞으로 어찌 할 생각이오?"

"주교님과 신부님을 모시러 왔습니다. 지금 아오먼에 계신데 조선에 들어갈 준비를 하느라 늦어지고 있지요. 이곳에 도착하시는 대로 조선으로 들어갈 것입니다."

"이 배로 말이오?"

"고쳐야지요. 그리고 좀 더 안전한 방법을 생각 중입니다."

"배를 사지 않고 다른 방법이 있소?"

"배를 살 돈이 없습니다. 그래서 이 배를 고쳐 조선 쪽 바다로 고기를 잡으러 가는 큰 배에 줄을 달아 갈 생각입니다. 조선 가까이에 가면 거기서는 따로 가야지요."

너무나 무모한 모험을 아무렇지도 않게 이야기하고 있는 이 젊은이는 도대체 어떤 사람인가?

"그런데 왜 아직까지 배에 머물고 있소?"

"예수회 신부님께서 숙소를 마련해 주셔서 가려고 했더니 영국 영사가 못 가게 합니다. 이곳에 발을 묶어 두고 있어요. 나가면 오히려 위험하다면서 주교님 오실 때까지 이곳에서 꼼짝 말라는 것이지요."

"끼니는 어떻게 하시오?"

"잘 먹고 있습니다. 영사가 마음을 써 주고 있어요."

"그나마 다행이구려. 그런데 조선에는 언제 들어간 것이오? 어떻게 무사히 들어갈 수 있었는지 궁금하구려. 당신들이 천주학을 공부하기 위해 아오먼으로 떠난 것을 조정에서 알고는 들어오면 잡으려 한다는 말을 들었는데."

"몰래 들어갔습니다. 의주 부근의 산을 넘어 들어갔지요. 눈 속에서 죽는 줄 알았습니다."

늘 죽을 뻔하다 죽지 않고 살아나는 그는 죽음을 달고 다니는 사람인가 보다.

"내가 뭐 도울 일 없겠소?"

"있습니다. 하지만 지금은 아니고 나중에요."

"필요하면 언제라도 들르시오. 강변을 따라 쭉 내려오다 보면 오른쪽에 삼 층 건물이 있는데 일 층에 서문행이라는 상회가 있소. 거기 오면 날 만날 수 있소."

"알겠습니다. 그렇지 않아도 친구분이 상하이에 가면 찾아보라고 했습니다."

"김재연을 만났소?"

"네. 그 댁을 찾아간 적이 있습니다."

가만히 지켜보고만 있던 수련의 표정이 달라졌다.

"저희 집에 다녀오셨어요? 어머니도 만나셨나요?"

김대건은 의아한 눈으로 수련을 쳐다보았다.

정시윤이 나섰다.

"김재연의 둘째요."

그제야 수련은 김대건을 향해 인사를 했다.

"이곳에서 서양 말과 학문을 배우고 있습니다."

"놀랍군."

"김재연이 이곳에 데리고 왔소. 내 아들이기도 하지요."

김대건은 상황을 이해하고 미소로 수련을 향했다.

"장하군. 나도 열여섯에 고향을 떠나 아오먼에서 공부를 했네."

"그러셨군요. 저도 열다섯에 집을 떠나 이곳에 왔습니다. 서양 말도 잘 하신다고 들었습니다."

"라틴어는 자신 있고, 법국 말도 조금 하지."

"저는 영국 말과 법국 말을 공부하면서 과학과 수학, 서양의 정치제도에 대해 공부하고 있습니다."

"참으로 훌륭한 아버님을 두었군."

"그런데 제 어머님을 만나셨어요?"

"만났지. 어머님도 형수도 만났는데 모두 편안하시네."

수련의 표정이 어두워졌다. 정시윤은 김대건에게 손을 내밀었다.

"이제 가 봐야겠소. 언제라도 찾아오시오."

"그렇게 하겠습니다."

김대건과 헤어진 정시윤과 수련은 다시 강변을 따라 걸었다. 수련은 말이 없었다. 정시윤은 그런 수련이 애처로웠다. 수련은 제 아버지를 지난 겨울에 베이징에서 잠깐 만났었다. 내년에는 형도 베이징에 올 수 있을지 모른다. 그러나 어머니는 고향을 떠난 뒤로 한 번도 만나지 못했다.

"어머니 보고 싶으면 다녀오너라."

수련은 잠시 머뭇거리다가 대답했다.

"아닙니다. 한번 가면 다시 올 수 없을 것입니다. 저분을 보세요. 저도 그렇게 해야지요."

역시 수련은 제 아버지를 닮아 다부졌다.

2

무더운 날들이 계속되었다. 뜨거운 태양에 바다와 강의 습기까지 합쳐 찌는 듯 무더웠다. 그래도 상하이의 칠월은 광저우보다는 참을 만했다.

가끔 해풍이 불어와 더위를 식혀 주었다.

정시윤은 연신 부채질을 하며 도면을 들여다보았다. 가슴이 뿌듯했다. 얼마나 그리던 꿈인가. 조국을 떠나면서까지 이루려고 한 꿈이 이제 손에 잡히려고 한다. 정시윤은 천징융으로부터 다녀가라는 전갈을 받고 그동안 광저우를 다녀왔다. 광저우 상인들의 관심은 배에 집중되어 있었다. 무역에서 배는 장사의 성공 여부를 판가름하는 중요한 조건이다. 무역과 내수 시장을 지키기 위해 거상들은 배를 준비하고 있었다. 천징융도 배를 살 것인지, 직접 만들 것인지를 놓고 고심하고 있었다. 정시윤은 새로 만드는 것이 좋겠다는 천궈룽의 의견을 가지고 천징융에게 갔다. 천징융은 이미 배를 만들 준비를 하고 있었지만 워낙 거금이 들기 때문에 망설인 것이었다.

"자네 나와 함께 배를 만들어 보지 않겠나? 물론 자네 배를 가지고 싶겠지만 엄청난 비용이 드는 일이니 일단 내게 투자해 경험을 쌓은 후에 자네 배를 장만하는 것이 어떻겠나?"

정시윤은 주저 없이 응낙했다. 그동안 홍삼 장사로 많은 돈을 벌었다. 하지만 조선의 부자는 광저우에서는 부자 축에 끼지도 못한다. 정시윤은 배를 장만하기에 자신은 아직 멀었다는 것을 잘 알고 있었다.

"형님과 함께하겠습니다."

구체적인 이야기를 나눈 뒤 배 도면을 얻어 상하이로 온 것이다.

날이 더워 문을 열어 놓았다. 누군가 문 앞에 있는 느낌이 들어 정시윤은 눈을 들었다. 뜻밖에도 그동안 소식이 없던 김대건이 서 있었다.

"어서 들어오시오. 그동안 어찌 지냈소? 아직도 배에서 지내고 있소?"

정시윤은 시원한 차를 권하며 물었다.

"아닙니다. 지금은 예수회에서 머물고 있습니다."

"잘되었구려. 그러면 곧 조선으로 떠날 예정이오?"

"아직은 아닙니다. 팔월 말이 되어야 갈 것 같습니다."

"늦어지는구려."

"팔월 십칠일에 신품성사를 받게 되었습니다."

"신품성사?"

"모르시겠군요. 신부로 축성 받는 예식이 있습니다."

"그러면 신부님이 된단 말이오?"

김대건은 고개를 끄덕였다.

"축하하오. 거의 십 년을 기다리지 않았소?"

"열여섯에 고향을 떠나 올해 스물다섯입니다."

"조선에서 처음으로 신부가 탄생하다니…… 역사에 기릴 날이군요."

"조정에서 알게 되면 더욱 심하게 저를 찾을 겁니다."

"천주교를 막는 사람들도 어지간히 질기고, 들어가려는 사람들도 어지간히 질기니 참으로 볼 만한 싸움이오. 그런데 이렇게 신부까지 되는 걸 보니 당신네가 승리할 것 같소."

"당연히 우리가 승리하게 되어 있어요. 우리는 어디를 가든 진리를 가지고 가니까요."

"진리는 언제 어디서나 누구나 용납할 수 있는 사실을 말하지요. 신부님이 진리라고 말하는 것을 다른 이는 한낱 주장에 불과하다고 말할 수 있는 것입니다."

"사람들의 생김새는 다릅니다. 동양 사람과 서양 사람이 다릅니다. 그래서 서양 사람이 동양 사람보다 코가 더 높다고 잘생겼다고 말하면 그 말은 진리가 아니지요. 머리카락 색깔이 까맣든 노랗든, 코가 높든 납작하든, 눈이 검든 파랗든 사람의 기본적인 신체 구조는 같다고 말하는 것은 진리지요. 사람은 생명이 있고, 생명은 소중하다고 하는 것도 진리입니다. 천주께서 그렇게 창조하셨어요. 그래서 모든 사람은 평등하다는 것이 진리입니다. 오직 사람이기 때문에 소중한 것이지요. 모든 인류가 그렇습니다. 그것이 진리입니다."

정시윤은 김대건의 얼굴을 물끄러미 바라보았다. 이 사람의 눈이 이렇게 맑구나. 그는 따뜻한 온기가 가슴에 스며드는 것을 느꼈다.

"사람은 모두 사람이기 때문에 평등하다! 그렇군요. 그런데 난 외적 조건을 중요시했던 것 같소. 다시 생각해 봐야 할 것 같소. 하지만 사람 앞에 조선이라는 말이 붙는다면 어떻겠소? 조선 사람에게 조선이라는 말은 외적 조건에 불과한 것이라고 말할 수 있을까요?"

"사람이라는 근본적인 출발점에서 본다면 외적 조건입니다. 하지만 소중한 외적 조건이지요. 천주께서 조선 사람으로 섭리해 주셨으니 가장 소중한 조건입니다. 그래서 저는 조선을 위해 목숨을 걸었습니다."

"외적 조건이지만 가장 소중한 운명이란 말이군요. 그런데 조선의 조정에서는 조선이란 외적 조건이 아니라 절대 진리요. 조선 외에는 절대 진리가 없다고 생각하지요. 그래서 서양을 받아들일 수 없는 것이오."

"그런 생각을 버려야 합니다. 그렇지 않으면 조선이 존재할 수 없는 날이 올 것입니다. 지금 세계는 바다건 육지건 사방팔방으로 길이 트이고 있습니다. 그리고 그 길로 사람들이 제집 드나들 듯 다른 나라들을 돌아다니려고 합니다. 조선은 상상도 못 할 일이 일어나고 있지요. 그런데 조선만이 진리라고 하면서 다른 나라와 섞이기를 거부한다면 길을 막는 것이지요. 다른 나라들은 조선이 길을 막고 있기 때문에 길을 트려고 할 것입니다. 그 방법은 침략이지요. 조선이 그런 운명을 당하지 않도록 스스로 길을 트는 것이 시급한 일이지요. 저는 그것을 알려 주고 싶습니다."

비록 죽음으로 그것을 알려 주려고 해도 조선은 받아들이지 않을 것이다. 그것이 조선의 현실이다. 그걸 알면서도 목숨을 걸겠다면 무모한 짓일까? 정시윤은 한숨을 속으로 삼켰다.

"신부가 되는 날, 보러 가도 되겠소?"

김대건은 반색을 했다.

"그렇지 않아도 청하려고 찾아왔습니다. 법국 신부님 몇 분과 중국 사람만 참석할 겁니다. 최양업은 지금 만주에 있어 못 옵니다."

김대건은 자신의 신품성사가 거행될 금가항(金家港) 성당의 위치를 설명해 주었다.

"알겠소. 선물을 하나 하고 싶은데 뭐가 좋겠소?"

"비단을 구해 주시면 좋겠습니다."

김대건은 거침없이 말했다.

"비단이라니? 어디에 쓰려고요?"

"조선에 가지고 가서 장사를 하려고 합니다. 조선 백성들은 너무 가난합니다. 특히 우리 신자들은 죽으로도 끼니를 때우기가 힘듭니다. 할 일은 많은데 자금이 없어서 좀 마련해 보려고요. 양반 권세가들의 부인들이 중국 비단을 좋아한다고 하니 가져가면 비싼 값을 받고 팔 수 있을 것입니다."

"신부님이 장사를 하겠다는 말입니까?"

"제가 직접 파는 것이 아니라 도와줄 비단 장수가 있습니다. 아, 아시겠군요. 전에 동명관에 있던 김초선 말입니다."

정시윤은 놀라지 않을 수 없었다. 초선이 비단 장사를 한다는 말인가? 그것도 조선에서.

"초선이 조선으로 들어갔습니까?"

"네. 지금 한양에 있습니다."

"죽으러 갔군요."

깊은 한숨과 함께 정시윤은 말을 뱉었다.

"죽지 않습니다. 누님은 죽지 않기로 저와 약속했지요. 그래서 교우들을 만나지도 않고 신자라는 것을 숨기고 있습니다."

"다행이군."

자신도 모르는 사이 말이 나왔다. 그는 대답을 미루고 잠시 생각을 정리했다.

"배를 바꾸는 일이 더 급할 것 같소. 타고 온 것 같은 작은 배에 비단을 싣고 간들 파도가 치면 다 젖어 버릴 텐데."

"물이 스미지 않도록 잘 싸면 됩니다."

"내가 돈을 보태 줄 테니 타고 온 배를 팔고 좀 더 큰 배를 마련하는 것이 어떻겠소?"

김대건은 잠시 생각해 보다가 고개를 저었다.

"아닙니다. 바다에 나가 보니 배라는 것이 함선이나 하다못해 중국 어선 정도 되면 모를까 웬만큼 커 봤자 파도 앞에는 작은 배와 다를 것이 없더군요. 차라리 그 돈을 제게 주십시오. 조선에 가서 쓰겠습니다."

정시윤은 김대건의 고집을 꺾을 수 없다는 것을 알았다.

"알았소. 하지만 비단 생각은 접으시오. 한두 필도 아니고, 그 무게를 배가 감당하지 못합니다. 비단 값에다 팔아 남을 이윤까지 합쳐서 드릴 테니 은화로 가져가시오."

"고맙습니다."

김대건은 거침없이 대답하며 고개를 숙여 인사까지 했다. 그를 통해 가난한 조선 백성들에게 조금이라도 도움이 될 수 있다면 그 얼마나 보람된 일인가. 정시윤은 가슴이 뿌듯했다.

저녁을 먹은 후 정시윤은 정원으로 나갔다. 낮에 김대건을 만난 일이 뇌리에서 떠나지 않았다. 그의 말 한 마디, 한 마디가 되살아났다. 보통 사람들과는 다른 어려운 길을 가면서도 어려움을 모르는 듯 자신 있게 말하고, 밝게 웃는 모습이 가슴에서 지워지지 않는다. 그리고 초선이 기어이 조선으로 들어갔다는 소식도 충격이었다. 그렇다. 초선도 자신의 신념대로 살아가고 있다. 김대건과 초선은 죽음을 부르는 천주교라는 길을 가고 있는 용기와 신념의 인간이다. 김대건이 세상 물정 모르는 천진한 사람인데 반해, 초선은 풍파를 겪을 만큼 겪고 세상을 알 만큼 아는 냉정하고 침착한 사람이다. 한 사람은 처음이고, 한 사람은 끝이다. 원으로 그린다면 두 사람은 한 점에 서 있다. 두 사람이 힘을 모으는 것은 조선 천주교를 위해 참으로 다행한 일이다. 이런저런 생각을 하면서 정시윤은 이미 초선에 대한 감정이 많이 정리된 자신을 발견했다. 죽도록 괴로웠는데 이제는 초선을 담담한 시선으로 바라볼 수 있게 되었다. 세월에 따라 세상이 변하듯 사람의 마음도 변하기 마련인 모양이다.

정시윤은 연못가 의자에 앉아 하염없이 연못을 바라보고 있는 쑤링을 보고는 발걸음을 돌리려다 멈춰 섰다. 그녀의 뒷모습은 평소 지나치다 싶도록 발랄하던 모습과는 전혀 달랐다. 쓸쓸하다 못해 슬퍼 보였다. 그는 천천히 쑤링에게 다가갔다. 인기척을 느낀 쑤링이 정시윤이 옆에 와 있는 것을 보자 자리에서 일어나려 했다.

"그냥 있어라."

정시윤은 쑤링 옆에 앉았다.

"연꽃을 보고 있었니? 오므리고 있구나."

"해가 저물었으니까요. 내일 아침 해가 뜨면 다시 피겠지요."

정시윤도 꽃잎을 오므리고 있는 연꽃을 한참 동안 쳐다보았다. 평소 말수가 적지 않은 그녀가 지금은 정시윤의 침묵을 깨뜨리지 않으려고 입을 다물고 있다. 정시윤은 그녀의 심정을 가슴으로 느낄 수 있었다. 초선에게 거절당하고 가슴 아팠던 자신과 지금의 쑤링이 다르지 않다고 생각하니 정시윤은 마음이 아팠다.

"무슨 생각을 하고 있었니?"

쏘링은 잠시 사이를 두었다가 대답했다.

"오라버니는 배를 가지는 것이 꿈이니 언젠가는 배를 타고 먼 나라로 가겠지요. 그때 나도 오라버니와 함께 갈 수 있으면 얼마나 좋을까 하고 생각했어요. 이루어질 수 없는 꿈이겠지만."

쏘링은 담담했다.

"내가 답이 될 수 있겠니?"

쏘링은 무슨 뜻인지 몰라 의아한 시선을 보냈다.

"네 꿈을 내가 받아들이면 슬픔이 기쁨으로 바뀔 수 있겠냐는 말이다."

그제야 쏘링은 말뜻을 이해한 듯 고개를 숙였다.

"그런데 남녀가 함께 배를 타고 가려면 먼저 혼인을 하고 부부가 되어야 하지 않겠니? 안 그러면 사람들이 손가락질을 할 거야. 내가 청혼하면 받아 주겠니?"

쏘링은 꿈인가 싶어 눈을 동그랗게 뜨고 정시윤을 쳐다보았다.

"혼인하자."

쏘링의 눈에 눈물이 고였다. 정시윤은 처음으로 그녀의 손을 잡았다. 쏘링은 정시윤의 어깨에 머리를 기댔다.

"김재연이 겨울에 베이징에 올 때, 내려오라고 해서 혼례를 치르자."

그제야 쏘링은 꿈이 아니라 현실임을 확인했다.

"오라버니, 앞으로 잘하겠어요. 조선 여인들이 어떻게 남편을 모시는지 배워서 그대로 할게요. 김치 담그는 법도 배우고 조선 음식 만드는 법을 배우겠어요. 말도 배우고요. 그래서 오라버니가 불편함이 없도록 늘 옆에서 보살필 거예요."

"그럴 필요 없다. 넌 조선 여인이 아니야. 그리고 난 이미 중국 생활에 익숙해졌다. 지금처럼 자연스럽게 살자."

"그럼 난 오라버니를 위해 할 것이 아무것도 없네."

"바다로 가자. 나와 함께 바다로 가면 된다. 내 꿈을 쫓아오는 것으로 충분하다. 끝이 없다는 바닷길을 끝까지 함께 가 보자."

오랜 망설임에 종지부를 찍었다. 쑤링과 헤어져 방으로 돌아온 정시윤은 잠을 이룰 수 없었다. 창가에 선 채 어둠이 내려앉은 정원을 내려다보았다. 어쩌면 김대건을 만난 것이 망설임을 빨리 끝내도록 했는지도 모른다. 거침없이 꿈을 실현해 가는 그의 모습에서 자극을 받았는지 모른다. 그러나 중국 여인과 혼인하는 것이 조선과 더욱 멀어지는 일이 아닌가 하는 마음 한구석의 꺼림칙함을 떨쳐 버릴 수는 없었다. 그는 자신을 위로했다.

'몸은 멀리 있어도 내 마음은 조선 땅을 밟고 있다. 한 치도 조선 땅을 벗어나지 않았다. 중국에 온 것도, 중국 여인과 혼인하는 것도 모두 조선을 위해서다. 중국 여인과 혼인한다 해도 내 아들, 내 후계자는 수련이다. 수련이 조선의 마음과 피를 이어갈 것이다.'

그는 사념을 떨쳐 버리고 잠자리에 들었다.

3

1845년 8월 17일, 금가항 성당에는 평소와는 달리 빈자리가 눈에 띄지 않았다. 정시윤은 수련을 데리고 간신히 뒤쪽에 자리를 잡고 앉았다. 오늘은 김대건이 사제로 축성되는 날이다. 제단에는 페레올 주교와 신부들이 자리하고 있다.

페레올 주교의 집전으로 신품성사가 진행되고 있다. 마카오를 떠나 상하이로 온 페레올 주교는 김대건의 행적에 대해 소상히 들었다. 그리고 그 자리에서 김대건에게 신품성사를 주기로 결심했다. 김대건이 만 스물넷이 되었기 때문에 나이가 차지 않아 문제가 되었던 것도 말끔하게 해결되었다. 페레올 주교는 김대건이 주님의 사도, 그것도 특별한 사명을 가진 사도라고 확신했다. 그는 조선 최초의 신부가 되는 데 모자람이 없었다. 아니, 조선이 위대한 첫 사제를 맞게 된다는 자신의 생각을 조금도 의심하지 않았다. 그래서 조선으로 들어가기 전에 사제로 축성하기로 결정한 것이다. 페레올 주교는 그 누구도 따를 수 없는 용기와 열정, 능력과 기민함을 갖춘 김대건이 천주를 위해 목숨을 바칠 각오로 빛나고 있음을 본 것이다. 김대건이 타고 왔다는 작은 배를 보는 순간 그는 경악을 금치 못했다. 그런 배로 바다를 건너오려고 했던 김대건의 마음이 감동으로 다가왔다. 그는 충실하게 자신의 명을 이행하기 위해 누가 봐도 무모한 모험을 감행한 것이다. 페레올 주교는 조선에서 순교할 김대건의 앞날을 예견했다. 그의 행동은 순교를 부르고 있음을 느꼈다. 그래서 더욱 신품성사를 서둘렀다. 조선의 첫 사제로서 자랑스럽게 순교할 수 있도록 자신이 할 수 있는 모든 것을 해 주고 싶었다.

마카오에 있는 파리 외방전교회 신부들도 김대건에게 신품성사를 주는 것을 찬성했다. 상하이에 자리 잡고 있는 예수회 신부들도 김대건을 높이 평가했고, 특히 김대건과 친분이 있는 고틀랑 신부는 신품성사를 줘야 한다고 적극적으로 권고했다. 그래서 페레올 주교는 상하이로 올라오자마자 신품성사 준비에 들어갔다. 김대건에게 마음의 준비를 할 수 있도록 피정(避靜, 묵상이나 기도를 통해 자신을 살피는 일)도 시켜야 하고, 성직자가 갖추어야 할 덕목과 성사 집행에 관한 규식(規式)과 재정과 행정을 다루는 방법을 가르쳐야 했다. 또한 예식 연습도 해야 하고, 특히 사제가 된 후 김대건이 거행해야 할 미사를 익히도록 연습시켜야 했다. 시간은 짧았지만 김대건은 워낙 총명하고 기민해 가르치는 대로 바로 익혔다. 그렇게 준비를 마치고, 드디어 오늘 김대건은 사제로서 새로 태어나고 있다.

성인들의 이름을 부르며 기도하는 성인열품도문이 노래로 불리는 동안 김대건은 제대(祭臺) 아래 두 팔을 벌리고 엎드렸다. 뜨거운 눈물이 가슴을 적셨다. 열여섯 소년이 신부가 되겠다고 부모님과 고향을 떠나 타국에서 보낸 지난 세월이 눈앞을 스쳐 갔다. 고통으로 얼룩진 시간이었지만 이제는 생각하지 않기로 했다. 오직 사제로 선택해 주신 주님께 감사의 마음만을 지니기로 했다. 마음으로 간절히 기도했다.

'오랜 꿈을 이루어 주신 주님, 감사합니다. 오직 한 가지 소망이 남아 있습니다. 조선을 당신께 바칩니다. 부디 조선을 받아 주십시오.'

모든 예식이 라틴어로 거행되어 정시윤과 수련은 한 마디도 알아들을 수 없었다. 그저 사람들이 일어나면 일어나고, 앉으면 앉고 따라할 뿐이었다. 의미는 몰라도 뭔가 장엄한 분위기에 휩싸이는 것 같고, 뜨거운 감동이 가슴에서 물결쳤다. 특히 예식이 거행되는 동안 제대 아래 흰옷을 입고 두 팔을 벌린 채 엎드려 있는 김대건의 모습을 보면서, 신부가 된다는 것이 무엇을 의미하는지는 알지 못해도 숭고한 삶을 살아가는 사람임을 알 것 같았다.

모든 예식이 끝나자 김대건은 모인 사람들에게 축복을 내리기 위해 돌아섰다. 제대 위에서 예식을 거행하던 페레올 주교와 신부들, 신자들이 그의 앞에서 무릎을 꿇었다. 김대건은 두 팔을 들고 그들에게 강복을 내렸다.

김대건 신부가 배로 돌아오자 남아 있던 신자들은 기쁨을 감추지 못하고 모두 무릎을 꿇었다. 김대건 신부는 한 명, 한 명의 머리에 두 손을 얹고 강복해 주었다. 신자들은 기쁨의 눈물을 흘리며 감격했다.

"꿈같습니다, 신부님. 떠나올 때는 부제님이었는데 신부님이 되어 금의환향하시니 얼마나 기쁩니까?"

"모두 천주님의 은총이오."

김대건 신부는 말을 잇기가 어려웠다. 신품성사를 준비할 때 페레올 주교는 일단 신품을 받고 사제가 되면 신자들에게 나이 고하를 막론하고 하대를 해야 한다고 가르쳤다. 기해박해 때 순교한 앵베르 주교가 신부는 신자들의 아버지이기 때문에 신자가 나이가 많아도 하대를 해야 한다고 결정했고, 그 뒤부터 실행되고 있었다. 하지만 김대건 신부는 갑자기 나이 많은 신자에게 하대를 하기가 쉽지 않았다.

"여러분에게 한 가지 양해를 구해야겠소. 앞으로 나는 나이 많은 분에게도 하대를 할 것이오. 주교님의 명령이오."

신자들은 이구동성으로 말했다.

"당연합니다. 순교하신 신부님들도 할아버지, 할머니에게도 하대를 하셨습니다. 신부님은 저희 아버지입니다."

그동안 바빠서 신부가 되었다는 느낌조차 갖지 못했는데, 이제 이들 앞에서 달라진 신분을 실감하며 행동거지에 각별히 마음을 써야겠다고 다짐했다.

시간이 빠르게 지나갔다. 신부가 되었다는 기쁨이나 두려움조차 느낄 틈도 없이 귀국 준비를 서둘러야 했다. 조선에서 바다를 건너오는 동안 부서지고 떨어져 나간 배를 수리하는 일이 쉽지 않았다.

8월 31일, 정시윤은 약속한 때에 수련을 데리고 나타났다.

"오늘 떠나십니까?"

"밤에 떠납니다."

정시윤은 수련이 등에 지고 있던 은화를 내려 김대건 신부에게 건네주었다.

"필요한 데 쓰십시오."

김대건 신부는 두 손으로 은화를 받았다. 꽤 무거웠다.

"가난한 조선 백성을 위해 잘 쓰겠습니다."

"이만 작별해야겠습니다."

김대건 신부는 정시윤의 손을 잡았다.

"고맙습니다. 이 은혜 잊지 않겠습니다."

김대건 신부는 수련을 향해 돌아섰다.

"수련이라고 했지. 잘 있게. 많이 배우고 조선으로 꼭 돌아오게."

"네. 신부님이 자랑스럽습니다. 잊지 못할 것입니다."

"자네도 자랑스러운 조선 사람이 되게."

김대건 신부는 수련의 어깨를 토닥여 주었다. 그리고 배를 향해 천천히 걸음을 옮겼다. 정시윤과 수련은 김대건 신부가 배에 올라탈 때까지 계속 손을 흔들었다.

밤이 되자 페레올 주교가 다블뤼(Marie Nicolas Antoine Daveluy) 신부와 함께 배로 왔다. 그는 스물일곱 살의 젊은 사제로, 지난해 조선 선교를 위해 프랑스를 떠나 마카오에 도착해 페레올 주교와 함께 조선 입국을 기다리고 있었다. 신자들은 성직자들을 모시고 돌아가게 되어 희망과 용기로 가슴이 벅찼다. 페레올 주교는 여행자들의 수호천사인 라파엘이라는 이름을 배에 붙이고 축성했다.

일행은 밀물을 이용해 바다로 들어서 베시(Louis de Besi) 주교의 주교관으로 향했다. 베시 주교는 프랑스 상인들이 많이 살고 있는 곳에 자리 잡고 있는 강남교구의 교구장이었다. 선착장에 배를 대어 놓고 세 명의 사제는 배에서 내려 주교관으로 걸어갔다. 페레올 주교와 다블뤼 신부가 상하이에 도착하면서부터 베시 주교는 그들을 각별히 돌봐 주었다. 예수회의 고틀랑 신부도 와 있었다.

"그동안 도와주신 것에 대해 진심으로 감사드립니다."

페레올 주교는 베시 주교의 손을 잡고 감사를 표했다.

"당연히 해야 할 일을 했을 뿐입니다. 지금 떠나면 내일 양쯔 강 운하 어귀에 도착할 수 있을 것입니다. 요동으로 가는 제법 큰 어선이 그곳에서 기다릴 것입니다. 그 배에는 몽골로 파견 명령을 받은 라자리스트회의 패브르(Faivre) 신부가 타고 있을 것입니다. 그 배가 주교님 배를 조선 근해까지 인도해 줄 것입니다."

"이 은혜 잊지 않겠습니다."

"더 늦기 전에 어서 떠나십시오."

베시 주교는 선착장까지 따라 나왔다. 고틀랑 신부도 페레올 주교와 다블뤼 신부에게 작별을 고한 뒤 김대건 신부를 와락 껴안았다.

"잘 가시오. 김 신부를 알게 된 것이 내게는 잊지 못할 영광이오."

"무슨 당치 않은 말씀을 하십니까? 정말 고맙습니다. 신부님을 잊지 않을 것입니다."

그들은 작별 인사를 끝내고 배에 올라 급히 선착장을 빠져나왔다. 베시 주교와 고틀랑 신부의 모습이 어둠에 가려 보이지 않게 되자 배는 속도를 더 올렸다.

이튿날 운하 어귀에 이르자 베시 주교가 말한 대로 요동호라고 쓰인 배가 보였다. 김대건 신부는 손을 들어 신호를 보내고 바로 옆에 배를 댔다. 요동호에서 선장이 나왔다.

"베시 주교님이 보냈소."

"알고 있소."

선장 뒤에 있던 프랑스 신부가 앞으로 나왔다.

"반갑습니다. 나는 패브르 신부이고 몽골로 가는 길입니다."

"같이 갈 수 있어 반갑소."

페레올 주교가 인사를 건넸다. 그러자 선장이 나섰다.

"날씨가 좋지 않습니다. 바로 떠납시다."

그는 굵은 밧줄을 이쪽 배로 던졌다. 김대건 신부는 밧줄을 받아 풀어지지 않도록 배에다 단단히 묶었다. 드디어 포구를 떠나 바다를 향해 출항했다. 그러나 바다로 나가고 얼마 안 돼 비바람이 몰아쳤다. 배가 심하게 흔들렸다. 조선 배가 이리저리 흔들리는 것을 본 요동호의 선장은 더 항해하는 것을 포기하고 뱃머리를 돌렸다. 배는 양쯔 강 중간에 있는 충밍 섬의 선착장으로 들어갔다. 그곳에는 백여 척의 배들이 비바람이 잦기를 기다리고 있었다. 비바람은 좀체 잔잔해지지 않더니 일주일이 지난 뒤에야 겨우 멎었다.

선착장에서 일주일을 보낸 후에야 두 척의 배는 다시 출항해 대해로 나갈 수 있었다. 이번에는 순항을 하고 있다. 제발 이대로 순풍만 불어 주기를 모두 간절히 기도했다. 그러나 순풍은 오래가지 않았다. 점차 바람이 거세지더니 파도가 거품을 뿜어 대며 덤벼들었다. 그래도 작은 배는 기특하게도 제법 잘 버티며 큰 배를 따랐다. 그런데 이틀 뒤, 거센 바람에 키가 부러지고 돛이 찢겼다. 큰 배에 묶여 있으니 따라가고는 있지만 모두 선창의 물을 퍼내느라 정신이 없었다. 신자들은 이미 한 번 겪은 일이고, 세 성직자를 모시고 있어 크게 허둥대지는 않았다.

김대건 신부는 갑판에 선 채 나침반을 보고 있었다. 나침반은 계속 서북쪽을 가리켰다. 큰일이다. 파도에 밀려 배가 제멋대로 가는 모양이다. 서북쪽으로 계속 가면 조선이 아니라 산둥 성에 도착할지 모른다. 그는 계속 요동호의 선장을 불렀지만 비바람이 거세 소용이 없었다.

"무슨 일인가?"

페레올 주교가 물었다.

"저쪽 배가 방향을 잘못 잡고 있습니다. 중국 쪽으로 가고 있습니다."

세 성직자는 함께 소리를 쳐 사람을 불렀다. 그때 누군가 갑판에 나타났다. 김대건 신부가 배의 방향을 바꾸라고 소리를 질렀지만 전혀 알아듣지 못했다. 김대건 신부는 팔을 휘두르며 방향을 바꾸라는 신호를 계속 보냈지만 허사였다.

"두 분은 저쪽 배로 옮겨 타셔야겠습니다."

"무슨 말인가? 그럼 김 신부와 신자들은 어떻게 하겠다는 것인가?"

"줄을 끊고 저쪽 배와 분리해 가겠습니다."

"파도가 이렇게 거센데 이 작은 배로 어떻게 하겠다고 이러는 건가?"

"이대로 가면 중국에 닿게 됩니다. 그러면 저희는 관원들에게 체포되어 조선으로 송환됩니다."

"그런가?"

"조선으로 송환되면 모두 죽습니다. 두 분께서는 일단 중국으로 가셨다가 후일을 도모하십시오."

"난감하군."

"시간을 더 끌 수 없습니다. 중국에 가까이 가고 있습니다."

요동호 갑판에 여러 사람이 나타났다. 선장과 패브르 신부의 모습도 보였다. 김대건 신부는 두 성직자가 그쪽 배로 옮겨 타겠다고 신호를 보냈다. 선장이 알아듣고 배를 연결한 밧줄을 잡아당겨 배를 가까이 붙였다. 선장은 긴 밧줄을 이쪽 배로 던졌다. 김대건 신부는 밧줄을 받아 페레올 주교의 허리에 맸다. 밧줄을 타고 저쪽 배로 옮겨 갈 생각이었다. 그런데 거센 파도가 덮치더니 두 배를 연결하고 있던 밧줄을 끊어 놓았다. 김대건 신부 일행이 탄 작은 배는 파도에 이리저리 밀렸다. 요동호의 패브르 신부는 발을 동동 구르며 소리를 질렀다. 선장과 선원들은 다시 밧줄을 던졌지만 이미 두 배는 너무 멀어져 버렸다. 점차 요동호의 모습이 사라져 갔다. 깊은 공포와 절망이 엄습했다. 모든 것을 파도에 맡길 뿐, 할 수 있는 것이 아무것도 없다. 김대건 신부는 올 때처럼 다시 돛대를 자르기로 했다. 도끼질을 한참 하고 나자 돛대가 부러져 나갔다.

절망 속에서도 졸음이 찾아왔다. 파도에 운명을 맡긴 채 모두 자리에 쓰러져 잠이 들었다. 얼마나 지났을까. 눈을 뜨자 날이 환하게 밝아 있었다. 폭풍우가 멎고 파도도 잔잔해졌다. 모두 무사했다. 멀리 지나가는 배가 보였다. 모두 손을 흔들며 신호를 보냈지만 배는 다가오지 않았다. 김대건 신부는 뱃머리에 서서 나침반을 보며 배가 동쪽으로 향하도록 지휘했다. 다행히 바람이 거세지 않고, 맑은 날이 계속되었다.

김대건 신부는 수평선에 검은 점들이 떠 있는 것을 보았다. 가까워지자 섬이라는 것을 알 수 있었다.

"조선이다. 조선이 보인다."

모두 놀라 김대건 신부가 가리키는 곳으로 시선을 보냈다. 분명 섬이었다. 북쪽으로 밀렸다가 동쪽으로 계속 왔기 때문에 조선이 틀림없었다. 드디어 조선에 온 것이다.

"조선의 서해에 있는 섬입니다. 조금 있으면 제물포가 보일 것입니다."

김대건 신부는 온몸에 힘이 솟았다. 그런데 섬이 가까워지자 제물포가 아닌 것 같았다. 낯선 섬이었다. 그러나 정박하는 수밖에 없었다. 배를 대고 김대건 신부가 혼자 뭍으로 올라왔다. 마침 지나가는 어부가 있었다.

"여기가 어딥니까?"

어부는 김대건 신부를 위아래로 훑어보았다.

"제주도요."

제주도라면 조선의 남쪽에 있는 섬이다. 서해안이라고 생각한 것은 착각이었다. 배로 돌아온 김대건 신부는 페레올 주교에게 사실을 알렸다.

"제주도라고 합니다. 하지만 이곳도 조선 땅입니다. 조선에 오기는 했으나 한양까지 가려면 천 리 길입니다. 우선 배를 수리해 서해안으로 가야 합니다. 서해안은 작은 섬이 많기 때문에 그곳에 가서 어디가 어딘지 알아보려면 종선(從船)을 마련해 타고 다니면서 확인해야 할 것 같습니다."

"그렇게 하세. 아무튼 조선에 도착했다니 다행이군."

일단 부서져 상처뿐인 배를 수리해야 한다. 그런데 주민들이 몰려들기 시작했다. 김대건 신부는 급히 페레올 주교와 다블뤼 신부를 바다 쪽으로 돌려세운 뒤 주의를 주었다.

"두 분은 배 밖으로 나오지 마십시오. 그리고 얼굴을 가리고 바다 쪽만 보고 계십시오. 들키면 큰일 납니다."

김대건 신부는 배 밖으로 나와 구경하는 주민들에게 가서 그들이 도착한 곳이 정확하게 제주도의 어디인지, 배를 수리할 장비를 구할 수 있는지 물었다. 그중 나이 지긋한 어부가 이곳은 제주도의 서쪽 끝 용수리이고, 필요한 장비를 구할 수는 있지만 큰돈이 들 것이라고 말해 주었다. 김대건 신부는 돈을 충분히 지불할 테니 안내해 달라고 부탁했다.

지금부터는 긴장을 늦출 수 없다. 조선 땅에 들어왔기 때문이다.

4

뱃머리에 누군가 서 있다. 배는 요동을 치고 있는데 사내는 흔들리지 않는다. 누구인지 통 알아볼 수 없다. 배가 가까이 다가왔다. 유진길이 손을 내민다. 손을 잡으려는 순간 파도가 덮쳤다. 배는 파도에 밀려 멀리 사라졌다.

"이보게, 이보게."

김정희는 소리치다 잠에서 깼다. 온몸에 땀이 흘렀다. 그는 자리를 털고 일어났다. 밖은 이미 환히 밝았다. 마당으로 나가 세수를 하고 나니 정신이 들었다. 심호흡을 몇 번 하고 방으로 들어왔다. 이불을 개켜 벽장에 넣고, 자리에 반듯이 앉았다. 꿈이 생생하게 떠올랐다. 아무래도 심상치 않은 꿈이다. 뱃머리에 서 있던 유진길의 모습이 되살아났다.

김정희가 제주도 유배 명을 받고 해남의 이진(梨津)을 출발해 제주 화북

진(禾北鎭)에 도착한 것은 석양이 질 무렵이었다. 그곳에서 하룻밤을 묵은 뒤 백 리 길을 걸어 이곳 대정현에 도착했다. 그리고 적소(謫所, 귀양지)로 정해진 교리 송계순의 집에 짐을 풀었다. 얼마를 지내고 나니 마을 유생들이 글공부를 도와 달라고 청했다. 처음에는 사양했지만 청이 간곡하기도 하고, 적적해 말벗이라도 할까 하여 승낙을 했다. 마을 아이들에게도 《천자문》과 《소학》을 가르치기 시작하자 강도순이 나서 집이 좁으니 자기 집으로 옮기자고 하여 관에 허락을 받고 지금의 집으로 옮겨왔다.

강도순은 그의 땅을 밟지 않고는 마을을 지나갈 수 없다고 할 만큼 소문난 부자다. 집도 제법 크고 살림이 여유 있다 보니 음식도 송계순의 집에서 지낼 때보다 좋았다. 강도순을 비롯한 마을 사람들은 인정스러워 귀양살이가 크게 불편하지 않았다. 참으로 고마운 일이었다. 나라의 죄인으로 유배를 왔지만 이곳 사람들은 죄인 취급을 하지 않고 스승으로 대해 주었다. 유배라고 하지만 관에서도 너그럽게 대해 주어 가끔 문밖출입을 하는 것도 눈감아 주었다. 그래서 바다에도 가고, 말을 달려 한라산에도 올라 보았다.

강도순이 밥상을 들여왔다.

"고산리에 간다더니 언제 돌아왔는가?"

"어젯밤에 돌아왔습니다. 그런데 고산리에서 이상한 소문을 들었습니다. 엊그제 용수리에 배가 한 척 표착했는데, 배에 탄 사람들이 수상하다더군요. 그래서 용수리에 잠시 들렀더니 여러 명이 배를 수리하고 있었습니다."

김정희는 수저를 들려다 말고 내려놓았다. 꿈, 혹시 꿈과 연관된 일이 아닐까. 그는 급하게 물었다.

"사람들을 만나 보았는가?"

"선장이라는 자가 아주 젊었습니다. 어디서 왔는지는 말하지 않고, 한양으로 가는 길이라고 했습니다."

김정희는 숨이 멎는 것 같았다. 바로 그 꿈이로구나.

"함께 가 보세."

"네?"

강도순은 어리둥절한 채 김정희를 바라보았다.

"용수리로 가 보세. 여기서 멀지 않지? 전에 절부암 구경을 갔다가 경관이 수려해 한 번 둘러보지 않았는가?"

용수리는 제주도의 서쪽 끝이고, 그 끝은 남쪽으로 이어지는데 김정희의 유배지는 그곳에서 멀지 않은 대정현이었다. 그제야 강도순은 말뜻을 알아들은 모양이다.

"진지부터 드십시오. 빈속으로 떠나실 참입니까?"

"그렇군."

김정희는 국에 밥을 말아 급히 먹었다.

"체하시겠습니다. 멀지 않은 곳이니 천천히 드시고 떠나셔도 됩니다."

김정희가 아침을 끝내자 강도순은 밥상을 들고 나갔다. 출타할 채비를 마친 두 사람은 마구간으로 가서 말을 몰고 나왔다.

"바다 쪽으로 내려가서 위로 쭉 올라가면 그리 오래 걸리지 않을 것입니다. 하지만 조심하십시오. 어떤 사람들인지도 모르는데 나중에 관에서 알면 문제가 될지 모릅니다."

"알겠네."

한참을 달리자 바다가 보였다. 바닷바람이 시원하게 가슴을 씻어 주었다. 마음이 차분히 가라앉았다. 냉정해야 한다. 누군지도 모르고 함부로 만났다가 후에 무슨 일이 생길지도 모른다는 강도순의 말을 다시 새겼다. 바다를 옆에 끼고 넓은 평지가 이어졌다. 평지를 한참 달리고 나니 절부암이 눈에 들어왔다.

용수리 가까이에 이르자 김정희는 말의 속도를 줄이고 천천히 달렸다. 멀리 배가 보이고 사람들이 배 주위에서 서성이는 모습이 보였다. 가까이 가서 말을 멈추었다. 주위를 돌아보았다. 마을 사람들은 일하러 나갔는지 구경하는 사람은 보이지 않았다. 다행이다. 사람들 눈에 뜨여 좋을 것이 없다.

"자네가 가서 그 선장이라는 자를 데리고 오게. 나는 저 바위 아래서 기다리겠네."

강도순은 배를 향해 뛰어갔다. 잠시 후 두 사람이 김정희 쪽으로 걸어오는 것이 보였다. 김정희는 선장이라는 사내를 눈여겨보았다. 그럴 리가 없겠지만 혹시 유진길과 비슷한 데라도 있나 싶었기 때문이다. 이내 그런 생각이 부질없다는 것을 알았다. 가까이 온 선장이라는 사내는 건장한 체격의 청년이었다.

"배가 부서진 모양이오?"

김정희가 먼저 말을 걸었다.

"네. 폭풍우를 만났습니다."

김대건 신부는 낯선 초로의 남자가 지체 높은 양반임을 알아보았다.

"수리는 했소?"

"수리는 마쳤습니다. 작은 배를 하나 구하려고 하는데, 구해 준다던 사람이 오지를 않습니다."

"배는 어디에 쓰려고 그러시오?"

"종선으로 달고 가려고 합니다. 서해안에는 작은 섬이 많은 데다 갯벌이라 어느 섬이 어느 섬인지 구별하기 힘들지요. 저희 배로 다니기에는 불편합니다. 나룻배를 타고 다니며 물어보려고 합니다."

"어디를 가려고 하오?"

"한양으로 갑니다. 그래서 제물포 쪽으로 가려고 합니다."

"그러면 제물포에서 한강을 타고 올라갈 셈이오?"

"네. 마포 나루로 들어가려고 합니다."

김정희는 돌아서 강도순에게 말했다.

"자네 낚싯배를 넘겨줄 수 있는가? 이 사람들 갈 길이 바쁜 것 같은데."

김대건 신부는 반색을 했다.

"낚싯배라면 딱 좋습니다. 값은 넉넉히 치르겠습니다."

대답이 없자 김정희가 다시 재촉했다.

"이 사람들은 곧 여기를 떠나야 할 것 같은데, 낚싯배는 나중에 또 장만하면 되지 않나?"

강도순은 결심이 선 듯 말했다.

"알겠습니다. 그리하지요."

"이 길로 바로 배를 가지고 오게. 곧 떠날 수 있겠소?"

"네. 수리를 끝냈으니 떠날 수 있습니다."

"이곳에 너무 오래 지체하지 않는 것이 좋을 것 같소. 남쪽으로 내려가다 이 사람의 낚싯배를 만나면 그 길로 바로 출발하시오."

"고맙습니다."

김정희는 강도순을 재촉했다.

"어서 떠나게. 서둘러야 하네."

"알겠습니다."

강도순은 말을 타고 달리기 시작했다. 강도순이 멀어지자 김대건이 인사를 했다.

"고맙습니다. 이만 가 보겠습니다."

김정희가 그의 발을 멈추게 하고 물었다.

"어디서 오는 길이오?"

김대건 신부는 잠시 머뭇거리다가 대답했다.

"상하이에서 오는 길입니다."

김정희는 상하이라는 말을 듣고는 더 캐묻지 않고 길을 알려 주었다.

"제물포로 가는 것보다 서남쪽 해안의 인적이 드문 곳에 배를 대고 육로로 한양으로 가는 게 좋을 것 같소."

김대건 신부는 그래야 할 이유를 몰라 김정희를 빤히 쳐다보았다.

"지난 유월에 영국 배가 제주에 나타났었소. 그래서 지금은 한양으로 들어가는 뱃길과 포구의 감시가 삼엄하오."

김대건 신부는 조선에 영국 배가 왔었다는 이야기에 놀라움을 숨길 수 없었다. 김정희는 바다를 향한 채 물었다.

"유진길이라는 사람을 아시오?"

"천주교 신자이십니까?"

"아니오. 유진길과 잘 아는 사이였소."

"그렇군요."

"밀고하지 않을 테니 염려하지 마시오."

김대건 신부는 생면부지인 그가 왠지 의심이 가지 않았다.

"소년 시절 그분께 중국 말을 배웠습니다."

"그러면 당신이 신부 수업을 하러 청국으로 갔다던 소년들 가운데 한 명이오?"

김대건 신부는 그가 이미 자신에 대해 많을 것을 알고 있다는 것을 눈치 챘다. 한양 말씨를 쓰는 것을 보니 무슨 사연으로 제주도까지 내려와 있는 것 같았다. 그래도 믿을 수 있는 사람이라는 확신이 들었다.

"그렇습니다."

"신부는 되었소?"

"네."

"서양 신부를 데리고 왔소?"

"네."

"빨리 떠나시오. 지체할수록 들킬 위험이 크오. 위험이 도처에 깔려 있으니 각별히 조심하시오."

"고맙습니다. 저는 김해 김씨에 대 자, 건 자입니다."

"김대건……"

"함자가 어떻게 되십니까?"

김정희는 먼 바다를 바라보며 대답했다.

"우리는 만난 적이 없소."

김대건 신부는 눈치를 챘다. 그리고 깊이 머리를 숙여 인사를 했다.

"고맙습니다. 이 은혜 잊지 않겠습니다."

김대건 신부는 배가 있는 곳으로 뛰어갔다.

한참이 지나자 김대건 신부 일행이 탄 배가 움직이기 시작했다. 남쪽으로 뱃머리를 돌리는 것을 보고 김정희는 말에 올랐다. 멀리 배를 바라보면서 계속 말을 몰았다. 강도순의 낚싯배를 그들의 배에 밧줄로 묶는 것을 확인했다. 김정희는 김대건 신부의 배가 시야 밖으로 사라질 때까지 움직이지 않았다.

"잘 가게. 자네가 이제야 나를 용서하겠군."

그는 유진길을 생각하며 적소를 향해 말을 달렸다.

배는 다시 항해를 시작했다. 김대건 신부는 일행에게 곧바로 제물포로 가지 않고 강경으로 갈 것이라고 말했다. 전에 지도를 만들기 위해 서해안을 답사할 때 강경에 들렀었고, 신자들이 여러 명 살고 있어 숨기도 쉬울 것이다. 강경에 도착해 육로로 한양으로 가자고 하자 모두 수긍했다. 영국 배가 지나가 한양에 가까운 바닷가의 경비가 심해졌다는 말을 하면 겁을 먹을 것 같아 둘러댄 것이다.

일행은 열흘간의 항해 끝에 강경에 도착했다. 김대건 신부는 현석문과 신자 한 명에게 먼저 뭍에 내려 신자를 찾아가 도착을 알리라고 지시했다. 그리고 날이 어두워지면 강경에서 조금 떨어진 나바위(羅岩)에서 만나자고 했다. 김대건 신부 일행은 날이 어둡기를 기다려 배를 나바위에 댔다. 신자들이 벌써 나와 기다리고 있었다.

신자들은 두 서양 성직자에게 인사를 한 뒤 그들에게 굵은 삼베로 된 상복을 입히고 방갓을 씌웠다. 어둡긴 하지만 혹시라도 남의 눈에 뜨이면 큰일이다.

배에서 내린 일행은 신자의 집으로 향했다. 방이 두 칸인 작은 초가지만 방을 따뜻하게 덥혀 놓아 아늑했다. 페레올 주교는 조선 땅에 제대로 발을 들여놓은 것이 꿈만 같다고 흥분했다. 그는 이내 흥분을 가라앉히고 신자들에게 첫 강복을 주었다. 그리고 김대건 신부에게 할 일을 일러 주라고 지시했다.

"모두 수고 많았네. 우선 우리가 타고 온 배를 처리하는 일이 급하네, 사람들에게 들키면 수상하게 생각할 것이야."

집주인이 나섰다.

"그건 걱정 마십시오. 오늘 밤 안으로 저희들이 처리하겠습니다."

김대건 신부는 고개를 끄덕였다.

"자네들은 나와 함께 상하이를 다녀오느라 고생이 많았네. 이제 각자 집으로 돌아들 가게. 함께 다니면 의심을 받을 테니 두세 명씩 흩어져 가는 게 좋겠네. 내일 아침 미사를 보고 바로 떠나도록 하게."

김대건 신부는 노잣돈을 넉넉하게 나누어 주었다. 신자들은 생사고락을 같이한 일을 결코 잊을 수 없을 것이라며 서로 아쉬운 마음을 표현했다. 신자들은 건넌방으로 가고, 세 성직자들은 한방에서 자기로 했다. 페레올 주교가 다블뤼 신부의 거처에 대해 의견을 말했다.

"나와 함께 한양으로 가는 것보다는 우선 조선말을 배운 뒤에 한양으로 올라오는 것이 어떻겠나?"

김대건 신부가 바로 말을 받았다.

"그게 좋겠습니다. 이곳이 안전한 것 같으니 교우 집에서 머물며 조선 말을 배우시는 것이 어떨지요? 제가 주교님을 모시고 한양으로 가 집을 구해 놓겠습니다."

다블뤼 신부도 수긍했다. 그래서 다블뤼 신부는 당분간 가까운 교우촌에 가 있고, 페레올 주교와 김대건 신부는 준비가 되는 대로 한양으로 떠나기로 했다.

김대건 신부는 잠이 오지 않았다. 페레올 주교와 다블뤼 신부는 온돌이라 바닥이 딱딱하긴 해도 따뜻해서 좋다며 자리에 눕자마자 잠이 들었다. 오랫동안 긴장하며 지내다가 목적지에 도착하니 심신의 긴장이 다 풀린 모양이었다. 어둠 속에서 그들의 숨소리를 듣고 있자니 앞으로 겪어야 할 일들이 머리를 가득 채웠다. 긴장은 지금부터가 아닌가. 도처에 위험이 도사리고 있고, 잡히면 죽는다. 신자들을 돌보기 위해서는 늘 긴장하며 이곳저곳으로 돌아다녀야 할 것이다. 말도 서툴고 음식도 입에 맞지 않는 그들이 조선 생활에 익숙해지도록 여러 가지로 준비를 해야 한다.

'너는 주인이다.'

김대건 신부는 어둠 속에서 자신에게 말했다. 그들은 주교와 선배 신부지만 외국인이다. 모든 일은 주인인 자신이 알아서 배려해야 한다. 그는 자리에서 일어나 밖으로 나왔다.

한참을 걸었다. 찬바람이 가슴을 시원하게 식혀 주었다. 밤하늘에는 수많은 별이 쏟아질 듯 낮게 반짝였다. 언젠가 북방 여행 중에 다이전과 밤하늘을 바라보며 이야기를 나누던 일이 생각났다. 그때도 이렇게 별빛이 찬란했다. 그는 말없이 밤바다를 바라보았다. 김대건은 바닷길을 헤치고 다닌 일이 꿈만 같았다. 두 나라가 서로 오가지 못하게 막아 놓은 바닷길을 뚫은 것이다. 죽지 않고 살아 돌아온 것이 믿기지 않을 만큼 위험한 모험이었다. 그러나 무모한 모험으로 끝나지 않고 주교와 신부를 모셔왔다. 김대건 신부는 대단한 일을 해냈다는 기쁨이나 자부심을 느끼지 않았다. 이 모든 것은 천주가 주도했고, 자신은 그저 명령대로 따랐을 뿐이라는 것을 잘 알고 있었다. 사람의 힘으로는 할 수 없는 일이 가능했던 것은, 인간이 아니라 천주가 하신 일이기 때문이다.

'주님! 당신은 저 막힌 바닷길을 열었고, 저를 사제로 만드시어 조선으로 돌아오게 하셨습니다. 드디어 조선에 조선인 사제가 생긴 것이지요. 다음은 무엇입니까?'

갑자기 온몸에 소름이 끼쳤다. 할 일을 다했으면 죽는 일이 남아 있다는 말이 자신의 목에서 올라왔다. 그는 바닥에 주저앉았다.

'주님, 당장은 죽고 싶지 않습니다. 순교하는 것은 영광스러운 일이지만 아직은 살아서 일을 하고 싶습니다. 신자들과 어울려 주님을 찬미하고, 주님의 뜻을 전하는 일을 마음껏 해 보고 싶습니다. 그런 후에 데려가 주십시오. 아주 오래는 아니지만, 조금은 더 살 수 있도록 빨리 오라고 재촉하지는 말아 주십시오.'

눈가에 뜨거운 눈물이 고였다. 신자들과 함께 웃고 울고, 미사를 드리고, 고해를 듣고, 축복을 내리는 일들은 오랫동안 준비해 온 일이었다. 하지만 그는 고개를 들고 하늘을 올려다보았다.

"제 소망이 아니라 당신 뜻대로 하소서."

강경에 있던 김대건 신부 일행은 늦가을에 한양으로 올라왔다. 페레올 주교는 사목 활동을 시작했다. 전국적으로 신자들은 늘었는데 성직자는 태부족이었다. 어떻게 하든 성직자들이 조선에 입국할 수 있도록 방도를 마련해야 한다. 육로는 불가능하므로 바닷길을 이용해야 하는데 지난번처럼 작은 배를 타고 바다를 건너는 것은 너무나 위험하다. 다른 방법을 찾아야 한다. 김대건 신부는 봄에 조기잡이가 시작되면 백령도로 나가 보기로 했다. 사오월에 청국 어선들이 백령도 인근까지 와서 조기잡이를 하기 때문에 그때 조선 어선들과 접촉할 수 있는 기회가 있다. 그래서 성직자들이 중국 어선을 타고 백령도까지 와서, 조선 어선으로 바꿔 타고 들어올 수 있는 길을 찾기 위해 나가 보려는 것이다.

병오년(1846년) 봄, 김대건 신부는 마카오와 상하이로 보내는 페레올 주교의 서찰과 자신이 쓴 서찰을 가지고 연평도로 조기를 사러 떠나는 임성룡의 배에 올랐다. 일행은 모두 여덟 명이었다. 임성룡이 조기를 사서 연평도에서 말리는 동안 김대건 신부는 사공 엄수만을 데리고 백령도로 나갔다. 백령도 부근에서 고기잡이를 하는 청국 어선과 연결되어 서찰들을 전하고 연평도로 돌아왔다. 그런데 임성룡의 배를 빌리겠다는 관원들과 임성룡 사이에 시비가 붙었다. 순순히 말을 듣지 않는 일행을 수상히 여긴 관원들이 관아에 고발해 체포되고 말았다. 다행히 일행 가운데 몇은 이미 한양으로 떠났고, 몇은 배에서 멀리 떨어져 있었기 때문에 선주 임성룡과 사공 엄수, 김대건 신부만 잡혔다. 그런데 임성룡과 엄수는 김대건 신부가 천주교와 연관이 있다는 사실을 자백했고, 그들은 해주감영에서 문초를 받은 후 한양으로 이송되었다. 김대건 신부가 청국 어선에 전한 서찰들도 압수되었다. 포도청에서 김대건 신부의 거처를 급습해 현석문을 비롯해 그와 가까이 지내던 여러 명의 신자를 체포했다.

김대건 신부는 상하이에서 신품성사를 받고 귀국해 겨우 여섯 달을 사목한 뒤 체포되고 말았다.

15장

한양의 밤

1

난징 조약을 체결하고 삼 년이 지난 을사년(1845년)에 가서야 조선은 난
징 조약에 관한 대체적인 윤곽을 파악하게 되었다.

동지사 일행으로 베이징에 간 김재연은 숭문당에 들러 후징슈로부터
귀한 정보를 입수했다. 즉 난징 조약과 중영오구통상장정, 후먼 조약에서
체결된 조약 내용에 관한 상세한 자료를 입수한 것이다. 귀중한 자료이기
에 반드시 조정에 알려야 했다. 그러나 일개 역관의 보고로는 조정에서
그리 신중하게 받아들이지 않을 것 같아 고민을 하다가 서장관으로 따라
온 윤찬이 생각났다. 사행길에 자주 만나 이야기를 나누었기 때문에 윤찬
의 인품은 잘 알고 있었다. 그에게 맡기면 충실하게 조약 내용을 조정에
보고할 것이고, 조정에서도 서장관의 공식 보고를 귀담아듣지 않을 수 없
을 것이다.

김재연은 윤찬을 만나 자신이 남방에서 겪은 아편 전쟁의 과정을 상세
히 설명하고, 자료를 넘겼다. 윤찬은 자료를 신중하게 검토한 뒤 사행에
서 돌아와, 이를 '문견기사(聞見記事)'를 통해 정식으로 조정에 보고했다.
엄청난 액수에 달하는 전쟁 배상금을 물고, 매년 영국의 요구에 따라 은
화와 비단을 바치고, 일부이긴 하지만 국토마저 내주고 말았다는 것을 보
고한 것이다. 조정에서는 대국인 청국이 그리했다고는 상상조차 할 수 없
었던 내용이었다. 그뿐 아니라 아편 판매가 자유로워져 무섭게 전국으로
퍼지고, 그 피해가 이루 형언할 수 없는 지경이라는 것이다. 그러나 문제
는 조선에 아편이 유입될 가능성이 있다는 것이었다.

이제 겨우 나이 스물을 바라보는 젊은 헌종은 가슴이 철렁 내려앉아 어
전회의를 소집했다. 신하들에 둘러싸여 있어도 아편의 피해가 어떤 것인
지 알고 있었다. 어떻게 하든 아편의 유입을 막아야 한다.

"작금에 양인들의 행패가 극심하다는 것은 경들도 알고 있을 것이오.

특히 영길리인(영국인)들이 아편을 들여와 청국 백성들을 병들게 하고 있다는데, 우리도 대책을 세워야 하지 않겠소. 어찌 해야 할지 말해 보시오."

"막아야 합니다. 아편이 들어오면 백성은 모두 병들게 되고, 도둑을 만들고 말 것입니다."

"막아야 한다는 걸 모르는 사람이 어디 있소. 어찌 막아야 할지 대책을 내놓으라는 것이오."

"국고를 채우고 병력을 증강시켜야 할 줄로 아옵니다."

"어떻게 국고와 병력을 증강시킬 것인지 방안을 마련하시오."

"이번에 훈련도감에서 대완구(大碗口)를 새로 제작했사옵니다."

"저들의 대포와 화력이 대단하다던데 어찌 그리도 강력한 병력을 갖추었는지 알고 있소? 도대체 그 나라는 어떤 나라요?"

"작은 섬나라일 뿐입니다. 크게 심려하실 일은 아닌 줄로 아옵니다."

"대국도 저렇게 곤욕을 당하는데 우리라고 무사할 수 있단 말이오?"

"청국이 곤욕을 당한 것은 천지의 운수라고 사료되옵니다. 아니면 어찌 그런 일이 있을 수 있겠습니까?"

"천지의 운수라, 천지의 일을 그리 잘 안다면 우리 조선은 어떻겠소?"

"《서경》에 이르기를 군주가 덕을 닦는 데 게으르지 않고 성현의 가르침을 몸소 익히려 노력하면 천지도 감응한다 하였습니다. 전하께서 나라의 기강을 바로 세우시고 강건하게 중심을 잡고 계시면 신하와 백성들도 더불어 강건하게 스스로를 지킬 것이옵니다. 그러면 감히 오랑캐들이 넘보지 못할 것이옵니다. 하오니 전하께서 성현의 가르침을 몸소 만백성 앞에 밝히시는 일이 시급할 것입니다."

어전회의는 늘 그렇게 끝났다. 회의를 끝내고 일어서던 헌종은 다시 돌아서 대신들에게 말했다.

"나더러 또 덕을 닦으라는 말이오? 과인은 덕을 닦는 것이 무엇인지 잘 모르겠소. 경들의 말을 잘 듣는 일이 덕이라면, 과인은 이미 충분히 닦은 것 같소."

윤찬으로부터 어전회의에서 오간 이야기를 전해 들은 김재연은 한숨이 터져 나왔다. 윤찬이 김재연을 위로했다.

"그래도 이번 문견기사에 대한 말들이 조정 안팎에서 돌고 있소. 그러니 앞으로 청국을 드나드는 사신과 역관들이 계속 서양에 관한 일들을 눈여겨보고 조정에 알릴 것이네. 그것만으로도 우리의 노력이 헛되지는 않다고 생각하게나."

조정에 서양 세력에 대한 말길을 터놓았으니 앞으로 누군가 그 길을 계속 갈 것이다.

몇 달이 지나 병오년 봄에 김대건 신부 일행이 붙잡혀 왔다. 조정에서는 연이어 어전회의가 열리고, 대신들은 삼삼오오 그 이야기를 했다. 신부가 되기 위해 열여섯 나이에 조선을 떠난 소년이 신부가 되어 돌아와 비밀리에 활동하다가 잡혔다는 것이다. 그자는 배를 타고 백령도까지 나가 청국 어선과 접촉해 양인들에게 보내는 서찰을 전했다. 또한 그자는 놀랍게도 서양 글자로 서찰을 썼고, 서양 말까지 잘한다고 한다. 어떻게 이런 일이 일어날 수 있는가. 이런 일이 일어날 때까지 조정에서는 아무 것도 모르고 있지 않았는가.

압수해 온 서찰을 유심히 살핀 포도청에서는 한 사람의 필체가 아니라는 판단을 내렸다. 관원들이 서양 글자를 모른다고 해도 서찰들의 서체가 어떤 것들은 같고, 어떤 것들은 판이하게 다른 것은 알아볼 수 있었다. 포도청에서는 김대건 신부 외에 또 다른 사람이 서양 글자로 편지를 썼다고 간주하고 김대건 신부를 문초했다. 그러나 김대건 신부는 혼자 쓴 것이라고 주장했다. 그는 관원들이 보는 앞에서 대나무를 가늘게 깎은 것과 굵게 깎은 것으로 서로 다른 필체를 써 보였다. 김대건 신부는 두 프랑스 성직자의 입국을 숨기기 위해 사력을 다했다. 옥에서도 신자들에게 절대로 서양 성직자의 입국을 토설해서는 안 된다고 신신당부했다. 만일 그들의 입국 사실이 드러나면 대대적인 박해가 시작될 것이다.

영의정 권돈인은 포도청에서 올라온 문초 기록을 살펴본 뒤 서양 글자로 쓴 두 가지 다른 필체의 서찰을 책상 위에 올려놓았다. 포도청에서 서찰을 한 사람이 쓴 것 같지 않다는 보고가 올라오자 사안이 중요한 만큼 문초 내용과 서찰을 보내라고 했다. 권돈인이 보기에도 필체가 완연히 달랐다. 얼핏 보기에도 하나는 유려하고, 다른 하나는 투박한 필체였다. 그렇다면 또 누가 있단 말인가? 골치 아픈 일이 아닐 수 없다.

"역관 김재연이 왔습니다."

"들라 하라."

김재연이 들어오자 그를 책상 앞으로 불렀다.

"사학죄인 김대건이 잡혀 온 것은 알고 있겠지?"

"네."

"김대건이라는 자가 청국으로 보내려던 서찰들을 압수해 왔는데, 아무래도 한 사람의 필체가 아닌 것 같네. 이걸 보게."

권돈인은 김재연 앞으로 두 장의 서찰을 내보였다. 하나는 분명 프랑스 주교나 신부의 필체임에 틀림없었다. 그러나 김재연은 말하지 않았다.

"사역원에 물으니 자네가 서양 말에 가장 능통하다고 하더군. 이 서찰의 내용이 무언가? 문초 기록을 보니 양인들의 안부를 묻는 내용이라고 하는데, 사실인가?"

"저는 모르겠습니다. 제가 배운 서양 말이라고는 영국 말뿐인데, 이것은 영국 말이 아닙니다."

"그게 무슨 말인가? 내가 본 서양 지도나 책의 글자와 똑같은데 뭐가 다르다는 건가?"

"서양에는 여러 나라가 있습니다. 그런데 그들은 모두 같은 글자를 쓰고 있지만 그들의 말은 서로 달라 전혀 통하지가 않습니다. 서양 사람들이 쓰는 이 글자는 그들의 서로 다른 말을 소리 나는 대로 적습니다. 마치 우리 언문처럼 말입니다. 그래서 글자는 같지만 소리에 따라 글자의 조합이 달라져 배우기 전에는 다른 나라 사람이 글자의 내용을 파악하지 못합니다."

권돈인은 못마땅한 듯 혀를 찼다.

"뜻을 모른다니 할 수 없군. 그래도 이 필체는 분명 다르지 않은가?"

김재연은 잠시 두 서찰을 번갈아 보았다.

"분명 다릅니다. 하지만 다른 사람이 썼다고 단정하기도 어렵습니다."

"그게 무슨 말인가?"

"한자를 쓰는 데도 여러 가지 서체가 있습니다. 한 사람이 이렇게도 저렇게도 쓸 수 있지 않습니까? 이쪽 서찰은 한자의 초서체처럼 유려하게 흘려 썼으니 어쩌면 친한 벗에게 보내는 것이 아닌가 싶습니다. 저쪽 서찰은 한 자, 한 자 또박또박 쓴 것을 보면 무슨 보고를 하는 공문이 아닌가 합니다. 공문을 쓸 때는 또박또박 쓰는 것이 상례화되어 있습니다."

김재연의 말을 들으니 그럴 수도 있겠다는 생각이 들었다.

"그자도 비슷한 말을 했다더군. 자네가 해독을 못 하겠다니 할 수 없군, 수고했네."

"그럼 이만 물러가겠습니다."

"잠깐."

김재연은 다시 주저앉았다.

"지난 기해년에 법국 신부들을 처형했는데 아무 반응이 없는 걸 보면 그들의 힘이 약한 것이 아닌가?"

"꼭 그런 것만은 아닐 것입니다. 청국에 있을 때 그들의 함대를 보았습니다."

"어떻던가?"

"위용이 만만치 않았습니다."

"그런데도 침묵한다…… 무슨 의미인가?"

"두고 보는 것 같습니다."

김재연은 권돈인의 사람됨을 잘 알고 있다. 권돈인은 조인영의 오른팔이라고 알려져 있을 만큼 둘은 절친한 사이다. 그래서 조인영이 영의정에서 물러나면서 권돈인에게 그 자리를 물려주었다고 해도 과언이 아니다. 조인영이 권돈인의 뒤에서 정치를 좌지우지하는 것이라고 사람들은 알고 있다. 그러나 권돈인은 우의정과 좌의정을 거치면서도 몇 번이나 사직을 하는 등 권력에 크게 연연하지 않았다. 오히려 시문과 그림을 좋아하는 선비에 가까운 모습이었다.

"혹시라도 다시 법국 성직자를 죽이게 된다면 이번에는 그냥 보고만 있지 않을 것입니다. 이미 청국에는 법국 군함들이 여러 척 와 있다고 합니다. 그들이 책임을 물으면 조정 안팎은 물론 백성들까지 시끄러워질 수 있을 것입니다."

권돈인은 고개를 끄덕였다.

"그나마 법국 신부가 입국한 흔적은 없으니 다행이군."

김재연은 그가 일을 더 크게 확대하지는 않을 것이라는 예감이 들었다. 문제는 조인영이다.

"만일 무슨 징조가 보이면 즉시 내게 알리게."

"명심하겠습니다."

권돈인은 밤늦게 조인영을 찾았다. 조인영의 얼굴은 초췌했다. 조카 조병구의 죽음이라는 상처가 아물지 않은 모습이다. 조병구는 조인영의 형으로 풍양 조씨의 세도를 공고히 한 조만영의 아들이다. 조만영이 세력을 다지는 데는 아들 조병구의 역할이 컸다. 일찍이 문과에 급제해 삼사(三司)와 금위대장, 훈련대장을 거쳐 예조, 형조, 공조, 이조판서를 지내며 풍양 조씨가 세력을 확장하는 데 힘과 능력을 다했다. 그는 조만영과 조인영을 이어 풍양 조씨를 이끌어 갈 인물이었다. 그런 아들을 갑자기 잃고 조만영은 자리에 누워 일어나지 못했고, 조인영 역시 충격에서 벗어나지 못하고 있었다. 이런 상황을 안동 김씨가 그냥 보고 넘어갈 리 없을 것이다.

조인영과 마주 앉은 권돈인은 무어라 위로할 말을 찾지 못했다. 풍양 조씨의 세력권에 끼어 있는 그 역시 마음이 착잡했다.

"밤늦게 오시라고 해 미안하오."

조인영이 먼저 인사를 했다.

"자주 찾아뵈어야 하는데 그러지를 못했습니다."

"그 자리가 어떤 자린 줄 내가 모르겠소. 요즘 천주교 문제가 시끄럽다고 하던데, 죄인들을 색출하는 데 진전이 있습니까?"

역시 조인영은 말을 돌리지 않고 궁금한 것을 바로 물었다.

"한양에서만 이십여 명을 잡아들였습니다."

"어디 그뿐이겠소. 전국에 퍼져 있을 테니 철저히 색출해야지요. 듣자하니 김대건이라는 자가 보내려던 서찰의 필체들이 다르다면서요?"

그는 이미 상황을 파악하고 있었다.

"그렇긴 한데, 그자가 서로 다른 필체를 써 보이면서 모두 자기가 쓴 것이라고 합니다."

"그 말을 믿으시오? 양인들이 들어와 있는지 철저히 알아내야 합니다."

권돈인은 심기가 언짢았지만 드러내지는 않았다.

"알아서 하겠습니다."

"그러실 테지요. 그런데 주상 전하의 생각은 어떠신지요? 김대건이라는 자에 대해 관심을 두시고 있다는 소문을 들었습니다."

"젊은 혈기가 아닙니까?"

"그 자리가 어떤 자린데 그런 호기심을 내보이시면 안 되지요."

"현명한 분이니 잘 다스려 가실 것입니다."

조인영을 만난 후에는 늘 마음이 편치 않았다. 권돈인은 흔들리는 교자에 몸을 맡긴 채 깊은 사념에 잠겼다. 이 일을 어찌 처리해야 할 것인가. 조인영은 천주교 신자들을 철저하게 색출해 내야 한다고 거듭 강조했다. 그 일 때문에 권돈인을 부른 것이다. 하지만 그는 이 일을 오래 끌고 싶지 않았다. 잡아들인 자들을 사형에 처하면 혼쭐이 난 천주교도가 함부로 날뛰지 못할 것이다. 신자들을 더 잡아들이면 그만큼 더 죽여야 한다. 그는 고개를 절레절레 흔들었다. 하지만 유학에 배치되는 행동을 하는 천주교도를 그냥 좌시할 수만은 없다. 잡아들인 자들은 사형을 면치 못할 것이다.

집으로 돌아온 권돈인은 밤이 깊었지만 사랑에 불을 밝혔다. 하인이 서찰을 가지고 들어왔다.

"낮에 사람이 다녀갔습니다."

그리던 추사 김정희의 서찰이었다. 건강을 염려하는 다정한 마음에 가슴이 뭉클했다. 그는 잠시 서찰에서 눈을 떼고 조인영, 김정희와 자신의 우정을 되새겨 보았다. 권력에 물들지 않았던 그 시절이 그리워졌다. 영상의 자리에 앉아 있지만 그토록 아끼는 김정희를 유배에서 풀지 못하고 있다. 말이 권력이지 제대로 힘을 쓸 수 없고, 마음 편할 날이 없다. 그는 다시 서찰에 눈을 주었다. 그의 얼굴이 굳어졌다. 이게 무슨 말인가? 권돈인은 가슴이 철렁했다. 김정희는 김대건 신부를 언급하고 있다. 김대건 신부를 잡아들인 지 벌써 두 달이 지났으니 제주도에도 소식이 간 모양이다. 제주도 유배 생활이라고 해도 김정희는 주위에 벗들이 많아 소식을 빨리 접하고 있었다.

'하실 수만 있다면 그를 죽이지 마십시오. 조선에 하나밖에 없는 인재인데 죽이지 말고 쓰십시오. 앞으로 크게 필요할 날이 있을 것입니다. 그리고 천주교 신자들을 더는 잡아들여 죽이지 마십시오. 그들은 양순한 백성들입니다. 죄 없는 백성을 그렇게 죽인다면 후환이 없겠습니까. 별일이 없다 하더라도 형님은 두고두고 마음이 편치 않을 것입니다. 권세는 잠깐 있다가 사라지는 것입니다. 그 권세를 유지하려고 죄 없는 백성에게 억울한 누명을 씌워 죽이는 것은 옳지 않습니다. 형님은 운석 대감과 다릅니다. 차라리 영상 자리를 내놓고 일을 그만 마무리 지으십시오.'

서찰을 잡은 손이 부들부들 떨렸다. 어찌 사학죄인 김대건을 두둔한단 말인가. 정신이 나간 것인가. 김정희가 이런 소리를 한다는 것이 믿어지지가 않았다. 권돈인은 눈을 감고 마음을 가라앉혔다. 마음이 진정되자 서찰을 촛불에 갖다 댔다. 그는 어둠을 향해 말했다.

"자넨 이런 서찰을 보낸 적이 없고, 나는 받은 적이 없네."

그는 먹을 갈았다. 김정희에게 서찰을 썼다. 김대건 신부나 천주교에 관한 이야기는 하지 않았다. 안부를 묻고, 최근에 그린 그림과 글씨에 대해서만 썼다. 그리고 몸조심하라는 말로 마무리했다. 더는 세상사에 관여하지 말라는 의미였다.

김대건 신부의 서양 글을 해독하는 재주가 조정 안팎의 관심거리가 되었다. 마침 베이징에서 가져온 서양 글자로 된 세계지도가 있는데 아무도 알아보지 못했다. 그래서 김대건 신부에게 번역을 맡겼다. 그는 두 장의 지도를 새로 그려 바쳤다. 그것을 보고 탄복한 대신들은 그에게 세계 여러 나라의 사정을 글로 써 내라고 명령했다. 그 일도 마무리해서 넘기자 그의 재주가 아까우니 죽이지 말고 귀양을 보내는 것이 어떻겠냐는 말들이 대신들 사이에서 조심스럽게 오갔다. 문제는 헌종이었다. 젊은 임금이 김대건 신부에 대한 호기심을 이따금씩 표현하는 것이었다. 일을 오래 끌었다가는 무슨 사달이 날 것 같아 권돈인은 여간 조심스럽지 않았다.

헌종은 책상 위의 세계지도에서 눈을 떼지 못했다. 세상은 참으로 넓었다. 조선을 찾으려면 지도에다 눈을 바짝 대고 한참을 이리저리 둘러봐야 했다. 조선은 콩알만 했다. 조선 외에 얼마나 많은 나라가 있는지 생전 처음 알게 되었다. 마음 같아서는 양인들처럼 배를 타고 지도에 나타나 있는 세계 곳곳을 다녀보고 싶었다. 하지만 궁중 뜰 안을 걷는 것조차 힘에 겨운 허약한 몸으로 어찌 한단 말인가. 문득 살날이 길지 않을지도 모른다는 생각이 스쳤다. 그러자 김대건이라는 자를 만나 보고 싶은 생각이 솟구쳤다. 그자가 이것을 그렸단 말이지. 서양 글자를 해독하고 나라마다 상세한 사정을 기록했으니 그는 이 넓은 세계를 알고 있다는 뜻이 아닌가. 젊은 임금은 김대건에 대한 호기심을 누를 수가 없었다. 꼭 만나 보고 싶었다. 만나서 그가 알고 있는 세계에 대한 이야기를 듣고 싶었다. 그러나 자신을 막을 대신들의 모습이 떠올랐다. 분명 그들은 사학죄인을 만나겠다는 생각은 절대 하지 말라고 야단할 것이다.

헌종은 한숨을 길게 내리쉬었다. 대신들은 자신에게 허리를 굽히고 더없이 겸손한 모습으로 굽실거리지만, 속으로는 어린애 취급을 하고 있음을 알고 있다. 무엇 하나 하고 싶은 대로 해 본 적이 없다. 신하들이 하자는 대로 움직여야 조정이 조용했다. 하지만 이번만은 고집을 세우고 싶었다. 헌종은 영의정 권돈인을 불렀다. 그러면 자신의 심정을 조금은 이해해 줄 것 같았다.

어린 시절부터 헌종은 권돈인을 스승처럼 따랐다. 권돈인은 학식도 높지만 사람이 정이 많고 인자했다. 일찍 아버지를 여읜 탓인지 헌종은 권돈인에게서 부정(父情)을 느꼈다. 자신을 감싸고도는 외척(안동 김씨)들의 간섭이 진저리가 나도록 싫었다. 그래서 보위에 올랐을 때는 풍양 조씨 문중 사람들을 가까이 불렀고, 특히 권돈인을 가까이 했다.

"부르셨사옵니까?"

"앉으시오."

권돈인은 헌종과 마주 앉았다. 그는 책상 위에 펼쳐져 있는 지도를 보았다.

"지도를 보고 계셨습니까?"

"이 지도를 김대건이라는 자가 만들었다면서요?"

"그렇사옵니다."

"그자를 만났으면 하오."

권돈인은 놀라 임금을 쳐다보았다. 그는 단호하게 말했다.

"아니 되옵니다. 어찌 사학죄인을 직접 만나겠다고 하십니까? 천부당 만부당한 일이옵니다."

"죄인도 내 백성이 아니오. 임금이 백성을 만나겠다는데 어찌 천부당만 부당하다는 말이오?"

"백성도 백성 나름이옵니다."

"그자는 역적도 흉악범도 아니오."

"나라에서 금하는 일을 했으니 역적과 다를 것이 없사옵니다."

"그렇다면 왜 그런 짓을 했는지 이유를 알아야 할 것 아니오. 그자가 왜 대역 죄인인지 대신들의 말만 듣고는 납득이 되지 않소."

"모든 걸 다 말씀드렸습니다."

"그래도 납득이 되지 않소. 그러면 국청(鞫廳)을 열어 내가 친국을 하리다. 대역 죄인이니 친국을 하는 것이 당연하지 않소?"

"전하, 대신들을 모르십니까? 벌 떼처럼 일어날 것입니다."

헌종도 조금 누그러졌다.

"그래서 영상을 부른 것 아니오. 그들이 모르게 은밀히 만날 수 있도록 주선해 주시오."

"아니 되옵니다. 그런 일을 하명하시면 소인은 영상 자리에서 물러나겠습니다."

권돈인의 태도는 단호했다. 헌종은 한숨을 쉬었다. 권돈인은 그런 임금을 애처로운 눈으로 바라보았다. 젊은 나이에 대신들에 둘러싸여 운신하기 어려운 임금의 고충을 모르는 바는 아니다. 하지만 이것은 안 된다.

"정히 그러시면, 소인이 그자를 만나 보겠습니다. 그자에게 하문하시고 싶은 것을 소인에게 일러 주십시오."

"영상께서 알아서 하시오. 그만 물러가시오."

늘 꿈을 꾸지만 그 꿈은 매번 거품으로 사라지고 만다. 헌종은 또 주저앉고 말았다.

권돈인은 오늘도 영상 자리에서 물러나고 싶었다. 그러나 그리하지 못하는 것은 젊은 임금 때문이다. 총명하고 온화한 성품이지만 신하들에게 시달려서인지 옥체가 강건하지 못하다. 만일 자신마저 떠나면 누가 임금을 삼쌀 것인가. 하지만 임금의 호기심은 큰 문제를 일으킬 수 있다. 막아야 한다. 빨리 일을 처리하는 수밖에 없다. 사학죄인 김대건을 아무도 모르게 만날 수 있도록 자리를 마련하라고 의금부에 은밀히 연통을 넣었다.

밤중에 의금부를 찾은 권돈인은 구석진 방으로 안내되었다.

"죄인 대령했습니다."

"들라 하라."

한 젊은이가 손이 묶인 채 들어왔다. 큰 키에 벌어진 어깨, 머리는 산발이지만 번듯한 얼굴에는 상스러운 티라고는 전혀 없었다. 고문을 당했다고는 하지만 의금부로 이송된 뒤로는 지도를 그리는 일과 서양에 관한 글을 쓰는 일을 해서 그런지 몰골이 그리 흉하지는 않았다.

"게 앉거라."

권돈인은 마주 보는 자리에 놓인 의자를 가리켰다. 굳이 꿇어앉히고 싶지는 않았다. 김대건은 그와 마주 앉았다.

"잡혀 온 지 두 달이 넘었구나."

"네."

김대건 신부는 담담하게 대답했다.

"어찌하여 나라에서 금하는 천주교를 믿고 퍼뜨리려 했느냐?"

"제가 믿는 천주교가 사람이 사는 바른 도리를 가르치기 때문입니다."

"사람이 사는 바른 도리, 그것은 나라에서 가르치고 있다. 그러나 너는 양인들의 도리를 믿고, 몰래 그들을 끌어들이기까지 했다. 나라에서 금하는 것을 몰랐단 말이냐?"

"알고 있습니다. 하지만 잘못된 것이기에 몰래 할 수밖에 없었습니다. 그런데 양인들을 끌어들이지는 못했습니다."

영리한 자로군. 권돈인은 김대건 신부가 질문의 의도를 꿰뚫고 대답하고 있음을 알아챘다.

"네가 그린 지도와 글을 보았다. 재주가 아깝더구나."

"그건 재주가 아닙니다. 누구나 배우면 할 수 있습니다. 배우지 못해 못하는 것이지요."

"양인들과 살아 보았느냐?"

"수년을 같이 살았습니다."

"그들이 청국에서 흉악한 악을 퍼뜨리고 있는 것을 모르느냐?"

"모든 양인이 그런 것은 아닙니다. 청국에서 그들이 저지르는 만행을 저도 보아 알고 있습니다. 하지만 그렇게 된 것은 청국에도 책임이 있습니다. 진즉에 그들과 바르게 관계를 맺었더라면 그렇게까지 되지는 않았을 것입니다."

"양인들과 관계를 맺는 것이 옳다고 생각하느냐?"

"그 문제는 옳고 그른 것으로 판단할 일이 아닙니다. 나라와 나라 사이의 관계는 도덕을 앞세울 것이 아니라고 생각합니다."

"도덕을 앞세우지 않는다? 그런데도 양인들과 관계를 맺어야 한다고 생각하느냐?"

"그렇게 생각합니다."

"왜?"

"이익을 위해서입니다."

"이익? 군자의 나라에서 어찌 이익을 생각하겠느냐."

"서양은 이익만을 계산할 것입니다. 그들은 도덕을 생각하지 않습니다. 나라와 나라 사이는 오직 제 나라의 이익만을 생각해 관계가 이루어지는 것으로 알고 있습니다. 서양은 이익을 계산하는데 우리는 도덕만 생각한다면 그들에게 먹히고 맙니다."

"넌 조선을 약하다고 보는구나."

"실제로 그렇습니다. 저는 서양을 잘 압니다. 그들이 얼마나 강한지도 잘 알고 있습니다. 만일 조선이 그들에게 이익이 된다고 생각하면 그들은 반드시 쳐들어올 것입니다."

"그들이 쳐들어온다면 우리가 물리칠 수 없다고 보느냐?"

"정직하게 말씀드리겠습니다. 조선은 서양의 상대가 못 됩니다."

"고얀 놈."

권돈인은 소리를 높였다.

"아무리 양인들의 도리를 따른다 해도 어찌 그렇게 제 나라를 폄하할 수 있단 말이냐. 그러고도 네가 살기를 바라느냐?"

"지금이라도 늦지 않습니다. 법국과 대등하게 국교를 맺으십시오. 그렇게 하면 다른 서양 나라들이 조선을 함부로 침략하지 못합니다. 법국의 왕은 조선과 국교를 맺기를 원한다고 들었습니다."

"네가 감히 나를 훈계하려 드느냐?"

"어찌 그런 마음을 먹겠습니까? 대감께서는 저보다 오래 사셨지만, 저는 대감보다 세상을 넓게 보았습니다. 제가 본 것을 말씀드릴 뿐입니다."

권돈인은 숨을 삼켰다. 참으로 용기 있고 명민한 젊은이다. 아깝다는 생각이 불쑥 들었다. 배교만 한다면 어떻게 해서라도 살리고 싶었다.

"살길이 있다면 살고 싶으냐?"

"아닙니다."

"왜?"

"살길이란 배교가 아닙니까? 나리께서는 신앙이 무엇인지 모르시기에 그런 말씀을 하시는 것입니다."

"맞다. 나는 신앙이 무엇인지 관심도 없다. 하지만 다른 자들은 다 죽여도 너는 살리고 싶구나. 내 말을 따르도록 해라."

김대건 신부는 고개를 저었다.

"위정자는 자신이 살기 위해 백성을 죽입니다. 그러나 제가 믿는 주님은 백성의 죄를 대신해 스스로 죽음을 택하셨습니다. 저는 그 길을 따르는 신부입니다. 신자들은 죽어 가는데 어찌 살기를 바라겠습니까?"

"그리도 죽는 것이 소원이냐?"

"제발 저를 죽이시고 박해를 끝내 주십시오. 밖으로 나가 보십시오. 백성들이 어찌 사는지 보일 것입니다. 가난에 찌들려 죽을 끓일 쌀 한 줌 없는데, 포졸들은 천주교 신자들을 잡아들인다는 구실로 집집마다 뒤지고 다니며 눈에 띄는 대로 빼앗아 갑니다. 백성을 살리려 하십니까, 죽이려 하십니까? 백성들을 내버려 두십시오. 신자도 이 나라 백성입니다. 제발 살게 내버려 두십시오. 이번 박해는 저 때문에 일어난 것입니다. 하오니 제발 저를 죽이시고, 하루빨리 박해를 끝내십시오. 이렇게 빕니다."

김대건 신부는 의자에서 일어나 권돈인 앞에 무릎을 꿇고 절을 했다. 그를 내려다보는 권돈인의 마음은 착잡했다. 그를 살리라는 김정희의 말이 떠올랐다. 그를 살릴 길은 없다. 다만 해 줄 수 있는 것은 그의 소원대로 하루라도 빨리 처형하고 박해를 끝내는 것이다.

"일어나라."

김대건 신부는 자리에서 일어났다. 권돈인은 포졸을 불렀다.

"끌고 가라."

김대건 신부는 포졸에게 끌려가며 권돈인에게 애원의 눈길을 보냈다. 권돈인은 고개를 끄덕였다.

김대건 신부가 나간 뒤에도 권돈인은 자리를 뜰 수가 없었다. 그는 속으로 가슴을 쳤다. 저런 젊은이를 죽여야 하는 조선이 원망스러웠다.

김대건 신부와 신자들의 처형이 결정되었다. 일이 빨리 진행된 것은 프랑스 함내 때문이었다. 프랑스의 세실 제독은 세 척의 군함을 끌고 서해안에 나타나, 기해년에 처형된 세 명의 프랑스 성직자의 죽음에 대한 책임을 묻는 서찰을 전했다. 서찰이 조정에 전해지자 난리가 났다. 그동안 잠잠하더니 이제 와 갑자기 책임을 묻는 것은 무슨 일인가. 전쟁이라도 하겠다는 것인가. 백성들도 겁에 질려 우왕좌왕하고 있는데, 프랑스 함대는 대포 한 방 쏘지 않고 물러갔다. 대신들은 그들이 조선을 두려워해 물러갔다고 큰소리를 쳤다. 그리고 김대건 신부와 신자들에게 시선을 돌렸다. 권돈인은 때를 놓치지 않고 천주교 신자들의 처형을 강력하게 주장했다. 그의 의견에 대신들은 이견을 달지 않았고, 임금도 대신들의 의견을 따라 군문효수를 하명했다.

병오년 9월 16일(음력 7월 26일), 김대건 신부는 기해년에 세 성직자가 처형당했던 한강 새남터로 향했다. 새남터 모래 위에 꿇어앉은 김대건 신부는 하늘을 우러렀다.

'주님, 당신을 따르려고 애를 썼지만 늘 부족했습니다. 이렇게 저를 영광스럽게 받아 주시는 은총을 베푼 주님께 이승에서 마지막으로 감사의 기도를 드립니다. 이제 곧 주님을 뵈올 수 있어 행복합니다. 하지만 저와 신자들을 죽이는 조선을 벌하지는 마소서. 조선을 주님께 맡깁니다. 조선을 보호해 주시고, 당신의 은총으로 채워 주소서.'

휘광이의 칼이 햇빛에 번뜩이다가 그의 목을 내리쳤다. 김대건 신부의 나이 26세, 신품성사를 받고 신부가 된 지 일 년 남짓이었다.

김대건 신부에 이어 한양에 잡혀 있던 이십여 명의 신자들 가운데 현석문을 비롯한 여덟 명의 처형이 집행되었다. 김대건 신부를 비롯해 아홉 명이 병오년 박해로 순교한 것이다. 그러나 그것을 끝으로 박해는 중단되었다. 조정에서는 포졸들이 천주교 신자들을 잡아들인다는 명목으로 백성들의 집을 뒤지고 다니는 일을 금지했다. 남은 신자들은 숨을 돌렸고, 페레올 주교와 다블뤼 신부는 무사할 수 있었다. 잡혀 왔던 신자들, 그 누구의 입에서도 두 서양 성직자의 존재는 발설되지 않았다. 그들은 선교를 시작했다.

2

김대건 신부가 잡혔다는 소식을 듣자 초선은 하늘이 무너지는 것 같았다. 그에 대한 기대가 컸고, 늘 마음으로 의지하며 살았기 때문에 그가 체포되자 마치 자신이 잡힌 것처럼 마음이 황망했다. 그러나 그녀의 아픈 속을 아무도 눈치 채지 못했다. 초선은 아무 일도 없는 사람처럼 비단옷을 차려입고 선전에서 양반 댁 마님들을 맞았다.

"좋은 물건이 있나 모르겠네."

호조판서의 부인이 하녀를 데리고 점포 안으로 들어서며 말을 건넸다.

"마님, 어서 오십시오."

"안사돈에게 보낼 예물로 마땅한 게 있으면 내놔 보게."

"따님 혼사가 머지않았지요?"

"그렇다네. 지체 높은 댁이라 웬만한 비단은 보낼 수가 없으니 좋은 것으로 보여 주게."

"마침 청국에서 고운 비단이 들어왔는데 혹시나 해서 내놓지 않고 가지고 있었습니다."

초선은 장에서 비단을 꺼냈다. 연한 호박색 비단을 펼치자 은은한 빛이 품위를 자랑했다. 마님은 손끝으로 비단을 만지며 흐뭇한 미소를 지었다.

"또 다른 것은 없는가?"

초선은 쪽빛과 옥색 비단을 꺼내 아래위로 받쳐 놓았다. 양반 댁 마님들이 즐겨 입는 색깔이다.

"곱군. 참, 베이징에서 들어오는 옥양목이 좋다고 하던데?"

"네."

초선은 그녀의 말뜻을 알아듣고, 얼른 면을 꺼냈다. 그리고 소리를 낮추어 조심스럽게 말했다.

"서양에서 들어온 면입니다. 보십시오. 매끄럽고 흰빛이 눈부시지 않습니까?"

"그렇군."

"수를 놓아도 아주 곱고, 홑이불을 만드셔도 시원해 좋습니다."

마님은 고개를 끄덕였다.

"옥양목 한 통하고, 저 비단들을 꾸려 놓게."

"알겠습니다."

초선은 종이에 대금을 써서 건넸다.

"원체 귀한 것이라 값이 높습니다."

"알겠네. 하인 편에 보낼 테니 물건은 그때 보내 주게."

"그리하겠습니다."

"앞으로 좋은 물건이 들어오면 연통을 넣게."

"봄에 떠난 사은사(謝恩使) 일행이 곧 돌아온다고 합니다. 그 편에 좋은 물건이 올 것입니다."

호조판서 댁 마님은 꼭 연통을 넣으라고 신신당부하며 하녀를 데리고 나갔다.

매일같이 일어나는 일이다. 그 덕에 돈이 넘쳐난다. 광목으로 지은 옷한 벌도 제대로 입지 못하는 백성이 허다한데, 양반 댁에서는 비단과 명주를 동(50필)으로 가져가고, 요즘은 고급스러운 서양 면까지 통(옥양목이나 광목 등을 세는 단위)으로 가져간다. 참 고르지 못한 세상이다. 한숨을 돌리는데, 또 양반 댁 마님이 하녀를 앞세우고 들어선다. 한눈팔 새도 없이 하루가 바쁘게 돌아간다.

저녁이 되자 상점 문을 닫고 초선은 집으로 돌아왔다. 집에 와도 맞아주는 사람이 없다. 찬밥으로 저녁을 때우고 촛불을 밝힌 후 한쪽에 밀어놓았던 광목과 바느질 바구니를 당겼다. 광목을 잡은 손이 움직이지를 않는다. 그녀는 한숨을 내쉬었다. 체포당한 김 신부와 교우들이 언제 처형당할지 모른다. 그들이 처형되면 입으려고 상복을 준비하고 있는데, 손이 마음대로 움직여 주지 않는다.

'마치 순교하시기를 기다리는 사람 같군.'

그날 저녁도 바느질 바구니를 밀어 놓고 말았다.

김대건 신부와 교우들이 지난봄에 잡혔지만 여름이 다 가도록 별다른 소식이 없다. 처형될 것은 분명한데 하루하루 시간만 보내고 있던 차에 프랑스의 군함이 서해에 나타났다가 그냥 떠났다는 소문이 들렸다. 초선은 그들이 기해박해 때 순교한 세 명의 프랑스 성직자들 때문에 온 것이라는 소문을 듣고 긴장했다. 그들이 그렇게 돌아간 것이 아무래도 마음에 걸렸다.

긴 여름이 끝나 가는 9월 중순, 김상규가 밤중에 초선의 집을 찾아왔다.

김상규는 비록 남의 상점에서 일을 도와주고 있지만 무척 총명하고 기민했다. 김대건 신부도 초선에게 필요한 일이 있으면 그를 통해 연통을 했었다. 원체 몸을 잘 숨기고 있어 웬만한 신자들은 그가 어디서 무얼 하는지 모르고 있었다. 그래서 이번 박해에도 용케 포졸들의 눈을 피해 살아남을 수 있었다.

초선은 급히 그를 방으로 데리고 들어갔다.

"무사하셨군요."

"네. 소식이 있어 왔습니다."

김상규는 말을 꺼내지 못하고 한참을 머뭇거렸다. 초선은 불길한 예감이 들었다. 갑자기 심장이 고동쳤다. 그녀는 눈빛으로 그를 재촉했다.

"처형 날짜가 결정되었습니다."

쿵 하고 가슴에 바위가 떨어지는 소리가 들렸다. 예상은 하고 있었지만 막상 말을 듣고 나니 황망한 마음을 주체할 수 없었다. 창백한 그녀의 얼굴을 보며 김상규가 말했다.

"예상했던 일이 아닙니까?"

초선은 고개를 떨구었다.

"지난번 법국 군함이 나타났다 사라진 것이 화근이 된 모양입니다. 조정 대신들이 법국 군함을 신자들이 불러들였다고 하면서 역적으로 몰아 김대건 신부님을 효수경중(梟首警衆, 죄인의 목을 베어 높은 곳에 매달아 백성들을 경계하던 일)하고, 신자들을 처형해야 한다고 주장했답니다."

"언제인가요?"

초선이 무겁게 입을 열었다.

"이달 열엿새, 한강입니다."

"확실한가요?"

초선은 믿기지가 않아 다시 물었다.

"확실합니다."

어떻게 그런 자세한 정보를 입수했는지 김상규는 밝히지 않았다. 초선도 더 묻지 않았다. 그는 포도청은 물론 옥을 지키는 포졸들과도 연락하고 지내니 가능했을 것이다. 포졸들 가운데도 신자가 있어 위험을 무릅쓰고 김대건 신부의 서찰이나 이런저런 정보를 밖으로 내보내기도 했다.

침묵하고 있던 초선이 무겁게 입을 떼었다.

"한강에 나가봐야겠어요."

"조심하십시오. 저는 아무래도 나가지 않는 것이 좋을 것 같습니다."

"알겠습니다."

한강 새남터에서 김대건 신부의 처형이 집행되는 날, 천지가 어둠에 잠겼다. 오직 어둠만이 조선 천지를 뒤덮어 세상이 끝나는 것 같았다.

초선은 가난한 여염집 아낙처럼 허름한 무명옷에 짚신을 신고 한강까지 걸어갔다. 새남터에는 구경 나온 사람들로 붐볐다. 어린 나이에 이역만리로 떠나 나라에서 금하는 서양 학문을 익히고 신부가 되어 돌아와 천주교를 전파한 인물을 보고 싶은 호기심이 발동해서인지 많은 사람이 몰렸다. 초선은 구경꾼들 사이를 지나 맨 앞으로 나갔다.

포졸들이 산발인 채 포승에 묶인 김대건 신부를 끌고 왔다. 초선은 후들거리는 다리에 힘을 주었다. 잠시 후 포졸들은 김대건 신부의 양 겨드랑이에 긴 장대를 끼우고 구경꾼들 앞으로 끌고 나왔다. 너희도 천주교를 믿으면 이 꼴이 된다는 것을 보여 주기 위해서일 것이다. 김대건 신부가 가까이로 다가오자 초선은 숨이 멎는 것 같았다. 눈이 마주쳤다. 김대건 신부의 얼굴에 반가운 빛이 돌았다. 그 순간 초선은 김대건 신부가 자신에게 꼭 살아남아야 한다고 눈빛으로 말하는 것을 느꼈다. 초선은 그의 눈을 보며 속으로 대답했다.

'명심하겠습니다.'

포졸들은 계속 김대건 신부를 끌고 다녔다. 두 팔을 힘겹게 내려뜨린 채 포졸들에게 끌려가는 김대건 신부의 뒷모습을 초선의 시선이 뒤따랐다. 구경꾼 앞을 한 바퀴 돌고 난 뒤 포졸들은 모래밭 위에 김대건 신부를 내려놓았다. 초선은 그를 정면으로 바라볼 수 있는 곳으로 자리를 옮겼다. 김대건 신부와 얼굴을 마주하는 자리에 서자 초선은 속으로 말했다.

'천당으로 떠나는 길을 배웅해 드리겠습니다.'

초선은 시선을 멈춘 채 움직이지 않았다. 이윽고 휘광이가 칼을 들고 미친 듯이 춤을 추며 김대건 신부 주위를 돌았다. 잠시 후 춤추던 발을 멈추고 칼을 높이 치켜들었다. 칼을 내려치는 순간 초선은 눈을 감았다.

잠시 후 웅성거리는 소리가 들렸다. 초선은 눈을 감은 채 뒤돌아섰다. 사람들이 혀를 차며 삼삼오오 자리를 뜨고 있었다. 초선은 천천히 사람든 사이를 지나며 계속 걸었다. 사람들이 보이지 않는 강변에 이르러서야 걸음을 멈추었다. 강물은 아무 일도 없었던 듯, 보고도 모른 척 흘러가고 있다. 그렇다. 저 강물처럼 살아야 한다. 모든 걸 보고도 아무 일 없었던 것처럼 그렇게 태연하게 살아가야 한다. 초선은 하늘을 올려다보았다. 지금쯤 저곳에 계실까? 그녀는 마음을 다잡으며 하늘을 향해 말했다.

"제 육신은 신부님의 육신과 함께 죽었습니다. 다만 신부님의 육신은 사라졌지만 제 육신은 남아 있을 뿐입니다. 남아 있는 제 육신에 신부님의 뜻이 생명을 불어넣었습니다. 이 육신에 신부님의 뜻을 담고 있으니 얼마나 고귀한 것인지요. 신부님의 뜻이 이 땅에 퍼질 수 있도록 잘 견디고 살아남아 열심히 일하겠습니다."

그녀는 청계천을 향해 걸음을 옮겼다.

3

김대건 신부가 처형되고 얼마 뒤 조만영이 세상을 떠났다. 조카에 이어 하늘같이 의지하던 형님마저 떠나보낸 조인영의 기세가 꺾였다. 풍양 조씨의 세도도 끝을 보이기 시작했다. 안동 김씨가 눈빛을 번뜩이며 서서히 고개를 쳐들었다.

김재연은 일찌감치 사역원을 나왔다. 스산한 가을바람이 옷 속을 파고들었다. 거리에는 낙엽이 이리저리 뒹굴었다. 생명을 다하고 나무에서 떨어져 바람 부는 대로 날리고 있다. 인간도 마찬가지다. 하지만 제 생명을 다하지 못하고 타의에 의해 생명을 빼앗기기도 한다.

김대건 신부가 떠난 지도 벌써 석 달이 지났다. 김대건 신부가 처형되던 날, 김재연은 새남터를 찾지 않았다. 차마 그의 죽음을 볼 수 없었다. 마음에 두었던 사람의 목이 떨어지는 것을 도저히 볼 자신이 없었다.

남촌에 있는 임형주의 집에 도착한 것은 어둠이 막 내려앉을 때였다. 김재연은 임형주의 집에서 가끔 선비들이 모인다는 이야기를 들었지만 참석하지는 않았다. 이번에는 왜국을 다녀온 역관 김선치가 참석하니 꼭 와 달라는 임형주의 부탁이 있어 오는 길이다. 임형주는 김재연이 대문 안으로 들어서자 사랑에서 나와 반갑게 맞이했다.

"오랜만이군. 참 보기 힘드네."

"하는 일 없이 분주했습니다."

"왜 아니겠는가. 오늘은 김선치도 온다고 했으니 청국과 왜국의 동향에 대해 이야기를 나누어 보세."

"또 누가 옵니까?"

"늘 오는 벗들이지. 박준용과 홍서진, 서상재가 올 것이네."

모두 북학에 관심을 쏟고 있는 선비들이다. 선비라고는 하지만 홍서진과 서상재는 서얼 출신이라 과거는 포기하고 학문에만 마음을 쏟고 있고, 박준용은 과거를 치르고 성균관에 나가고 있지만 한직에 불과하다.

"김성희는 오지 않습니까?"

"요즘 내왕이 없었네. 청국에 다녀온 뒤 다녀가고는 발길을 끊었네."

"무슨 일 있습니까? 전에는 자주 내왕하지 않았습니까?"

"글쎄, 청국에 가기 전에 새로운 문물과 천주교에 대해 잘 보고 오라고 부탁을 했었네. 그런데 청국에서 일어나는 변화가 감당하기 힘들었던 모양인지 주자학에 전념하겠다고 하더군. 조인영 대감의 부름을 받고 출세하는가 싶더니 이내 추사와 연루되어 파직당했지."

"상처한 지도 오래되었는데 재혼은 했는지 모르겠습니다. 베이징에서 만났을 때는 후실이던 초선이라는 여인을 잊지 못하는 것 같았습니다."

"초선이 사라진 뒤로 무척 상심하더니 베이징을 다녀오고 얼마 지나지 않아 재혼했다네. 정이란 그런 것이 아니겠나. 안 보면 잊히게 마련이지."

김재연은 초선을 생각하며 속으로 고개를 끄덕였다.

오기로 한 사람들이 하나둘 찾아들었다. 저녁을 먹고 술을 한 순배 돌리고 난 뒤 임형주의 주재로 서학에 관한 토론이 시작되었다. 그들은 모두 서학을 받아들여야 한다고 주장하며, 서학을 받아들이지 않는 조정의 처사에 대해 한탄했다. 조정이 서학을 받아들이지 않는 이유를 짚고 넘어가야 한다며 임형주가 목소리를 높였다.

"조정에서는 천주교와 서학을 같이 놓고 보고 있소. 난 그것이 문제라고 봅니다. 천주교와 서학은 엄연히 다르니까요. 천주교는 눈에 보이지 않는 신을 믿는 신앙일 뿐이고, 서학은 물질세계를 궁구하는 것입니다. 그러니 서학은 천주교와 구분해서 대처해야 하지요."

박준용이 말을 받았다.

"이미 오래전에 성호(이익) 선생이 동도(東道)와 서기(西器)를 구별하고, 뛰어난 서양 기술을 수용해야 한다는 주장을 했습니다. 그러나 그것은 어디까지나 권력에서 멀리 떨어져 있는 선비의 주장에 불과하다며 조정에서는 귀 기울이지 않았습니다. 내용을 보면 천주교와 서학이 다르다는 것은 분명합니다. 하지만 두 가지 모두 서양에서 들어왔다는 공통점이 문제가 아니겠습니까? 서학이 조선에 소개된 것은 천주교를 통해서입니다."

"천주교도 그렇지요. 그냥 내버려 둬도 별 문제가 없을 터인데, 탄압을 하니 더 소문이 나고 퍼지는 것 아니겠소. 공자를 믿든 부처를 믿든 예수를 믿든 그건 지금 조선에 중요한 일이 아닙니다. 쇠약해진 국력을 강화하기 위해서는 서양의 앞선 물질에 대한 연구를 받아들여야 하는데 그것을 내치고 있으니 문제지요."

듣고 있던 서상재가 임형주의 말에 다른 의견을 내놓았다.

"공자나 부처를 믿는 것은 지금 조선에 별다른 문제가 아니지만 예수를 믿는 것은 다르지요. 예수를 믿는 것은 유학이 이상으로 하는 사회질서를 근본에서부터 뒤흔드는 일입니다. 만민 평등을 주장하면서 가난하고 힘없어 천대받는 사람들을 소중히 여기라는 예수의 가르침이 퍼진다면 조선 왕조는 존립 자체가 위태로울 수 있습니다. 조정에서는 그 점을 생각하는 것이 아닐까요? 서학이 천주교를 통해서 들어왔듯 서학을 수용하면 천주교도 따라서 퍼지는 것이 현실이지요. 조정의 입장은 그런 점을 고려한 것일 테지요."

그러자 박준용이 나섰다.

"수긍이 가는 말이오. 조정에서는 천주교와 서학을 분리해 생각할 수 없다는 입장이지요. 결국 서학을 받아들이려면 천주교를 용납해야 하는데, 그것이 국시에 배치된다는 것이지요."

"그러면 조선에서는 서학을 받아들인다는 희망을 가져서는 안 된다는 결론이 내려지는군요."

임형주가 한탄을 했다. 홍서진이 말을 받았다.

"조정에서 주도권을 가지고 서학을 수용하리라는 희망은 없소. 성균관을 보면 알 수 있어요. 가르치는 것이 늘 같습니다. 유학의 이상을 실현하기 위한 가르침이지만 결국 정권을 유지하기 위한 방패이지요. 그 가르침이 머리에 꽉 차 있는 선비들이 조정에 나가 실권을 행사하는 일이 계속되는 한 조정에서는 서학을 받아들이지 않을 것입니다."

"조선이 존속하는 한 서학은 이 땅에 발을 붙이기 어렵다는 말이군요."

"조선이 아니라 조정이 문제입니다. 조정이 바뀌기 전에는 안 된다는 말이지요."

"조정이 바뀌면 나라가 바뀌는 것 아니오?"

"나라와 백성은 늘 그대로지요. 실권을 행사하는 주인만 바뀌는 것이지 나라가 뒤집어지는 일은 아닙니다."

말이 다른 길로 빠지자 임형주가 다시 서학으로 화제를 돌렸다.

"서양에서는 천주교와 서학이 어떤 관계인 것 같소?"

"서양의 발전에는 천주교의 평등사상이 아주 크게 작용했습니다."

김재연이 간단히 대답했다.

"무슨 뜻이오?"

"천주교의 만민 평등사상이 실현되면서 사람들의 능력이 개발되었지요. 그러다 보니 여러 학문이 발전되었지요. 그 학문을 기초로 하여 우리가 보고 있는 서양의 함선과 무기는 물론 각 분야에서 놀랄 만한 결과가 나온 것입니다. 서학의 발전이 가져온 결과만 볼 것이 아니라 그 원인을 살펴보아야 할 것입니다."

"평등, 결국 신분제도를 파하고서야 서학이 이룬 업적을 우리도 이룩할 수 있다는 말이군요."

"그렇습니다. 지금 서학을 받아들인다고 해도 그건 소수의 사람에게만 해당되는 일이 아니겠습니까?"

"그럼 어찌 해야 한다는 말이오?"

"백성들이 눈을 떠야 합니다. 눈을 뜨고 자신의 능력을 발휘할 수 있어야 진정으로 서학을 수용했다고 할 수 있습니다. 백성들이 생활의 필요를 느끼고, 그 필요를 충족하기 위해 자신의 능력을 쓸 때 우리도 서학이 이룬 업적을 뒤따를 수 있을 것입니다."

"현실로서는 불가능한 일을 말하는 것 같습니다. 조정에서는 백성들을 잠재우려고 여러 가지 법제(法制)로 다스리고 있지 않습니까?"

"그렇지요. 백성은 조정의 뜻대로 늘 잠을 자야 하지요. 한양은 늘 밤이지요. 위아래가 다 한밤중인 듯 잠만 자고 있습니다."

"대국이라는 청국도 그렇게 자다가 배 몇 척에 무릎을 꿇고 말았지요. 참으로 한심한 일이 아닐 수 없습니다. 서양에서는 새로운 기물을 만들어 황무지를 개척해 풍요를 가져왔어요. 땅에서 얻는 물자가 풍부해지자 더욱 기이한 기물을 만들고, 함선을 만들어 바다를 개척하지 않았습니까? 바다를 통해 엄청난 자원을 마련했을 뿐 아니라 상상도 할 수 없었던 머나먼 나라까지 가서 그 나라의 보물을 가져다 즐기고 있어요. 청국과 서양에 이르는 그 머나먼 바다에 길을 내었습니다. 놀라운 변화가 일어나고 있는 판에 조정에서는 바로 옆 청국을 가는 데 배를 띄우지 못하게 하고, 머나먼 육로로 돌아서 가라고 몰아댑니다. 변화를 보지 않겠다고 문을 닫아걸고 눈을 감고 있으니 이 나라가 앞으로 어찌 될지 걱정입니다."

임형주의 한탄은 모두의 마음이었다.

"스스로 변화를 선택하면 변화의 폭을 조절하고 통제할 수 있지만, 남에 의해 강제로 변화가 일어나게 되면 무조건 휩쓸리게 됩니다. 그런데 스스로 변화를 선택하지 않으면 분명 남이 밀고 들어와 변화를 일으킬 것입니다. 결국 당하고 맙니다."

김재연이 단정했다.

"당한다니 무슨 뜻입니까?"

박준용이 물었다.

"국권을 상실할 수도 있다는 말입니다. 아편 전쟁에서 승리한 영국은 청국의 특정한 지역을 선택해 청국의 권한을 완전히 배제하고 자국의 법으로 지배하고 있습니다. 그 안에서 무슨 일이 일어나도 청국은 어떠한 권한도 행사할 수 없지요. 말하자면 청국 안에 영국이 존재하는 것입니다. 청국은 땅이라도 넓지만 조선은 작은 나라입니다. 어찌 되겠습니까?"

모두 무릎을 치면서 한탄했다. 그러자 임형주가 이제껏 듣고만 있던 김선치에게 질문을 던졌다.

"왜국의 사정은 어떻소?"

"왜국도 길으로는 쇄국을 하고 있습니다. 유학의 신분세도를 그내토 따르면서 나라를 운영하고 있지만 그것은 겉으로 드러난 모습입니다. 안을 들여다보면 우리 조신과는 매우 나른 양상이시요."

김선치의 말이 끝나기가 무섭게 김재연이 말을 받았다.

"왜국에서 사람을 파견해 서양에 관한 정보를 입수하고 있다는 소식을 광저우에 있을 때 들었습니다."

"바로 그 점입니다. 겉으로는 쇄국을 주장하지만 은밀히 서양에 대해 조사하면서 관찰하고 있습니다."

"왜국이 서양과 접촉한 것은 꽤 오래되었지요?"

"그렇습니다."

김선치는 왜와 서양의 관계를 설명했다.

왜국에 천주교가 들어온 것은 조선보다 230여 년이나 앞섰다. 천주교와 함께 에스파냐와 포르투갈 사람들이 들어와 무역을 하기도 했는데, 천주교 단압과 함께 쇄국정책을 쓰면서 그들을 모두 추방했다. 그런데 묘하게도 에스파냐와 포르투갈 사람들은 추방했지만 나가사키에서의 네덜란드와의 무역은 허용했다. 비록 나가사키 한곳으로 제한했지만 그곳을 통해 서양과의 무역은 단절되지 않았고, 서양에 대한 정보를 입수할 수 있는 문은 열어놓은 것이다.

"천주교를 내세워 무역을 주도하던 나라들은 추방하고, 천주교와 별 상관없는 아란타(네덜란드)를 허용했다면, 천주교와 서학을 분리했던 모양입니다."

"그렇습니다. 왜국은 일찌감치 종교와 학문을 분리해 서양의 학문은 수용하는 태도를 취했습니다. 그래서 조정에서는 란어(네덜란드어)를 배우도록 허용해 많은 사람이 란어를 배웠고, 란어로 기록된 서양 서적들을 왜어로 번역할 수 있었지요. 서양의 유명한 해부학 서책인《해체신서(解體新書)》도 란어로 된 것을 바로 번역한 것입니다. 그뿐 아니라 천주교 서책을 제외한 다른 한문 서학 서책, 말하자면 예수회 신부들이나 선교사들이 쓰거나 번역한 천문학이나 수학 서책은 금서가 아니기 때문에 널리 공부하고 있지요."

"서학 공부를 나라에서 허용하는 셈이군요. 왜국도 유학을 근본으로 하는 나라라고 알고 있는데, 유학과 서학이 서로 충돌하지 않습니까?"

"교육이 우리와 다릅니다."

김선치는 왜국에서 행하고 있는 교육에 대해 간단히 설명했다.

조선은 성균관과 지방의 향교에서 가르치는 것이 유학, 그것도 주자학 일색이고, 서당에서도《천자문》을 비롯해《동몽선습(童蒙先習)》이나《소학(小學)》같은 한문과 유학을 중심으로 가르치고 있다. 그런데 왜국에서는 선비들이 조선처럼 주자학 일색으로 공부하지는 않는다. 폭넓게 서책을 대할 수 있도록 하고, 무술을 가르쳐 심신을 단련시키고 있다. 특히 서당과 비슷한 데라코야(寺子屋)에서는 역사, 지리, 이수(理數), 주산 같은 실생활과 연관이 있는 분야를 가르치고 있다.

"후일 조선과 왜국이 서양 문물을 받아들이겠다고 하면서 서학을 동시에 가르친다면 우리는 전혀 준비가 되어 있지 않아 동서남북 못 가리고 우왕좌왕할 것입니다. 반면 왜국은 무리 없이 서학 중심으로 교육을 전환할 수 있을 것입니다."

김선치는 부러운 듯 말했다. 김재연도 답답한 마음에 한마디 덧붙였다.

"왜국은 그런 상황이고, 청국도 중체서용(中體西用)을 내세워 서학을 받아들일 준비를 조금씩 하고 있는데, 조선은 왜 이렇게 답답합니까? 조선과 청국, 왜국은 모두 유학을 국시로 하는 나라들이지만 유학을 받아들이는 면에서 차이가 있고, 그에 따라 서학을 수용하는 데도 차이가 나는 것 같습니다. 결국 그런 차이로 인해 앞으로 세 나라의 운명이 결정될 것입니다."

모임은 늘 그렇듯이 처음에는 새로운 소식들을 서로 나누며 시작하지만 마지막에는 한탄의 소리를 높이다가 끝이 난다.

김선치의 집도 수표교 부근이라 둘은 밤길을 함께 걸었다.

"참으로 오랜만에 허심탄회하게 이야기를 나누어 보는 것 같소. 왜국 사정을 조정에 알려야 하지 않겠소?"

"왜 안 했겠습니까? 왜놈들 하는 짓이라고 비웃을 뿐이지요. 이야기한들 무슨 소용이 있어야지요."

김재연은 쓴웃음을 지을 수밖에 없었다. 아무리 중요한 정보를 바친들 조정에서 내던져 버리면 휴지 조각이 되고 만다. 김재연이나 김선치 같은 역관들의 생각을 조정에 알리는 데는 한계가 있을 수밖에 없었다.

"왜국에서 서학을 수용하는 것은 심상치 않은 조짐인데, 우리 조정은 그렇게 중요한 정보를 비웃고 말다니 참으로 한심한 일입니다."

"왜국 조정에서는 천문방(天文方, 과학 연구 기관)에 서양에 대한 정보를 수집하고 번역하는 일까지 맡겼습니다. 그것이 우리 조선과 크게 다른 점입니다. 나라에서 직접 나서는 것과 개인이 알아서 수용하는 것은 엄청난 차이가 있지요."

"누가 아니랍니까. 우리는 온갖 위험을 무릅쓰고 정보를 수집해서 보내는데, 조정에서 쳐다보지도 않으니 이렇게 모여 한탄이나 할 수밖에 없지요. 그래도 변화의 조짐이 보이니 낙망하지는 맙시다."

"글쎄요. 왜국을 보면 겁이 납니다. 임진년과 같은 왜란이 다시 일어나지 말라는 법이 없지 않습니까?"

김재연도 그 말에 수긍했다.

"그렇지요. 특히 왜국은 섬나라이니 대륙으로 향하는 꿈을 접을 수가 없을 겁니다. 대륙으로 가는 길목이 조선이니 걱정입니다."

밤하늘의 먹구름을 보면서 그들은 말을 잊었다.

수표교에 이르자 각자 집으로 향했다. 집으로 가던 김재연은 발길을 돌려 청계천으로 나와 장통교로 향했다.

김대건 신부의 죽음을 맞은 초선은 뜻밖에도 의연했다. 크게 상심할 줄 알았는데 침착하게 장사를 해 나갔다. 그것이 신앙인의 태도인가 싶다가도 가끔씩 가슴이 선뜩했다.

초선은 잠자리에 들지 않고 기도를 하고 있었다. 낮에 장사를 할 때는 곱게 비단으로 차려입지만 밤에는 광목으로 지은 소복을 입었다. 소복을 입은 모습을 보면서 김재연은 김대건 신부와 신자들을 기리는 초선의 마음을 짐작했다.

"밤늦게 실례인 줄 알면서도 왔습니다."

"오실 일이 있으면 언제라도 오셔야지요."

"갑자기 김 신부님 생각이 나더군요."

초선은 아무 말도 하지 않았다. 그녀의 아픈 마음이 느껴져 김재연은 가슴이 아팠다.

"여장부더군요. 난 가슴이 쓰려 한동안 일이 손에 잡히지 않았소."

"전들 그러지 않았겠습니까?"

"태연해 보이던데요?"

"안 그러면 어쩌겠습니까? 예감하던 일이라 늘 마음을 다잡고 있었습니다."

김재연은 고개를 끄덕였다. 말은 저렇게 하지만 속으로 얼마나 많은 눈물을 흘렸겠는가. 풍파를 겪을 만큼 겪어서인지 속을 드러내지 않는 데 익숙해 보였다.

"조만영 대감이 세상을 떴습니다."

초선은 소식을 듣지 못한 듯 놀라움을 감추지 못했다.

"조병구, 조만영의 연이은 죽음으로 조인영 대감의 기세가 한풀 꺾인 모양입니다. 이제 안동 김씨가 고개를 쳐들 때가 되었지요. 덕분에 천주교는 한숨 돌리게 되었습니다."

"안동 김씨는 어떤가요?"

"권모술수가 풍양 조씨보다 한 수 위일지도 모르지요."

초선의 표정이 어두워졌다. 김재연은 말을 돌렸다.

"장사가 잘되는 모양이오?"

"비단도 비단이지만 요즘은 서양에서 들어온 마포(麻布)나 면직(綿織)이 잘 나갑니다."

"서양의 포목이 많이 들어옵니까?"

"청국을 통해 적잖이 들어오고 있습니다. 양반 댁 마님들이 좋아해 비싼 값에 나갑니다."

역시 변화는 정치보다는 장사에서 먼저 볼 수 있다. 조정에서는 서양의 영향을 막기 위해 대문을 막고 있지만 그들의 물건이 먼저 조선의 시장에 퍼지고 있다. 이세영의 말마따나 장바닥에 펼쳐진 물건을 보고, 장터에 떠도는 말을 귀담아들어 보면 세상의 변화를 감지할 수 있음을 김재연은 새삼 느꼈다. 양반 권세가들은 서양을 막으려고 안달인데, 그들의 부인들은 서양의 물건을 즐기고 있는 것이다. 초선은 그런 모습을 보면서 천주교도 자유를 얻을 수 있을 것이라는 희망을 품고 있을 것이다.

"청국으로 떠날 날이 얼마 남지 않았습니다."

"알고 있습니다. 이번에 이수영 행수도 함께 가신다고 합니다. 그분 편에 물건을 보내 주시면 제가 받을 수 있습니다."

"알겠습니다. 이번에는 마음먹고 비단상들을 둘러보겠습니다."

김재연은 초선의 집을 나왔다. 청계천을 따라 걸으면서 물소리를 들었다. 저 물은 아무 일도 일어나지 않은 듯 그날이 그날처럼 무심히 흐른다. 하늘을 올려다보았다. 별 하나 보이지 않는다. 김대건이라는 한 사람이 떠나면서 여러 사람의 가슴에 상처를 남겼다. 장사를 파한 청계천가는 불빛이 없다. 불빛이 비치지 않는 한양, 언제까지나 어둠만이 주인일 것 같아 가슴이 답답했다. 김재연은 자신을 타일렀다.

'지금은 분명 밤이다. 그러나 밤이라고 어둠만 있는 것은 아니다. 밤은 새벽을 품고 있다. 나는 새벽을 맞으러 길을 계속 갈 것이다.'

그의 걸음이 빨라졌다.

4

병오년 동지사 일행은 한양을 출발해 의주를 거쳐 압록강에 이르렀다. 얼어붙은 강 위에 눈이 쌓여 발목이 푹푹 빠졌다.

지난날의 기억이 떠올라 가슴을 아프게 했다. 상처는 살아남은 사람에게만 남는다. 김대건 신부는 조선에 불을 밝히기 위해 혼자 어둔 밤에 이 압록강을 건넜다. 그리고 목숨을 잃었다. 자신을 받아 주지 않는 조국, 그 조국을 홀로 사랑하다 칼을 받고 죽었다. 조선에 대한 원망에 김재연은 가슴을 쳤다.

압록강을 건너 구련성과 총수산에서 하룻밤씩 묵은 뒤 책문에 도착했다. 책문은 변한 것이 없었다. 거리도 집도 사람도 변한 것이 없는데, 다이전 장군은 그곳에 없다. 동명관도 집은 여전한데, 정시윤도 초선도 없다. 자신을 반겨 줄 사람들이 이곳에는 아무도 없다는 사실에 날씨만큼이나 가슴이 싸늘했다.

오랜만에 동명관을 찾았다. 김재연이 대문으로 들어서자 백호선 내외가 뛰어왔다.

"잘들 있었소?"

"네. 저희는 여전합니다."

김재연은 백호선의 안내를 받으며 정시윤이 쓰던 서재로 갔다. 책도 가구도 예전 그대로다. 그들은 둥근 책상을 가운데 두고 마주 앉았다.

"겨우 두 해가 지났을 뿐인데, 꽤 많은 세월이 흐른 느낌이 드는군요."

"왜 아니겠습니까? 조선에서 박해가 있었다는 이야기는 들었는데, 어찌 되었는지 자세히 듣지를 못했습니다."

"기해년보다는 덜했지만 김대건 신부님이 순교하셨소. 그리고 여덟 명의 신자들이 순교했지요. 그래서 일부러 들렀소. 혹시나 조선으로 들어가려는 선교사들이 이곳에 오면 당분간은 안 된다고 전해 주시오. 아직까지는 상황이 좋지 않아요."

그들은 잠시 말을 잊었다. 이곳을 드나들던 김대건 신부의 모습이 눈에 선했다. 백호선이 놀란 얼굴로 급히 말했다.

"내 정신 좀 보게. 최양업 부제님이 책문에 와 계십니다. 오늘 밤에 이곳으로 오시기로 했습니다."

"최양업 부제라니요?"

"전에 김대건 신부님과 함께 사제 수업을 하러 떠나셨던 분이지요."

"그 사람이 왔단 말이오? 조선에 들어가려고?"

"네. 법국 신부님 한 분과 같이 오셨답니다. 밀사를 기다린다고 하셨습니다."

김재연은 긴장했다. 이제 겨우 박해가 가라앉았는데 만일 들어와 잡히게 되면 이번에는 대대적인 박해가 일어날 것이다. 조선에서 활동하고 있는 두 프랑스 성직자도 무사하지 못할 것이다.

"내가 만나겠소. 지금 조선 교회에서는 밀사를 보낼 형편이 아니오."

밤이 오기를 기다렸다. 밖에서 인기척이 났다. 최양업 부제였다. 백호선의 안내를 받으며 그가 들어왔다. 한눈에도 그는 김대건 신부와는 다른 인상이었다. 김대건 신부가 재기 발랄하고 기지가 번뜩이는 데 반해 최양업 부제는 침착한 눈매에 진중해 보였다. 최양업 부제는 조심스러운 눈으로 김재연을 바라보았다. 백호선이 소개를 했다.

"이분은 동지사와 함께 오신 역관이십니다."

최양업 부제가 김재연에게 물었다.

"교우이신가요?"

"아니요. 하지만 교회 소식을 알고 있소. 조선에 박해가 있었지요. 김대건 신부님이 순교하셨습니다."

최양업 부제의 놀란 입이 다물어지지 않았다.

"자세한 이야기를 듣고 싶습니다."

김재연은 그동안 일어났던 박해의 전후 사정을 소상히 말해 주었다. 최양업 부제의 침통한 표정이 풀리지 않았다. 고개를 숙인 채 침묵하던 그가 김재연을 쳐다보았다.

"두 분 성직자께서는 무고하십니까?"

"그런 것으로 알고 있소. 김 신부님이 죽음으로 막았다고 하오."

"제가 빨리 입국해야겠습니다."

김재연은 고개를 저었다.

"잠시 기다리는 것이 좋을 것 같소. 지금은 때가 아닙니다. 박해로 국경 경비가 더욱 삼엄해졌소. 박해가 끝났다고는 하지만 아직은 모르는 일이오. 두 분 성직자는 물론 신자들 모두 숨을 죽이고 있소. 이런 때는 피하는 것이 최선책이 아니겠소."

최양업 부제가 고민 끝에 말했다.

"그렇지만 오래 기다릴 수는 없습니다. 의주관문의 경비가 삼엄할 것 같으니 바닷길을 찾아봐야겠습니다."

김재연은 최양업을 보면서 거침없이 이야기를 풀어 놓던 김대건 신부를 생각했다. 최양업 부제가 다시 입을 열었다.

"교우가 아니라 하셨는데 어떻게 교회 소식을 상세히 알고 계십니까?"

"김 신부님을 우연히 알게 되었소. 천주교에 관심이 있어 유심히 보았을 뿐이오."

최양업은 서슴지 않고 물었다.

"한양에서 어떻게 만날 수 있겠습니까?"

"장통방에서 경상이 운영하는 선전을 찾아가시오. 그곳에 김초선이라는 신자가 일하고 있소. 그 부인이 도움을 줄 것이오. 김 신부님이 신자들과 접촉하지 말고 숨어 지내며 뒤에서 일을 도우라고 하셨소. 그래서 돈 버는 일에 몰두하고 있소. 필요한 일이 있으면 직접 부인을 찾아가시오."

"알겠습니다. 이번에는 그냥 돌아가고, 다음을 기약하겠습니다."

최양업 부제와 헤어져 숙소로 돌아가며 김재연은 그가 조선 천주교의 초석을 단단히 다질 사람이라는 생각이 들었다.

그렇게 참혹하게 죽이는데도 또 죽겠다고 들어오니 참으로 끈질기다. 자유를 얻을 때까지 저들의 노력은 계속될 것이다. 김재연은 혼잣말로 중얼거렸다.

"새벽이 오긴 오는 모양이군."

조선 동지사 일행은 베이징에서 병오년을 보내고, 정미년(1847년)을 맞았다. 황실의 원단 행사에 참석하는 것이 주요한 일이기에 차질 없이 진행했다.

김재연은 중요한 일들을 마무리한 뒤 베이징을 떠났다. 텐진으로 가서 영국 상선을 타고 상하이에 도착했다. 상하이에서 천궈룽을 만나 광저우로 함께 내려왔다. 영국 상선의 속도는 상상할 수 없을 만큼 빨랐다. 며칠 후면 천징융의 서문행에서 만든 배가 출항하게 된다. 정시윤은 그 배에 많은 재산을 투자했다. 광저우로 내려오는 동안 천궈룽과 김재연은 내내 가슴이 뛰었다. 드디어 서양을 향해 중국 배를 띄우게 된 것이다.

광저우 천징융의 집안은 분주했다.

"준비는 다 되었느냐?"

천궈룽이 아들에게 물었다.

"네. 차질 없이 준비되었습니다."

"누가 가느냐?"

"안타깝지만 저는 이곳에 일이 많아 갈 수가 없습니다. 대신 시윤이 갑니다. 시윤이 모든 걸 알아서 처리할 것입니다. 그리고 쑤링과 두 아이도 함께 갑니다."

두 아이는 천징융의 맏아들 진샹(進祥)과 수련이다.

"잘되었구나."

천귀룽은 흥분된 목소리로 김재연을 쳐다보며 향했다.

"이보게, 자네 아들이 미국을 간다네. 이 소식을 자네 부친이 들으면 무슨 말을 할지 궁금하군. 우리 자손들이 이렇게 함께 일을 할 수 있다니 더 바랄 것이 없군."

옆에 앉아 있던 김재연과 정시윤도 흐뭇한 미소를 지었다. 천징융이 아버지에게 알렸다.

"이번 참에 두 아이에게 뉴욕에서 주변의 대학을 구경하라고 일렀습니다. 가까운 보스턴에 명문 대학이 있다 하니 잘 살펴보라고 했습니다."

"대학이라면 영국이나 법국이 더 훌륭하다는 말을 들었다."

"앞으로 두 나라에도 보내 볼 생각입니다. 미국은 역사가 짧아 교육의 전통이 짧지만 생기가 넘칩니다. 발전 가능성이 크지요."

천귀룽은 흥분을 가라앉히지 못했다. 천징융은 그런 아버지가 걱정돼 침실로 모시고 갔다.

김재연과 정시윤은 서재를 나와 뜰을 걸었다. 연못에 이르자 정시윤은 걸음을 멈추고 물었다.

"우리가 함께한 세월이 얼마인가?"

"이십 년이 넘었군. 갓 스물의 팽팽한 얼굴로 만났는데 많이 변했지?"

"그때 나는 얼굴은 이십 대였지만 마음은 죽음을 기다리는 늙은이였지. 그런 내게 자네가 생기를 불어넣고, 꿈을 심어 주고, 길을 열어 주었네. 그리고 이제 꿈을 이루게 되었네. 내 모든 건 자네한테서 나온 것이지."

"꿈을 꾸고 그 꿈을 이루어 갈 수 있는 능력이 자네에게 있으니 가능한 일이 아니었겠나?"

"자네를 따라다니면서 참 많은 걸 배웠지. 세상을 보는 눈, 사람 보는 눈, 물건 보는 눈, 돈이 가는 길을 보는 눈. 수업료를 얼마나 줘야 할지 모르겠군."

"장사꾼은 어쩔 수 없군."

"허, 내가 타고난 장사꾼인 걸 몰랐나. 내 모든 걸 수련이에게 주겠네. 앞으로는 수련이가 내 꿈일세."

"그러지 말고 자식을 보게. 혼인을 했으면 자식을 봐야 할 것 아닌가?"

"내 자식은 수련이 하나야. 변하지 않을 걸세. 내 모든 걸 자네가 주었으니, 이제 내 모든 걸 자네에게 돌려줄 것이네. 수련이는 자네와 나의 꿈일세. 우린 하나의 꿈을 가지고 있어."

"참, 이 사람……"

김재연은 말을 잇지 못했다. 김재연은 문득 김대건 신부 생각이 났다.

"꿈이라고 하니 꿈을 꾸던 또 한 사람이 생각나네. 김대건 신부."

"그 젊은 신부도 꿈에 부풀어 있지."

"죽었네."

정시윤은 무슨 말인가 싶어 김재연을 빤히 쳐다보았다.

"죽었네. 지난해 김대건 신부가 붙잡히면서 박해가 일어났지. 그리고 나서 그는 죽었다네."

정시윤은 머리를 한 대 얻어맞은 듯 큰 충격을 받았다. 조각배를 타고 상하이까지 왔던 그의 모습을 잊을 수 없다. 그런데 벌써 죽다니. 정시윤이 한마디 뱉었다.

"조선은 아직도 밤이군."

"맞아. 밤이 꽤 길군. 하지만 밤은 새벽을 품고 있어. 김대건 신부가 죽자 다른 젊은이 하나가 들어오겠다고 길을 찾고 있더군. 그러다 보면 새벽이 올 것이네. 조선에도 새벽은 오고야 말 것이야."

그들은 두 손을 굳게 잡았다.

서문행의 배는 황푸 항에 정박하고 있었다. 아침에 천귀룽 일가는 주장

강에서 배를 타고 황푸 항으로 갔다. 멀리 서문호라고 쓰인 커다란 배가 눈에 들어왔다. 천귀룽 일가는 모두 소리를 질렀다. 김재연도 가슴이 설레었다. 정시윤과 수련을 비롯해 배를 타고 떠날 사람들은 이미 서문호에 타고 있었다.

타고 온 작은 배를 서문호에 바싹 붙인 뒤 천귀룽을 비롯한 일가는 줄줄이 충충다리를 올랐다. 정시윤과 쑤링이 나와 반갑게 맞았다. 진샹과 수련도 상기된 얼굴로 사람들을 맞이했다. 배에 오른 사람들은 신기한 듯 구석구석 돌아보았다. 김재연은 엄청나게 큰 배에 기가 질릴 지경이었다. 선실에는 미국에서 팔 차와 비단, 도자기가 포장된 채 가득 실려 있었다. 돌아올 때는 저곳에 미국 물건을 가득 실어 올 것이다. 갑판 위에는 돛대가 하늘을 찌를 듯이 서 있다. 사람들은 한마디씩 감탄을 쏟아 놓았다.

천귀룽이 정시윤을 보며 대견한 듯 말했다.

"대단하구나, 대단해."

"서양까지 가려면 이 정도는 되어야 견딜 수 있습니다."

"그럼 그렇겠지."

천귀룽의 눈에서 눈물이 흘러내렸다.

"더는 서양에 당하지 않을 것이다. 이게 시작이다. 그만 떠나라."

천귀룽과 일행은 작은 배로 옮겨 탔다. 서문호가 서서히 움직이기 시작했다. 사람들은 서문호가 시야에서 사라질 때까지 눈을 떼지 못했다.

서문호는 망망대해로 나갔다. 정시윤은 뱃머리에 서서 끝없이 펼쳐진 바다를 바라보았다. 수련이 옆에 와서 섰다.

"드디어 서양을 가는구나."

"아버지의 꿈이셨지요."

"이젠 네 꿈이 되어야 한다."

수련은 고개를 끄덕였다.

"조선 사람도 바다를 건너 서양으로 갈 수 있다는 것을 우리가 보여 준 것이다. 우리가 가는 것은 조선이 가는 것이야. 조선이 함께 간다는 것을 잊지 마라."

"명심하겠습니다."

광저우에서 정시윤과 수련이 미국으로 떠나는 것을 본 후 김재연은 상하이를 거쳐 베이징으로 돌아왔다. 동지사 일행은 모든 일정을 마치고 이미 베이징을 떠난 뒤였다.

김재연은 후징슈를 찾아갔다.

"정시윤은 잘 떠났소?"

김재연은 흡족한 미소를 지으며 대답했다.

"대단했다네. 엄청나게 큰 돛들을 단 거대한 배가 바다로 나가는 모습은 참으로 장관이었네."

"정시윤은 꿈을 이루었군. 그런데 자네의 꿈은 무엇인가?"

김재연은 잠시 뜸을 들이다 대답했다.

"사람답게 사는 것. 모든 사람이 사람답게 살 수 있는 세상을 보는 것이 내 꿈이라네."

후징슈는 고개를 끄덕였다.

"이제부터 나도 같은 꿈을 꾸겠네."

베이징에서 이삼일 더 머물며 벗들을 만난 뒤 길을 떠난 김재연은 산해관에서 하루를 묵은 뒤 길을 나섰다. 그는 사물의 형체가 뚜렷이 드러나기 전 꼭두새벽에 숙소를 나와 말에 안장을 얹고, 그 뒤에 짐을 얹어 끈으로 묶었다. 그리고 털모자를 쓰고 목도리를 두른 뒤 말에 올라탔다. 부지런히 달리면 책문에 이르기 전에 동지사 일행을 만날 수 있을 것이다.

막막한 벌판은 바다처럼 아득하다. 지평선까지 눈앞에 막히는 것이 없었다. 찬바람을 맞으며 달리고 또 달렸다. 수련을 머릿속으로 그려 보고, 먼저 간 유진길과 김대건 신부를 떠올리고, 정시윤과 다이전 장군을 생각하며 말을 달렸다.

'우리는 모두 길을 가고 있다. 한길만 고집하는 사람들은 다른 길을 가는 것을 파격이라고 한다. 그러면서 파격을 허용하지 않는다. 하지만 파격이 없다면 소수만을 위한 세상이 되어, 많은 사람이 고통스럽게 살 수밖에 없다. 우리는 늘 파격을 하며 새로운 길을 찾아야 한다. 수련아, 새로운 길을 만들어라. 서로 다른 길을 가지만 결국 우리 모두는 한곳에서 만난다. 우리가 길을 가는 것은 사람을 위해서라는 것을 잊지 마라.'

멀리 지평선이 붉게 물들며 먼동이 트기 시작했다. 김재연은 새벽 기운을 온몸으로 느꼈다. 아직 눈이 쌓인 광막한 초봄 들판에서 말을 멈춘 뒤 조반으로 준비한 주먹밥을 꺼냈다. 들판에 서서 주먹밥을 씹으며 한양의 집을 그렸다. 아내가 일어나 아침밥을 준비하고 있을 것이다. 따뜻한 밥에 된장국과 잘 익은 김장김치를 꺼내며 나를 생각할 것이다.

김재연은 힘주어 주먹밥을 씹었다.